陈思和◆著

当代文学与文化批评书系

陈思和

卷

北京师范大学出版集团
BEIJING NORMAL UNIVERSITY PUBLISHING GROUP
北京师范大学出版社

图书在版编目(CIP) 数据

当代文学与文化批评书系·陈思和卷／陈思和著.—北京：
北京师范大学出版社，2010.9
ISBN 978-7-303-11038-4

Ⅰ. ①当… Ⅱ. ①陈… Ⅲ. ①当代文学－文学评论－中国
－文集 Ⅳ. ① I206.7-53

中国版本图书馆 CIP 数据核字（2010）第 093886 号

营 销 中 心 电 话	010-58802181 58808006	
北师大出版社高等教育分社网	http://gaojiao.bnup.com.cn	
电 子 信 箱	beishida168@126.com	

出版发行：北京师范大学出版社 www.bnup.com.cn
　　　　　北京新街口外大街 19 号
　　　　　邮政编码：100875
印　　刷：北京京师印务有限公司
经　　销：全国新华书店
开　　本：155 mm × 235 mm
印　　张：28
字　　数：428 千字
版　　次：2010 年 9 月第 1 版
印　　次：2010 年 9 月第 1 次印刷
定　　价：42.00 元

策划编辑：马佩林　　责任编辑：马佩林
美术编辑：毛　佳　　装帧设计：毛　佳
责任校对：李　菡　　责任印制：李　啸

目 录

自　序

　　回顾起来，我的学术道路大致有三个方向：从巴金、胡风等传记研究进入以鲁迅为核心的新文学传统的研究，着眼于现代知识分子人文精神和实践道路的探索；从新文学整体观进入重写文学史、民间理论、战争文化心理、潜在写作等一系列文学史理论创新的探索，梳理我们的学术传统和学科建设；从当下文学的批评实践出发，探索文学批评参与和推动创作的可能性。如果说，第一个方向是作为一个现代知识分子追求安身立命的价值所在和行为立场，第二个方向是建立知识分子的工作岗位和学术目标，那么，第三个方向则是对于一种事功的可能性的摸索，它既是对于社会生活的理解和描述，也是我们改变当下处境的可能性的摸索。

　　这三个方向不是我事先策划好的，而是在生活实践中根据外界条件和内心需要而逐步形成、渐渐明了的；这三个方向也不是可以截然分开的，它是一个互相渗透的行为整体。第一个方向不仅仅是一种信仰或者理想，它同时也是文学史研究的一个有机的组成部分，被融会于后面两个方向；第二个方向不仅仅是孤立的学理的学术研究，它立足于文学史理论的创新，是因为既定的文学史的陈腐观念及其教条主义、意识形态化以及时尚包装化在今天某些领域还产生着威胁性和欺骗性的作用，指归仍是在于当下的批判；第三个方向虽然是直接面对当下的文学现象和文学创作，其批评精神中自然也贯穿了前两个方向的宗旨。这样的批评，不是消极的否定，而是积极的建设性的，始终将批评者理想中的"应当怎么样"放入具体的批评分析中，希望批评成为一种实践，以求改变社会生活与文学创作中的不尽如人意的因素，有利于文学创作的繁荣和发展。

我在另外一篇文章中指出过，"文化大革命"后三十年文学理论与批评的道路，经过了长期的社会化的实践后，现在渐渐地归入学院的体制，形成所谓"学院批评"，与宣传部门的意识形态化的批评和媒体介入文学以后出现的娱乐化的媒体批评构成了新的鼎足势态。文学批评与社会生活、文学创作之间形成了正在进行时态的互动关系，但它的产生流程不是社会生活—文学创作—文学批评的线性时间的实践；而是社会生活作为前提的客观世界刺激或者触动文学创作和文学理论工作者的主观意识，社会生活作为第一性的因素对文学创作和文学批评同时发生作用。文学批评的形成，在时间上往往滞后于文学创作，它需要借助文学创作文本来进行分析和阐述，但是批评是一种理性的科学的研究，力图将作家运用形象思维而创作的文学文本转化为理论形态，努力梳理作家还不甚明了的艺术形象和生活态度，同时也加入了批评者的主观因素。如果这种加入使文学创作的意义获得了进一步的深化，扩大了艺术创作的感染力和影响力，那么，某种意义上说，文学批评实际上非但没有滞后于创作，反而可能提升或者深化了创作，走到了创作的前面。这时候，文学批评也可能对创作（就整体而言）产生某些指导性的积极的意义。

在今天的文学评论领域，意识形态的宣教化与媒体的娱乐化两者互相利用，亲密结合，形成了一种媒体主流批评的势态，学院批评的社会影响正在日益缩小。但是学院批评的优势在于讲台和教育。从文学史的经验而言，文学的传播和流传基本上是依靠两个渠道，一是社会流行的商业运作（即流行文化）的渠道；二是文学教育体制下的专业传授的渠道。两条渠道不是平分秋色各起作用的。流行文化本身具有瞬息万变的特性，所有明星化、娱乐化的文学传播都只能在一个短暂的时间里进行，而文学教育是一种历史选择，它通过学院的专业课程设置和课堂传授，通过一代又一代的学术阐述，通过文学文本逐渐包容各个时代的经验从而达到经典化，形成了与时代并行不悖的自身的传统和传承形式，这是严肃的也是纯粹的选择，本质上说，学院批评是一种"说不"的淘汰机制和优生机制，它的使命就是在喧嚣的流行大潮中努力分辨出真正的艺术创作，并且把它发扬和保存下去。

在当前鼎足而立的批评格局里，学院批评与其他两种批评不是相互

隔绝的，三者之间存在着千丝万缕的联系。学院本身所处的社会环境，
是整个国家体制不可分割的一部分，意识形态的控制和灌输是学院的任
务之一，产生于其间的学术批评不可能完全避开这种影响；同样的理
由，媒体批评也借助学院这一空间进行渗透，学院批评或者身在学院的
批评家，也不可能拒绝这一切渗透。同样，学院批评也利用体制来开展
自身的学术活动，以求得更多的资源；学院派的批评家们也利用媒体作
为载体，来发出自己的声音，以求产生更加广泛的影响。三者之间既有
分工又相互利用。但是，并非因为有这样的复杂关系，学院批评就会轻
易放弃自己的工作岗位。我心目中的理想的学院批评，不是高蹈主义
者，只会封闭在学院里玩弄理论概念和术语，或者照搬西方理论学说来
装饰自己；也不是那种忍耐不住学院的清冷，去追波逐流，热衷于在各
种媒体活动中呼风唤雨，充当媒体明星。学院批评的标志，就是从学院
发出的声音，在文学教育过程中进行文学的讨论和阐述。首先，它是一
种审美的研讨活动，文学教育离不开审美教育，旨在提高学生的审美趣
味和审美能力，非功利是它的本质特点，学院批评与文学作品的市场效
益无关，与批评者的红包和荣誉无关；其次，它是一种学术的创新探
索，依据了某种学术传统和知识背景，面对社会生活，通过文学研究来
发现问题、提出问题和解决问题，独立之精神、自由之思想是它的基本
原则；再次，学院批评有一个学术圈子或者学术梯队，有师生之间的传
授，甚至可以形成某种批评的共同纲领和流派，能够在社会上发生群体
的影响。学院批评不屑于在媒体上争一时之风光，也不屑于去讨好粉丝
或者读者，它本来就拥有学生和听众，依靠教育体制、学术传统以及人
格的魅力，正面传播自己的文学见解和美学观念。

　　正因为学院批评拥有其自身的特点，所以它必须与学术的信念、传
统以及学科联系在一起，学院批评家既是一个教师，又是一个科学研究
工作者。教学、科研和批评工作是三位一体的整体。记得在二十多年
前，文艺界领导人张光年先生到上海，要找上海的青年批评家谈话。作
家茹志鹃带领我们一群青年人去他下榻的饭店看望他。当时我刚在《上
海文学》杂志上发表一篇讨论现代文学创作中的忏悔意识的论文。光年
先生也许是刚读过，一见到我的名字，他就说起这篇论文。他不同意我
所分析的忏悔意识，他认为共产党员面对错误需要总结教训，但不需要

忏悔。但是他说："你们大学的老师可以按照自己的方式做科学研究，发表成果报告，虽然我不赞同这个结论，但是你做研究是好的，结论我们可以讨论。"光年先生的话之所以给我留下深刻的印象，是因为他说的话里用词非常讲究，他把"大学老师"的论文称做是"科学研究"，是"发表成果报告"，好像是指理科的研究人员在做一项实验，发表实验报告似的。光年先生说话的态度是严肃的、慎重的，我想，如果是一篇发表在报纸上的印象式的评论文章，光年先生未必会称它是"科学研究"，但对于学术研究的论文，尽管他并不赞同其中的观点，但他是尊重的，因为这是科学研究的"报告"。光年先生的谈话激励了我以后的写作追求，"科学研究"成为一种论文写作的标准，并且努力把文学史研究与文学批评结合起来：文学史研究也要立足于当下立场，而当代文学批评则尽量结合文学史的背景和视野。这也是我在学术研究中所追求的三个方向的最初出发点。

但是，文学研究与文学批评毕竟还是有区别的，在学院里从事批评的人往往不注意这种区别。高校中文系设有现当代文学学科，是包含了1949 年以来的中国文学；但是并不是指当下的文学批评。我以为，1949 年以后的"当代文学"是一个特指的文学史概念，是指现代文学史的一个组成部分，这个问题早在 20 世纪 80 年代中期"20 世纪中国文学"的概念诞生时已经趋于消解。"当代文学"完全可以用"20 世纪文学"或者"现代文学"来代替，但是到了 20 世纪 90 年代以后，1949年以后的"当代文学"作为一个学科的概念非但没有消解，反而获得巩固，结果造成了学科内涵的混乱。"当代"一般来说是指当下的、现时的，而不是属于过去时态的历史。鉴于这种概念上的混乱，我一般在行文中尽量不使用"当代"这个名词，而把"当代文学批评"改称为"当下文学批评"，既不包括 20 世纪 50 年代的文学研究，也不包括"文化大革命"时期，甚至也不包括从今天的立场去回顾、反思、研究"文化大革命"后 80 年代的文学。当下文学批评只是追随时代的踪迹，对于现时的文学现象发出反馈意见，进行读解分析。时代是在发展变化的，一个尽职的批评家就应该不断地跟踪时代，与时代一起发展和变化，用文学批评的形式来推动时代和文学创作的发展。他们的命运和业绩也是与时代联系在一起的。从俄罗斯的别林斯基、杜勃罗留波夫到中国的胡风，中外优秀的批评家们基本上都是走这样一条当下文学批评的道路。但是，由于近三十年来的文学批评转向了学院批评，作为现时性的当下文学批评和作为学科的当代文学研究经常会交合在一起，构成特别复杂的现象。许多当代文学的研究者把当下文学批评当做历史研究去做，造成了理论脱离创作现象实际的隔膜现象，也造成一种学院派高高在上、脱离实际的假象。这是学院批评所面对的复杂的处境。

因此，我在自觉的实践中获得的体会是，要在学院里做一个现当代文学的研究者，应该注意处理好三种关系：知识分子的精神传统与现实岗位的关系；推动学科的理论建设和推动当下文学创作的关系；学院里教书育人、营造学术团队与学院外进行社会现实批判和文学创作批评的关系。现当代文学本身就是一个与社会、与实践、与未来联系在一起的人文学科，它不可能在实验室里完成，只有将学术研究和当下批评联系起来，才能够真正体现出这门学科的内在活力。所以，我为自己所设定的（或者说，在写作实践中形成的）三个研究方向，是将现代文学研究、当代（1949 年以后）文学研究以及当下文学批评区分开来的。总体上说，我把 20 世纪中国文学视为一个整体，即从中国现代化转型过程中文学审美领域所发生的变化，来考察中国社会的变化以及中国人的现代精神状态的变化。分开来说，也就是把人文精神的传承、文学史理论的创新以及当下文学批评三者组成一个贯穿从历史到当下的动态的学术领域，我所有的文学研究成果，大致上也可以从这三方面去归类和总结。

近三十年来，我的学术生涯是在不间断的研究与写作中度过的，我很少有意识地区分三种类型的研究方向，而通常是用编年体的形式来编撰自己的学术成果。只有在少数自选的选集中才粗粗区分一下。大致上是：第一个方向作为主题结集的研究成果有《新文学传统与当代立场》（山东教育出版社·第三代学人自选集，1999）和论文集《巴金研究论稿》（李辉合作，复旦大学出版社·巴金研究丛书，2009）、传记《人格的发展——巴金传》（上海人民出版社，1992）；第二个方向为主题的专著有《中国新文学整体观》（修订版，上海文艺出版社，2001），论文结集有《陈思和自选集》（广西师范大学出版社·跨世纪学人文库，1997）、《中国当代文学关键词十讲》（复旦大学出版社，2002）；第三个方向为主题的论文结集有《不可一世论文学》（人民文学出版社·鸡鸣文丛，2003）和《当代小说阅读五种》（香港三联书店·三联人文书系，2009）。这次北师大出版社相约编撰"当代文学与文化批评书系"，我从其编辑宗旨上理解，还是应该从当下文学批评的角度来体现批评家的理论主张和精神追求，以及由此反映出"当代文学创作和批评理论相互建构的复杂图景"。

私心而论，我比较喜欢的还是当下的文学批评。这与我的学术起步有关。还是在 1977 年恢复高考之前，我在上海一家区图书馆参加书评活动的时候，就开始逐渐加深对于文学批评的认识。进入大学以后，一直是在鼓励学术研究的气氛下从事现当代文学的学习，那个时候对于学术研究与文学批评的区分没有像现在那样自觉，我所尊敬的师长辈也都是以当代文学评论见长，把当代文学评论的文章结集出版，好像也当做学术研究来看的，所以，我虽然后来逐渐从研究巴金、胡风等进入了研究现代文学的领域，但是念念不忘的还是对于当下文学的关注，只是在研究中比较多的关注思潮流派和创作现象，努力将其置于文学史的背景，以求用"科学研究"的态度指导当代文学批评。我关于这类文章的第一篇，是发表在《上海文学》杂志上的《中国文学中的现代主义》，写作的目的是要为当时李陀等人引进西方现代主义文学辩护，想用"五四"初期西方现代主义思潮在中国传播的例子来说明，现代主义文学对于中国新文学早期的发生曾经产生重大的影响，而且是一种激进的社会思潮，有进步的思想意义，所以在 20 世纪 80 年代引进西方现代主义文学不仅是合理的，而且是必要的。文章是针对当时"清除精神污染"的运动而发的，但论证内容扯到了现代文学史的大量知识背景。许多朋友肯定了我的这种写法：以现代文学史的研究与当下文学批评结合起来，用历史经验来说明当下问题，这就形成了我后来提出的"中国新文学整体观"的思路和方法。但是在具体的研究和写作过程中，偏重还是有的，我在本书第一辑中所列的八篇论文，基本上都是对于当下的各种文学思潮所作的研究和批评，所论述的对象包括文化寻根文学、现代主义思潮、新写实小说、新历史小说、王朔为代表的颓废思潮、走向民间、无名时代的文学、现代都市欲望小说等，大致上 20 世纪八九十年代的文学思潮都有触及。读者也可以从中看到，我对这些思潮的论述视角和理论入口，与当时流行的概念诠释不太一样，多取了中外文学史上的经验，如从文化寻根联系到文艺复兴、新写实小说中谈到了自然主义、王朔的创作和卫慧等人的创作中谈到了世纪末的颓废思潮等，而民间文化形态的走向、共名与无名等理论概括则是我自己从文学创作实际状况中给以理论总结而提升出来的一些想法。我故意不选一些直接表述文学史理论的文章，而希望从这些结合具体创作为例子的文学批评中，体现出批评理论如何结合实际的创作来讨论问题的方法。

我一向不喜欢学院派生搬硬套西方理论概念术语的做法，他们对于真正的文学文本不甚了然，只是作任意的宰割图解，以求理论的快感。这对于文学创作是不公平的。但是这种弊病却常常是学院派乐此不疲的特点。不仅国内是这样，西方国家的学院里也是一样。长期在西方学院里教书的赵毅衡先生曾经有一段实在的描述："知识分子应当在公共事务上仗义执言，但如果在专业上无发言权，在公共事务上也就雷同一个普通网民。这种困惑，是最近二十年出现的。先前至少界限比较清楚：文学理论，艺术理论，文化理论，社会批评理论，因对象不同而分清界限，现在的文学系教师，成了理论万金油。开的课名称五花八门，内容却基本重复，学生反复学同样内容，没有一门大致弄清。飞翔固然是乐趣，没有专业的落脚点，飞行后无处落地，无枝可依，学生毕业后，学到不少叫做'理论'的东西，小说却没有读几本，诗歌没有看几首，只是知道了一串术语，写了几篇东抄西凑的作业。"① 西方的学院尚且如此，遑论国内那些拾人牙慧的现象。文学创作要贴近生活现实，而文学批评不仅要贴近生活，也要贴近创作，否则理论就会成为一种哗众取宠的工具。这在西方可能是一种过失，而在我们这里就是一种教训。

本书第二辑所收的文章，是我在近二十多年关注当代文学以及当代作家创作的见证。我有意选择了几组对当代作家跟踪式的批评文章，这些作家大多是 20 世纪 80 年代就开始创作，90 年代逐渐走向成熟，而到新世纪都拿出了扛鼎之作。我是他们的同时代人。他们的创作与我的批评一起成长，一起承担着解释社会、批判社会的责任。二十多年来我

---

① 赵毅衡：《新批评与当代批判理论》，见《重访新批评》，8 页，天津，百花文艺出版社，2009。

评论过的作家作品远不止这些，论述这些作家作品的文章也不止这些。我只是挑选了少数几篇，以示我在这个领域工作的长期性和连续性。当下文学批评是在感应时代风气和文学创新中发出的声音，它及时反馈文学作品所产生的影响，而不可能像学术研究那样需要长时间的积淀和观察；同时，文学批评的形式主要是文本分析，它也不可能涉及大量的理论知识和文学史背景。所以，要把文学评论当做一种科学研究，要有学术性，还是需要有另外一些途径和表现形式。

我采取的基本方法是跟踪一些我所认可的作家。我所选择的作为对象的作家，往往就是我的实验材料，他们的创作风格的形成和变化，都不可能在某一部作品里全部呈现，所以需要有长期跟踪、观察的耐心，逐步地掌握作家的全部创作。这对于研究古代文学或者现代文学中已经去世的作家不存在困难，因为他们的全部作品都作为遗产陈列在你的面前，基本上是定型的、完整的；而当代作家则不一样，他们的创作是未知的、动态的，也就是说你无法就他的全部创作（包括未来的创作）作终极考察，所以批评家对当代作家的断语是一种未完成的形式，需要经过以后岁月的长期考验。批评家把一个当代作家列入他所观察的名单，就意味着他把作家看做是终身不渝的朋友，将会陪伴着他，读他的每一部重要著作，随时观察作家在创作道路上发生的些微变化，这样的跟踪批评大约需要几十年的努力才能够完成。唯有学院批评才能够做到，在这里，学院批评与急功近利、兴风作浪的媒体批评彻底划清了界限。

当下文学批评的对象主要是文本，也可以将这种批评形式称为文本分析。文本分析不仅仅是西方新批评的专利，它可以采纳各种方法。从观念上说，我以为重要的是，要建立起一种对文本的信任，信任文学文本一旦形成就有了自身的生命能量。当一个作家开始创作时，他是用虚构的方式在创作文本，但是，随着他进入了创作的佳境以后，他就会慢慢地发现，他的虚构并非是随心所欲的，似乎有一种无形的力量推动着他的创作，指挥着他的思路，一步一步地开展下去。这些力量来自文本的生命逻辑。也许有人以为，文学创作本身就是虚构的叙事，有什么真实可言呢？但文学批评对文学创作所要求的最高标准，就是真实。文学理论经常使用两个概念：生活真实和艺术真实，生活真实的内涵很明白，指的是现实生活中存在的一切现象，然而艺术真实的内涵却始终含含糊糊，无从把握。我以为，所谓的艺术真实，似乎可以理解为对文学创作文本的一种绝对的信任，即相信：文学文本从理论上说，应该存在着一个绝对完美的标准，或者说，存在着一种十全十美的文本，虽然这种绝对完美的文本并不存在于现实世界，但是确实存在于我们的信任之中。譬如说，《红楼梦》是一个未完成的文学文本，从生活真实的角度，我们可以从曹雪芹的家世、社会关系等去研究作品；但是还有一种艺术真实，即相信应该有一个完美无缺的《红楼梦》，即使曹雪芹不是半途撒手，他也未必能够写出一部十全十美的《红楼梦》，作家永不可能完全达到艺术真实，但是作家可以通过努力来接近这种真实，使作品尽可能完美地呈现出来。我们应该相信，当一个作家为了一部作品的开头部分，重复了二十次的话，他一定是相信这部作品应该有一种最完美的开头，当然不是说后来定稿的那种开头就是最完美的。但是一个作家只有冥冥中相信有那种完美无缺的文本存在，他才可能殚精竭虑、耗尽心血去创造、修改，追求最完美的那一种虚构文本。同样，批评家也只有相信文本的艺术真实是存在的，他才有把握断言，说某部作品还没有达到艺术真实，意思也就是说这部作品还不够完美。艺术真实的真实与生活真实的真实之不同，就在于艺术真实是根据形上意义来界定和体会"真实"的含义，而不是依据一般感官所能够触及的"真实"。

回到文本批评上说，正如作家永无可能真正达到艺术真实的境界，批评家也永无可能完全掌握艺术真实的真谛。所以批评家必须借助于文本来探索艺术真实。所谓文本细读的目的，就是要努力从文本的缝隙、书写的疏漏、情节的破绽、象征的暗示、经典的残片等等形态里去窥探作家的心声，以及作家在攀登艺术真实高峰时的各种信息，从中寻找艺术真实存在的信物。批评家面对文学作品做文本细读时，他对艺术真实的探索与对作品文本的评价是同时进行的，借助文本探索艺术真实和用窥探到的艺术真实的信息来衡量作品，这是一种双向性的研究思维，正是从事文本分析的批评家所需要的自觉。我不知道能否这样来理解文本细读，但在我自己的阅读和批评实践中，感受到的是一种非常有快感的研究思路。收入本书第二辑中的关于贾平凹的《秦腔》、余华的《兄弟》以及莫言的《生死疲劳》的文本分析，都有这方面的探索的自觉存在。

最后，想说明一下我对批评方法的理解。1985 年所谓"新方法"

热潮把中国当代文学批评推向前所未有的兴盛时期，各种方法的实验成为批评界津津乐道的事情，批评的自觉由此而生，使批评走向与创作并驾齐驱的前沿。方法形成了风格，从 20 世纪 80 年代成长起来的文学批评家几乎都在自己的文章里体现出鲜明的个性和特殊的表述形式。我作为学院里从事教学科研的一名教师，我的文学批评同样鲜明地烙有自己的知识背景的印记，近三十年来，我的思想、治学、方法都时时在变化，文风和表述也在不停地变化，但是我所追求的目标一直没有变过，对于批评的理解也没有变过。本书第三辑收了两篇短文，一篇是我在 80 年代中期写的札记，表达了我当时对批评的理解；另一篇是我最近写的关于近三十年中国文艺批评发展轨迹的描述，由此大致可以看到我对批评的理解和期待。这两篇微观或者宏观的关于批评的文章，可以作为我的批评观，帮助读者来理解我三十年对文学批评的努力实践。

2009 年 12 月 24 日于上海黑水斋

文学创作中的文化寻根意识

一

从 1926 年"北京人"的发现以来，中华文明的起源已经不再是神话了。虽然从南方的元谋人到北方的蓝田人，旧石器时代的遗迹尚为有限，还不足以为科学结论提供更多的新证据，然而新石器时代的文明是无可置疑的。新近在辽西发现的距今约五千多年的大型坛、庙、冢群址，不仅将中华文明史提前了一千多年，而且把我国文明起源的空间扩大到山海关外。也许是我太激动于这一新发现，我甚至觉得正如"五四"新文化初期在急需对传统文化重新作出科学估价时考古领域发现"北京人"的遗迹一样，在我们今天民族腾飞之际，急需用现代意识对民族文化作新的观照之时，任何科学新发现都将有利于改变我们原来的思维模式，开拓我们的思维空间。这次考古学上的重要发现，连同近三十多年来我国所发现的新石器时代遗址：西北、中原地区的仰韶、磁山文化，山东地区的龙山、大汶口文化，江浙地区的河姆渡、马家滨文化以及西湖地区的屈家岭、大溪文化等一起，令人信服地证明了中华民族的文明起源，不是单元，不是二元，而是多元的。早在新石器时代发生的那一场场"革命"中，我们的祖先就在全国数百处依山傍河的自然环境下艰苦创业，筚路蓝缕，为中国文明发展的滔滔长河疏通了源流。

中华民族的形式，本身就是一种文化现象。它的历史形成过程也正是东方各族的文化相融互渗的过程。现在还无法判断新发现的辽西红山文化的后裔们的去向，不过这一地区存在的具有国家雏形的社会成员是中华民族的一部分是无疑的，它使关内外文化起源成为一体得到了证明。① 除此

---

① 据报道，辽西牛河梁遗址出土的一尊基本完整的女神头像表明，其脸型是蒙古利亚种，与现代华北人的脸型近似。

外，依古史相传，中华民族发源于三大地区：自黄土高原到华北平原生聚黄族，又称华夏族；淮泗、河洛平原生聚东夷诸族（又称风偃集团）；洞庭湖、鄱阳湖之间的南方地区生聚苗蛮民族。这三大地区在我国有史记载的年代里都曾是学术文化的灿烂之地：春秋战国是我国文化史上第一个黄金时代，其政治、军事、经济、文学的力量，均萃集于齐、楚（吴越）、秦三地。齐衰于秦、越衰于楚以后，楚与秦作为南北文化力量的对峙，直到西汉以后方才在无数次血腥战争中达到了新的融会。汉唐以降，我国政治文化重心东移华北，经济文化重心下达江南，从此南北文化在东方展开了新的对峙。北方融满蒙文化，承皇统以定国运盛衰；南方连接闽粤，近海外而得风气之先。中华之地，背依新疆、西藏天然屏障，以黄河、长江为两大血脉，向东北、南粤伸展双翼，面对太平洋，似雄鹰伏羽，跃跃待飞。这起飞，将是一个整体的起飞，预兆着东方巨人的缓缓崛起。

文学艺术为文化的审美形态，也是文化的精粹表征。它反映着人类面对世界变化的各种感受，不会像经济、政治变动那么直接，也不会像其他意识形态变化得那么缓慢，它总是属于时代的预言者与文化的象征物。从历史的角度看，"治世之音安以乐，乱世之音怨以怒，亡国之音哀以思。"斯言者诚。国家将有新的腾飞，文化将有大的更新，文学必然会发其先声。

当代文学中"文化寻根"文学的崛起，正与国运与文化发展趋势相应。文学中的文化寻根意识，不知有意无意，最初起于1982～1983年间王蒙发表的一组《在伊犁》系列小说，虽然那时对作者说来不过是个人生活经历的反思，然其对新疆各族民风以及伊斯兰文化的关注，对生活的实录手法，以及对历史所持的宽容态度，都为以后的"文化寻根"派小说开了先河。到了1984～1985年间，这种创作现象已经新人辈出，名篇似锦了。自《北方的河》起，张承志以硬健的雄风展示了对现代都市文化的顽强对立。作为一个回族作家，他对伊斯兰文化的理解比王蒙的幽默与调侃深刻得多，凌厉、躁动、倔强的宗教气质渗入《残月》、《黄泥小屋》、《胡涂乱抹》等篇章之中，并悄悄铺展开去，不但在动荡的现代文化中注入了不和谐的因素，而且超越了现代时间的具体性，它常常显示出抽象的历史背景，又展示着无尽的未来。现代与历史的对立，都市与自然的对立，西北宗教与东部世俗的对立，成为张承志文化寻根的出发点。几乎在同时，阿城以《棋王》、《孩子王》、《树王》等作品展示了完全不同的文学世界。身居北京的阿城，摆脱了从老舍到邓友梅的北京市井文化小说，直指中国文化的内核。棋、字、树，都是中国文化中人格的象征，讲气韵，讲精神，讲阴阳柔胜，全合着中国文化传统的谱。再配之含茹、写实、生动的世俗风度，正与张承志凌厉、躁动、寻求文化变风相反。因此，由阿城来提出重新认识传统文化，是再适合不过的。

文化寻根一呼而百应，虽然作家们对"文化"与"寻根"的理解不尽相同，然百川归宗，趋向只能一个。陕西贾平凹早在1983年即发表笔记体《商州初录》，渗透着秦汉文化的精神；湘西韩少功写出怪丽奇诡的《爸爸爸》、《归去来》等，力图重显楚文化的生命魅力；江南李杭育提出"吴越文化"的口号，熔士大夫的清雅孤独与越民的机智狡黠为一炉，写出了一篇又一篇的杰作。此外，郑万隆、乌热尔图等人孜孜不倦地挖掘着东北地区的文化宝库；孔捷生以《大林莽》展示了海南地区的色彩；再有新疆、甘肃地区的西部文学与西藏地区的魔幻现实主义的提倡，使"文化寻根"文学不仅仅成为几个作家的偶然之作，或一时间的标新立异。

我们不妨注意一下，凡我国文化历史比较悠久的地区，几乎不约而同地产生出这样一批作家。尽管他们学业有专长，成就有高低，起步亦有先后，但以阿城之纯粹、平凹之古朴、少功之瑰博、杭育之适远，均非一日之功。与其说他们选择了文化，毋宁说是文化选择了他们。人们迫切需要在现代科学发展的基础上重新认识民族力量，重新挖掘民族文化的生命内核，以寻求建设现代化的支撑点。时代向作家发出了召唤，而作家们也感应了时代的要求，更何况，这一批作家有一个共同的特点，就是年轻，都是一代人。

正因为如此，说文化寻根意识的产生标志着民族文化的更新与走向新的成熟，并不过分。当一个民族走在一面是旧的传统价值观念分崩离析，一面又百废待兴的道路上时，人们一定会认真反思一下自身，提出类似高更提过的问题：我们是谁，我们从哪里来，到哪里去？唯有用现代观念重新观照历史的人，才能对自身获得真正的理解，而绝非简单的复古倒退；同样，唯有敢于正视历史又懂得历史的人，才能真正地理解现状与未来，这也非盲目的西方文化崇拜者所能及。旧邦维新，我认为是中国现代化的基本特征，不能回避旧邦这一现实，同时要把它翻转为"维新"的主体，也就不能回避民族文化传统在今天所具有的力量。文学不过是时代精神的体现者，它当然会自有一套逻辑与审美体系，但离开这样的现实大背景，对有些文学现象就无法达到整体的认识。

二

　　文化寻根意识不是舶来品。虽然亚历克斯·哈利的《根》在 20 世纪 70 年代成为美国畅销书时，在中国也略有所闻，但它并没有给中国当代文化带来什么直接的影响。如果从间接的影响说，苏联的少数民族作家异族民风的创作（诸如艾特玛托夫、阿斯塔菲耶夫等），以及拉美魔幻现实主义作家关于印第安文化的阐释，对中国年轻作家是有启发的。那些作家都不是西方典型的现代主义作家，而是"土著"，但在表现他们所生活于其间的民族文化特征与民族审美方式时，又分明是渗透了现代意识的精神。这种富有现代感，同时又融会了民族文化独特性的文艺创作，无疑为主张"文化寻根"的中国作家们提供了现成的经验。马尔克斯的获奖，毋庸讳言是对中国年轻作家的一种强刺激。阿城、何立伟、韩少功等人在阐释自己学习民族文化的目的时都提到了世界性的意识，也是一个证明。马尔克斯的获奖，至少表明了一种古老民族文化被现代世界的承认，表明了世界多种文化之间的沟通、交流以及平等互渗的可能性。怀着这种出发点的中国年轻作家，在追寻民族文化之根时，潜在目的制约他们的追求并为他们作出某些规定性：要求他们在注重文化之根的同时，必须注重与世界沟通的重要手段，那就是现代感。从这个意义上说，"寻根"文学不会导致脱离现代生活。

　　或有对"文化寻根"的讥刺，以为所谓"文化"，就是蛮荒远古、吃人生番、之乎者也。这当然是误解。也许确实出现过这样的作品。其实，三四流的摹仿品是任何文学思潮、文学现象里都会存在的，何止于"文化寻根"？我们评价一种文学思潮，总要取其最完善的精品来作目标，不能只顾嘲笑赝品或摹品。从提倡"文化寻根"的作家队伍来看，他们中的佼佼者的追求多半是自觉的。这种自觉也体现在他们的学识与修养，张承志于西北少数民族历史的学养，阿城于古代哲学与美学的功力，韩少功于苗族历史文献的学识，李杭育于江浙民间文艺的研究，都有浓郁的学者化倾向。其次，这种自觉又成为作家们对待生活的态度。商州之于贾平凹，六盘山之于张承志，湘西之于韩少功，都形成一种鱼水关系。一些身在城市的作家，也常常离开现代都市的环境，去深山丛林，走万里路程，搜集材料，体验生活，如郑万隆、高行健、张辛欣等。更重要的是，他们经过这两方面的追求与学习以后，又把获得的总体知识转化成审美形态，借助于独特而精湛的艺术感受力表现出来。艺术感觉较之学识修养与生活修养，对这批年轻作家来说更为重要。赖有它的存在，才使他们最成功的作品都展示出历史感与现代感密切交融的特点，既区别于过去在小说里直接卖弄历史文献材料的知识性作品，也区别于肤浅地表现农村生活的现代乡土文学。

在"文化寻根"文学以独特的审美形态施展其魅力之时，其意识形态上也相应地显示出不同于以往相类似的意识形态的独特新质。大致上看，文化寻根意识反映了如下三个方面的意义：一、在文学美学意义上对民族文化资料（包括古代文学作品、古代宗教、哲学、历史文献等）的重新认识与阐扬；二、以现代人的感受世界去领略古代文化遗风，诸如考察原始大自然，访问民间风格与传统；三、对当代社会生活中所存在的旧文化因素的挖掘与批判，如对国民性或民族心理深层结构的深入批判等。有的作品是三者兼而得之，也有的作品仅三者取其一二，但严格地说来，第三种意义是不能独立存在于文化寻根意识之中的。因为自"五四"以来，对旧文化的深刻批判历来是新文学的主题之一，是鲁迅一生毕其全部精力投之的文化事业。这种对中国民族文化惰性与阴暗面的批判，直至当代文学始终有极为重要的意义。但它是属于"五四"传统的，在文化寻根文学中因为涉及这个方面而表现之，显然是反映了这种意识与"五四"传统的密切关系。如果文化寻根意识仅仅是重复了"五四"传统的主题而换上新名词，那它也不会有多大的生命力。我以为民族文化作为一个完整的存在，其必然是阴阳合一，有糟粕也有精华，有阴损之处也必有阳刚的一面。现阶段的文化寻根意识既然是立足于建设现代化进程中必须对本民族特性的重新反思以及对其积极精神的发扬，作为审美形态的文学也应该更多地对民族文化的阳刚之气与向上精神进行研究与发扬，这当然并不排除这批作家对民族文化中封建性因素的否定与批判，唯有两者的结合，才显示出这一意识的新质：它承"五四"新文学之传统，又有新的、适合于现阶段时代要求的独特贡献。

以其第一、第二两种意义看，正因为新文学的基本主题是批判传统文化中的封建性因素，它所造成的"文化断裂"和因此带来的局限性也是客观存在的，20世纪30年代初许多作家从魏晋文章、晚唐诗词中吸取营养，以补新文学造境之不足，其中废名的小说，冯至、戴望舒的诗歌与何其芳的散文，至今仍为文学珍品。20世纪40年代初，左翼文学转向民间通俗文学，在吸取民间文艺、接近民间生活的意义上也补充了新文学的"文化断裂"之不足。但平心而论，这两方面的成果都仅仅是对新文学的局部修正，惟其局部，片面性也在所难免，从新文学的总体上看并无大的补益。当代文化寻根意识的形成，则在已有的文学成果基础上，上升为一种成熟的文化形态。它以对民族文化的精神内核的发掘与发扬，使之处于与以批判民族文化中封建性因素为宗旨的新文学传统对等的位置上，构成了当代文学对文化传统的双重认识与双重态度。它显然不是过去文学成果的简单复兴，而是涉及人生意识、思维结构以及审美观念等一系列领域的新创造和新飞跃。

三

什么是"文化之根"？这恐怕是个极其含混的概念。正如西方文化（Culture）一词自 1871 年英国人类学家泰勒首次为它下定义起，至今已发展成一百几十种解释一样，在中国文化寻根意识产生以来不到两三年的时间里，其解释已出现不相统一的复杂趋向。读提倡"寻根"的作家们自己的解释，也各各见仁见智，有的谈文学之根，有的谈民族之根，也有的谈整个人文之根。但有一点似乎还清楚，中国年轻作家在其朦胧的意识中，都注意到文化是一种本民族历史制约下的行为方式与生活观念。文化固然有广义、狭义之分。如按广义的解释，文化发展离不开时间的意义，所谓文化之根，只能是时间的逆向运动的结果——越是原始的，越接近文化之根。如按狭义的解释，文化发展只是一种由朴到繁，再由繁返朴的无穷演化，时间无意义。文化之根，反映了文化的精神内核，为其新鲜活泼，富有生命力的因素。有些评论家谈阿城《棋王》时总喜欢引证老庄的话语来证明其文化，其实，如果《棋王》中所阐扬的文化精神与现代生活有益，古代也即现代，如果于现代无益，纵使是老庄再生也无意义。从人类精神现象解释文化，寻根者所寻之根，应该是最富有现代感，最有益于现代生活的内核，而不是老庄、孔孟，或者易经与诸神。

人类的生活方式与生活观念总是一个整体，但它们在时间的筛滤下，实际价值总是不一样的。李杭育是写出这种文化自身矛盾的高手。"最后一个"的意象，往往带有深刻的悲剧性。当那位渔佬将告别世代赖以为生的葛川江捕鱼生涯时，是否意味着他对无拘无束的自由理想的追求也将结束，他那终生信仰的忠诚、正直、重人情轻财物的人格也将毁灭呢？物质生活可以发展得越来越丰富、繁荣，可是人类的精神生活总是极为复杂的，物质的每进一步，精神上可能伴随的是痛苦而不是愉悦。当人认识了自身的渺小这一现实的时候，不比他做着英雄梦更难堪吗？当人从孤独中向自身寻求力量的时候，不比盲目中依附于神来表现自我价值更艰难吗？人们在实现现代化的目标时，精神历程会产生新的危机，也会有战争般的残酷与牺牲。年轻的作家们似乎已经正视了这样的事实，他们在感受，在表现这种精神痛苦时，力图从民族文化中寻求力量与精神的支撑点，以求达到对这种精神痛苦的解脱与超越。这样的现实条件也制约了作家，在他们向民间风俗、向古典经籍、向民族文化学习时都忘不了对新的人生态度的关注与追求。

文化寻根意识首先表现在新的人生态度的探求上，这在 1984 年问世的两部中篇小说中已经有所表现。表面上看，《北方的河》与《棋王》没有任何共同之处，一部小说里充满青春的骚动与心灵的震颤，体现出现代人面对世界而发出的生命喧嚣；而另一部则弥散着大智者的平静与勇气，来实现对现世灾劫的超脱，达到了古典的和谐。也许年轻的读者更加喜欢张承志的小说，可是从文化寻根者的人生境界看，这两部中篇小说保持着内在精神的一致。

《北方的河》中，"他"的人生态度是一种境界，它是反叛，是战斗，喧哗与骚动正是对人生的意义的确定，是现代意识对传统世俗观念的超越之声。这位主人公在气质上接近浪漫主义，他不像在《同一地平线上》的主人公那样现实，可是他对前途的把握，也是建立在知识、能力与自信之上，因此精神上他仍然是一个孤独者。他是强者，所向披靡，实现目标的过程也是精神外化的过程。小说简直是一支奋斗的歌，岂止"他"是奋斗者，那女主人公，那徐华北，不也都在为实现自己的人生目标、证明自身的存在价值而奋斗吗？这一代人的命运被摆布得太长久了，即使是这样一些小小的、具体的人生目标，也是激动人心，值得尽全身之力去追求的。当然，这样的人生态度不是没有危机，正如小说中女主人公所感受到的：这就是一切吗？我明白啦，成功并不能真正给人的生活带来改变，包括不能改变人心的孤寂。写到这里，张承志已经在宣布自己超越了浪漫主义。他没有让"他"最后得到胜利的喜悦，这样也许更加突出了"他"的追求本身的意义。理性的精神外化同时又是理性的有限性的反制，在这种过程中，目的既是动力，又是限制。这部小说精彩地揭示了这一矛盾。联系张承志以后的创作看，他似乎进一步实现了对这种目的性的超越：九座宫殿黄泥小屋，汗腾格里冰峰……正如一位批评家所指出的，这些景象，都具有抽象性与模糊性的含义，成为一种"无"的意境。也许对作品的主人公来说，这些追求对象都是实有的，但行动的最终无果恰恰显示了行动本身的价值之"有"。这是对目的性的超越，又是对引导精神外化的理性的超越。而后一种境界，也正是《棋王》所表现的人生态度的境界。王一生天生柔弱，在这场浩劫中这样的小人物只能像狂风中的沙砾，要在无定向的行为中获得意义与价值，唯一的力量来自于自身精神的平衡。王一生在生活中无法有具体的目的性，也无法使精神朝外转化，于是便转向内部，下棋不过是人格在外界的生命对立物。阿城津津乐道地写王一生们的吃，固然有社会意义，但更重要的是确定生命的意义。吃为身体之必需，棋为精神之必需，都是对自身的一种修炼，由于缺乏外部世界的目的引诱，内部的力量则在无为之中积蓄起来，它没有了外界的限制，却能适应于外界的各种变异，始终保持精神上的平衡。王一生与《北方的河》的主人公不一样，同样与大自然的交游中，后者所求的是对自然的超越与征服，结果多少有些消耗体力与精神。而王一生的徒步旅行，仅仅是与自然交朋友，从生活中求求感受。耗费少吸收多，故能融百归一，外界限制少，能促使以一化百，以不变应万变。这种精神的内化过程看似被动与消极，实际上正是向更大的主动与积极转化的过程。王一生的人生境界，反映了现代人对自身所面临的精神困境的自觉超脱。

在人生态度的目的性方面，张承志始终表示出顽强的追求，以及对这种追求不可克服的怀疑。他的寻根意识，多半是在由实有向空无的寻求中表现出来，如破碎了的彩陶和哈萨克大娘的葬礼等。阿城却否定了这种目的，他的主人公的生活态度显示了内在的充分自由性，实为由空无向更自由的"有"的境界的追求。因之，阿城的小说似乎很难归为"寻根"的概念，更多的是泄露他自己对中国文化精神的领悟与感受。

人生境界的不同还体现在两位主人公的人生行为之中，把"他"与王一生的禀赋气质对照起来看也是有趣的。"他"是强者，王是弱者，可两人都以自身的行为完成了向反面的转化。"他"在精神外化的过程中，明显地因集阳气太盛而造成阴虚不足，小说前半部分写"他"征服自然的顽强搏斗中似乎已经伏下了右肩肌肉隐隐作痛的病根，在后半部分，"他"回城以后在各种世俗羁绊与办事机构的文牍主义折磨下，进取精神一再受挫，就像困狮一样感到窘迫。虽然他仍然在拼搏，但困境的增大是显而易见的。还有那始终伴随着他的，并且愈演愈烈的右胳膊阵痛，这个细节很精彩，让人听到了《命运交响曲》中的阵阵揪心的叩门声。它似乎成为一种个人意志无法逾越的力量，随时制约着人的行为，毁灭人的苦心经营中可以获得的命运支配权。《北方的河》中的"他"在理想主义与英雄色彩方面有点接近罗曼·罗兰笔下的约翰·克里斯朵夫，那条汹涌澎湃的黄河也类似于那条沟通法德两国文化的莱茵河，展示着生命的起源、勃发与进取。但凭着这个令人感动的细节，我觉得张承志与罗兰划清了界限。如果说《约翰·克里斯朵夫》曾经站在柏格森的生命哲学的立场上，但一头还联系着旧浪漫主义的个性颂扬，那么，《北方的河》则联结着20世纪现代意识的一端。王一生恰是相反，他看似阴柔孱弱，在无所作为中积蓄内在的力量。但一旦外界需要他有所作为时，内力鹊起，阴极而阳复，获取九局连环之胜。小说最后对王一生下棋比赛的描写，完全把一个人的生命之光，借助肉体与精神和盘托出，使之与茫茫宇宙气息贯通。阳盛而阴生，阴极而阳复，两种人生行为包含了两种不同的境界。自姚鼐创阴柔阳刚之说，曾国藩演化为八境之说，阴阳之气转喻为文气，再变为风格、意象、造型等技巧，成为中国文学之两极，重分不重合文化寻根意识起，把握两仪，生成转化，使阴柔阳刚成为同一而互转，这是这派作品对当代文学的有益尝试。这种突破，不是来自艺术的辩证法，而是人生哲学的根本改变，与中国文化精神相结合。

四

文化寻根意识不但在人生态度上突破了传统模式，而且在文学创作的思维形态上也带来了重大的突破。文化寻根意识引入文学创作以后，小说结构中因果思维模式的传统地位遭到了挑战。这一派创作明显地表现出两种寻找意向：一种是探向生命的起源，探索遗传与生命的关系，以及生命存在的方式与意义。韩少功的《爸爸爸》、《归去来》，以及稍后的《女女女》，都是带有这方面意义的探索。丙崽如果仅仅是一个现代的阿Q，那么，韩少功不过是重复了鲁迅的传统，然而不，丙崽的意义，在于他象征了人类顽固、丑恶，又充满神秘色彩的生命自在体。他那两句谶语般的口头禅，已经包括了人类生命创造和延续的最原始最基本的形态。在这部小说里，作家认真地探求着个体生命、种族生命，以至人类生命的关系，它们的形成，以及生存的艰难过程。这种探求在他的其他两部小说中也有所体现。《归去来》中，黄治先在澡桶里从蓝色的雾中想到的"一个蓝色受精卵子"的意象，在《女女女》里又一次隐隐约约地出现，于是就发出了"我究竟在哪里"的呼唤。这里有对生命形态转换的窥探，有对生命形态退化的沉思，如果从这些角度来读韩少功的小说，你就不难理解为什么丙崽毒不死，为什么黄治先与眼镜像庄子蝴蝶那样分不清，又为什么幺姑病中越来越像一只猴、一条鱼。但这些现象是难以用传统的因果关系去解释的。这种寻求意向在目前文化寻根文学中愈来愈引起人们的兴趣，如王安忆最近的小说，也表现了这方面的探寻。生命的问题，性的问题，虽然在理论界与科学界引出了各种令人瞩目的成果，也引起了学术界的热烈争议。但文学是无须关心这些科学成果本身价值的，它的任务是揭示出生命之谜，以审美的方式去吸引人们对这些奥秘的重视，从而达到改变人们对自身的传统认识。结论不重要，原因也不重要，它呈现于读者的仅仅是一种"形态"。因此，在这类作品的构思中常常出现神秘主义的思维形态。

　　另一种探寻是把眼光投向自然。作家们把自然看做是一种人赋以意义的文化现象，使人与自然交感中获得新的生命意义。文学作品的自然意识通常含有两层意义：一是把自然看做人世社会的对立物，在流连于原始的非文化性的大自然中，寄寓了诗人逃避现实的苦恼。这是浪漫主义者的境界，是夏朵勃里盎和湖畔诗人们的诗情发源地；另一层是把生命的意义投诸宇宙，通过对宇宙奥秘的无穷性的探究来获得对生命意义的无穷性的重新认识。这是中国文化传统中常有的境界。阿城《棋王》的构思不知是否得益于贾岛的两句诗："独行潭底影，数息树边身。"这句诗绝妙地渗透出中国文化传统中人与树之间的一种最深的生命交流状。肖疙瘩在人事中多坎坷不平，终于跑到远离都市的深山里，与树为友，明心见性，在自然的常青中消融个体的生命。这里，探究肖疙瘩的死因毫无意义，把这篇小说看做一篇批判破坏生态平衡的作品也未免委屈了它。人与自然的感应，生命与宇宙的交流，这才是小说揭示的美学境界。这种体现了中国传统文化精神的自然意识，是文化寻根意识的一个重要组成部分。它在创作构思中无法用因果关系给以解释，取而代之的，常常是人与自然的感应思维形态。

　　因果律在文化寻根作品中地位越来越小，这反映了人们的思维形态由一种转向多种。随着科学的进步和发展，大至天地宇宙，小至自身生命，都不断地涌现出新的课题，使人感到困惑，进而认识到，传统认识中对宇宙和生命的自信是盲目的。先是盲目于神学，后是盲目于科学（指牛顿时代的经典科学），每一种文化的形成，都是人类认识能力的进步，同时又是一种限制。因果思维模式地位的动摇，正是人们冲破对传统科学水平的盲目自信，向新的科学领域探索的标志。另外，这对中国当代文学来说还有另一层意义，文化寻根意识的产生，促成了原来的文学传统观念——那种以为文学就是社会的说明书——的彻底破产，因果律本来是最有利于用来说明社会意义与做政治宣传的，然而多种思维形态的出现，从根本上改变了这种单一指向的文学意义。神秘主义、感应关系，以及其他各种非因果性的关系将会导致人们对世界的多种解释，丰富人们的思想和文学观念，因此也可以说，这又是近年来文学繁荣的标志。

五

当"文化寻根"作为一种文学思潮产生的时候，无论它在人生态度还是思维形态上的创新，都只能以审美的形态表现出来——文学语言、文学意象、文学形式，以及作家独特的创作个性。文化既然是人类精神活动的结晶，它的最高形态应该是人类的审美境界。这一派文学作品一问世便给文坛带来耳目一新的感觉，主要也是它们体现了与过去的文学传统完全不一样的审美经验与美学境界。

如果以个人的文学风格而言，中国新文学历史上从来没有哪一个文学思潮或文学流派能像"文化寻根"文学那样，包容了各种各样的创作个性。中国文化起源的多元性特征，决定了每一个地区作家独特的创作个性。贾平凹追求的秦汉风采，究竟达到了什么程度尚且难说，可那种厚重、朴实、浑放的风格，俨然是一枝异葩。李杭育身处吴越文化地，孜孜不倦地研究南方民间传统中的英雄人物：济公与徐文长，以此与北方燕赵慷慨悲歌之士摆开了擂台，唱的自然是另一出戏。有些作家，虽然同处一个地区，追求亦有不同：韩少功的豪放奇诡与何立伟的雕琢典雅便是一例。可以说，融中国各家文化之长，呈千姿百态之貌，正是文化寻根文学区别于以往为人生文学、乡土文学、山药蛋派，以及荷花淀派等流派的重要特点之一，它在艺术风格的含容量上，达到前所未有的丰富性。

但是，作为一种文学思潮，这些风格迥异的作家之间仍然存在着内在的同一性，这除了表现在他们对传统文化所持的肯定态度以及大致相接近的理解以外，更重要的还是共同的美学追求。在纯洁祖国民族语言、恢复汉文化的意象思维，以及对完善传统文学审美形式的追求上，他们都作出了大致相近的努力。

几乎这一批作家都注意到，文学的美不仅仅属于它的思想内容，更重要的体现在文学的直接构成材料：语言。文化寻根派许多作家都把兴趣转向民族文化自身的语言系统：意象语言。中国古典文学作品（主要是诗歌）中语言常常无规范的逻辑可言：虚词少，实词多带意象的具体性，有时一首古典诗词，完全是一组意象的自然衔接。中国当代的"文化寻根"作家们，自觉地从这种古典诗词意境里吸取小说的营养，也包括了对这种语言的审美特征的借鉴。值得一提的是湖南作家何立伟对此作了可贵的尝试。虽然，这种语言美学的探索的艰难性远远越过思想内容与艺术形式的探索，目前看来，这类探索还存在着不少瑕疵，为人所诟病。但作如此探索的精神与探索道路是应加以肯定的。也许，语言的自觉探求正反映了中国新文学真正的成熟。

关于文学审美形式的探索，也是近年来令人瞩目的成果之一。当这一派作家有意识地把美学观念带进小说创作时，传统小说的叙事模式受到了严峻的挑战。"文化寻根"文学的作家们更多的在小说中表现个人的性灵所至，表达他们对古典美学境界的追求。就是在这种追求动机的刺激下，近年来短篇小说与中篇小说在形式上越来越明显地出现了分界。《商州初录》、《遍地风流》、《一夕三逝》等作品，都冲破了原有的短篇小说的局限。他们在中国古典话本小说与西方近代短篇小说之外，又寻找了另一种传统，即古典笔记小说的形式，从《世说新语》到《浮生六记》，都是以表现主体性极强、篇幅短小，以及散文化的结构形式为特点，回荡着浓烈的艺术气韵。一批年轻作家也开始了短篇小说向散文靠拢的转化，再配之语言的探求与意象的营造，使短篇小说艺术起死回生，达到了另一层境界。①

六

有两本小说值得对照起来读。一本是毛姆的《刀锋》，出版于第二

---

① 近年来"文化寻根"文学在审美经验上的探求还包括对中国文化传统中意象理论的重新发现。意象，在中国文学传统中不仅仅是技巧，更重要的是一种思维形态与审美方式。关于这方面的理论探讨，李陀、胡伟希等许多作家学者都发表了很好的见解，在此不赘。

次世界大战行将结束的 1944 年，写了一个欧洲青年对西方文化感到幻灭，转向去印度研究东方文化，终于获得了对宇宙、对自身的新认识，由此确立了新的人生观与伦理观。据说这个青年的原型是维特根斯坦，这一形象的塑造，表现出第二次世界大战期间西方文化发展的某种动向。另一本是钱钟书的《围城》，发表于抗战胜利不久，写一个留学归来的青年在国内学术界、教育界所经历的种种失望，尖刻地讽刺了一些留学西方的知识分子的不学无术与愚而兼诬，实际上也反映了对西方文化的失望。两种寻求，两种结果，结论倒是一致，表现了 20 世纪 40 年代知识界对西方文化的普遍看法。这种文化发展动向在 20 世纪初已经发轫（有斯宾格勒的《西方的没落》一书为证），至半个世纪以后，方才成为一种普遍的趋向。

自 20 世纪来，西方一些敏锐的文化界人士如叔本华、尼采、波特莱尔、克尔凯郭尔、陀思妥耶夫斯基等人，已经对西方文化的没落产生了强烈的忧虑。20 世纪初西方神秘主义倾向正产生于此。当爱因斯坦的相对论打破了西方传统科学理论框架以后，人们的这种忧虑被证实了，于是神秘主义开始与东方哲学靠拢，西方人士第一次自觉地从科学的意义而不是仅仅从伦理与美学的意义上来重新认识东方文化。这种文化趋同的潮流，汹涌澎湃地贯穿了至今为止的 20 世纪文化史。也许，西方人面对文化的渺渺大洋终究难以抵达东方彼岸；也许，东方人在穿透重重时间迷雾的努力中也未必能有所获得。总之，东方文化究竟在何等程度上可能对世界科学进步实现真正的合作，这是未来科学的任务，而不是文学的任务。

"文化寻根"意识的真正意义在于科学，但它既然反映到文学中来，那就应该通过人们的审美活动成为一种历史证明：它向未来的人们宣告，在许多年以后方为实践所证实的科学结论，将是历史上一代又一代的人们长期探索的结果。自然，它真正的、现实的意义还在于对当代文学的审美领域的贡献，这已为大量的优秀作品所证实了的。

原载《文学评论》，1986 年第 6 期，初刊名为《当代文学中的文化寻根意识》

文学创作中的现代反抗意识

"五四"新文学发展 70 年，现实战斗精神是贯穿于始终的基本文学精神。它表现为中国现代作家紧张地批判现状、干预当代社会的一种战斗精神，也是中国知识分子传统文化心理建构与西方现实主义创作理论的某种契合，体现了中国文化传统在文学中所表现出来的积极阳刚的本质。从"五四"到"四五"①，历史证明这种精神传统不管经历了多少曲折坎坷的道路，它总是顽强地扎根于中国知识分子的心灵深处，成为他们冲破黑暗，追求光明的根本动力，也成为中国现代文学与人民的事业同呼吸共命运的重要保障。

我们今天所面对的文学，是鲁迅所奠定的中国新文学在新的历史条件下的逻辑发展。它的基本精神依然是现实战斗精神。从声势浩大的"伤痕文学"到近年来深受群众欢迎的改革题材的文学创作，都显示出这一文学精神的勃勃生命力。但是我们不能忽视，时代的发展也会促使文学精神传统发生变异，这不仅仅表现为内容的变化，也包括精神自身的更新。这个更新的迹象，在近几年已经是初露端倪了。新的一代作家在成长，他们带着自己特有的生活经验与精神面貌跃入文坛，新的文学精神——现代反抗意识正在悄悄地发生影响，逐渐地成为新文学现实战斗精神的一种变体。本文的旨意，就是想探讨文学现代反抗意识的形成及其意义。

一

当代文学的主体是由两代作家建构起来的。这种建构到了 1985 年

---

① "四五"事件，指 1976 年 4 月 5 日，北京群众自发聚集在天安门广场悼念周恩来总理，抗议"四人帮"的极左路线的统治。1976 年 10 月"四人帮"垮台，1978 年，"四五事件"被正式平反。

似乎已经完成。这一年，尽管常被人讥为"新潮"，可是实实在在地产生了一批文学新人；也有一批早先已经成名的年轻作家在这一年写出了让人耳目一新的作品。这些新人新作的诞生，应当成为当代文学史上的一个重要标志。它标志着随一代新人而生的新的文学精神与审美原则的崛起。那一年起，两代作家的阵容齐全了：以"重放的鲜花"为主力的中年作家与更年轻的一代作家并立于文坛，这经历和素质各不相同、风貌也迥然相异的两代人，是那么友善，那么顽强地互相支持，又各自探索着文学的未来。现代反抗意识是属于年轻一代的，这也许不是出于他们的自愿，而历史老人在塑造这一代人的同时，也塑造了这样的意识。所以我们在探究这种文学意识的形成之前，有必要先认识这两代作家所处的不同历史境遇。

中年一代作家的文学生涯，大抵是与中华人民共和国同步发展起来的，当他们刚刚握笔写作时，国家政权变更带来的理想主义的乐观和意识形态教育灌输的理性主义信念已经渗入了他们的意识之中。这种乐观与信念成了他们观察世界、认识社会的出发点。虽然 1957 年掀起的那场政治风波不公正地把他们打入了生活底层，但早期自我改造的虔诚动机与后期苦尽甘来的成就正果都不但没有摧毁，反而加强了这种乐观与信念。回顾一生的坎坷道路，他们从今天所获得的崇高名誉与丰厚利益中感到满足。生活经验使他们本能地趋向理性主义：历史是公正的，善恶是有报的，世界循着一种合理的逻辑在发展，人们的责任，就在于完善它，使它更加符合理性与秩序。理性的同一趋向也使这一代作家风貌各异的作品之间产生了严格的内在一致性：它总是面向现实，以强健的自信来批判现状中不尽人意的缺陷。它们中间最精彩的部分，也就是现实战斗精神最高扬之处——诸如尖锐、冷峻、深刻、讽刺等等艺术风格都是与社会的某些公众话题和焦点联系在一起的，他们自信能够胜任民众导师和政府净友的社会角色。

而这种乐观与自信正是年轻一代的作家所欠缺的。历史的巨手用完全不同的方式塑造了这代人。他们要比上一代人不幸得多，在他们最需要信仰和确立信仰的时候，狂热、幼稚、盲目把他们毋庸置疑地推上了罪恶的第一步——"红卫兵"运动，不自觉地为人作刀俎，转眼间又不自觉地沦为鱼肉，直到他们在"上山下乡"中苦苦煎熬，并且经历了

"九一三"事件①与粉碎"四人帮"的两次政治巨变以后，痛定思痛的反思与毫无结果的损失才使他们追悔莫及：年轻人的乐观被盲目与轻信廉价地出卖了，信念被貌似"革命"的伪善嘲弄了，当生活打碎了他们构筑了十年的梦幻，向他们呈现出另一种原先曾被他们无情否定过的面目时，他们的思想不可能也不允许重新回到 1966 年的起点上。这一代年轻人在真实面前感到了心灵的颤抖，他们像突然被抛入旷野，无所依凭，心中无物无神。孤独与怀疑的产生是免不了的，不这样不足以前进。孤独使他们紧紧地抓住自身，作为唯一的依赖，于是就出现了面对自我的认真探索；怀疑是他们牺牲了十年最宝贵的时光作为代价换来的重要收获，怀疑使人反思，但他们无须反思这几十年的政治运动历史——这是属于上一代人的责任，他们怀疑更长远以来的人类精神历程，不仅仅是中国的，也包括世界的。1976 年时，他们确实变得一无所有，然而"无"为他们生成了新的"有"。

从这样一个出发点来理解这一代年轻作家的文学追求，我们就会宽容他们的种种偏颇与放纵。起点不一样了，他们不会学上一代人那样，像失散多年的孩子重新扑入母亲怀抱似的就范于传统理性，上一代人感到亲切的东西对他们来说是陌生的，他们需要站在自己的立场上对眼前种种传统认真选择一下，也包括理性的传统。我们不能不看到，这一代人反思的起点要高得多，他们一下子就超越了 20 世纪 50 年代，并向新文学的起点——"五四"文学复归。当然，复归同时也是超越，从 20 世纪 80 年代起，文学就是追求与"五四"文学站在同一个起跑线上作新的腾飞。

那么，这条起跑线又在哪里呢？

我以为，重新审视这两种相隔了整整 60 年的时代精神中某种相似性是很有意思的。"五四"文学与"文化大革命"后文学都是在一种传统价值观念发生根本变异时发轫的，一方面是对外开放精神给民族文化带来了新的血液；另一方面是文化传统的衰微刺激中国知识界向外来文化寻求武器。中西文化撞击的猛烈程度，与这两个时期文学创作的深刻

---

① "九一三"事件，指 1971 年 9 月 13 日，林彪集团垮台，林彪带着全家出逃，在蒙古人民共和国的温都尔汗坠机死亡。林彪在"文化大革命"前期是作为毛泽东选定的接班人活跃在政治舞台上，他的垮台与毁灭，给当时的年轻人一个巨大的精神打击。

程度恰成正比。但是，从知识分子的文化心理建构的演变来看，这两个时期之间存在着一道长长的演变轨迹。20世纪之初，自严复翻译《天演论》和林纾翻译西洋小说起，中国知识分子就不但从声光电化、船坚炮利中，而且还从意识形态中接受了评价中国文化传统的新参照系，它使他们感到既兴奋又沮丧。兴奋来自于他们面对文化大更新感受到的刺激，而沮丧则反映了他们在这种背景下面对自身的情绪天地。欧风美雨破坏了中国知识分子千百年来形成的心理平衡，由此产生出王国维式的悲观与胡适式的乐观。一大批知识分子立在两者之间，他们无所适从，困惑地寻找着自己的心理依凭，中国的知识分子没有这样一种精神习惯：能够把自身看做一种依凭，在诸如困惑、苦闷、忧郁、焦虑等自身的心理情绪中发现人生的价值。他们需要有精神支撑，或者说，需要有偶像。失去了孔孟、程朱、桐城诸贤以后，他们又急急忙忙地寻来了一大批西方哲学、社会科学的领袖。这既显示了民族文化容纳百川的历史能量，又是中西文化第一次大交流带给中国知识界的显著成果。后一种意义似乎对中国作家以后所作的政治选择有至关重要的影响。20世纪30年代左翼力量的崛起与广大作家走上革命的道路，都体现出一种主观的个人选择与必然的历史趋向的同一性。谁都记得鲁迅在逝世前不久发表的一封信中有这样的名言："中国目前的革命的政党向全国人民所提出的抗日统一战线的政策，我是看见的，我是拥护的，我无条件地加入这战线。"① 这段由冯雪峰执笔而为鲁迅认可的话，既表明了鲁迅也表明了冯雪峰这样的一批知识分子的政治选择特点：他们是把个人的选择良知与被选择的依凭对象相吻合当做选择的前提。这种选择方式与封建时代知识分子从启蒙起就无选择地接受全部封建伦常道德与封建政治教育的被动处境是不一样的。

但是，这种个人良知与依凭对象的自觉吻合，到了20世纪50年代中期以后逐渐出现了裂缝。首先是"左"的路线在文化界发动的一次次政治运动，严重地挫伤了广大知识分子的积极性，使知识分子越来越无法把自己的良知与被认为是"革命"的政策方针吻合起来。同时，20世纪50年代开始形成的各种"左"的政策路线，也迫使知识分子痛苦地封闭住自己的良知。我们从今天的茹志鹃、刘真、张一弓等人对大跃进农村生活的真实写照中，可以看到20世纪50年代的作家并不全是昧

---

① 引自《鲁迅全集》，第6卷，531页，北京，人民文学出版社，1982。

着良心一味歌功颂德的庸人，他们亦有良知，只是在那个无法自由表达思想的时代，只得弄哑了自己的歌喉。

只要真正坚持历史主义与人民的观点去回顾历史，我们即可发现，20世纪50年代并不是一个田园牧歌式的世界。正是在这个时期，肤浅的理想主义与盲目的乐观主义掩盖了时代潜藏着的真正危机：人们对极左路线的警惕太少，也太迟了。这就决定了20世纪60年代"文化大革命"风暴必然会引起全国性的惊慌失措，人们无力像当年反日本法西斯那样挺身而出，来抵制极左路线的淫威。他们只能盲从，只能犯罪，只能牺牲自己，直到整整十年以后，才在天安门广场上以周恩来之死为机缘发出觉悟的吼声。而且，20世纪50年代留下的后果甚至也影响到1976年以后的十年，由于错误的东西曾经以"革命"的名义骗人骗得那么深，它导致了人们在人生选择上的虚无态度。现在人们已经无法恢复20世纪50年代的天真，一个现成而空洞的理想方案不会再使人激动。有相当数量的年轻人，他们自觉地抗衡一切貌似"正确"的传统压力，以虚无主义的态度表现出积极的探索精神。他们不轻信也不盲从，在灾难的岁月里对一切感到失望以后，就牢牢地守住自身，把它当做最后一片净土，以此为出发点，在当前社会改革中作出个人的选择与贡献。我们不难找出20世纪80年代年轻知识分子与世纪初的年轻知识分子的差别来。中西文化的第二次大交流又打开了中国知识分子的眼界，但他们再也不像前辈那样，为自己失去了旧的精神依藉而惶惶不安，也决不急急忙忙地搬来西方的现成答案作为自己新的行为指南。他们立足现实，立足自身，依靠自己对生活的独特认知（哪怕这种认知是肤浅的）进行独立的战斗。本文所探讨的当代文学中的现代反抗意识，正是在这样的背景下产生的。

二

当代文学中的现代反抗意识是文学的现实战斗精神的逻辑发展，但它又并不取代一切，不过是作为现实战斗精神在当代文学中的一个分支，展示着自己独特的风貌。

现实战斗精神，是中国作家对现实的一种主观态度，鲁迅曾把这种态度描绘为："取下假面，真诚地、深入地、大胆地看取人生并且写出他的血和肉来"，并且预言："早就应该有一片崭新的文场，早就应该有几个凶猛的闯将。"① 鲁迅把这种文学精神视作是与封建文人的"瞒"与"骗"的传统文艺所不相容的，是正视人生，并引导着国民精神的灯火。在"文化大革命"后的文学中，这种现实战斗精神依然支配着文学的发展趋向，受到广大读者的真诚欢迎。

现代反抗意识是这种文学精神的一种变体。它在对现实的态度上与现实战斗精神是完全一致的，朝气蓬勃的，入世批判的战斗风貌，不但继承了鲁迅对于世俗的不妥协的批判传统，也与西方现代思潮中反抗资本主义世界的战斗思想相共鸣。他们不同于同代人中的另一批提倡"文化寻根"的作家，深厚的历史感不再为他们提供身处乱世的精神支柱。换句话说，他们没有昨天，也不需要昨天，"昨天，像黑色的蛇……"他们愤愤地诅咒。这还不够，从昨天逆向延伸到任何极限都为他们所不屑一顾，于是又唱出了"盘古的手大禹的手，如今只剩下一只手，我被埋葬"。这是杨炼的《石斧》。石斧可以使人联想到远古时代人类的生存形态，最终也作为一种历史被埋葬了，这种向历史的大胆宣战，使人想起鲁迅在《狂人日记》中关于"吃人"的寓言。

《狂人日记》之所以被称为中国新文学第一部彻底反封建的作品，正是因为它具有以往任何现实主义文学所无法企及的战斗精神。无论是欧洲的传统现实主义创作还是清末谴责小说，在否定现状的同时又何曾忘却为现状留一条改良的出路呢？唯有文学进入 20 世纪以后，才出现了把整个西方世界视为一片"荒原"的诅咒，产生了令人"作呕"的感觉。《狂人日记》被称作一部现代作品不是没有来由的，它的反社会的倾向以前辈不可能具备的彻底性，显示了现代意识的一个重要特征。

本来，当代文学创作中的现代反抗意识即使与鲁迅的时代相通，如果不是一场把千家万户卷入灾难的"浩劫"降临中国，也不会引起中国人的共鸣。乐天知命的传统道德教诲着中国市民们应该如何过着知足、安定的体面生活，但是"文化大革命"无情地粉碎了这样的生活信念，"触及每一个人的灵魂"，不管你自愿不自愿，都被逼上了选择的道路岔口：要么做帮凶；要么做牺牲。"浩劫"过后的一代年轻人，身上留下了内乱带来的伤疤，手上洗不清别人的血腥，体内夹带着原始繁重的体力劳动造成的种种残痕，除了一身伤，别的一无所有，也一无所长，你让他们怎么办？《本次列车终点》、《我们这个年纪的梦》，女作家们以特

---

① 引自《鲁迅全集》，第 1 卷，214 页，北京，人民文学出版社，1982。

有的细腻表达了这一代人的痛苦。别人无法代替这种痛苦，既然是自己走到了这一步，那么，要挣扎和摆脱这样的困境，也别无选择，唯有靠自己。正如一个女诗人所吟咏的歌："我推翻了一道道定义；我砸碎了一层层枷锁；心中只剩下一片触目的废墟……但是，我站起来了，站在广阔的地平线上，再没有人，没有任何手段能把我重新推下去。"①

苦难中生存，生存得坚强。不公正的命运使他②带着病态的情绪步入这个似乎又恢复了理性的世界，但他已经不再尊重世俗所信奉的传统价值，因为刚刚平息下去的那一场政治风暴曾经证明了传统价值的脆弱和虚伪。在心中只剩下一片废墟时站立起来的"他"应该是充实的，他可以在心中的废墟上建立起自己认为是最美好的纪念碑。于是，《在同一地平线上》中跃出了"孟加拉虎"：

> "它在大自然中有强劲的对手，为了应付对手，孟加拉虎不能不变得更加机警，更灵活，更勇敢和更残忍……"

这似乎不是写虎，也不是写人，而是写出了一种年轻人的畸形心态。男主人公所有的行为，说悲壮也行，卑劣也行，他所追求的是什么呢？仅仅是增加一些收入，添置一台电冰箱吗？仅仅是赚得几分名声，来填补内心的空虚吗？都不是，他在行动时，是充实的，他操之过急，是因为失之太多。更何况他所追求的生活理想是极为正常的，要求施展自己的才干，让自己的劳动获得社会的承认。如果在一个健全的社会里，这样的生活理想是应该受到保护的，可是现在呢？他只能堕落成一个"庸俗商人"，连妻子都这么认为。

人们在指责男主人公的行为时，总是自觉与不自觉地为他所处的社会辩护。用"生存竞争"的理论来解说社会的发展，虽然是主人公的偏见，但他终究也不失一种堂堂正正的竞争风度，而他所面对的社会实际上连"竞争"的体面都没有：徐飞利用父亲的声望到处钻营，楚风之的庸俗与不负责任，同事的敷衍与嫉妒，都会使你想竞争都找不到对手。

---

① 舒婷：《一代人的呼声》，见《朦胧诗选》，83 页，沈阳，春风文艺出版社，1985。

② 这个"他"只能是单数，因为"他"是以个体力量存在于世的。这里是指张辛欣的小说《在同一地平线上》的男主人公。

若战士进入无物之阵的悲哀，是所有努力上进者的悲哀。所以，在"孟加拉虎狩猎一直属于世界狩猎运动中的王座"时代，你能指责孟加拉虎的"更机警、更顽强"吗？

或许，有些评论家对张辛欣这篇小说的批评不无道理。主人公这种竞争态度在我们所生活的这块土地上还算不得怎样的普遍，如前所说，它只是反映出一种畸形的心态，事实上我们的生活还远远未达到如此紧张的节奏。相反，颟顸、平庸、守旧以及僵化而造成的社会停滞状态，倒是今天社会生活中青年人感受到的最大压力。而这一切，正成为年轻一代作家批判的主要目标。从《北方的河》起，张承志的作品里出现了一种日愈明显的分裂：都市文明与原始自然之间的紧张对立。（在此以前，作者总是通过现代都市人的眼光去审视自然，《黑骏马》这支忧伤的歌，可以说是两者达到了最优美的古典式的和谐。而从《北方的河》起，小说叙事人的视角反了个方向，往往是自然之子带着原始的目光来审视现代都市社会，于是分裂就开始了。）他的主人公总是一个野气十足的男子汉，又是谦虚多情的大自然的孩子。绿色的草原，红色的沙漠，奔腾的大河，晶莹的雪峰，都会引起主人公皈依宗教般的肃穆感情。这时候，他是充实的、顽强的、男子气的。然而，当他进入了另一种社会——现代都市社会之中，他马上就变得不安、烦躁、处处碰壁、动辄得咎，最终不能不用最强的噪音——GRAFFITI（胡涂乱抹）来发泄那左冲右突的情绪。自然之子的烦躁也是当代年轻人的烦躁，正因为如此，GRAFFITI才会成为年轻人"最后的特权"。张承志毕竟是幸福的，他的烦躁使他在都市以外找到了精神的依藉，这就使他的作品多少带有"寻根文学"的特质。而另一位同样也不断用噪音来对付现代都市生活的女作家，自然却没有赐以她这样的眷宠。她的歌王也许压根儿就不存在，寻找歌王的人也在蚂蟥、热病、风雨中消失了。因此对她来说，"你别无选择"——唯一依藉的，只有自己。

刘索拉的《你别无选择》可以说是现代反抗意识很强的一部作品。如果从生活真实的标准来衡量，贾教授无疑是过于漫画化了，但正因为夸张的虚假，使这一群音乐学院的学生对"贾氏规范"的反抗成为一种象征。他们每一个人对现状的一种反抗，都从本体论的角度展示出个人对生存环境的批判。虚无是这一群学生全部人生行为的出发点：蔑视传统音乐美学观念使森森焕发出新的创造力，终于以现代精神获得了国际作曲比赛奖；对现存教育体制的绝望使李鸣整天躺在床上，但这种奥勃洛摩夫式的反抗带有与奥勃洛摩夫这类多余人完全不相干的虚无态度，与孟野的倒着走路一样，暗示出年轻一代积极的反传统心理。老年人眼中的胡闹也许对年轻人来说是一件极其严肃的事情。从这个意义上说，这部小说反抗现实的情绪与传统的现实战斗精神也是相一致的。

　　但是，张辛欣也罢，张承志也罢，刘索拉也罢，他们笔下的反抗意识毕竟不同于传统的现实战斗精神。新时期文学中的现实战斗精神也同样表现出强烈的批判意识，但批判者的目标是非常具体的，锋芒所指几乎都是现实生活中的具体单位。而现代反抗意识所批判的对象则大都是抽象的、虚拟的和模糊的，它着重展示的是人对自己存在于世而保持的一种警戒，或是正在发生着的烦躁不安心理。其次，现实战斗精神总是使作家在战斗中自信十足，精神有所依藉。这一点，我们可以从当前一系列引起轰动的改革题材的小说中得到证明。而反映现代反抗意识的作品则缺少这样一种依藉，它们在否定、批判旧世界的同时，多少流露出虚无色彩的孤独感。

　　当我指出这类作品中含有一种虚无色彩时，我个人的心情是极为复杂的。我无法猜测"虚无"这一名词在今天的社会生活中会引起怎样的反应。诚如尼采所说的，虚无主义有两种含义：作为精神权力提高的象征的虚无主义和作为精神权力下降和没落的虚无主义，前者被称为积极的虚无主义，后者则是消极的、被动的虚无主义。[1] 在 19 世纪中叶产生于俄国平民知识分子中间的最早形成的"虚无"一词，是明显意指前者，它通过否定传统观念的一切价值，来确定虚无主义的真正意义。虚无主义者以战斗的姿态面对过去，又以强大的信念和充沛的创造力面对未来。"虚无"的对立面不是"实有"，而是"肯定"，即对以往陈旧事物的形形色色的肯定。我觉得当代青年对过去极左路线所造成的恶果持这样的态度是可以理解的，我们要彻底否定"文化大革命"，也需要有这样的虚无态度作为思想斗争中的一支偏师。但是当"虚无"出现精神力衰颓的征兆时，它不仅面对以往，甚至还面对未来，这就呈现出复杂的意蕴。从表面看，虚无很容易与颓废、堕落等概念相联系，其实两者是有区别的。我们不妨探究一下，人对未来所采取的虚无态度，是一种在什么意义上的虚无？彻底的虚无只能导致生命的终止，除此以外，生活态度的无信仰，自我放纵，都不过是表现出年轻人对自己生命价值的

---

① ［德］尼采：《权力意志》，286 页，北京，商务印书馆，1991。

偏爱、珍视与放纵，他们所缺少的只是生活的既定信仰与目的，这仍然是面对生活以往的"虚无"，并不能说明他们对未来的态度。就如《无主题变奏》中主人公的自我评价："我看起来是在轻飘飘、慢吞吞地下坠，可我的灵魂中有一种什么东西升华了。"这种升华的东西，正是在对传统价值观念的彻底否定中感受到的。

与生活的无信仰状相联系的，是孤独。语义的复杂性也常常给这个词带来麻烦。作为哲学范畴的"孤独"，并不是个人主义的同义词或集体主义的反义词，它的对立面应该是对神的信仰。人只有在失去神的保护时，才会感到孤独。当一个人不再与神同在了，没有什么先验的力量去指示他如何生活了，他就只好依靠自己的力量。因此，孤独能够产生力量，产生创造力。值得我们注意的是造成这种孤独状的，不是来自西方的哪一家主义，它们就是产生于社会存在，是"文化大革命"把年轻一代的精神历程引入了两个阶段；现代迷信和宗教狂的阶段与失去了现代"神"保护以后，在旷野中对自身力量的再发现与再认识阶段。既然历史已经造成了这一种现实，我们除了承认它的合理性外，别无他法。

反抗、虚无、孤独，成了当代文学中现代反抗意识的主要特征。反抗是面对昨天世界的态度，虚无是反抗的起点，孤独则是反抗者的心理特征。这种反抗意识出现在当代年轻人中间是很可以理解的，反映了他们对于根深蒂固的社会习俗与传统观念的厌恶与唾弃。而虚无与孤独，又划清了他们的反抗心态与以往的战斗意识之间的区别，清晰地打上现代的烙印。

三

当代小说作为开放性文学的一翼，它自然会受到西方文学的影响，现在已有许多研究者注意到张辛欣的小说与西方荒诞派的戏剧，与美国"口述文学"的关系，也有人研究刘索拉小说中的黑色幽默，以及塞林格的影响。但我以为，张辛欣、刘索拉等人的小说之所以一发表即轰动文坛，在许多年轻读者中间引起了感情上的共鸣，最重要的原因还在于这些作品所反映的心态，在今天的社会生活中存在着某种合理性。它们对传统价值观念的否定批判，与我国新文学自"五四"以来的战斗精神基本是相一致的，但它们所取的主观态度又明显地打上了时代的烙印。虚无与孤独，仿佛是这一代的年轻人与他们的"五四"前辈的差异的标记：他们再也不会因为失去了传统文化的精神依藉而去沉入昆明湖，他们开始意识到自身的力量，不管"孟加拉虎"的拼搏对与不对，也不管音乐学院那些学生是奋斗还是胡闹，他们都不欺骗生活也不欺骗自己，都独立地思考着自己的生活道路，以自己的积极选择走向未来。我把这种意识称为现代反抗意识。也许，人们从 20 世纪 20 年代的一些作品（诸如散文《野草》）中也看到过它的前身，但我们这个时代，它会生成得更加普遍，也更加合理。

当然也不应忽视，依凭自身的力量来选择生活决不是几句空话能够做到的，它比跟从既定的信条去随波逐流地生活艰难得多，也危险得多。一位小说的主人公说过这么一段颇有意思的话："我真正喜欢的是我的工作，也就是说我喜欢在我谋生的那家饭店里紧紧张张地干活儿，我愿意让那帮来自世界各地的男男女女们吩咐我干这干那。那时我感觉到这世界还有点儿需要我，人们也还有点儿需要我，由此我感觉到自己或许还有点儿价值，同时我把自己交给别人觉得真是轻松，我不必想我该干什么，我不必决定什么，每周一天的休息对我来说会比工作还沉重。"① 沉重感不仅是对生活也是对自己的，试想一下，像《在同一地平线上》的男主人公那样紧张的生活，和在《我们这个年纪的梦》中的男主人公大为那样轻松的生活，哪个更可怕，哪个更安全呢？何况，对自我力量的认识总是有两种可能：要么发现自己是强者，要么发现自己是弱者。一旦发现了后一种真相时，他是否会比盲目无知时更充满自信呢？这是一道阴影，它总是笼罩着这一类作品。刘索拉在《你别无选择》以后创作的《蓝天绿海》与《寻找歌王》都没有摆脱这道阴影，虽然作者大胆地宣告"蛮子死了"，"歌王"也许根本不存在，可是失去了精神依藉也就是失去了追求，这两篇小说的主人公陷入某种尴尬的处境：既是世俗观念的批判者，又是世俗观念的获益者，失去了世俗的环境她们无法生活，但这样生活下去又终究使她们清醒得难受。强者也不见了，孟野、森森，甚至李鸣也不见了，留下的全是董客。张辛欣似乎也是这样，《北京人》无疑是一种新的艺术样式的尝试，但以后的游记、散文（我无法接受"纪实体小说"这一类似是而非的概念）中，内心的骚乱显然为更深刻的寂寞所代取了，那是一种缺乏对手的寂寞，尽管她表面上写得热热闹闹，但是，"孟加拉虎"的威猛长啸已经离得很远很远了。

---

① 徐星：《无主题变奏》，12 页，北京，作家出版社，1989。

为了掩盖对自身力量的怀疑，这一类作品往往选择了"嘲讽"作为战斗的武器。近年来看，嘲讽手法不但流行在小说创作，而且在戏剧创作中也被广泛运用，《WM》、《天才与疯子》可以说是最为典型的作品。作为一种艺术手法，嘲讽的特点在于它不需要正正经经的宣战，而以嬉怒笑骂的态度对着传统权威耍无赖，有时颇使人产生一种滑稽感觉。《WM》中第一场的几个嘲讽片段也是相当精彩的。但是，嘲讽终究不能取代充满自信的反抗与批判，它虽然包含了一些喜剧的因素，却容易变为油滑与轻薄，同时也为某些人提供了口实：似乎现代派文艺中不该有严肃的文学。主体意识的觉醒很可能会让人清醒地看到自身的软弱，由此反而放弃了严肃的追求，转向玩世和颓废的倾向。

由此给我带来的怀疑是，当代文学中的现代反抗意识能否成为现实战斗精神在新时期的基本变体而发展下去？现存的资料是无法使人作出肯定的判断的。虽然有王蒙用"饱食文学"来解释这一类文学现象，并证明"吃饱的人会愈益多起来"，但我总觉得，如果用"饥食文学"和"饱食文学"来解释当代文学中现实主义，问题小说创作与愈益关注文学审美意义（如"寻根"派的某些小说）的创作之趋向，也许更恰切一些。体现着现代反抗意识的文学作品，所关注的依然是社会的生存问题，它要否定的，也都依然是威胁着我们的经济改革、羁绊社会发展的腐败势力，假使一定要在两者中归类的话，它们也应属于"饥食文学"的一边，宣泄着人们（主要是年轻人）在艰难生存中的不满与牢骚。

但是它注定会存在下去。这首先是因为，现代反抗意识作为现代意识的一个有机部分，它已经渗透到我们的社会生活之中，由于生活之粮已经酿成了现代意识之酒（无须过问其是甜是苦），作为文学作品，不过是把这种社会存在转化为审美形态而已。这一类作品将会在年轻一代读者那儿获得更多的共鸣——我这儿所指的年轻一代，不仅仅是指 30 多岁的一代人，还包括更年轻的一代，20 岁的一代。刚刚告别童年时代的少年人，几乎天然地生成无政府主义式的反抗心理，在以往的几代人中，这种反抗心理被散发在革命热潮、战争风云或者政治运动之中，而接下去的生活是和平建设的社会，这种生理变化带来的反抗心理无法借助社会运动来表现，只能转为内心的苦闷，对社会问题的敏感反应只能借助于变态的方式发泄出来。这种社会心理，正是现代反抗意识在文学中获得成功的生存基础。

在当代文学发展前景中，中国新文学的基本精神传统——现实战斗精神会继续存在，并发挥影响，这是由中国特定的历史环境所决定的，现代战斗意识作为其一翼，也同样会继续存在下去。社会的改革带来社会的竞争，竞争在促使"大锅饭"体制的瓦解的同时，必然也带来传统生活方式与传统道德观念的瓦解。在我们这个封建意识浓厚的国家里，精神依藉的丧失未必是件坏事，改革者在破坏旧的同时还肩负起创造新的任务。但未来的生活怎样——中国式的社会主义现代化谁也不曾经历过，谁也无法事先给出一幅具体蓝图为人们引路。这就是说，在未来的生活道路中，人的主体因素会越来越得到重视。从自身的独立思考出发，认知社会，认知生活，也将会越来越为民主生活健全的人们所习惯。如果说，这是我们当代社会生活发展趋向的话，那么，文学的现代反抗意识也将会有一个比较乐观的前景。这是需要请未来去验证的。

原载《当代作家评论》，1986 年第 5 期，初刊名为《中国当代文学中的现代战斗意识》

文学创作中的现代生存意识

王干兄[①]:

欠了你的文债是一定要还的，虽然命题作文一向不习惯做或想做也做不好，但是因为以下的两点理由：一、不管"新写实主义"能否准确概括近年来小说创作的新倾向，但这种倾向的存在是令人注目的，尤其是在 1986 年以后；二、近年来当代文学创作虽呈纷乱和繁复状，但其各种现象之间并非是割断了血脉的孤立发展，文学说到底总是有内在的完整性，透过它的特殊与偶然，可以窥见当代文化精神本质的某些层面。是这两种理由诱起我阅读的兴趣——1986 年以后，我读王安忆、读莫言、读李晓、读叶兆言、读王朔，以及最近读刘恒等一批作家的作品，都企图对这样一种新的创作现象有所认识和有所发现，以期能够从中寻找出当代文化心理的一些特点。

这个问题在 1988 年秋的"现实主义与先锋派"讨论会上就被提出来了，记得那次你面对着浩瀚太湖语惊四座，提出了"后现实主义"的命题。不久，见《钟山》上特辟"新写实小说大联展"，正式打出"新写实主义"的旗号，但内容似乎未有变化。近期又读到丁帆、徐兆淮在《上海文论》上谈"新现实主义"的专论，理论更精确化了。我能够理解这些提法的存在理由，只是觉得用"新写实"来概括这类创作多少有点看重了表面的特征。词义的含混和内涵的过于宽泛，都会妨碍对具体现象的深入探讨。正如费振钟在一篇笔谈里说的："新写实主义"是针

---

① 我从 1987 年《中国新文学整体观》出版以后，有意改变学术论文的方法，故意采取了书信体、笔记体、对话体等形态，来表达我的批评意见。本文就是用书信体的尝试。王干先生当时是《钟山》杂志的编辑，文学批评家，"新写实"口号的提倡者。

对了"旧写实主义"而来的，但所指的"旧"究竟是哪一派的"写实主义"？在我们面前至少有这么四种写实主义：A：巴尔扎克或托尔斯泰的古典现实主义；B：高尔基为首的苏联社会主义现实主义；C：20 世纪 50 年代中期以来极左路线影响下的伪现实主义；D：20 世纪 80 年代以来"伤痕"、"反思"等文学思潮所复兴的"五四"现实主义传统。一个新概念的提出，应该有明确的界定。若指的是 C 的对立面，显然贬低这"新"的意义，若指的是 A 和 B，又夸大了"新"的意义，唯可比附的，大约是 D 的对立面，它是由近十年来充满现实战斗精神的现实主义创作思潮中蜕变过来的，又具有了新的特征。但是接下来的问题是，它的特征之"新"又表现在哪里？据你及其他一些文章归纳的特点来看，一是指它的开放性，即在现实主义大范畴下包容了现代主义的艺术手法；二是指它特别注重生活原生形态的还原，更加真实地直面人生，以及叙述以客观为出发点等。对第一条，我在几年前就有保留的看法，这留到以后再说，何况这提法早已有之，已经不足以称"新"了。对第二条所包括的各种特点，仔细推究起来似都未脱欧洲 19 世纪自然主义文学思潮的范畴，我已经注意到有批评家专门作文来探讨"当代小说中的自然主义倾向"问题。自然主义在欧洲作为一种文学思潮有着完整的界定，它与中国当代小说创作中的某些相似之处，不是枝枝节节上的相似，两者在历史的趋向性与意识的演化中确实存在着同一性。近年来被称作"新写实"的小说是一个十分庞杂的概念，从经常被人提起的一些作品看，如李锐、刘震云、朱苏进等人的作品，即使不冠上"新"，也能算是正牌货的写实主义，反之，余华的小说，尽管说的话句句能懂，编的故事条理清楚，但丝毫也不具备现实主义文学的特点——现实主义与现代主义之间的区别不在于看得懂看不懂，也不在于有没有情节性。萨特的戏剧、加缪和罗伯·格里耶的小说，没有什么看不懂的地方，但谁也不能说它是现实主义的。——依我的理解，"新写实"应该具备两个特点：一是属于写实主义的作品；二是必须有"新"意，这个新意不是题材上写法上而是文学观念上的新界定。从两者兼备的特征看，我发现当前小说中比较有代表性的新写实小说，与西方自然主义文学有许多相似的地方。但是这样一来，问题的前提又被置换，"新写实"之新的定位仍未解决。

我想还是换一个角度，依着我的老办法，少谈些主义，多研究问题，暂且把注意力放到这一类作品所表达出来的一种意识——人的生存意识来展开我的论题，然后再回过来探讨生存意识与自然主义的关系。我这里所指的"生存意识"，是一种特定历史条件下产生的文化心理，它包含这样一些意义：它是当代文学中文化寻根意识与现代反抗意识中已经萌生并发展起来的，一种对人的生存处境与生存方式的关注，它不探讨人的存在意义（即生命在客观世界上的价值取向），而是把问题集中到生命自身，关注的是生存何以成为可能，生命是以怎样的形态来到这个世界，换句话说，它不探讨生命存在的意义是什么，仅止关心生命本身的意义是什么。与文化寻根意识相比较，作者的寻求旨向由外在世界转向了人体内部，即所谓"根在自身"；与现代反抗意识相比较，它不再为失去精神支柱以后的自我感到战栗，只是在确认生命于世的脆弱与无助以后，在认同了世界的荒谬与非理性以后，一心一意地把自我封闭起来，在有限的空间里加以自我保护，于是繁衍后代就成了它最基本的，也是最重要的行为。探讨人的生存意义较之探讨人的存在意义，是更为本质，更为原始，同时也更趋向低级的一个认识范畴。但它在当代中国，甚至自 20 世纪以来，几乎从未进入知识分子的思维领域。我们经常自觉或被迫考虑人为什么而活着，却很少去考虑人活着本身是怎么一回事，后者看来是个很简单的，属于感性层次和生物学意义的问题，但正是由于它的感性和生物性，才为文学创作提供了一种新的审美体验的可能性。

细究起来，这种生存意识从王安忆 1985 年创作的小说中已经成形。在创作"三恋"之前，作家就开始表现出这样一种探索的兴趣：人性何以构成？"我"的来历何以形成？人的许多怪癖究竟是后天环境教育形成的，还是与生俱来，受制于某种血缘的启示？在一篇不很著名的中篇里，她写了一个来历不明的女孩子，她毫无理由的偷窃行为成为一个难以解释的谜。① 作家利用小说中的人物眼睛看那女孩，总怀疑她背后有个什么人在支配她的行为。这是当代文学中第一次提到了人在生物学上的因素——生命遗传之谜。在"三恋"②，特别是《小城之恋》中，作家描写男欢女爱的故事时故意淡化它们的社会背景，由是让人的生理本能凸现，这一艺术处理虽然招来是非，但终于使人物的生理因素的审美把握及其艺术转化成为一种可能。在当时的文学创作中，性的问题呈现

---

① 这里指的是王安忆的中篇小说《好姆妈、谢伯伯、小妹阿姨和妮妮》。

② 这里指的是王安忆的三部中篇小说《荒山之恋》、《小城之恋》、《锦绣谷之恋》。

出两极分化的状况：它在纯文学中的严肃探讨受到了道德批评家的指责，可在通俗文学领域里却肆无忌惮地泛滥，然而批评界指责纯文学中性描写的理由，恰恰是依据了通俗文学中的参照系。我这样说并不是认为纯文学中的性描写一概格调很高，但在纯文学中确实有达到相当美的艺术境界的性描写，这是不该也无法抹杀的。

在 1985 年文坛上还有一个作家在创作中留下了生存意识的初期痕迹，那就是莫言。这位作家自《透明的红萝卜》起，奇异的感觉世界中就透出了一丝丝生命原生态的信息。他笔下的黑孩，很可能对后来你们举办"新写实小说大联展"的首篇《走出蓝水河》发生过影响，那孩子除了生存以外别无所有，客观世界仅仅是他生命信息存在的一种反馈。莫言后来有不少作品都流露出对生殖奥秘的兴趣和对生命无助的恐惧。《欢乐》中，主人公 24 岁厌世自杀，临死前为自己能够摆脱绿色的压迫而大欢悦，这绿色或许是生植于土地的生命的象征，而主人公对此深感厌恶，他幻想着自己在黄泉路上正急急地返回母体。《红蝗》中，作者在"食草家族"的畸形生理特征描写中也开始涉及遗传密码的现象。他的战争系列作品中也多次语涉上述两个方面，如《狗道》中对豆官残伤的生殖器的把玩；至于他写出一系列人的残酷死刑，多少也表现出作家对生命毁灭所感到的恐怖。与王安忆一样，莫言是当代文学创作中表达人的生存意识的先驱，尽管这倾向在他笔底下出现完全属于局部技巧和无意识宣泄。

王安忆和莫言的小说在许多方面是不一样的，即便是表达生存意识，在王安忆是自觉的探索，在莫言则是浑然的宣泄，但他们确实以不同方式表现出某种共向的东西：诸如对支配人物行为的生理因素的关注，对生殖奥秘，特别是形成生命的遗传秘密的窥探，这两位作家都不忌讳谈性和肉欲，但莫言谈性似乎更偏于农民文化心理的视角，强调了它的丑恶的一面。这些特征，对后几年这种意识更完善的表达有着开拓性的意义。

人的生存意识最初形成时，确实同自然主义文学有某种关系。自然主义在一个世纪前出现时，它对那时的古典现实主义传统而言确实有新的意义。自然主义与现实主义不能绝对分割，前者在文学上的生命正是从后者派生出来的，但孪生兄弟与连体婴儿毕竟不是一码事。我近日读一些有关文章，发现在为自然主义辩护的同时也抹煞了两者的区别，这是偏颇的。自然主义与现实主义在欧洲文论史上有过长期争雄的历史，但作为文学史上一种思潮而提出的自然主义，有其特指的含义，这也就是左拉较之巴尔扎克提出了更新的东西，——他对当时科学领域刚刚出现的遗传学说的吸取。在左拉时代，遗传学说提出不过才 25 年的历史，许多人对它的科学意义还将信将疑，但左拉却凭着艺术家的天才，慧眼独具地把它引入艺术创造领域。在《卢贡—马加尔家族》丛书的构思里，他计划从两个方面探索人的行为与人的命运，一是内在的遗传规律；二是外在的环境影响，由此揭示一个家族的自然史和社会史。尽管左拉对遗传因素的许多想象都带有艺术家的夸张与怪诞，但他开启了由生理因素揭示人物性格和命运的先河。这使他的创作一头连系着泰纳的实证主义传统（也可称作是旧写实主义），另一头却系在 20 世纪的现代艺术和现代哲学，特别是精神分析学说传统之上（左拉的创作较之弗洛伊德、荣格的学说早十年以上）。在这个意义上，称左拉的自然主义小说为那个世纪以前欧洲文坛上的"新写实小说"也未尝不可。但问题是，把这种几百年前的创作现象移植到今天的文坛上加以考察，再用这样的术语未免作难。当代创作中出现的生存意识虽在某些方面与自然主义相同，但没有明显的师承关系或影响关系，而且当代文学创作发展成这种倾向时，它在血缘上也没有欧洲古典现实主义这样一个传统。事实上，王安忆自"三恋"起，莫言自《红蝗》、《欢乐》起，他们的创作道路已经与传统的现实主义背离，站到了新的认识论的基点上出发，以后的这类创作均沿这一路下来。

生存意识最初表现形态与自然主义文学的相似之处，表现为从对人的生理因素而发展为对人的动物性的强调，由性意识进入到对生命繁衍即生殖的歌颂。自然主义作家从不讳避性意识所具含的人类文化心理的一面，他们把生殖看做生命的赞歌，这早有左拉的《生之快乐》和《繁殖》为证。生殖是动物最自然的本性，非人类所专有，但唯有人能从生殖繁衍过程中感悟到生命的升华和永恒，甚至含有社会的意义。

这一特征在当代小说中最集中地表现在刘恒的小说里。他的《狗日的粮食》是一个相当有意思的文本，从故事的表层看，它描绘了一个饥饿的故事，但饥饿始终未被正面描写，同以往的现实主义作品不同，这个作品的故事背景是虚拟的，由土改到"文化大革命"后的农村政治历程并没有在主人公经历和遭遇上施加什么影响。杨天宽用两百斤谷子买个老婆与翻身农民奔好日子的心情之间，瘿袋女人丢了粮本因此丧生与"文化大革命"时农村的困苦之间，可能存在的关系都被淡化了，小说用写实手法写出了瘿袋女人的生动性,这一点含有一点现实主义的因素,其他人物都不过是故事的角色,连粮食也成了故事的角色。其故事结构顺序是:①杨天宽背了两百斤谷子换一个老婆,因她生得丑,人们叫她瘿袋(这个名字也有象征意义,瘿袋是无害的瘤子,它是肉体的一部分,也与人的生命相连,但它毫无用处,完全是多余和畸形的。那女人的身世及扮演的角色与此相吻合)。②瘿袋在生育与劳动上都很能干,一共生了六个子女,因而带来口粮不足,瘿袋使出各种手段来攫取粮食,可以说,自她嫁给天宽后所有的工作就是生孩子和挣粮食。③一次瘿袋去购粮,不慎丢了粮本。④杨天宽殴打瘿袋,瘿袋服杏仁自杀。⑤粮本找到了,瘿袋死了。⑥子女都长大了,谁也不想念瘿袋,但他们再不让孩子玩杏核,说明瘿袋的阴影还是留在他们身上。如果把故事简化,我们就可以看到:杨天宽(A)是个不变的常数,粮食(x)和瘿袋(y)是互相交替的变数。排列成公式就是:①Ax(用粮食去换女人)②Ayx(女人不断挣粮食)③Ayx(一x)(粮本丢了)④Ay(一y)(女人死了)⑤Ax(粮本又找到了),故事从原点(Ax)出发,兜了一圈又回到原点(Ax),瘿袋女人赤条条来去无牵挂,白白在人间走一趟,原来怎样的现在仍然怎样,但唯留下一群子女,这是她生命的延续,也是她生命一趟的唯一实有的意义。她的子女又有了孩子,并不许耍杏核,即在孙子一辈身上,瘿袋的生命犹在。故事中杨天宽与粮食一样不过是个道具,饥饿不过是程式,女人的生存意义,最后通过生殖得到了肯定。

再看《伏羲伏羲》,这篇小说在结尾时用三段引文点破了中西文化心理对性的不同态度,也正是用西方原始民族的"以三条腿走路"的武士形象作参照,描写和展示了中国北方农民压抑的性意识。洪水峪的大光棍儿和爱情英雄杨天青本来具有西方进攻性的伟岸素质(即小说立旨"本儿本儿"),但在"温文尔雅的外表下潜伏着深度身心萎缩的儒家文化"熏陶下,他仅仅成为一个"善于生育民族"的成员,自有一种嘲讽的含义。《伏羲伏羲》的文本结构依然以生殖为中心,其结构较《狗日的粮食》复杂得多。它叙述了三个角色由受恩者向报复者的转化:第一个是杨天青,他本来是杨金山的侄子,由叔叔抚养长大,转而为叔叔出卖劳动力。他与叔叔杨金山的关系本来是受恩与报恩的关系,但是杨金山因娶妻不育,变态地虐待妻子,促使了妻子王菊豆与杨天青的恋情,使杨天青由受恩者转化为报复者,报复的结果是他与王菊豆私通生下了杨金山名义上的"儿子"杨天白。这一角色的转化因杨金山不育为起因，以天青代育为终结，生殖始终是其转化的中心点。第二个角色是杨金山，他晚年获子后改变了对付妻子的态度，由虐待转为宠爱，但不久中风瘫痪，受妻子与侄儿的照顾供养。杨金山从他们俩的施恩者与虐待者转化为受恩者，但这种转化契机更加促进了天青与菊豆的恋情，终于事发，杨金山不但明白了这场阴谋的全部内容，而且决定向通奸者的结晶报复，报复的手段是企图毁灭天白的小生命，但杨金山此时是弱者，虽有其心却无其力，他在裸身的侄子面前认清了自己的猥琐和不堪一击。其演化的中心依然是围绕着生殖的结晶展开。第三个角色是杨天白。杨金山自万念俱灰到悄然逝去，他始终未能实现报复，但他本来想要毁灭的天白，此时却开始继承了他的复仇使命。杨天白是杨天青与王菊豆所生，是他们的受恩者，可随着年龄增长，他发现了堂兄与母亲的通奸，他无法原谅他们，因此他的存在给杨天青与王菊豆的恋情投下了沉重的阴影。杨天白不是杨金山的儿子，而是杨天青的儿子，所以他的报复只是杨天青本人的又一个自我对自己乱伦通奸和阴谋行为的惩罚，终于他在自己儿子阴沉沉的眼光逼视下，慨然自尽。但杨天青死前又播下了一个种子，在他死的那天，王菊豆生下他第二个儿子天黄，杨天黄后来继承父亲血缘是个情种，于是杨天青的生命还得绵绵不断地延续下去。这三次由受恩者向报复者转化是小说文本结构的主干，生殖意识较之性意识具有更大的覆盖面。由此，我们不难比较一下《狗日的粮食》与《绿化树》、《棋王》，《伏羲伏羲》与《岗上的世纪》、《男人的一半是女人》之间的差异，食色在这里都不带任何社会意义，也不曾把它们作为人类本能欲望加之渲染，瘿袋挣粮食与杨天青私通，都是围绕着生存繁殖—生命的维持与延续而展开，刘恒是生存意识在小说创作中最饱满的体现者。

刘恒的其他小说在描写上也带有自然主义色彩。譬如《白涡》主人公的婚外恋始终怀着肉欲的奢望，作者故意把人的原始动物性要求同高雅文明的知识环境对立地放在一起，剥去文明人身上的一件件外衣，还原其赤裸裸的动物本性。但是如果细究起来，我以为这些相似处还仅仅是表面的相似。自然主义小说作为一种思潮，它是建立在科学的基础之上，遗传是它立论的基点。但刘恒的小说并没有发展王安忆在小说里曾尝试过的探索，他仅仅把他的小说意义确立在生存的基础之上，也可说是一种原始的自然主义。生存包括现时意义与未来意义，食色成为它的两大主题，但遗传显然还有更长远的背景，现时与未来都不过是过去的延续。刘恒虽以"伏羲伏羲"来命名他的小说，但小说本身展示的，仅止是"本儿本儿"而已，伏羲与本儿毕竟有较大的差别。

应该说，像刘恒这几部关于生殖意义探讨的作品，在当代小说创作中毕竟为数不多，但是经王安忆对情欲的描绘、莫言对生命的探寻、再到刘恒谈食论性的小说，一种关注人的生命内部奥秘，关注人的生存本体意义的意识正在逐渐清晰地游动于创作之间，既然它与自然主义文学的生殖意识发生暗合，很自然，作为这种意识反映在对生活的基本认知方式及其在文学上的表达方式，这一类表达着人的生存意识的作品在更广泛的范围中表现出与自然主义文学的一致性。近年来备受批评界关注的一些小说，诸如池莉的《烦恼人生》、方方的《风景》、叶兆言的《艳歌》、田中禾的《明天的太阳》，以及王朔的一些作品，我们不难看到被誉为"新写实"的以下几个创作特征：一、还原生活本相，在艺术创作中提供一个现实生活的"纯态事实"；二、不回避现实生活中凡俗场景的描写，用艺术画面展出大量污卑、肮脏、不堪入目但闪烁着血灿灿真实光焰的细节；三、用科学主义的写作态度，也即是用你老兄的话说，是"从情感的零度开始写作"。其实这几个特征都没有超出自然主义的范畴，不过是换了一个名字的提法，但由于出发点的不一致，它们之间终究未能完全吻合，当代小说创作中的生存意识毕竟有它自己的规律和行迹。

一、什么叫生活的"纯态事实"，我想用不着到中外哲学史上去兜圈子，当代批评界创造和解释一个新名词大都是靠望文生义，"纯态事实"不会指哲学上的"彼岸性"或世界的纯粹形式，浅俗一点讲，生活的纯态事实也即是左拉所谓"回到自然和人"的起点上去"直接观察、剖析和描写生活现状"[①]的意思。可是在中国现实环境中，它又包含了这样两个背景下的实际含义：它首先是对社会主义现实主义的经典解释的修正。现实主义发展到苏联斯大林时代就出现了"社会主义现实主义"的经典性解释，使艺术不再简单地成为认识世界的一种方式，它是一种改造世界的工具，说穿了就是宣传统治者意识形态的工具。艺术引

---

① ［法］左拉：《戏剧上的自然主义》，见《西方文论选》下卷，246 页，上海，上海译文出版社，1979。

导人们"真实地认识生活"的传统含义被渗入了政治功利目的，它将按一种特定的世界观去解释世界。当这种真实观被引入认识论范畴时，它成功地利用了西方哲学中关于世界本质与现象的二元理论，这种理论曾经被马克思主义批评家胡风追根刨底地批判为"黑格尔的鬼影"，因为黑格尔的"绝对观念"正是对世界本质的一种概括，他要求艺术家只要完全沉浸在这纯之又纯的"真实"的客观对象里去感受它和表现它，完全抛弃主观的感情投入与对生活现象本身的研究。胡风把这种所谓反映世界本质的哲学观念与艺术品的公式主义挂起钩来，指出既然"艺术所要反映的是理念，而且现象形态（形象）也是从理念本身发展出来的；这就用不着通过血肉的感情生活去追求历史现实底发展面貌，应该直接从概念出发了"①。事实上，胡风在20世纪40年代末的忠告没有被广泛接受，而"公式主义"披上了现实主义"本质论"的外衣更放肆地践踏了现实主义，它的基本理论是世界二元性，本质与现象可能是分离的，本质不是从生活中大量确实存在的现象中归纳出来，而是根据统治者的政治需要而设计制定，艺术家要抛弃生活的感性认识去直接表现"本质"，或者根据"本质"去组织细节，解释生活。照这种理论，真实的概念已经失去了客观生活的依存性，所谓事实，也就有了"本质"的、观念的事实（即能够用来解释"本质"观念的事实）与非本质的、自然的事实。上文所指的"纯态事实"也就是指后者，即是未被理念解释过、侵蚀过的生活本来面貌。如果说，19世纪的自然主义仅仅是让现实主义走出一步，而且是同方向的一步，不过将原来"真实"的外延更扩大一些；那我们现在面对的"新写实"则是从二元论传统中走出来，完全走向它的对立面。现实主义历史从19世纪西欧走到我们这儿，已经完成了一个真实—伪现实—重返真实的否定之否定，"纯态事实"的提出，可以看做一个例证。

但是问题似乎还不那么简单，我刚才描绘的那一种伪现实主义，至少在当代文坛上已经终止了十年的生命。当我们今天探讨新写实之"新"，虽然也包括了所谓"两种真实"的含义，但更多的是针对了前一时期的现实主义文学主潮。指的是"伤痕文学""反思文学"以来反映现实生活的作品以及后起揭露时弊的报告文学所显现的批判现实特征，这一类作品大多都回避了世界本质意义的探寻，注重对生活现象的揭

---

① 《胡风评论集》（下），314页，北京，人民文学出版社，1985。

露，透过社会生活现象反映出作家对当代生活中某些问题的认识与态度。这一时期是人道主义复苏的时期，几乎所有的优秀作家都怀着人道精神批判和揭露惨无人性的大灾难在社会上留下的各种后遗症，他们在一种理想的鼓舞下，急切地希望政府和人民能够克服社会生活中的阴影，使生活逐渐美好起来。在他们的旗帜上铭刻着"为人生"的旗帜，他们把写作的笔当做了改造社会的武器，所向披靡，席卷了社会上各个角落与各种领域。那时候的艺术作品所能给人带来的新鲜感，不是审美体验上的，它或者是属于某一块突然被开拓的处女地所焕发的泥土清香，或者是呼唤出久久蛰伏在人们心底却又被视作洪水猛兽的真实思想。很难说这一时期的现实主义与它的原始意义有多少关联，它多半是混杂着幼稚的道德理想和嫉世愤俗的伤感情绪，成为主观倾向性极强的现实主义。我曾经把这种现实主义的变形称作是中国新文学自"五四"以来形成的传统——现实战斗精神传统。到 1985 年以后，随着现实与艺术两方面的演变，现实战斗精神迅速地发生分化，这种演变首先是它自身日甚一日受制于现实的困境造成的，其分化的结果是，进一步强调战斗却放弃改造现实的目的性，更为激进的现代反抗意识在年轻一代知识分子中诞生，与此同时，另一种强调现实存在的不可违抗却放弃战斗精神的生存意识也悄然诞生。它先是寓托于寻根文学之中，近年来渐渐地另开门户，自成一个流派，它把原来大旗上的口号去掉一个字又添上一个字，叫做"为生存"。我们不妨仔细分析新写实之"新"的诸种特征，多半是在这一层意义上提出来的。"纯态事实"不仅指未经过政治道德意义符号化了的事实，也是指未经过作家主观上爱爱憎憎的情绪过滤过的事实。

只要将《烦恼人生》与《人到中年》作个比较，将《艳歌》与《懒得离婚》作个比较，这种所谓"纯态事实"特征就非常清楚。这两组比较的区别不在于有没有理想，谌容小说的整个倾向都带有浓厚的为人生的意味，陆文婷是个典型，她的故事是为了说明中年知识分子在现实生活中贡献与待遇比例严重失调造成的恶果，人物的理想性不过是为了增强现实悲剧的感染力。同样，刘述怀与张凤兰的家庭生活也是典型，他们之所以"懒得离婚"而至今"还凑合着过"，是因为做丈夫的深深悟出了一个道理："凡是新的都会变旧的"，所以离不离都一样。我敢说谌容一定像小说里那个记者自以为发现了真理一样，为能够用"懒得离婚"四个字来概括一个时期的社会心理而欣喜若狂，她的小说就是冲着这四个字、这一句话而铺陈敷衍了许多，虽然与《人到中年》相比这部小说的批判意识淡化了，但对社会问题的关注仍然是作家旗帜上的一个标志。而在《烦恼人生》和《艳歌》中，为人生的意义被消解了，印家厚的故事虽也带个案研究的性质，像他在无数个平常日子里生活那样，小说描写了他忙忙碌碌地过完了烦恼的一天，他的烦恼可以引向许许多多具体的社会问题，诸如住房问题、前途问题、儿童教育问题、婚姻道德问题、知青一代人的价值问题、经济体制改革问题……所有的问题都一带而过，错综复杂地交织在一起，构成社会生活现状的自然形态，作者并不把具体问题凸显以引起人们的警觉，呼吁社会给以解决，毋宁说作者对现状采取了无可奈何的认同；每个人都在这样的环境里生存，每个人都有这样和那样的烦恼。因为它表现的生活太日常化了，以至读到这个故事的人们会因此说："我们都是这样在生活着，没有什么了不起。"推而论之，叶兆言的《艳歌》不过是把印家厚的一天扩大到几年，迟钦亭由大学毕业，恋爱结婚，到生子育儿，夫妻吵架，以及懒懒地生活着，读过这个故事的人们也会因此说："我们都是这样生活着，没有什么了不起。"这两个故事（工人一天的日常生活和大学生几年的日常生活）都是经过作者精心剪接而成的，但又把它混同于任何一个普通人的日常生活，没有什么政治道德的依附物，也没有作者主观情绪的投入，它是以再现日常生活的凡俗性来引得人们的感情共鸣，揭示出现实社会中人的生存真理。它们只是在自己的旗帜上标志着：这就是生存。

我在前面说过，生存与存在不一样，它不包括存在的价值探讨。所以作家着重探讨的是生存的现状的既定性，而排除要求改变生存状况的理想性。这就注定要抹煞人物的一切非分之想。虽然印家厚有老婆有情人还有深埋在心底的那个情影，但他的情感始终被控制在理性的许可范围，其畛域的守卫者不是道德感，而是认命感，即对生活无所作为，也无所希求的现实态度。假如我们设想一下，一旦印家厚被激情煽起生命欲火不顾一切地爱上小情人，一旦迟钦亭投身于某种理想事业变得伟大起来，总之，他们冲破了自己给自己安设的生活藩篱，这样写的小说一定会被人评为理想主义，或浪漫主义的，不再承认是眼下人们所规范的"新写实"，也不再被承认其描写的是"纯态事实"，为什么生活中到处都有骚动与喧哗，到处都有激情的汹涌，却一旦写到艺术世界中就不被认为是"纯态事实"呢？在西方，自然主义文学虽然嘲笑过一些过时的理想主义，但并不回避描写激情本身，因为激情与情欲一样，也是人的一种自然现象，但是在中国的这一类小说中，激情完全被排除在艺术画面之外，作家故意抑制了心底波澜，耐下性子去表现有气无力的主人公。当谌容在描写刘述怀和张凤兰"懒得离婚"的生活时，作家对这种生活现象充满着思考的激情，她需要辨析，需要探究，寻求造成这种现象的真正答案。从叙事角度看，小说叙事者女记者方芳是第一个探索者，作家谌容是第二个探索者，第一个辛苦一阵完全把事情理解反了，但她的错误由第二个探索者即作家自己通过描写来指出，这样一种前赴后继的热忱，是这小说的主体构建。然而在"新写实"作品中，连同作家和人物这种探究的热忱全都消失了，在人物的有气无力背后是作者对现实的无可奈何、认同与回避，反过来再带一点狡黠的自我欣赏，就像阿Q被五花大绑去游街时朦胧地生出一丝高兴一样。池莉的另一部小说《不谈爱情》更加说明这一点。小说所描写的，是在巴尔扎克小说里重复过许多遍的下层粗俗女人对老实的贵族男人的欺骗、要弄以及嘲讽，但在池莉的笔下，丝毫没有把这两个人物作为两个不同社会层次或生活环境下的典型来加以渲染，而是在生物性的要求冲动下，尽可能地抹煞双方文化背景的差异，这部小说与王安忆和程乃珊早期的一些都市小说，属于同一类型，不过是更加淡化了社会文化背景冲突，更加圆熟了自然主义表现技巧。

因此我想补充的是，所谓"纯态事实"，所谓"还原生活本相"，还不仅仅包含上述的两点的定义，它实际上还约定俗成地包含了一种激情消解的成分。这一特征与自然主义文学的原义是不一致的，它是现实中国社会的存在所决定的，一种对现状困境由骚动不安、奋起反抗到无可奈何的认同与回避，一种由个性主义的高涨到低落以至自暴自弃的毁灭，它不可避免地带有自身的局限性。我由此想到20世纪40年代抗战后期弥漫在大后方的"客观主义"倾向，于是我又重温了胡风的旧著，这位命运多蹇的批评家有一段忠告至今仍未失去真理的光彩，且让我抄它下来：

> 客观主义是从对于现实底局部性和表面性的屈服，或飘浮在那上面而来的，因而使现实虚伪化了，也就是在另一种形式上歪曲了事实，首先，在思想内容上，它所反映出来的现实（客观），不是没有取得在强大的历史动向里面激动着、呼应着、彼此相通的血缘关系，就是没有达到沉重的历史内容底生动而又坚强的深度。但主

要的是，它的认识和反映现实（客观）只是凭着客观的态度，没有
通过和人民共命运的主观思想要求突入对象，进行搏斗，在作者自
己的血肉的考验里面把捉到因而创造出来综合了丰富的历史内容的
形象，这正是只能飘浮在现实底局部性或表面性上面，向那屈服的
根源。客观主义，在主观上反而是为了认识和反映现实，而且是通
过科学理解的现实底客观意义的，但却不能把认识和反映现实当做
一个实践斗争；虽然多少能够从现象上理解，但却不能够实际感受
到，现实之所以成为现实，正是由于流贯着人民的负担、觉醒、潜
力、愿望和夺取生路这个火热的、甚至是痛苦的历史内容；没有要
求因而也不能感受到，要认识成为真的认识，反映成为真的反映，
首先需要作家本人把人民底负担、觉醒、潜力、愿望和夺取生路这
个火热的、甚至是痛苦的历史内容化成自己的主观要求。由于自己
有着征服黑暗的心，因而能血肉地突进实际的内容去认识和反映黑
暗，由于自己有着夺取光明的心，因而能血肉地深入具体的过程去
认识和反映光明；这才能够在写黑暗的作品里面感到血肉的搏斗，
引起争取光明的渴望，在写光明的作品里面感到血肉的追求，引起
征服黑暗的信心。[①]

　　真想一直不停地抄下去，现在再要找这么一个怀着火一样的真性情
的批评家的肺腑之言，等于要泥鳅跳龙门，几乎痴人说梦了，只有经常
读读这位批评家的文章，有时会像在漫漫黑暗中看见一道曙光，让人感
到温暖和激情的存在。

　　二、描写凡俗，甚至恶俗，这是自然主义的品质之一。如果说，
"纯态事实"不过是还原了没有激情没有理想的原始自然主义生活观，
使作家将笔墨集中到人对生存现状的认同感，那么，表现现实生活中凡
俗的现象，远不止左拉时代为了把真实概念外延扩大，将艺术题材从狭
小的沙龙中解放出来的意义。欧洲自然主义文学写凡俗现象，核心内容
是强调描写上流社会以外的一切生活场景，它把屠格涅夫式的温情脉脉
的贵族恋爱，雨果式的理想主义的人道原则，以及巴尔扎克式的上层社
会钩心斗角以外的生活真实——矿工们暗无天日的劳动，贫民窟里可怕
的肮脏和愚昧，田野里畜牲的性交与农民的野合，菜市场里湿漉漉的蔬

---

① 《胡风评论集》（下），298 页，北京，人民文学出版社，1985。

菜和亮晶晶的鱼鳞，妓女身上的梅毒，奸男奸女阴谋着的凶杀……所有过去在贵族眼中不堪入目的生活真实都被表现到艺术作品中去，这当然污染了上流社会的空气，因此招来种种恶毒的攻击，被斥为下流粗鄙、揭人隐私、暴露黑暗、诬蔑现状等等，但小说艺术的题材终于在贵族纤纤小口的辱骂下变得波澜壮阔。自然主义文学是第一个自觉表现下层社会劳动阶级的创作流派，是无产阶级文学的先声。没有自然主义文学这个环节，资产阶级批判现实主义要一步跨到描写无产阶级劳动生活的社会主义现实主义是不可想象的，但不幸的是，我们的理论界接过了保守的资产阶级辱骂自然主义的口号，继续在写凡俗问题上对自然主义文学进行攻击。

这些题外话暂且不说，在这里，我所指的当代小说中，凡俗描写既含有自然主义文学的成分，又有不同的内涵。它与自然主义文学的一致性表现在它彻底撕破了"塑造工农兵'高大全'英雄"理论的虚伪性，对下层社会的人们，作了实事求是的观察与描写。我们不必追溯过去把"工农兵"写成完美无缺的"观念人"的时代，即使在强调性格的两重性组合原理以后，人物性格的多重性依然是从辩证观念出发的，譬如，写出一个高尚的人内心深处的自私动机，写出一个刽子手也有同情心等，人物的性格成了两重观念的结合物，这当然比单面观念构成性格要进了一步，但人物仍然是在观念的投射下塑造起来的。但在"新写实"的小说中，人物的性格逐渐摆脱了观念的束缚，杨绪国、李小琴、杨天宽、杨天青、王菊豆、印家厚……几乎是没有什么固定的"性格"可言，他们的思想、行为都依循着生存的现状变化而变化，生存欲望和对环境的适应成为他们作为人的一个标志，这不能回避他们在生存中的一切生物性的需求和行为，他们的凡俗性本身也就是生活化。作家们不厌其烦地写人物的吃、喝、拉、睡和种种怪痴行为，表现出人的自然形态。这是与现实主义的典型性、英雄塑造等经典理论完全不同的塑造人物的审美原则，它强调的是人在自然形态下释放出人性的自由和美。《伏羲伏羲》写天青挖墙偷看婶娘王菊豆如厕，《岗上的世纪》写杨绪国和李小琴七天七夜的不同性交经过，《风景》里写棚户区住户种种野蛮粗暴的生活方式，要是从典型的角度看只能是人的丑恶性的展览，无法在更高层次上概括出人性的力量，但从自然主义的审美原则看，这时候的人往往处于心态最佳时期，超脱了现实种种束缚，使异化的人性还原出真实面貌。自然的人性是最美的人性。

描写下层社会还涉及另一层意义，特别是描写现代都市生活的作品，它给人们提供出一种新的审美经验。我想着重分析方方的《风景》（虽然我至今还没有读过这位作家的其他作品，对她的创作说不出整体的印象。但《风景》这篇小说无疑是优秀之作），这是一篇有很浓左拉味道的小说，作家选择了一个贫民窟的家庭，户主是码头工人，除了一身好筋骨外一贫如洗，他一共生育了十个子女，最小一名夭折，其余九个都如野生植物一样自然发展。叙事者是那个埋在地底下的最末儿子，用死者口吻冷漠地叙述这个家庭几十年的变迁，全知的视角变得十分容易理解，小说在结构上没有太大的创新，只是以父母与七哥的故事为主线，串起其他几个兄弟姊妹的故事，每个人物都有一段经历，结果也各有交代，但令人赞叹的是作者对贫民窟的生存方式的逼真描写，展示了城市生活的另一种真实。多年来，我们总是带着温情去表现现代都市，多是用文明的尺度去表现都市生活特点，而《风景》却证明了野蛮也是表现都市生活的尺度，而且成为一种审美的尺度。小说中隆隆火车轧死了一个可爱的女孩，长江波涛吞没了争夺码头而被打死的工人，棚户里的床板上两个男孩粗暴地轮奸一个女孩，男女工人的调情以及货车上的货箱从天而降当场砸得他们脑浆迸裂，父亲对孩子惨无人道的毒打而母亲却坐在一旁跷起大腿剪脚皮……有些细节令人作呕，严重刺激了被奶油话梅糊得甜腻腻的读者的胃口，但从而使人体会到一种对生活真相新的认识深度和新的审美力度，城市贫民的生存方式被表现得充满血肉生气。这种对生活无所掩饰的逼真描写，显然超越了细节与技巧的意义。

强调生存现状的既定性，发掘生存本身的意义而不涉及其价值评价，是这一类作品共同的特征。《风景》展示的河南棚子是一个自然状态的生存王国，河南棚子里的人们尽管经历了时代的各种变化，但身上所带的贫民窟文化的遗传因子依然顽强地保留着，他们并不想改变环境，除非是环境来改变他们。作家克服了客观主义的庸俗态度，通过人物命运的刻画表现了这种现状。户主的七个儿子中，唯二哥与七哥试图改变生存环境，作者写了他们不同的命运：二哥是真正感受到文明熏陶的人，自从他"被月光下飘动的那条白色之影震惊"，听到了"那银铃似的回音"以后，他发誓要改变自己的命运，使自己成为一个具有文化知识的文明人，但是他的善良愿望终于敌不过世间的冷酷而失望地结束生命。小说并没有对理想主义作善意的嘲讽，却真诚地写下了理想主义的失败。七哥的命运正相反，他在素质上不具备接受文明知识的可能性，只是在浑然不自觉的情况下踏进了高等学府（原因很荒诞，他在下乡时患梦游症被乡下人误以为闹鬼，便推荐他上了大学），使他不负此行的是他在大学里获得了一条人生哲理：干那些能够改变你的命运的事情，不要选择手段和方式。这种没有丝毫理想性的行为准则，出发点只有一个，就是生存。原始生存竞争支配着七哥的思想与行为，不过是把贫民窟文化中恶的一面蔓延开去，而此种文化中善的一面则因为二哥的死被窒息了。

三、科学主义的创作态度。所谓科学主义，在自然主义文学中有两种意义：一是指用自然科学的知识来解释世界的基础，如生物学、遗传学等等，将科学融入艺术创作的画面。这在巴尔扎克的小说里就萌始其间，左拉更是有意为之。这一层意义，中国作家因兴趣与修养所限，多半达不到（朱苏进的《绝望中诞生》中关于"孟氏构想"的科学报告属于例外，当作别论）。二是指作家以科学的态度从事创作。把描写对象作为科学实验对象，不介入个人情感地去解剖它、描述它，使对象成为一个病例的个案研究。所谓创作主体的不介入，一般是指作家尽可能对小说表现的内容不加主观价值判断，冷漠本来也是一种态度的介入，不过是反常识而已。譬如李晓，都说他冷漠得可以，却谁都不难从他的冷讽热嘲中体会到一个浪漫主义者的真正伤感。《关于行规的闲话》结尾时方平用无赖手段发泄内心愤怒，与《继续操练》结尾时黄鱼与四眼的对天发誓都流露出这一点。即便如《烦恼人生》结尾时写到印家厚与老婆相濡以沫的场景，也很难说创作中完全没有主体情感的介入。小说从其特性上讲就带有宣泄与煽情功能，若真将情感降到零度，又何必写小说？

但是，我还是想分析一下李晓、叶兆言、刘恒、王朔这一类小说，他们的叙述方式确是有一种特色，即将关注集中在人们的生存方式本身，而有意淡化，甚至消解了涂抹在这生存之上的时代痕迹和文化痕迹。人的生存除了生物性因素外，它的意义是在社会领域实现的，通常都带有生存的社会性，随之而来的是对生存价值的判断。我在一开始就说过，当代小说的生存意识拒绝探究"活着是为什么"，只问"怎样活着"，这就决定作家会用冷漠的态度消解一切社会学领域中被认为有正面意义的概念。我想为这种现象下的界定是：一、他们消解的对象都是披在生存外壳上的痕迹，消解是为了强调或突出生存意识。二、他们消解的方法是叙事情感的冷漠，但这种消解仍然是需要用情感作为支柱的。——在这点上，它已经超脱了自然主义的审美范畴。

只要看刘恒的寓言体长篇《逍遥颂》。这部小说在结构上与戈尔丁的《蝇王》十分相像。《蝇王》写未来的核战争把一群男孩送到一个荒岛，《逍遥颂》是写"文化大革命"把一群失去父母的孩子逼到一幢空寂的教学楼里，他们如惊弓之鸟，用墨汁和废纸挡住了所有光线，在黑暗的教室里，靠一筐发霉的面包和无穷无尽的白日梦打发光阴。两个作品都是把人置于与世隔绝的环境下，像挤牙膏似的一点一滴地把人性挤压出人体。于是每个成员在互相争斗中耗尽了生命的活力。《逍遥颂》里，刘恒暗示出这一批孩子怎样从人性的萎缩开始，生命力一步步退化，最终沦为各类虫豸：苍蝇、蝙蝠、王八、土鳖、马蜂、蜈蚣。用一个局外人的话说："他们只不过是一些可怜的虫豸，自己就会死去的，让他们爬来爬去玩一会儿吧。"这无疑揭示出较高的生存悲剧。过去"伤痕文学"中，有成百篇计的文学作品写"文化大革命"中一些家庭被毁、父母被害的孩子的悲惨遭遇，主体倾向在同情，但《逍遥颂》不，虽然它不缺乏激情与热忱，但作者故意用轻松调侃的笔墨写下了荒诞灾难中所发生的一切，怵目惊心的事件被叙述得像吃饭吐痰一样平常。作家似乎不愿读者多为那些生命的外在因素去分散和滥用他们的同情，只希望把注意力集中在那几个人性退化生命力枯萎的事件本身上来，举一反三地体会人的生存之可怕。其主体倾向在理智。

再看看李晓的《天桥》。叙述语言的冷漠与叙述心理的伤感是李晓小说的基本程式，他不动声色地编织着知青一代人为生存而无穷无尽地拼搏、挣扎甚至不择手段的辛酸故事，他充分认识到生活的残酷与竞争的可怕，因而总是把人物置于一个尔虞我诈的社会机器之中，如《继续操练》、《我们的事业》、《关于行规的闲话》等。无论学府讲坛上，还是买卖生意场上，人们到处都身不由己地为着生存无情地互相吞噬。唯有《天桥》所叙述的内容虽然不新，却是超出了作家的个人经验，作家写了一个探讨历史与现实关系的故事：普通工人王保在反右时无意被打成反社会主义分子，送农场劳改，他老娘在探监途中被人谋杀。22 年以后，悲剧终以喜剧形式结束，王保又恢复了原来的工作职务，一切都正常了。他仿佛觉得："是不是有谁把表拨快了，过去的不是 22 年，而是 22 个月，22 天，或许更短，就好像是球场上踢球，忽然下面喊有王保的电话，有人在电话里对我讲了一个故事，一个很长的故事，听完之后，我又上了球场，比赛继续进行。"这 22 年的悲惨历史——惩罚性的劳动，可怖的饥饿，亲人的死亡，青春的耽误，都化作零——不过是一个很长的故事，唯一有意义的是生命又连接上了，并且结婚，有了儿子，生命以不同方式还在延续下去，所以历史发生的一切都变得无意义。这部小说也是李晓第一次没有带伤感情调也没有写人心险恶，从主人公重返安徽寻找母亲遗骸开始，一节一节地回忆那段 22 年的故事，其核心，正如小说中一位大学生讲叙的达尔文故事：物竞天择，适者生存。劳改农场里，巨人"小矮子"终因消耗大而饿死，而小个儿囚犯却都挣扎过来；劳改农场外，王保娘死于歹徒的抢劫，而歹徒不过是为了抢一些粮票谋生。当然故事里还有许多精彩的片段，但悟出了这个道理的主人公王保，明白这一切都无甚意义，能生存下来才是唯一的。

再可以读一读叶兆言的"夜泊秦淮"系列和《枣树的故事》，人的生存与历史的消解融合为真正的一体；还有王朔笔下人物的人生观：除了生存本身的意义外，其他一钱不值。[①] 关于这两位作家，我都写过文章，想你都已读过，或者不读也没有什么关系，意思大概也就这么些，这暂且按下不表也罢。

好了，写到这里总算结束了生存意识与自然主义文学结伴而行的冗长旅程。自然主义文学作为欧洲文学运动的一个思潮，自有其理论与创作的完整体系；生存意识是当代小说创作中的一种土生土长的现象，虽分散在各种不同的作品里，但联系起来看也有其独立的规律与特征。两者之间并无血缘上的姻联关系，但比较它们的异同，却有助于我们对近年来这一种创作倾向的整体思考。从相同的地方可以引起我们作这样的思索：为什么 20 世纪 80 年代的中国小说会出现普遍的关注生命现象，关注人的生存问题的现象？为什么这些作家在探索人在现状中生存何以成为可能的同时有意消解了现实与历史的道德价值标准，甚至对改造生存环境的热忱变得冷漠？为什么从"为人生"向"为生存"的换旗易帜非但没有激起传统现实主义的愤怒反而得到一片赞扬之声？所谓的现实主义传统在中国的去向究竟何在？这些问题在一个较广阔的文化背景参照下将会更加有助于我们对当代文化心理的理解。但在两者的相异处我们能得到更多的启示——事实上在前面每个问题的铺展时我都努力暗示

---

① 参阅拙作《在社会理性准则之外》（载香港《博益》月刊第 19 期）和《当代文学中的颓废文化心理》（载香港《博益》月刊第 23 期），两篇均收入《笔走龙蛇》，台湾，业强出版社，1991。

这种相异性；自然主义文学在欧洲有着深厚的现实主义传统，它作为现实主义的一种极端形态，其本质并未脱离现实主义的认识论——模仿论，即自然主义文学确认生活是一个纯客体的存在，它的完善与不完善，美好与丑恶，都是相辅相成地构成一个完整的世界，文学的使命就是尽可能真实地接近这个客体世界，去观察它和描写它。这一点是现实主义文学流派的基本素质，也是现实主义区别于其他流派的标志。但中国当代小说的生存意识却暗示了一个相反的观点，这些作品中，我们发现作家迷恋地表现生存之可能及其现状。总是回避甚而拒绝客体世界的介入，许多作家描写生存关系就仿佛是在实验室里做试验，一旦失去了封闭的环境，实验就难以为继。这倾向多半暗示了作家对现实的不信任感，唯自己生命和肉体的生存才是真实。当这倾向走上精致的阶段，就有了叶兆言的一系列小说来表现生活中许多纯属个人经验的永恒之谜（如《悬挂的绿苹果》、《五月的黄昏》、《绿色咖啡馆》等）。当其走向更为精致的阶段，就出现了余华的走通经验与非经验的界限，生命在宁静致远的氛围中被逐个肢解的残酷故事，如《一九八六年》、《世事如烟》、《现实一种》等——这些本属生存意识中的上乘作品，完全脱离了现实主义范畴，与自然主义亦无缘分，所以旨在比较自然主义与生存意识异同的本文中就不对它作分析了。

两者的比较中我想强调的是，当代小说创作中的生存意识是一个独立的概念，它的认识基础不是现实主义的模仿论，某些作品表面上相似，到了最精致的阶段就泾渭分明，由是推去，生存意识的概念与"新写实"的"一要新，二要写实"的特征也不尽相同，不过是对这个过于宽泛的口号作某一局部的内涵界定。

太湖会议于今，已两个年头过去，人世间嘈嘈杂杂，许多题目才想了个头就打消兴趣，唯这个话题一直盘桓于脑间，总以为可以继续谈下去，于是一并写出。写得长了一些，我写得累，想必你读得也累，不过话头是由你引起的也算是种瓜得瓜的报应吧。

思　和

1990 年 3 月 1 日于玉兰树前陋室西窗下

原载《钟山》杂志 1990 年第 4 期，初刊名为《自然主义和生存意识》

关于"新历史小说"

　　"新历史小说",这是笔者对近年来旧题材小说创作现象的一种暂且的提法。新历史小说由新写实小说派生而来,不过是涉猎的领域不同,新写实题材限于现实时空,而新历史,则将时空推移到历史领域,但它们在创作方法上有相似之处。"新历史"又不同于一般意义上的历史,它限定的范围是清末民初到 20 世纪 40 年代末,通常被称作"民国时期",但它又有别于表现这一历史时期中重大革命事件的题材。因此,界定当代新历史小说的概念,大致是包括了民国时期的非党史题材。

　　从文学史的源流看,党史题材和非党史题材的根本区别,不在取材,而在创作观念与创作视角。"五四"新文学以来,就有以历史视角写民国史的先例,其代表是茅盾与李劼人。茅盾从事创作向来有强烈的历史意识,几乎每一部作品都有意地将故事置于特定历史事件下,力图表现出时代的壮剧。从《霜叶红似二月花》到《腐蚀》,编年式地刻画了现代历史进程的每一个大事件,贯穿于故事的,是根据特定的政治意识来整合历史题材,创造出典型历史环境下的典型人物。而李劼人在 20 世纪 30 年代创作的《死水微澜》等系列历史小说,通过袍哥、教徒、土粮户、新旧官僚、普通市民、知识分子等各个社会阶层的人物的命运遭际,展示了甲午事变到辛亥革命期间四川地区的民间风俗的演变。当然不是说李劼人的创作不带政治意识,但他的创作方法更多的是接近了法国自然主义大师左拉,描写支配人物行为的各种欲望:心理的,生理的,以及这种种欲望与政治、社会、宗教的矛盾纠缠在一起,才演出一幕幕有声有色的社会风俗剧。茅盾与李劼人的创作,可以概括为文学史上历史题材的两种流派。大致地说,茅盾的创作通过描写政治事件突出了政治意识,而李劼人则通过描写民间社会而突出了民间意识。

　　新历史小说再度崛起,是以莫言的《红高粱》为标志的。在此之前，江苏两位作家赵本夫与周梅森似乎都作过这方面的尝试。赵本夫当年发表长篇《刀客与女人》首次刻画了一个土匪的传奇经历，含有强烈的民间色彩，而周梅森的《沉沦的土地》系列写民国时期的人物冲突，第一次有意摆脱历史概念的束缚，在人物的形象里注入了丰富的人性因素。这两位作家的尝试为历史小说摆脱教科书的定义而成为生动的人性见证，迈出了大胆的一步。莫言的《红高粱》则完全改变了传统的现代史题材的创作观念与视角。《红高粱》以土匪司令余占鳌的传奇，正式进入了非党史视角的叙述方法，突出了民间社会在中国历史进程中的作用。民间社会概念的出现，为历史小说还原到李劼人的传统创造了必要的条件。新历史小说强调民间意识决非摒除政治意识，它旨在以更大的空间自由注入当代人的历史意识，使大多数的民众意识都包含到政治范畴中去，以致使历史从教科书的抽象定义中解放出来。

民间的概念在中国古典小说和民间文学中有着悠久的传统。20世纪50年代以后，小说家在创作现代历史题材时，有意无意地用政治意识对它作了改造。这就出现了一批"政委—民间力量"为模式的故事题材，如《铁道游击队》中李正对刘洪等车侠的改造，《杜鹃山》中柯湘对雷刚的改造；或是另一种以对抗的形态出现的剿匪题材，如《林海雪原》等。这两类题材由于涉及政治集团以外的民间武装，无论是正面形象还是反面形象，都比较能够引起读者的普遍兴趣。但近年来新历史小说创作中，民间力量不再是被改造或被围剿的对象，它独立存在于小说提供的艺术空间，拥有它自己的道德标准和审美原则：一种更接近民间原始正义观念的意识形态。

这种区别是显而易见的。不妨对现代京剧《沙家浜》和小说《红高粱》作个比较，这两个作品的原型结构几乎是重叠的，每个主要人物都能够找到他们的对应者：春来茶馆老板娘阿庆嫂和烧酒铺女掌柜戴凤莲，土匪司令胡传魁与余占鳌，新四军郭建光与八路军江小脚，"国军"代表刁德一与冷麻子，甚至连群众的受难者中，也有沙奶奶与罗汉大爷相对应。在这种对应关系中很容易看出其中的差别：《沙家浜》的创作及其成为样板戏的改编，明显地渗透了政治意识对民间题材的改造。在戏中，政治的二元对立分化了民间社会力量，阿庆嫂和胡传魁的身份被打上截然相反的政治烙印，于是整个故事被改编成一个典型的党史题材，原有的民间色彩只是作为传奇因素保存在剧情里。在这个戏再度被改编为样板戏的过程中，政治意识对民间社会题材作了第二次改造，即突出武装斗争而贬低地下斗争，于是地下抗日的戏被大大删去，最后一场戏改成了新四军正面袭击，不但强化了政治意识，同时也强化了党史意识。在这样一种参照下，我们不难看出《红高粱》提供的山东高密乡艺术场景，正是作了还原民间的工作。在这个作品里，国共双方的武装斗争都被处理为幕后戏，成了民间社会的政治历史背景，而正面却描写了一支土匪队伍的抗日活动。由于余占鳌身兼土匪司令与抗日英雄两重身份，作者就可以比较自由地在角色身上添加原属于民间文化所有的活泼的原始生命力。杀人越货，娇妻美妾，种种粗野、猥亵和暴力的因素都由此而生。或可说，《红高粱》还原了一个民间文学的主题模式，它把《沙家浜》中最具有艺术活力的民间主题从重重政治意识的外衣中剥离出来，加以弘扬。某种程度上它复活了中国古典小说《水浒》一路的创作传统。

　　也许是《红高粱》这一开端决定了以后的偏向，在新历史小说中土匪的故事竟大受青睐，使这一路创作带有浓厚的俗文学走向。或许是土匪不像侠客那样的不食人间烟火，他们的生活，无论是逼上梁山式的过去，还是打家劫舍式的现在，都与现实社会联系在一起，纵然是放纵的理想境界，也未能超脱普通人的想象力之外。更何况性与暴力这两大民间社会伦理要素，在土匪的故事中无论怎样的渲染总不会过分。作者们既然有意要拒绝政治意识对历史的过分渗透，既然有意要还原民间社会的本来面目，那么，他们就不能不同时也还原中国民间社会变化中与生俱来的粗鄙形态。在这里"土匪的故事"只是一个含义暧昧的符号，其实不一定实指那些打家劫舍的勾当，它的某些特点同样可以涵盖非土匪类题材：黑社会的械斗内讧，旧社会遗留下来的污秽生活方式，农村都市中的贫困与粗俗，等等。长篇小说《米》中逃亡农民五龙的发迹故事就是一个例子，这样的题材可以有多种叙述的方式，在苏童的笔下，它成为一个有意识的民间社会的文化画廊，在五龙身上，除了对家乡刻骨镂心的怀念这一点上残存些许人性中的温情与诗意，其他一切都被沉浸在农民式的粗鄙形态中：仇恨、恶毒、粗俗、下流，以及作为一个枭雄应有的狡黠与腐烂。小说中不厌其烦地出现淫荡的字眼与污秽的意象，这一切唯有在这个亚土匪类的题材中才会被视为理所当然——作为一种粗鄙形态的文化心理，在新历史题材中找到了合理的自由空间。

　　这并非是说，民间社会题材注定要与粗鄙文化形态乳水难分，我认为关键问题在于作家是否有一种以知识分子心态介入历史的自觉，同时也是否有控制自己借民间社会这一自由空间来放纵自我的能力。即使是土匪故事，当然也有不俗的作品，比如李晓的《民谣》，题材是俗文化的题材，表达也是俗文化的表述，但贯穿在叙述中的，却是知识分子的思考。这还不仅仅是揭示一个人心之薄世道之险的老生常谈，作者写马五的死与周围人们的漠然，几近于对人的灵魂的拷问。这种几乎出于本能的知识分子的思考，正是一般同类作家所缺乏的，尽管对后者来说，感性画面的组合和传奇故事的编织都是相当驾轻就熟的事情。

文化的粗鄙形态并非一无所取，它至少包含了一种来自民间的原始热情，不但成为支配角色行动的内在动机，而且也往往诱出了作家对历史的潜在激情。民间社会本来是个内涵丰富的范畴，在文学题材上也是多方面的，但令人注意的是，一旦新历史小说脱离了土匪或亚土匪类题材，转向比较精致的文化形态时，这种与粗鄙文化同在的原始的创造激情也随之消失。这或许是新历史小说自身的特点所致，它作为新写实小说的一个分支，同样是激情消解的产物。新写实小说用相当冷漠的口吻叙述了人类生存的处境，而新历史小说，则用同样冷漠的态度处理了历史的进展，所以，一旦失去了民间社会自身固有的热情作衬托，作家们便很少再投入人为的热情，去解释那些过去了的历史。

民国史一旦从党史题材中分化出来，就注定要还原一个黯淡的本来面目。清末民初的巨大社会变动并没有在辛亥革命中最后完成，旧的文化传统在民国时期留下了长长的阴影，新历史小说既然选择了民间社会成为主要的描写对象，那么，就无法回避这个没落的影子。它所描写的文化形态愈精致，角色的激情也愈趋于消解。《妻妾成群》中表现得最好的一个内容，就是女学生颂莲，以她受过的新教育同作为姨太太的旧生活方式之间的自在冲突，这冲突过程其实也正是激情消解的过程。可惜的是，这部分内容在改编成电影时完全被放弃。

也许正是为了同现代生活保存一定距离，才有了新历史小说的尝试，作家们才选择了民间自在生活，用民间社会的演变来重构历史。这是一个全新的历史视角。叶兆言的《夜泊秦淮》系列，可以说是新历史小说的精品。通过这一个个秦淮人家的兴衰故事，我们看到了辛亥革命、张勋复辟、北伐战争、国共分裂、抗日战争、南京屠城，以及国民党南京政权垮台前夕的风雨飘摇，这一幕幕民国史上的重大事件投射到民间社会，就像是一块块小石子抛进沉沉的死潭，激不起强烈的漪涟。小说画面上反复出现的是中国民间面对各种天灾人祸的可怕惰力和忍耐，是传统文化的式微以及附庸其上的知识分子的沉落。从《状元境》到《半边营》，我们看到了一个完整的"重写民国史"的雏形，当然，这仅仅是一个以民间为主体的社会变迁史。

或许说，精致地描写一种文化的式微，本身就需要激情，而且这种激情曲曲折折地也会与当代生活发生关联。我在读《夜泊秦淮》系列作品，尤其是《半边营》的时候，曾不止一次地仿佛听到这样一个声音，犹如契诃夫戏剧中出现的一个美丽诚恳的声音：先生们，你们的生活是丑恶的，不能那样生活了！但是，古典俄罗斯文学的最后一位大师所发出的责备，是针对了他当时所处的时代与生活，他的激情毫无疑问转化成为时代的声音，表现出一个正直的知识分子直面人生的良心，然而新历史小说所达到的最强烈的激情，仍然是面对了一个早已成为过去的旧岁月。

如果说，新历史小说表现的粗鄙文化形态多少迎合了通俗文学的感性满足，所缺的是知识分子对生活的严肃思考，那么它的精致文化形态则表达了知识分子对当代生活热情的转移。两年前，我在《钟山》上发表的一篇关于新写实小说的通信里，借用了当年胡风对客观主义的批评，来表示我对一种激情消解现象的忧虑。两年过去了，我的忧虑依然存在，尤其是现代生活的步伐突然加快，一下子在我们面前展现出大量的新问题新困惑的时候，我想，作为一个知识分子，似乎更应该保持对生活的激情与思考。因此，尽管新历史小说的成功带来了旧题材热的再度勃兴，我还是真诚地希望：病树前头万木春。

原载《文汇报》，1992 年 9 月 2 日

黑色的颓废：读王朔作品札记

一、颓废的含义

颓废是中国当代文化的一个重要现象。它以斑驳杂芜的色调冲淡了大一统文化的单调划一，个性的发展不再朝着一个目的，就如湍急的河流突然遇到了坚硬障碍物的阻挡，水流便分散着朝各个方向散开，它柔弱而且散漫，但磨蚀力并不因此减弱，依着颠扑不破的滴水穿石原理，看似无敌的障碍物，终将在散漫的水流磨蚀下渐渐地衰弱、蚀空乃至完结。障碍物将与散漫的水流同时完结。

个性的发展已经到了消解"万众一心"的时代，唯有丧失了目的的个性，才显示出它自身展开过程的珍贵，如昙花一现，花开犹花落，期待的倒是苞蕾放绽的瞬间。颓废的行为无所谓目的，生存也不是目的，唯一的期待是生存得舒心。高级的颓废依循着"玩物丧志"的原则生活，因为"志"本来也是空的，唯一玩才是实的；低级的颓废依循着"行尸走肉"的原则生活，纵情声色也罢、朝秦暮楚也罢，他们不过依着一种生物的本性行事，返回了人类的祖先时代。事实是他们除用最原始的方法来保护自己的生存以外，无法知道还有什么东西更值得留恋。

王朔的小说就是写了这样两种颓废，由《橡皮人》到《玩的就是心跳》经过了这么一个转变。也许压根就没有变，在王朔看来，颓废就是这么一回事，行尸走肉与玩物丧志全是一个样，没有些许的差别。更令我感兴趣的，还不在于王朔写了这么一些颓废者的心态，而是王朔对他的笔下人物全不存一点儿价值判断的心思，他以一种悠哉悠哉的态度，冷漠地描写着那些被玩得轰轰烈烈的人生游戏。这种生活方式被写成天经地义的，跟官员每天上班一样无可厚非。

我是说，王朔对他所写的颓废生活场景抱颓废的态度，这才够意思。要不，义愤填膺地写张明糟蹋女大学生或者写南方犯罪集团的倒卖汽车，王朔就不成其为王朔了。

颓废是一个文化概念，它可以包容各种各样的社会心态。王朔描写的只是其中的一个层次，一个毫无亮色的黑道社会。我称这个世界为"黑色的颓废"没有什么贬义，虽然他们狂赌滥睡（只能是睡，与"嫖"似乎很不一样，这也是社会的进步），尔虞我诈，倒买倒卖的生活方式于我的生活经验如同天方夜谭，我不了解也不打算去进一步了解，但作者以一种无谓的态度和玩世的口吻把它写出的叙事方式，我是赞赏的。我从王朔的小说里第一次读到没有教化味，也没有人道主义浅薄眼泪的犯罪题材小说，第一次读到既不是冉·阿让式的善良犯罪也不是伏脱冷式的复仇魔鬼的中国堕落青年形象（自注：我用"堕落"一词也不带贬义，特此申明）。

王朔在作品里描写了黑道社会的种种故事，但不是向人们提出"应该这样生活"，还是"不该这样生活"。如果把王朔的小说里经常出现的纯情梦当做是主人公对当下生活方式的否定，那就曲解了小说的颓废含义。虽然我们目前尚未达到那样一种生活境界，但王朔的小说却超前地告诉我们：颓废时代是空前的宽容时代，它不能倡导什么，只讲实行什么，每一个人都有他自由选择生活方式的权利。黑色是宽容的，可以包容一切极丑的和极美的，只是给人的感觉似乎沉重了一些。

我曾把张辛欣、刘索拉笔底下的艺术形象概括为"现代反抗意识"，它们充满着现代人的反社会反传统规范以及反偶像的精神，但又是传统现实主义战斗精神的继承和变异；我现在把王朔笔下的人物形象概括为另一种文化现象，即"颓废文化"。它与"现代反抗意识"既有对立又有联系，它的反社会反传统规范反偶像精神不是体现在积极的反叛上，它是一种消极的自我享乐主义。在这种文化心理支配下，国家、民族、信仰、道德等在传统文化中被视为神圣的东西无不贬值，不占任何地位。唯一有意义的就是及时行乐，它不需要明天也没有明天。"颓废文化"是反传统规范的，但它没有任何高尚的内容和悲剧的精神，只是用庸俗的方式去吞噬、消耗，甚而腐化社会机能，促使社会的传统规范在嘻嘻哈哈的闹剧中瓦解消散。

二、英雄末路

王朔的小说不算多，除了《顽主》以外。其他几种故事似乎是延续的一个系列，也可以说，王朔笔下的主人公只有一个肉身，他可以化名为张明、丁健①、石岜、方言，包括他的第一个作品《空中小姐》中的"我"，他们有着十分相似的生活经历和感受，做着同样的梦，依循着同样的人生原则。

我把这一系列人物称作为"王朔式的英雄"。在王朔的小说里，那个兼着主角和叙事者两种身份的"我"跟其他黑道社会的伙伴并不完全一样，他虽自谓"老流氓"，可是在文化修养和正义感方面又明显高于其他同伙。正如《橡皮人》中的"我"所告白的："我跟别人不太一样，你不能用世俗的眼光看我。"他的嘲讽刻薄不但损人也损自己。——值得注意的是，王朔式的英雄始终像地鼠般的在自己的黑洞里活动，除《顽主》里的于观外，很少出现在光天化日下。这就是说，王朔没有在更广阔的社会层面上表现那些他刻意表现的阶层的内容，而是在一个基本封闭的环境内表现它。在这个封闭的环境中，主人公"我"是唯一的英雄，唯一的清醒者——这里用"清醒"一词并非是指他对周围环境执行着批判的使命，指的是他对环境及其自身处境的嘲讽态度。如《浮出海面》中的石岜，曾把自己的生活方式比作"像个没孵出来的鹌鹑"。这正是王朔小说的一个特定视角：既用世俗，甚至黑道人物的眼光去看社会的正面；又用非世俗的即所谓清醒的眼光去看社会的负面。

这个身份固定的叙事人的真正来历，早在王朔的处女作《空中小姐》中已经交代了：他是一个退伍军人，一生中最辉煌的青春时光都消逝在军舰上了。依小说所提示的信息分析，这个军人在中越边境战争之后不久退伍，共有八年军龄——这就意味着他参军时中国还处在封闭社会的 20 世纪 70 年代初，其军人模式是按照那个时代的理想塑造的。可是在他离开军队时，中国社会已进入了改革开放的初级阶段，商品经济冲击了传统的文化规范，社会上开始出现以金钱拜物教为中心的新形态。这对一个（或一群）刚刚走出乌托邦式军营的年轻人来说未免太残酷了一点。当他返回现实世界时，发现除了疲惫的身心与无法适应的外界环境以外，自己一无所有也一无所长。传统意识形态的精神支柱顷刻间倒塌，他只能痛心疾首地注视着一个英俊的军人怎样一步步堕落下去，成为无所事事，只爱吃油炸物的"胖子"。那时他似乎还没对自己完全绝望，还企图自救，与"空中小姐"王眉的恋爱正是他拯救自己的

---

① 丁健是《橡皮人》的主人公，但在小说里似未出现这个名字，由小说改编的电影《大喘气》里才出现，为了叙述方便，这里借用一下。

努力。因为只有在这个曾经非常崇拜过自己的女孩子面前，他才能回忆起昔日的光荣。但故事是以恋爱失败、王眉牺牲结束的，男性主人公"我"的自救企图仅仅在梦中完成了。小说最后写了一个梦。

> 阿眉来了！冰清玉洁，熠熠生辉。她拥抱了我，用空前、超人的力量拥抱了我，将我溺入温暖的海洋中。她用岩浆般沸腾的全部热情，挤榨着置换着我体内的沉淀垢物；用她那晶莹清冽的全副激情，将我身心内外冲刷得清清白白。我在她的拥抱、治疗下心跳虚弱、昏厥。她的动作温柔了。蓦地，我感到倾注，像九溪山泉那样汩汩地，无孔不入地倾注。从她眼里、臂膀、胸膛，从她的心里，流速愈来愈快，温度愈来愈高。我简直被灼疼了。天哪，这是她贮存的全部鲜血、体液，是她积蓄的，用来燃烧青春年华的能量，她不能再发出耀眼的光亮，就无偿、慷慨、倾其全体地赠予了我。我感到一个人的全部情感和力量的潜入，感到自己在复苏，在长大。我像一支火炬熊熊燃烧起来。而阿眉，却像一盏熬尽了油的小灯，渐渐地黯淡下去，微弱下去。我清晰地看到她泪流满面却是微笑着，幻作一个天蓝色的影像，轻轻地，一无所有地飘飘升飞……

这个梦没有什么新意。它在小说结构上没有摆脱一般言情小说以残梦为情绪高潮的基本格局；在寓意上它是以一个人的死来更新另一个人的生命，也没有摆脱传统英雄主题的理想色彩；它的内容写死者用鲜血、体液倾注生者的肉身，更未摆脱浪漫主义爱情永恒的含义。不过这个梦包含了"王朔式英雄"的性格发展的起点。这个梦像以后随着主人公"我"的堕落一步步淡化，甚至远离他，可是在王朔的小说里它成了一种神秘的力量，时隐时显地浮现在"我"的人生道路上，启迪着"我"久被封藏的良知。以后，王朔的小说里总是出现一个纯情女孩的意象，千篇一律，她是王眉生命的延续，也是那个梦像投射在尘世的幻影。她在"王朔式英雄"的心目中是绝对神圣的，尽管这位主人公在人生道路上不断滑向商品社会的污浊层面，也尽管这个梦像对他越来越模糊，甚至难以记忆。

然而，在《橡皮人》中作者又让主人公做了一个梦："我行走在荒原。万木枯萎凋零，虎狼相伴而行。咫尺处有一锦绣之地。阳光和煦，花草鲜艳，流水潺潺。不知从何时起，我未迈出那一步，随即地裂，横亘一沟，欲跳未跳，正自踌躇，那沟迅即扩大。无声地坍塌，破裂，一寸寸地拓宽，向两边撑开，渐至无法逾越。锦绣之地远去，虽历历在目，已可望不可逾。我在荒原哭泣，返身向树林深处走去，一步一回头。腥风扑面而来，我裸露的四肢长出又浓又密，粗黑硬韧的兽毛，我变得毛茸茸了。哭泣声变成嗥叫。不知从何时起，我已经做不出人的表情了，眼睛血红，怀着感官的快意和心灵的厌恶啮撕起生肉。"这个梦的文本与前一个梦的文本所展示的内容完全对立，比起前一个梦来，这个梦要老练得多。它仿佛是一个宣言，梦中"锦绣之地"远去了，正宣告了前一个梦中含有的自我更新的浪漫主义已被否定，而"荒原"的梦像只能暗示出主人公从自我完善的企求转向自我堕落。

在《一半是火焰一半是海水》和《橡皮人》中，主人公身上已经洗去了温情脉脉的感伤色彩，变成为老练、彪悍、硬健的"流氓"，但在他们的心灵深处，依然埋藏着当年军人的因子。王眉式的纯情梦变得模糊了，只有当他们生活中遇偶然见了胡蛛、张璐这样的纯洁女孩时才会像特异功能那样拨动起他们对这遥远梦的记忆之弦。这两个作品中，主人公与纯情女孩的恋情被赤裸裸的性欲取代了。两个主人公身边都出现了淫荡、又不乏热情的女性：张明有亚红，丁健有李白玲，她们似乎是邪恶女神，诱着主人公灵魂沉向深渊。这些女子也是犯罪集团的同伙，如果说她们身上寄寓了作者的什么象征，那就是主人公目前选择了的黑暗但又富有刺激的生存方式。这种生存方式的特点在于完全不受国家、政府、道德等力量的约束，以沉溺于狂赌滥嫖，利用色相、诈骗、投机来获取钱财，完全敞开了肉体感官的享受。他们没有任何政治的和道德的纲领作为人与人之间的纽带，联系他们的只是金钱；他们也不同于过去"官逼民反"的绿林好汉，没有任何宿怨横亘在他们与社会之间，只不过是社会愚弄或诱惑了他们，而他们又千方百计地钻社会的空子。他们是一群自我放逐者，在行为的个人主义背后奉行着道德的虚无主义，这当然也是一种生存方式。但是，主人公又似乎没有完全放弃对于浪漫的纯情梦的追怀，王眉一类的形象依然淡淡地出现，胡蛛也好，张璐也好，都没有与主人公"我"发生直接的恋情！但她们又恰到好处地出现。以单纯、热情、美好的形象唤起了主人公体内久久蛰伏着的记忆。她们代表着另一种生存的方式，这也同样是一种充满反传统热情，个性之花无拘无束自由开放的生活方式。王眉、于晶、吴迪、胡蛛、张璐的可爱性不是因为她们的遵守社会规矩，恰恰是她们敢于逾越规矩，她们用纯洁的心灵去反抗，甚至冲破传统规范。她们不约而同地去爱"老流氓"，正是因为她们内心滋生着反叛的火芽。这种反传统规范的态度使得两种截然不同的生存方式寻到了短暂的共同点，虽然它只不过如梦一般脆弱。应该说，这两种生存方式——锦绣之地和荒原——的遥遥对峙是王朔小说的基本模式：一种是纯洁、脆弱、梦幻般的；另一种是污浊、狠顽、野兽般的；前者总是失败但美丽得令人追怀，后者是现实存在却是那样的令人恶心和不安。

在《玩的就是心跳》中——顺便说一下，这个长篇是王朔写得最好的一部小说，已经完全摆脱了前几部小说中带有的通俗文学痕迹，——出现了对人生的思考，并始终贯穿着一种对人生观的讨论。这是王朔风格的一次大展览。读者如果熟悉王朔的作品，会觉得它不过是又一次重复了以前说过的故事，主人公方言依然在两个女性中摇摆：一个是刘炎——李白玲、亚红等的化身；另一个是凌瑜——于晶、吴迪等的化身，但形象的内涵则明显地丰富了：方言不再是一个人，他代表着一群同样经历的人，他们有高洋，有冯小刚、汪若海……他们共同玩着一场人生游戏。方言与凌瑜的恋情故事也完全退出了故事的叙述画面，成为一种记忆中的积淀，遥遥地沉睡着。故事套用了一部推理小说的方式，如小说结尾时介绍的那样：主人公（方言）沉溺赌博，不务正业，忽一日被警方怀疑有杀人前科，遂一日日整理记忆，拜访旧友，理出一本生活流水账偏偏少了七天的行状。他苦心孤诣、搜神寻鬼，穷至少时，仍无从考察——如小说中李江云说他的：想搞清那件杀人疑案只是借口，更主要的是他突然发现人生中少了一段记忆，"突然不了解自己了，少了一块东西，拼不出自己的形象了"。整部小说说的是主人公寻找失去的记忆。由于记忆失去了，一切怪诞都变得可以容忍：他苦苦寻找的女子其实一直生活在他的周围，他能找到旧友，唯独对曾经爱得"又缠绵又疯狂"的女子却视而不见。这种失却记忆的寓言，也可以看做是《橡皮人》的梦像中对两种生存境界的选择结果。

如果说王朔以往的作品仅仅是站在平民的立场上粗俗地嘲讽人生，那么，这个作品则把这种情绪提升到一个人生的境界。方言寻找失去的七日记忆最终仍没找到，但唤起了另外一些记忆，包括对那件人为的杀人案的侦破。事实上，读者对小说布置的扑朔迷离的幻景和叙述形态的兴趣已经超过了寻找的结果，或者说，对方言一伙人选择了人生道路的关注远远超过了对侦破杀人案的兴趣。因此小说最后以倒叙的十三天记

忆为结尾是有力的，它展示了一群军人刚刚离开战场和部队，来到商品
经济最开放的南方大城市肆意挥霍，十三天后，他们各奔前程，但几乎
都是在绝望中作出了绝望的选择。有了这十三天的历史，表明了方言等
人的生存方式并不是一种被动的环境所迫，也不是个人的无意识行为，
它是当代社会变迁中出现的特定的文化现象，是他们自己选择的结果。
由战争文化规范转向现代商品文化规范，它涉及整个中国当代文化走向
和转化。王朔笔下出现的这种文化现象正是抓住了社会转型过程中的某
些特征，因而有着较大的概括性。

三、性观念

人们通常是从《一半是火焰一半是海水》开始认识王朔的，并佩服
他能如此纯熟而且逼真地写出黑道人物的世界。这篇小说在结构上有些
矫揉造作，没有完全摆脱通俗小说的传统模式。但小说中吴迪这个女大
学生的形象是相当动人的。应该说她属于王眉一类的纯情女孩，没有性
经验而故意装得满不在乎，这确与当代青年的新潮影响有关，可是一旦
她与张明发生了性关系以后，立刻就暴露出女性的弱点。她以后放弃学
业迁就张明也好，故意堕落报复张明也好，都并非是出于纯情的爱，而
是出于对第一次性经验的过于重视以至生出的对生命的恐惧感和破坏
欲，她的自杀与这种恐惧感和破坏欲有关。张明诱奸一个女大学生本来
是逢场作戏，正如他与亚红的性关系一样，不过是随性的潮来而合，潮
退而分，双方都不承担义务。吴迪是太认真太单纯了才导致惨剧。张明
曾没心没肺地数落她："闹了半天，你新潮来新潮去，骨子里还有这么
多的封建积垢。"这种指责当然不着边际，但也表明了男女间的恋情到
了这一群年轻人中间才算真正结束了古典的和浪漫的阶段，成为生物本
能占支配地位的自然主义。《橡皮人》中李白玲，《玩的就是心跳》中刘
炎的淫乱也当作如是观。

由于放弃了文学教化的观念，王朔才若无其事地写出这一群年轻男
女之间开放的性观念与性关系。他笔下的女子除了王眉这一类纯情女孩
外大都是淫荡的。这可以分作两类，一类是性犯罪者，如杨金丽、亚红
这样的女子，利用色相去诈骗钱财；另一类是性开放者，如李白玲、刘
炎等，往往成为这伙犯罪集团中男性的共同情妇。由于作者对这类现象
不作道德评价，并在描写这种关系时采用了随随便便的态度和直言不讳
的口吻，因而这些描写显得轻率和有非道德倾向，尽管他从未涉及具体

的细节描写。

我觉得这种态度正体现出颓废的人生观。但它在王朔的小说里并非与生俱来。在《浮出海面》中，作者描写一个嫁给洋人又离了婚，成为外籍华人的刘华玲时，还带有很深的道德痛苦；然而到《橡皮人》最后一章，作者则用异常冷漠的口吻写到李白玲"次年与一外籍华人结婚，婚后移居国外"。这与《浮出海面》结尾时刘华玲醉酒痛哭的浪漫主义形成了鲜明对照，《橡皮人》中，主人公与杨金丽关于利用色相勾引港商的对话完全采取戏谑态度，"有损国格"、"我有我的人格"之类的话都变成了一种嘲讽。

在描写性行为时，王朔着力表现了一种虚无的态度。这是从《浮出海面》开始的。在他的处女作《空中小姐》中，还处处留下古典情调的痕迹，男女恋情被描写得冰清玉洁。有意思的是，作者写到王眉住在那前水兵家里时，还画蛇添足地加上一句"我和阿眉是分开睡的"。《浮出海面》就不同了，这部小说在王朔为期不长的创作生涯中占比较重要的位置，它几乎是一个过渡，标志着古典的浪漫的王朔向自然主义的王朔转化。作品写了"王朔式的英雄"石岜和舞蹈演员于晶的爱恋过程，应该说心理上描写相当细腻，这对男女青年在确定"恋爱"时十分理智地预先"约法三章"，男方先保证："我不想陷进去，我不想丧失也不想看别人丧失独立的人格。"这里的所谓"陷进去"，自然是指一种情欲的迷恋；而女方也爽直地对应："放心，用不着害怕，要是将来你对我说'拜拜'我就对你说 OK。"在小说过程中，作者始终没有写出这两人有否婚前的性行为，即使描写他们在一起生活时，也暗示两人是分房睡的。（小说的原话"如果我还在睡懒觉，她就拼命砸门，大声放收音机，把我闹起来"。用"砸门"来暗示这一种关系，较之前部小说中直露的告白含蓄得多。）小说一直在表现两人对情欲的克制，它出于自尊也罢，出于怯懦也罢，正是在这种克制中，显示出现代人对人生的冷漠。我最欣赏的是当这对恋人决定分手，于晶把石岜从医院里接回家时的一段对话，写得相当潇洒而又富有感情。石岜吟了一句刘禹锡的诗，"玄都观里桃千树，尽是刘郎去后栽"，用来影射于晶日后性生活，不仅典雅得晦涩，也有些虚无主义的恶劣。我读王朔的作品，是逆时序读的——就是说《浮出海面》和《空中小姐》是最后才读到，初读这句话时，我马上联想到于晶的结局也许正是吴迪、刘炎一类；待读完小说才知道，作者在结尾时又恢复了浪漫主义的感伤情调，用于晶与石岜的结婚以及在

沉沦中的内心挣扎来点"浮出海面"之题，但于晶这个未遂的结局则在
以后的几种小说里得到了延续。

作者把石岜写成是一个两性关系上的罗亭——"语言上的巨人，行
动上的矮子"，这并非是石岜的性无能，他的怯懦在于他对个人前途缺
乏把握。这种心态正产生于《空中小姐》的主人公的那个处境，依着这
种心态看传统生活方式是绝对没有信心的。王眉、于晶的悲剧也正是在
这里，唯有改变了传统的人生价值观念，才能够创造绝路逢生的奇迹。
"王朔式的英雄"终于走上了张明、丁健等人的犯罪道路是一种必然，
这首先不是生活道路的改变，而是人生态度和价值观念的变化，实现了
这种变化的主人公，出入于玩世与犯罪之间，既可成为张明、丁健之类
的罪犯，也可成为于观那样的"三Ｔ公司"（替人解难替人解闷替人受
过）经理，也可像方言那样游手好闲。同样，人生态度的变化也带来了
性观念的变化，这就决定了他在生活中不可能再与王眉、于晶那样的女
孩子联结起来，吴迪、凌瑜的悲剧就证明了这一点。于是胡蚨、张璐都
隐退开去，只能成为他们记忆深处的一个理想梦，而与他们这种人生态
度吻合的，只能是亚红、李白玲之辈。

因此王朔小说中的性描写很难反映出道德倾向。他的基本态度是反
道德的。颓废的人生观决定了他不可能把性放在过于认真的位置上进行
探索。他描写性行为时首先超脱了道德的眼光，其次超脱了纯美的眼
光，以极冷漠、习以为常的态度来写人的这一生理欲望。《橡皮人》中，
他写张明与老邱在小城里找到一个身份暧昧的姑娘，接着就简单明了地
写了一句："我们三人就挤在那张床上"。这句句子本身的字面意义不带
猥亵性，但语言的指称对象却是猥亵的。又如李白玲的刻画，李白玲无
疑是个淫荡的女人，但小说通篇描写中没有关于她淫荡行为的细节描
写，作者处处用暗示，点到辄止。如张明在与她发生性关系后曾评价她
"棒得像头大海豹"。这个评语带有明显的隐喻意味，但其所能发生的形
象实感的联想，不会超过劳伦斯在《恰泰莱夫人的情人》中形容康妮时
用的那句描写词"hearing of her loins"的程度。李白玲之所以被人留
下了淫荡的印象，真正原因是来自作者似轻描淡写地写出了她是那伙犯
罪分子的"共同老婆"，作者越是用极随便的口吻写到李白玲与张明、
张燕生、徐光涛，甚至老邱同居，就越给人发生淫荡的联想。这样的描
写手法使王朔小说中的性描写明显区别于一般通俗读物中的色情成分，
它不是淫秽的煽动性的，而是出于道德观念的虚无和冷漠。

四、反　讽

反讽是种文学语言的修辞形式，依克林里·布鲁克斯的解释，它
表现为语境对一个陈述句的明显的歪曲，使字面的意识与它在作品的
特定语境下所表达的意义正相反。布鲁克斯把它看做为诗歌语言的基
本原则，是纯学术性的一个名词。但在中国，反讽现象的出现带有深
刻的社会原因。在十年以前，当人们被"四五"事件刺激起光荣的梦
想时，当文学义不容辞地承担起替天行道的神圣职责时，这种修辞形
式并不常见，远没有浪漫主义的夸张抒情与现实主义的社会批判那么
引人注目。唯有当这一场梦想在商品经济无情冲击下被碾碎，理想被
粗暴地践踏以后，特别是那些因此而发了迹的人们安然顶替着一切神
圣的名词继续庄严地生活着的时候，反讽才真正显示了它的效果。正
如欧战摧毁了西方人的传统观念，才导致了"黑色幽默"等文学思潮
一样，王朔的小说，就是在一个传统道德观念土崩瓦解的时代里才能
获得读者的青睐，其实反讽作为一种文学风格，在 1985 年以后的探
索性小说戏剧里已露头角（如话剧《WM》），但那时的作者血尚热，
性尚烈，往往积极的热嘲大于冷峻的反讽。待上海李晓出现，绝望才
借助讽刺显示了力量。王朔走的是李晓一路的风格，可他反映的社会
层次、艺术格调都要明显低于李晓，——这也就是为什么人们总把李
晓的小说视作纯文学而把王朔的小说视作通俗文学的缘故。但王朔有
自己的优势，因为他终于摆脱了李晓这一代作家比较优雅比较老派的
现代主义风格，也摆脱了知青文学所不免的追怀人生的伤感与忧郁。
李晓对自己经历的苦难采取冷讽热嘲时，他体验了真理的丧失和生活
的悲哀，他的绝望是经验的；而王朔的绝望是先验的，从他认识社会
时，他所接受的那一套传统理想教育就与社会的真相尖锐地矛盾着，
随着年龄的增长与生活经验的增长，他愈是深切地体会到这矛盾的尴
尬，就愈怀疑传统说教的虚无。因此在他的小说里，传统不是虚假不
是丧失而是一种玩具，当他把传统教育中接受的模式运用于生活中感
受到的实际中去，反讽的意义就自然地产生了。

反讽不是幽默，因为幽默需要有宽厚的胸怀和较高的境界，反讽
不具备这些条件，它只是一个浮躁时代之浪飞溅出来的水花；反讽也
不是一般意义上的讽刺，讽刺有战斗性和揭露性，而反讽往往是内伤
的自我解嘲，一切庄严光荣纯洁的因素，甚至愤怒的因素，都被消解

了，怨毒之气散化为戏谑、亵渎，神圣被漫画化也被滑稽化了。

因此，反讽在当代文学，特别是在王朔小说中的意义，首先体现的是人生观的绝望，是对历史、对 40 年来的传统教育持根本上的虚无态度。它不是否认历史，而是怀疑这些历史被今人用来作宣传的实际价值。《橡皮人》中写了一个喜剧性的场面：主人公丁健（一个瘪三）和李白玲（一个身份暧昧的女人）走在烈士陵园的台阶上，庄严和卑琐形成了巨大的反差。这种反差甚至在主人公内心中也产生了某种神秘的震撼，使他"望着那些无声地呐喊着、搏战着巨人们，一阵阵发呆竟忘了来此何干"。

这种历史的反讽在《顽主》里也表现得相当深刻。这部小说的意义我一直难以把握，我觉得王朔在这部作品中试图解释颓废的人生态度在社会上可能会产生的正面意义，但这一努力似乎又不很成功。于观创办的"三 T 公司"本来是个荒诞剧，但在荒诞的现实生活中它又明明产生了实在的意义。小说中荒诞的成分太浓，有些故事仅仅成了讽刺与挖苦——如对赵尧舜、宝康等人的揭露——反讽的效果反而显不出。倒是于观父亲的形象有些意思，这个老头属于离休"高干"之类，本身就是一个传统的象征。于父训子的一段话相当可笑，个中三昧，决不是一般小说描写的"代沟"所能解释。于观不是英雄，他在他父亲面前承认自己"庸俗点"，这当然含有自我揶揄的意思，是针对了于父所讲的"革命理想"、"老山英雄"、"为人民做些有益的事"之类说教。而于父本人现在在家里享清福，整天打打麻将，听听广播，闲得无聊才想起要训子。可是这场冲突到最后却以这样两句对话平息了：

父："看来你是不打算和我坦率交换思想了。"
子："我给您做顿饭吧，我最近学了几手西餐。"

历史的反讽是王朔小说的基本心态，但王朔所表现的一代人年纪毕竟太轻，历史对他们来说是相当遥远的一个神话。他们无法体验传统所含的内容，他们所接受的，仅仅是为宣传这些传统而编造的文学作品——诸如"文化大革命"时期的样板戏，以及一些回忆录。因此，他们的知识面非常狭窄，思想也相当肤浅。在王朔笔下的那些人中，他们的历史反讽往往仅体现在对他们所接受的意识形态教育的嘲弄，把它当做一种语言的玩具来使用。在"王朔式的英雄"口中，曾不断地出现这类不伦不类的隐喻：

"人家都说我是当代活'愚公'，用嘴砍大山，每天不止"（《浮出海面》）——这里所引的愚公，当然不会来自《列子·汤问》，毛泽东在《愚公移山》中曾把愚公比作共产党人的事业，而王朔却转化为市民每天的无聊谈天。

"不要过早上床熬得不顶了再去睡内裤要宽松买俩铁球一手攥一个黎明即起了跑上十公里室内不要挂电影明星画片意念刚开始飘忽就去想河马想刘英俊实在不由自主就当自己是在老山前线一人坚守阵地守得住光荣守不住也光荣。"（《顽主》）——这里用了两个文学材料，一是"黎明即起"，来自中国古老的修身格言，毛泽东曾用来形容打反动派；一是刘英俊，在20世纪60年代被广泛宣传的英雄人物，可是这整个句子的指称却是向客户介绍克服手淫的办法。

中国字每一个都有特定的含义，当它被组合到文学作品的句子中去，它的意义不仅取决于句子的特定语境，它自身的含义仍然会勾起人们习惯上的联想；同样，每一个句子被用到文学作品里，不仅承受着作品总体构思所形成的特定语境的压力，它自身依靠字面组合而产生相对稳定意义也将起作用。王朔正是利用了这两者间的空隙，巧妙地扩大了它们之间的距离，造成一种强烈的反讽效果。

但王朔不是一个格调很高的作家。虽然他的创作不带什么具体的政治功利目的，但他的教养和环境决定了他反对传统的观念充满了现实的政治意义和粗俗的平民意识，反讽作为一种语言特征，在他的小说里不具备纯净的技巧意义，倒是在修辞效果上暗示了平民心理，他成功地选择了北京市民作为他的主要读者，相当敏锐地捕捉这一阶层中年轻人的情绪以及表达这种情绪所使用的特殊语言方式。王朔所塑造的语境是属于平民的，含有浓厚的自然的亵渎情绪，所以他信心十足，不像有些故作反传统状的无根作家那样靠滥用脏词俗语来显示新潮，也从不随便使用不文描写。这是因为他牢牢地站在平民生活的根基之上，显示着坚实的生活基础。

王朔的小说在近年来受到读书界重视不是偶然的，不仅仅是因为通俗和可读性强，也不仅仅是因为它们为京味小说增添了新品种，王朔的成功，在于他及时地用艺术手段概括出20世纪末一部分中国市民的心绪。颓废精神也可以说是无赖精神，是传统文化分崩离析时代的一种民心向背的表现，它与这个时代的另一种精神现象——知识分子的理性精神阴阳交合地构成了正负两面的力量，催化着时代的变化与更新。王朔的小说原先走的是现代都市通俗小说的道路，但从《玩的就是心跳》起，无论是表现手法还是意象的设置，都出现了明显的变化。为此，我真诚地注视着王朔的变化。

原载《当代作家评论》，1989 年第 5 期

民间的还原："文化大革命"后文学史某种走向的解释

一、"文化大革命"后文学的两个源头

被文学史家称为"新时期文学"的"文化大革命"后文学，真正的勃起是在 1978 年夏天《伤痕》的发表。在这之前，从 1976 年底到 1978 年初的一年多时间里，文学界忙于权力的调整和更新，这期间在文艺领域的上空中，在那铅一样沉重的云层里出现过三只携带着春意的燕子：白桦的《曙光》首难，发出了控诉极左路线的第一声，这不仅在文艺创作中扭转了作为政治附庸的所谓批判"四人帮"极右实质的转向文学，同时在政治文化领域也揭开了几十年来人们积压在心底深处的对极左路线的仇恨，尽管白桦在剧本里对极左路线的批判还闪烁其词，慢吞吞地在党史领域里兜圈子，但人们已经无须指点而领会了文字背后的锋芒所指。接着是刘心武的《班主任》，现在看来这部羞羞答答的小说跟半年后发表的《伤痕》相比，世故得多也软弱得多，但它毕竟用了不曾引起当时官方警惕的语言引起了一般读者的深思，谢惠敏是当时道德文化教育出来的楷模，但她不是个政治性质的人物，对这样一个人物的揭露，较之对政治人物的批判更加具有涵盖量。再接下去就是徐迟的报告文学《哥德巴赫猜想》，发表这篇作品的时间已经是 1978 年初，觉醒了的民族群体感情即将在文学创作世界中喷薄而出，不仅是一个科学家的命运和传奇引起了人们的强烈兴趣，文本中对"文化大革命"的正面描述，尽管也说了一些颂扬的话，但毕竟不同于以往的政治性话语，而是给人们对它的自由想象留下了余地。

好了，当这三只报春的燕子盘旋在文学上空发出呢喃之声的时候，人们已经预感到滚滚的春雷即将在云霆里爆炸。1978 年上半年始中国

政治与文化的冲突同样扣人心弦，我们只要排列一下这大半年间的政治文化和文学领域里所发生的大事，就不难理解这十多年来的文学史走向：

> 5月11日，《光明日报》发表评论员文章《实践是检验真理的唯一标准》，随即引起了学术领域一场大辩论。
>
> 5月27日到6月5日，中国文联召开第三届第三次全体会议，宣布中国文联及五个协会正式恢复工作，《文艺报》复刊。
>
> 8月11日，短篇小说《伤痕》在上海《文汇报》发表。
>
> 9月2日，北京《文艺报》召开座谈会，讨论《班主任》和《伤痕》，"伤痕文学"的提法始流传。
>
> 10月28—30日，剧本《于无声处》在上海《文汇报》发表，歌颂了"天安门事件"中的英雄。
>
> 11月15日，北京市委正式为"天安门事件"平反。
>
> 11月16日，新华社正式报道，中共中央决定为1957年被错划的"右派分子"平反。
>
> 12月5日，北京《文艺报》和《文学评论》编辑部召开了文艺作品落实政策座谈会，为《保卫延安》、《组织部新来的年轻人》等作品平反。
>
> 12月18—22日，中共十一届三中全会召开，思想解放路线始被确立。

从以上的大事年表不难看到，这半年中北京承皇统以定国运，上海近海外而得风气之先，南北呼应，知识分子的命运与政治的命运如此紧密地交织在一起。新时期文学以"伤痕"为起点而不是以别的作品，是因为伤痕文学在时间上极其巧合地配合了政治上改革派向凡是派的全面发难。事实上文学唤起了大多数人们对"文化大革命"的仇恨和批判的激情，这种觉悟了的激情又成为政治改革派否定凡是派的威力巨大的武器。新时期文学得以顺利发展的因缘之一，就是它借着一种政治力量反对了另一种政治力量。这种政治与文学的默契配合，自然是两厢情愿的，尽管在凡是派失势以后不久，政治上的改革步伐和文学上的改革理想之间也曾发生了不少摩擦；尽管在"文化大革命"后的十几年里国家的主流意识形态与知识分子的精英意识之间一再出现冲突，但是在支持改革开放这一既定政策上，知识分子始终如一的积极态度在文学创作中明确地表现出来了。

如果我们把这种知识分子对国家前途和命运的过于积极的关怀意识视为新时期文学的主流，那么，这种知识分子的主流意识形态和国家政治意识形态还毕竟不是一回事。一种"五四"新文学传统中培养起来的知识分子的精英意识又悄悄地开始滋长，它既表现出知识分子对现实改革进程的急功近利的态度，也反映出他们对重返政治中心的虚幻热情。中国的知识分子天然具有在政治上当家做主的自信，1978 年一度出现的政治与文学的歃血订盟更加巩固了这种幻想，以后的一次次与现实政治的龃龉非但没有消解这种幻想的热情，反而是有过之无不及。在整个"五四"传统悄悄恢复的过程中，作家与学者也结成了同盟，一大批对现实社会的进步怀有责任感的学者投入了现代文学的研究，在新意迭出的学术热情中，他们努力把现代文学和当代文学沟通起来，使他们的研究更具有现实性。"20 世纪中国文学"和"重写文学史"概念的提出就是一个推波助澜的运动。值得我们注意的是，在这一时期中代表了僵硬的政治意识形态的文学主张和文学势力依然存在，尽管在创作方面它一败涂地，无法与知识分子精英意识下的文学创作相比，但作为一种潜在的敌对力量仍然保持着对知识分子的威胁，不过这种威胁在当时的情况下只能更加刺激起知识分子的好斗性格。1985 年到 1989 年，知识分子的这一主流意识形态张扬至极，甚至它的武器与 70 年前的知识分子使用的也基本上没有什么两样：人道主义和来自西方的现代意识。

要解释这种现象似乎并不难。从历史根源来看。构成"文化大革命"后文学的主要作家来自两个时期：20 世纪 50 年代和 70 年代末；同时有两个相对应的文学来源：被称为"重放的鲜花"的一批优秀创作和 1976 年天安门广场上爆发出来的民间诗歌，这两种文学源流从表现形态上看没有多少区别，都是强烈表现出对现实政治的干预精神和主观热情，并且与以后形成的新时期文学主流是相一致的。尤其是 50 年代形成的知识分子群体，他们的价值取向基本上与"五四"一代的知识分子无异，当这一代作家成为"文化大革命"后文学的中坚力量时，"五四"传统的价值取向复活是可以理解的。在这种单向思维模式的观照下，我过去一直深信不疑知识分子精英意识在当代的主流地位及其不可取代性。但是，当杨健的《文化大革命中的地下文学》一书出版后，我原有的想法受到了怀疑。虽然这部书只是收集了大量资料而缺乏学术性整合和分析，虽然它偏重于对北京知识分子圈子里地下文学现象的收集而忽略了更原始更广泛的民间文学形态，但"地下文学"这一名字出现在中国文学研究中是具有革命性意义的，它意味着文学史研究开始对公开出版物以外的文本加以注意，也就是意味着文学史领域除了主流、次流、逆流等概念外，还有一个潜在的文学结构，那就是处于不稳定状态下的民间文化形态。以天安门诗抄为例，这些作品显然可以分为两类：一类是知识分子利用民间歌词的形式来表达精英意识；但还有一类则是政治性民谣，单纯地宣泄了民间对政治当权者的不满。如果以这样的思路分析下去，所谓"文化大革命"时期的地下文学也可以分成两类：知识分子的地下创作和纯粹民间流传的故事、歌谣、手抄本。前一类的作品如白洋淀诗派，如《九级浪》、《波动》和《公开的情书》等小说，直接开启了"文化大革命"后的文学创作——以《今天》为代表的诗歌和小说都是这一传统的继承；而后一类作品则要复杂得多，有些是从佚失已久的现代文学作品中转换过去，如无名氏的《塔里的女人》在20世纪70年代的民间手抄本里风靡一时，也有真正来自民间不平之音，如唱遍祖国大地的各种版本"知青命运歌"，还有更为等而下之的民间故事，如《恐怖的脚步声》等。这类民间创作在那个特定的历史环境下，可能比知识分子的创作拥有更多的读者和更大的覆盖面。此外，民间文学的隐形结构，柔水克钢无孔不入地渗透到当时的主流意识形态中去，在文化专制主义极其酷烈的环境里依然发挥着自身的艺术魅力。

　　一种新的思路可能会开辟出一片新的学术空间，当民间这一元素加入文学史的考察，"文化大革命"时期的文学面貌便为之改观：即使在那个荒草荆棘之地，也同样并存着官方政治意识形态、知识分子的精英意识以及民间的文化形态，后两者只是转入了地下。如果再进一步考察的话，就会发现一个更有意思的现象：知识分子在那个年代里几乎没有自己的话语，要么依附官方，作为官方声音的一种喉舌存在（那个时代的官方文艺作品中，只有两类题材可能会给知识分子表达自己的声音有机可乘，一类是鲁迅研究的作品，知识分子在其中可能隐隐约约地寄托了某种情怀；另一类是所谓"反走资派"题材，虽然从内容上说它配合了官方政治阴谋，但在许多不知情的知识分子笔下，这类故事多少提供了对官僚体制的不满和愤怒）；要么归隐地下，在很小的圈子里抒发个人的感情，而且抒发感情的方式还必须在相当隐秘的环境下才能做到。

然而民间的话语则要活跃得多，不但民间生活世界的无限丰富性为艺术创造提供了多种活力，更主要的是民间话语并未消失，它不但出现在自身的民间创作中间，还渗透到知识分子和官方意识形态的创作中去，形成隐形结构发挥作用。无论是在革命样板戏还是一些知识分子勉为其难的创作中，民间话语始终是一个活跃的因素。

读到这里读者可能明白了我为什么在本文一开始要讲"三只报春燕子"的用意，很显然，在我们称为"新时期"的文学时期发轫时，那些携带着春意的燕子们也许是严冬的日子过得太久，对光与热的渴望太强烈太强烈，他们从地心深处奔腾而出，直冲九天，而且带一个干净的身子，民间的泥水在快速飞奔的过程中过滤得干干净净。《曙光》是以历史悲剧借古讽今，寄托了对极左路线危害性的愤怒；《班主任》以孩子的愚昧为警钟，揭露了反知识反文化的恶果；而《哥德巴赫猜想》则是直接为知识分子鸣不平：民间话语在这里荡然无存，知识分子的精英意识则破土而出。民间话语和知识分子话语从 20 世纪一开始就处于对立之中，凡知识分子话语受到阻碍，民间就开始活跃；一旦知识分子形成了自己的话语空间，民间文化形态则重归大地深处，隐没在昏昏默默之中。所以，在"文化大革命"后文学的前几年中，知识分子精英意识几乎是独占鳌头。

二、广场上的文学

本节的开始需引入一个概念：广场。关于这个概念的范畴我在其他一些文章里有过比较详细的论述，这里不准备重复①。如果从字面上联想"广场"，很容易使我们想起群众的节日庆典之类。但是谁是广场的主人呢？是谁在这里熙熙攘攘的场所里发出一种居高临下的声音，把真理传播开去？在世俗的要求里，广场是群众宣泄激情和交换信息的场所，而在知识分子眼中，广场却成了他们布道最合适的地点。当知识分子在 20 世纪初被抛出了传统仕途以后，知识分子一直在寻找着这样一个可以取代庙堂的场所，现在他们与其说是找到了，毋宁说是自己营造了一个符合他们理想的广场，知识分子依然以启蒙者的身份面对大众，而大众，则以激情怂恿着启蒙者。在一个庙堂处于弱势、民众的政治激

---

① 参阅拙作《试论知识分子转型期的三种价值取向》，载《上海文化》，1993 年创刊号。

情又高涨的时代里，广场是知识分子最好的生活场所。"文化大革命"
后的最初几年与"五四"时代最为相近之处，就是都有一个专制政权颓
然倒塌后的政治文化空白，所以在伤痕文学的时代，当知识分子把个人
的苦难和民族的劫难联系在一起时，他们也就成功地占有了这个空白，
这就使他们用以启蒙的材料获得了普遍的意义。在官方的同情和大众的
激情双重作用下他们争取着自己的话语空间，于是一个新的广场就从庙
堂与民间的夹缝中产生了。

　　与"五四"新文化运动中的前辈一样，当代知识分子虽然身在广场
上，心却向着庙堂。所谓身在广场也就是身在人群之中，自觉地作为群
众的代言人，从"文化大革命"后文学初期的作品中可以看到，极大多
数作家们是以谏臣的身份在为民请命，有位作家在当时说过一段很动感
情的话，我至今还能记得，他说："跌倒了站起来，打散了聚拢来，受
伤的不顾疼痛，死了的灵魂不散，生生死死，都要为人民做点事，这就
是作家们的信念。"① 这位作家在反右时候经受过苦难，失去了亲人，
但这种可贵的文学信念里还是充满了知识分子的广场意识。所谓心向庙
堂是指知识分子的一种传统价值取向。知识分子为大众鼓与呼，指向是
在当权者，希望能"揭出病苦，引起疗救"，以促使社会改革的步伐。
这是庙堂以外的庙堂，用民主的精神来参与社会现实的改革。广场上的
知识分子充满激情，它用群众的激情来夸张自己的激情，使之成为与庙
堂对话的精神支柱。

　　但是民间呢？应该看到，经过了"文化大革命"以后的知识分子绝
大多数都具有不同程度的民粹意识，对苦难深重的民众抱有近乎夸张的
感情。但是当《悠悠寸草心》、《蝴蝶》等作品尖锐地指责一些官员重返
庙堂后背弃了对民众的责任的同时，似乎很少涉及知识分子自身对民众
的态度；当《陈奂生上城》、《李顺大造屋》等小说揭示了农民的辛酸和
痛苦时，似乎也是把主要的意义所指放在有关农村政策上面。民众的生
活场景转化为故事，是为了说明作家关于社会理想和现实批评的证据。
民间的生活因为贫困而苦难重重，因为愚昧而冥冥无望，为改变这样的
命运和这样的苦难，知识分子理直气壮地设想了种种方案，并希望对庙
堂的决策者发生影响。当然也有知识分子从自身的忏悔来表现对人民的

---

　　① 引自高晓声：《解放思想和文学创作》，见《生活·思考·创作》，上海，
上海文艺出版社，1986。

感情，比如张贤亮的一些小说，但不管是马缨花还是别的什么风尘女子，知识分子走在这样广阔而沉默的土地上，真像是迷途的羔羊，瑟瑟作抖而不知所措。奇怪的是这些知识分子绝大多数在困顿时期都曾下放民间，对民间的真实生活不可谓不了解，但是一旦民间出现在他们的笔底，就立刻演化成他们先天拥有的思想优势。民间生活世界就像是卡夫卡笔下的城堡，知识者在其间转了半天，结果还是面对着自己。

在知青一代作家的作品里这种状况略有变化。知青在"文化大革命"期间上山下乡自然各有苦衷，本来这会成为伤痕文学中十分重要的题材，可是由于现实方面的压力，关于知青真相至今仍然是个烫手的话题，知青在返城后遭遇的种种失落，反而促使他们对于农村山野生活产生了回味，这种回味里包含了对自身已经失落的青春、理想、梦幻的追寻。再说知青一代的成长教育期正逢"文化大革命"年月，知识分子的使命感和责任感远不及张贤亮一代人那么浓重，自然也不像他们那么矫情。民间的生活场景在他们的回忆里逐渐展开，多少接近一些生活的真相：我们在那遥远的清平湾里，能体会到陕北农民在贫困中对生活所持的欣欣哲学；在那茫茫大草原上，也能感受到老牧民们在知识分子看来似愚昧麻木的精神状态中表现出对苦难所持的惊人毅力。① 知青作家们正是在亲近民间生活方式和生活态度的时候，开始接近了民间的文化，寻根文学的最初提出者都是知青作家，这个现象决不是偶然的巧合。

都说 1985 年是文学变化最大的一年。从表面上看，这种变化与现实政治对文学的压力有关。这个问题我即使不排列文学大事年表，过来人也都心里明白，1979 年是现实主义文学创作最繁荣也是最为尖锐的一年，可以说是知识分子的广场意识高扬的一年，但随着《假如我是真的》、《飞天》等剧本受批评，这股现实主义思潮初遇厄难，1980 年开始王蒙就聪明地转向了对西方现代主义技巧的学习，那时我曾以为提倡学习现代主义技巧的主张只是一个引进上的策略，现在看来不然，它开始的目的很可能是出于现实主义功利的包装，但既然是开了头，现代主义思潮就不以人们的意志为转移地涌入中国大陆，到了 1982 年西方现代主义对文学创作的影响已经相当深入。当然那时接受西方现代思潮最成功的仍然是知青一代作家，也许对他们来说这决不是策略而真是一种对生活的认识途径。而一批在 20 世纪 70 年代末已经占据了广场的知识

---

① 这里指史铁生《我的遥远的清平湾》和张承志《黑骏马》。

分子并没有被现代主义所诱惑，他们依然如故地坚守着自己的社会政治理想，并自以为是在为民众立言。1985 年是这两股思潮同时受挫的一年，其结果就导致了文化寻根文学的出现。这个创作思潮的产生原因颇为蹊跷，从当时文坛的形势来讲，我们上述的思路似乎仍然能够延续下来，因为以民族文化这样一个模棱两可、大而空洞的概念来取代政治、政策这样一些具体狭隘的主义式的框框束缚，是当时文学得以发展的一条最可靠的捷径。但是对一些知青作家来说，这个思潮的倡导可能还包括了寻找自身价值的要求，正如我在前面所分析的，知青一代作家的广场意识虽然难免，但与 20 世纪 50 年代末开始就在苦难里考验、如今又重返广场并有希望向庙堂进军的一代知识分子相比，毕竟薄弱得多，他们既没有在 50 年代培养成的理想主义作为精神支柱，现实生活中也没有广场上的优势让他们滋生出优越感，写苦难他们写不过上一代的作家，至少不会那样自如地在苦难现实与虚幻理想之间玩游戏，而且那时已经不像思想解放那阵子，苦难可以打着批判"文化大革命"的幌子轻易被暴露。这一代作家必须找到一个属于自己的世界来证明存在于文坛的意义，即使在现实中找不到，也应该到想象中去寻找。于是，他们很好地利用起自己曾经下过乡、接近过农民日常生活的经验，并透过这生活经验进一步寻找散失民间的传统文化的价值。

也许这样我们就不难理解为什么寻根文学才兴盛了不到两年就陷入自身的困惑之中：知青作家们的功利目的和寻根文学自身包含的文化意义无法长期结成亲密无间的伙伴关系。民间是一个藏污纳垢的概念，只有厕身其间才能真正体会到民间的复杂本相，但这对于被命运之风刮到农村山地的知青来说确是勉为其难。再说他们毕竟对生活的认识受到了知识分子精英思想的教育和熏陶，"五四"新传统在他们身上尽管稀薄，却仍有影响，这在《老井》、《爸爸爸》一类作品里显露得十分清楚。民间在他们的兴趣天地里主要是文化上的新奇感和潜在的优越感，可是浮光掠影地记录民风民俗和民间传说又不能真正代表文化之根，于是他们中的聪明者及时抓住了历史散落在民间的一些文化碎片，如阿城，从拣垃圾老头嘴里发现了玄妙无穷的道家哲理；如韩少功，在湘西深山老林里感悟到"鸟的传人"如果连这些文化意义都拉扯不上，那还可以编造一些现成的神话故事。不能说这些东西与民间文化形态无关，但至多也只能看做是漂浮在民间之海上的碎片和泡沫，泡沫因为联系着大海，它自身仍然是有意义的。可是文学创作一旦把碎片当做文化的整体来炫耀，那就不能不变得做作和矫情。不过寻根文学在当时真是处在天时地利的好时机，中国大陆的文化建设经过一段时间"反封建"的自我清理后，开始意识到振兴民族文化的重要性，文学上的寻根是这场延续至今的文化热的滥觞，所以不管寻根小说实际上达到什么程度，它的出现和存在都具有超越文学史本身的意义。

由于寻根文学绕开了知识分子的广场，它的出现使广场上的文学直接受到打击。这期间知识分子的精英意识形态和僵硬的政治意识形态之间的冲突已经相当激烈，而知青作家的这一分化，至少使广场上的知识分子重返庙堂的理想不再神圣了。倡导寻根的作家放弃了对现实生活抱忿忿不平的态度，无论写插队还是写农村，都解构了英雄主义和现实矛盾的尖锐性，这似乎意味着他们不再打算跟着上一辈知识分子继续向庙堂进军，他们现在是另有寄托，企图在民间的普通大众中重新寻找安身立命之处。尽管在当时这种设想还很空洞，但对广场上的文学的神圣性多少也产生了解构的作用，孤军作战的传统现实主义文学的最后辉煌是1988 年前后的纪实文学，但既称"文学"，又忌言虚构，用公开的新闻效应来取代文学艺术的力量，这就有点像中国古代的现实主义讽刺小说走向晚清的谴责小说一样，实在是表明了一种英雄气短。

再过了一年光景，弥漫着浮躁之气的广场终于轰然被毁。

广场上的文学一时受挫并不说明知识分子精英意识会从此销声匿迹，但新文学的走向失去了明确的认同则是事实，理论界大呼小叫的所谓"新时期文学已经终结"、"现在是后新时期"以及以解构为核心的"后现代主义"等等说法，都不过是反映了当代文学进入无主流状态后理论的茫然。在相当长的实践里，理论总是被文学创作的最表面现象所迷惑，把注意力放在对创作思潮的把握上，而 1989 年以后的文学走向很难再有原创性的动力，当然这仅是指知识分子精英意识的彼时状态，如从作家个人的创作活动而言，卸下了扮演广场上的角色的使命反倒感到了一种自如，尤其对一些本来就不那么忧心忡忡的青年作家——他们出道的时间比知青作家更要晚一些，年纪也更加轻一些，历史对他们并没有施加更多的压力，唯一的压迫感是来自轻蔑，历史只关心向它挑战的人，而这些青年作家只关心自己的存在意义，既然历史轻蔑他们，他们也只有用同样的轻蔑来回报——现在时机来了，当历史已经走到了匮乏的极处，那就轮到他们来施展魅力，他们在历史的边缘上跳舞，虽然出于自娱，也赢得了喝彩。它们在作品里一反以往被人们视为神圣的规范：理想、典型、性格，甚至真实性，一概都遭到遗弃，同时他们并没有提供新的对生活的解释，唯一的解释就是没有解释，唯一的理想就是没有理想，唯一的创新就是没有创新。这种不按牌理出牌的创作本身并没有构成大思潮，不过是疲乏的精神状态在同样疲乏的时代引起了共鸣。

三、民间还原的诸种特点

本文如题所示，希图对"文化大革命"后文学史的某种走向作出一些新的解释，但任何解释都只能是一种假设，并且无法涵盖所有。本文所阐释的民间的概念也不例外。民间是自在的文化形态，它与知识分子勾勒的文学史没有直接关系，我在前面两节的描述中也注意到，尽管民间形态是新时期文学最初形成的两个源头之一，尽管知青作家在提倡寻根时对它浅尝辄止，但在 20 世纪 90 年代以前，它始终是处于自在状态，并没有真正以一种知识价值取向而存在于文坛。其实这种处境贯穿了整个 20 世纪的中国文化和文学。在传统的中国文化里，庙堂和民间是一个道统两个世界，既互相对立又互相依恃，但到了 20 世纪，知识分子文化从庙堂里游离开去，借助西方文化价值取向自立门户，即存于庙堂与民间之间的广场。广场上的知识分子对另外两种文化取向基本上是采取抗拒或排斥的态度，从此三分天下鼎立，鸡犬之声相闻而不相往来。尤其是 20 世纪 50 年代以来，政治意识形态对知识分子文化与民间文化同时进行渗透和改造，以致民间的文化形态只能以隐形结构出现在知识分子和官方的话语里。这种状况直到 80 年代末才有所改变，民间才作为一种自觉状态加盟于文学史。

有一点应该说明，谈民间应该与谈思潮相区别，民间在文学史上不是作为一种思潮或者流派出现的，甚至也不是作为一种特定的创作现象出现的，我觉得民间在当代是一种创作的元因素，一种当代知识分子的新的价值定位和价值取向。这种迹象在寻根文学中已经初露端倪，1989 年以后的新写实小说里逐渐形成，但它与作为一种思潮的新写实主义并没有具体的关系，也不是所有的新写实小说作家都意识到这一点。新写实小说解构传统现实主义美学原则有独特的贡献，但如果仅停留在解构的立场上，其意义并不重要，因为任何解构的原则都不可能是无价值取向的，我看新写实作为思潮的发展大致可分两种去向，一是早期的新写实小说，以刘恒、池莉为代表，基本上走的是由现实主义向自然主义发展的路子，我过去在王安忆、莫言等人的作品中一再发现并议论过这种创作现象，当《狗日的粮食》、《伏羲伏羲》、《烦恼人生》等作品出现的时候，这种自然主义的文学从艺术流派上说已经相当成熟。我本人并不认为自然主义文学是一种在现实主义立场上倒退的文学，而且比较看好它，但不能否认的是在中国这样一个人格力量本来就不太强大的国度里，过分看好自然主义文学很容易导致人格的萎缩，因为在自然主义立场上，人的价值取向并没有发生变化，站在现实政治立场上看问题而偏偏回避现实政治，其精神萎缩的结局可想而知①。新写实小说朝这一去向发展不久便告消沉，而另一去向却能悄悄发展开去，那就是朝民间的去向，方方的《风景》虽然也带有浓重的自然主义倾向，但在表现城市贫民生活场景时，不仅是实录了粗俗原始的生活方式，而且在描写贫民窟人们的行为方式时，赋予了与传统道德相反的人间理想。如果说，小说里二哥的死多少表明了传统道德道路的毁灭，那么，七哥的发达过程中，作家并没有像巴尔扎克谴责吕西安那样无情无义，她对七哥的人生哲学抱有相当的谅解，这种谅解里我觉得有一种新的价值取向在悄悄地产生。民间的加盟意味着原有价值取向的变换，这不是一种标准是非的简单颠倒（即那种将原来的是与非改换成现在的非与是），而是将原有的价值标准另置一旁，既不否定也不肯定，只是在另外的空间里重新树立一个价值标准，而民间正好成为这样一种标准的价值取向。稍后的苏童、叶兆言的新历史小说，无论是《米》那样的亚黑道小说还是《夜泊秦淮》的市民社会，都含有新的民间文化意识的价值取向。

　　写到这里似乎应该插入我对民间概念所作的一种解释。我在这里使用的民间概念，包含着两个层面的意思：第一是指根据民间自在的生活方式的向度，即来自中国传统农村的村落文化的方式和来自现代经济社会的世俗文化的方式来观察生活、表达生活、描述生活的文学创作视界；第二是指作家虽然站在知识分子的传统立场上说话，但所表现的却是民间自在的生活状态和民间审美趣味，由于作家注意到民间这一客体世界的存在，并采取尊重的平等对话而不是霸权态度，使这些文学创作中充满了民间的意味。第二种情况比较复杂，需要仔细体会方能辨认。如电影《霸王别姬》，就是这样一部具有民间意味的作品，把它与 20 世纪 60 年代的电影《舞台姐妹》相比可能更便于说明这些区别。虽然这

———————————

①　参阅收入本书的《文学创作中的现代生存意识》。

两部作品都是写民间艺人的故事,在《舞台姐妹》里,民间生活世界被政治意识形态的话语所占领,竺春花与邢月红的冲突由于意识形态的掺入而变质成政治的分化。可是在《霸王别姬》里,导演陈凯歌虽然是个精英意识很强的知识分子,对历史的阐释也充满了知识分子理性的反思,但影片所表现的艺术世界则具有强烈的民间意味。前半部分小豆子断指、出逃刑罚以及忘性,如同灵魂飞升神界,肉身的孽障一层层蜕去,影片充满了象征性的暗示:那被断指后小豆子满院子乱跑,终于跪倒在戏剧祖师爷的牌位前,就仿佛是迷途羔羊接受了命运的安排;那出逃后的小豆子迷途知返,归来甘受残酷的刑罚,一阵阵毒打仿佛使他的肉身一步步离开灵魂,最后以另一个孩子受惊吓自尽而告结束,那高高悬挂着的躯体就像是灵魂飞升后的臭皮囊,暗示了主人公投身艺术的脱胎换骨;再后是那不愿忘记的自身性别,"我本是男儿郎",不仅是对性别的确认,还是对自己作为人的存在的标志的确认,从男儿郎到女娇娥的自觉转化,是从人的凡界向艺术的神界转化。当小豆子一边念着"我本是女娇娥"一边从椅子上徐徐站起时,真有一种遍体生辉之力。这是任何政治话语所无法解释的,在知识分子的启蒙者眼光看来这或许语涉人性的扭曲,但如从民间的眼光看去,整个小豆子学艺的过程就如同一条茫茫天路历程,只有当人的"皮囊"彻底褪尽,灵魂才真正化入艺术境界,于是,一个艺术之神诞生了。所以贯穿全局的程蝶衣和段小楼的冲突,始终是民间艺人之间的冲突,即民间艺术之神和卖艺者的冲突。这个影片始终是知识分子话语和民间话语并存地展开情节,但最精彩又不落俗套的部分,恰恰是属于后者。

有了这些概念上的认识,我想读者不难理解 20 世纪 90 年代以来文学创作与民间的关系。最初引诱我对它感兴趣的是莫言的《红高粱》和冯德英的《苦菜花》的比较,我一直觉得两者之间存在着许多师承关系,一样的写战争暴力带来的残酷,一样的写民间的性爱观念和性爱方式,甚至一样的在粗糙文字下漾溢着强劲的生命力,可是为什么它们看起来竟是那么的不一样?后来有一天我感到恍然大悟,区别就在于余占鳌和柳八爷的身上。冯德英笔下的柳八爷虽然也是抗日英雄,但又是一个需要不断克服自身缺点的草莽人物,作家在这个人物的身边树起一个政治道德的标准。而莫言的不同之处,正是把柳八爷式的人物推向主要英雄的位置上,余占鳌是个土匪,他身上的缺点是不言而喻的,但是余占鳌的缺点不需要依据某种"正确"的标准来识别和改造,他就是以赤裸裸的真实成为高密乡的真正英雄，余占鳌指挥的伏击战是一场民间的战争，莫言在描写中有意淡化了历史教科书的党史意识，把国共两党的活动置于幕后，从而使民间的力量突出在历史舞台上。这里的关键似乎不在于写了土匪，而是在政治意识形态和知识分子话语之外，作家另外树立起一个整合历史的价值标准，我把这种标准称为民间的标准。从莫言的《红高粱》系列开始的"新历史小说"，几乎都坚持了这个特点，尽管在这些小说里民间是个极其含混的概念，有的寓托在草莽中，也有的徘徊于市井间，但不在党史教科书的规范里做正面或反面的文章，这一点大约是相同的。

所以某种意义上说，新历史小说讲的不是历史，作家不过是在一个非现实的语境里有所寄托而已。民间是为沟通历史与现实而设的渠道，它也同样可以营造一个非现实的语境来表达当代的情怀。其实用历史题材来表达民间价值取向本身是一种软弱的羞羞答答的行为，真正的大勇者是直面了当代人生，用民间取向来解释当今的人生问题。我们从张承志的《心灵史》、张炜的《九月寓言》这样一些用非现实语境来抒发当代情怀的作品中似乎能够看到这种大气。与一些伪魔幻作品不同，二张的创作虽然表现了某种在世俗眼光里属于非现实的成分，但这种非现实的意义仅存在在政治话语范畴和知识分子话语范畴之中，一旦我们抛却这些范畴，非现实也就成为最实在的现实，或者说是当代人寻求精神家园的指归所在。民间的话语特点在其多元性，既没有一神教的统治也没有启蒙哲学的神圣光环，宗教、自然、世俗均可成为它的价值取向。它也不排斥政治和知识分子的启蒙精神，但是当它用民间独特的语汇去表达它们的时候，实际上已经消解了它们的本来意义。《九月寓言》里写小村农民"忆苦"形同游戏，写大脚肥肩刚刚折磨死儿媳三兰子，随即自己也落进了一场凄楚迷人的恋爱故事，真让人恼不得怨不得，任何一种固定的价值判断都失去了功用。当然，不是要求每一个作家都表现这多种话语混合的民间世界，民间任何一元也都可以表现为绝对的单纯性，如张承志对哲合忍耶教派的赞颂，虽然单纯，我们仍能从中看到坚定的民间价值取向。

民间文化形态不是在今天才有的文化现象，它是一个历史的存在，不过是因为被知识分子的新传统长期排斥，因而处于隐形状态。它不但有自己的话语，也有自己的传统，而这种传统对知识分子来说不仅仅感到陌生，而且相当反感。民间文化具有藏污纳垢的特点，不像知识分子文化那样单纯，但即使在污秽的一面里，仍然有我们新传统所不能理解的东西。我想说一个《废都》的例子，这部惹祸的小说之所以引起知识分子的反感，大部分原因不在叙写男女之欲失度，而在于贾平凹所用的语言违反了新文学传统能够容忍的审美原则，但我们似乎没有想过，《废都》的非新传统语言并非贾氏得之于异人传授，而正是他从文化寻根时的商州系列小说开始一步步演变而来，再往上溯源，不也与汪曾祺、孙耕堂之类的文学语言追求有关吗？贾平凹起先也是感受到现代白话语汇不足以表现他所寄托的美感，才退向传统，那时候他这么做在批评界得到的是好评如潮，直到他一步迈出了新传统的界限，才是一失足成千古恨，再回头已百年身。不过依我的想法，平凹既然走出了界，倒不妨走下去试试，也未必不能成其方圆。因为《废都》虽然有一股浊气，但其对政治话语和知识分子人文主义的反讽，对人生困扰之绝望及其表达的方式，都显然得之于民间的信息，要比《小月前本》这类用新言情故事来解释农村政策有更大的生命力。民间自然有其自身的缺陷，但更主要的是它所拥有的传统和语汇的表达方式，对一般在"五四"新文化传统中受教育长大的知识分子来说是不熟悉而且有反感的，但这并不意味着它就不能存在，民间的浑浊物对政治一体化的专制主义的解构仍然具有独特的功效。

当我把张承志的《心灵史》、张炜的《九月寓言》以及贾平凹的《废都》列在一个平面上去讨论其民间意义，并没有要混淆其不同价值指向的意思，不过是想从中找出一些有关民间这一含义在当代文学中的特点，即它的非同一性和清浊兼包性，虽然他们各取了宗教（天）、自然（地）、世俗（人）为具体的价值指向，但是同样体现了与政治标准和知识分子人文标准相区别的另一种价值标准。民间意识在当代文学史上的发展自有其独特的轨迹，我们不妨仿照前面叙述"文化大革命"后文学产生时做过的年表方式排列一下这些作品产生的背景，其无序性的特点自能明了：

　　　　1985年1月5日，中国作家协会第四次代表大会闭幕。知识分子欢呼"文学艺术的真正黄金时代已经到来"。这一天张承志身在大西北的沙沟村里，听着回民们讲悲苦的历史，决心写一本非文学性的《心灵史》。
　　　　1987年11月，张炜在山东农村着手创作《九月寓言》。

1989 年夏天，北京发生政治风波。知识分子的广场意识受挫。

1990 年夏天，张承志完成《心灵史》。

1992 年 1 月，张炜完成《九月寓言》。

1992 年初，邓小平南巡讲话发表，中国开放的步伐加快，商品经济大潮呼啸而至。

1992 年，贾平凹在百无聊赖中创作《废都》。

无论是政治事件还是知识分子的话题，对这些作家的创作都没有构成直接的影响。与这种状况相对应的是这些作品问世以后，政治意识形态和知识分子的主流意识形态对它们也表示出惊人的冷淡。应该说这也是意料之中的，民间自有民间的道路，一种价值取向的确立本来也无须另一种价值取向来认可。但这给我们从事研究者制造了困难，也就是说，当我们面对这一类文学现象时，我们是否可能首先改变一下自己的传统，就像张炜说的融入田野一样，融入一个新的话语空间？

原载《文艺争鸣》，1994 年第 1 期

碎片中的世界与碎片中的历史[①]

先说一段比喻：

有一面大镜子，从古以来就耸立在天地间，在阳光下照映出宇宙万物的完美与和谐。时间长了，人们不知不觉地把镜子里的世界当做了真实的世界，仿佛天底下本来就该是这么个样子，有一天，也许是天外飞来不明物，也许它内部蓄了许多的热量，总之是镜子突然碎了。碎得很彻底，玻璃几成粉末，略有成形的碎片都乱撒一地。但它作为镜子的功能还在：成了粉末的，在阳光下依然闪闪发亮，那碎片，按了自己的奇形怪状，照映出各个破碎的世界。人们感到了陌生，疑惑地问：怎么，世界一下子变得那么零碎？又过了许多时间，人们渐渐地习惯了。有时从各个不同的碎片来窥探世界，也觉得挺有意思，好像天底下的"世界"本来就该是零零碎碎的。后来，人们又发现，那些镜片中的世界虽然破碎，却变得亲切而实在，原来人们自己眼睛里看见的，并不是过去镜子里出现的完美和谐的世界，恰恰也是零零碎碎的。于是，人们开始收集起那些不规则的碎镜片，用它排列出各种各样关于世界的因素。

碎片中的世界

我读着这部"逼近世纪末"小说选的初选稿时，脑子里就出现了这个比喻。在连续编了两卷[②]以后，1995 年的小说创作却显得很平淡，应验了我在上一卷小说选的序言里所预测的，文学的无名状态正在形成。

---

① 本文是为上海文艺出版社出版的《逼近世纪末小说选（卷三，1995）》而写的序言。

② 上海文艺出版社出版的《逼近世纪末小说选》是一个编年体系列小说选，共五卷。由陈思和、张新颖、郜元宝、李振声共同主编。每卷都有我写的长篇序言，这些序言后编入论文集《不可一世论文学》，由人民文学出版社出版。

那面大镜子的比喻，是指时代的"共名状"，而无数的碎片和粉末，正是 20 世纪 90 年代的文学本相。

正如碎片和粉末也是物质，也有发亮和照映的功能一样，时代的"无名"状态并不是一个虚无的世界，每个知识分子必须以个体的生命来直面人生，靠自己独特的体验和独特的心声，来加入这个"无名"之"名"状。理论界有关重新整合主流文化的企图都可能是徒劳的，从 20 世纪 90 年代成长起来的一代的作家们，既没有 50 年代作家那样亲自经历了政治的迫害和历史的玩弄，也不似 70 年代成长起来的知青作家，在上山下乡的时代里接受过生活的严峻考验，灾难的岁月不过是他们童年时代看过的一场印象模糊的电影；他们接受教育和获取信仰的时代，正是社会发生大变革时期，一切固若金汤的传统信念统统连根拔起，仿佛整个世界翻了一个身；他们走上社会的时候，社会已经像神话里的巫婆一样，刹那间变出无数欲望塞满了各个角落，足以让他们惊讶得目瞪口呆，他们本能地将主流文化视为陌路，既不认同也不关心，他们自觉地把自己定位在远离政治生活中心的"文化边缘"地带，表现着他们自私自恋的生活方式和心理欲望。

但是，在今天这样一个日新月异的社会大转型时期，再自恋的人，只要他是认真地生活，认真地感受，在他的自恋性的文字里同样会折射出灵魂深处爆发的强烈欲望和痛苦冲突。这种游离了时代的主流文化制约，发自个人心灵深处的感受，则往往是小说创作中最动人的因素。

譬如，我在邱华栋的作品里，看到一股有别于其他年轻作家的心理因素：对物质世界的强烈仇恨。他们一代知识分子，因为没有靠拢权力和财富的中心，大多数人还处于相对贫困的环境，这在许多年轻作家的笔下往往以自嘲的方式来一笑了之，这是司空见惯的。但邱华栋不一样，在他笔下流露出来的，是一股外省人进巴黎的拉斯蒂涅遗风。他所描写的城市流浪人，来自外省甚至农村，聚集在到处弥散着暴发户疯狂气息的大都市里，一无所有，却拼命想挤入这个充满欲望的世界，但命运总是无情地把他们挡在财富的大门外，于是欲望转化为仇恨和绝望。他们站在高高的立交桥上，不但不为象征繁华的高楼林立感到骄傲，反而渴望用手指像推倒多米诺骨牌一样把眼前的楼厦全部推倒。我们可以说这种心理是反常的，不健全的，但又是很真实的，饱蘸了生命的血腥气，它把一切流浪在大城市底层为追逐财富而付出惨重代价的穷人们的焦虑和仇恨，集中为一个用"手指轻轻一弹"的心理动作艺术地表达出来。

这一次入选的《环境戏剧人》，从艺术上说并不完美，至少在结构上相当俗套，女主人公龙天米在寻访者一次次寻访过程中逐渐展示出来的命运和面貌，并不能揭示一个城市流浪女性悲剧性的挣扎心理和丰富的个性性格，反让人感到有不少媚俗的地方。但我喜欢这部作品是出于两个理由：一是关于"环境戏剧"的大意象，包括情节中所穿插的几场环境戏剧的表演，以及小说本身所展示的"环境戏剧"式构思，都让人感到意境开阔，这就有别于新生代作家一般"格局不大"的毛病；二是描写物质财富时所表现的复杂心态，邱华栋描写现代化都市里疯狂涌现出来的各种繁华景象和刺激性的官能享受，但文字里并不流露出小家子气的炫耀，他的文字是冰冷的，总是有意无意地点出财富背后的冷酷、丑陋和孤独，这在小说女主人公的被寻访过程中一一展示出来，小说将多多少少都有点变态的男人形象构筑成一个现代大都市的文化意象，确实比女主人公本身的浅薄故事更加耐人寻味。而且，邱华栋没有虚伪地借用其他什么名义来发泄他对这个现代都市文化的嫉恨，他直言不讳地表达出个人攫取财富不得的仇恨立场，这种立场使他关于财富的描写充满了主动性。在中国的文学传统里，可能是与史传文学有天然联系的缘故，一般擅长于表现人的权力斗争，凡涉及政治上的权术诡计、争权夺利、互相残杀、斗智斗勇，无论男女朝野，一定是有声有色的，而对于表现人的另外两大欲望，对物质财富的追求和性欲的渴望，却鲜有成功者，一谈物欲与性欲，中国作家总是难免"一下笔就肮脏"的心理障碍，即无法像菲茨杰拉德那样神采飞扬地写出人对财富的追求，也很难像劳伦斯那样把性爱写得那么具有生命力。其实，财富与权力一样，它在人类实际生活中含有腐化灵魂的根本特性，但是它又恰恰是人类生生不息进行追逐的目标。这是人类堕落的必然趋势，正因为它之不可避免，人类才需要宗教和人文理想等精神方面的追求，来抗争内在的堕落趋势。这种追逐、堕落和自我抗争的过程本身，是可歌可泣，极其动人的。这在西方文学经典中，是一个带有永恒性的题材，而在中国，则属于刚刚起步的新景观。假如邱华栋不去沾染现代城市流浪汉中常有的媚俗心态和急功近利的趋炎附势，不为暂时的成功沾沾自喜，而是真正愿意将自己心灵沉于现代生活激流的深层中去，认真厮杀搏斗，并认真体验这个搏斗给心灵带来的刺激和颤动，我相信，邱华栋的创作会有更大的发展。

邱华栋虽然属于较年轻的一代作家，但还不是很典型地代表了那些沉溺于个人或一个封闭圈子里的琐事的创作，近年来江苏活跃着一批由写诗转入写小说的年轻人，他们的作品似乎更带有这种封闭性的倾向，比如韩东和朱文。与拉斯蒂涅式的外省乡巴佬的强烈态度相反，他们面对生于斯长于斯的城市所发生的神奇变化，完全采取了无动于衷的态度，只觉得这城市与他们的精神距离越来越远。他们从城市生活中游离出来，企图还原为一种非社会性的近于原始的生活状态。关于他们在创作上的实验，已经有不少评论家作出了阐释，我在这里只想探讨一个问题：他们自称是摆脱了"各种社会及文化的污染"，抽空了文化传统的"重负"，退回到"第一次书写"的状态，即用自己的生命来"直接面临"写作，我们假定这种"写作"是可能的，那么，他们的创作与今天的生活究竟是处在一种什么样的关系之中？韩东在一首非常有名的诗里，用简洁明了的语言揭破了前人围绕大雁塔制造的各种神话，把它还原成一个普普通通的现代旅游点，一座让人吃力地爬上去，看看四周的风景，然后再走下来的空塔。这首诗之所以有代表性，因为在它之前，曾有人也写过登大雁塔的诗，而且在诗中极力铺张渲染有关塔的悠久历史、文化传统，只有将这两首诗对照起来才有意思，并且更加突出了韩东对强加于当代人精神世界之上的传统的厌倦和嘲弄。人类本来是在历史文化积累中不断走向进步的，但是当文化传统的承受过重，压抑了人们对当下生活的具体体验，那还不如抽空它，让人们直接面对生活的本来状态，直接来表达他们的感情欲望。所以这首诗的成功，多半是出于一种技术性的对比效果，当韩东试图把这种认知生活的态度推到小说创作领域，并成为一种显示"代"的审美原则，它的难度就变得相当大，它的实验结果也不像有些评论家所阐释的那么乐观。有研究者认为韩东为代表的小说创作是一种"知识分子的写作"，其特点表现为知识分子"从'书写他者'到'书写自我'，从'代言人'式写作到'个人化'的写作，以重新确认知识分子的自我存在"。依我看，这一理论概括的意义，只是预期了这一类小说可能达到的实绩。因为知识分子的概念本身就是历史文化积累的产物，如果离开了对人类精神文化传统的自觉认同和继承，离开了与社会正义、良知等概念的精神联络，又何来"知识分子"的自我确认？如果真以这个标准去衡量并读解这一类小说，那么，这正是它所缺乏的因素。我很赞同韩东他们关于写作的一些意图和追求，比如他在朱文小说集的序中说："把握住自己最真切的痛感，最真实和最勇敢地面对是唯一的出路。……这和那些杜撰悲哀和绝望的作家是截然有别的。他们的写作不伤皮肉，名利双收，一面奢谈崇高之物，既虚无又血腥，一面却过着极端献媚和自得的庸俗生活。他们把写作看成了成功的一种方式，如果能从其他方面获得更多的成功和回报，放弃写作又有何不可呢?"又比如他们揭露以往的诗人往往"在权力社会中以人民的名义抒情"或者"以'人类'的名义抒情"。"两种抒情都相约排斥个人，它要求充当喉舌或者器官"。尽管这样一些精彩的议论都是用于对负面的否定，而对其自身创作所强调的"第一次书写"的基本精髓都没有进一步的展开和阐释，但我觉得，即使从其否定的对立面的内涵来对照，也不难理解韩东所说的"最真切的痛感"和"最勇敢地面对"，正是一种当代知识分子个人的自我确认方法，而且这种自我确定绝对不可能在与社会环境相隔绝的"自我"或者"封闭圈子"里完成，他们对主流社会和世俗社会的自觉拒绝，也应该理解为某种自我精神拯救的企图，以世纪末式的自我放纵来表达知识分子失落了话语中心地位以后的自负和孤傲。但我无法证明的是，他们的创作是否成功地表达了这些企图。正是出于这种疑虑，当我们在编选前两卷的小说选时，几乎通读了韩东的所有作品，并对此反复讨论，最后仍然选入他的早期作品《掘地三尺》。这是我的主张，在韩东用童年视角表现一个荒诞年月的故事时，这种个人化的写作视角与环境之间所展开的关系，比较明确一些。在 1995 年的小说中，我读到了韩东的《障碍》，在我个人的感觉里，这部作品比《三人行》、《西安故事》更明确地表现了他所追求的知识分子自我确认的困惑。小说描写的生活事件很平淡：主人公与一个朋友的女友发生了性爱关系，两人做爱过程非常自然、和谐和默契，他们热烈而且缠绵，似乎达到了创世纪以前的境界，可是关于对方是"朋友的女友"这一伦理观念始终若有若无地梗在他俩感情交流之中，成为一种难以摆脱的精神障碍，最终他们分手了，几年以后，那位朋友才告诉主人公，当时他已经抛弃了这个女友，才故意把她"输送"到主人公的身边……这个故事相当古典，除了韩东一贯叙事风格的绵实、老到、贴肉，而且引人入胜以外，小说文本也诱人生出许多联想。那位女友王玉，是一个与现代生活相对立的奇观，主人公从她的身体联想到南方、边疆、神奇的岩溶和众多的民族，联想到植物和大自然，与这样一位女性的肌肤之亲中获得怎样的心理感受是不言而喻的，王玉的淫荡就像大地的春光和雨水一样迷人，没有丝毫矫情和羞耻，倒是成为向世俗社会道德的一个挑战；可是作为知识分子的主人公恰恰不能从中领悟生命初元状态的"第一次"的快感，他无法摆脱世俗的顾忌：四周邻居的眼光，朋友间的伦理，社会的舆论……他只能是一个世俗文化环境的俗人，永远也无法"抽空"社会和文化造成的障碍。这部小说不但将韩东一代知识分子所感受到的文化困境淋漓地表达出来，而且它的意境也比《三人行》等小说阔大得多，在有关方方面面的环境描写中，读者不难领悟他们身处的主流社会对他们构成怎样的威胁。同样我也很喜欢朱文的《食指》，虽然写的只是"他们"封闭圈子的一群诗人的生活场景，但"食指"的意象沟通了更为深远的历史内容。历史上的食指，曾经在"于无声处"开创了一代诗风，成为朦胧诗的先驱者，他为此经受了时代的残酷考验，至今还在精神病院里受难；而当代的"食指"，再一次退出了这个文化艺术都已经被深深污染的世界，自觉地转向广袤沉默的民间大地，企图实践把诗歌交还给人民的主张。诗人所说的"人民"，明确不再是被权力者用来玩弄手段的政治名词，而是与世俗生活紧密联系在一起的，实实在在生存在大地上的民间，诗人在知识分子的主流文化彻底崩溃的那一年飘然远去，隐没于民间世界，谁又能证明，"食指"已经死了或者发疯了呢？小说最后部分公布的"食指"遗书是很有意思的，那时他已经站在了民间世界的边缘，他站在分界线上，一边是来自民间世界的挡不住的诱惑，一边是对以往知识分子文化和生活方式的恋恋不舍，我们似乎更应该注意到那封信的时间，正是在那个时间，中国的文化发生了一次转机。朱文在小说里故意用混淆文本的手法，把"食指"的作品与"他们"一代诗人的作品互相混淆，暗示出"食指"的精神正散布在这一代新诗人的作品之中，在读上去似很不严肃的叙事风格中要，寄予了严肃的思考。对这样一个诗人圈子，因为有了"食指"的精神传统穿插纵横其间，已经很难说是个封闭的圈子了，这里面似乎含混着一种新的信息，在这一批知识分子走向世纪末大门的过程里，可以隐隐地听到脚步重新踏在大地上的坚实有力的声音。

　　也许我是个主观性很强的批评家，我在阅读这些作品时，并没有真正还原和理解新生代作家的特点，反而冒着可能会歪曲原作的危险，来阐述我自己的理论主张。好在这些作品都客观地存在着，读者尽可以根据自己的口味去理解这一代作家的精神。我只是站在批评和选家的立场上，表示我的喜欢和不喜欢，我愿意把这些作品中一些隐约可见的创意性因素发扬出来，愿意看到这一代作家潜藏在自己内心深处的真正激情被进一步表现，而不愿意看到一些似是而非的理论去助长新生代创作中的平庸倾向。本来，作为"文化大革命"后成长起来的年轻作家，想通过对前两代人生命中不能承受之重的使命感的嘲弄和消解，来认定自身的立场，这是可以理解的。但事物并不是必然依照"二元对立"的方向转化的。就说"游戏"吧，席勒将游戏比喻艺术创作，正是取了小孩子游戏时全神贯注的精神，来排除成人功利世界的污染，使艺术成为一种纯粹的审美活动，并不是一提倡游戏，就可以吃喝拉撒地胡来，把德国人的"游戏说"篡改成上海人的"白相相"和"淘糨糊"。就说"消解崇高"吧，说到底也不过是揭穿历史的权力话语强加在这个观念上的虚伪光环，并非要人一躲避崇高，就应该朝卑鄙顶礼膜拜，奉金钱为拜物教。如果这些基本的理论界定都不明白，一味地强调消解一切，强调游戏人生，强调后后后现代，其最终的结果是让平庸的市侩气麻痹这一代作家本该有的敏锐性和原创性，窒息他们真正的创作才华，同时也窒息了世纪末文学中最宝贵的战斗性。

在邱华栋和朱文所代表的两端之间，新生代作家们还奉献出许多不错的创作，展示出他们个人在这个时代大变动中的精神感受，如本卷所选的须兰、虹影两位女作家的作品，都与她们以往的创作风格有别，纵然碎片里反映出来的只能是破碎的世界，但由于镜片自身的光亮度，其照出来的世界内涵超出了碎片体形的局限，多少有种大的气象贯穿其间。同时，出于同样的理由，我也建议从初选名单中删去两位年轻作家的作品，尽管他们目前很被看好，但在我的审美趣味里，总觉得少了一点个性。在我看来，媚俗、平庸、无意义，有时也会成为一种时代的"主流文化"专制时代的另一面，就是市侩气的泛滥，这在俄国沙皇时代已经被高尔基强调过的。当有些年轻作家自认为反对了原先宏大叙事里的崇高理想，就能还原人的自由本相时，却没有意识到你所放纵的轻薄、凡俗、卑琐的自由本相里，也同样认同了一种并不完全属于你的世俗"主流文化"，你仍然是一个代言人或传声筒，不过是将原先虚伪的观音娘娘手里的杨柳净瓶，换作了埋在地下的实实在在的大粪管。所以我在主编这套小说选本时，我深知我所面临的困难：一方面我明知20世纪90年代中国文学的变化趋向，人们开始拒绝任何抽象于世俗的"绝对观念"，拒绝被权力者所操纵的主流文化，放逐原则，还原个性，也就是将镜子打碎成粉末的征象；但另一方面，人们既然还原人的个性，就应该更像一个正常人那么认知生活和实践生活，那么，人的理性依据从何而来？人的感情生活在怎样的状况下能够有别于动物性？个人与时代生活的关系又将怎样构成？换个比喻说，碎片与粉末里映出个什么世界？这些问题对一个真正的作家来说，是不必多作考虑的，一个优秀作家的灵魂的真诚表现里，自有大痛大爱，感人深切的力量，即使不借助时代大音，也能个人化地表现出来。这种作家创作过程中自然流露出来的因素，却正是评论家和文学史研究者应该特别关注的。所以，我希望我们这部将延续八年时间才能编完的小说选，能与生活同步地捡拾起各个碎片来，拼凑、排列、组合，构筑起一个无名时代的世纪之门。

碎片中的历史

不止一位朋友告诉我，1995 年长篇小说创作出现了颇为雄壮的景象。我在东京，能找到的中国文学期刊不多，但粗读几部，印象并不强烈，只是觉得这一年的长篇小说成果再次证明了知青一代作家在创作上的爆发力，一些比较优秀的作品里，很少是作家以往中短篇创作的重复和综合；也很少有意迎合主流文化或者社会时尚刻意编造的故事。作家都采取了以个人方式来理解世界的立场，参与到当下社会的精神构建。

一位朋友给我的信中，着重谈了"历史"对长篇小说的影响，这是很重要的提示。长篇小说的艺术容量决定了作家必须建立起较大规模的时间架构，一般来说，历史意识不是体现在故事材料和细节中，它是躲在时间架构的背后，赋予故事特定的意义。所以叙事与历史，在时间架构内形成了密不可分的对应关系。以李锐的两部小说为例：《旧址》是通过叙事展示历史，它叙述了一个家族从大革命时期到"文化大革命"结束的全部历史过程，读者即使不了解历史，也可以通过叙事来了解它；《无风之树》则相反，它通过历史赋予叙事特定的意义。它只写了矮人坪发生的一场风波，时间不过几天，但因为它发生在"文化大革命"中清理阶级队伍时期，这一特定意义的历史时间，赋予小说以特殊意义。读者可以通过对历史时间的回想，加深对小说叙事内容的理解。但对作家李锐来说，无论是创作《旧址》还是《无风之树》，历史必须预设在他的头脑里，以他对历史的认知态度决定如何叙事。这是作家的历史意识。又因为历史无法割断，即使作家在表现生活现状时，他的头脑里也必然会产生出"现状由何而来"的总体观念，这种观念若写进了小说，也同样是历史意识。

历史是已经消逝了的存在，了解历史真相，有两种途径：一种是借助统治者以最终胜利者的立场选择和编纂的历史材料，如历来的钦定正史，由此获得的关于历史的总体看法，我称它为"庙堂历史意识"。它除了站在统治者的利益上解释历史以外，还表现在强调庙堂权力对历史发展的决定作用。另一种是通过野史传说、民歌民谣、家族谱系、个人回忆录等形式保留下来的历史信息，民间处于统治者的强权控制下，常常将历史信息深藏在隐晦的文化形式里，以反复出现的隐喻、象征、暗示等，不断唤取人们的集体记忆，由此获得的历史看法，我称为"民间历史意识"。张炜在《柏慧》中反复写到有关徐芾东渡日本的民间歌谣的破译，仅是一例。作家站在庙堂与民间之间，用长篇小说的形式来表达自己的历史意识时，不能不在这两种立场上作出选择：是站在庙堂的立场上，根据主流的历史观念编写故事情节，还是站在民间的立场上，从大量生存在野地里的文化形态中，寻找历史的叙事点？20 世纪 90 年代的长篇小说创作，多少体现了由前者向后者转移的变化。50 年代以来，历史学被纳入了阶级斗争的理论范畴，长篇小说所展示的历史，只能是主流意识形态的图解。80 年代以后，作家才开始突破禁锢，慢慢地朝民间立场转移。新的迹象先是出现在中篇小说领域，以莫言的《红高粱》为代表，形成了"新历史小说"的创作。长篇小说要到 90 年代以后才出现变化，张承志的《心灵史》、张炜的《九月寓言》，都是重修民间史的长篇典范之作。相比之下，1995 年的长篇创作在总体成就上并没有更大的突破，但有两部作品——王安忆的《长恨歌》和余华的《许三观卖血记》，有意识地开拓了民间的新空间。

这两部小说从不同的视野展示了 20 世纪 40—80 年代中国城市的民间社会场景。"民间"不仅仅是叙事内容，而且还是一种叙事立场。在庙堂的历史意识观照下，以往作家们有意无意地认同一个思维模式，即重大的历史事件，尤其是政治事件，都直接影响了社会的发展进程，所以，重大历史事件成了历史的中心。而在这两部描写小人物命运的小说中，作家有意偏离和淡化重大历史事件的影响，在琐碎的日常生活中，展示民间生活的自在面貌。城市文化与农村文化不同，因为形成历史短暂，缺乏源远流长的文化传统作为其稳定的价值取向，而且在城市里，市民与政府的关系远比农村要直接得多，城市的主流文化往往是政府与市民共同参与建设的，所以民间的自在性也相对的小。但是因为市民的家族来自各种地区，是携带了自己家族的原始文化记忆进入城市，这种原始的文化记忆（包括家乡的风俗、生活爱好以及区域文化造成的性格等等）汇入了城市文化潮流中，形成市民私人生活场景，这就是主流外的都市民间文化。两部小说展示的城市风貌有很大的差异，但都从破碎的民间文化信息中构筑 20 世纪 40—80 年代的城市历史，这就与以前描写城市的文学作品，呈现出不同的面貌。

《长恨歌》以 20 世纪 40 年代选举"上海小姐"为故事引子，这事件本身就包含了现代城市繁华与浅薄的双重文化特性，尽管它在形成之初也带有主流文化的色彩（如电影导演劝阻王琦瑶参加选举时所举的理由），但事过境迁，它成为王琦瑶们私人性的文化记忆，作为一种都市民间文化的品种保持了下来。50 年代的上海进入了革命时代，革命的权力像一把铁梳子篦头发似的，掘地三尺地扫荡和改造了旧都市文化。但王安忆的聪慧和锐敏，使她能够在几乎化为齑粉的民间文化信息中捡拾起种种记忆的碎片，写成了一部上海都市的"民间史"。虽然她没有拒绝重大历史事件对民间形成的影响，如"解放"、"文化大革命"和"开放"，但她以民间的目光来看待这种强制性的权力入侵，并千方百计地找出两者的反差。她这样描写上海的小市民在 50 年代初与政府之间的关系：

> "所有的上海市民都一样，共产党在他们眼中，是有着高不可攀的印象。像他们这样亲受历史转变的人，不免会有前朝遗民的心情，自认是落后时代的人。他们又都是生活在社会的芯子里的人，埋头于各自的柴米生计，对自己都谈不上什么看法，何况是对国家，对政权，也难怪他们眼界小，这城市像一架大机器，按机械的原理结构和运转，只在它的细节，是有血有肉的质地，抓住它们，人才有倚傍，不至于陷入抽象的虚空。所以上海的市民，都是把人生往小处做的。对于政治，都是边缘人。你再对他们说，共产党是人民的政府，他们也还是敬而远之，是自卑自谦，也是有些妄自尊大，觉得他们才是城市的真正主人。"

可以说整个长篇构思都在演绎这段议论，时代要求人民成为国家机器上的螺丝钉，拧在机器上并完全受制于机器，而王琦瑶们擅长于把"人生往小处做"，即使身处螺丝钉的境地，也能够"螺蛳壳里做道场"，做得有血有肉，有滋有味。因为是以个人记忆方式出现的私人生活场景，芥末之小的社会空间里，仍然创造出一个有声有色的民间世界。

余华的《许三观卖血记》描写的城市场景，并不具有现代都市的色彩，它是传统城镇文化的延续，由农村脱胎而来。许三观虽然是个靠出卖劳动力换取报酬的产业工人，但他的生活文化形态，基本上是由农村家族带来的个人记忆。小说一开篇就写许三观返乡看望爷爷，这是小说中唯一出现的许三观与农村家族相联系的场面，不但点出了这个城市贫民私人文化场景的特点，而且也揭示出许三观一生卖血惨剧，正是从农民光靠出卖劳动力还不够，必须出卖生命之血的生存方式中继承而来。当然不是说，城市里没有靠卖血为生的例子，而且许三观也并不是只靠卖血为生，卖血只是像人生的一个旋律，伴随了许三观平凡而艰难的一生。我曾指出过余华的《活着》的叙事视角和叙事方式，是借用了民间叙事歌谣的传统，有意偏离知识分子为民请命式的"为人生"传统，独创性地发展起民间视角的现实主义文学。《活着》是从叙事者下乡采风引出的一首人生谱写的民间歌谣，《许三观卖血记》虽然没有出现叙事者的角色，但许三观的人生之歌，依然是重复而推进了民间的历史意识。许三观一生多次卖血，只有少数几次与重大的历史事件有关，更多的原因则是围绕了民间生计的"艰难"主题生发开去，结婚、养子、治病……一次次卖血，节奏愈来愈快，旋律也愈来愈激越。读到许三观为儿子治病而一路卖血时，让人想到民间流传的"孟姜女哭长城"的歌谣，饱含了民间世界永恒的辛酸。小说所展开的"人生艰难"的主题与时代的重大历史事件之间，不再是那么直接的限制为"决定与反映"的机械关系，就像"孟姜女哭长城"的悲惨故事一样，秦王暴政已经抽象为一般的庙堂权威对民间构成的根本性威胁，这苦难和悲惨已成为民间自叹自怨的命运主题。这部小说所表现的民间私人场景饶有趣味，处处充溢着幽默与欢悦。民间的生命力并不表现在受赐于来自外界的"幸福"和拯救之中，恰恰是在日常生活中为抵抗、消解苦难和绝望而生的超凡的忍耐力和乐观主义。许三观过生日一段，用想象中的美味佳肴来满足饥渴的折磨，这是著名的民间说书艺术中的发噱段子，移用在许三观的私人场景，很恰切地表现出民间化解苦难的特点。

因为历史是已经消逝了的存在，庙堂和民间可以同时展开对它的记忆、梳理和描述，就仿佛是同一时间空间中并行着两个完全不同的话语世界，背后所支撑的，正是两种不同的历史意识。双方以各自的立场对历史现实的规律性作出解释，并将各自的解释推向普遍性。但这对峙着的双方于知识分子来说，都是局外的世界，知识分子站在两者之间，只是被动在进行选择，是按庙堂的历史意识修史讲史，还是按民间的历史意识进行创作。就像张承志毫不犹豫投向哲合忍耶的民间宗教来叙述历史一样，王安忆、余华的创作，也许是无意地遵循了城市民间的历史意识。如果从文学史上去找渊源，那么，像 30 年代的老舍和 40 年代的张爱玲的创作，多少可以看做是他们创作的前导。

　　那么，接下去的问题是，"五四"以来现代知识分子（作家）在创作实践中有没有建立起自己的历史意识，即经知识分子自身的立场来书写历史，至少是否对此作出过努力？他们站在两种历史意识之间，有没有在被动选择的同时，还利用其立场来表达自己的历史意识？这是很值得我们在学术上作认真探讨的问题。所谓的历史意识，不是一个孤立的意识存在，它与整个社会意识是相联系的。在古代儒家的史学传统里，就存在着高于庙堂权力的历史意识，被文人传为美谈的"在齐太史简，在晋董狐笔"，正是这一史学传统中的典范。但由于在封建社会制度下，文人的价值本身就是通过庙堂来实现的，所以文人的历史意识根本上说，仍然是庙堂文化的派生。"五四"以来，知识分子建立了启蒙主义的立场，在史学领域也爆发了一系列的革命，如果从学术的意义上讲，远比文学革命要精彩，但是由于现代知识分子受到急功近利的现实政治思潮的挤压，长期滞留在价值取向虚妄的"广场"上吵吵闹闹，对自己的传统梳理、学术定位、民间岗位及其价值体系，均未很好地解决。他们的思想劳动不能不依附在新的庙堂文化形态中得以表现。因此，其不可能在局部的历史意识方面获得完整成果。胡适在引进西方新的史学观念来研究历史方面有过首创之功，但胡适的史学研究仍然是相当破碎的；王国维从甲骨文中考证出殷商时期的历史真实，这本是改观中华历史的伟大之举，但其学术成果在思想文化上并没有带来新的革命，远不能与欧洲的文艺复兴运动相比；郭沫若用马克思主义观念来研究古代社会，虽然新意迭出，但其成果只能为现代庙堂文化所利用。（这里所指的"现代庙堂文化所利用"，可参考他后期著作《李白与杜甫》及"文化大革命"期间有关出土文物的考证文字。）著名的古史辨派大师顾颉刚的历史意识，也长期徘徊在庙堂文化与民间之间①，现代史学没有建立起一个强大的丰厚的知识分子传统，这是事实，所谓"独立之精神，自由之思想"

---

　　①　顾颉刚的史学意识长期徘徊在"庙堂"和"民间"之间。"庙堂"指的是三四十年代的国民党政权，顾颉刚曾用他的史学研究成果参与向蒋介石献鼎的活动。可参考《顾颉刚年谱》1943 年条。"民间"指顾颉刚关于中国民间文化的整理和研究，这部分工作是相当有价值的，可参阅洪长泰《到民间去》一书，上海文艺出版社出版。

的个人学术立场，也仅停留在理想境界，久向往之，却不能至。如果把这个背景移到文学创作，就不难理解为什么 1917—1949 年之间，中国长篇小说创作这么贫乏，而长篇历史小说则更为贫乏。

但是，现代知识分子历史意识的薄弱，不是说根本就不存在。知识分子在批判庙堂文化和民间文化的过程中，也曾零星地积蓄下有关历史的记忆和见解，更何况在中国现代文学深受影响的欧洲文学传统里，法国大革命以来形成的自由和民主观念和俄罗斯文学里丰厚的知识分子传统中，都深藏了知识分子对历史的独立立场。这对中国现代作家在创作上的影响，远较历史研究方面深刻。在现代长篇小说创作中，对知识分子的历史意识作过自觉追求的，至少有三位作家：巴金、李劼人和路翎。虽然在 20 世纪 40 年代以后，知识分子被戴上"小资产阶级"的帽子，其思想意识无法自由独立地展开，这三位作家在历史意识方面所建构的精神遗产也没有被人们充分地重视和理解；虽然 20 世纪 50 年代以后，强大的主流意识形态完全支配了历史学领域，作家在长篇创作中为了摆脱庙堂历史意识的桎梏，唯一的途径就是借助民间或者隐身民间，而无法独立地支撑起历史，但我仍然愿意看到，知识分子在借鉴和批判了庙堂和民间的历史意识过程中，对建构自己的历史意识作出的尝试性努力。

要探讨这个问题，1995 年有两部长篇小说都值得我们重视。一部是张炜的《家族》，一部是李锐的《无风之树》。《家族》中张炜描绘的是知识分子自身的命运，这就不能不面对并无遗产的知识分子的历史意识。这一点上，《家族》又重新面临了李锐前几年创作《旧址》时面临的困境。这两位作家都是通过家族史的写作，击破庙堂历史所构筑的神话，但是在历史的叙事过程中，又不得不借用了庙堂的历史意识的思路，他们无法像《九月寓言》、《许三观卖血记》那样，偏离和淡化重大历史事件的影响，展示出民间自在的历史发展方式。他们笔下的知识分子，没有形成自己的精神传统，没有对历史的独特叙事方式，因此，只能被束缚在庙堂文化制造的困境里历尽磨难。作家虽然满腔同情，却没有武器可以制止惨剧发生，一股悲愤欲绝的急促之气弥散在两部作品的文字之间，是可以理解的。如果对照《日瓦戈医生》，这里的差距就更加明显。《日瓦戈医生》也描写了知识分子革命的历史纠葛及其最终导致的悲剧，但那些从旧文化传统中脱胎而来的俄罗斯知识分子，始终带着饱满的历史意识去观察和参与历史的变动，他们对历史和现状的思考，拥有强烈的主动性。虽然如此，张炜的《家族》仍然体现出作家捡拾历史碎片，企图拼接传统的可贵精神，特别是它通过这个家族几代人的悲惨命运的重复，提出了对人类精神遗产的继承性问题，并揭示了这种继承遗产的规律，就是在不断自我牺牲和接受失败的命运里，慢慢延续下去的。（关于《家族》的这一思想，可参读我的《良知催逼下的声音》，收《犬耕集》，上海远东出版社出版）我不知道张炜这一观察能否经得起历史的检验，但这是一个很重要的发现，如果知识分子的历史意识还将被人们探索下去，那么，张炜这个思想会愈来愈受到注意。

李锐的《无风之树》则提供了另外一种思路。我之所以重视这部作品，是因为还没有一部长篇小说这样深刻地展示历史意识的对立：像《九月寓言》、《心灵史》，都是浑然一体地表达了民间的历史意识；像《家族》、《旧址》，都是在一元的庙堂历史意识笼罩下面发出抗议之声，并没有构成与之对抗的历史意识。《无风之树》则清楚地对立着两种历史意识：庙堂的与民间的。小说里没有知识分子的角色，唯一有点文化的苦根儿，完全没有思想价值，不过是专制时代的一具行尸走肉，一个主流意识形态的传声器和执行者。所以，如果一定要找知识分子的声音。那声音就是李锐自己的声音，可是又被他有意地消去了：小说交替着第一人称（我）和第三人称（他）两种叙事形态，"我"承担了民间诸种角色：矮人坪的各色男人，被卖到矮人坪的"公妻"暖玉，行将崩溃的旧庙堂代表刘长胜，以及毛驴和傻子，也就是说，作者暂时消去了知识分子的独立话语和立场，隐身人似的隐在民间世界的形形色色之中，转化为各种不同的声音；而"他"的角色只有一个，就是代表着庙堂历史意识的苦根儿的话语。这两种叙事角色的对立，鲜明地突出了作者主观立场的认同与拒斥。在这部小说里，李锐第一次写出了庙堂以外的民间世界的完整性，以及它与庙堂势力的对立。小说一开始，矮人坪的拐叔就愤怒地说：

　　"你恁大的个，苦根儿恁大的个，跟你们说话就得扬着脸，扬得我脖子都酸啦。你们这些人到矮人坪干啥来啦你们？你们不来，我们矮人坪的人不是自己活得好好的。你们不来，谁能知道天底下还有个矮人坪？我们不是照样活得平平安安的，不是照样活了多少辈子了？瘸拐就咋啦？人矮就咋啦？这天底下就是叫你们这些大个的人搅和得没有一块安生的地方了。自己不好好活，也不叫别人活。你们到底算人不算人啊你们？你们连圈里的牛都不如！"

矮人坪的"瘤拐"与上面派来的"大个"干部在生理上的对比也许暗示了民间与庙堂的关系，矮人坪自在着一个民间世界，瘤拐们有自己的生活方式、道德观念和文化习惯（包括婚丧风俗）。他们的藏污纳垢，在有知识有文化的人眼中是不能容忍的：如队里集体供养暖玉。这事件，在一般的社会道德标准看来是丑陋的（暖玉不但与矮人坪里光棍保持性的关系，也与有妻室的男人保持性的关系），但这种秘密供养"公妻"的制度却成了矮人坪民间社会的一个精神凝聚点，是矮人坪社会的"乌托邦"。拐叔的自杀除了出于对运动的恐惧，更主要是出于对这个"乌托邦"的维护。从矮人坪的民间社会关系看暖玉的处境与遭遇，它构成了对人性的严重损害与侮辱，但矮人坪男人在守护暖玉这种耻辱的秘密中恰恰又体现了对人性的尊重和爱护，因为与权力者苦根儿企图通过整暖玉的黑材料达到政治上谋权的卑鄙行径（尽管作家不断用"理想主义"来掩饰苦根儿的卑鄙动机，但客观上仍然揭示了这种在"文化大革命"中极为普通的现象）相比较，矮人坪的民间道德还是体现出深厚的人性力量。由于矮人坪的民间社会处于极端贫困和软弱的境地，他们几乎没有任何能力抗拒来自外界的天灾人祸，但他们并不因此放弃生存的权利和自在的方式，他们在认命的前提下，维护着特殊的文化形态。尤其当拐叔为了保护暖玉而自杀以后，矮人坪的农民们在葬礼仪式中完整地显示了民间自在的道德力量和文化魅力。他们不顾苦根儿用"阶级斗争"理论来恫吓，一致同意将富农拐叔的遗体葬进他家族的土地，并且在一系列的葬礼过程中饱满地体现出原始的正义感。我认为这一组场面的描绘，是小说中最精彩的篇章。

然而，更值得注意的是，作家的叙事立场似乎出现了一种矛盾态度：从理性上说，作家鲜明地站在矮人坪民间世界一边。小说通过"树欲静而风不止"的主题，表达了对那些人为制造社会动乱、扰乱民间正常生活的政治运动的厌恶和批判；但是，如果细心注意到小说在叙事风格上的某些特点，会发现作家创作中无意地流露出对苦根儿的同情。小说的故事背景，是"文化大革命"期间清理阶级队伍，某山村公社发生的一场政治权力转移的阴谋，苦根儿为了夺得公社领导权，打着"阶级斗争"的旗号来矮人坪搞逼供信，目的是整原公社主任刘长胜的黑材料，结果酿出了拐叔自杀的惨剧。如果发生在刘震云的小说中，从"草民"的立场看这又是一场狗咬狗引起的小民遭殃的故事，但在李锐的笔底下却是另一番景象，他把苦根儿塑造成观念形态的人物，苦根儿在矮人坪所干的蠢事（改造自然环境）和坏事（搞阶级斗争），都是错误理想所致，只是一种幼稚可笑的行为，而对这个人物身上应该具有的政治流氓特性完全忽略了。作家不断强调这个人物内心真诚的痛苦，是来自于矮人坪农民们的不理解，这仿佛又回到了传统文学作品中关于知识分子与民众相隔膜的老话题。其实苦根儿的下乡，并非一般知识分子到民间去，带着善良的启蒙观念去接近民众的，他本身是带了权力下乡，代表着某种政治阴谋和权力意志，权力是用不着民众来理解的，所以，苦根儿身上的矛盾是作家制造出来的。这只能说明，作家无意中对苦根儿的立场所流露的同情。相应的，作家对民间世界的态度中，也存在着矛盾。小说运用"拟民间"的语体，由第一人称"我"分担了矮人坪的各式角色，但熟悉李锐的读者不难读出，所有角色的叙事都保持着李锐作品一贯的干练、激越、简洁等语言特点，纵然是夹杂着民间的粗野鄙俗，也是经过精致艺术加工的文学语言，换句话说，李锐虽然把自己融入民间世界，借用了矮人坪各式人物的声音，但这些声音所表达出来的，仍然是作为一个知识分子的立场。作家通过暖玉的眼睛和口吻对矮人坪男人们充满鄙视的描述，通过暖玉最终离开矮人坪的选择，以及通过对曹天柱一家（傻女人和她的大狗、二狗）和矮人坪世俗社会的描绘，都保持了知识者作为民间局外人的立场。这是李锐与张承志、张炜、王安忆等人的最大差别。

"五四"的文学传统中，李锐所持的立场并不是新开拓的，但经过几十年来社会发生的重大变化以后，能够坚持这样立场写作的知识分子，李锐可能是硕果仅存的少数作家之一。在苦根儿所代表的庙堂的历史意识（英雄创造历史论与阶级斗争推动社会进步论的混合）与矮人坪农民们所代表的民间的历史意识（在认命的前提下，寻找自在的生活方式）相对立的图景中，作家愿意像一把双刃利剑，一如既往地展开知识分子的理性批判。李锐是自觉选择了一条艰难的写作道路，我很尊重作家的这一选择，同时也真诚地希望：当代作家能够从巴金、路翎等前辈开创的道路上走下去，站到丰饶的民间大地上，继续去追求和构建现代知识分子的理想和历史意识。

1996 年 3 月 27 日于东京早稻田大学

原文分上下篇。上篇《碎片中的世界》，载《花城》杂志，1996 年第 6 期；下篇《碎片中的历史》，载《当代作家评论》，1996 年第 4 期。后合成一篇，作为《逼近世纪末小说选》第 3 卷的序言。

现代都市社会的"欲望"文本：以卫慧和棉棉的创作为例

在编选第 6 卷《逼近世纪末小说选》^①的过程中，我们收入了两位上海的青年女作家——卫慧与棉棉的作品。关于她们以及新近涌现出来的一批与她们的年龄相近的青年人的创作，已经是近年来批评领域引人注目的话题。从所谓"新生代"作家的"断裂"争论到更年轻的作家的涌现，20 世纪 90 年代文学创作群体出现了令人眼花缭乱的格局。但对于那一群被称为"70 年代出生"的作家群体究竟有多大程度的共同背景，我还是持怀疑的态度。在前几卷的《小说选》里，我们虽然也注意到较为年轻的作家的崛起，如入选过丁天、李凡等人的作品，但一直没有将"70 年代出生"有意识地视为一个作家群体。这次我们决定选入这两位作家的作品时，也仅仅是考虑她们生活和写作的背景来自 20 世纪 90 年代的上海，在一定程度上反映了上海被当做一个国际大都市型的模式在建设与发展过程中所形成的某些文化上的典型现象。在这一点上也许她们有某种相同的地方，但是在表达个体与现实境遇的关系上，同样活跃在上海都市文化领域里的卫慧与棉棉还是有相当大的差异。本文仅以她们俩的部分创作为例，来探讨当代文学创作中存在的一种文化现象：如何表现现代都市社会的"欲望"。

评论界把"70 年代出生"看做一种文化上的界定，大约是包含了这样一个事实：在她们生长的年代里，中国社会的主流意识正在一个由极端压抑人的本能欲望的政治乌托邦理想逐步过渡到人的欲望被释放、追逐，并在商品经济的发展中被渲染成为全民族追求象征的过程，这种变化起先是隐藏在经济政策开放、建设现代化大都市与国际接轨等一系

---

① 《逼近世纪末小说选》第 6 卷后因故未出版。本文是该卷序言的一部分。

列的现代化的话语系统中悄然生长，最终则成为这一切目标的根本动机和最终目的。以卫慧和棉棉的作品为例，她们笔下的男孩女孩大多有一个不愉快的家庭背景：父母离异，或者在"文化大革命"中饱经摧残，甚至有的是在劳改营里出生，等等，而如今在日益膨胀的社会消费面前，他们被煽起了强烈的做"人"欲望，却由于社会地位的渺小与无助，不可能成为社会的既得利益者。他们对社会的疏离正是由此而来。十多年以后，有些饱经感情风霜的主人公又如同狄更斯小说里的人物那样会遭遇一些海外遗产或大款资助的奇遇（如卫慧的《艾夏》、《蝴蝶的尖叫》等和棉棉的《啦啦啦》里的男女主人公），但是这些迟到的补偿再也无法唤回她们心中早已失落的对社会"正常规范"的信任与依赖（所谓"正常规范"，包括市民阶层津津乐道的中产阶级的理想、伦理、信念以及生活方式，也是当前传媒主要营造的一种新的意识形态），这是欲望膨胀而带来的悖论，当然我们没有必要把卫慧、棉棉的故事完全视为近十多年来社会发展的索引，艺术总是或深或浅地隐藏了个人的隐痛与独特的体验，但是像那种"被遗弃—获遗产"的人生模式里，却包含了她们没有写出来的上一代人在欲望刺激下如何追逐财富的故事。这本来是一群来历暧昧、面目可疑的家伙，谁也无法说清楚他们是如何一夜暴富、突然成为当代社会中的富人阶级的，而那些正在被编造的"新富人"的故事，却成了20世纪90年代传记作家和传媒记者大肆渲染的成功经验，卫慧笔下那些小PUNK充满恶作剧的撒野（如艾夏与黑人的乱交，朱迪的堕落），棉棉的《糖》里问题男孩和问题女孩一再为其父母制造的麻烦，似乎是为这精心制作的甜点上撒了令人不快的胡椒，因为这些"问题孩子"所面临的生存环境，正是这十多年来致富阶级形成过程中无法回避的精神空白与欲望泛滥所造成的。

所以我不太同意有的评论者认为这些新涌现于小说领域的文本会导致对知识分子所标举的人文精神话语的颠覆与瓦解。这里涉及知识分子的话语系统的自我调整问题，即在从20世纪80年代到90年代的社会转型过程中，知识分子话语也相应发生了一个价值观念的转化。80年代知识分子的启蒙话语不断抨击残存于社会主义模式中的封建专制的孑遗，为的是推动市场经济的发展以及与此相联系的社会政治的民主化运动，这就必然要批判所谓"存天理，去人欲"的理学传统，要必然地为人的欲望的合理性辩护。应该看到，这样一种旨在经济与道德双重革命的知识分子思想运动在今天只是部分地对实践产生意义，经济领域的市场化运动一方面获得了很大的成功，但另一方面由于缺失了民主机制的批判性制约，又变本加厉地恶化了中国普通人的生存环境。当前思想领域引发的论争多半是知识界对社会矛盾与改革困境的反应。知识分子如果看不到中国封建专制残余以及 20 世纪 50 年代开始形成的极"左"思潮的顽固性以致放松了对它的警惕和思想斗争，把中国特殊国情下的市场经济的特殊问题简单地归结为资本主义国家里的一般问题是危险的。在这个意义上说，中国知识分子在 20 世纪 80 年代的思想批判任务还远未完成。反之，固守 20 世纪 80 年代的启蒙话语，在一心一意鼓励和推动市场经济的同时却无视新经济体制所带来的负面效应，看不到致富阶级在财富分配中的权力意识及其新的意识形态的作用，那同样是危险的。20 世纪 90 年代以来中国知识界所开展的一系列寻思人文精神的运动，正是企图从这两种话语系统中摆脱出来，寻求一种特立独行的思想途径，从中国自己的问题出发，从分析批判新的致富阶级的成功之路及其相应的意识形态，来揭示权力在其运作过程中的隐蔽性的作用。有了这样的超越性的立场，才有可能从纠缠不清的话语陷阱里摆脱出来。这里不能不涉及人文学科与文学创作的关系，我觉得人文学科与文学创作之间存在的根本区别，则是学术界的知识分子习惯于从思想立场出发思考问题和发现对立面，而作家习惯于在生活的变化中寻找自己的位置及其对立面，两者之间的错位非常容易发生。20 世纪 80 年代中期王朔等人在小说中以痞子口吻揭露传统理想的虚伪性时，由于知识分子一度与这种虚伪的意识形态合谋而遭到嘲讽，却无视有更多的知识分子已经从这种合谋关系中摆脱出来，形成了新的批判力量。同样，现在权力与传媒的合谋中逐渐形成的新富阶级的意识形态，虽然与 80 年代知识分子启蒙话语存在某种非逻辑的关联，也不能简单地将新一代的道德反叛与挑战视为知识分子人文精神遭遇的障碍。我一直以为，人文精神是一种实践中的运动过程，它旨在不断改善人的生存环境，反对各种形式的对人性的压抑与迫害，因此也应该反对任何形式的将道德理想凝固起来的企图，人文精神的终极性的理想价值只能通过人在各种具体历史环境下追求解放的形态体现出来，它可以或包容或吸引各种形态各种程度的反体制的批判思潮，并对任何具体历史环境下的思潮进行超越。所以在卫慧、棉棉等人的小说里，我们在一种比较"另类"的声音下，依然能够感受到年轻一代体制反叛者的恍惚而真实的心境。

就在这些男孩女孩的成长过程中，中国社会的主流意识发生了深刻

的变化。乌托邦理想的崩溃使她们在精神方面变得极为匮乏，但是 80
年代知识分子对传统体制的批判以及对西方各种现代反叛思潮的引进还
是在她们的头脑里留下了模糊印象，或者说，西方自波德莱尔以来以反
现代工业社会为旨趣的现代主义文化思潮（尤其是玛格丽达·杜拉、亨
利·密勒、莫拉维亚等人对西方文明社会批判的文学作品，超现实主义
艺术与摇滚乐等），成为她们此时此刻反抗社会既成秩序的思想资源。
但问题又同时产生：她们究竟想反抗什么样的社会秩序？又是以何种形
式来表现这种反抗？20 世纪 90 年代她们开始面对社会时，刚刚崛起的
社会"成功人士"已经在"国际接轨"的旗帜下引进了一整套以西方现
代享乐主义为核心的新道德诠释，重新规定了财富、荣誉、体面、上流
甚至是享乐的内涵与定义，当人们兴高采烈地夸张享乐主义和消费至上
时，享乐的欲望也已经转换成特定诠释下的某种场景、形式、游戏内容
及其规则。尤其是当权力阶层介入了这个新富人的阶级，这种种关于现
代消费的观念逐渐被解释成全民族共同富裕、走向世界的目标，先是在
传媒广告、影视作品里被虚拟宣传，渐渐地，也真实地出现在我们所居
住的城市里。小说所描写的那些从小城镇来到大都市或者从大都市来到
小城市的女孩子们不可能对生活中被制造出来的物质享受符号没有虚
荣的欲望，即使她的头脑里已经接受了反现代的遗传密码，也只能在严酷
的现实生活中碰壁以后才会慢慢记忆起来。

　　卫慧笔下的女孩大都经历了这个现代社会的奇遇，她们面对的男
子，似乎处于社会"成功人士"的边缘，虽然还不富裕，但显然已全盘
接受了那套新富人的享乐主义的游戏规则，正在踌躇满志地步入这个令
人垂涎的阶层：律师（《梦无痕》的明）、文化经纪人（《像卫慧那样疯
狂》的马格）、白领（《床上的月亮》的马儿）、即将成功的歌手（《蝴蝶
的尖叫》的小鱼），等等，他们大都有一个美丽富有的妻子或者准备有
一个类似传统意义上的妻子，但同时又需要一个能够消费现代人性激素
的女孩子，这种现代齐人的幸福格局是被预设的，如《梦无痕》里大学
生琼意识到的："我和明之间似乎已经不需要男女相嬉相诱时那种扑朔
迷离，与令人费心的花招样式。我想明已经向我提出了一个游戏建议，
同时附带了一些游戏规则。……这种尝试对于我是从未有过的，显得新
鲜，我的神经不免为之一振。"让我感兴趣的是最后一句话，因为揭露
中产阶级虚伪的家庭道德与感情原则，以前有过许多文学表现，即使在

恩格斯的年代里已经是个老而又老的题目了，而卫慧则以新的姿态来挑战这一话题：作为性游戏的一方，女孩不再扮演纯情而虚荣的受害者的传统角色，她一开始就看清了游戏的结果，并自愿遵守这些规则，使自己在这场游戏中游刃有余。我注意到卫慧在小说里编写了各种迷人的床笫游戏节目，男女主人公们矢口不提心灵的感受，没有爱也没有激情，更没有发自生命深处的呼唤与相知，所以读这些片段不可能激动人心，甚至连性的挑逗的力量也没有，充斥于字缝行间的只能是一片肉的快感与欲的宣泄。其实很难说这样一种情人关系是否真实，很难想象离开了激情与爱的性事会是怎样一种尴尬状态，但是我想，卫慧是有意回避了可能随性高潮而来的情绪反应和心理波澜的描写，或者说正是为了有意回避对性爱的深度内涵的体验与探讨，她笔下的每一个男女仿佛都是在西方灵丹妙药伟哥的刺激下从事一场职业的性表演。《像卫慧那样疯狂》最典型地表现了卫慧对现代情人关系的理解，不断出现在床笫间的是"私人表演""艳画""体操游戏"等字眼，使性爱离开了私人隐秘的生命勃发与辉煌，而成为纯粹生理动作的观赏与表演。小说为了强调这种动物性功能，特意设计了一场动物园里斑马交媾的描写，只要有一点欧洲文学修养的人都能回忆起法国作家左拉笔下牛的交媾的疯狂与激情，但在卫慧的笔下正相反，马的性事"一切进行得像吃饭睡觉那么寻常，像民政局里给你盖结婚证章的办事员一样冷漠平淡，公事公办"，这句话出于小说里一个白领女孩阿碧之口，这位姑娘与主人公阿慧的不同之处是她一直处于浪漫爱情的激情旋涡之中，她虽然漂亮而多情，但总是扮演着一场接一场的悲剧角色，显然这位姑娘在"成功人士"的性游戏中犯了规，所以才会在动物的性事中获得对某类人种的启示。阿慧之"慧"就在于她早熟地看穿了这种游戏的实质，她毫不迟疑地利用了这种游戏规则来获取自己的需要。当她与文化经纪人马格初次做爱时，马格还想发一通莎士比亚式的赞词，她却打断他，"请求他不要再说，让他喜欢干什么现在就可以动手干起来。他需要的也就是这些"。这种赤裸裸的描写有时使多情的读者感到难堪，抱怨卫慧的叙事风格过于冷酷。但我想应该把这看做是另一种形式的挑战，她用她的"酷"挑开了所谓致富阶级（成功人士）温情脉脉的伦理规范，还原出这种关系中不可救药的生命力衰退以及贯穿其中的金钱与权力的实质。

但是，许多评论家虽然都谈到过卫慧创作中的反叛性，似乎没有注意这种反叛意味与以往学术界对"反叛"的理解不太一样。也许可以说，这批女孩子是与大都市所滋生的享乐欲望同时成长起来，她们个人的成长经验里很难排除对欲望的向往和迷醉。现代城市的物质欲望过早摧毁了年轻人的纯真与浪漫，他们从父母、家庭、社会方面受到的第一教育就直接与追逐享乐的欲望有关，一切都变得赤裸而无耻。因此，当这些女孩子用同样无耻的形式来表达她们暧昧而绝望的反叛时，我们在其比较陌生的姿态中，依然可以感受一种来自逐渐主流化的享乐主义话语的巨大压力。商品经济的意识形态与传统意识形态不一样的地方是它并不刻意制造对立，而是以表面的"金钱面前人人平等"的形态来掩盖事实利益分配的不平等，它不拒绝任何人对物质享乐的欲望，并鼓励你积极参与到社会享乐的机制里来，这就给人造成一种机会不遇的自艾自怨。卫慧小说里的年轻人典型地反映了这种自艾自怨的情绪，她们的撒野与胡闹，甚至个体与社会之间所展示的紧张关系，都渗透了对物质享乐的不可遏制的欲望。我读过一篇很有才气的批评文章，在比较卫慧一群作家与朱文一群作家的创作时，指出了前者的小说里缺乏一种发自内心的焦虑感："在个体和现实境遇相分离或相对立的紧张关系中，焦虑是一道刺眼的裂隙，只要那种个体与现实之间的紧张存在，它是无法在文字中得到消释的，但假使焦虑随时可能被轻易、顺畅地消解，或完全不存在，就只能归因于它所内含的个体与现实境遇的分离或对立并非如显示的那样绝对，而是从根子上就伴随着退却的准备。"① 这是我读到所有评论中最中肯也是最有分量的批评，我想沿着这一思路继续往下思考，妨碍这一代人焦虑感的增长不正是 20 世纪 90 年代意识形态的主要特征么？

　　朱文一代的作家的成长经历横跨了 20 世纪 80 年代与 90 年代两个历史阶段，他们的思想历程里有一道谁也迈不过去也回避不了的历史门槛，这导致了 90 年代自觉处于边缘状态的个人立场的写作内含着强大的政治情结，他们几乎用反讽的态度描写了欲望在社会中的增长以及个人穷光蛋的恶作剧，人欲的放纵仍然是理性支配下的刻意渲染，表达出一种知识分子的苦闷与反叛，所以，贯穿在他们作品中的焦虑感显然与过于强大的现实压力有直接的关系。而卫慧一代轻易而顺畅的表达正是她们心中失去了这道历史门槛，在 90 年代的新的意识形态话语笼罩下，

---

　　① 引自宋明炜：《终止焦虑与长大成人——关于七十年代出生作家的笔记》，载《上海文学》，1999（9）。

全民性的追逐财富的假象掩盖了个体与现实的严重对立，欲望似乎是共同的社会追求，不能说卫慧她们没有焦虑，但那是另一种意义上的焦虑。如《像卫慧那样疯狂》里一再提示的她们面临的困境里：过去的已过去，现在的还不属于自己，未来的却更不可知。欲望越追求越遥远而生出耻辱与虚无的痛感，以致对自身的无归属感产生无穷无尽的焦虑。我们不能为作家预设如何的焦虑才有意义，作家也只能从自己与生俱来的痛感出发才能找到自己的个性。小说中阿慧的这种无归属感的焦虑，以夸张的语言和句式弥漫在小说文本中。也许在世俗中最不习惯甚至难以容忍的艺术表现中，体现了其焦虑的可怕与尖锐。比如对成长或成熟的变态渴望，对生命欲求的拔苗助长式的自戕。谁都不会喜欢小说里女孩为了证明自己成熟竟用自虐的方式来破坏处女膜（卫慧不止在一篇小说里写过类似的细节）——关于这种心理如果要深入探讨会扯得很远，我这里只能说一点感性的想法——读到这个细节时我首先想到的是 50 年代革命经典《钢铁是怎样炼成的》里的一个故事：少年保尔被关进监狱，遇到一个第二天就要被大兵蹂躏的姑娘，那位姑娘用乞求的口气要求保尔结束她的处女时代，因为她不想把自己最宝贵的东西交给惨无人性的大兵。年轻的保尔拒绝了那位姑娘的请求。我读这篇故事时的年龄与书中的保尔差不多，对于"处女"的知识近于无知，现在回想起来，如果用女性主义的男/女二元对立的思维方式来分析"初夜权"的原始文化心理，这里也许有一个野蛮而无奈的悖论：那位姑娘在监狱里无法逃避和反抗被侮辱的命运时，她挑选保尔来做她的初夜的执行人仍然充满了被动和受辱：她必须依靠一个男人，而这个男人仅仅是同监的犯人才获得这个权利，她别无选择。再回到卫慧的小说细节而言，女孩的自戕行为是为了证明她已经有了追求欲望的权力，这证明恰恰是通过自己的手和自己的血来获得的：从一开始她就摆脱了女性对男性最原始也是最自然的依赖，如果我们把正在主流化的享乐主义和中产阶级的社会"正常规范"及其伦理标准视为一种男性特有的权益与欲望的话语系统的话，那么，不难看到同样在男性话语诠释下的欲望刺激下成长起来的女性反叛者在心理上依然存在着深度的异化与对立。又比如小说中充斥了粗鄙刺激的比喻和遣词造句，同样反映了作家个体与这个日益精致化贵族化的都市文化趣味相对立的焦虑。主人公自称是："我有一张柔和和天真的脸，一颗铁石包里的心，以及所有孜孜以求的梦想，这些构成了我的气质，老于世故与热情浪漫。"我们不能将卫慧笔下的孜孜追求财富欲望的年轻人与传统西方小说里拉斯蒂涅式的都市野心家混为一谈，甚至与邱华栋等 20 世纪 60 年代出生的作家笔下体现出来的物质欲望也不能混淆。邱华栋式的欲望是外乡人被排斥在现代都市经济体制以外而生出的流氓无产阶级的仇恨，有一种力度是卫慧所没有的，卫慧还有棉棉等作家笔下的人物对财富没有仇恨，只是活跃在财富的边缘上，用调侃和撒娇来发泄着穷光蛋的虚荣和机智。刺激和亵渎的用语仅仅是这种奇怪的焦虑心态在美学上的放肆表达。

　　卫慧是从小城镇来到上海大都市，并受过现代教育——这是为现代都市的白领阶层提供后备军的场所——的训练，因此很容易被容纳到现代都市的文化体制中去。缺乏理性批判能力，放任身体的生理反应与强调感官对世界的把握自然都不可能产生强有力的力量，以抗衡现代文明所造成的人性异化。更进一步说，把身体/感性的语言作为价值取向本身有两种可能的形式，一种是将自己放逐到被现代文明所遮蔽的另一种文明中去，以生命的直接经验来感受文明的多元本质，以求人性丰富多姿态的存在；另一种是这身体/感性仍然被置于现代都市文明的主流模式中，它所能感受的依然是单质的现代享乐主义的文化消费方式，这样的感性虽然一定程度上能够对都市文化的主流（即中产阶级的伦理道德与游戏规则）产生某种消解力，但从本质上说，与资本主义市场的刺激消费需求是同步的，不可能再生出新的文化生命。毋须讳言，卫慧的文学创作中的"欲望"因素，正是依据了后一种的生存形式而被诠释。所以，向现实境遇妥协是其实现欲望的必然归宿。《像卫慧那样疯狂》写了三个同时毕业的大学生的欲海沉浮：在大城市长大的阿碧怀着浪漫情怀进入白领阶层生活，但在一次次的追求与遗弃的悲喜剧中最终屈服于新富人阶级的游戏规则，悄然嫁为富翁妇；出身农村的媚眼儿渴望感官享乐与西方模式的现代生活，不惜出卖男身争宠于洋婆，最终丧了性命。只剩下阿慧，巧妙地利用自己的青春与智慧来诈骗和捣乱这个繁华与腐烂同在的现实世界，但是她没有、也不可能有新的价值取向来支持自己的特立独行。然而，这已经是对卫慧式反抗的预言了。至少至今为止我们看到的卫慧还是在这个充满欲望的世界上保持了波希米亚色彩的个人追求。这也是卫慧的可贵之处，我注意到她笔下的人物总是有两种不同性格的对照。趋于中产阶级趣味的白领与坚持向现代西方文明模式挑战的小 PUNK；《床上的月亮》中是张猫与小米；《像卫慧那样疯狂》中阿碧与阿慧；《蝴蝶的尖叫》中阿慧（同名不同人）与朱迪，在这种对照中有力地突出了后者的生存处境。卫慧最好的作品是《蝴蝶的尖叫》，在讨论入选《逼近世界末小说选》的篇目时，我一直在它与《像卫慧那样疯狂》之间犹豫，我觉得朱迪的形象更加单纯更加尖锐，在她身上混合着浪漫主义的激情与理想主义的不妥协，因此也更加可爱。虽然在表现现代反叛性格的复杂性方面她不如《像卫慧那样疯狂》的主人公具有更多的可阐释性，但她的无路可走的痛苦以及以血相报的烈性已经彻底打破了享乐主义的温情假象。

棉棉的经历似乎与卫慧相反，她出生在大城市，受过正常的中学教育，在经济起飞的时代里她怀着朦胧的反抗意识来到南方经济特区，但在充满活力又缺乏章法的经济环境中，她没有进入制造"欲望"的主流社会，却一头扎进社会的阴影里，在主流文化所排斥的"怪异"环境下品尝了"人欲"酿成的直接苦果——这种生命经验，是正规而平庸的现代教育所无法想象和闻所未闻的。棉棉笔下的女孩与卫慧小说的人物不一样。卫慧的女孩狡黠而老到，棉棉的女孩憨直而单纯，她缺乏卫慧笔下的灵气，却毫无遮掩地表达出对社会人生的异端态度。如果我们研究当代中国"问题青年"的怪异（Queer，在台湾被译作"怪胎"）文化现象，棉棉的小说是不可缺少的文本。《糖》是一本当代中国"怪异"青年集大成的小说，摇滚、卖淫、滥交、吸毒、同性恋、双性恋等令人感到不安的文化现象充斥了小说的主要场景，与当年王朔笔下那些只会耍嘴皮只说不练的痞子相比，与当今卫慧笔下那些摹仿西方反叛者的矫情女孩相比，棉棉与主流文化对立的尖锐性和惨烈性被有力展示出来，从而开拓与丰富了人性中被压抑的黑暗世界内涵。小说中的男女青年主人公不约而同地拒绝父亲给自己安排的前途：一个对蒙娜丽莎感到害怕；一个从学提琴转向弹吉他，请注意：他们所拒绝的恰恰是西方文艺复兴以来的现代文化传统，而这也正是 80 年代中国知识分子文化的主流。一种反现代化的现代立场凸显在小说叙事中。男孩赛宁从英国回来，不是衣锦还乡却带了一颗千疮百孔的心，似乎也证明了西方传统教育的失败。但是棉棉笔下的女孩始终没有放弃对真情的追寻，她因为赛宁的多次背信弃义而自我沉沦，表达了她内心深处对爱的执著和痛苦，而不是像有些评论家故意夸大的什么"无爱之性"。只要将《糖》与《像卫慧那样疯狂》中有关性事描写部分作一比较，就可看出棉棉笔下女孩对性事完全不带展览意味，相反，她总是执著地问何为"高潮"？在污浊的现实环境下，这种风情不解的询问就仿佛是古代文化中的"天问"，是对男女间何为性爱的本质的追问。读者只要多诵读几遍棉棉小说中那些颤抖冗长的句子，我想不难体会到作家对失去心灵中的伊甸园所产生的刻骨铭心的痛苦。她的自杀、吸毒、酗酒甚至滥交，每一次的自戕行为都与赛宁的背叛有关，也就是说，所有以往正统教育施舍给她的温情脉脉的理想面纱都在现实欲望的烈焰中一片片地化作灰烬，她的生命最后以赤裸的姿态面对着烧不尽的"欲望"。

棉棉的小说叙事里，不自觉地体现出前面所说的把身体/感性的语言作为价值取向的另一种形式：将自己放逐到被现代文明样式所遮蔽的另一种文明中去，以生命的直接经验来感受文明的多元本质，以求人性丰富多姿态的存在。棉棉笔下的酒吧与摇滚，仿佛是欲火烈焰中的地狱——我说的地狱并不是"水深火热"的那种，而是指它直接构成了大都市现代文明的对立面——一种对现代文明直接对抗的个人、感性、异端的另类世界。这个所谓的"另类世界"在全球化阴云笼罩下的上海的现实环境下，其实是非常庸俗无聊的富裕阶层的消遣场所，但在棉棉笔下却体现出难得的反抗立场。在《糖》里，女主人公发现心爱的赛宁在一个小镇上当了庸俗的"歌星"时，她勃然大怒，立刻把他拉了回来，指责他背叛了摇滚精神，这是她无所顾忌的性格中真正值得敬畏的一面。如果从所谓"正常"的社会道德立场来看，棉棉笔下活跃的只能是一批需要拯救的不良少年、社会渣滓，种种犯罪的欲望都如怨鬼紧紧缠身，很难从他们身上得到正面意义的解说，他们或者被鄙视地描绘成渣滓，或者作为社会分析的一个注释，而没有自己独立的生命价值。但在棉棉的叙事立场上，这里却呈现了生气勃勃的世界：在这个充满污秽的世界里仍然闪亮着人性的温馨，藏污纳垢，破碎的生命仍然是生命并且应该得到尊重。小说里有一段写到男女主人公一个吸毒，另一个酗酒的沉沦过程，使我们不仅窥探到道德边缘上的生命体验，也看到了生命边缘上的道德再生。当欲望与生命本体的意义紧紧拥抱在一起的时候，即产生了美学上的魅力。棉棉在她的书前题词说，要把这本书送给所有失踪的朋友。我理解"失踪"这个词的意义，不仅仅是指逃离现实秩序的人，似乎还应该包含了在现实的道德范畴里我们视而不见的人，这一些心灵里装满了困惑与伤害的人，正在用巨大的代价探索着自己的未来，寻找自己灵魂的寄放处。这也许是棉棉自己所说的：必须把所有的恐惧和垃圾都吃下去，并把他们都变成糖的写作宗旨。

　　我无法预测像卫慧、棉棉那样的作家，在这条自己选定的、与她们的人生道路相吻合的写作道路上能走多远。棉棉说，她写作当做医生的使命存在。那么，一旦写作带给作家巨大的成功以致疾病消除，写作是否对她还有意义？我之所以这样提出问题，是因为我阅读她们小说后有一种强烈的感觉，即这很可能是世纪末中国文坛上昙花一现的事情，不仅仅社会主流道德的强大无法容忍这种异端文化的泛滥，同时是这些作家仅仅凭个体的感性的经验也无法将另类精神升华为较普遍的审美经验。我想起不久前我所阅读的台湾女作家洪凌的吸血鬼系列小说。洪凌也是个另类作家，她在英国读过硕士学位，对西方另类文化有过全面的研究。她回到台湾后一再用小说表达人类的异端化情绪，从同性恋到吸血鬼，写的都是人类文化边缘上的孤魂野鬼。但有意思的是，她最后把吸血鬼的根底联系到欧洲的无政府主义，因为永远的边缘，与主流对立，正是现时安那其的理想旗帜。法国作家圣·热内（SAINTGEN-ET）做过小偷，入过狱，吸过毒，后来写出了著名的《偷儿日记》等作品，法国著名作家萨特为他写过传记，声称在这本书里他把他所理解的"自由"一词解释得最清楚。洪凌翻译过圣·热内的书，并把自己也置于自觉的另类阵营，但这种自觉，决不是生活所逼迫或在西方阴影下的时髦行为。如果联系不到人类文化的精神源头，那么，任何感性的反抗与撒野都只能是昙花一现。这一点我把它提出来，只是对卫慧和棉棉这样一种文化的思考和期望。

1999 年 11 月 4 日初写于黑水斋

原载《小说界》，2000 年第 3 期

试论《秦腔》的现实主义艺术

到现在为止，我一共读了三遍《秦腔》。每一遍阅读，都有一种撕裂心肺的震撼，但又觉得讲不清楚内心的真实感受。所以，每次关于《秦腔》的研讨会我都去参加，但总是含含糊糊地表达不清自己的意见。直到这次去香港浸会大学参加世界华语文学的大奖评委①，我才不得不强迫自己认真梳理一下对这部作品的感受。我终于发现，《秦腔》是近年来最优秀的现实主义作品，它改变了我头脑中由于以往传统理论对现实主义文学的误读而造成的偏见，它以扎实的创作实绩，促使我对现实主义文学进行重新思考和认识。

现实主义：法自然、细节的展示、时代信息

从 20 世纪 90 年代以来，人们越来越不满足于当下的文学创作，大致的批评意见无非是文学在当下生活中的影响力越来越小，而作者越来越关注个人的日常感受，缺乏对时代与当下生活变化更大的关怀。这种批评意见的背后隐藏了一种没有明说的情绪，那就是对于传统的贴近现实生活、批判某种社会倾向的现实主义文学的怀念。事实上，90 年代以来的文学创作也是在有意无意地调整文学与生活的关系，被批评界关注的文学思潮就有新写实主义、现实主义冲击波、反腐倡廉官场小说以及最近流行的新左翼文学等，这些创作思潮的兴起，或多或少也是与传统的现实主义文学观念有关。我是一向对这样的意见不以为然的。因为我觉得，文学本来就应该是从个人在生活实践中的具体感受出发，只要

---

① 2006 年 7 月 26—27 日香港浸会大学文学院举办首届"红楼梦奖：世界华文长篇小说奖"评选，评委有哈佛大学王德威教授、复旦大学陈思和教授、香港浸会大学黄子平教授、香港科技大学郑树森教授、香港岭南大学刘绍铭教授以及前爱荷华大学国际写作中心主任聂华苓教授。《秦腔》获得首届大奖。

是真诚的经验感受，都会触及时代的某种真相以及面对生活真实的情绪反应。而传统对现实主义文学的理解中，恰恰隐含了对生活真实的相反理解。众所周知，在以往对现实主义文学的经典注释中，生活真实与艺术真实是区分开来的，而区分两者的标志则是抽象的本质论。似乎只有诠释意识形态化的生活本质，才是符合现实主义真实观的，这种诠释抽掉了作为衡量真实的最基本的现实依据。现实主义文学在贴近生活的同时必须解释生活，也就是必须把生活本质化和意识形态化。这种历史观与真实观决定现实主义文学不可能真正地选择日常生活细节来解释生活真相，而必须给以典型化的方式，在生活细节中灌注意识形态的思想原则，进而来编制当代生活的真实画卷。这样的文学创作当然会陷入"主题先行"或者概念图解，而舍弃丰富的日常生活细节的误区。这样的思维定势决定了当代文学似乎只能在两种对立的倾向中选择：要么，坚持现实主义原则而主题先行，本质决定一切；要么，舍弃本质，回归到肉身的感觉，在私人感情生活中找到可靠的真实，而怀疑一切社会生活的真实。

然而我们还是在期待有真正关注社会真实的大作品大气象出现，也就是，期待着有能够将日常生活细节和社会发展趋向有机结合起来的现实主义力作出现，不仅仅用文学来再现无限丰富的日常生活细节，同时通过这些细节来揭示当代社会生活的主要特征及其趋向。《秦腔》正是在这一点上极大地满足了当代读者的精神需要。贾平凹根据故乡陕西丹凤棣花街（村）的农民日常生活场景，虚构了清风街这一民间社会，描述近十年来中国农村经济的破败、古老的土地观念的改变、农民劳力向城市流散、市场经济和商品观念在农村的渗入等，几乎没有完整的故事、情节和人物，清风街的居民们度日如年地一天天活下去，有几个人小奸小坏，有几个人钩心斗角，在这过程中有的人死了，有的人走了。作家怀着极其矛盾的心情，既为农村文化的迅速衰败而痛心哀悼，又用一种无可奈何的心情看着农民兄弟怀着朦胧希望走向都市，开始新的生活历程。于是，正如司马长风评论沈从文的《长河》时所说的那样，"无边的恐怖"就慢慢地接近了。作家几乎没有正面阐述自己的观点，但他把当下农村颓败的大趋势，通过包罗万象的乡村日常生活细节极为生动地描绘出来，而且也深深寄托了作家本人的倾向和同情心。

贾平凹的创作，让人想起沈从文。贾平凹从某种意义上说是沈从文的重复和延续。沈从文笔下写出了湘西的美好，之所以美好，并不是环境的文明，而是出自一种人性的自然和和谐。但沈从文的创作中有两个现象不怎么被人关注，一是沈从文笔下的湘西还有其原始、野蛮、血腥的一面；另一个是他在抗战时期写出了农村社会加速破败的大趋势。这两点都可以归纳为现实的残酷性，也就是沈从文本来要在《长河》里深入描写的"无边的恐怖"。后来沈从文没有机会再写下去，而贾平凹则成功地把沈从文没走完的路接着走下去了。通常我们所理解的现实主义作家，努力把握的是社会历史的发展旋律，而沈从文、贾平凹们的现实主义则是努力感受天地自然的运作旋律，读这部小说的感觉，就像是早春时节你走在郊外的田野上，天气虽然还很寒冷，衣服也并没有减少，但是该开花的时候就开花了，该发芽的时候就发芽了，你走到田野里去看一看，春天就这样突然地来到了。《秦腔》所描写的正是这样的感觉，自然状态的民间日常生活就是那么一天天地过去了，琐琐碎碎地过去了，而历史的脚步早就暗藏在其中，无形无迹，却是那么地存在了。这是真正的现实主义艺术的魅力。就如曹雪芹创作伟大的《红楼梦》一样，家族史毋须用来印证具体历史的真实事件，反过来是用现实主义的力量揉碎了现实生活中无数细节，再创造出一个更加完整更加和谐的艺术世界。这样的现实主义，是天地的、自然的现实主义，也是最有力量的现实主义。

　　贾平凹的现实主义，是法自然的结果。人世也是一种自然。但一般的现实主义艺术描写人世社会，总是先赋予这个社会的本质性的看法，并要求艺术通过描写人世间的故事来展示其抽象本质，这就是人为的故事，也是历史的哲学的现实主义，其效法的不是自然状态的人世社会，而是意识形态的人世社会。《秦腔》所描绘的是自然形态的人世社会，当然不是说，清风街是与世隔绝的桃花源，恰恰相反，它的故事集中反映了近五十年来中国农村文化经济的变迁史，集中反映了市场经济在农村渗透后对传统农业经济及其伦理文化所带来的后果。这样的故事，如果带有一点意识形态的观念去描写的话，就可能变成农村的两种思想形态的冲突，如贾平凹在 80 年代创作的《腊月·正月》、《鸡窝洼的人家》等作品，基本上是沿着主旋律的调子刻画农村。而《秦腔》则不同，夏天智老人的形象多少也有一些《腊月·正月》里韩玄子的痕迹，但是两者内涵之差异，则不可同日而语。自然状态的人世社会，我指的是真实无讳地把当下社会的自然面貌记录下来，就像近年来流行的私人日记的出版，取其流水账似的表述方法，日复一日地把日常生活的本来面貌展示出来。你当然可以揭露这种流水式的叙述本身也有主观视角和虚构成分，但它在艺术形态上有明显与传统现实主义创作不同的特点：作家在文本里不直接展露意识形态和倾向性很强的主观分析，不编造曲折离奇的故事情节和悲欢离合，不塑造有鲜明性格的人物典型，也不给人物清晰的道德评价，更主要的是作家有意隐身于叙述者背后，让叙述者以一个"疯子"（不自觉的特异功能者）的视角口吻来叙述。在"后记"里，作家明确地说明这部小说是要为自己故乡的父老树碑立传，但是在小说叙述中作家的身份始终是暧昧的。它与传统现实主义的唯一纽带是大量的日常生活细节，而且让生活细节占据清风街叙事的绝大部分画面，（而另一小部分画面则是由特异功能者的幻觉所构成）。日常生活细节构成了日常生活场景，由场景反映出人世变迁的一切现象。这就是我所归纳的贾平凹的法自然的艺术原则。

如果说，沈从文在他的湘西社会的艺术世界中还是刻意描写自然状态的桃花源，（其实沈从文到了抗战以后描写的人世已经不是纯粹的自然状态了），那么，贾平凹的《秦腔》已经把现实社会的人世故事自然化了，只要是日常的，便是自然的，也是真实的，它多少能够折射出社会变迁的某些规律。所以，要求作家有一个对生活总体的看法其实是没有必要的，忠实于生活细节真实的人，本身也在感受生活的总体，并不存在一个外在于生活细节的生活"总体"。这样的创作方法，在贾平凹的创作道路上，至少从《废都》的写作就开始了。贾平凹出身乡土，为人木讷，看似旧式文人习气颇重，其实他对时代信息与现实社会非常敏感，时有尖锐的批判思想产生，而且敢于坦率表露。只是他的敏感与尖锐都来自于他亲身感受时代所致，不赖于外来的流行思潮，为一般以精英自居的伪士们所不逮。在 80 年代，贾平凹的创作基本沿着主流思潮而行，意象清楚，但在文化寻根的探索中已经走上特立独行的路径。"89 风波"以后，知识界集体失语，主流话语开始分崩离析，作家对生活预定的理想突然消失了。他四十岁写《废都》，这本来已是不惑之年，什么事情都该弄清楚了，可是他感觉到什么都不清楚了。他以前预测的生活景象，也不是他个人的理想，而是整个知识界的理想，现在全部破灭了。人是在理想破灭以后才会坚定起来的，这个坚定就导致了他还原到自身，或者说，还原到自己的肉身感受，重新来摸索真实。我非常佩服《废都》把一个时代的心理苦恼全部写了出来，运用的艺术方法，又是他独特的惊世骇俗。以后他渐渐地沿着这条道路写下去，《秦腔》达到了难得的高度。

在香港评奖时，曾有一位香港学者评价《秦腔》时用了左拉的自然主义文学来说明他的感受，但是左拉的自然主义的历史观是用当时流行的遗传学的科学成果来解释社会与人性的变化规律，仍然有主题先行的痕迹；贾平凹使用大量生活细节这一点与自然主义文学相通，但是他的思想和历史观始终停留在生活细节的真实之上。其实，生活细节本身是丰富的、含蓄的，只要作家不是故意用意识形态去筛选它和歪曲它，只要紧紧抓住细节本身，是能够从中完整地表现出社会与人性的丰富的。比如，小说里有一个场景是描写清风街村干部开会，主任君亭提出建立农贸市场，支书秦安却坚持上一届班子的淤地设想，这个场景写得不好就会变成一种理念甚至某种路线政策的冲突，不是东风压倒西风，就是西风压倒东风，许多传统现实主义文学碰到这种场景多半是写成了滑铁卢。而《秦腔》里这一场会议写得非常饱满和精彩。君亭满腔激情的演说，秦安以柔克刚，打太极拳式的反对，而余下全体人员个个都在两边观望，装聋作哑，会场里一会儿有人拍死蚊虫，一会儿有人翻倒水杯，还有人吐痰吐到窗外去。中间穿插了一段老鼠窜进稻草堆引起火灾，众人扑火、吵架，还穿插了叙述者回忆前任支书夏天义的权威，等等，万花筒式的生活现象，林林总总呈现出来。但仔细分析，每个意象或是为了衬托人物心理，或是为了渲染会议气氛，也有是为了将历史与现状对照，几乎都不是多余笔墨。然而最后收尾时，竟出现这么一组对话：

> 君亭说："分歧这么大呀？听说北边的山门县开始试验村干部海选，真想不来那是怎么个选法？"金莲说："十个人十张嘴，说到明天也说不到一块儿，民主集中制，要民主还是要集中，你们领导定夺吧！"君亭把一口痰吐在地上，说："那就散会！"

后面又引出了君亭设圈套以抓赌名义扳倒秦安的故事。本来是写农村建设方针的讨论，最后变成了对农村民主直选的质疑，而一场无结果的民主讨论，最终还是靠阴谋来定输赢。作家本意并不在夏天义与夏君亭两代村干部的对立意见中寻找中国农村的未来前景，通过乱哄哄的现实场景的展示，他着意描写了农村民主形式的徒有虚名，以及靠阴谋来解决人事纠纷的中国官场特色。

这与合作化运动以来中国农村题材小说主题先行、图解农村政策的传统彻底划清了界限。这是贾平凹的尖锐之处。这种尖锐性完全是通过一系列具体生动的细节来展示，而细节则隐藏了作家的感情与倾向。小说中的主要人物也含有某种象征意义。如原支书夏天义的倔强刻苦、嘴硬心慈、光明磊落，都有很精彩的描写，他坚持淤地的理想熔铸了几千年农民传统生活方式的理想，但是他的实践是失败的，甚至是悲壮的。我开始不理解为什么结尾要突然描写一个山崩地裂的灾难场面，似乎违反了贯通全书的自然之气。但读了几遍以后，我渐渐领悟了作家的心情，对于这样一个背时的、处处惹人厌的老一辈人物，最后埋葬于山体滑坡，连尸体都挖不出来，不仅仅算是厚葬，几乎是"托体同山阿"的颂扬了；连一块碑也是空白的，不仅仅算作无字碑，而是表达了作家对于农民传统生活方式及其伦理式微的无以言状之感情。夏天义身上寄托了作家很深的感情，小说以他的故事为结局，让死者崇高的沉默与不肖子孙们蝇营狗苟的吵闹，形成庄严的对照。而对下一辈村干部君亭，作家的感情就复杂得多了。君亭身上，结合了当代社会的许多相互矛盾的性格因素，既是一个有魄力有想法的农村基层干部，又是一个会玩权术搞阴谋的野心家；既能为集体事业投入热情，也有腐败堕落甚至奸猾的品行，很明显，作家对这个人物的态度是有保留的。但他能够与时俱进，尝试着带领清风街农民摆脱困境，到底还不失农民本色。作家最着力的地方，还是把他写成一个有几分可爱的农民形象。如书中的一段写清风街两代村干部去水库逼站长放水，以救援干旱灾情。水终于放出来了，夏君亭绝路逢生，顿生如释重负之感：

> 君亭长长地出了一口气，说："让我尿尿，让我尿尿！"他从裤裆里掏出了东西，美美地尿了一泡。这一泡尿是君亭入夏以来尿得最受活的一次，脸上的肉一点一点松下来，眼睛也闭上了。我也闭了眼睛，听见了大坝下的河谷里有人在说话，说着什么听不清，只是嗡嗡一片，听见了水库里的鱼扑喇喇跳出了水面，听见了一只蚂蚱从草丛里跳上了脚面。

小说是借助叙事者第一人称说话的，不加入"我"的感觉难以表达人物的心理，所以后面一段写引生的感觉里当然也包含了君亭的心情抒发（作家用"闭眼睛"这一动作把两人的内心沟通了）。前面一段描写看似粗俗，但实在是没有更好的细节，如此鲜活传神地描述一个半是无赖半是顽童的农民此时此刻的高兴、轻松的心情和其纯朴的表达。有这样心系集体的农村干部，即使有多少缺点，似乎也是可以让人原谅的。

我前面说到"无边的恐怖"，这个概念用在沈从文的小说里，指的是一种天真美好的东西（人）将被野蛮强暴的势力所摧毁。我把这个概念也用到这里，借以指的是清风街对于外部世界的一种深深的疑虑和恐惧。民工狗剩外出挖矿，得了病被退回来，靠拾粪度日，终于被逼自杀。另外两个民工到州城去拆水泥房，没有挣下钱，为了回家过年去抢劫，结果被判了刑；羊娃去城里打工，为了两百元杀了人，被省公安局抓去，引生回忆道："可怜的羊娃临去省城时还勾引我和哑巴一块去，说省城里好活得很，干什么都能挣钱，没出息的才呆在农村哩。等他挣到一笔钱了，他就回来盖房子呀，给他娘镶牙呀，他娘满口牙都掉了，吃啥都咬不动。可他怎么去偷盗呢？"话语间对农民工的遭遇充满了温情。但这温情的背后有着对未来的深刻疑惧。保守的夏天义激动地说："你以为省城里是天堂呀，钱就在地上拾呢？是农民就好好地在地里种庄稼。"夏君亭也同样激动地说："农民为什么出外，他们离乡背井，在外看人脸，替人干人家不干的活，常常又讨不来工钱，工伤事故还那么多，我听说有的出去还在乞讨，还在卖淫，谁爱低声下气地乞讨，谁爱自己的老婆女儿去卖淫，他们缺钱啊！"这两辈共产党干部治理清风街的大事方针不合，彼此间也一贯钩心斗角，但在对农民进城困境的认识上态度是一致的，既充满了人道主义的同情，也坚持了对策性的理性态度。但是另一方面，作家也没有把外部世界完全魔鬼化，他分明看到了农民出去打工是一种万不得已的出路，但也是一条新的路。俊德在城里收拾垃圾而致富，他女儿身份暧昧，回乡来却珠光宝气，受到乡人的羡慕。引生一向嫌恶这类人，但他凭特异功能又不得不承认，俊德的女儿"头上光焰很高，像蓬着的一团火"，其日子过的确实比农村的青年要好得多。

故事发生在公元两千年龙年，这是世纪之交的一道门槛，一切都在方生将死之间。今天的中国农村正在经受的前所未有的巨变，既不是土地所有制的变化，也不是农民经济条件的变化，但其变化关系着农村的传统存在方式的存亡，以及农民连根拔离土地以后的出路何在，这是任何一个严肃的作家都无法给出简单答案的大问题。作为现实主义文学的优秀创作者贾平凹，他以特有的敏感抓住了时代巨变的信息，并在无数生活细节中真实地传达出这种信息。他写的是西北农村的一个村子的故事，在后记中，他一再担心这样的故事能否被城市人接受，但事实上，《秦腔》所传达的信息却能够贯通整个中国农村的今天和未来。我想，每一个关心当下农村问题的人，大约都会在读这本书时感到震惊和心痛。

精神性：疯子引生作为叙事者的意义

我之所以把《秦腔》作为一部优秀的现实主义作品来讨论，还因为它没有仅仅满足于对生活细节的临摹，没有在那种周而复始的日常生活的展示中，透露出令人生厌的庸俗气和市侩气，而后者，正是当前文学创作中作家们为了抵消传统意识形态说教而不得不采取的普遍手段，由此而起的文学思潮正弥漫于我们的文坛。《秦腔》是一部具有巨大精神力量的作品，这种精神力量隐藏在无数的日常细节中弥散开去。贾平凹是一个有飞翔能力的作家，但他的飞翔，绝非飞在高高的云间轻歌曼舞；而是紧紧贴近地面，呼吸着大地气息，有时飞得太低而扫起尘土飞扬，有时几乎在穿行沼泽泥坑，翅膀是沉重的，力量是浑然的，在近似滑翔的飞行中追求精神升华。中国新文学是从启蒙运动发轫的，以鲁迅为代表的先进知识分子是站在一个比民间更高的立场上，那是启蒙的金字塔尖，用鸟瞰的角度来描写民间。伟大的悲悯中也有激情，但这些激情的力量是附载在启蒙者的主体精神之上，在高高在上的主体俯视下，被俯视的民间社会只能以可笑的愚昧的面目呈现，而不可能真正飞扬起来。而贾平凹是自觉走出这种启蒙传统的作家之一，他就是属于这藏污纳垢的民间社会的一份子，他因为贴近了地面才知道，原来离地三尺间也是有无限生动的生命在飞舞，由此也意识到，作家只有把自己隐身在民间，才能去揭示民间生活中蕴藏的真正力量所在，才能感受这民间精灵的自然活力，才能感觉到这也是一个火辣辣的生命，同样蠢动着非常丰富的人之感情。贾平凹能够成功地把持这种民间的力量。这种力量就是飞起来的精神。

精神不需要说教，不需要意识形态的正确指导，它可以直接从无限丰富的细节描写中升华开去，展现其更加丰富的内涵。从细节出发，师法自然，经过充分的细节刻画而将艺术境界上升到精神层面，这是优秀的现实主义文学的必经之途，也是我们掌握《秦腔》的艺术文本的关键之处。当然，从细节的充分刻画到艺术境界的精神性之间，仍然是需要有效的艺术手段和必要途径的，这对贾平凹的创作来说，就是把日常生活自然化，直面日常生活细节其实也就是师法自然，直观自然，从隐藏着无限玄机的自然人世中领悟精神的欢悦。而这样一种独特的表达方式，《秦腔》中是由一个疯子作为叙事者来承担的。这个疯子名叫引生，作家是通过他来"引"出清风街的无数细节和场景的。

引生被大家称作"疯子"，并非是福克纳的《喧哗与骚动》中的白痴，倒是有些接近阿来的《尘埃落定》里的那个叙事者。他不是真疯子，所谓"疯"，是农民眼中的异于常态的地方：其一是有清醒的理性，为清风街的一般农民所缺乏，他的叙事往往有一针见血的穿透力；二是有执著的感情力量，深刻的感情体验，使他做出一些不近常理的出格举动（如自我阉割）；三是癫痫病时有发作，以致出现某种特异功能的幻觉（如灵魂出窍、灵魂附体于别的动物、俯瞰芸芸众生等）。这三种"疯"的特征，决定了这部小说的叙事角度异常自由和丰富，既能自然主义状态地叙述清风街的人事纠纷；也能以用奇异的视角（如各种小动物）来窥探人世间的秘密，有时还能让灵魂在众人头上飞奔而过，恢复了全知的叙事。灵活多变的叙事视角是这部小说的重要艺术特征。但在小说的全体叙事中，我们还可以分作两大叙事部分：叙事者在场的叙事和不在场的叙事。前者，叙事者亲历其境，所观所感，都与叙事者个人的感性生活联系在一起，形成共鸣，自有强烈的直观性；而后者，因为叙事者非亲历其境，只是听人转述，就失去了主观意志直接参与的可能，成为一般性的陈述细节。所以，构成文本直观表达的部分，主要是由叙事者亲密无间的在场叙事来体现。

《秦腔》中疯子引生姓张，他父亲是清风街的前任主任，是老支书夏天义的副手，所以引生从小受过很好的教育，后来他父亲生病死了，他才从旁人的态度中真切感受到世态炎凉的可怕。他本来就有清风街居民不可比及的智商，再经过世态人情的教育，对人世洞察相当澄明。他是清风街的观看者和叙述者，他愤世嫉俗，爱憎分明，对民间道德与文化传统怀有深切感情，但这一切聪敏和深刻见解，都是借助于装疯卖傻的癫痫病直接地表达出来。可以举一个例子：如在君亭建农贸市场开张之际，有人从地下掘出了土地公婆的石像，神归其位，大家都庆贺是个好兆头，舆论倒向君亭，可是引生突然冒出一句疯话："说不定是君亭事先埋在那里的。"一语中的。把神秘现象背后的权力斗争挑明了，虽然事后并没有什么证据，但是君亭惯要阴谋，这一着既反映了君亭的手腕，也表现出中国农民改革家的思路的反叛性与混乱性。引生因父亲长期在清风街权力中心起落，其目光要比清风街所有的人都尖锐，对于各种农民式的权力之争尤为清楚。所以这话由引生来说出就非常妥帖，让人的阅读思路一下子超越了清风街一村一乡之是非，联想到几千年中国农民史的大气象，从而对清风街的人事有了某种新的认识。由此可见，引生不光是目光尖锐，他的视野也要比清风街所有的人都远宏，他的感觉也要比清风街所有的人都奇异。关于后者，小说的叙事中也非常突出。

引生有癫痫，每当情绪处于激动状态时，他的感觉里就会出现奇特的现象。当他听到远处的打鼓声，便会灵魂出窍，分身有术，眼睛透视世上万象，各种人和动物都在同一个空间里展现，看上去犹如一幅立体的农民画。当他听到白雪要结婚的消息，他顿时看出"药铺门外的街道往起翘，翘得像一堵墙，鸡呀猫呀的在墙上跑"。当他又一次在白雪面前失控丢丑时，"我看太阳都是黑的。真的是黑的"。他想，"白雪是不是也看太阳是黑的"。但这时候白雪正在家里早产，院子里风雨交加，太阳被风雨所遮蔽。事实上，太阳不可能是黑色的，只有人的心理高度绝望，才会看出最亮点成了黑色；街道也不可能翘起来变成一堵墙，只有人的心理失去了平衡，才会看到外部世界全都歪斜。引生眼里的奇异感觉都来自精神的作用，是精神的巨大变态导致了客体世界的变异。

精神的高度抽象性，决定了精神本身不可能被文学所描述，而它之所以能被感知，是因为它向客体世界投射了自身，作为人来说，感知物质世界是通过各种感觉器官，而感知精神则是通过良知（即心）。精神与人性相同，脱离了人的心灵感知就无法证明和表达。在文学创作里，能够最直接表达心灵感知的，就是人的感情活动。我们不能不承认，《秦腔》中疯子引生的感情要比清风街所有的人都强烈。小说一开始，写秦腔演员白雪要结婚了，丈夫是清风街最体面最出息的作家夏风，省城里的作家，县城里的名人，人们都说，夏风白雪是郎才女貌天造地设的一对。但叙事者引生却自怨自艾，因为他深信只有自己才是真正深爱白雪的男人。引生为了爱白雪而自宫，戕害了肉身，却保持了精神恋爱的纯粹性。自宫事件以后，引生就可以公开地狂热思念和赞美白雪，甚至包含了追求的因素。这一切在人们眼里都成为无伤害无威胁性的疯狂行为，然而正是在这样的无伤害无威胁的疯狂行为中，引生对白雪的充满了纯粹精神性的爱恋，如火如光，耀眼灼目。十年前，贾平凹书写现代都市题材的《废都》，颓废之情弥漫在一群城市文化人之间，性爱只是情色的代名词。十年来，种种无爱的性交易泛滥成灾，性爱成为现代物质文明的交易品；而贾平凹却在贫穷农村的一个疯子身上，寄托了纯粹而狂热的精神爱恋。引生并没有因为被阉割而丧失性欲，由此变得了无生趣，而是更加热烈更加痴情更加性感，引生每一次遇见白雪，都是一次生命之花的昂然绽放，小说通篇充斥着引生对白雪抒发爱情的美文。这是引生自宫后第一次邂逅白雪——

　　我一下子浑身起了火，烧得像块出炉的钢锭，钢锭又被水浇了，凝成了一疙瘩铁。我那时不知道说什么，嘴唇在哆嗦，却没有声，双脚便不敢站在路中，侧身挪到路边给她让道。她从我身边走过去了，有一股子香，是热乎乎的香气，三只黄色的蛾子还有一只红底黑点的瓢虫粘在她的裤管上。又有一只蜻蜓向她飞，我拿手去赶，我扑通一声就跌进了水塘里。水塘里水不深，我很快就站起来，但是白雪站住了，吓得呆在那里。我说："我没事，我没事。"白雪说："快出来，快出来！"瞧着她着急的样子，我庆幸我掉进了塘里，为了让她更可怜我，又一次倒在水里。这一次我是故意的，而且倒下去把头埋在水里，还喝了一口脏水。但是，或许我的阴谋让白雪看穿了，等我再次从水里站起来，白雪已走过了水塘，而路上竟放着一颗南瓜。这南瓜一定是白雪要送给我的。我说："白雪，白雪！"

引生的故事让人联想起福克纳笔下的那个白痴班杰明，他因为要强奸女学生而被人阉割。在福克纳的笔下，白痴完全被当做动物来处理，除了嗅觉，连记忆也丧失，更谈不上情欲；而贾平凹笔下，自宫则是引生对自己在无意识中亵渎白雪的失控行为感到羞耻，因此而执行的自我惩罚和自我戒律。爱情，竟能够通过这个失去性能力的疯子心理变得如此的熠熠生辉。引生的对立者就是白雪的丈夫夏风，他们一开始就构成了情敌的紧张关系。起先，疯子引生从任何方面来说都不是夏风的对手，而且，在以往启蒙的文学传统里，夏风这样的角色往往是充当农村叙事的叙述者。但是《秦腔》里的知识分子形象是受嘲弄的。夏风本来最有资格代表知识分子的理想，可是小说里没有正面介绍过他到底写了什么了不起的著作，只是空洞地赞扬他如何有名，有各种关系开各种后门；而在具体描写中，他似乎一无可取，挽联写得嚣张无度，甚至连父

亲的碑文都不会写。他与白雪的感情生活没有被展示，反复纠缠的就是
要把白雪调离农村，调动不成，迁怒于传统戏曲秦腔。偶尔与白雪在闺
房里说句笑话也是低级无聊，毫无品位。其文化趣味之平庸，与白雪和
引生这样真正的民间文化精灵所具有的丰富、执著和有情有义的精神内
涵，形成了鲜明对照。很显然，夏风只是《废都》中庄之蝶圈子里的一
个废人，白雪与夏风的离婚是必然的。虽然没有明说，但引生与白雪有
情人终成眷属似乎可以确定，小说里每次写到引生遭遇夏风总是落荒而
逃，但是整部小说的最后一句话却是引生说的："从那以后，我就一直
在盼着夏风回来。"充满了自信的语气中，预示了全书爱情故事的结局。
所以，由引生取代夏风作为叙事者，标志了贾平凹创作的民间叙事立场
已经完成。引生已经不是一个单纯的讲述人，他不仅带着自己的故事，
而且带着自己的民间精神立场和审美意识来讲述清风街历史，也就是
说，民间的叙事功能决定了这部小说的民间精神和审美导向。

艺术手法：细节铺展与直观性的表达

我在前面分析《秦腔》的现实主义艺术手法时，曾经提到直观自然
一词。直观是《秦腔》的一个非常有特点的表达形式。德国语言学家洪
堡在谈论古代希腊艺术特征时说过一段话，我觉得对于解读《秦腔》的
文本很有启发："虽然有关个性的感觉需要以一种更为内在的、不受现
实世界限制的精神状态为前提，而且只能从这一精神状态中发展起来，
但这种感觉并不一定会导致生动的直观转变成抽象的思维。相反，由于
其出发点是主体本身独特的个性，这种感觉激发了将事物高度个性化的
要求，而这一个性化的目标只有通过深入把握感性认识的所有细节，借
助表述的高度直观性才能够达到。"① 洪堡所阐发的艺术创造过程，不
是"感性——抽象思维（推理和证明）——理性"的一般思维过程，而
是"感觉——把握细节和直观性的表达——高度个性化（即内在的精
神）"的感性认识的升华。这是形象思维的要求，也是文学艺术创作规
律的精华所在。所谓事物的高度个性化，并非是指家主体"本身独特
的个性"，而是指艺术塑造的对象的高度个性，即在主体精神的独特关
照下，对象被赋予的一种存在的合理性，这是任何外在要素所不能替代

---

① ［德］洪堡：《论语言结构的差异及其对人类精神发展的影响》，姚小平译，
214 页，北京，商务印书馆，2004。

的，必须由其自身的内在精神所决定。文学创作要求写出事物的高度个性化，也就是要求写出事物的内在的精神。《秦腔》里叙事者引生有一种特异功能，能够从每个人头上的火焰苗子的强弱来判断其生命状态，这当然是象征的手法，各人头上都有一片火焰，正是象征了人的内在的精神之火，也是生命力的征兆。

贾平凹曾说："我并非不想找出理念来提升，但实在寻找不到。最后我只能在《秦腔》里藏一点东西。"① 既然找不到理念，那他"藏"在小说里的就不应该是抽象的理念，而是与此相对立的东西，即紧紧依附于具体形象中的高度个性化的体验（精神内涵）。《秦腔》所要表达的事物的个性，当然不是某个人某个村的个性，而是中国当下农村的变化趋向，及其传统文化衰败的状况，揭示其内在的精神。贾平凹要表达这一社会总体的精神高度，不是依靠故事情节的发展来推断，不是靠人物性格的发展来征象，更不是靠外在的概念说教来帮忙，而是用无数的日常生活细节的展示来显现，这也就是洪堡在讨论古希腊艺术经典时所说的，深入把握感性认识的所有细节。洪堡以荷马诗歌为例，说明这些诗歌是如何把自然的画面逼真地展示在我们的眼前，对哪怕是最微不足道的行为，例如盔甲的披戴，也作了细腻的铺叙，但是荷马诗歌在最外表的细节描绘中依然会让人联想到其内在的精神特征。而其从细节到精神之间的沟通桥梁，正是洪堡所说的——直观性的表达。同样，《秦腔》的这一艺术创作手法与洪堡的艺术概括有惊人的暗合之处，在《秦腔》中，细节的充分铺张与直观性的表达是并存的，细节的铺张是作家感觉现实世界的基本材料，而直观性的表达正是作家从细节指向高度个性化境界的一条途径。

直观是一种思维形态，它要求主体迅速排除笼罩在事物表面的现象和逻辑推理，直接把握事物真相。然而文学的特点恰恰与此相反，文学是具象的，它不可能以抽象的方式直达事物本质。但是洪堡轻而易举地解决了这个矛盾。他把文学细节的充分描述与直观性的表达合为一体，作为达到艺术世界高度个性化的必要前提。也就是说，直观必须与文学细节的铺展结合起来，使细节的充分铺展与直观性的表达构成一个完整的叙事过程。何谓"细节的铺展"，我们如果把文学画面视为一个"看"

---

① 贾平凹、郜元宝：《关于〈秦腔〉和乡土文学的对谈》，载《上海文学》，2005（7）。

与"被看"的交合点，那么，日常生活细节的铺展其实就是一个被看世界的展示过程，而直观的升华则由此产生。何谓"直观性的表达"？我的理解是，直观作为一种表达形态，主要表现为主体与客体的直面相对，通过"看"这一动作来改变主客体的关系。"观"这一动作，是带有强烈主体生命信息的，通过主体的全神贯注的观看，将生命信息投射到对方，从而使被观的客体发生某种改变。文学的精神力量应该是隐藏于其一瞬间的改变之中。然而，作家要把这样一个"观"的过程真实地展示出来，只能通过逼真的具体的细节描写，在最充分的细节刻画过程中，营造出这一精神力量突然展现的必要条件，使描写对象突然发生某种改变。因此，细节的铺展与直观性的表达也是一个辩证的过程，细节的铺展表示了被"观看"这一动作的延续，它是一种量的积累，但是在直观下主体精神导致客体变异的瞬间里，一切都可能发生变化，而所有细节的意义都可能被粉碎和消解，而直达真正的高度个性化的艺术本质。

这其实也是现实主义文学必须具备的艺术特点。如果现实主义文学一味偏重于细节的铺展堆积，必然会导致平庸乏味的纯客观主义；如果过于强调直观性的表达方式而舍弃具体的细节刻画，也将离开现实主义文学的基本艺术规范，成为其他现代艺术（如表现主义、超现实主义等）的样本。《秦腔》作为一部优秀的现实主义文学作品，其特征之一，就是在艺术手法上把这个辩证过程成功地运用在文学写作里，而且是在一部四十多万字的长篇里比比皆是，不断让人在阅读中感受到意外和震撼，从而使小说的精神容量得以成倍的扩大和丰富。这是《秦腔》所实践的巨大艺术成就，也是它所代表的当代现实主义文学的巨大成就。

我们来看前面所举过的例证：清风街贸易市场开张前发现了土地公婆的石像，小说由一系列细节来铺展其大吉大利，一般舆论都倒向君亭的一边，但这时疯子引生冷冷地插了一句："说不定是君亭事先埋在那里的。"气氛顿时急转直下。这句话当然是引生对清风街权力斗争长期观察后突然爆发的一个表述，这就是一种直观式的表达，表面上看是无来由无逻辑的疯话，但一下子把前面一系列生活细节所营造起来的意义的能指全部消解了。令人惊悚的效果在逆向对撞中产生出来。另有一次，满庆请饭，君亭和村干部们都聚在一起喝酒，本来是高高兴兴的场面，引生帮着君亭喝酒，但偶然说起果园承包给了别人，引生与君亭之间发生激烈冲突，甚至引起肢体较量。小说写到引生被硬拉回去以后，在家里发疯病："我不知怎么就在清风街上走，见什么用脚踹什么，希望有人出来和我说话，但没人出来，我敲他们各家的门，他们也不理我，清风街是亏待了我，所有的人都在贱看我和算计我。"这种强烈的悲愤心理，原来在小说里是非常隐蔽的，引生从表面上看似乎是一个没心没肺、人见人爱的无事忙，除了爱白雪而不得外，没有什么值得伤心的地方。但是这段突如其来的内心独白既是前面一系列故事细节的自然发展，又在刹那间把叙事者与叙事对象之间的微妙关系公开了，许多隐没在历史岁月里的故事也被强烈地暗示出来。类似典型的直观表述及其艺术效果，在《秦腔》故事里俯拾皆是。

直观性的表达同样也制约着艺术审美的效果。《秦腔》中排闼而来的日常生活细节看似琐碎庸常，甚至反复出现吃喝拉撒的描写，但在民间审美的光照下，作家用直观的方式表达其背后的精神性。民间的审美理想是包藏在藏污纳垢状态中的，它是以生活中的不洁不雅的现象为外衣，但隐藏于其中的精神所在却是不可忽视的。小说的第一段，叙述引生跟踪在地里劳动的白雪，引出一个不雅的细节：

> 她还在村里的时候，常去包谷地里给猪剜草，她一走，我光了脚就踩进她的脚窝子里，脚窝子一直到包谷地深处，在那里有一泡尿，我会呆呆地站上多久，回头能发现脚窝子里都长了蒲公英。

这是一段非常有意思的描写，它虽然有些粗俗不文，却很符合农民的感情要求。小说多次写清风街的农民对粪便怀有珍惜的感情，大小便排泄自人体，归之于土地，滋养着庄稼，从自然的角度来看没有什么肮脏可言。这个场景是白雪在读者面前亮相，剜猪草，走泥地，在包谷地里撒尿，很准确地把一个村姑的伧俗形象烘托出来。白雪在清风街人们的眼睛里美若天仙，其实她只是一个村姑和民间艺人，并不如现代城市人观念下的时尚美眉，她首先给男人的感受，就是引生感觉里的"热乎乎的香气"。这一段写得极好，一个光脚印在另一个脚窝子里，热乎乎的生命痕迹叠合在一起，满含了生命的活力。而且，这段描写的时间概念是模糊的，究竟是多次发生的还是一次性发生的，叙事人没有明确交代，引生痴痴久久的伫立和"回头"一看，发现蒲公英花在脚窝子里长出来了，一下子把时间抽象地拉长了，就有了一种天长地久的感觉。——在这个例子里，我们又一次看到直观性的表达的魅力，蒲公英的出现，显然是把前面所描绘的凡俗性和粗鄙性彻底消解了。

从全篇的结构而言，引生与白雪的爱情故事仍然是主线，但是与《红楼梦》的结构相似，他们之间的爱情线索被无数的生活矛盾和冲突所淹没，以致潜伏在全书布局里若隐若现不得彰著。但是，我们可以把全书的细节铺展与最后的直观性的表达看做是一个漫长的观看过程。小说开始时，白雪是罗敷有嫁，引生是个疯子，两人之间谈不上任何缘分；而在结尾部分两人相遇在七里沟山体大面积滑坡时，终于出现了直观性的大暴发，从而改变了两人的关系。他们最后一次相遇是这样的：

> 我一抬头看见七里沟口的白雪，阳光是从她背后照过来的，白雪就如同墙上画的菩萨一样，一圈一圈的光晕在闪。这是我头一回看到白雪的身上有佛光。我丢下锨就向白雪跑去。哑巴在愤怒地吼，我不理他，我去菩萨那儿还不行吗？我向白雪跑去，脚上的泥片在身下飞溅，我想白雪一定看见我像从水面上向她去的，或者是带着火星子向她去的。白雪也真是菩萨一样的女人了。她没有动，微笑地看着我。……

这是小说的最后一个段落，一个是菩萨一样披着阳光迎面站立，一个是在飞溅的尘土中狂奔向前，波浪与火星，都是飞溅的尘土的转喻，被描绘成一驾自由之舟，载着爱情之神飞驶而来。疯子引生与白雪的精神恋爱终于升华为神圣。为此，我对小说结尾突然暴发的山体滑坡似另有所解，——民间艺术细节的多义功能在这里被运用得非常丰富：这场山崩地裂，对夏天义为代表的几千年农民的传统土地观念和生存方式来说，是一个灭顶之灾；而它对引生与白雪这对伟大的恋人来说，却是大自然为他们的精神爱情颁发许可证——正如汉乐府民歌《上邪》所歌颂的爱情：山无陵，江水为竭！小说的整个结构在逆向冲撞中完成。

2006 年 8 月 11 日于黑水斋

原载《中国现代文学论丛》，2006 年 6 月创刊号

再论《秦腔》：文化传统的衰落与重返民间

　　我在前一篇讨论《秦腔》现实主义艺术的论文中解释了这部小说的法自然的精神、叙事者的意义以及艺术手法，但是我当时有意略去了关于"秦腔"本身所含有的象征意义，这个问题被提出来讨论的机会比较多，大约的意见也趋向一致，如王德威教授在代表香港浸会大学举办的"红楼梦奖：世界华语文学长篇小说奖"决审委员会为该书所作的赞辞指出："作者藉陕西地方戏曲秦腔的没落，写出当代中国乡土文化的瓦解，以及民间伦理、经济关系的剧变。"① 诚哉斯言。与其说《秦腔》描述了当下农村经济的衰败，毋宁更准确地说是传统乡土文化的没落。但是对于这样一部优秀的现实主义作品来说，指出中国传统文化与民间伦理的衰败还仅仅是其中的一项内容，贾平凹对于民间艺术的理解和期待，远远要复杂得多。

　　任何优秀的现实主义文学作品，必然会在艺术画卷中准确地反映出时代变迁中的社会风俗及文化史，《秦腔》正是通过对传统乡土文化式微过程中的各种现象的艺术把握来展开对当下农村社会状况的揭示。南帆先生曾经说过一段很精辟的话："对于作家来说，地理学、经济学或者社会学意义上的乡村必须转换为某种文化结构、某种社会关系，继而转换为一套生活经验，这时，文学的乡村才可能诞生。土质，水利，种植品种，耕地面积，土地转让价格，所有权，租赁或者承包，这些统计数据并非文学话题；文学关注的是这个文化空间如何决定人们的命运、性格以及体验生命的特征。"② 文学并不算经济账，也不关心生产技术，它所罗织描述的，归根结底是指向文化状态下的人的心理和命运，进而

---

① 《〈秦腔〉寄托深远，捧得30万港币》，载《东方早报》，2006—07—28。
② 南帆：《启蒙与大地崇拜：文学的乡村》，载《文学评论》，2005 (1)。

探寻生命的意义所在。

南帆先生提出"文学的乡村"一词很有意思。文学之所以能在农村与家族两大空间里取得重要的艺术成就，其原因之一，就是这两大空间天然拥有超稳定的自我调节的文化价值体系，这种体系的运动形式构成了周而复始的循环发展轨迹。虽然，从现代性这一因素进入中国以后，这两个空间的文化价值一直受到挑战，关于农村衰败和家族崩溃的故事几乎成了中国现代文学中反复出现的主题，但同时它们又始终拥有一种能力，能够及时吸收各个时代的否定性因素，重新来调整自身的生命周期。中国文化从来就不是直线性的运行，而是在持续的循环中完善自身和丰富自身，即便是在走向崩溃的文化价值体系，它仍然会在内部滋生出无穷无尽的新的因素来化解最终命运的到来。这就为"文学的乡村"或者"文学的家族史"提供了想象的可能性。

究其原因，我想只能用民间的文化形态来解释这种现象。因为民间是一种草根性的文化形态，它总是与滋养万物的大地土壤联系在一起，它永远是一种生生不息的生命运动。战争是一次性的生命现象，一场战争结束后，死者不会复生，幸存者也将转移生活形态，不会在战争上永久性地待下去。所以，战争就很难完成其独立的"文学的"意义。战争文学总是依附在特定的政治权力斗争、历史性宏大事件的叙事中，才能完成其自身的美学形态。工业题材也是一次性的生命现象，一项工程在建设过程中再惊心动魄，一旦胜利完成，也就结束了其全部的生命运动；再如一家企业，一旦破产倒闭了，也就结束了其生命形态，其成员就转移到另外一种生存形态去延续。所以，工业题材也很难建立起"文学的工业"的美学概念，它似乎缺少一种超稳定的审美价值体系来调节自身；而乡土则不一样，乡土的破产，农民的离乡背井，但最终还是离不开这块土地，土地有自我调节的能力，能够使其生命力周而复始地发展。《秦腔》里中星爹会算命打卦，他临死前为清风街的未来卜了一卦，这也可以看做是贾平凹心里所存的清风街乡土的未来命运：清风街十二年后有狼①。也就是说，彻底荒芜的清风街，最终的结果是人的撤退和狼的横行。但是这也预兆了另外一种结果，即清风街的自然生态又好转了，在一个乡土的世界里，人与狼将共生于同一个空间里，清风街又将

---

① 小说里中星爹的卜卦预言较长，这是其中的一句，其他的预言内容后面还将会陆续分析。

面临一个周而复始的新的起点。而这样理解才符合民间文化形态的运行特征。这也是"文学的乡村"的魅力所在。

但是贾平凹笔底下的清风街，毕竟是一个正在走向衰败，但还没有完全沉到底的乡土社会，其文化特征上鲜明地表露出来的是传统价值体系的没落和崩溃，同时也包含了其新的生命形态的转化的萌芽。从表面上看，清风街古老纯朴的民心民风正在迅速瓦解，反映了外部世界给以它的无情冲击。小说一开始特别介绍，原来几十年不倒台的老领导夏天义，终于因反对312国道开进清风街，挑起聚众闹事而下了台。相传国道改变了清风街的风水，这当然是迷信，作家也只是略略提到一笔，然而他重彩描绘了一则近似于寓言的细节来强化这种效果：街口白果树上一对鸟夫妻为保卫鸟巢而与远来的鹞大战三天三夜，终于失败而死，鹞子依然远飞而去，并无意占据雀巢。鹞子对鸟夫妻而言是一种命运的象征，它无意间飞过此地却惹出一场灾难。国道无辜，目标在远方，但是它给清风街带来的致命冲击，与其说是政治经济的，还不如说是文化心理的，进而是文化伦理的。

清风街上许多现象发生变化，背后都隐藏着传统伦理观念的深刻变化。以男女性事为例，以前清风街也不时出现一些风流案子。如黑娥白娥姊妹的故事，陈星与翠翠的恋爱故事，都曾受到清风街社会舆论的指责，但是从男女双方的立场而言，基本上是出于一种生命的原始冲动和正常需要，仍然是以民间形态的情感表达为基础的。而随着清风街贸易市场的开辟，传统的伦理观念开始瓦解，夏雨与丁霸槽开酒楼设三陪，留暗娼，风俗逐渐变坏，连村支书君亭也被拖下水。再发展下去，就有了村里年轻女子陆续进城下海的暧昧故事。小说最后写到夏家孙女辈翠翠外出打工，她的恋人陈星日夜思念，长歌当哭。等到翠翠回家奔丧，不顾家族礼仪与陈星偷偷做爱时，令人歔欷的事情发生了：忽然"鞋铺传来了吵架声，好像是为了钱。翠翠骂骂咧咧地跑了过来，跑过了我的前面"。翠翠外出打工的真相昭然若揭，翠翠原来纯朴自然的爱情观念也荡然无存了。清风街的传统文化伦理到这时才发生了根本的变化。有关农村女孩进城卖淫现象，现在已经成为底层写作的一个经常性主题，大多作者是从经济的原因来解释这种现象的，但是《秦腔》所描写的翠翠的变化，显然没有着眼于经济原因。翠翠家里并不缺钱，长辈们在村里也有权有势，而陈星兄弟由于是外来户，在村里没有地位，受到大姓家族的歧视。所以翠翠与陈星的恋爱所受的村里舆论的压力，不是来自经济而是来自文化观念。但是翠翠外出后，走向了另外一个极端，包含了肉欲的放纵和肉体的交易观念。——这也是传统伦理观念彻底崩溃的见证之一。

对于传统的乡土文化的急剧衰亡，贾平凹是怀着极为复杂的心情的，《秦腔》绝不是一篇意味简单的哀悼文，正如他对于农民进城打工、农村迅速荒芜的现象也不是简单的绝望一样。在小说里，秦腔是作为一种传统文化的象征，其盛衰都反映了贾平凹的极度复杂的心理。二十多年前，贾平凹有一篇散文题名《秦腔》，用文字把八百里秦川的秦腔艺术发挥得淋漓尽致：秦腔在贾氏笔下的面貌，不仅与地域精神、人种特点联系在一起，甚至与当地方言中的天然声韵有关。"在西府，民性敦厚，说话多用去声。一律咬字沉重，对话如吵架一样，哭丧又一呼三叹。呼喊远人更是特殊：前声拖十二分地长，末了方极快地道出内容。声韵的发展，使会远道喊人的人都从此有了唱秦腔的天才。老一辈的能唱，小一辈的能唱，男的能唱，女的能唱；唱秦腔成了做人最体面的事，任何一个乡下男女，只有唱秦腔，才有出人头地的可能，大凡有出息的，是个人才的，哪一个何曾未登过台，起码不能吼一阵乱弹呢？"农民是世上最劳苦的人，而秦腔则是他们精神上的大乐："当老牛木犁圪塔绳，在田野已经累得筋疲力尽，立在犁沟里大喊大叫来一段秦腔，那心胸肺腑，关关节节的困乏便一尽儿涤荡净了。"① 秦腔并不是什么阳春白雪，而是与贫苦农民的田野劳作联系在一起的精神娱乐，是构成他们生命内涵的文化要素之一。我不懂秦腔，也缺乏这方面的专业知识，无法从小说里作为内在结构性因素的秦腔描述中获取具体的启发②，所以只能从贯穿其间的几代与秦腔有关的人物特征中，试图来解释传统乡土文化在当下的处境及其运命。

《秦腔》写的也是家族故事。清风街夏白两姓为大户，以前曾经是白家有钱有势，祖上有一人当过保长。土改以后夏家掌握了权势，夏天义是共产党的一杆枪，指向哪儿就打到哪儿，直到改革开放市场经济以

---

① 引自《贾平凹散文精选》，西安，陕西人民出版社，1992。

② 在《秦腔》中，秦腔作为小说内在结构性的因素是很明显的，不仅大量唱词曲谱被引入小说，而且具有实际的影射和象征作用。如在夏风与白雪离婚后，其父夏天智气极，欲与儿子断绝关系，一整天播放《辕门斩子》。但讽刺的是，秦腔故事里斩子原因恰是杨宗保私自招亲，与现实故事的寓意正好相反。

后，清风街仍然是夏家第二代的天下。但是在中星爹的占卜预言里，情况可能会有变化：夏天智住的房子又回到了白家。清风街白家除了白雪，在小说里几乎没有得意的故事，可见败落已久，而夏天智住的房正是白家土改时主动上交的，当然可以理解为白雪在此长久住下，也是一种暗示，白家在白雪一代依然有复兴的可能。清风街在小说里的时间是2000年龙年，一年的变化似乎隐含了近二十年的历史，这二十年是夏家由盛到衰的历史。夏天义一代，按照儒家仁义礼智信的道德标准来命名，自然有一种文化传承的暗示，这个家族仍然是传承了传统家庭道德的文化规范。他们几个兄弟恪守孝悌互敬的道德原则，荣辱与共，勤勉治家。但即使在这一代，伦理传统也已经显出金玉其外败絮其中的迹象了，"天信"是没有的，"天仁"早已死了，天义是一个义仆，天礼被金元吞噬，只剩下天智来代表一种文化道德的力量。至于夏家第二代就更不行，败相毕露。我试图用四句话来概括：金玉满堂豆腐渣，风雨缥缈不见家（佳）。雷庆出车走瞎道，君亭将来在地上爬①。几乎是一败涂地。然而在这两代夏家人中间，最有代表性的文化人是夏天智。他的个人命运的盛衰，关乎文化传统的兴亡。

夏天智是一个退休的中学校长，但是在清风街的实际身份，却类似于宗族长辈和开明绅士，他为人乐善好施，满口道德伦理，爱体面，受尊敬，对外和善可亲，却处处维护家族利益；对内威严十足，却连亲生儿子都管不住。他的性格相当复杂，但在钟爱秦腔、推广秦腔方面则不遗余力。令人奇怪的是，这样一个身体力行且又德高望重的老人，却无助于秦腔实际处境的改变。他的喜爱秦腔仅仅停留在较低层次的欣赏水平之上，从来没有听到他发自生命底处的吼秦腔，也没有见过他对秦腔发表见解，反倒不如乱吼乱叫的引生；他喜爱画秦腔脸谱，还自费印出了一本书，但是连一篇关于秦腔的序言也写不像样，反倒不如秦腔演员白雪。这个人物又可爱又可笑，但是从秦腔的发展而言，这类人代表了一种传统：他们热爱但是盲目，真诚但是陈腐，既无创新意识，也无推动能力，传统的艺术往往随着这样的对象的消亡而消亡。与天智老人相应的还有夏中星，虽然当了县剧团团长，却根本不热爱秦腔，只是随波逐流地追求时尚，把中兴秦腔视为升官的途径，最终是搞垮了秦腔剧团。这两个人典型地代表了中国当代民间艺术的观众群意识与领导群意

① 这最后一句也是出自中星爹对清风街未来的预言。

识，有非常尖锐的现实针对性。作为民间艺术的秦腔本来就应该扎根于民间的土壤，成为民众能够直接参与的精神娱乐，这才会有永不衰竭的生命资源，但是，自20世纪50年代以后，地方剧种都成为国家艺术体制的一个部件，被国家包养起来，一方面作为意识形态的宣传机构，高高在上脱离民众的实际需求；另一方面又在创作演出上受到颇多限制，无法体现人民大众喜闻乐见的娱乐要求，这不仅脱离了民间文艺与生俱来的下里巴人特征，也必然会丧失其本来拥有的自由自在的精神内涵，优秀的艺术家在这样一种非艺术的生存状态下，最终会失去真正的艺术活力，只能陶醉在昔日曾经有过的光荣梦想之中虚度残生。小说中的王老师、邱老师都属于这一类国家艺术体制下的牺牲品。白雪也是这样的牺牲品。

作家为秦腔女演员取名为白雪，自然有阳春白雪之意。但她恰恰是阴差阳错的下里巴人的民间艺人。民间艺人的生命力就应该在民间，以适应劳苦农民的精神特点和审美需要。小说以强烈的态度影射了时下到处可见的失去生命力的传统文化的尴尬处境和嘲讽了所谓振兴民族文化的南辕北辙的政策以外，满腔同情地为女主角白雪勾画了一个重新回归民间大地的前景。小说里贯穿叙事始终的是秦腔一步步走向没落的过程，为衰败中的传统乡土文化唱起了挽歌。而白雪就是一支挽歌，她宁可离婚，也不愿意离开家乡县城而到省城里去过名流太太的生活，这是为了什么？就是因为喜爱秦腔艺术。这显然是作家心灵深处的理想主义作祟，但也正是这样的作祟才写出了一个精神世界的真正的阳春白雪。在这个意义上，白雪是属于精神的。多少著名演员因为嫁了所谓的大腕名流而放弃终生热爱的艺术，从此谢绝舞台生涯，一心一意当起相夫教子的贤妻良母。这似乎是传统社会从良女人的最终归宿，即使在今天的事业有成的女强人中间，仍然摆不开事业与家庭的两难选择。而白雪算什么艺术家？不过是个乡村艺人，一个热爱劳动的村姑，一个孝顺长辈的儿媳，但是她对秦腔有着真正高雅的欣赏趣味，有一股发自内心的献身于艺术的热忱。小说里的白雪虽然没有正面上台表演的场面，但是写尽了她想方设法满足村民的婚丧喜事的需要而组团演出秦腔，在一场场引起混乱的演出中，我们可以看到，陈旧的传统戏曲内容已经不能满足在时尚文化冲击下的大众的娱乐口味，甚至连白雪本人在听陈星的流行歌曲时也泪流满面有感而发。也就是说，秦腔这样一种劳苦农民的抒情方式真是到了生命临界点上了，要生存下去就必须有大勇气来一场凤凰涅槃似的自焚与更生，真正与民间相结合，重新激发自由自在的精神活力。所以，白雪这一名字复合了多层的意义，既象征了精神上的高洁与空灵，又象征了秦腔在重返民间前的一种阳春白雪的姿态，保持了这个姿态再重新回到下里巴人的污泥浊水中去，才可能体现出真正的藏污纳垢有容乃大的审美精神。

就在"秦腔"这个精神层面上，白雪才可能与疯子引生成为真正的有情人。前面我们曾分析过，夏天智与夏中星在小说里是一个对应性的结构，影射了传统文化在当下尴尬处境中观众群意识和领导群意识。而白雪与引生也是一个对应性结构，代表了传统文化在当下重返民间的实践群意识和接受群意识。民间文艺归还真正的民间大众，在现实生活中并不缺乏具体的例子，北京相声界出现了郭德纲就是一例尝试。小说中的白雪，拒绝了丈夫要她调动工作去省城的呼吁，放弃了家庭和爱情，坚守在家乡的艺术岗位上，即使在剧团解散面临下岗的时候，依然从容不迫地奔波于农民家庭的婚丧演出，化整为零已经到了零起点，而使秦腔艺术又重新回到了真正的劳苦农民的日常生活中去。这样的秦腔艺术的真正接受者和喜爱者，就是引生这一辈新的农民观众。小说里的真正的秦腔热爱者不是夏天智，而是引生。夏天智爱秦腔是文化权威表示档次，而引生爱秦腔是满腔悲愤需要发泄。作为小说叙事人，他是带着自身的强烈感情和悲怆故事来叙述清风街历史的。小说一开始，他所爱的女人白雪要结婚了，他在酒席上发酒疯似的高唱："眼看着你起高楼，眼看着你酬宾宴，眼看着楼塌了……"显然这不是一个《红楼梦》里好了歌式的预言，而是字字血泪的伤心和绝望。在小说里，不仅仅有引生，还有清风街上的许多普通农民，他们吼几声秦腔是为了宣泄内心难以排遣难以言说的情感，寄托了个人生命中的大爱大悲。秦腔就这样生动地存活在这些普通农民的心底里，成为民间的心声与精魂。有了这些底层的秦腔迷的存在，作为草根艺术的秦腔，就与农村底层的社火、擂鼓一样，即使不敌流行歌曲，也不会从西北农民的心底深处被连根拔去，也许在更加草根性的层面上能够重新启动活力，与时俱进，来满足西北农民的感情需求。我在前一篇论文中说过，引生为了爱白雪而自宫，使他对白雪的疯狂爱恋变成纯粹精神性的行为。而在白雪一方来说，也只有在对秦腔艺术的完全献身中，来回报秦腔接受群体的精神性的热爱。在这个层面上，引生与白雪之间的感情升华为神圣，有情人终成眷属。

从普通男女的情欲出发，走向纯粹精神性的疯狂爱恋，最终在秦腔的精神层面上结合为有情人，是白雪与引生这一对民间精灵的伟大爱情故事。在这个前提下，我们再来分析有关秦腔的第三代人物：女孩牡丹。这是一个饶有趣味的细节：小说叙事中完美无缺的秦腔女演员白雪，结婚后竟生出了一个患有先天性肛门闭锁的畸形女孩。这自然会让人联想起马尔克斯《百年孤独》里布恩地亚家族最终生出一个猪尾巴的孩子。但猪尾巴是返祖现象，见证了一场伟大而疯狂的爱情；而无肛门却是畸胎，不动手术就难以活命。结果是猪尾巴的孩子终于死去了，而无肛门的女孩却在众人的呵护下存活下来。（虽然拖了一条管子还有待于第二次手术，似乎是预示前途未卜。）关于这个女孩的降生，疑点重重，怪象丛生，民间神秘主义文化肆意泛滥。这个女孩未出世就险遭大难，其父亲夏风一再劝妻子堕胎，原因是她的降生会影响白雪的工作调动；她出生时也未得到半点父爱，白雪是在家乡农村用最原始的方法把她生下来的，命系危卵；尤其是她被发现患有先天性肛门闭锁以后，再度险些被夏风遗弃在村外喂野狗。厄难重重。这不禁要使人发问：夏风究竟是不是他的生父？从小说提供的故事情节而言，似乎夏风肯定是其父亲，只是一个不称职也不配做的父亲。但我们不妨对此发大胆奇想，转向另外一个角度，来看这个女孩与疯子引生之间的关系。

引生自宫前，小说里有一段描写，引生偷窥在院子里洗衣服的白雪，那时白雪新婚不久：

> 我继续往前走，水兴家门旁那一丛牡丹看见了我，很高兴，给我笑哩。我说：牡丹你好！……太阳就出来了，夏天的太阳一出来屹甲岭都成白的，像是一岭的棉花开了。哎呀，一堆棉花堆在一堵败坏了的院墙豁口上！豁口是用树枝编成的篱笆补着，棉花里有牵牛蔓往上爬，踩着篱笆格儿一进一出地往上爬，高高地伸着头站在了篱笆顶上，好像顺着太阳光线还要爬到天上去。我从来没有遇到过这么好的景象，隔着棉花堆往里一看，里面坐着白雪在洗衣服。

这一段描写非常奇特，给人一种光亮耀眼的效果。贾平凹笔调晦暗，很少这样写阳光，写光明，而且这段描写中，光线仿佛是物质性的，通过牵牛藤蔓的意象连接天空与大地。直接的感觉是歌颂了太阳光直射大地的壮丽景象。而这壮丽景象的陪衬者是一丛牡丹。牡丹也仿佛有生命似的，与疯子引生发生了心灵的交流。对于神秘主义的暗示我不想多加引申，但是在古代民族史诗和民间传说中，太阳光照射而产子的传说，与吞鸟卵而产子、踩巨人脚印而产子的传说一样，都是人类早期对于生命起源的伟大奇想。原始人没有医学知识，从男女交配这样一个简单动作中推断生命起源，类推天地之间的交媾孕育万物生长，而天空中又以太阳最为壮观，不但火焰般的光和热显示出无穷威力，而且光线的辐射形态也让人联想到男性在交媾过程中的生理现象。于是，太阳就被神化为万物生命之父。在世界有些地区的古代民俗里，人们禁止女孩子直接在太阳光底下走路，生怕女孩会在太阳光的直射下怀孕。这样，人们就把天父—太阳—男性联系在一起，构成了各种形态的太阳神话。我冒昧揣摩，贾平凹在《秦腔》里这一段描写包含了太阳神话的原型，而以引生对白雪的强烈思念和欲望—牡丹花的感情交流—太阳光的直射三者构成了一个完整的生命起源过程。就在这瞬间后，随即发生了引生控制不住欲望偷窃白雪亵衣被发觉，进而他在悔恨交加中自宫，惩罚自己。但这里也未尝不包含了另外一层原因，引生在强烈的欲念中已经完成了生命的延续和繁殖，自宫也可以喻为一种肉体的自我了断。这个秘密似乎一直藏在小说的各种细节里，直到女孩神秘出生，取名牡丹，夏天智老人抱着她在大街口认干爹，碰到的竟是引生。为此，作家借引生的心理直截了当地点明真相："我甚至还这么想，思念白雪思念得太厉害了，会不会就使她怀孕了呢？难道这孩子就是我的孩子?!"

为什么要探讨女孩牡丹的血缘？这与秦腔的寓意就有很大的关联。如果这个女孩真是引生与白雪的结晶，那么，就如前所说，引生与白雪是在以秦腔为象征的精神层面上传递感情的，所以这个女孩必然与秦腔的象征有关。小说里有一个暗示就是，女孩爱哭闹，但一听秦腔就不哭，睁着一对小眼睛一动不动。对于这个女孩，作家用了太多的魔幻手法来暗示，多处影射，绝非闲笔，但究竟何所指却不甚了然，大致地去理解其中意味，应是与秦腔的凶险处境有关。但如果将其肛门闭锁比附秦腔之无出路，也未免失之太简单。我尝试着去理解这一意象，其一衰到底之人相，孤男怨女之精魂，最终却无肛门，仿佛是卦象中的复卦。上坤下雷，穷上反下，一败涂地之下，地底下却隐藏着滚滚雷动。肛门闭锁的意象，反过来也可理解为下漏被堵，衰运有底，一阳可生，复兴可望。这才是临界点上的秦腔在今天出路的可能性。所以，我把白雪引生看做是民间之精灵，而那个肛门闭锁的女孩，则是精灵之精灵。这里是处处有象征，步步有悬念，民间传统文学之代表秦腔，或可推之整个方生未死的时代大变局。

　　关于《秦腔》，我已经写了两篇论文来探讨其艺术特点，但我觉得，还有许多感受未能穷尽。贾平凹是对中国当代文学有重要贡献的作家，几乎每隔十年就会给文坛带来一轮震撼。他在三十而立之年写出了《商州初录》，风格为之一变，以首创文化寻根之实验，立足于当代文坛；四十而不惑之年写出了《废都》，风格又为之一变，在时代的大惑中以个体生命的反扣，追求个人的不惑；这回是五十知天命之岁写出了《秦腔》，但其所示的不是他个人的天命，而是道出了中国农村发展的"天命"。综合其多年的创作实践来考察《秦腔》，自有另一番境界。三十多年来，贾平凹像一头沙漠里的骆驼，迈着沉重雄厚的步伐，跋涉在现实生活的泥浆浊水之上。他的创作全景式地反映了中国尤其是中国乡村急剧变化的生活现实，创作风格与时代情绪紧密暗合，将现实主义精神与神秘主义文化融为一体，隐含了极大的社会历史的信息量。这些问题，我想以后还是有机会继续提出来讨论。

2006 年 8 月 27 日于黑水斋

原载《扬子江评论》，2006 年 12 月创刊号

余华小说与世纪末意识

——致林耀德

耀德兄：

大札拜读，获知你将在《联合文学》上策划"世纪末文学"专辑。"世纪末文学"与文学的"世纪末意识"本不是一回事，自现在起到21世纪，不过是八九年时间，对这一个阶段中文学现象的考察，都可包含在世纪末的时间范畴之内。但文学的"世纪末意识"不尽然是时间的概括，狭义地说，它是指来自19世纪末端的一种新崛起的文学现象，成为20世纪现代主义文学的先河之一。它并不限定在时间意义上的世纪末，不过是某类文学思潮的代名而已。承你厚意，还记得若干年前我与几个年轻朋友举行过一次关于这个话题的讨论，是围绕了当年王朔与余华的小说展开的。[①] 现时过境迁，再要拾起它来总感到意兴阑珊。当时的情况是商品意识像八爪鱼似的渗透了都市文化生活的各个角落，严肃的文学艺术不得不在经济的重压与诱惑下，面临重新分化的危险，这也是社会转型时期必然会遇到的问题。但在今天，这样一些问题虽未能给以解决，可文化背景以及由此形成的社会文化心理都已发生改变，即便是王朔与余华的作品，也已不复当年的姿态（王朔最近发表的长篇《我是你爸爸》便是一个证明）。现在再来谈几年前的话题，真有些像谈外星人一样，渺茫得很。为了给你写这封信，我特意去翻了一下当年的讨论记录，竟生出恍若隔世之感，似乎可以现成套用马尔克斯在那部名著里用过的开场白：许多年以后，面对"世纪末"的话题，我慢慢地回忆起那久远的一个下午，我和几个朋友一起走进了一个聊天的场所……

---

① 即由我主持的《世纪末的对话》，收《笔走龙蛇》，台北，业强出版社，1991。

究竟什么才是文学中的世纪末意识？是上一世纪西方作家在倾听一种文明大厦解体的爆裂声时发出的恐怖惊呼？是一百年前西方人放弃了对人类终极目标的关怀以后纵于声色的刺激？是像奥斯卡·王尔德那样大声疾呼社会是丑恶的唯艺术才有永恒的美？还是像尼采描绘的疯子提着灯满街叫喊上帝死了？如果用任何一种西方人的心灵战栗来衡量中国当代文学，大概都不免会失望。即使在惨祸劫难以后令人齿寒的反省，艺术家的神经也远未感触到西方文学中"末日意识"的深度，那半是呻吟半是哭诉的伤痕文学、反思文学、控诉文学，以及 1985 年以后奇奇怪怪的现代主义的撒娇与高蹈构成的五光十色的文学图景中，唯独缺了对最后审判的预感——"天使拿着香炉／盛满了坛上的火倒在地上／遂有雷轰大声闪电地震／拿着七支号的七位天使就预备要吹"……但是我想指出，当时只有一个天才的心灵敏感地意识到这种恐怖，他属于冥想型的人物，用平淡的笔调未卜先知地为当代人书写了一篇篇讣文：《1986年》、《河边的错误》、《现实一种》……这个人的名字就叫余华。

但余华的声音太微弱，太含蓄。他的小说被人理解为精神病患者的呓语，虽感到意外却也新鲜，而且在一个宽容与大度蔚然成风的时代里，发现这种新鲜感的人往往自以为比新鲜感本身更显得重要，于是预感仅仅在历史的回顾中才显示它的意义，而更深层的意蕴——人性的残忍、末日的恐怖、血的战栗，都被忽略过去。这幅文学图景中的空缺很快被另一种更为粗俗的颜料涂抹上去，它或多或少地受到了世俗的鼓励，成为商品压榨下愤世嫉俗情绪变相的宣泄口。这就是王朔小说给予我们的启示。所以若真想了解当代大陆文学的世纪末意识，那就不能不看看这两人在前几年的作品。虽然王朔与余华是那样的不同，但只有穿过面前一片黑色的世俗的坟场以后，才能去捕获那暗夜中虽然微弱，却弥足珍贵的萤火之球，从中去窥探那一片神奇光亮中蕴涵的末日感。对王朔的小说，我过去谈过不少，它表现世纪末意识在下层市民中的粗俗投影，是以一种放纵肉身的形式来掩盖心灵上的绝望。而余华，却在为数不多的小说中精致地表现出末日感阴影下人所意识到的恐惧与残忍。余华是个超验主义者，他的小说是非通俗的。不可能像王朔那样在知识分子与市民之间两头走红；但他的小说充满了先知式的预言和对人生不祥征兆的感悟。

余华生于 1960 年，他 18 岁那年，是"文化大革命"的阴影开始退出中国大地，历史出现新的转机之时，但余华的心灵里已经经历了一场噩梦，前 10 年的可怕梦魇突然重重压碎了他尚且稚嫩的理性。他的小说正是从这时开始写起：《十八岁出门远行》的主人公刚刚过了 18 岁的生日，"我就背起了那个漂亮的红背包，父亲在我脑后拍了一下，就像在马屁股上拍了一下，于是我欢快地冲出了家门……"这是 18 岁的"我"走上世界的第一步，可是等在他前头的是什么呢？是人类可耻的欺诈和暴行。整个过程就像发生在梦境里一样，充满了怪诞与不可思议。余华故意让读者不要相信这个故事的真实性，他竭力地略去细节真实，要读者从抽象意义上去领悟它，而不是把它当做一段人生的经验。欺诈与暴力，以后几乎成了余华小说的主题，欺诈包含各种各样的阴谋，暴力包含了各种各样的残忍，人性恶的两大构成在他的小说里刻画得淋漓尽致。余华的小说在前几年的评论界引起过各种解释，据说在海外也出过他的书。不知海外的理论界作何评论。我想解读余华的小说应该注意到这一点，他是个非经验性的作家。他并非故意用歪曲手法来展示现实，而是真诚地如实地用语言表达出他的内心感觉。在他眼中，通常的现实世界可能是不真实的，欺诈和暴力也不是这个世界的本质，而是他对这个世界所感受的真实。正如《十八岁出门远行》中表达的那样。

这不能不使他对生命充满恐惧，对生命在人生中的展示充满恐惧。很难断定这种恐惧来自于前 10 年的"文化大革命"，许多在"文化大革命"中备受酷刑的人事实上并没有像余华那样写出人类对酷刑和残忍的迷恋，我总怀疑余华是在个人的发现上感受到了人性恶无处不在的可怕性，一个人只有对自身感到恐惧才会进而对人类感到恐惧，才会显示出如此浓厚的无能为力状。《四月三日事件》可以说是《十八岁出门远行》的延伸，主人公也刚刚过了 18 岁，他清晰地意识到一个纯情的无知的"他"正在一步一步地离他而去，他开始对外部世界充满恐惧。有人说这是一部精神病患者的心理记录，小说重复了《狂人日记》式的主题和手法，但即使是如此，余华对《狂人日记》的修正在于他不再像当年的启蒙主义者那样清晰地喊出"吃人"的控诉。"四月三日事件"是个莫须有的事件，连主人公自己也一直没有找到答案，他只是为自己的命运在担忧，为周围人构成的巨大阴谋而惊恐万状。

这种恐惧在《1986 年》、《河边的错误》和《现实一种》里都寄寓在残忍本性的象征上。有的评论家因为余华用极其平淡的语调来叙述人性的残酷而迷惑不解，甚至以为他已经摆脱了恐惧。其实这种创作现象来源于大陆 1987 年后文学创作中的两种思潮的极致，一是自然主义思潮，我在《自然主义与生存意识》（收《马蹄声声碎》）一文中曾详细分析过大陆新写实主义创作思潮与自然主义的关系，那种强调人的生存本能，用冷漠的态度去处理人物的性欲与生存方式，把写小说当做对人物活体解剖科学实验的创作思潮，正是自然主义的复活；而余华的小说，是自然主义思潮的一个精致的表现。二是形式主义思潮，这是大陆前几年新潮小说的最主要特征。余华的小说一向具有强烈的形式感，为追求语言的纯净与形式的完美，他故意淡化内容的煽情色彩。这两种思潮的极致反映，使余华的小说既不同新写实小说，也不同一般的新潮小说，形成一个独立的审美实体，它是通过叙事的形式感来表达对人及人性的恐惧。

余华关于酷刑和残忍的描写没有丝毫的欣赏意味，只是用一种从容的节奏来正面叙述，没有夸张，没有渲染，更没有挑逗——这是他与莫言在小说中渲染地描写残酷场面根本区别的地方。余华仿佛窥探到了人的残酷本能，他无可奈何地描写它，似乎是为了真实地传达出先知式的预言：人的末日如何来临。《1986 年》，是他初次展览式地描写人间的各种酷刑，他打通了 1966 年与 1986 年两个时间的分隔，写一个迫害致疯者对中国古代酷刑的种种实施，并用感应的方法写出这残酷时代留在人们心中无法抹去的伤痕。这部作品还多少带有鲁迅式的警世意味，譬如写到一群市民麻木围观疯子的自戕。但在更深入的层面上，他指出了酷刑的本质是人的兽性遗传的奢侈品。疯子幻觉中对外人施以种种刑罚和在现实里对自己身体的残害，本质上并没有什么两样，小说中"文化大革命"只是一个虚拟的背景，它的出现反而使小说带上许多理念的色彩，结构也显得呆板。《河边的错误》没有出现具体的时代背景，故事写一个疯子以残酷为游戏，而现世社会（包括法律）对这种人的本能冲动无能为力，最后只能以非法的谋杀来结束这场游戏。这个故事前半部分一直以推理的笔调来叙述这个案子的侦破，直到警官开枪打死"疯子"，小说才出现了奇迹般的转机，执法者为了躲避法律的惩罚，又不得不装成疯子，这样小说又回到了故事的起点：疯子杀人是无罪并被视为正常的。但执法者既然用疯子的名义去杀疯子，那就失去了谋杀的正常理由。在这里法律变得无能为力而且荒唐，疯子的循环杀人成为人间社会的一个象征。《河边的错误》的精彩处还在于对疯子嗜杀本能的描写，它完全抽去了凶杀案的残酷性与功利性，甚至也不是从病理上去剖析疯子杀人的动机，凶杀成了游戏，是疯子在谋取快感时的一种本能的、艺术的冲动。在这里余华已经点出了残酷与兽性之间的关系。《现实一种》是余华的代表作之一，它最能表达余华关于残酷与生命的观念。这篇小说使故事背景完全虚拟化，酷刑与残杀的游戏态度不但成为支配当事者的行为快感，甚至也成为支配写作者的写作快感。小说写了一个轮回杀戮的故事，仅仅从这个结构里也可以显示出余华对人的残酷本能的非凡想象力。但它完全拒绝从道德层面上去探讨人类暴行的动机和原因，把医生肢解尸体与兄弟间残杀同置一个平面上加以展览，就像《河边的错误》把警官残杀疯子与疯子残杀居民同置一个平面一样。余华甚至摒弃了人道主义或者启蒙主义的悲天悯人，他描述人与人之间的残杀奇观，就像医生在写病人的病理报告。这是一种典型的自然主义态度，它使我又一次想起左拉的《人兽》（在《现实一种》的结尾处，死者睾丸的移植使他生命继续繁殖的奇想，也含有明显的自然主义特征）。正是这种对人性残忍的不动声色的揭示，使人们很快从煽情效应中清醒过来，恢复了理性的震惊：人既然堕落到这一步，还不大难临头么？天作孽，犹可违，自作孽，不可逭。余华愈是用无动于衷的笔调写出人的凶残，愈使人感到自身的不可救药。从《1986 年》到《现实一种》，余华如同一个神秘主义预言家，一步比一步更抽象和更本质地向人们指出——

　　你、们、在、劫、难、逃。

　　余华的末日意识不但建筑在人的兽性本能之上，还建筑于对冥冥之中命运的畏惧。《往事如烟》是余华继《现实一种》后的又一力作。这部作品也同样渲染了人的自戕，但更推出了人的行为背后的命运力量，整整一条街上的人几乎个个命若游丝，无论怎样挣扎和躲避，最终都难逃命运的伟力。小说中司机与灰衣女人的关系即是如此：算命先生嘱咐司机开车要避灰衣女人，司机偏在山道上遇到她，为避祸他故意压了那女人的灰衣，女人当晚不明不白地死去，司机偏又参加了灰衣女人的儿子的婚礼，有所感悟而自杀。那个灰衣女人究竟是不是真实的生命，小说未能作出交代，但人生处处是凶兆，只是时分不到，人的经验感觉不出。余华相信命运对人的支配是存在的，就像他相信药片会自动从密封的瓶子里跳出来一样，世界的神秘仅在于人的经验的局限。如此而已。

作为一个批评家，我不想探讨艺术家余华的预言是否荒诞，我只关心他的预言发生时的心境是否真实，神秘主义与江湖骗术的差别只在这么一点上。余华小说作为一个整体笼罩着无以排遣的恐惧与忧虑，作者几乎完全回避了世俗流行的话题，只是用一双未卜先知的眼光阴沉沉地打量着这个世界。从对残酷本性的挖掘到对宿命的探究，他所揭示的末日感完全不同于西方世纪末文学的狂热与绝望，而是充溢了东方智慧式的静穆内省。这或许在你看来，还不够世纪末的品格，但在这里，我只能举出余华来证明，当代中国大陆文坛上也曾有过你所想关心的话题，只是它以它自身的独特方式存在着。

……一切都回散了/再也保不住中心/世界上到处弥漫着混乱/血色迷糊的潮流奔腾汹涌……叶芝的名诗典型地表达出世纪末意识在最初时期的魅力，这种魅力也一度影响了中国的"五四"新文学。当时的知识分子在传统文化的大崩坏中，或者大惊诧，或者大沉痛，或者大解放，或者大喜悦。由于失掉了传统的价值标准，知识分子一方面义无反顾地面对现实的废墟；一方面又不能不转向横向的西方与未来的中国。有一种知识分子凭依着热情和理想确信未来将比过去更优异，坚定地投身于未来的建设，以未来"应该怎样生活"的标准来改造现时社会，在中国文学史上，为人生、为人民、干预现实等现实战斗精神正反映了这种审美的理想；还有一种知识分子则相反，他们从以往的崩溃中看到了理想与热情的虚妄，他们凭真实的感觉来体验生活，但无法预测未来将会出现一个怎样的文化环境，他们看到过去的毁坏，并为此感到高兴，他们只是抓住现时的一切意义：个性的伸张，感官的享受，对人的各种物欲的追求，等等。在文学上反映出唯美主义，为艺术而艺术，抒写性灵，甚至歌颂肉欲，如郁达夫的小说，邵洵美、于赓虞的诗，周作人的小品等等，都属此类——这一类创作，或多或少都与上一世纪的"世纪末"文化有点关联。从文学史的发展来看，新文学的现实战斗精神与世纪末倾向的颓废文学在一个时期内并行不悖，各行其是，它们在抛弃传统、批判社会现状这一点上是一致的。但是一旦涉及对未来的看法，它们的分歧才会变得对立，前一类作家们不断热情地吹起一个又一个理想的五彩泡沫，而后一类作家则颓伤地用感觉的针一个一个地把它刺破。但这种消极行为有时使人更为清醒，也是一个事实。

既然这种文学意识在"五四"新文学的发展中找得到源流，那么，它的再现就不会是偶然的。90 年代的批评家大可不必去重蹈 20 年代一些拉普派徒孙们早已被实践所证实了的错误。

　　瞧，你要我谈谈大陆文学中的世纪末意识，我却啰里啰唆地给你说了一大通余华，还想从文学史上的存在为他们作辩护，也足见迂腐得可以，让你见笑了。

即颂

编安

弟　思和
1991 年 6 月

　　[作者附记] 这封信是 1991 年 6 月写的。台湾诗人林耀德来信，要我谈谈大陆文学的"世纪末"意识。对"世纪末"可以有不同的解释，但我当时觉得无从谈起，只好言不及义地给他介绍了一些关于王朔与余华的创作情况。信寄出后也没有下文了。近日整理旧信札，发现了这封信的底稿，读了一遍似还有些意思，便作了一些局部的修改，删去了关于王朔的部分（那部分的观点已经写进了《黑色的颓废》一文，可参见《马蹄声声碎》），保留了对余华的介绍，虽属介绍性文章，仍包含了我自己对余华前期小说的一些真诚的体验，须说明的是，信中说的只是我在去年的想法，今年年初读了余华新发表的长篇《呼喊与细雨》后，有些想法改变了，这将在以后再找机会来说。

1992 年再记

原载《作家》，1992 年第 5 期

从巴赫金的民间理论看余华的《兄弟》的民间叙事

一、巴赫金的启示：民间传统与怪诞现实主义

《兄弟》发表后，引起了评论界的激烈争论。这场争论是自发而起的，没有来自外部的非学术压力，其见解的对立，主要是来自审美观念，而不是思想意识，尽管其背后仍然牵涉一系列对当下社会的价值评判，但更为主要的，则表现为文学审美领域的自我审视与自我清理。所以，围绕着这部小说而发生的是一场美学上的讨论。美学的讨论是为了解决美学上的问题。

为此，我重读了巴赫金的《拉伯雷的创作与中世纪和文艺复兴时期的民间文化》。这部论著的许多论述，仿佛就是针对我关于《兄弟》的疑惑而发的。巴赫金这样论述拉伯雷："由于这种民间性，拉伯雷的作品才有着特殊的非文学性，也就是说，他的众多形象不符合自 16 世纪末迄今一切占统治地位的文学标准和规范，无论它们的内容有过什么变化。拉伯雷远远超过莎士比亚或塞万提斯，因为他们只是不符合较为狭隘的古典标准而已，拉伯雷的形象固有某种特殊的、原则性的和无法遏制的非官方性：任何教条主义、任何专横性、任何片面的严肃性都不可能与拉伯雷的形象共融，这些形象与一切完成性和稳定性、一切狭隘的严肃性、与思想和世界观领域里的一切现成性和确定性都是相敌对的。"他进而指出，欧洲文艺复兴以来，有两种现实主义艺术在发展，一种是描述日常生活世界的主流现实主义；还有一种就是起源于民间诙谐文化的怪诞现实主义。后者是"一种不断生长、无穷无尽、不可消除、富裕充足、承担一切的生活的物质因素，永远欢笑、黜废一切又更新一切的

因素"① 这种怪诞现实主义的传统自文艺复兴以后逐渐被主流的现实主义传统所遮蔽，自浪漫主义运动以后，它通常是以残片的形态，隐藏和闪烁在各种民间文本里。

当我读着这些论述时，我眼前活跃着的李光头的影像渐渐清楚起来了，这个集人类各种恶习于一身的时代宠儿、一个粗俗不堪的暴发户、混世魔王，仔细想来并不令人厌恶，反而在读者群里受到欢迎。因为这个人物的形象集中反映了当下社会的某种集体无意识。我们似乎找不到恰如其分的语词来把握他和分析他，有关这个人物的全部叙事，都是与自"五四"新文学以来的审美传统相拧相反，与我们习以为常的文学教养和欣赏口味反道而行，让人感到自尊受到了挑战。《兄弟》成为当代美学主流趣味的另类，我们无论是要把握这个人物还是这部小说，都有一个自我摆脱的过程，即从我们既有的文学标准和审美习惯中摆脱出来，从我们自以为是的文学传统中摆脱出来。这也就是巴赫金在论述怪诞现实主义时说到的一个基本特点：降低，自我降低。②

巴赫金在强调这个概念时，概括了它的定义：把一切高级的、精神性的、理想的和抽象的东西转移到整个不可分割的物质——肉体层面、大地层面和身体层面③。其更为清楚的表述是：在精神与物质、天与地、上半身与下半身等艺术因素之间，怪诞现实主义的艺术形象是取后者的立场。显然这不仅仅是某种局部的审美口味逃逸出美学常规的藩篱，也不像巴赫金所描绘的莎士比亚和塞万提斯那样，仅仅是在古典趣味上的偏离，这是一种较大层面较为彻底的降格，降低到被主流审美趣味所遮蔽的民间文学传统基础之上，降低到以怪诞为主要特征的现实主义基础之上。我们今天所面对的中国当代文学的民间审美形态，与欧洲中世纪民间传统有很大的不同，但是我们在借鉴拉伯雷的民间文学传统时，同样能注意到，我们自"五四"新文学以来，基本的美学标准是来自西方文艺复兴以后逐渐上升为主流文化的欧洲资产阶级的文学趣味，以及苏联的社会主义现实主义的文学趣味和 20 世纪西方现代主义的先

---

① ［苏联］巴赫金：《巴赫金全集》，第 6 卷，李兆林等译，2、3、29 页，石家庄，河北教育出版社，1998。

② 同上书，24 页注释 1。这个词的原文是 снижение，原意是降低、降落、贬低等义，中译本译为降格，即世俗化的意思。

③ 同上书，24 页。

锋文学趣味。这样一些审美标准制约了"五四"新文学的启蒙精神与启蒙叙事。在知识者为制高点的启蒙叙事里，民间形象是以苦难来反衬知识者的人道关怀；以愚昧麻木来反衬知识者的先知先觉；以群体的盲目蠢动反衬知识者的独立和孤行。启蒙与降低，正是两种潜在对立的审美走向，他们所面对的民间文化形态的阐释，是不一样的。

余华从 80 年代先锋文学的代表性作家到 90 年代开拓民间价值立场，其创作的每一步发展都是对自己前一阶段创作的变相的继承，他继承了批判性的文学内在核心，却改变了审美的外在形态。他朝着民间文化形态一步步深入地走下去。他的先锋性很强的小说的主要成就，是对"文化大革命"时代的残酷精神与反人性的痛切揭示，这是当代其他先锋作家根本不能企及的现实关怀与思想高度；同样，他的民间性很强的小说，在温情故事的外在形式下依然包裹着与现实处境不相容的反思立场，而不是一般的小人物的故事。余华的创作走了一条与现实环境切切相关的道路，这是余华创作最可贵的地方。纵观他的创作历程，凡是他稍微离开现实环境的尝试，都是不成功的，但他总是能够凭着艺术敏感及时调整过来，回到现实的大地之上。《兄弟》是当代的一部奇书，对余华来说，似乎也是意想不到的从天而降的创作奇迹。余华在后记里说了一句：叙述统治了我的写作[1]。这种"统治"使他把小说从十万字的预计篇幅扩张到五十多万字，我们有理由批评余华说，他的文字太粗糙，叙述太通俗，仿佛一切都没有经过精心的结构和提炼。但是这个责任应该由余华来负呢，还是由"统治"了他的"叙述"来负？这分明是一种写作的"灵魂附体"现象，作为人类集体无意识的恶魔性因素[2]，借助余华的手笔发挥了巨大作用，以至于余华根本无法控制自己的写作。恶魔性因素本来就是毁灭与创造两种元素同时存在的狂暴形态，《兄弟》就是恶魔性所包孕的两种元素交媾而生的奇胎，在审美范畴的

---

[1] 《〈兄弟〉后记》，印于上海文艺出版社 2006 年 3 月版的单行本封底。

[2] 恶魔性因素指的是一种宣泄人类原始生命力的现象，常常能使人完全置于其力量的控制之下，即人们常说的"灵魂附体"。从内涵上看，它是一种同时包含了创造性和毁灭性因素的狂暴形态，为正常理性所不能控制，常常被压抑转化为无意识形态。因此，在人的理性比较薄弱的领域，如天才的艺术创造、对禁忌的冒犯、性与爱的高潮等，它都有可能出现。关于恶魔性因素的具体阐释，可参阅本书收入的两篇论文：《试论阎连科的〈坚硬如水〉中的恶魔性因素》和《试论张炜小说中的恶魔性因素》。

转移中，"叙述"把余华引出了80年代的先锋写作和90年代的民间温情故事，引向了一个粗粝狂放、陌生怪诞、不可知的新世界、新境界，那就是我们的审美口味之外的民间世界。我们读《兄弟》时会注意到，《兄弟》的上部，基本还是余华以前创作风格的延续，但已经出现了变化的因素，某些敏感的专业读者已经感到了陌生和愤怒，但到了下部，完全陌生化了，余华被动地完成了脱胎换骨的美学模子的转换。

当代文学中的民间文化形态（包括民间立场、民间叙事和民间审美）是一个相当复杂的课题，尤其是它对于我们习以为常的审美口味的全面反叛。正因为如此，我们在《兄弟》里看到了一个恰到好处的范例，虽然，全面探讨民间审美范畴绝非这篇有关《兄弟》的评论所能够担当的，但我还是想以这部小说所提供的一些经验为例，来说明我对于民间审美的某些特点的理解。

二、隐形文本结构中的偷窥细节

我已经不止一次地听到一些朋友说，他们读了《兄弟》时感到由衷的愤怒，或者说，有一种自己的尊严被亵渎的感觉。这是很说明问题的感觉，也就是说，你的长期培养起来的美学趣味遭到挑战。你一本正经期待余华的新作能够给你带来新的战栗的意象，或者是催人泪下的温情故事，但是你完全没有想到，居然是一个嬉皮笑脸的小痞子出现在你的面前，对着你扮鬼脸；你期待余华对"文化大革命"或者商品经济大潮中人性被扭曲的深刻展示，但你完全没有期待，那个不知好歹的小痞子居然躲在女厕隔壁，干出了那件让人羞于启齿的丑事，居然还大喊大叫地渲染了几十个页面。厕所偷窥事件之所以触犯众怒，不仅在于事件本身的粗俗不堪，而且地点场合也是臭不可闻，真是满纸喷粪。余华到底是在干什么？

那好吧，我们就从这个开篇的细节说起：李光头女厕偷窥事件在小说结构里承担了什么功能？

为了说清楚这个细节的产生功能，我们还要把话题宕开去一些。我在主编《中国当代文学史教程》中曾经讨论过一个概念：隐形文本结构。① 在一部文学作品的文本构成中，除了作家自觉精心构筑、由作品的主题、情节、人物设计所构成的显性结构以外，还存在着另外一种通

①　陈思和主编：《中国当代文学史教程》，上海，复旦大学出版社，1999。

过作家无意识的表达，由神话原型、民间传说、经典叙述等所构成的叙事模子，潜隐在文本内部，它深深地隐藏于人物关系之间，制约了文本的艺术魅力。我把这样一种现象称作为隐性文本结构，它与作品的显性文本结构构成相对完整的文本意义。回到《兄弟》的隐形文本结构，我们就可以注意到一种奇特的人物关系。

曾经在我主持的研究生讨论课上，有位学生提出了这样一个问题：在李光头的父亲刘山峰的不体面死亡中，宋凡平有没有间接的责任？小说提供的情节是宋凡平走进厕所时发现有人倒挂在粪池上偷窥隔壁的女厕，他惊叫一声，导致了刘山峰掉进粪池死于非命，其身后给家人带来了无尽的耻辱。由于刘山峰的尸体是宋凡平打捞上来的，人们看到并赞扬了宋凡平的见义勇为，但忽略了他是这场悲剧的肇事者。这是个非常有意思的问题。如果我们把这个问题追究下去，把小说的上下部放在一起读完，完整故事的背后就显现出一个潜在的故事原型——宋凡平在无意中导致了李光头的爸爸刘山峰的死亡，宋凡平又娶了李光头的妈妈李兰，而李光头后来在无意中又导致宋凡平和他的儿子宋钢的死亡。[①] 如果我们再进一步分析这个哈姆雷特式的报复模式，就会惊奇地发现，李光头这场报复的形式是极为对称的：对刘山峰的死来说，宋凡平进厕所是无意识的尖叫，对他是致命的一击，使他失足粪池一命呜呼；与此相对应的报复是，李光头在批斗会上无意的揭发，同样致命地把宋凡平送进了仓库，结果是宋凡平遭受非人折磨直至毙命于街头。再对李光头来说，与宋凡平的杀父娶母模式相对应的报复是：李光头对林红的占有和对宋钢的间接的打击。小说以宋凡平的"杀父娶母"始，到宋钢因为发现李光头与林红的私通而自杀为结局，如此对称的隐性叙事模式居然完全无意识地潜隐在《兄弟》的文本结构内部，不能不令人暗暗称奇。

现在，我们可以分析小说开始的偷窥事件了。假如那个隐形的文本结构是成立的，那么，我们就不能把这个事件仅仅看做是一个无聊的事件。也许正相反。李光头出生时父亲就死了，没有留给他任何印象，但是在他的成长史上，从他过早地有了性欲的感受，连连从长凳和大树杆子上表达朦胧性欲的时候开始，父亲的血缘遗传已经开始在他身上酝酿发酵，用传统民间文学中的象征手法来比喻，也就是灵魂附体（这在

① 参见景雯：《死亡事件与报复模式》，载《当代作家评论》，2007（2）。该文对这个故事原型有深入的探讨。

《哈姆雷特》里则表现为鬼魂出现），这种神秘力量一步步把他引向色欲境界，终于，他在十四岁的时候朦胧无知地重蹈父亲覆辙。这是一个被公开张扬的事件，刘镇的一切仿佛又回到了十四年以前，人们终于又想起来，李光头原来是刘山峰的儿子。更重要的意义，不仅仅是刘山峰的精血在李光头身上复活，而是李光头通过身体的成长，终于有了一个机会向刘镇的人们宣告，我就是刘山峰的儿子。就像是中国传统武侠小说中屡见不鲜的复仇主角终于要喊出：我是某某人的儿子。从小说的隐性结构来看，这个成人仪式不是可有可无，而在整个报复逻辑中是一个重要环节，不是十分无聊，而是十分庄严、十分重大的起点。小说以偷窥事件引发轩然大波为起点，叙事者一开始就说，李兰在世时总喜欢说宋钢：有其父必有其子；而说李光头却不像其父，是两条道上的人。因为宋钢的父亲是她深爱的宋凡平，而李光头的亲生父亲，却是给她带来极度伤害的刘山峰。但自从发生了偷窥事件以后，她不得不伤心欲绝地承认：李光头也是"有其父必有其子"。

还有更为有趣的，当作家把李光头的故事无意中套进了哈姆雷特式的报复原型时，人们才发现，其实两者的一切元素都朝着相反的方向在发展。哈姆雷特的故事是明确围绕复仇目标而展开细节的，但故事延宕到最后，哈姆雷特也没有真正取得胜利；而李光头的报复却在无意识的推动下一步步地完成。吊诡的是，李光头并不想报复，他一直在"拒绝"这个复仇无意识。在这个"拒绝"的努力过程中，最决绝的措施就是李光头获知林红与宋钢的恋爱事实后，不但没有产生最正当的"报复"念头，反而去医院做了输精管结扎手术。这是唯一不符合李光头性格真实的细节，因为只有在相当理性的状况下才会选择这样的措施。任何一个读者读到这里都会感到惊愕和意外，但是李光头鬼使神差地这么做了。这种不合性格逻辑的结果，只能解释为有一种比复仇无意识更为强大的力量，引导他从身体出发来拒绝无意识的报复使命，用身体的束缚来克制血缘里的命令。我们不妨对照一下，贾平凹在《秦腔》里也写过相似的细节。疯子引生在所爱的白雪嫁人后不惜自行宫刑，以约束自己的行为。引生自宫的疯狂行为所象征的，是消除了肉体欲望以后，引生对白雪的爱完全停留在精神的层面；而在《兄弟》里，李光头采取的行为是理性的正当的计划生育措施，结扎手术只能导致不能生育，并没有消除性的肉欲宣泄功能。也就是说，李光头拒绝了刘山峰的血缘遗传，他把所有的生命力量消耗在今生今世。手术后的李光头依然保持了旺盛、顽强的肉体魅力。生命不能通过繁衍来延续的话，那么，它在现世的欲望冲动、快乐本能和创造能力，就代表了一切。所以，小说特别强化李光头的类似疯狂的性能力。

那么，为什么说李光头要通过扼杀自己的生殖能力来表达对复仇的拒绝呢？从李光头的精神与肉体的成长史来说，他是由两种要素（遗传和教育）催生长大的：一种是来自于他的血缘上的父亲刘山峰的生命遗传；另一种是来自宋凡平的潜移默化的精神教育。鉴于刘山峰是在他尚未出生就死于非命，而宋凡平虽然与他有过共患难的岁月，仍然是在他尚未成年时就撒手人寰，所以两个父亲的影响对他的成长史来说，始终是朦胧的、不自觉的。小说一开始大肆渲染的偷窥事件并非李光头的独家发明，而是对他的父亲刘山峰曾经拥有的丑闻的继承和回响。所以当偷窥事件发生后，人们会说李光头到底是刘山峰的儿子，是一根藤上结的两个瓜。这是刘山峰的血缘起了作用，这种血缘通过生殖和遗传来完成，不管李光头自觉还是不自觉。而李光头的自我结扎，恰恰是对生殖的拒绝，也就是，在他身上，将彻底终止刘山峰的遗传密码。他当年偷窥的对象是林红，刘山峰的遗传密码是与欲与色联系在一起的，也是与色欲对象林红联系在一起的。当李光头当了残疾人福利工厂厂长，初步发迹时再遇林红的时候，他就流出两道鼻血。刘镇的人们再次把他流鼻血与当年偷窥事件联系在一起议论，似乎又一次强调了"血"的力量。所以，林红已属他人时，他拒绝把林红从色欲对象转换为复仇对象，却反过来终止了刘山峰的血脉繁衍。这可以理解为他对于刘山峰的本能的拒绝。他把刘山峰的遗传密码全部凝聚在、体现在并完成在自己的身上，集中地、夸张地、变态地把它耗费掉，这就形成了李光头的混世魔王的巨人品格。

那么，我还是要问，为什么李光头要通过扼杀自己的生殖能力来表达对复仇无意识的拒绝呢？他不像哈姆雷特那样烦琐地徘徊在"生存还是毁灭"的抽象讨论，而是出于本能毫不犹豫地拒绝了复仇。前面已经说过，从有其父必有其子的原则来看，宋钢在血缘上是传承了宋凡平的遗传。但是，从小说所提供的故事来看，恰恰相反，宋凡平身上一部分最有魅力的内在生命密码：如他打篮球时表现出来的勇往直前的扣篮精神，在挥舞红旗时表现出来的革命精神，与邻居大打出手的无赖精神，化屠夫残暴为一笑的乐天精神，甚至百折不挠的创造意志和对他人的温柔宽厚的关怀，等等，所有这些发自内在的美德，恰恰是传授给了李光头。我们可以在李光头身上——找到这些遗传的对应表现，也就是李光头后来之所以能够成为一个刘镇的巨富大亨，不是因为浪荡子刘山峰遗传在他身上的那些下流品行和游戏精神，恰恰是地主儿子宋凡平身上的精神血缘。这一点作为母亲的李兰已经感受到了，所以当她坐在儿子为她设计的"专板车"去上坟的路上，她欣慰地看到，他儿子又像宋凡平那样让她感到骄傲了。很显然，李光头的成长史是由两股力量影响和催生起作用的：一是来自刘山峰的血缘遗传密码；一是来自宋凡平的精神气质影响，"气""血"两者的相生相克、激烈冲突的过程，构成了李光头极为复杂的性格特征与人格魅力。如果我们把李光头偷窥事件以后的所有行为来进行排列，可以发现是这样的一种排列式：

偷窥——交换信息——**送李兰上坟——为李兰送终——接纳宋钢——当残疾人福利工厂厂长**——求婚失败——**结扎手术**——下海经商失败——成为垃圾大王——**日本发迹**——处美人大赛——林红通奸——**导致宋钢之死**

这份排列表上，用正常字体标示的是刘山峰遗传因素所致，用粗体字标示的是宋凡平精神因素所致。两者始终交替出现在李光头的身上。所以，当他身上的血缘遗传把他推向复仇无意识的时候，他身上的另一种力量，即精神的力量在拒绝这种可怕的嗜血欲望。尽管最后因为林红的投怀送抱，使复仇无意识占了上风，但很难说，李光头与林红的私通及其后果是一种罪恶，因为在之前也同样有过宋钢与林红的恋情而对李光头构成的背叛与伤害。所不同的是，李光头采取的结扎手术终止其生命遗传；宋钢采取的是结束现世生命来维护对另外两个人的爱。分析到这里，我们似乎能够看清楚了，其实李光头是极不愿意看到他的复仇使命的成功，因为宋凡平对他来说，与哈姆雷特面对的篡权者叔叔完全不同，宋凡平因为杀其父（无意的）娶其母（真爱的），造就了李光头的生命的另一半素质。如果血缘的遗传引导他走向复仇之路，那么，他其实要谋杀的，不仅仅是宋凡平的替代者宋钢，而更多的成分在于他自己，他自己向自己复仇，自己谋杀自己。所以当宋钢自杀后，李光头就了无生趣，形同行尸走肉。他成了自己遗传密码的报复对象和牺牲者了。

我们还可以从林红的角色来看这场报复原型的特点。这位刘镇的美人中的美人一出场就是在受辱，始终处于话语的羞辱之中（她是被偷窥的对象，又是被全镇男人当做秘闻去议论，甚至意淫的对象）。所以在小说的隐性文本结构里，她是一个不洁的象征。鉴于李光头的成人仪式发生在宋凡平死去以后，宋钢替代了宋凡平成为无意识复仇的对象；而李兰则是一个圣洁者的形象，扮演母后的角色其实也是由林红来替代——她在这场哈姆雷特式的报复结构里既扮演了母后又扮演了奥菲利娅。想一想，在莎士比亚的剧本里复仇者是如何辱骂自己的母后的，[①]而这绝对不是李光头对母亲想说的话。但作为替代品，李光头则没有那么多的爱心，他偷窥以后在刘镇男人中间津津有味地渲染林红的身体秘密，并将之交换三鲜面，其实是对其成人仪式的公开宣布。但这个仪式显然是通过侮辱林红来完成的。因此，我们有理由在这个原型里重新认识林红的处境：当李光头不想对李兰、宋凡平和宋钢报复时，却不由自主地伤害了林红。从偷窥事件、公开示爱到最后的李林私通，林红始终处于被伤害的地位，然而，她与李光头的通奸导致了宋钢的死，无意中帮助李光头完成了冥冥之中的报复使命。如果我们继续套用哈姆雷特的报复原型来分析的话，林红的角色是多元的：偷窥事件中，她扮演了奥菲利娅的角色，在通奸和淫乱方面，她扮演了母后的角色，而在完成报复的大结局中，她与李光头一起不自觉地变成了命运的玩偶，充当了哈姆雷特式的复仇者。

当我们把这个隐性的文本结构全部展开以后，就不难看到，偷窥事件作为其中的一个关键性细节，承担了整个文本的纲目。无论是李光头、林红，还是尚未出场的宋钢，在这个事件中都已经被展示了未来命运。李光头以无意识的报复为终结，宋钢以殉难似的死亡为终结，林红以被侮辱的堕落为终结，一切都有了预兆和报应。

三、民间叙事：粗鄙修辞的三种形式

我们从文本的隐性结构上重新认识、界定偷窥细节的意义以后，还是需要回到文本的显性结构上来继续给以分析，这个细节在整个民间叙事中，具有怎样的意义。因为这部小说的美学批判者会这样说：姑且承

---

① "嘿，生活在汗臭垢腻的眠床上，让淫邪熏没了心窍，在污秽的猪圈里调情弄爱——"《哈姆雷特》第三幕第四场，见《莎士比亚全集》，第5卷，朱生豪译，352页，南京，译林出版社，1998。

认你的分析是有趣的，但无法回避一个事实：余华在描述这个细节时有意运用了大量的粗鄙化的修辞方法：诸如故事发生在厕所，行为是偷窥，其偷窥对象是女性屁股，并且一再提到欲望所指是女性生殖器，刘山峰死亡的场所是粪池，尸体上沾满的是粪便，等等，刘镇的男人津津乐道地窥探、议论的全是这些极为粗鄙、卑琐的欲望对象，他们的口气里充满了猥亵性的连声词。这不是一种对纯文学的玷污是什么？

是的，如果把纯文学界定为文人雅士的沙龙文学或者象牙塔里的贵族文学，这样理解当然是对的。但本文一开始就说过，余华从先锋文学向民间的转换，几乎是越走越远，他的民间所指就在当下，是在当下生活的场景描绘中暗暗接通了民间文化传统的信息。其实也不需要走得很远，只要我们睁开眼睛直面下层社会的普遍性娱乐内涵，只要我们撇开当下弥漫在都市文学中的所谓"小资"文化，真实地关心一下民众的集体无意识的趣味所在，我们就不难理解，民间叙事的粗鄙修辞正是这部小说的主要表达方式。

我这里所指的民间叙事，本身包含了两种含义。一种是指，古老民间文化传统自身包含着大量粗鄙状物的修辞，由于初民时代并无现代文明的遮蔽，它的粗鄙形态包含了对身体现象和生命形态的好奇与偷窥，在民间的修辞里，粪便、尿、鼻血都是从人体自然流淌出来的物质，并不以为下贱，人体的生殖器官更是因为孕育了生命而受到崇拜。周作人在"五四"时期曾经特别指出，人体之下半身和上半身都是人体组成部分，本来没有贵贱区分，是人类自己用等级的观念把它们区分开来的，[①] 所以，在中国民间的古代传说里，经常有与粪便、尿、血液转换的食物，至今也有流传。[②] 另外一种是指，在现代文明的参照下，民间文化已经失去了完整表达自己的可能性，它总是在现代文化的覆盖之下，以零星破碎的残片形式表现出来。但由于现代文化的参照，这些民

---

① 周作人：《上下身》，见《雨天的书》，石家庄，河北教育出版社，2002。

② 我可以随便举几个民间流传中的说法：如山西老醋，有传说是某姑娘（也有说是皇母娘娘）的尿流出来变成的；关于南洋水果之王榴莲，有传说是郑和下西洋时留下的大便变成的；至于血的传说更多，最著名的是传说蔬菜里的米苋，即《封神演义》里忠臣比干的血染成的。因为是神仙、圣人、历史伟人的排泄物，民间文化里并没有以为是肮脏、亵渎或者冒犯尊严。《红高粱》用尿酿酒的细节，复活了某种民间的传说。排泄物在文艺作品里还作为儿童的玩具受到欢迎，著名抗战电影《地雷战》里就有一例。

间叙事形态都被一律冠上了粗鄙、肮脏、下流等限定词，从一出现就被打入了审美的冷宫。巴赫金在定义"怪诞"的艺术风格时，正是这样来描述人体艺术："怪诞的人体不与外在世界分离，不是封闭的、完成的、现成的，他超越自身，超出自身的界限。被强调的部位，或者是人体向外部世界开放，即世界进入人体或从人体排出的地方，或者是人体本身排入世界的地方，即是凹处、凸处、分支处和突出部：张开的嘴巴、阴户、乳房、阳具、大肚子、鼻子。人体只能通过交媾、怀孕、分娩、弥留、吃喝拉撒这一类动作来揭示自己的本质，即不断生长和不断超越自身界限的因素。"① 他正是把这些粗鄙修辞作为拉伯雷《巨人传》的里主要修辞特点，直截了当地指出：正是这些民间叙事因素，使《巨人传》长期难以被读者接受，不仅仅许多学者排斥它，也有许多学者用现代的观念来歪曲它。当时有一位俄罗斯学者以宽容态度来批评《巨人传》，使用了一个比喻，说拉伯雷像一个健康的乡间男童，莽撞地把泥泞溅在行人的身上。② 巴赫金批评这位学者的比喻过于现代，他说："溅起泥泞意味着'贬低化'。但是怪诞的贬低永远是指实实在在的身体下部，生殖器部位。所以溅起的完全不是泥泞，而是粪和尿。这是一种极为古老的贬低化动作，是'溅起泥泞'这一平和、现代的隐喻之基础。"③

巴赫金的这段话有着欧洲古希腊以来的民间文化的传统作为背景，但是在他为粗鄙修辞正名以前，似乎并没有人对这个问题提出过积极的看法。由此我每每想起，当我们的批评家批评作家用词过于粗鄙时，他们也许同样忘记了，这些作家正是长期在民间生活，感受到了某种现代文明以外的信息。如我在前不久评论贾平凹的《秦腔》时所说的，贾平凹描写农民生活时用了大量的粗鄙修辞，这恰恰是他们了解农民文化的缘故。在传统农民的话语里，哪里有鄙视粪便尿水的因素？同样的理

---

① ［苏联］巴赫金：《巴赫金全集》，第 6 卷，李兆林等译，31 页，石家庄，河北教育出版社，1998。

② 维谢洛夫斯基的这个比喻全部描述如下："可以称拉伯雷是无耻下流的，然而他也像一个健康的乡间男童，从没有烟囱的农舍中放出来，径直奔向春天。他莽莽撞撞地跑过一个个水洼，把泥泞溅到行人身上，快活地大笑起来。一团团泥沾满了他的双腿和那张因享受着动物般的春天的欢乐而变得通红的脸膛。"转引自《巴赫金全集》，第 6 卷，165 页，石家庄，河北教育出版社，1998。

③ 同①，166 页。

由，我们再来看巴赫金是如何解释民间文化传统中有关人体生殖器的意象描写的，他以一个最粗鄙的骂人的下流话为例，我虽然不谙法语和俄罗斯语言，但是凭猜测知道大约与汉语里的民间口头"三字经"相似。巴赫金说："在现代下流的骂人话和诅咒中，还保留着这种人体观念已僵死的和纯否定性的残余。像我国脏字'连串'的骂人话（包括各种各样的变体在内），或者像'去你……的'之类的说法，就是按照怪诞的方式贬低被骂者，即把他发落到绝对地形学的肉体下部去，发落到生育、生殖器官部位，即肉体墓穴（或肉体地狱）中去，让它归于消灭而再生。然而，在现代的骂人话里，这种双重性的再生的含义几乎已经荡然无存，只剩下赤裸裸的否定、十足的下流和辱骂。"① 这是一个非常有趣的例子，中国也有学者研究过所谓"国骂"的文化含义，但似乎从未注意到把对方贬低到母体去再生的含义。中国古代民间文化里是否把人体的生殖器官视为生命再生器物呢？我想是可以讨论的。这样的解释，使我们对人体生殖器官的艺术象征多了一份理解。

再回过来讨论《兄弟》民间叙事的粗鄙修辞，我们似乎可以理解，作为一部现代小说自然不可能完全再现民间叙事本原的积极含义，但是在作家所采用的流行语修辞中，确实包含了某些民间叙事的残余意义。譬如，我可以提一个现实中的问题：当大量的农民工进城以后，在他们远离家乡、劳动繁重、毫无娱乐的日常生活里，他们是怎么打发休闲时间的？他们在闲聊喋喋不休的"说荤话""黄段子"中，在观看的黄色录像中，在某些低级的色情消费中，在赌博输钱后不断用与下体有关的口头禅来发泄、自嘲和骂人中，粗鄙修辞是否构成了他们精神休闲的主要内容？当作家把这些现象写进文学文本时，他一般会采取以下三种形式：第一种是直接照搬现实中的污言秽语，让人物嘴里不断吐出脏话，这是比较简单的描写；第二种是通过一些有关人体下半部分的描写或者暗示，委婉表达人物的猥亵心理；第三种是在人体下半部分的隐喻性的描写中，以更为丰富的内涵来抒写生命繁衍和再生的欲望，这是比较复杂、精致的描写。这多种形式在不同的层面上都有其存在的理由。所以，我觉得从民间叙事的角度而言，粗鄙修辞是一种合理的存在，不可能简单化地给以一概否定。《红楼梦》就是三种粗鄙修辞都具备的伟大

---

① ［苏联］巴赫金：《巴赫金全集》，第 6 卷，李兆林等译，33 页，石家庄，河北教育出版社，1998。

之作。①

《兄弟》同样把以上三种形式的粗鄙修辞集中表现出来。譬如在偷窥事件中李光头与刘镇男人们津津乐道于偷窥内容，表达了第一种粗鄙修辞的功能。因为以李光头的无教养与刘镇男人们的卑琐心理而言，除了如实记录他们的语言，似乎没有别的更加真实地表现他们的方法。而且，这部小说的隐身叙事者的身份也是模糊不清的，他似乎属于刘镇男人群体里的一份子，与李光头有差不多的年龄段和社会背景，当他说起"我们刘镇"的时候，其叙事本身也不能超越粗鄙修辞，往往是采用与李光头相一致的口气，使李光头的形象与全书的格调浑然一体。

譬如下面的一段关于李光头设想举办处美人大赛的描写：

> 李光头滔滔不绝，他在办公室里走来走去，一口气说出了二十个王八蛋，他说要让那些王八蛋记者统统像疯狗一样扑回来，要让王八蛋电视直播处女膜比赛，要让王八蛋网络也在网上直播，要让王八蛋赞助商纷纷掏出他们的王八蛋钱，要让王八蛋广告布满大街小巷，要让那些王八蛋漂亮姑娘穿上三点式王八蛋比基尼在大街小巷走来走去，要让我们刘镇所有的王八蛋群众大饱一下王八蛋眼福。他说还要成立一个王八蛋大赛组委会，要找几个王八蛋领导来当王八蛋主任和王八蛋副主任，要找十个王八蛋来当王八蛋评委，说到这里他强调一下，十个评委都要找男王八蛋，不要找女王八蛋。最后他对刘新闻说："你就是那个王八蛋新闻发言人。"刘新闻手里拿着纸和笔，飞快地记录着李光头的王八蛋指示。②

在这段让人忍俊不禁的叙事里，叙事人先是概括李光头即将说出的一段话里有二十个"王八蛋"，接着他用模拟的口气复述了李光头话语里的十八个"王八蛋"，再接着他让李光头直接说了一句与"王八蛋"有关的话，用引号来加以表述，但计算一下，还是只有十九个"王八蛋"。于是，叙事人又补充了一句，补上了最后一个"王八蛋"，才凑满了前面预告的二十个。这三种不同语态浑然一体地构成了一段妙文，似

---

① 比如，《红楼梦》里薛蟠吟诗、风月宝鉴便是第一种；秦可卿淫丧天香楼便是第二种；而小说弥漫的意淫手法便是第三种。

② 余华：《兄弟》下部，298 页，上海，上海文艺出版社，2006。

乎叙事人被李光头这种脱口秀式的修辞逗乐了，不分彼此地参与了李光头的语言盛宴。所以可以设想，这位叙事人是一个与李光头互为替代的角色。

还值得注意的是，这段话虽然表达了一种粗鄙的民间修辞，但只要熟悉北京人口语习惯的读者大约都不会感到突兀与陌生，它传神地描摹了北京人日常语言的粗鄙形态。李光头之所以大肆渲染"王八蛋"，不仅仅是为了显示暴发户财大气粗无所顾忌的气势，还包含了某种戏弄权贵和消解权威的心理成分。然而，李光头在这一连串的粗话中，所有主语和宾语都被"王八蛋"化了，唯有一个名词没有被冠之，那就是处女膜。我想读者都能理解这个有意的疏漏，处女情结正是李光头情欲的致命伤，也是他内心深处的最大禁忌，粗俗语言的泛滥表示了下层民间亵渎世道的无意识反抗，但并不是说，民间就没有值得珍惜、不能冠之的禁忌。明白了这一点，我们就不仅理解了粗鄙修辞的复杂含义，也能理解李光头偷窥事件和举办处美人比赛的复杂意义了。

举办处美人大赛事件也是《兄弟》最为人诟病的粗鄙叙事，与偷窥事件一样，都是以女性下体为窥探中心的群众狂欢。但是偷窥事件因其伤风败俗而臭名远扬，而处美人大赛却堂而皇之地成为刘镇的 GDP。在这些场面里，色情狂不是由某个小痞子来承担，而是表现为一种全民性的大展览。由于它本身是通过一些可以诉之于公众的场面来表达的，其猥亵性有所减弱，粗鄙性通过比较委婉的形态表现出来，这就是粗鄙修辞的第二种形式。本文分析粗鄙叙事并不是要消除其粗鄙的性质，而是要着重探讨，为什么需要用粗鄙形态来满足小说的结构性需要。与这个细节相联系的仍然是偷窥事件，两者是相呼应的。我们曾把偷窥事件视为李光头的成人仪式，也是在隐性结构中承担了重要的意义。为什么李光头要通过偷窥来完成其成人仪式？这是不证自明的，因为李光头的父亲刘山峰就是这样死的，李光头有充分理由重蹈父亲覆辙。刘山峰当年窥探了什么人？叙事者没有交代，而李光头所偷窥的对象却是明确的，五个女人中真正与李光头的命运牵连在一起的是林红，林红帮助李光头完成了成人仪式。但问题不仅仅如此。所谓的成人仪式，除了宣布自己是某某的儿子以明血缘外，还有作为"男人"的成人仪式，林红不仅作为道具成就了李光头的血缘身份，还要作为第一个帮助他成为"男人"的欲望对象，因为林红的被偷窥，使李光头可以在刘镇的成年男人中间平等谈论女人，他本人也成为一个懂得风月的"男人"。但是让李光头感到窝囊的是，他实际上并未真正窥探到林红的女性奥秘，在与刘镇男人的多次交流时，他总是无限遗憾地告诉对方，就在他快要窥探到目标时刻，东窗事发他被揪出来了。以后李光头一直想把男孩的童贞留给林红，而林红却不领情嫁给了宋钢，接着是李光头进行结扎手术，他的性生活从来没有与爱情、生殖等几大功能同时完成过，后来仅仅成了淫乱的表征而已。偷窥事件辨明他的血缘身份却没有真正完成成为"男人"的仪式，而且永远地失去了机会。

按照常理，成为富翁的李光头并不缺乏艳遇处女的机会，从他的家庭影响来说，他也不应该过于看重处女膜的意义。她母亲李兰，以处女之身嫁给刘山峰而蒙受屈辱，以寡妇之身嫁给宋凡平而无限荣耀，这是最有力的证明。那么，李光头为什么会对处女怀有如此深的情结？我想还是要回到林红这个系铃人身上去求解答。小说写到宋钢与林红准备结婚，给李光头送去请柬，李光头拒绝了并说："生米都煮成熟饭了，还喝什么喜酒？"宋钢把李光头的话告诉林红，林红也哼了一声说："生米都煮成熟饭了，他还有什么不死心的？"宋钢吃了一惊，心想这两个人说话怎么一种腔调？这是明显的暗示，李光头与林红似乎同时在暗示一件事情，即他们之间的童贞关系彻底断了。生米煮成熟饭，是一个民间谚语，暗示女孩的处女时期已经结束。冥冥中有一个契约，因为宋钢的介入，被彻底断绝了。这是李光头进行结扎的原始冲动，也是他内心"处女情结"的真正伤痛。所谓处美人大赛是成为富人后的李光头企图用金钱来弥补、追寻童年的缺失以及情欲的缺憾，是企图对十四岁阶段的偷窥事件的一次重新来过，假如时光可以倒流的话。

在《兄弟》里，处美人大赛被渲染成一场刘镇全民参与的民间狂欢，而且搅动了全国经济大潮中的各种奇异现象——传媒大战、弄虚作假、腐败行贿、情色交易、钱权勾结、奇形怪状、制造假货……几乎是包罗万象地汇集了市场经济下的丑相大会师。可是在这个金钱无所不能、应有尽有的世界里，偏偏处美人大赛从开始就注定是一场对象缺席的偷窥。李光头已经不是当年的小痞子，刘镇群众也都成为热情参与者，送上门来的美女如云，各种被伪装过的女性奥秘也都争先恐后地向李光头开放……但是，李光头所需要的十四岁的情欲缺憾却成为真正的缺憾，永远也找不回来。处美人大赛是偷窥事件的扩大和对照，每个细节都可以进行对照，唯独无法协调的，就是当年的偷窥目标缺席了。周游的出场，可以看做是魔鬼对这场人间狂欢的参与和干扰，这个骗子应处美人大赛之运而生，贩卖起人工处女膜，用假象来遮蔽社会普遍缺失的真相，让李光头陷身在假处女的迷魂阵里不能自拔，这仿佛是巴赫金在民间理论里设定的假面舞会，假象构成了当下世界的各种要素，真相却不见了。魔鬼周游最后的大手笔，是用发财的幻境迷惑老实人宋钢，顺手牵羊地把他带走了。于是，林红得以浮出水面，回到李光头的怀抱。复仇无意识地也将接近完成了。

处美人大赛围绕人体处女膜展开，尤其是李光头准备了各种照明工具来窥探处女奥秘的细节，不仅粗鄙，而且含有猥亵性，但是在民间叙事中，一系列民间意象都进入了叙事结构，如狂欢意象制约了处美人大赛的基本场面，使整个叙事都沉浸在兴高采烈之中；假面舞会意象制约了李光头偷窥女体的特殊场面，一片片被张开的人工处女膜把生命真相隐藏在假象背后，阻挡了李光头要召回童贞的梦想；魔鬼意象通过周游的活动，像精灵似的在发狂的人群里跳来跳去，干着昧心的坏事。这些民间意象制约了整个叙事场面，使情欲叙事完全置于民间喜怒笑骂的发泄、骂街、喧闹、耍泼等戏谑气氛中，原有的暧昧性消失了。我把这样的民间叙事特征归结为游戏。一般文学作品中的情欲叙事，主要是作家通过采用隐喻、暗示、影射、象征等手法来描述，指归在暧昧的性心理；而民间叙事中经常把性意识还原为一种游戏状态，健康而活泼。如下面一段对话写大奖赛闭幕，李光头与处美人冠军握手道别：

> 在和 1358 号握手时，李光头悄悄问她：
> "孩子多大了？"
> 1358 号先是一怔，接着会心地笑了，悄悄说："两岁。"

坦然而"悄悄"的骗局，心照不宣地戏谑对方，这就是民间的怪诞艺术的最精彩的特征。这样的粗鄙修辞，比起许多装腔作势、有气无力的都市情欲叙事要健康得多也丰富得多。

粗鄙修辞也有比较精致的形态，比如用象征性的标记来暗示人体下半部分的器官，这在弗洛伊德释梦学说里有许多类似的隐喻，如尖长物体与圆形盛器分别暗示男女性器官，等等，都有大量的记载。在民间叙事里，人体下半部分的器官被夸大渲染是一种常态，即使在当代中国的雕塑、绘画，甚至建筑艺术里，仍然有着很大的比重。奇怪的是，在具象型的艺术创造里不被禁止的粗鄙艺术，当进入文字的抽象描写时，反而让人感到猥亵而反感，甚至成为禁忌。巴赫金在讨论民间传统里的下半部分创作时一再强调生命的再生意义，我以为是可以视为对粗鄙修辞的一道标准，即民间叙事粗鄙意象的意义，在于看其能否引起生命再生的美学效果。我可以举一个自己经历的例子：1995 年我在日本遇到一位翻译中国作家高晓声小说的译者，他向我了解一句中国民间谚语的原意：到马桶里去兜一转。我猜想江南乡间有溺女婴的陋习，常常把女婴丢在马桶里窒息而死。"兜一转"，似乎有一种进去再出来的意思，于是就回答他说，也许是重新投生的意思吧。如果联系巴赫金的生殖器象征生命重生的解释，那么，高晓声所引用的民间谚语中确实应该包含了这重含义。似乎马桶应该是女性子宫的隐喻，也意味着回到母体子宫里去，再生一遍，也就是重新投生的意思。这个例子说明中国民间具有类似的含义。

我所举的这个例子如果得以成立，那么，我们就能理解《兄弟》的开头与结尾相呼应的一个意象，那就是死去了兄长宋钢以后的李光头万念俱灰，竟然耗费千万家产申请遨游太空，他抱着宋钢的骨灰盒，准备离开地球了。小说的开篇就是这样写的：

> 我们刘镇的超级巨富李光头异想天开，打算花上两千万美元的买路钱，搭乘俄罗斯联盟号飞船上太空遨游一番。李光头坐在他远近闻名的镀金马桶上，闭上眼睛开始想象自己在太空轨道上漂泊生涯，四周的清冷深不可测，李光头俯瞰壮丽的地球如何徐徐展开，不由辛酸落泪，这时候他才意识到自己在地球上已经是举目无亲了。

这个意象完成时，作家似乎还没有完成全部的构思，整个小说创作继续沿着"灵魂附体"式的轨迹放任发展，再也没有呼应开篇的这个意象。直到小说的最后一节，作家又突然回到了第一段，仓促地写了李光头要遨游太空了，其目的是要把宋钢的骨灰盒送上太空，李光头用俄语说：

"从此以后，我的兄弟宋钢就是外星人了。"

关于这个意象的内涵，不用我分析，谁都能够明白的。但我关注的是那个后来已经被作家自己都忘记了的细节：一只远近闻名的镀金马桶。粗鄙修辞无所不在，即使在作家开笔第一段落里，就出现了这个俗不可耐的金马桶，而且冠之于"远近闻名"。事实上后来的小说情节发展中，再也没有提到这个马桶究竟是如何"闻名"的。可见它不过是作家笔下的一个信手拈来的普通道具而已，召之即来挥之则去。

　　但是，如果我们把镀金马桶指代为女性子宫的话，那么，其返回母体重新投生的含义则是十分明显的。李光头经历了当代中国两个最重要也是最疯狂的时代，从小地主、小屁股、垃圾大王、刘镇 GDP，一路杀来，血迹斑斑，遍体鳞伤。他身上流着的是浪荡子刘山峰的血，无意识的复仇使命推着他无意间戕害宋钢，但他身上同样具有宋凡平的精神气质，与宋钢分享了"兄弟"的生命呼吸，没有血缘，胜似血缘，宋钢既死，自己活着何为？这就是"兄弟"所含的生命与共的意义。这个段落，行尸走肉的李光头与骨灰盒里默默无声的宋钢是并置的意象，而镀金马桶与宇宙飞船是相对的意象，他们俩都需要在地球上重新投生，灵魂再起，然而其意直指宇宙，一飞冲天。这样的生命意象，竟是多么的壮丽。这也是《兄弟》在绝望的背后隐藏着逢生的含义。有人批评说，这个宇宙飞船的细节于全书结构来说毫无逻辑可言，甚是荒唐。但是，《红楼梦》开篇时，茫茫渺渺一僧一道奔波在大千世界，又需要什么逻辑和理由呢？

2007 年 1 月 11 日于黑水斋

原载《文艺争鸣》，2007 年第 2 期

读阎连科小说的札记

好几年以前（大约是在读了《年月日》以后），我就一直想写阎连科小说的读后印象，虽然我读他的作品不多，但每次阅读，都仿佛在精神上受到一种暴烈的被鞭挞的痛。往往先是惊愕，然后是钻心彻骨的疼痛，随后又有些不满足的遗憾。凡读过阎连科小说的人，印象里很难摆脱这样一些噩梦似的描述：先爷（《年月日》）为了让自己的身体给那株唯一的玉米做肥料，反复地抛着一个铜钱，与盲狗交谈，最后人们发现他是如何将自己的尸体与玉米的根须紧紧地相拥而眠，而玉米的根须又是如何穿透了他的皮肉和骨髓，吸吮了人体的养料而存活。尤四婆（《耙耧天歌》）为了用自己的尸骨给子女治痴病，临死前精心策划了如何让疯傻儿女喝下她死后留下的脑浆和尸骨：那浸透了盐的成油馍、那倒空了水的罐头、那唤起傻子记忆的信号菜刀……这些故事在局外人看来似乎荒诞不经，不可思议，但你作为一个中国的读者，你不会觉得这些故事与己无关，你不会、亦无法轻率地用手把它们推开。这些细节就像鬼怪似的纠缠着你，直接地甚至是恶心地逼着你去想：这是农民在今天的处境吗？这是中国在今天的处境吗？

还应该说明一下，阎连科的小说让我惊愕不已的，不仅是作家笔下所展示的现实生活的严酷惨烈，更是作家在描述这种惨烈故事细节时所展示的从容不迫的想象力和精神状态。我很同意批评家葛红兵对《日光流年》的评述：它以无法抗争的宿命揭示出中国为什么会是一个世世代代都被束缚在集体主义、道德主义、独断专制和现世态度等原始文化状态下万劫而不得解脱。这也是阎连科的小说最有思想价值的一面，但是我感受到的惊愕与随之而来的困惑还是没有得到解决：即在阎连科小说里所呈现出来的对民族苦难环境和细节的最生动而逼真的描写中，尽管有如此惊心动魄的艺术描写，但总还是觉得有些无形的障碍，阻止了他的作品的艺术生命能够回肠荡气地自由突破，仿佛是千军万马浩浩荡荡地杀过平原，突然陷入了一大片沼泽地不能自拔，难以腾飞，然后默默地归于生命的寂静。谁也不会怀疑阎连科是当代中国优秀的小说家之一，如果就事论事地解读他的小说文本，也没有人会怀疑其展示的艺术场景的真实性和生动性，我不是在这个层面上讨论阎连科的作品，但是如果我们将这些作品置于人类世界最优秀的艺术创造行列里的时候，或者我们将透过这些作品来感受作家所显现出来的人格魅力的时候，为什么总有一种说不清楚的遗憾，似乎冥冥之中依然有什么神秘东西笼罩着作家的艺术才华，使之还远未达到神形交融、鲲鹏自如的艺术境界。这也是我久久未能写出一篇阎连科作品评论的原因。我不想用廉价的读后激情来掩盖隐约感到的茫然自失，或说是我还不能满足的艺术期待。我当然也说不清楚个中原因，但总是热烈地希望着，从阎连科的笔下看到新的大突破和为之眼界一阔的境界。所以我今天的讨论也只能是从我深感困惑的地方说起。其实这样的困惑也不仅仅来自阅读阎连科的小说，而是在阅读以土生土长的中国农民为主要描写对象的当代小说中，多少都会产生相似的感受。

以"天命"意识为例。

以我所读过的《目光流年》、《年月日》、《耙耧天歌》等一类小说而言，阎连科的小说里人事之争远逊于"天命"之争。他的长篇小说里有一章的标题就叫做《注释天意》。本来天意莫测，只能被注释而不能被改写，但唯其"测"之难，凡人的注释竟是通过误读而失败的方式来进行的。阎连科孜孜不倦地写着凡人对"天命"难以想象的违抗与冒犯，是因为凡人根本就不可能知道真正的天意是什么，他们只能是通过对天命的无止境的抗拒和不断的失败，不自觉地注释着神秘的"天意"。这样一种出于对"天命"的盲目抗争而谱写的可歌可泣的人类斗争故事，使阎连科的小说创造出古希腊悲剧意义上的英雄群像，像先爷、尤四婆、司马蓝、司马笑笑、蓝百岁等人，都成为中国当代文学画廊里绝无仅有的真正具有英雄气概的悲剧人物，他们怀着原始人类般的天真去理解"天命"，并为之撕碎了远远超于生命价值之上的人的价值。

如果从悲剧的意义上说，《日光流年》超越了阎连科以往作品所擅长的悲喜剧的艺术构思。与所有的当代农村艺术画卷一样，阎连科笔下的农民英雄们也念念不忘获取基层农村的最高权力，"谁当村长"竟成了《日光流年》情节发展的主要节奏。但与那些将权力与腐朽交织在一起的乡村土皇帝不同的是，耙耧山脉三姓村的村长们号令全村人的心底要坦然得多。他们似乎都是顺"天命"而主村位，一上台就制定一套改变村人宿命的"神谕"，即如何让村人"活过四十、五十，七老八十"。这既是全村人在一个时代的共同纲领与宏伟目标，又是村长取得合法统治权的根本依据。于是，男人为之卖人皮，女人为之卖人肉，弱者儿童放弃生存权利，青壮男女一个个奉献生命……在一个宏伟理想的光照下，世界上什么样的生命都变得无足轻重，甚至连那些顺天承运的村长们的命运也包括在内：一个个方案制订者最后都殉了自己的设计蓝图。其悲剧的典型意义正在于这样的悖论：三姓村的英雄们自以为顺"天命"而作出的巨大牺牲之举，正是反映了他们敢于违抗"天命"的意志——他们要延长人的存活于世的时间。但是他们的延长生命的愿望是通过人为牺牲了许多生命来争取的，然而最终仍然被更大的命运悲剧所证实：神秘的天意终究是不可注释。也许我们从三姓村的英雄们所作出的怪诞举措隐约可以意识到时代的注释：杜拐子的一代注释了农村合作化运动带来的盲目乐观时期（生育繁衍正是这种喜悦乐观心理的折射）、司马笑笑的一代"种油菜"注释了由"大跃进"到大饥饿年代，蓝百岁的一代换土运动影射了"文化大革命"期间的"农业学大寨"，而最为复杂的"文本"是司马蓝的开渠引水工程，我们看到了司马蓝具备了历来的三姓村统治者所不具备的眼光，如果杜拐子和司马笑笑的蓝图依靠的是维护人的本性力量（食色文化），蓝百岁和司马蓝的蓝图依据的是改变客观世界（水土文化），而司马蓝的宏大追求则反映了他冲破耙耧山脉三姓村的界限，从外部世界引进新的生命源泉的能量。这不能不说是现代性的历史车轮在耙耧山脉的反响。这已经是三姓村人的最后一次信仰了，但是他们最终也没有了解他们是在怎样注释"天意"，又注释了怎样的"天意"，因为他们根本无法知道，耙耧山脉外部的"世界"同样被困于污浊与死亡的黑水之中。

《日光流年》的第一章写得极好，三姓村人引水成功，从民间狂欢到乐极生悲，从鬼神哭泣到人间哀痛，真是波澜壮阔。而接下去一段却写得耐人寻味：一切也就结束了，袅袅飘飘地烟消云散了。杜柏领着村人葬埋了儿子杜流、司马兄弟、蓝四十及别的六七村人，喉咙里开始肿胀得如喉管塞了一段红萝卜。这时他霹啪一下明白，几年前洋伙们为什么到三姓村住了半个月，半月里每个人都不说话，却每时每刻把头摇得咣咣叽叽响。

从文本上读，这段话的前半部分对三姓村命运描写没有新意，只是暗示了又一轮悲剧的重复；而后半部分却有点意思，因为引进了"洋伙"的故事，使三姓村人宿命具有了全球性的含义，悲剧的涵盖面比前番黑水又扩大了一层空间。但是，问题也随之而来，艺术的整体效果终究不是靠增加一两个理念来完成的。这段描写之所以重要，它不仅是一段悲剧的收场，也是全书的总结，尽管它的后面还延续了将近四倍的篇幅，但从情节与时间的发展维度来看，这一段话是直接联系三姓村人在开渠失败后与"天命"的新一轮关系，尤其是暗示出三姓村人对真正天意的认识结果。但从这段文本来读，却没有提供任何新的因素，一切也就结束了，袅袅飘飘地烟消云散了。也就是说，作家面对历史进程的悲壮性和荒谬性的认识虽然有其深刻的地方，但从主体上说仍然是无动于衷的，是冷漠的，最后不得不回到毫无力量的历史循环论中消解了自己。小说里所描写的一切个性的丧失与生命的被践踏、被愚弄、被欺骗，耙耧山脉三姓村人为抗"天命"所作出的一切惨烈牺牲，都因此变得没有价值。就这么一句轻飘飘软绵绵的道家式的语言，使小说所设计的重大艺术构思都打了折扣，真仿佛是一片沼泽泥塘，让千军万马落地无声。我在前面说过，我读阎连科小说感到惊愕不已的是作家在描述这种惨烈故事细节时所展示的从容不迫的想象力和精神状态，但如果联系阎连科面对苦难的"天命"所持的历史循环论，就不会感到奇怪。他的悲剧意识里本来就体现出中国古老文化传统的鲜明特点。像《年月日》、《耙耧天歌》那样的违抗"天命"的故事里，都包含了后羿射日、精卫填海一类传统，悲剧与喜剧总是紧密交织在一起。所以尤四婆悲壮地死后会出现如此的场面：三个疯痴女儿因食父母尸骨而恢复正常并有身孕（喜），但死者突然开口，说这疯病遗传，你们都知道将来咋治你们孩娃的疯病吧？女儿们的哭声突然僵住了，宿命的阴云又拢了上来（悲）。这样悲喜交在一起的人生结局，一是暗示了凡人可能通过坚忍不拔的恒心在斗争局部上胜过命运；二是暗示了即使这样的胜利在循环的历史论里仍然没有意义。同样，先爷用生命维护的玉米终于结出了七粒玉蜀黍子，这里"七"的数字意象当然也充满了象征性，我们可以从西方文化传统里找到上帝创世的过程，但更为直接的意象则是东方长夜中的斗罡七星，它暗示了人生的路标——由于这七粒玉蜀黍子，第二年大逃荒中有七户青年男子留了下来，为整个耙耧山脉保存生命的种子。由是我们可以想象，第二年的七户庄稼人保存玉米种子的抗旱过程，必将是新一轮的残酷与惨烈。这样一种悲喜交织甚而循环的结局虽然耐人寻味，但抗争命运之英雄的悲剧精神和悲壮力度显然被稀释和被冲淡了。阎连科的小说里触目皆惊心的是人物与命运残酷搏斗的艺术细节，但它们并不因为人物命运最后呈现的一道短暂而虚假的光亮而生色，反之，悲喜剧的艺术效果在这里总是降低了作品应有的震撼力。我并不一般地反对在艺术创作中用循环论来解释历史，这种观念产生于苦难重重的中国民间，自有其抵御与消解残酷的天灾人祸的心理功能。许多文学作品在描写中国民间大地的故事时不约而同地体现出循环论的影响，并能够成功地转化为艺术的特殊形态和审美功能。余华的小说就是成功一例。余华在描写苦难时表现的就是循环论，但他的艺术审美也常常体现为悲喜剧的幽默、机智、宽豁的风格，历史观念与历史细节互为表里，在艺术功能上也发挥得淋漓尽致。但是在阎连科的创作里，对"天命"的违抗与搏斗构成其悲剧艺术的主要审美特点，而循环论恰恰是回避了面对历史的残酷与绝望，结果往往使悲壮与滑稽置于同一艺术效应里互相犯冲，艺术的力度就被消解了。我也不是一般地反对悲喜剧的艺术效果，更不是要用西方的命运悲剧的审美标准来要求阎连科的创作，问题是，阎连科在其艺术世界里提供的艺术细节实在太惊心动魄了，也可以说是太难以想象了，如果没有相应配套的艺术架构来嵌镶它们，就不能不影响和减低了那些艺术细节的充分表现。所以，读阎连科的小说有一种比较共同的看法，觉得其小说中精彩片段的价值高于全篇，短制结构的价值高于长篇，可能正是由这样的矛盾所造成。

原载《当代作家评论》，2001 年第 3 期

试论阎连科《坚硬如水》①中的恶魔性因素

陀思妥耶夫斯基在《群魔》（上）的扉页上引用《路加福音》第 8 章里的一段话："刚巧在不远之处，正有一大群猪在饲食。群鬼就要求耶稣准许它们进到猪群里，耶稣答应了。群鬼就离开了那人，投入猪群去。那群猪忽然冲下悬崖，掉进湖里统统淹死了。"② 陀氏用这个故事来形容当时俄罗斯混乱的道德与社会状况是否准确，一向是有争论的，但这个"魔鬼附体"的比喻却使人联想到人类历史上某些疯狂的阶段，在这个阶段里，"魔鬼"作为一种客体的意象制约了主体的理性，同时它又是通过主体的非理性的疯狂行为来完成一种灾难的创举。关于这样一种介于主客体之间的诗人疯狂的因素，基督教经典与陀氏小说里称之为"魔鬼附体"，而在文学史上，则有一个与此相对应的现象：the daimonic，根据比较直接的理解，可以把它译作"恶魔性"。我们从陀氏引用的圣经故事里还可以进一步来理解这个词：这个故事的背后还有某种拯救的含义，因为当魔鬼附在猪的身上疯狂地跳入河里，那个被魔鬼纠缠的人却获得了拯救。我的理解是，恶魔性主要体现在猪疯狂冲下悬崖这一刹那，它意味着，这种恶魔性同时也包含着某种神的意志，大破坏中包含了大创造的意图。

如果联系到 20 世纪的世界性现实环境，那么，陀思妥耶夫斯基对恶魔性的忧虑非但不是无的放矢，而且至今还闪烁着先知的光彩。它的现实依据完全不同于以前几个世纪，那是在人类文明获得了高度发展、科学技术使人的本能欲望获得了最大释放的前提下，关于两次世界性的

---

① 阎连科：《坚硬如水》，武汉，长江文艺出版社，2001。这是一部以"文化大革命"为背景的长篇小说。本文中引用的小说片段均依据这个版本。

② ［俄］陀思妥耶夫斯基：《群魔》（上），南江译，"扉页"，北京，人民文学出版社，1983。

大战、德国与日本的法西斯运动、犹太人集中营、越战和柬埔寨的大屠杀、中国的"文化大革命"以及"9·11"事件引发的对恐怖主义的世界性围剿，等等，都可以成为重新思考恶魔性这一范畴的材料。本论文正是从这样的思考基础上出发，借助对当代作家阎连科的一部长篇小说《坚硬如水》的文本分析，来讨论中国当代文学中有关恶魔性的变异形态及其含有的世界性因素的意义。

一、"恶魔性"在世界文学创作中的体现
及其在文学研究中的应用

尽管 the daimonic 一词起源于古希腊，并在西方文学创作中具有悠久的传统，但大部分时间都是出现在诗人、神学家的创作与议论之中。真正引起文学史批评家的关注似乎还是近代的事。我们读到 20 世纪 70 年代出版的一部美国心理学家罗洛·梅写的通俗读物《爱与意志》①，其中第五章专门探讨了 daimonic 与爱欲之间的关系。他在介绍这个概念的历史演变时，用了整整一节的篇幅来介绍这个概念的历史演变过程。但作者在注释里承认，他这方面的知识来自沃尔夫冈·楚克尔博士（Dr. WolfgangM. Zucker）的一篇尚未发表的论文 *TheDemonic*：*FromAeschylus toTillich*。这篇论文现在已经公开发表了，② 如果对照两者的内容，在历史知识方面，罗洛·梅的书里确实没有提供更多的东西。同时，从这篇论文里所引用的相关资料里也可以看到，关于这个问题人们只是就单篇作品中的恶魔意象发表过一些片段看法，并没有系统地给以阐述过。而远比他们更早就注意到这个问题，并且第一个从世界文学史的角度论述恶魔性因素的，恰恰是中国的鲁迅。他的《摩罗诗力说》写作于 1907 年。③

---

① Rolly R May. *Love and Will*. New York：Dell Publishing Co. Inc.，1974. 此书有多种中译本。本论文引文所依据的是《爱与意志》，冯川译，北京，国际文化出版公司，1987。

② Wolfgang M. Zucker. *The Demonic*：*From Aeschylus to Tillich*，in Hugh T. Kerred. *Theology Today*. Princeton. April 1969. Vol. 26，No. 1. pp. 34~50.

③《摩罗诗力说》写作于 1907 年，初刊于《河南》杂志第 2 号和第 3 号，1908 年 2 月和 3 月。现收入《鲁迅全集》，第 1 卷，北京，人民文学出版社，1981。

无论是罗洛·梅还是楚克尔在探讨恶魔性①时都追溯到了古希腊时期。daimonic 一词的词根是 daimon，古希腊语则是 δαiuwv。根据这样的提示，我们不妨来分析这个词在古希腊文献里的原始意义。

这个词在古希腊哲学家的著作里经常出现。在柏拉图对话里，《申辩篇》里记载苏格拉底被人指控有罪，他的罪名是他腐蚀了青年人的心灵，相信他自己发明的神灵，而不相信国家认可的诸神。苏格拉底毫不犹豫地承认了他自己的神灵是他从小就相遇的一种声音："我与之相遇始于童年，我听到有某种声音，它总是在禁止我去做我本来要去做的事情，但从来不命令我去做什么事。"他说，为了服从神的命令，他接受了这种义务，神的命令以神谕、托梦以及其他各种神圣天命的形式出现。② 正因为这种 daimon 是以神秘的方式接近他，所以他不可能违背它的声音，甚至就在他被判决死刑的时候，因为那种灵异的声音没有来阻止他，所以他慨然赴死。从《申辩篇》里的描写可以得出几个印象：1. daimon 是一种与当时希腊国家承认的诸神相对立的神灵，从正统的观点来看，也可以称之为"魔"；2. 它是以某种神秘的方式来接近人，指示人的行为，也就是所谓"魔鬼附体"；3. 它对于当时的国家意识形态和社会秩序具有某种破坏性，以至于国家要对苏格拉底处以死刑；4. 被附体者对这种力量的服从高于一切，甚至于生命，因为他在这种对既成秩序的破坏里面感受到一种未

---

① 对恶魔性这个词，罗洛·梅和楚克尔使用的英语各不相同，前者用 the daimonic，后者用 the demonic；尽管罗洛·梅在《爱与意志》中认为这两个词只是拼写不同而已，但 demonic 与 daimonic 的用法仍有所不同。demonic 的含义有两种：一、恶魔的，魔鬼似的，邪恶的，残忍的；二、力量和智慧超人的，像一种内在的力量、精神或本性那样激烈的、有强大和不可抗拒的效果和作用的，非凡的天才的。当用作第二种含义时，为了区别，一般拼写成 daemonic，与此对应的德语词是 dämonisch；而 daimon 又与 daemon 等同，所以，结合本论文所探讨的内容，既可以选用 daemonic，又可以用 daimonic。以上内容参见：Ph. D. Philip Babcock Goveed., *Webster's Third New International Dictionary*, U.S.A.；W. & C. Merriam Company；*The Oxford English Dictionary*, Vol. Ⅲ, Oxford University Press, 1978；C. T. Onionsed., *The Oxford Dictionary of English Etymology*, Oxford University Press, 1966.

② 参见《柏拉图全集》，第 1 卷，王晓朝译，20、22、30 页，北京，人民出版社，2002。由于各种译本对 daimon 的译法不同，本论文为了方便阅读者理解，在引用原译文时，凡这个词一律用外文原文。

来新世界的创造。

在柏拉图的另一篇对话《会饮篇》里，柏拉图又通过苏格拉底与女巫第娥提玛的对话，讨论了 daimon 与爱神的关系。第娥提玛告诉苏氏：爱神爱若斯（Eros）不是神，而是介乎神与凡人之间的 daimon。这种拟人化的 daimon 是人与神之间的传语者和翻译者，他们感发了一切占卜术和司祭术，一切关于祭礼、祭仪、咒语、预言和巫术的活动。神本来不和人混杂，但是由于 daimon 的存在，人与神之中才有往来交际。爱若斯就是 daimon 中的一个，他的来历十分可疑，是"富有"神醉酒后与"贫困"神交配而生的孩子，他粗鲁丑陋，赤着脚，无家可归，但是他又有着"富有"的血统，追求善和美，敢于勇往直前、百折不挠，为了达到目的而诡计多端。柏拉图进而论述了这样一种爱的力量其实是来自于生殖的冲动，也就是生命延续的本能需要。[1] 柏拉图第一次论证了 daimon 与性爱的关系，换种说法，daimon 包括了性的冲动和原始的生命力，是一种把神性与人性结合起来的力量，它不是来自外界，而是来自人自身的内在生命驱动力。这种对爱欲的理解后来直接启发了奥地利心理学家西格蒙德·弗洛伊德（Sigmund Freud，1856—1939）的里比多的理论，他爱把自己的理论与柏拉图的爱欲说挂起钩来[2]。这个词还出现在古希腊的其他哲学家的著作里，如赫拉克利特有一句名言：人的性格就是他的 daimon[3]。也就是把这个概念与人的内在的某些因素联系起来。

在古希腊悲剧里，埃斯库罗斯的《波斯人》里直接使用了 daimon 这个词。它的故事是古代波斯王塞尔克塞斯统兵 20 万和海船 600 艘大举入侵希腊，过赫勒斯庞特海峡的时候，他企图用大铁锁像锁住奴隶那样锁住大海，结果这种狂妄的念头使他大败。悲剧并不是正面表现战事的失败，而是通过波斯王的母亲的噩梦和父亲大流士亡灵的显现，来叹息波斯王的悲剧命运。下面是大流士与他妻子阿托莎的对话："如此庞

---

① 参见《柏拉图文艺对话集》，朱光潜译，240、241 页，北京，人民文学出版社，1959。

② 转引自 Douglas N. Morgen. *Love: Plato, the Bible and Freud.* Englewood Cliffs，N. J. Prentice. Hall. 1964. p. 173. 弗洛伊德接受柏拉图的爱欲观点有一个过程，可以参见［美］罗洛·梅：《爱与意志》，冯川译，81～90 页，北京，国际文化出版公司，1987。

③ 转引自 *The Demonic: From Aeschylus to Tillich.* p. 37.

大的军队，他的陆军，何以过得海峡？""精巧的设计使他轭连起赫雷的港湾，开出一条路线。""什么？他越过了波斯普罗斯海域？""是的，是某位神明，使他如愿。""悲啊，必定是某位强健的 daimon 的干预，使他痛失理智。"接着是大流士的一段谴责他儿子的独白："当人们急于自取灭亡，daimon 会介入其间。……他是一个凡人，出自愚蠢，梦想征服所有的神明，包括波塞冬在内。我儿的心智肯定出了问题。"① 埃斯库罗斯不仅指出了强大的 dainon 会使人无法掌握自己的命运而遭遇毁灭，同时也与人自身的心智不健全有关，因此被 daimon 所驱使的人还必须为自己的错误承担责任。

如果我们总结上述古希腊的有关文献的各种复杂含义来界定这个词，首先可以肯定，在古希腊的人们观念里，daimon 并不是一个反面的词。它仿佛与神明相通，但又有着区别，是介乎人神之间的一种中间力量。它神通广大，但又常常在人们失去理智的时候推波助澜，所以既有客体性，又与人的性格、心念、本能密切相关。它是对社会某种正常秩序的破坏，包括对社会意识形态的正统性（苏格拉底）、对社会伦理与道德的制约性（第娥提玛），以及对自然界规律的神圣性（波斯王），但在这种强烈的破坏动机里仍然包含了创造的本能和意愿。罗洛·梅把它定义为："是能够使个人完全置于其力量控制之下的自然功能。性与爱、愤怒与激昂、对强力的渴望等便是例证。它既可以是创造性也可以是毁灭性的，而在正常状态下它是同时包括两方面的。"②

从古希腊到 20 世纪的西方文学，恶魔性 the daimonic 的传统一直没有中断过。但后来的基督教义把魔鬼的概念完全驱逐出神明世界，上帝的世界与魔鬼的世界完全对立起来，形成了二元对立的凝固思维模式，魔鬼与恶魔性之间的联系也被撕裂开来，恶魔性的丰富含义被简化与阉割。中世纪的文学只有邪恶的魔鬼却少了生动丰富的恶魔性。于是，恶魔性的另外一个含义——与世俗、民间文化相关的含义，慢慢地被发展出来了。daimon 一词在拉丁语里被译作 genius，是

---

① ［古希腊］埃斯库罗斯：《埃斯库罗斯悲剧集》，陈中梅译，115～117 页，沈阳，辽宁教育出版社，1999。

② ［美］罗洛·梅：《爱与意志》，冯川译，126、127 页，北京，国际文化出版公司，1987。

守护神的意思，在晚拉丁语中又具有了创造欲、天赋、才华、天才等
含义。在近代西方文化里，恶魔性因素往往转移到天才的艺术家身
上。楚克尔指出：

> ……重新发现恶魔性（daimonic），把它视为一种不能以善恶
> 尺度来衡量的魔力，是由 18 世纪末反理性崇拜的"天才"造成
> 的。这是对启蒙运动、对功利主义的中产阶级的秩序观念、对流
> 行的道德神学和理智神学的根本反抗的表现。这种表现的必不可
> 少的社会先决条件，在于旧社会秩序的崩溃和新边缘阶层的艺术
> 家的产生（他们不再扮演熟练匠人的角）。只有在这个时候，才
> 可以使用"艺术家"这种称谓，这些名称不仅仅指称一种特殊的
> 职业，而是指一种超乎社会和经济准则等级的生活方式。与此同
> 时，诗人们开始看到，他们的同伴和朋友从前是在哲学家和学者
> 之中，而现在却在视觉艺术家和音乐家之中。恰恰是因为世俗和
> 宗教的王公贵族们不能再把画家和音乐家雇佣到他们府邸里，支
> 付他们的薪金，才使各类艺术家们作为自由人来发展自己的天才
> 的思想体系。

> 按照这一新的观点，艺术家就不再是那些学习使用画笔和刻
> 刀，或能够弹奏各种乐器的人了，现在他必须天生具有某种超自
> 然的力量；他必须有天才或者甚至他自己就是一个"天才"。天
> 才与众不同；他属于一个不同的阶层，既不能被社会所理解也不
> 能由社会去评判。不仅他的行为不能认同于既定的行为规范，而
> 且奇异的作品也使其超凡脱俗。因此，艺术家既不能享受社会上
> 实用性职业的舒适和奖赏，也不能强迫自己去受制于社会习俗的
> 约束。

> 然而，关键是天才艺术家的这种反常的、这种边缘身份不是
> 他们自由选择的结果，而是被一个半神性的力量，即"天才"附
> 身作用的结果。所以，艺术家天资的实现不是一项可以通过人的
> 行为而达到的成就，而是一种受难，一种激情。因此一般的善恶
> 范畴和实用范畴都不能运用到天才身上。他的所作所为，他的受
> 苦受难正是他的命运。他并不因为是一个非凡的艺术家所以才是

一个天才；相反，正因为他被天才附身，所以他才是一个
艺术家……①

　　这样一种以天才自居的"恶魔性"使艺术家自觉与世俗社会相对
立，他茕茕孑立，傲然不羁，常常听从心灵的召唤，而置社会道德、
国家法律于不顾，因此也被庸常的社会众数视为魔鬼狂人。在西方浪
漫主义文学传统里，从英国的诗人拜伦、雪莱，到俄罗斯诗人普希
金、莱蒙托夫，以及东欧诗人密茨凯维支、裴多菲等为一支脉，发扬
的是反抗社会强权习俗，特立独行的浪漫主义的传统，他们大都具有
强烈反抗强权的情绪，当他们的国家甚至是别的弱小国家被强国所欺
凌的时候，他们这种反抗的情绪又转变为强烈的爱国主义的情绪。所
以他们的恶魔性又往往与夸张的英雄主义联系在一起。中国的鲁迅正
是站在这个立场上发表了《摩罗诗力说》，总结和发扬了这一恶魔性
的传统。日本有学者经过缜密研究而揭示鲁迅著文的材料来源多来自
日本学术界当时流行的《拜伦——文艺界之大魔王》等著述，② 但这
恰恰说明了鲁迅所拥有的正是当时日本学者所缺乏的综合世界文学并
为现实思想服务的能力。鲁迅从日本介绍西方诗人的零星传记著述中
提升了拜伦的"魔王"精神，从而梳理出一个"摩罗诗力"的传统：
"摩罗之言，假自天竺，此云天魔、欧人谓之撒但，人本以目裴伦
（拜伦），今则举一切诗人中，凡立意在反抗、指归在动作，而为世所
不甚愉悦者悉入之，为传其言行思维，流别影响，师宗主裴伦，终以
摩迦（匈牙利）文士。"③ 以英国的拜伦始，以匈牙利的裴多菲终，这
就是鲁迅根据中国"别求新声于异邦"的现实需要整合出来的一条西
方文学的恶魔性传统。
　　20 世纪随着西方神学传统与文艺复兴以来的现代文明遭遇到前所
未有的挑战，西方现代主义文化思潮一方面以反叛的姿态推动了原有
文明大厦的摧毁，另一方面法西斯主义夹杂的这股反叛思潮中掀起了

---

①　*The Demonic*；*From Aeschylus to Tllich*. pp. 41-42.

②　［日］北冈正子：《摩罗诗力说材源考》，何乃英译，北京，北京师范大学
出版社，1983。

③　鲁迅：《摩罗诗力说》，见《鲁迅全集》，第 1 卷，66 页，北京，人民文
学出版社，1981。

新的恶魔狂潮，使人们对这个概念的重新关注有了现实的依据。德国伟大作家托马斯·曼正是在这样的历史环境下用重新阐释浮士德的经典形象的方法，对现实中极为复杂的德国现代文化的生成及其遭遇、未来的可怕都作了极其深刻的艺术表现，这一表现熔铸在他的长篇小说《浮士德博士》中。他的主人公是一位与魔鬼有过签约的天才音乐家，但他与歌德笔下的浮士德的根本不同之处是，他把自己的创作严格限制在音乐的殿堂里，不仅是他的书斋与周围处在百分之百的隔绝状态中，而且在心理上也完全隔绝。评论家卢卡契（Georg Lukacs，1885—1971）尖锐地指出了这一现象是因为"这位新浮士德所接触的知识界迈着一种反动透顶的假绅士派荒唐可笑的死人舞蹈的舞步，匆匆迎向法西斯主义的野蛮行径"，所以，他的"怕见世界"是对"当今人类的典型态度"。① 这种典型的态度也同样可以用来解释20世纪许多卓越的现代主义作家把"恶魔性"看做是内心世界的一种原始情感和驱动力。最近我阅读了一篇研究《浮士德博士》的论文，作者运用恶魔性的理论视角解析这部迷宫一样的伟大作品，并在解读小说的过程中发展了罗洛·梅关于恶魔性因素的定义："它是指一种宣泄人类原始生命蛮力的现象，以创造性的因素与毁灭性的因素同时俱在狂暴形态出现，为正常理性所不能控制。随着人类文明的进步与理性的增长，它往往被压抑，转化为无意识形态。在人的理性比较薄弱的领域，如天才的艺术创作过程，某种体育竞技比赛活动，各种犯罪欲望或者性欲冲动时等等，它都可能出现。它也会外化为客观的社会运动，在各种战争或者反社会体制、反社会秩序以及革命中，有时也会表现出来。还要补充说明的是，在其创造性与毁灭性俱在的运动过程中，毁灭性的因素是主导的因素，是破坏中隐含着新生命，而不是创造中的必要破坏。但如果只有破坏而没有创造，单纯的否定因素，也不属于。Das Dämonische。"② 这里虽然讨论的是德语里的 Das Dämonische，其意义基本与英语里的 the daimonic 相同，关键是强调了这个词义中的"在其创造性与毁灭性俱在的运动过程中，毁灭性的因素是主导的因素"这

① ［匈］卢卡契：《现代艺术的悲剧》，见《卢卡契文学论文选》，第1卷，范大灿译，566页，北京，人民文学出版社，1986。
② 本文引用的是杨宏芹的《试论托马斯·曼的〈浮士德博士〉中的恶魔性的意义》未刊稿。

一结论强调了恶魔性因素向内心转移的特征，也反映了对恶魔性因素这一本质特点演变到 20 世纪的现实性的整体性思考。

中国现代文学从一开始就被包容在世界性的因素之内，它与世界文学思潮既有直接或者间接的影响关系，但同时又离不开自身现实环境的产生条件，① 所以它对于恶魔性这样一种完全西方化的传统并不感到陌生。如果从鲁迅提倡的"摩罗诗力"开始，这个艺术因素可以追溯到狂人身上，当狂人面对了整个传统和守旧的市民道德的压力时，他幻想出被"吃"的恐怖景象，甚至把被吃者与吃人者互相置换，揭示了每个人都可能是"吃人者"。这个人身上具有的透彻觉悟和不顾一切要反对传统、与庸俗社会为敌的疯狂行为，正是来自于拜伦式的魔鬼形象，也是鲁迅对西方浪漫主义恶魔传统的一种功利的理解。狂人的内心世界是被黑暗笼罩的，他把"吃人"的意象上升到一种普遍的原始本能，在这一方面又熔铸了尼采、弗洛伊德等现代学说中与恶魔性相关的因素。同样的角色还有鲁迅笔下的《长明灯》里的疯子，他孜孜不倦地阴谋要把一盏长明灯吹熄。散文诗《野草》里，魔鬼形象更是频频出现，但与小说不同的是，这些用象征手法创作出来的魔鬼形象，更多的是体现了叙事者内心分裂的一种声音，正如陀思妥耶夫斯基艺术世界里的魔鬼，"是出现在意识表层的分裂的自我，变了样的自我"②。

这样一种综合了几个世纪以来西方文学原型的恶魔性因素，恰恰是鲁迅依据了中国现实环境，为世界性的恶魔性因素提供了东方半殖民地的独创品种。它与中国自身传统里的神魔小说并不一样，与狐仙树精的民间鬼故事也不一样。它的西方化特征使这一意象朝着两个方向开拓自己的形象空间，就是犯罪与疾病，于是，狂人、疯子、罪犯往往成为恶魔性因素的主要承担者。与它的西方原型一样，中国文学里的恶魔性因素随着环境的变化时隐时现，不断变化着自身形象及其内涵。在这样的背景下来讨论当代作家阎连科的长篇小说《坚硬如水》，就不难看出艺术形象的内涵是如何随着环境的变化而发生变化的。公平而论，《坚硬如水》里的主人公在他的家乡程岗镇所做的革命举动，只是要求炸毁传

---

① 关于世界性因素的理论，请参考拙文《关于 20 世纪中外文学关系研究中的世界性因素》. 载《中国比较文学》，2000（1）。

② ［德］赖因哈德·劳特：《陀思妥耶夫斯基哲学》，沈真等译，330 页，北京，东方出版社，1996。

统理学文化的象征：程寺和牌坊。这在"文化大革命"的政治动乱中是极为表层的小灾小难，在当时的革命形势下不可能遇到什么阻力，如果从反传统的文化渊源来说，也很难割断这个人物与"五四"反传统文化背景下的狂人形象之间的联系。"文化大革命"时期红卫兵运动有一种对"五四"精神和鲁迅精神的不自觉的模仿，恐怕也是与这种狂人、恶魔的特殊意象有关。①

二、《坚硬如水》分析与恶魔性因素

如果仅仅从"文化大革命"题材的角度上来评《坚硬如水》，我觉得是不适当的，因为从描写"文化大革命"的现实历史的角度来衡量，这部小说有很多违背真实的地方。但正因为它不是一部一般地描写"文化大革命"时期生活细节的作品，它才在精神现象上凸显了时代的怪异和真实。它是一部重现恶魔性因素的书，而"文化大革命"给这种怪诞的人性欲望提供了一个表演场景。这部小说的封面上印着这样的广告词："本书并不纯粹是一对青年男女的情史，关于原欲、疯狂和变态，而是一个小山村乃至全民族，曾经有过的一场梦魇。二十年前，我们曾经如痴如醉，举国狂欢，二十年后，又有谁深入人性的底邃探究罪恶的本原？……"这是典型的中国式的文学批评模式：一方面暧昧地暗示这本小说里含有原欲、疯狂和变态等因素，另一方面又强调作家的本意是要探究中国历史上的"文化大革命"的灾难原因。在这里，人性因素与社会因素构成了一对互动的关系，既可以理解成原欲等人性因素受到了更为本质的现实社会环境的制约，也可以反过来理解，这样一场历史性的灾难，正是与人性中的原欲、疯狂和变态等因素相关。从个人的原始欲望到民族的疯狂记忆，这之间若隐若现的联系如果需要用一个概念来给以涵盖，那只能是这个词：the daimonic（恶魔性）。

以往描写"文化大革命"的作品过于重视历史的真实性和思想的批

---

① "文化大革命"期间的红卫兵运动中曾经流行过一出大型话剧，叫做《敢把皇帝拉下马》，描写"文化大革命"中有一个红卫兵因为反对刘少奇而被迫害的故事，那个主人公被誉为新时代的"狂人"。杨健的《文化大革命中的地下文学》（北京，朝华出版社，1993）中也曾提到此戏。还有一个例子是，革命京剧样板戏《红灯记》里李玉和"赴宴斗鸠山"里有一句台词，原来叫做"魔高一尺道高一丈"，在1970年的改定本里，改作"道高一尺魔高一丈"。可见当时占主流地位的红卫兵和"四人帮"造反派都曾以"狂人"和"魔"自居。

判性，人性的堕落是服从于整体上的政治批判和思想反思。而在这部小说里一切都颠倒过来，恶魔性成为主要描写对象。阎连科本来就是一位写鬼故事的高手，他的耙耧山脉系列小说里鬼气缠绵，叙事者似乎行走在阴阳两界的交叉道上。他笔下经常出现与凡人同处一个空间的鬼魂，而且多数是与普通的中原农民一样，善良软弱，畏缩鬼祟，有时候还不得不求助于世俗的庇护。但《坚硬如水》却一反常态，出现了感情极为浓烈、故事极为凄厉，如痴如狂、超越生死的一对厉鬼。叙事者是一个即将被枪决的死刑犯，小说叙述可以理解为叙事者踏在阴阳界上的迷狂自述，而且这个叙事者在尾声部分出现时已经是一个死去多年的鬼魂，他一扫以往耙耧鬼世界的颓败伤感，有力地凸显出恶魔性的可怕与魅力。高爱军较之鲁迅笔下的狂人形象大大发展了"恶"的一面，使邪恶欲望成为其恶魔性格中占有主导的一面。从鬼故事到恶魔性，阎连科的小说灵感获得一次根本上的飞跃，他不再是小打小闹地对现实进行温和讽刺，却能大气磅礴地从人性深处展示出"文化大革命"时代的致命的精神要害。

　　由于中世纪以来魔鬼被驱逐出神明世界，西方文学中恶魔性与魔鬼不能不发生分离。西方文学经典里把恶魔性看做是一种英雄的精神狂想，而这种狂想又往往是通过魔鬼启发或者引诱出来的。歌德的《浮士德》是代表作。歌德在晚年与爱克曼的谈话中曾明确表示，魔鬼靡非斯特没有恶魔性，因为它太消极了，恶魔性只显现于完全积极之中，像拿破仑、拜伦这样的人才具有恶魔性。[①] 但他说他也受过 Das Dämonische 的影响，也就是说在某一些方面，歌德也具备了这样一种魔力，比如他对《浮士德》的创造。如果从人物性格特征出发，浮士德倒确是一个有着鲜明恶魔性格的人，他的恶魔性正是在魔鬼的引诱下才被激发出来。这就是西方文艺作品里出现的一种"恶魔性—魔鬼"的对应结构。在托马斯·曼的《浮士德博士》和陀思妥耶夫斯基的《卡拉马佐夫兄弟》里都存在这样一个结构。在中国小说里，具体的魔鬼形象几乎很少出现，扮演这个魔鬼角色的往往是一些抽象空洞的物相，如《狂人日记》里日记的第一句话："今天晚上，很好的月光。"于是月光就成为诱发狂人恶魔性的"魔鬼"，因为见了它，狂人就觉得"精神分外爽快"，而以前

---

① ［德］爱克曼：《歌德谈话录》，朱光潜译，236 页，北京，人民文学出版社，1981。但朱光潜译作"精灵"。

"全是发昏"。① 这种把魔鬼泛化是中国恶魔性小说的一个艺术手法。我们再来看《坚硬如水》，其魔鬼意象，即诱发高爱军和夏红梅的"革命狂魔症"的竟是"文化大革命"时期的音乐。现在人们回忆"文化大革命"时期的狂热很少回忆到当时革命音乐对人的可怕折磨，只有在电影《阳光灿烂的日子》里才精心设计了一些音乐的场景。这是因为人们回忆革命音乐丝毫也激发不起怀旧的闲情逸致，它本身对人的精神上充满了恐吓和威慑力。《坚硬如水》的男女主人公每一次进入狂魔状态时必须有音乐刺激，这种声音起先是来自广播，后来逐渐来自人物的内心幻觉，音乐产生魔力，能让主人公感到它铺天盖地地涌来，进而把他们的理智完全摧毁和迷醉。这一"音乐—魔鬼"的象征，既逼真地抓住了"文化大革命"时期的情绪特征，又如实地刻画出主人公精神发狂的某些症状，这是对"文化大革命"时代精神与恶魔性关系的相当成功的书写。

再进而推论，在高爱军和夏红梅的两人世界中似乎也存在着这样一种对应结构，即高爱军性格中的恶魔性因素正是在遭遇夏红梅以后被诱发出来的。夏红梅在与高爱军的关系中也扮演了一个魔鬼的角色，这时候的音乐又成为夏红梅诱惑高爱军的道具，演示着"革命"的幻术。这个故事我们可以看做是一个长期受性压抑的复员军人在返乡路上企图诱奸患有疯病的女人未成（那无列车的铁轨象征了这次不成功的性犯罪），造成了以后一系列的性幻想。而这个女人一直是鼓励高爱军政治野心和政治狂热的"魔鬼"的化身，高爱军有段自白说："革命让我着魔了，夏红梅让我着魔了，我患的是革命和爱情的双魔症。"② 似乎可以看做这一诱惑结构的注脚。他们狂热做爱的场景都是在阴森可怕的地下世界：坟墓、崖沟到人工挖掘的地下坑道，近于魔鬼现身的场所。在坟墓里夏红梅以裸身舞姿相诱，当两人肌肤相亲时高的膝盖又碰到一根人骨，高后来抚摸夏的身体时说："她似乎等我对她的触摸等了几千年，终于就在墓里躺下时候等到了。"③ 鬼气一直弥漫着他们两人的爱情生活。当他们在地下坑道里狂热做爱时，夏红梅与高爱军有一段激情对话更加说明诱惑的关系：

---

① 《鲁迅全集》，第 1 卷，422 页，北京，人民文学出版社，1981。
② 阎连科：《坚硬如水》，35 页，武汉，长江文艺出版社，2001。
③ 同上书，86 页。

　　夏：你把那土粒给我弄掉。

　　高：你是叫镇长去把那土粒弄掉吗？

　　夏：高县长，你把我奶上的土粒弄掉吧。

　　高：天呀，你能动用县长了？

　　夏：高专员，你用舌头把那土粒舔掉吧。

　　高：老天啊，你唤高专员就像唤你的孩娃哩。

　　夏：高省长，用你的舌尖尖把我奶头儿上的土粒舔掉吧。

　　高：你唤我革命家。

　　夏：天才的革命家，你是中国大地上冉冉升起的灿烂之星，你舌尖上的泉水滋润着干渴的人民和大地，请用你的泉水把我乳头上的那粒黄土冲掉吧。①

　　夏红梅与高爱军的这段对话有意将性的欲望与权的欲望巧妙地糅为一体，一步紧扣一步地往上推进，演示出一幅灿烂的前景。夏红梅在男人的高亢性欲的迷醉中巧妙地点燃其政治野心，高爱军也正是在女人的激情性欲的刺激下步步走上夺权的巅峰。从性欲到权欲，把高爱军积压在潜意识里的恶魔性欲望强烈地激发出来。从上面的对话中我们不难看出夏红梅扮演了诱惑者的角色。

　　接下来的问题更加严重，夏红梅的丈夫跟踪到地下坑道，于是发生了一场谋杀案。细心的读者会发现，在这场暴力事件中，夏红梅始终是主动的、冷静的，她及时提醒了高爱军，高称之为"神灵的提醒"，并且不动声色地掩盖了那件凶杀案。从强烈的性爱到政治的夺权再到残忍的谋杀，事情正在逐渐发生变化，原有的反叛精神发生了质变，拜伦式的摩罗诗力转而成为卡拉马佐夫式的原始的狂乱与凶杀。恶魔性因素就在这样两个微不足道的小人物的欲望和挣扎过程中，通过罪与病的演示，终于使他们与"文化大革命"发生了精神的联系。

　　由于"文化大革命"的灾难首当其冲地落在中共党内高层领导以及知识分子身上，所以通常的"文化大革命"研究以及有关"文化大革命"的文学作品，都是以干部或者知识分子的灾难展现为其目的，而对"文化大革命"中一向以积极拥护者面目出现的普通群众所扮演的角色缺乏关注的兴趣。"大多数普通中国人的经历、感受和行为以及他们与

---

　　① 阎连科：《坚硬如水》，173 页，武汉，长江文艺出版社，2001。

政界人物的相互作用"①，被致命地忽视了。阎连科的《坚硬如水》如果说是以"文化大革命"为书写背景，并且通过恶魔性因素的描写来把握"文化大革命"时代的精神特征的话，它的值得称道的地方正是将普通农民的欲望和反抗的悲剧性命运与"文化大革命"联系起来了。"文化大革命"最显著的特征正在于它关系着千百万人的行为方式。这一点令人想起奥地利精神分析学家、马克思主义社会学家威尔海姆·赖特的观点："不管法西斯主义在何时何地出现，既然它是一个由人民群众产生的运动，它也就表露在群众个体的性格结构上所显现的特点和矛盾。与通常的看法相反，它不是一个纯粹的反动的运动，毋宁说它代表着造反情绪和反动社会观念的混合。"② 赖特是弗洛伊德的得意门生，他对人的性格结构有独特的理解，在他看来，性格结构具有三个层次：在表面层次上，正常人是含蓄的，彬彬有礼的，有同情心的，负责任的，讲道德的。第二个层次则完全由残忍的、虐待狂的、好色的、贪婪的、嫉妒的冲动所构成，代表着弗洛伊德的"无意识"或者"被压抑的东西"。只有第三层次才是人最基本的生物核心，才是诚实的、勤奋的、爱合作的、与人为善的，是人的自然健康的基础。但是从第三层次产生出来的里比多冲动，经过第二层次时常常就会发生反常的扭曲。③ 中国"文化大革命"时期的人们性格与此相类似，当下层群众在反对第一层面的社会虚伪规范时，造反的情绪往往集中在第二层面上，作出了强烈的歪曲性的表达，转化成恶魔性的欲望化现象。

如果用赖特的性格结构理论来看高爱军复员回乡时所面对的程岗镇，那正是一个彬彬有礼的有道德的社会，体现了人的性格结构的第一层面的特征。"二程故里"不仅是近千年来封建意识形态传统的权威象征，而且是以程姓为主体的家乡民间风俗的凝聚体。小说故事所发生的1967年到1969年的两年多时间，本来是"文化大革命"历史上最混乱、对既成秩序冲击最厉害的时刻，奇怪的是程岗镇犹如世外桃源，传

---

① 王绍光：《理性与疯狂——"文化大革命"中的群众》，1页，香港，牛津大学出版社，1993。

② ［奥］威尔海姆·赖特：《法西斯主义群众心理学》，张峰译，4页，重庆，重庆出版社，1990。

③ ［奥］威尔海姆·赖特：《法西斯主义群众心理学·序言》，张峰译，1～3页，重庆，重庆出版社，1990。

统社会的庙堂文化与民间文化相循环的运行轨迹依然在进行。代表着基层权力的程天青与扮演着民间文化守护神角色的程天民依然能波澜不兴地控制着程岗镇的秩序（他们上面还有着代表庙堂权力的王镇长）。但这种权威、道德、秩序三者合一究竟给程岗镇的生灵们带来什么呢？我们从两个主人公的家庭来看：夏红梅的丈夫（程天民的儿子）是个性无能者，除了用扎针以外完全无法治疗夏由性压抑造成的疯病，而高爱军的妻子（程天青的女儿）愚蠢到只知道生育不知道爱情，与牲口无异。他们的生命力是枯萎的，了无生气的，他们无论有没有生殖能力都不能使生命勃发出创造的激情，他们的血管里的血已经不再奔腾，已经不再是红的，也不再是热的，他们虽生犹死。高爱军的恶魔性正是在反抗这种巨大的社会道德压抑中喷薄而出，他与夏红梅的伟大情欲在种种见不得人的压抑与仄逼中开放出惊心动魄的生命之花。尽管这种情欲正是赖特所说的性格结构的第二层面的反常现象，不可避免地伴随着混乱、罪恶与兽态，但仍然洋溢着生命冲动和狂欢的威慑力；它的巨大的破坏与再生性依然同体存在着。因此，从高爱军的小人物的欲望及其形态中，我们多少可以联想到"文化大革命"中群众运动的某些影子。

　　如果我们把恶魔性因素与"文化大革命"时期的高爱军的疯狂行为相对照，可以看到以下几个特征：首先是他面对着巨大的压抑性力量，或是传统的权威，或是道德的权威，甚至是自身的性的压抑等等，都几乎是不可动摇的，所以他的反叛情绪只能以反常形态出现。其次是这种反常形态严重触犯了社会道德的规范，只有堕落到罪恶或者是疯狂病态的境地，才能展示这种反常行为的全部形态。再次是这种恶魔性需要有一个"魔鬼"意象作为媒介来给以引诱，才能被真正地激发出来，这就是"恶魔性—魔鬼"的对应结构。在中国的文学创作中，把这样一种大逆不道的反叛因素置于"文化大革命"背景下表现是最合适不过的。高爱军性格里表现出来的恶魔性如果还原到古希腊时期人们对这个词的理解，他所要炸毁程寺可以看做是对传统意识形态权威的反叛，狂热性爱与谋杀可以看做是对传统家庭道德的破坏，那么，他缺乏的还有第三个冲突，即对自然规律的神圣性的轻蔑和冒犯。高爱军夺取村干部的权力后没有重犯塞尔克塞斯的狂妄错误是阎连科犯下的一大疏忽，因为"文化大革命"时期农村的新掌权派为了好大喜功而破坏自然生态正是一大时代精神，"农业学大寨"和改天换地正是当时的主旋律，也是至今还贻害无穷的"绩业"之一。我这么苛求这部小说并非是真要作者对恶魔性的原始含义作出刻舟求剑式的模仿，只是从"文化大革命"时期主要的几大恶魔性特征来看，作者把主人公的恶魔性特征仅仅归结到性的欲望和权的欲望，而忽视了对物（生产力的提高的变异形态）的欲望，是不够全面的，高爱军的性格也因为对生产劳动的缺少主动而显得不甚丰满。

三、当代文学中的"文化大革命"叙述与恶魔性因素

本节我们将继续探讨恶魔性因素与当代文学中的"文化大革命"叙述的内在联系，及其《坚硬如水》所存在的不足。我先要引一篇很有才气的批评《坚硬如水》的文章，作者把阎连科笔下的 1967 年高爱军的山村革命和法国 1968 年五月风暴作了跨越时空的对比，认为两种社会文化空间结构下知识青年的造反与疯狂做爱似乎都验证了非理性原欲的巨大的毁灭力量。但是作者马上指出：

> 单从故事的空间表现形态而言，两者的不同在于，巴黎街头"越想造反，越想造爱"的刺目标语，在集体渎神运动的背后，表现出造反和性爱行为的统一指向——它们共同作为抗议社会虚伪道德伦理与极右政治体制的颠覆性力量而存在，并因此获得了公众效应，直至波及到思想界和艺术界的巨大变革；而 1967 年的高、夏革命却是一场不折不扣的造神运动，它试图离心出"革命＋恋爱"的叙述框架，性爱故事一开始就作为某种非法的私密生活，鬼魂般战战兢兢地四处游荡，以畸形怪诞的形态在远离公众的"地下"幽暗空间里（地道、墓洞、水沟、远离人烟的河滩）茂盛地生长。而另一方面，在全民禁欲的社会道德规范下，私人身体与"反常"性行为的展示和描述，即便是以隐秘的状态进行，也常常只有"地上"的权力阶层才可能享有豁免权（如高干招待所的舞会、被斥为"黄草"的内参电影以及农村干部对知青的强暴案件）。这样一来，作者在构造这两个主题化的叙事空间过程中，如何处理好它们彼此之间意义粘连却又互应参照的关系，如何在阐发个人相应的历史记忆时把握好其中普遍共性的"度"，就遇到了一些难以预测的危险。[1]

---

① 聂伟：《空间叙事中的历史镜像迷失——〈坚硬如水〉阅读笔记》，未刊稿。

如果从历史比较的方法来研究这一世界性的现象，法国 1968 年五月风暴与中国 1966 年的"文化大革命"确实存在着很大的差异性；如果从表面的历史知识来看，小说里权欲与性欲的关系确实存在着巨大的分离性。但如果我们引入恶魔性因素来考察两者的关系，它们恰恰是同一个恶魔性体系内的欲望因素。主人公没有因为狂热爱情就消解了革命的意义，相反，在主人公的意识里两者是完全一致的。因为相同的家庭处境使他们切肤地感受到权力的压力和性欲的压抑，而且他们也意识到要获得真正的性解放就必要先摧毁各自家庭的权力者，也就是村基层组织的权力者。这两者是同一的而不是分裂的。小说最后，两人在程氏经籍上表演疯狂做爱正是要证明这一点。

"文化大革命"中的恶魔性因素不仅沟通了民间的各种欲望，同时也沟通了"文化大革命"的最终目标与民间欲望之间的联系。中国的"文化大革命"远比法国的"五月风暴"残酷而且复杂，在当时几乎所有的政治行为都体现了最高层权力集团的意志冲突，而群众的个人行为及其命运，从反映这根本意志来说总是不真实的。局部地区的老百姓起来造反，反对顶在他头上的各级权力机构，直到推翻他毫不了解的国家主席，这是他主观上永远无法获得逻辑解释的一个幻景。当时遍及全国的群众造反运动，对老百姓来说，为了夺取某种权力，为了获得更多的物质分配，为了报复某种私仇，甚至为了实现某种人性的欲望，都是具体而真实的，但是归结到最终的大目的却是为了打倒国家主席，"反修防修"，那又是极为虚幻的，甚至毫不相干的。要沟通这两者之间的关系，驱动人们为一个虚幻的大目标去奋斗，只能依赖人的原始欲望。那就是恶魔性成为推动"文化大革命"的原始动力的缘由。由此我们可以理清造神与原欲之间的关系了。造神运动当然是上层的、虚幻的，但是恶魔性恰恰能够使大大小小的民间野心家都自以为是一尊神，以为自己的自私行为能够影响国家以至世界革命。当国家权威被摧残以后，全国造反组织在最高权力（所谓"无产阶级司令部"）的神圣指挥下形成了一个类似多神教的混乱局面。在多神教的时代里，恶魔的存在意义就是体现在每个恶魔都具有终极意义。① 我们只要看夏红梅对高爱军极为卑

---

① 参见［美］蒂里希：《蒂里希选集》（下），何光沪译，1154 页，上海，上海三联书店，1999。原话是："多神论当中的恶魔因素之根源，就在于每一种神力，都自称为终极的主张。"

贱的阿谀奉承，她使用的吹捧手段与当时人们对最高权威的造神手段如出一辙。正是这样一个个小的造神运动形成了专制主义的广泛的社会基础。所以在高爱军的革命时代里，原欲没有什么亵渎权威的积极意义，只是权力欲望的各种变形表现。推而究之，高爱军的浪漫行为也正是"'地上'的权力阶层才可能享有豁免权"之一。

　　然而我们还可以深入一步讨论下去，恶魔性因素不仅沟通上层权力集团的意识形态与下层民间社会之间的联系，它甚至在一定程度上还参与到"文化大革命"的上层权力斗争中去，并起到决定性的作用。① 这令人想起陀思妥耶夫斯基的《卡拉马佐夫兄弟》里那个著名片段："宗教大法官"，他讲的是基督第二次降临人间，发现一切都没有照他的愿望做，但是人间的宗教大法官却把他抓在监狱里。他们有一场对话，大法官指责基督："你没有权利在你以前说过的话之外再添加什么，也没有权利再来妨碍我们。"② 那个法官依照当年魔鬼诱惑基督的三个主张引导了人民，但是这一切又都是以基督的名义来做的，即使基督本人也无法推翻他自己创建的人间世界。所以我们只能假设，如果基督真的想纠正这一切，那他只能让大法官把他放到柴草堆上烧死，再当一次"魔鬼"。陀氏想告诉人们的是，基督是无法与人民之间实现真实的沟通，横贯其间的只能是卡拉马佐夫式的原始力量：贪婪的、淫荡的和残忍的原欲。在这种混乱里面，很难分清基督名义下的魔鬼主张和恶魔横行中可能隐含的基督的反叛。如果以此来对照高爱军和夏红梅的"革命与原欲"，他们几乎是重演了卡拉马佐夫式的闹剧，他们的权欲的发泄和性欲的发泄的内在同构性远比 1968 年的法国青年的造爱运动深刻得多，也复杂得多，因为表面上分裂并相互抵触的原欲运动（地上/地下两个世界）在精神上仍然是统一在最高的造神运动中的轨迹上。

　　既然恶魔性因素可能在"文化大革命"叙述中具有如此广泛和深刻

---

　　① 关于这个问题比较复杂，"文化大革命"中有许多材料可以看做恶魔性因素的暗示。比如毛泽东在发动"文化大革命"初期批评他创建的党的各级领导人，多次使用了与魔鬼意象有关的比喻，如批判当时的中宣部："你是阎王殿，小鬼不上门。打倒阎王，解放小鬼。"批判林彪集团："我猜他们的本意，为了打鬼，借助钟馗。"参见《建国以来毛泽东文稿》，第 12 册，31、72 页，北京，中央文献出版社，1998。

　　② ［俄］陀思妥耶夫斯基：《卡拉马佐夫兄弟》，耿济之译，374 页，北京，人民文学出版社，1981。

的涵盖量，那我们再回过来衡量《坚硬如水》的不足就很清楚了。本文在前面已经指出过，在对"文化大革命"时期的生活细节的真实性展示方面，这部小说是经不起仔细推敲的。阎连科是一个观念性十分强的作家，往往为了观念而牺牲艺术的真实性，所以把性的原始欲望作为推动主人公夺权和革命的第一动力，虽然能把原欲的疯狂性和威慑力比较充分地展现出来，却没有能够将这种原欲与当时最根本的指导思想和文化体系深刻地联系起来，因此无法更加深刻地揭示出"文化大革命"的残酷本质。如果说法国五月风暴中造反与做爱是同步性的反叛行为，达到对当时社会权力结构的颠覆，而阎连科笔下的中国的恶魔性并没有产生对最高国家权威的颠覆力量，它只能是分散在世俗民间层面上的自我游戏和自我消解。如果是 20 年前"文化大革命"的造神运动还在人们头脑里保持着残余的权威性的时候，《坚硬如水》可能会产生一定的颠覆作用，而在 20 年后的今天，人们对"文化大革命"的历史已经模糊不清的时候，《坚硬如水》中的原欲也许只能发挥出玩笑的作用而无法引导人们再进一步去探讨历史悲剧的根源。假如一个从未听说过"文化大革命"的青年人读了这部小说以后，他对"文化大革命"会产生什么印象呢？进而问之：为什么在西方是一个极为严肃、人们甚至于不惜以生命抵押为代价的恶魔性因素，到了中国作家的笔下出现的仅仅是荒诞和可笑的闹剧呢？

我之所以要讨论《坚硬如水》，并非是针对阎连科的创作而言，我是想借以讨论一个久久困扰着我的问题：在 21 世纪之初我们如何来总结那些曾经出现在我们过去生活中的悲惨事件？在普遍轻浮的现实环境下，阎连科是当代极少数的几个严肃的有思想的作家之一，他能用恶魔性因素来叙述"文化大革命"就证明了这种知识分子的宿命。但是我想问的是，我们把历史仅仅当做历史，即当做一件与我们今天毫不相干的陈旧故事来言说，那么，我们今天的意义在哪里？不用讳言，我们中有许多人都把今天看做是一个没有来历的新天地，全球化的大门就像阿里巴巴的符咒，一下子就向我们展示出辉煌的前景，而指导我们奔向前景的，仿佛也是一个没有来历的全球化理论，它是一个横向的移植，把我们与曾经不远的历史完全隔绝开来。而当历史与我们毫无血肉联系的时候，它就成了一个任何理论都可以打扮的随心所欲的姑娘。

我并不想指责阎连科以里比多的原欲来解释"文化大革命"的荒诞和暴行具有过多的游戏色彩，因为里比多的理论同样可以沟通到西方的恶魔性的理论，我也没有认为恶魔性是唯一可以解释"文化大革命"的楔入口。回顾 20 世纪最后 20 年的文学创作，在反思和描写"文化大革命"这样一个巨大历史现象方面的成就几乎微乎其微。这里当然有许多客观上的限制，但作为创作主体，缺乏明确的思想理论武器也是一个不可推辞的原因。对"文化大革命"反思的第一个理论突破是关于忏悔，以巴金为代表的老作家曾经为后人的"文化大革命"叙述提供了一个高贵人格的榜样；而阎连科关于恶魔性的"文化大革命"叙述在忏悔的叙述立场上更加推进了一大步，这是毫无疑义的。在这个意义上我认为是难能可贵的。但是与忏悔的概念一样，恶魔性的概念也是来自西方源远流长的文化史，如果我们要引进这个概念来解读中国的历史和文学，那么，我们首先应该知道这个概念与我们本土文化体系之间究竟有什么关系，占有如何的位置。

对此，我不得不说到西方文化对恶魔性因素的态度。因为恶魔性产生在西方，而且长期被正统的基督世界排斥为异端，尤其在经历了世界性的大战与法西斯运动以后，人们是怎样来看这种被普遍认为是异端邪恶的文化因素？保罗·蒂里希是当代研究恶魔性最具权威的宗教理论家，他的《系统神学》里，却以极大的包容性谈到了恶魔性，他把恶魔性看做是连上帝也可能有的一种因素，在讨论基督教的三位一体的学说时，他强调了第二项原则（圣子），说："没有这第二项原则，第一项原则（圣父）就会是混沌的，是燃烧着的火，却不会是创造性的基础。没有这第二项原则，上帝就成了恶魔性的。就会以绝对的隔绝为特征，就会成为'赤裸的绝对'。"① 他认为上帝与其称作天主，毋宁称作天父。因为"当上帝被称作为天父时，主人似的因素也已包含在其中。两者不可分割；即便是强调其一胜于其二的企图，也会破坏两者的意义。主若不是父，便是恶魔性，父若不是主，便是温情论"②。这不是强调爱的问题，蒂里希是把早就被基督教义驱逐出去的恶魔性重新召唤回来，既然连上帝的形象如果没有正确解释的话也可能具有恶魔性，那么，恶魔性的存在就是只能正视而不能回避的，只有把恶魔性放在上帝的身边才能随时警惕它、认清它和限制它。在包容了恶魔性以后的西方文化中，

---

① ［美］蒂里希：《蒂里希选集》（下），何光沪译，1190 页，上海，上海三联书店，1999。

② 同上书，1236 页。

同样能够再生出新的遏制恶魔性的因素，西方文化本身正是这样在不断包容自己的对立面中辩证地丰富地壮大和发展的。

　　再回到我们讨论的"文化大革命"叙述来理解这个问题。当"文化大革命"叙述从忏悔言说到恶魔性的言说，有没有一种可能像蒂里希那样，从我们自身的文化传统中找到这种恶魔性因素的种子和起源？我们轻易回避甚至拒绝讨论"文化大革命"那样严肃的问题，把它与我们的今天隔绝起来，隔绝的结果是不仅忽视了恶魔性存在的现实，反而连同包容恶魔性的文化传统也一起丢弃。20 世纪为了推进中国的现代化进程，中国的知识分子已经主动断裂过自己赖以安身立命的传统，然而对深深埋藏于文化内核里的恶魔性因素从未给以恰当的认识和警惕。就如一个人的生命中可能深藏了恶魔性一样，一种文化的内在核心里，也会隐伏着恶魔性的因素，有了它才可能使文化内核不断发生裂变、燃烧和斗争，推动着文化的自我更新和发展。"文化大革命"在今天也是我们文化传统里的一个恶魔性，如果忘却了这一点，或者漫画式地叙述它，或者把它隔绝在我们的传统以外，那么，我们永远也不可能真正接受历史事实的真相，也永远不可能叙述出一个真正让我们接触到痛感的"文化大革命"历史。

2002 年 5 月 20 日完成于黑水斋

原载《当代作家评论》，2002 年第 4 期

声色犬马，皆有境界

——莫言小说艺术三题

　　1985 年小说新潮中，莫言以独特的艺术感觉自成一个世界。他的小说构思奇诡，集灵气与兽气于一炉，瑰丽间透出隐隐的血腥味，有声有色，有味有形，构成了富有感性魅力的官能意象，这也是一种语言，它不仅仅通过文字，更重要的是利用各种感觉，直接唤起读者相对应的情感联想，使读者达到对主体感觉的一种覆照。莫言的这种探索已经超出了单纯的艺术技巧，它显示出作家独特的人生感受以及独特的认知世界方式。

　　在极为有限的材料里，我们无法详细了解作家心理发展过程中的一些重要环节，也无法用他作品所提供的线索去勾勒、图解作家的主体意识，我们只能分析他的作品本身所含有的奇异的材料，透过斑斓绚丽的艺术画面，解释这些作品可能包含的艺术能量和已经具备的艺术特点。本文所示的，是笔者阅读莫言小说时写下的几则关于艺术随想的笔记。

黑孩：谛听自然的大音

　　从《透明的红萝卜》始，莫言比较成熟地展示出个人的创作风格。这个作品给人的新颖奇幻之感，不是来自作品所反映的十年浩劫中农村的凄苦生活，也不是来自作品刻画的黑暗年代里人性沦丧的悲剧。它最初确实来自一个具体可感的形象，那就是黑孩。它是一个超现实的人物，正如有的批评家所指出的，黑孩不仅不像现实中的真实人物，反而像个神秘的小精灵，他的许多奇异感觉已经达到了童话的境界。①

　　黑孩是一个实实在在的现实生活中的人物，苦难的生活，失爱的童

①　李陀：《〈透明的红萝卜〉序》，见《透明的红萝卜》，北京，作家出版社，1986。

年，非人的劳动，都使他丧失了作为一个正常人的智力。他没有父母，没有家庭，后母在他的印象中只是与烧酒味联系在一起的毒打，畸形心理再加之生理缺陷（不知是真是假，作品里的黑孩没有说过一句话）的限制，他与正常人类社会的交流被隔绝了。在修闸工程中，他始终不能以人的正常语言同旁人对话。当菊子姑娘用女性的手抚摸他的肩头和耳轮时，他只是朦胧地生出某种温暖的感觉，并用吸鼻子来表达内心的感动；当刘主任嘴里喷出一股酒气时，他也通过对这种气味的反应，联想到后母对他肉体的摧残（他感觉到的是打、拧、咬，但作者不提"骂"，因为骂是没有触觉的），这种几乎停留在原始思维状态的感觉，就成了黑孩对人世间的唯一认知。这使人想起福克纳笔下的白痴班吉明·康普生的感觉世界。实际上，在非人的环境折磨下，这个孩子俨然成了一个小兽物。

正因为他从来不知人间温暖为何物，他无法按正常人的方式来接受偶尔降临于他的爱抚。他在手指砸破时，只知道抓一把土止血，而对于菊子姑娘送他包扎的手绢，注意的却是上面的红花图案，含糊地意识到一点美感；在菊子姑娘出于同情把他拉出铁匠棚时，他甚至用牙齿咬姑娘的手，这显然是出于半兽性的行为。也正因为他从来不知人间温暖为何物，所以他在承受种种残酷的肉体折磨中养成了默默忍受的习惯。"你呀，生被你后娘打傻了。"小石匠道出了黑孩的病症，经常性的毒打以致失去了对疼痛的敏感，这不是说他没有痛感，而是他不知道如何来理解和表示这种痛感。小说里多次写到他利用听觉和其他感觉感受痛感，如他挨小铁匠打时，他只是"听到头上响起一阵风，感到有一个带棱角的巴掌在自己头皮上扇过去，紧接着听到一个很脆的响，像在地上摔死了一只青蛙"。又如小铁匠作弄他，要他用手抓烧热的砧子，他也先是"听到手里滋滋啦啦地响，像握着一只知了"，然后是嗅觉："鼻子里也嗅到炒猪肉的味道。"这已经不是一个正常理性支配下的人的感觉了，而近似于兽物。至于他用脚掌去捻蒺藜，更是在生理上也长成了兽物的特性。黑孩的所有行为都表明了这点：在一个人性沦丧、感情枯竭的环境下发育心智，人性只能以兽性的形式展示出来。

我无法知道动物如何进行思维，但在山野生长起来的兽物，于自然的感受较人类更为密切，这大约是当然的事。兽物不会人语，但它们朝夕出没山林，或群居，或独宿，时时感受自然的变化，用另外一种语言密码同自然环境交流信息。黑孩也是一只兽物，他与人类社会之间，语言无法交流，感情无法沟通，他把所有的心智都用去理解自然、拥抱自然，与自然对话。这在一个城市孩子身上也许会成为神话，而在黑孩这样一个生活环境无异于兽物的农村孤儿身上，则是一派天机。在与人世交往时，黑孩犹如异物，在与自然沟通时，他却浑然成一体，而且这种沟通不是依赖于正常人的理性去观察、把握自然界，他是运用自己的各种感觉，去捕获信息。这种特殊把握方式中，听觉成了他最主要也是最奇特的渠道，他能够听到自然界的种种声音：黄麻地里鸟叫般的音乐和音乐般的秋虫鸣唱；逃逸的雾气碰撞着黄麻叶子和深红或是淡绿的茎杆，发出震耳欲聋的声响；蚂蚱剪动翅羽的声音像火车过铁桥；萝卜的细根与土壤分别时发出水泡破裂一样的声响。还有河里传来奇异的声音，很像鱼群在嘬喋……他甚至听到姑娘头发落地的声音，以及听到空气振动的声音等等。这些运用普通的人的听觉来测试是无法理解的，可是黑孩已经超越人的正常视听能力，或者说他拥有与常人所不一样的视听功能。自然界理应处处是宏声大音，只不过非一般人的听觉器官和听觉能力所能承接的，大音稀声，故听之不闻耳。

一年以前，有位批评家已经敏锐地指出，莫言有一种出众的才能，即通过一个感觉的信息传递将听觉功能转换为视觉或其他知觉接受。因此，"注重非听觉的感知器官的表现力，在莫言的创作中已经不是一个具体规定情境中的描写特色，而是整体性的一种审美境界，或者说是这个世界的底色"。[①] 在莫言的小说里，"看见声音"的意象屡见不鲜。在《透明的红萝卜》里，这种以超常态的感觉把握世界、创造世界的方式表现得最为集中。我想这不会是作者的文字游戏，他理应真的感悟到什么或理解了什么。本来人类是直立于天地之间，呼吸宇宙之气，他们依赖于感觉器官认识客观世界，又在接触客观世界的实践过程中，锻炼与发展了感官能力，各种感觉器官的详细分工，使人们获得了系统完备的认知世界的工具，同时人们对客观世界所作的理性的科学分类又帮助了感觉器官更为有效地工作。但是反过来我们也不能不承认，人的体内各种感官能力的有限性也妨碍了人们对客观世界进一步的认识，人们为认识客观世界而接受的一整套知识，对感官能力的进一步发现也相对地成为某种束缚。关于这一点，古人比我们更加深刻地认识到人类进化过程中的二律背反。所谓"五色令人目盲，五音令人耳聋，五味令人口爽"，

---

① 程德培：《被记忆缠绕的世界》，载《上海文学》，1986（4）。

正是针对人体感官有限性而言的。莫言在小说里所追求的这种超感觉的美学境界，也可以看做是对人体感受世界的能量的一次释放。

因此，作品中的黑孩在与自然的交流中，他似乎不是用某一种感觉器官去捕获信息，而是用全部的心灵去拥抱自然，感受自然中的音乐。他在河边敲石头时，忽然听到河上传来奇异的声音，他急忙将眼睛与耳朵并用，一起去捕捉声音。"只要他看着那神奇的气体，美好的声音就逃跑不了。他的脸色渐渐红润起来，嘴角上漾起动人的微笑。他早忘记了自己坐在什么地方干什么。"先是视听并用，接受自然界的信息，进而是心灵发生作用，神愉而心悦，再进而达到物我两忘的境地。寥寥几个意象，揭示出黑孩与自然交感的全部过程。由于他是以心灵与自然对话，所以同时往往发生视而不见、听而不闻、痛而不觉的对外界茫然无知的木讷之态。以此类推，小说中另一个片断也可作如是解：

"小石匠吹着口哨，手指在黑孩头上轻轻地敲着鼓点，两人一起走上了九孔桥。黑孩很小心地走着，尽量使头处在最适宜小石匠敲打的位置上。小石匠的手指骨节粗大，坚硬得像小棒槌，敲在光头上很痛，黑孩忍着，一声不吭，只是把嘴角微微吊起来。小石匠的嘴非常灵巧，两片红润的嘴唇忽而噘起，忽而张开，从他唇间流出百灵鸟的婉转啼声，响、脆，直冲到云霄里去。"

有的读者以为这里反映了黑孩对现实痛苦的坚忍以及人性泯灭的惨淡图画，这是皮相的，应该注意到小石匠吹出的优美的口哨声，犹如百灵鸟的啼唱，这一感觉来自黑孩的心底，他尽量使脑袋去适应小石匠手指的敲打，本能上说是他心底里应和小石匠吹出的百灵鸟啼声而作出的反应，他不是用耳朵在听，而是用整个心灵去接受音乐之声。

对音乐（尤其是来自自然界的声音）的特殊感受，使黑孩富有了童话的色彩。这种与自然心息相通的灵气，不但为常人所难，也不是人所理解的兽性的特征，这个形象由此产生出神奇的魅力，也就如前面一位批评家所指出的，像一个神秘的精灵。我们说黑孩是一个现实生活中的人物，是因为他身上所具备的种种特异功能，在一个如他所生活的环境下形成也许是可能的，但他所体现的这种种超感觉的特征，又远非一般人类文化遗产所能解释。他是由兽性与灵性混合而成的人，也是与一般人类文化感情相异的人，他不需要"绝圣弃智、绝仁弃义"的过程，因为他本来就没有接受过这一类文化熏陶与教育。阿城在《树王》中写了萧疙瘩与树精的气息相通，虽也称绝，终究有离奇之嫌，而黑孩却能弥补这种不足，奇幻的感觉世界在"这一个"孩儿身上仿佛是天然而得。这是莫言将儿童视角与成人视角相分离所产生的一个重要意义，也如他在其他一些作品中将动物视角与人的视角混作一体的尝试一样。

红色：辉煌与残酷的象征

莫言喜欢梵·高也喜欢高更，他喜欢高更作品中具有的原始的神秘感，在他的小说描写里，也像梵·高那样经常出现一个几乎燃烧着的大自然。但是他与他们之间的障碍毕竟是难以消除的。画师们可以直接利用色彩作用于人的视觉，而作家则无法做到这一点。作家表达语言的工具是文字——只是一种抽象的符号，描写对象无法在文字中如同绘画一样再现出原有的自然面貌。文字的传播手段是依靠描写来唤醒读者的经验世界，唤起读者的想象力，进而达到再现描写对象的目的。可以这么说，绘画是利用色彩语言直接诉诸人们的情感经验，而文学作品则主要是通过文字指导诉诸人们的经验世界，尤其是描写具体可感的事物的时候。因此，通常被批评家称作诗情画意的文字小品，只不过是作家把自然境界写入文学境界，并非是文字与色彩的真正合一。而莫言所追求的，似乎正是要努力克服文字上的局限。他在一些作品中做出的试验，是把绘画的基本材料——色彩所含有的内在的神秘力量借助文字释放出来，用文字来表现本该是色彩所特有的艺术效果。他苦心营造的许多意象都似乎想超越读者经验的、理性的思想，直接在他们的感情上造成一种刺激，调动起他们的联想。莫言自己说过，每当他头脑里出现一个非常感人、非常辉煌的画面时，就会情不自禁地进入创作的最佳时期。当然不可能所有的创作都会遇到这样的灵感，只有在他的一些优秀作品中，这样的奇异画面才充满着色彩感，有时成为小说中最精彩的艺术片断。如《透明的红萝卜》中关于金色萝卜的幻象便是；有时则以某种色彩渲染了整个作品，由色彩来统帅营造各种零碎的局部的意象，构成整体的意象。这种将色彩运用与整体意象配合得最和谐、最生动、最完美的是《红高粱》，那真是一种天作之合。

在《透明的红萝卜》中，作者充分显露出运用色彩的才华，并且初步显示出对于红色的偏爱。我曾统计过，《透明的红萝卜》中提到过颜色共有红、绿、蓝、青、黄、紫、黑、葡萄色、咖啡色等十来种，出现次数最多的是红色，除去作名词解的（如红萝卜、红军、红炉等）不算外，共达44次（其次是紫色，达10次）。在这44次红色的描写中，20

多次是作为一般形容词来运用，仍未摆脱修辞的意义，诸如"红脸膛汉子"、"黑脸上的刺疙瘩一粒粒憋得通红"、"酱红色的石片"、"通红的炭"、"浅红色的杏树叶"等等。另外出现的红色中，有 8 次是用于菊子姑娘的紫红色方头巾，红线方格外衣，以及手绢上的花；4 次是用于小石匠的火红色的运动衫，这里它含着某种青春活力、美与性的暗示，尤其是从黑孩眼睛中看出去的意象，在黄麻地里看到小石匠与菊子的野合，一再运用了这些红色衣物，这实际上起到了一石双鸟的作用，既暗示了男女二人的性活动，也暗示了黑孩的朦胧的性意识（《球状闪电》中刺猬见着蝈蝈与茧儿的野合时不断出现"水红衫子"的象征意图也相似，但只有一种作用）。此外还有 2 次是直接用于描写血腥，有 3 次是用于形容红萝卜，有 2 次是用于描写火。这些意象显然也是带有暗示性的，红色是积极的、热烈的、激奋的颜色，它能使人联想到欢快的或者是刺激性的场面，从上述意象中所构成的性、血、火以及红萝卜（喻理想）等内容看，表明作者运用色彩是一种自觉的探索。

但是我们不能不指出，作者虽然抓住了红色的意象，然而这些意象只是零零碎碎地出现在小说中，未使这种颜色上升为作品的整体意象。这部作品写的是十年浩劫中的农村，笼罩于全书的是一种压抑、凄苦、惨淡的基调，这种整体基调既没有任何值得欢乐之处，也不具备悲壮性，它与红色意象给人的精神感觉相差甚远。唯有在菊子姑娘与小石匠身上的那点红色，被作为那个苦闷时代的若干亮点而存在。但是在小说中最神奇最富有想象力的那个"透明的红萝卜"的意象描写中，作者恰恰避开了红色的描写：

"黑孩双手扶着风箱杆儿，炉中的火已经很弱了，一绺蓝色火苗和一绺黄色火苗在煤结上跳跃着，有时，火苗儿被气流托起来，离开炉面很高，在空中浮动着，人影一晃动，两个火苗又落下去。孩子目中无人，他试图用一只眼睛盯住一个火苗，让一只眼黄一只眼蓝，可总也办不到……黑孩的眼睛原本大而亮，这时更变得如同电光源。他看到了一幅奇特美丽的图画：光滑的铁砧子上，泛着青幽幽蓝幽幽的光。泛着青蓝幽光的铁砧子上，有一个金色的红萝卜。红萝卜的形状和大小都像透明的、金色的外谷里包孕着活泼的银色液体。红萝卜的线条流畅、优美，从美丽的弧线上泛出一圈金色的光芒。光芒有长有短，长的如麦芒，短的如睫毛，全是金色……"

从色彩的点染上看，这个片断是极为绚烂的。它写的是火与火中的铁砧上的红萝卜，可作者不着一个红字。在这个片断中，火是蓝色的和黄色的，火中的铁砧是青幽幽蓝幽幽的，红萝卜则是金色的外壳、金色的根须和银色的液体。多元的色彩的点染冲淡了红色意象本身可能带来的审美效果，它缺乏辉煌性，也缺乏刺激性，它是以绚丽的金色的梦幻，与小说整体笼罩的压抑、沉重的基调相对抗，以灿烂的梦来对抗单调黯淡的现实，暗示出对理想的追求。但它同作品中的红色意象的运用一样，都是精彩的艺术片断，却没有与作品的基调相吻合而上升为整体意象。

《红高粱》中色彩运用的效果正相反。它让你读完这篇小说时，眼前无法回避那一大片无边无际、红得如血的高粱世界。它辉煌得使你眩目，残酷得让你心底发颤。一股股血腥气从高粱地里喷散出来，令你不能不感到恶心。这部小说，让我们留下深刻印象的不是高粱，而是高粱所代表的色彩：红色。《红高粱》的整体意象是通过一系列具体、局部的意象构筑起来的，如高粱世界，如战争与血，如残酷的剥人皮，如夕阳下的花轿，如酒与性等等，所有这些意象又统一在一种基本色调里，那就是红色。

《透明的红萝卜》与《红高粱》在色彩运用上的区别正在这里，《透明的红萝卜》里也有不少色彩，但大都是装饰性的；《红高粱》里的色彩则是作为小说的构思而统一于整体意象。浓烈的红色首先给人以强烈的刺激，进而使人不安、骚动以及亢奋，再而进入一种庄严辉煌的境地。小说中的红高粱作为一个象征体，一步步地诱导了读者经历这样的心灵历程，通过对读者情绪的调动把抗日战争那段辉煌而残酷的历史上升为审美境界。在《红高粱》中，红色描写虽然也不过近 40 次，与《透明的红萝卜》相同，但它绝大多数都是与整体背景和整体意象联系在一起的。而且，在许多没有红字出现的意象中也同样掺和了红的意象。在这里，莫言似乎找到了文学与绘画之间的内在联系：它不是以文字来写画，也不在于过多地运用色彩的字眼——这当然是文学中画境表现的重要手段，它主要是文学描写中以丰富的意象来渲染、烘托以及暗示出色彩可能给人心理上产生的审美效果，使作品的基本色彩与作品的大多数意象有机地结合为一体。

莫言选择了红色作为他做这一试验的样品是对的，因为这与他的创作相吻合。在莫言最成功的作品里，我清楚地体会到一颗焦灼不安、痛苦不堪的心灵在挣扎，在宣泄，在呼喊。强烈的情感总是在大爱大憎里左冲右突，一大批意象如飞蝗纷沓而至，挤在他的文字里跳跃而起，他急不择言，紧张地捕捉着一个又一个的意象。这种捕斗式的写作思绪无法被置于从容不迫的节奏之下悠悠地活动。它必然是匆忙的、纷乱的、骚动不安的。在这种心境下的文体不可能典雅，语言不可能精雕细琢，风格也不可能淡远，如汪曾祺，如贾平凹，如何立伟与韩少功。这也决定了莫言只能选择一种红色为其作品的主要基调，是"红高粱"，而不是"青纱帐"。阿恩海姆著的《艺术与视知觉》中曾列举了某些试验证实了肌肉对色彩的反应，例如弗艾雷就在试验中发现，在彩色灯光的照射下，肌肉的弹力能够加大，血液循环能够加快，其增加的程度，"以蓝色为最小，并依次按照绿色、黄色、橘黄色、红色的排列顺序逐渐增大"。这是红色对人体生理上所能产生的刺激。同样，"红色之所以具有刺激性，那是因为它能够使人联想到火焰、流血和革命"。① 这又是从心理的角度观察了红色给人的刺激。莫言正是利用了红色的多义象征。他小说中出现红的意象时总伴随着紧张的情绪状态。《爆炸》中每当情绪紧张到极点的时候，总会出现那只被人追捕着的火红狐狸；在《金发婴儿》里，多次出现的"血红色的闪电"，隐含着杀机；《枯河》劈头第一句就描写了月亮光下"凄艳的红色"，作者还这样写道："月亮颤抖不止，把血水一样的微光淋在他赤裸的背上。"这种强烈刺激的审美效果在《红高粱》中成为整体意象，达到了登峰造极。

在基本色彩中，红不是孤立存在着的，它与黄色、蓝色的调配中可以变幻出各种各样的红色，但这些由纯红演化出来的各种红色，也代表着人们的不同心理情绪。红色之所以是丰富的色彩，因为它能够具有多种色调。因此，它于人的心理情感的刺激也是多种多样、异常丰富的。莫言在小说中对这种变幻也使用得相当纯熟。红加黄则成红黄，或谓之金红；加蓝则成紫色，进而变成酱色。歌德曾认为，红黄色能给眼睛带来一种"温暖和欢乐的感觉，红蓝色只能使我们坐立不安，而不会使我们充满活力"。康定斯基说得更为明白：红黄色"能唤起富有力量、精

---

① ［美］阿恩海姆《艺术与视知觉》，460 页，北京，中国社会科学出版社，1984。

神饱满、野心、决心、欢乐、胜利等情绪"，而"紫色，是一种冷红色。不管是从它的物理性质上看，还是从它造成的精神状态上看，它都包含着一种虚弱的和死亡的因素"。① 在以红色作为基本色彩的《红高粱》里，金黄色与紫酱色则成为两种副色被反复运用交织起辉煌而残酷的斑斓图景。譬如小说中多次出现"火苗"的意象在戴凤莲（奶奶）与余占鳌（爷爷）初次野合时，出现的是"一团黄色的浓香的火苗，在她面上哔哔剥剥地燃烧"。而罗汉大爷在日寇汉奸淫威下奋起反抗时，则有一股"紫红色的火苗时强时弱地在他脑子里燃着"。两种颜色渲染起何等分明的情绪。前者揭示了生命的原始冲动与顽强的再生，以结尾时戴凤莲弥留之际回忆与余占鳌的一段恋情为高潮；后者突出了死亡的恐怖与斗争的残酷，以罗汉大爷的惨死为高潮，写生死，写战争，都是为了渲染这样一种基本的色调。

康定斯基对红色的特征作过如下的阐述："每一个颜色都可以是暖色且冷色，但是没有任何一色，其冷暖对抗如红色那么强烈。"② 红色意象的丰富性与复杂性使它在正负两面的意义上都能够以极端的形式表现出来。《红高粱》之所以在意象描写上获得这样一种张力，和作者对红色意象内涵的准确把握与精心构造是分不开的。小说中出现的一幕幕场景，或者大喜，或者大悲，都将人的感情推向极致，尤其是在对于残酷场面的描绘上，有许多类似场景的描写都只是为了表现一种画面的效果，如罗汉大爷被活剥时的肉体蠕动，作者特意配上"一群群葱绿的苍蝇漫天飞舞"。在鲜血淋淋的酱红底色上出现"葱绿"的苍蝇，只能是加深残酷丑恶的印象。有人批评作者对于死亡、血污等肮脏的具象总是表现出嗜痂成癖似的变态心理，但在《红高粱》这样的作品中，残酷肮脏的具象往往是服从于红色意象给以人们的刺激性的要求的。读这部小说很少会有轻松感，它总是用一个接一个的强刺激让读者感到毛骨悚然，心底发怵，进而会有一种不安袭来。那场力量悬殊，难见分晓的伏击战，冷支队的圈套，对于战斗失败的各种暗示，以及戴凤莲与麻风病男人结婚情节的穿插，都像有不祥之兆等候在前面。但在结尾部分则以奶奶的崇高牺牲使小说中所有残酷、肮脏的气氛澄清了，情感升华了。

---

① ［美］阿恩海姆：《艺术与视知觉》，472 页，中国社会科学出版社，1984。
② ［俄］康定斯基：《艺术中的精神作用》，本文转引自《五四文学研究情报》第 5 期，16 页。

残酷的死亡令人震撼，余占鳌与戴凤莲的恋情高潮也被和盘托出——在高粱地里演尽风流的大喜场面正是在奶奶的弥留之际插入的。整个作品就在这庄严、痛苦、神圣中战栗不已地结束了。残酷带来刺激，辉煌带来神圣，这种情节的穿插布局，正应和了如我在前面所指出的，红色意象引导读者由刺激到不安骚动亢奋再进而达到辉煌境界的感情历程。于是读完小说，情节人物故事都会变得模糊一片，眼前只剩下一片红色：金黄的红，紫酱的红，辉煌的红，残酷的红……

作者却不断地加深着这红色意象的魅力，发掘着色彩内在神秘的谜样的力量。

犬马：参与了人世间的纠葛

早在《透明的红萝卜》、《金发婴儿》、《爆炸》、《红高粱》等一批最优秀的小说问世之前，莫言已经写出了一个令人注目的短篇小说《三匹马》。这部作品里出现了他之前的小说（诸如《售锦大路》、《民间音乐家》等）所不具备的艺术追求，也已经包孕了以后的小说创作中逐渐形成的属于莫言个人风格的一些特征。这个作品尖锐地处理了当前农村在经济体制改革以后出现的新矛盾：农民在发家致富过程中物质追求与精神需求之间发生了可怕离异。刘起的悲剧，使我想起了冰岛作家拉克司奈斯的巨著《独立的人们》中的一个片断：农民英雄比亚图尔骑上一匹大驯鹿，在冰岛中冒险搏斗，而他的妻子在家里分娩而死去，只有一只生满虱子的母狗用衰弱的体温救护着婴儿……这位农民为了一块属于自己的土地，毫不顾惜地付出了全家人的生命。中国的农民创业史从来也没有被人们写成过这么一部气势磅礴而又富有历史感的史诗。但是我以为在农民对土地的征服过程中，原始、繁重、泯灭心智的劳动强度与封闭式的发家致富的劳动方式，不可能不导致人性的极度扭曲与人情的可怕淡漠。与这部现代的萨迦相比，《三匹马》是微不足道的。就这部作品中所包含的悲剧性，人的感情在理性崩溃以后的狂暴发泄，以及暴力与性意识的暧昧联系，都在中国农村小说中堪称独步。在我们读惯了鲁迅、赵树理、高晓声笔下的懦弱温情的中国农民形象以后，再读这个作品确实别有一番滋味。

关于这一些，都不是本文要讨论的内容。

这里使我感兴趣的，是活跃在小说中的三匹马的形象，那元气充沛的三匹大马——栗马、红马、黑马，与莫言以后在《狗道》里描写的三只恶狗——绿狗、红狗、黑狗一样，不是作为一种简单的情节道具出现的，它们是作品的主人公，参与了人世间的纠葛与活动。我甚至觉得作者对这些兽物身上的颜色都不是随意形容的，以深而冷，并富有刺激性为主（其中最奇异的是那条"绿"狗）的色调，烘托出笼罩于小说的强烈肃杀之气。然而莫言写马不同于写狗，他笔下的马是宝马，神气焕发，四蹄出风，分明在马身上写出了龙精神，仿佛得尽天地乾元之气、阳刚之美。刘起爱马想马买马，不过是尽了一个庄稼人的本分，可是当他把庄稼人生产活动的标准价值转化为生活道德的标准价值与精神追求的标准价值时，马在小说中就不能不成为一种人生理想的象征。刘起所面对的马与妻子的尖锐对立完全不同于张贤亮笔下的邢老汉与狗的关系，马不是刘起贫乏生活的精神补偿，而是对自我价值的确认标准。此外，他还有另一种价值的确认标准，那就是普通人对家庭、对女人的温情的需求，两种价值标准的剧烈冲突导致了他正常理智的丧失。结尾时张奪长的出现，当然不是为了写一个刘英俊、欧阳海式的英雄，由张奪长的枪弹来摧毁刘起苦心确立的生存价值标准是小说整体构思不可取代的一环。尽管作者故意回避，甚而否认了张奪长与作品男女主人公之间的一切联系，可是潜隐之间，他不能不作为刘起的正面对手而存在。

马为乾，代表天[1]；女作坤，象征地；天地之间，阴阳之间，精神与肉欲之间，理想与现实之间，无处不有生死的冲突、流血的惨剧和无以解脱的矛盾，刘起的痛苦与悲哀升华为一种普遍的悲天悯人的情绪，弥漫在这个作品之中。在这场惨痛的冲突过程中，马的英姿，马的奔腾，马的生气，都是唯一可能达到这一境界的角儿，不能想象刘起驾的是三头牛或三头驴。这一点，就使这个作品中的马获得了特殊的身份与价值，也是以前类似作品中（如 20 世纪 60 年代的《龙马精神》）马的角色所无法比拟的。

莫言笔下的狗则又是另一番风貌。马为神物，只能以庄严的死暗示出无尽的敬畏；狗是俗物，在通人情方面较马的角色要密切得多。莫言在多篇作品中都写到了狗，但除了《狗道》以外，大多数狗的角色仍然未脱情节道具的功用，至多以一种含混的意象暗示出主人的潜在的性意识。无论是《白狗千秋架》里的大白狗，《筑路》里的大黑狗，还是

---

[1] 《说卦传》有"乾为马"，马代表天。参见高亨：《周易大传新注》，23 页，济南，齐鲁书社，1986。

《狗道》、《高粱酒》里那三五条大狗，其主人都是婚姻生活极为不幸的女性。尤其在前两部小说里，狗几乎成了女主人们苦闷岁月中的唯一知心伙伴。《白狗千秋架》里漂亮的女主人因碰瞎了一只眼，只得放弃爱情与理想的追求，默默嫁给粗暴的哑巴汉子，生下一群小哑巴，"闷得我整天和白狗说话"。最后，是白狗充当了不说话的信使，帮助女主人把情人带引到身边。《筑路》里白荞麦守了整整 6 年的活寡，那条英武的大黑狗成为人类良知的忠实守护者，她悲壮的死宣告了女主人的理性堤的彻底崩坏，终于走上了通奸杀夫的绝路。莫言写性，除了《红高粱》里余占鳌与戴凤莲在高粱地里那一段半是痛苦半是幸福的凤凰和谐的描绘以外，多数都缺乏美感，狗的形象的屡次出现，多少也流露出这种低俗的趣味。这当然是无意间的事。

只有在《狗道》里，狗才真正成为堂皇的角色。小说是以恶狗为一方和人类为一方展开的紧张搏斗，也可以说，是人性与兽性搏斗的正面描绘。这个作品是继《红高粱》以后的又一部高粱系列小说，从它展开的情节看，多少发展了《红高粱》的主题与情节（这与《高粱酒》等仅仅是补充《红高粱》的内容不一样），但也不必讳言，它又是一部失败的续篇。虽然在局部的描写上仍然提供了不少新颖的构思，譬如描写余占鳌与戴凤莲的爱情阴影，引入了恋儿的插曲；还描写了八路军的正面形象等等，前者于丰富人物形象，后者于扩大历史视野，都有意义。但从整个高粱系列看，民族战争的辉煌与残酷在《红高粱》里已经发挥到了极点，以后局部细节的补充（如余占鳌刀劈日本兵）已经无法再为这一艺术高峰添什么新意了。作者在《狗道》里引入人狗之战作为小说的高潮，只是种冒险的尝试，他似乎想以人兽搏斗的抽象性寓意，为高粱系列开拓另一境界。问题不在于这种冒险尝试本身有无意义，也不在于作者在细节描绘上是否有动人的片断，我只是想说，就《狗道》本身作出的尝试来说，至少未能超过《红高粱》已经获得的成就。

但即使是这样，莫言在《狗道》里描绘的狗的形象依然是精彩的。小说一反过去把狗作为人类忠实伙伴的传统文学形象，强调了它们是人类敌手，也是人性的反叛力量。一年前，赵本夫有篇小说专门描写了狗是怎样由人的奴仆改变成人的仇敌的故事。那是从狗眼里看出人世间的罪恶与荒诞。莫言没有重复这一内涵，他把人狗双方看做是平等的两个世界，两种族类或者两大阵营，他们之间都依循着各自的道德原则与生活逻辑在行动，恶狗食屍，在人的眼中未免难堪，但于狗的逻辑则是堂堂皇皇的。一场血腥的战争把人性堕落成兽性，于兽物反倒解除了人强加于斯的奴性驯练，焕发出真正的野兽的特性。如小说中所描绘的，几个月吞腥啖膻，腾跃闪跳的生活，唤醒了它们灵魂深处的被千万年的驯顺生活麻醉掉的记忆。它们都对人充满了刻骨的仇恨，在吞吃他们的肉体时，它们不仅仅是在满足着辘辘的饥肠，而更重要的是在这个过程中仍隐隐约约地感到，它们是在向人的世界挑战，是对奴役了它们漫长岁月的统治者进行疯狂报复。

人有人的旗帜，狗有狗的阵营，人与狗就这样成为平等的对手摆开了战场。作者在把狗的世界理想化和拟人化的过程中，使这个作品上升为一种寓言的境界。在与人的对峙中，狗身上集中了兽欲的主要特征：嗜血成性，凶残狠毒，无情无义。三条疯狗成了狗的首领，随之它们之间又互相残杀火拼，争夺狗世界的绝对统治权，这不仅与人道相违，连狗的正常感情也丧失了。这种对人性的彻底背叛，恰恰能够相当典型地概括出人类社会的某些丑恶现象。因此在狗的身上，作者使用了双重的笔法：在具体写人狗对峙时，作者使用了写实的手法，写出狗之反叛的正常逻辑；但在人兽搏斗的象征意义上，作者又高度抽象地写出了人性与非人性的搏斗。他在三只恶狗身上惊心动魄地写出了人性堕落的象征图景。在《红高粱》里，作者愤怒地描绘了罗汉大爷被活剥的场景，正如一位年轻的读者指出的那样，作者写的是一个中国人在剥另一个中国人的皮。罗汉大爷死了，屠夫也疯了，因为人是无法在理性支配下做这些勾当的。而《狗道》中疯狗的自相残杀，则把《红高粱》里这一象征性的场面更加抽象化、寓言化，也更加淋漓尽致地揭露出这一人性堕落的丑恶现象。

人兽搏斗的寓言性描绘是整个作品中最为精彩的场面，但它又不是作为一种外在的情节楔入小说总体构思的。它作为观照全篇的象征性意象，使作品中许多零星细节都产生了整体性的意义。就以最后一条疯狗咬坏了少年英雄豆官的生殖器官的细节为例，这本来是个丑恶的细节，如同《高粱酒》等小说中有关这方面的描绘一样，毫无美感可言（顺便说一句，我不喜欢莫言在性器官上的过分描绘，尽管从单个作品看这些描写也许有一定的合理性，可是整体上说，过多的描写对性器官的摧残，近似于一种变相的文学手淫，不能不损害小说的审美趣味）。可是在人兽搏斗的总体象征观照下，这一细节的寓言性质展示了它特有的魅力：它仿佛成为一种预言，预示出兽行泛滥的可怕后果——这不单单是吞噬死尸与个体的人的生命，还将会造成人类创造机能与生命机能的破坏、萎缩与退化。在这种象征性观照下，小说后半部分写余占鳌求医，倩儿对豆官性器官的把玩，刘氏的出现等一系列情节均非闲笔，成为人兽之战的延续与补充。小说最后的"独头蒜"的喜剧宣告了兽类阴谋的破产，但这种潜在的危险，依然给人留下了阴森森的印象。

莫言小说，非篇篇俱佳；但凡称佳作，均有境界。《透明的红萝卜》言声，《红高粱》绘色，《三匹马》、《狗道》等作又绘声绘色地写了马与狗，声色（彩）犬马的境界，不但用笔之奇，而且都能在虚实相间中留下大片的想象余地。其声，在听与不听之间；其色，在见与不见之间。其犬其马，均在实体背后隐有深刻的象征意义，在形而下与形而上之间，耐人反复咀嚼，细细品味。这已经超越了一般技巧上的努力，于作品的整体构思，于作者的人生感悟，于文化的潜在素养，均有密不可分的联系。这是文学作品之有境界与无境界相辨别的标志，也是莫言小说之所以不同凡响的独特之处。

原载《作家》，1987 年第 8 期

历史与现实的二元对话

——谈莫言的新作《玫瑰玫瑰香气扑鼻》

周介人老师：[①]

今天读到《钟山》编辑部给您的信，方知这个球本该是由您来接的，可你轻轻一脚，把它传到了我的手中，让我稀里糊涂地接了下来。然而，接下来是一回事，做下去并且要做得好又是另一回事。对于莫言，我想说的话已经都说过了，再重复也没有意思，这才感到为难。如果一定要讲几句，那只好从这部新作《玫瑰玫瑰香气扑鼻》（以下简称《玫瑰》）谈一点想法。

说句实话，在我看来，这部作品并非莫言的佳作。但它仍然对我有吸引力，引起了我在某些问题上的联想。从我开始接触莫言的小说起，就一直在想一个问题：莫言对当代小说艺术的独特贡献究竟在哪里？是叙述的故事？是叙述的方式？或是有其他什么新招？我同王晓明也聊过，他认为这主要来自莫言在语言运用上的特色。后来他把这个想法写进文章里，还客气地说"这位朋友"（即是我）和他取得了一致的看法。[②] 我已经想不起当时是否"一致"过，只觉得晓明说得有点道理，发明权在他，不敢掠美。至于我，这个问题仍然没有想透，所以在《声色犬马》那篇文章里[③]，我只是从文化的角度谈了对莫言几部作品的感受，却小心翼翼地避开了这个时时纠缠着我，使我百思不解的疑难。

奇怪的是，在我读了他的《红蝗》以及这部《玫瑰》后，脑子里原

[①] 周介人先生，当时为《上海文学》执行副主编，本文是由他代《钟山》杂志向我约稿的。

[②] 参见王晓明：《在语言的挑战面前》，载《当代作家评论》，1986（5）。

[③] 参见拙作《声色犬马皆有境界》，载《作家》，1987（8）。现收《笔走龙蛇》，台北，业强出版社，1991。

先弥漫着的腾腾雾气里忽而射进一道异妙的光线，似乎能够迷迷糊糊地感觉到雾中一些物件的轮廓，虽一时还分辨不出鼻子眼睛，但有了轮廓的影子，总比一团沉甸甸的浓雾值得乐观些。

早在读莫言的《红高粱》时，我就想到了 20 世纪 50 年代写《苦菜花》、《迎春花》的作家冯德英。在战争小说的审美把握上，我以为冯德英是那个时代最优秀的一位作家。他第一个力图摆脱战争题材的政治模式，渲染出活人的生命在战火中腾跃、挣扎和呻吟。冯德英从来不讳言战争的残酷性，也不讳言人性中黑暗与光明怎样在战争环境里发生激烈的冲突。莫言小说中许多富有刺激性的场面，都使我联想起这位作家在50 年代贫瘠的土壤上精心培育起来的"两朵花"。莫言在战争小说的审美上，只是继续了冯德英的道路，而这种探索是正视战争的真实性的必然结果。

暴力与性，在今天的理论界仍然是讳莫如深的禁区，但冯德英早在实践中探索了它们的文学审美意义。当他把两者置于战争的背景下，一切都变得顺理成章：战争的残酷性决定了暴力的存在意义，而性，当人的生命时时处于毁灭的阴影之下，就特别渴望着它能迸发热力与激情，就如同夏季的黄昏，一群群瞬息即逝的小飞虫在营营地交配、繁殖一样，这一刻是在生与死的撞击中延续着生命的种子，"花开了，花落了"这个过程是最美丽最激动人心的。性的纯粹形式唯有在短促的生命中才会因恐惧而获得存在，从而洗去了蒙在其外表的一切世俗的虚伪外衣和功利主义垢痕。因此，也唯有在这个背景下，莫言小说中写得稍稍有些过分的暴力与性的场面才具有净化的质地，才显得那么自然而不污卑。战争是生命的毁灭也是生命的赞歌。相比之下，那些把战争写得像客厅里下棋那样干干净净的作品，我以为，恰恰是忽略了战争的美学意义。

也许您不一定同意我的分析，你会就此向我提出质问：如果莫言小说在故事的构思方面，以及对战争题材的审美探索方面都不是首创的，那为什么《红高粱》等作品的发表会引起这么大的轰动？为什么能够给人一种强烈的新鲜感？如果我偷懒，我就会用一种谁都推翻不了的结论来作答案：因为冯德英生不逢时，而莫言恰好产生在当前有利于个性发展的时期。这是不会错的，挺符合历史唯物主义。但是我不，我情愿相信，莫言的成功不仅仅是一种客观上的机缘，莫言应该有他于文学史的独特贡献，而我们也只能以这种打上了个人印记的独特贡献为标准，才能衡量他在当代文学中的地位如何。

关于这一点，我们面前的《玫瑰》表现得更为清楚些。这部作品叙述的故事和故事的叙述都比较简单——有时唯靠这种简单化的形态，才能够把我们引入一些深奥复杂的现象之中。故事本身没有什么大的新意，它只是重复了以前无数人写过的关于农民复仇的传说，语言也没有什么特别生动的地方，而且不少地方都存在着明显的弱点。但它以简单朴素的形式向你暴露了一个奥秘：莫言小说创作的一种基本思维形态。与"红高粱家族"一样，这部作品所写的"食草家族"，都是历史上的一段遗迹。"红高粱家族"的活动背景限定在抗日战争，"食草家族"所处的时代却变得模模糊糊，《红蝗》以五十年一轮的蝗灾来推算，应是发生在抗战前夕，而《玫瑰》以小老舅舅的年龄推算，大约也应是那个时期。这两部作品中的"我"在小说中的身份是相同的。由于作品叙述的是历史故事，"我"同时兼了两个身份：故事的采访者（听众）兼小说的叙述者（作者）是一个与"食草家族"有着密切的血缘关系，此时又是接受了"外来文化"而返乡重新审视本土文化的"陌生人"。故事的中心是"我"，而不是玫瑰、小老舅舅、黄胡子与副官。这些故事中人物之间的纠葛，只是应和着"我"患着重病，坐在太阳底下迷迷糊糊地做着一场又一场的白日梦。这就使这部作品的叙事视角成为一种二元对话：一面是我的依依稀稀的白日梦，一面是应和着梦的小老舅舅的唠唠叨叨的忆旧，而白日梦是作品的基点，从它出发，构成了对那段历史的一种特殊的解释。

我不能说小说中的几个梦境已经写得很完美了，但看得出作家是努力地把它写得像"梦"。其梦的中心，都是一个女性——也就是故事中的玫瑰。尽管在故事里，这个人物面露得很迟。——而且是很美的女性，作家正是通过美的梦境来与丑的现实作对照。进而论之，梦是现在时的梦，而它所囊括的内涵却是一种历史与现在的糅合，任何梦境都摆脱不了现在时的制约，仿佛是飞奔的马蹄总是踩在泥土里一样，以这种梦境为作品的叙述基点，由此获得了作品叙事的一种特殊的时态：没有纯粹的过去时，历史成为现在完成时的表述，它总是与"现在"紧紧地联系在一起。这不单单表现为作品在叙述历史故事时今人的插话，不时地把你的思绪拉回现实，更主要的是一种当代人的强烈情绪支配着、贯通着整个作品，使你感受到历史不再是一个曾经发生的故事的再现，而是今人眼中的一场梦，一些疑点百出、真假难辨、只剩下蛛丝马迹的记忆片断。"食草家族"究竟是什么东西？人和马的关系又是怎样？还有

《红蝗》中的手脚生蹼的男女，独眼的锅匠与未出生的"我"一起战斗等等，都给你造成一个似是而非、扑朔迷离的感受。

这里，莫言与冯德英的差异就出现了。尽管冯德英在把握战争题材的审美转化上开风气之先，但冯德英所持的历史观，仍然是一元的进化观：历史即是过去。他的作品只是告诉读者过去曾经有过那么几个人，发生过那么几件事。作者是隐身博士，隐而不见，方显得神通广大，无所不知。这种传统的叙事方式看上去是在客观地、如实地叙述历史故事，但由于它的全知全能和教育目的，无意间透露出历史的虚假性。如果你一旦认识到这一点，你就可能对这一切都不信任。说到底，历史出现在文学作品中，总是以今人的虚构形态出现的，而传统的叙事形式总是努力要使你相信，它是真实的，客观的。这种历史题材创作的内在矛盾性，现在已充分暴露出其不可救药的病状来。文学的叙事形式不是孤立的，它总是与叙事性质结合为一体，最恰当地表现出后者。既然历史的不确定性是如此清晰地摆明在我们的面前，我们又何必去自我欺骗，相信或者使人相信你所叙述的故事是"真实"的呢？莫言把这种读者的心理带进了文学作品中，他笔下的"我"，部分地代表着读者，部分地代表着叙事者。"我"对历史的探究，恍惚，疑难，猜想，以及用他的笔表现出叙事者的那些似是而非的忆旧，再配之白日梦幻的叙述基点，使小说在形式审美上产生了一种新奇的魅力，你反倒会感觉到他笔下的"历史"更像历史。

莫言的历史题材创作，无不采用了这种二元对话的方式。他的每一部作品都不能少了这个"我"的角色（有时尽管不出场，但常常出现"我爷爷""我父亲"等口气，意义还是存在着）。少了这个"我"，莫言的魅力就短了一截。他唯借助这个"我"的思绪、梦幻、神游、插话，才使历史借着今人的回忆断断续续地显现出来。这是今人与历史的对话，让人们在今人的思绪中感受到历史的存在，同样也从历史的反思中意识到今人的存在。这种特殊的时态使莫言的小说形式发生了一系列的变化：首先，传统的时空观被打破了。莫言把传统的时空顺序割得支离破碎，使之失去了循渐的进化规则。如在《玫瑰》中，两条线索并列着："我"的白日梦和小老舅舅的叙述。梦是超时空的，虚幻的，破碎的，然而它时时揭示出历史故事的实质。这与其说是梦者受了故事的暗示，莫如说是梦者对历史真实的一种感悟和一种升华。小说中作者曾仿佛是出自无意地透露："我"的母亲早已把"食草家族"的历史告诉了

"我"，也就是说，梦者是早已知道了叙述者要讲的故事。他之所以想重新听一遍出自不同叙述者之口的重复故事，只是为了证实现代人对这段历史所产生的某种体验。"我"的不断插话，诸如反复地问叙述者是否想骑那匹红马等问题，都与提问者在梦幻中骑马的情绪相吻合。因此，如果我们不理解这一点，把叙述者与梦者看做是互不相干的，或者梦者仅仅是叙述者的反馈，那你就会觉得梦境部分不但是累赘，而且破坏了传统的小说叙述方法。反之，你把梦境当做小说的全部叙述基点（这在《红蝗》中也一样，否则就难以理解开头部分的神秘女郎的描写），把历史故事的叙述看做是梦境的注释，那就会觉得这种超时空的叙述方式正体现着一个现代人的历史观念与审美观念，你会感到它的亲切和情感的沟通。当然，莫言的梦境写得不够好，那只是技能问题，而不是他的思维缺陷。其次，二元对话的形式带来了厚今薄古的历史态度。在莫言的历史小说里，历史不再是作为神圣的牌位或祖训来指示现在，今人也无须对其诚惶诚恐，接受其传统教育。反之，由于有了"现在时"的存在，读者时时可以借助"我"的视角，与"我"一起站在今天时代的高度重新审视历史，分析历史，甚至嘲讽历史。无论是"红高粱家族"中的余占鳌、戴凤莲，还是"食草家族"中的四老爷、玫瑰，都被他们的孙子辈剥得赤条条地置放在解剖台上。在《红高粱》里，祖先们尚有一种英雄好汉的悲壮遗风，而在"食草家族"中，不堪的劣根性则更加引人注目。莫言已经自觉地退出了把写历史题材看做是进行传统教育的教师地位，因而他也就卸去一肩重任，更加轻松潇洒，又略带一点调侃地反思和剖析历史题材，能够与现代读者取得融融的感情交流。

上面这些话是昨天晚上写下的，今天我们还是换了一个题目，继续谈下去吧。

这回想谈谈作品中马的意象。有的研究者提示说，Ma—马—妈同音，这种同音借喻得之于荣格的《现代灵魂的自我拯救》一书的论述。其实，马—妈同音假借八成是莫言自己想出来的，荣格先生虽然对东方学说有兴趣，但还不至于内行到用中国语言来思维的程度。这两个名词在欧洲语言中是否属于同一词根，我不得而知，但荣格在该书中论及马的梦像时，意思很清楚，是把马暗示为一种潜在的性——生命体的征象。这种征象是中外相通的。马的腾越飞奔，昂首怒嘶的形象及其被人坐骑时对人某些器官产生的生理作用，都使人把它与潜心理中的性欲——生命体视同。这在去年上海人艺上演的谢弗名剧《马》中表现得最清楚不过，主人公骑马飞奔的象征，决不是什么恋母情结，也不是把马视作某个女性，不是的，那个孩子是把马视作神和祖先（这里又涉及用遗传来暗示生命体的问题，就扯远了），是性的升华——生命的自我实现的象征。谢弗也好，荣格也好，对马的理解都不超出这个范畴。在中国古老哲学中，"马"的意象也是这样。《易》中有"牝马地类，行地无疆"的说法，《说卦传》称"乾为马"，马代表天，为阳性，阴性的马须特称"牝马"，"马牝虽属地类，但也能行程万里与乾天之牝马相配合，顺从之而运动"①。可见，马是指阳性的，故有"天马"之称。中国民间传说中"蚕马"的故事，也是将马作为男性的象征。我在《声色犬马》那篇文章中以这种观点分析过莫言的《三匹马》，②在这里只想补充一点，我认为荣格在《现代灵魂的自我拯救》中论及少女关于母亲与马的梦像，其喻意甚明，母亲与马是同一象征的不同侧面，前者主阴性，后者主阳性，合体为生命形态的完整表象。如果因为同音而把马与恋母情结相联系起来，实质上是降低了马的象征含义，也降低了小说的品格。

应该说明一下，我这么解释马的象征意义，并不排除在这部作品中莫言借助同音将马与恋母情结相联系的潜在意图。作品中确实多处流露出这种意图。但是，这并不证明莫言的机智，正相反，表现了莫言创作心理上不健康的粗鄙习性。在雅文化与俗文化的对立中，我并不鄙视俗文化中许多有生命力的审美因素，但粗鄙不是美，在中国文化中，往往是反映了未经改造的封建农民文化的消极一面，而恰恰是这一点，由农民出身的当代青年作家的创作中，经常会不自觉地流露出来。

这种粗鄙习性在莫言创作中的另一表现，是语言的粗制滥造。王晓明曾经精辟地分析过莫言语言在粗糙结构下的蓬勃生机，这是对的，但必须有个限制，这些运用得有生气的语言，往往是与莫言作品中最好的意象浑成一体。如红萝卜的意象，红高粱的意象，三匹马的意象，等等，语言与语言的载体都是漂亮的。可是一旦作品中缺乏动人的意象，或者，仅仅是作者人为敷衍出来，而不是真正发自心灵深处的艺术想象，他的语言就马上变得粗糙而没有光彩。我这里主要是说这部《玫

---

①　参见高亨：《周易大传新注》，23 页，济南，齐鲁书社，1986。
②　参见拙作《声色犬马皆有境界》，载《作家》，1987（8）。现收《笔走龙蛇》，台北，业强出版社，1991。

瑰》，它当然也有中心意象，但这种意象或许是为了敷衍作者的"马—妈"同音象征的意图，并没有与作家发自心灵深处的创作激情浑成一流，因此用语上的生硬别扭、矫揉造作之处俯拾可见，特别是大量四字一句的半成语的排比使用，有时真会使人产生误解：怀疑作家究竟是不是在翻着辞典写作。学生腔的做作态度与农民的粗鄙心理，可以说是莫言创作中最大的弊病。这一点，在《玫瑰》中同样表现得十分明显。

　　行了，又扯了一大通，也不知道能不能博得您的赞同。倘全无道理，尽管弃之可也。

陈思和
1987 年 10 月 8 日

原载《钟山》，1988 年第 1 期

莫言近年创作的民间叙述

　　这篇论文是我在两年前着手研究的题目。当时呈现在我面前的莫言新发表的作品主要有三部中篇：《拇指铐》、《牛》和《三十年前的一次长跑比赛》，分别发表于 1998 年的《钟山》、《东海》、《收获》三份杂志，因为莫言发表小说时从来不标记创作日期，很难判断其创作时间的先后。但在《拇指铐》的附录《胡扯蛋》里莫言把他的创作比作母鸡下蛋，声称这篇作品是他"歇了两年后憋出的第一个蛋"。① 这里所谓的"两年"当是指《丰乳肥臀》引发的风波后莫言转业和停笔的时间，于是《拇指铐》似可以看做是他近年创作的第一部作品，一个界限。在以后两年里，莫言的小说创作进入了又一个高潮，仍然是以他的磅礴的语言气势制造了泥沙俱下的高产量，几乎让读者喘不过气来，直到今年长篇小说《檀香刑》问世，评论界对莫言创作的关注热情达到了当年《丰乳肥臀》的沸点，我想借此机会暂作一了断，把《檀香刑》的发表作为本文所考察的"近年"的下限。莫言自己对《檀香刑》的创作风格也寄托了变法求新、继往开来的意思，他明确地说《檀香刑》是他的"创作过程中的一次有意识地大踏步撤退"，即比较自觉地弃魔幻现实主义的手法而走上土生土长的民间创作道路。②

　　我想说的是我并不赞成莫言所用的"撤退"的概念，这不符合莫言的实际创作情况。在 1999 年出版的短篇小说集《师傅越来越幽默》的后记中，莫言这样解释他近年来的创作："从去年开始，我写作时的心境发生了很大的变化。过去我写得很努力，就像一个刚刚出师的工匠、铁匠或是木匠，动作夸张、炫耀技巧，活儿其实干得一般，但架子端得很足。新近的创作中我比较轻松，似乎只使了八分劲，所以新近的作品

---

① 引自莫言：《胡扯蛋》，载《钟山》，2000（1）。
② 引自莫言：《檀香刑》，518 页，北京，作家出版社，2001。

看起来会不会像轻描淡写呢?"① 这似乎是一个创作心理的变化，莫言
的创作风格一向强调原始生命力的浑然冲动和来自民间大地的自然主义
美学，这一点没有什么变化，所变的仅是作家的创作心理：紧张/轻松
的分野。与此相关的是努力（出全力）/八分劲，夸张技巧/轻描淡写的
分野，创作态度的变化又带来了艺术境界上的分野，用一个不很妥帖的
比喻来形容，那就是"为赋新词强说愁"到"却道天凉好个秋"的境界
转换。如果以莫言创作中的民间因素来立论，莫言在 20 世纪 80 年代的
创作就是一个标志。从《透明的红萝卜》到《红高粱》，莫言小说的奇
异艺术世界有力解构了传统的审美精神与审美方式，他的小说一向具有
革命性与破坏性的双重魅力，但是，80 年代中国的理论领域笼罩着浓
厚的西方情结，不能不套用西方理论术语来概括莫言小说的艺术世界，
这种削足适履的后果之一就是把莫言纳入"魔幻现实主义"的行列中，
却无视莫言艺术最根本也是最有生命力的特征，正是他得天独厚地把自
己的艺术语言深深扎植于高密东北乡的民族土壤里，吸收的是民间文化
的生命元气，才得以天马行空般地充沛着淋漓的大精神大气象。这对莫
言本人似乎也造成了影响，误以为"魔幻现实主义"既是来自于拉美文
学，它必定是西方的艺术方法。其实中国文学史上从来就没有纯粹的
"西方"，且不说"魔幻现实主义"出现在中国作家面前时它是以中文译
本的形态，莫言接受的是汉语的"魔幻"，已经属于中国语言及汉字形
态的文学因素，而且马尔克斯获得诺贝尔奖的事实，正是启发了中国作
家可以用本土的文化艺术之根来表达现代性的观念，当时寻根文学的掀
起正源于此。由于理论界的不成熟，才把中国作家对世界性因素的回应
看做是纯粹的舶来品。但对莫言的创作心理而言，其境界的分野还是存
在的。当他企图效仿拉美作家创作"魔幻"时他不自觉地开掘了民间的
创作源泉，"魔幻"技巧对他来说还是一种外在的，学习而得之的因素，
于是他才会感到紧张、吃力和夸张；而 90 年代开始，当一大批优秀作
家的创作里呈现出明显的民间化倾向时，莫言开始对自己的艺术世界中
含有的民间性作了自觉探索。《天堂蒜苔之歌》里，作家围绕了一个官
逼民反的案件反复用三种话语来描述：公文报告的庙堂话语、辩护者的
知识分子话语和农民自己陈述的民间话语，虽然尚不成熟，但这种叙述
语言的变化与小说叙述的多元结构却是莫言所独创。《丰乳肥臀》更是

① 引自莫言：《师傅越来越幽默》，347 页，北京，解放军文艺出版社，1999。

一部以大地母亲为主题的民间之歌。这以后，莫言在创作上对原本就属于他自己的民间文化形态有了自觉的感性的认识，异己的艺术新质融化为本己的生命形态，这对莫言来说就像是一次回归母体，他感觉到轻松、省力和随意，一切师法自然。

　　因此在我看来，莫言近年来小说创作风格的变化，是对民间文化形态从不纯熟到纯熟、不自觉到自觉的开掘、探索和提升，而不存在一个从"西方"的魔幻到本土的民间的选择转换，也不存在一个"撤退"的选择。但莫言对自己创作有他特殊的理解与表述，在《檀香刑》的后记里他这样解释自己所追求的艺术境界："就像猫腔不可能进入辉煌的殿堂与意大利的歌剧、俄罗斯的芭蕾同台演出一样，我的这部小说也不大可能被钟爱西方文艺、特别阳春白雪的读者欣赏。就像猫腔只能在广场上为劳苦大众演出一样，我的这部小说也只能被对民间文化持比较亲和态度的读者阅读。也许这部小说更适合在广场上由一个嗓子嘶哑的人来高声朗诵，在他的周围围绕着听众，这是一种用耳朵的阅读，是一种全身心的参与。……民间说唱的艺术，曾经是小说的基础。在小说这种原本是民间的俗艺渐渐地成为庙堂里的雅言的今天，在对西方文学的借鉴压倒了对民间文学的继承的今天，《檀香刑》大概是一本不合时尚的书，《檀香刑》是我的创作过程中的一次有意识的大踏步撤退，可惜我撤退得还不到位。"[①] 我们基本上可以明确莫言的所谓"撤退"是什么意思了，它究竟"到"没"到"位，我们另当别论，但由此可以看到：一、莫言对民间形态的艺术风格的追求是自觉的，理性的，上面那段话里出现了"庙堂""广场""民间"等关键词汇，而且"民间俗艺"与"庙堂雅言"相对立，与广场上的民众狂欢却相得益彰，自成一体，这样的自我定位是符合莫言创作特色的；二、莫言把小说艺术追溯到古代的民间说唱传统，并与现代小说的西方形态相对立，即以猫腔与歌剧芭蕾相对立，由此建立起一套自成一家的现代小说叙述体系。这与莫言的艺术追求也是相吻合的，他的作品里从来就不曾有过西洋歌剧与芭蕾的因素，他的一切魔幻的变异的荒诞的因素，都与民间的文化形态紧密关联，而正是这些民间因素吸引了包括西方世界在内的大量读者。这两个问题，前者是民间立场，后者是民间叙述，正是本文需要深入探讨的问题。

　　近年来关于如何看待文学创作中的民间文化形态的争论层出不穷，

---

　　① 　引自莫言：《檀香刑》，517、518 页，北京，作家出版社，2001。

最主要的分歧在于对民间文化形态的价值评判，却忽略了民间之所以成为文学的形态，除了价值取向外还有民间的审美价值，而真正使文学产生其不朽价值的构成因素，是其审美形态，因此讨论文学中的民间就不能不讨论它的审美性。而这一领域正是"五四新文学"以来的文学批评与文学研究的最大空白。在 20 世纪中国追求"现代性"的主旋律中，"五四新文学"传统之所以成为其标志，正是因为赖由文学革命才使中国人从审美的意义上理解了"现代性"或曰"与世界接轨"究竟是怎么一回事。我一向认为在民族接受的层次中，审美接受是最根本也是最有效的接受。而在这样一种以西方文化精神为主要审美趣味的传统里，本土的民间的文化形态完全被否定或者被遮蔽起来，它只能在变形状态下，如在政治意识形态的利用和歪曲下才得以曲折地表现；或者在完全不被注意的状况下隐形地在文学创作里散发艺术生命。只有到了 90 年代，它才在文学艺术中成为一种显著的创作现象，刚刚开始形成这个新鲜世界的血肉模糊的生命轮廓。因此我们研究文学创作中的民间，寻找这种艺术形态的审美规律，无法从传统的遗产（即那些变形的或潜隐的）中去寻找，更不能在所谓大众化运动的历史陈迹中去寻找，只能在当代作家的创造性的精神世界和审美世界中去寻找，与当代作家们一起去探索新世界的美学意义和特征。某种意义上这也是"五四新文学"传统的异质融汇。在这一前提下，我把莫言的小说作为一个自觉的民间艺术形态的探索者和创造者的文本来解读。

在分析莫言小说的艺术特征时，我愿意先引用王光东在《民间与启蒙》一文中把"民间"分为"现实的自在的民间文化空间""具有审美意义的民间文化空间"和"知识分子的民间价值立场"三个层次，而前两者之间相联系的中介环节则是"知识分子的民间价值立场，有了这种民间的价值立场，才能使知识分子从民间的现实社会中发现民间的美学意义"。王光东特别强调的是，知识分子的民间价值立场并不是与"民间自在文化"的完全契合，而是在民间状态中获得独立、自由、不受外在规范制约的个性精神，它仍然保持着知识分子应有的精神品格。① 这些阐述应该说把近年来关于民间的理论又往前推进了一步，我赞成这样的划分与理解，尤其是在理论界对民间的价值评价纠缠不清的时候。但我想补充和修正的是，把这三个"民间"都引进文学的范畴中，它们应

---

① 引自王光东：《民间与启蒙》，载《当代作家评论》，2000（5）。

该是呈现在文学创作中的一个不可分割的整体，并通过民间的美学形态完整地表达出来。知识分子的民间价值立场并不是虚拟的，不是说现实的民间社会藏污纳垢毫无价值，知识分子降临此岸，才将彼岸的光环照亮了它，赋予了它审美价值。如果是这样的话，民间就没有实在的意义，它仅仅是一个空洞的所指，被用来寄寓知识分子的理想；而知识分子也没有改变自己的立场，只是根据自己的价值取向创造了一个审美的新空间。如果是这样的话，中国普通民众的实际日常生活就一无价值，需要知识分子来点铁成金，从而知识分子的所谓民间价值立场也无从谈起。光东在论述这三个层次的民间时，无意中套用了文学创作的外在规律，即"现实生活—作家中介—艺术审美"的模式，而我在《民间的浮沉——从抗战到"文革"文学史的一个解释》一文中所论述的民间，仅仅是指"20 世纪中国文学史上已经出现，并且就其本身的方式得以生存、发展，并孕育了某种文学史前景的现实性文化空间"①，它没有离开文学和文学史的范畴。有许多批评我民间理论的论者都没有注意到这一点，他们总是用现实政权意识形态下的民间叙述或者现实生活中民间实际存在的阴暗面，来取代我所指陈的文学形态的民间。我所归纳的民间的三个特征，也都是指文学中所体现的民间文化形态。现实的自在的民间只是我们讨论的民间文化形态的背景与基础，比如我们说秧歌剧的民间形态与现实的农民生活情绪存在着密切关联，但民间原始状态的秧歌剧里所反映的民间情绪与现实的民间生活毕竟不是一回事，与政治权力作用下的"民间形态"更不是一回事，不能混淆不同范畴的民间。又如"五四"时期知识分子受俄罗斯民粹运动影响提倡"到民间去"，这固然是知识分子的民间立场取向，但与本文所讨论的知识分子民间价值立场也没有直接的关联，两者也不必要联系在一起。王光东把现实社会中的民间日常生活与文学艺术中的民间审美空间相区别就解决了这一含混之处，但是在我们所讨论的民间审美空间内，同时也深刻包含了现实民间场景的生活内容。因此我在关于民间的三个特征的归纳中，第一条所说"它是在国家权力控制相对薄弱的领域中产生的，保存相对自由活泼的形式，能够比较真实地表达出民间社会生活的面貌和下层人民的情绪世界"，当是指文学形态下的民间，而非指现实社会中的民间。所谓"国家权力控制相对薄弱的领域"也是指文学和文学史的范畴，它包括

---

①　本文载《上海文学》，1994（1）。

来自民间文学样式，文艺参与对象，以及文学创作中的内容（题材、语言等），我始终把关于民间的讨论严格限定在文学和文学史的范畴里进行，所以要说明知识分子的民间价值立场，也只能通过作家的具体创作及其风格来证明。所谓现实中的民间文化空间与知识分子的民间价值立场，只有当它们成为一种文学性的想象以后，才是我们讨论的对象。

民间的审美形态并不是一个脱离了现实民间生活或者完全与之背道而驰的纯理想境界，否则，民间就成了当代知识分子的乌托邦。无论是悲怆激越或者乐观幽默的审美风格，都是现实的民间精神本质的某种体现，只是在日常生活的沉重压抑下人们感受不到这种激动人心的力量，反而在审美活动中才表现出来，这就是艺术的真实性所在。我们一边听着中原田野上唢呐声响彻云霄，一边看到眼前被劳作与饥饿折磨得奄奄一息的农民，很难把两者联系在一起，但在精神世界里，唢呐正是生命在高度压抑下迸发出来的血泪之声，如果没有中原地区农民世世代代承受的非人的压迫，也很难想象唢呐这种高亢激愤之声背后的精神力量。许多传统的民间审美形态都与民间面对现实苦难及其长期抗争有关，只是它不是知识分子所理解所描绘的那种形态。在文学创作中所谓的"国家权力控制相对薄弱的领域"常常是相对而言的，国家/私人、城市/农村、社会/个人、男性/女性、成人/儿童、强势民族/弱势民族，甚至在人/畜等对立范畴中，民间总是自觉体现在后者，它常常是在前者堂而皇之的遮蔽和压抑之下求得生存，这也是为什么在莫言的艺术世界里表现得最多的叙述就是有关普通农民、城市贫民、被遗弃的女性和懵里懵懂的孩子，甚至是被毁灭的动物的故事。这些弱小生命构成了莫言艺术世界的特殊的叙述单位，其所面对的苦难往往是通过其叙事主体的理解被叙述出来。莫言的民间叙事的可贵性就在于他从来不曾站在上述二元对立范畴中的前者立场上嘲笑、鄙视和企图遮蔽后者，这就是我认为的莫言创作中的民间立场。

《野骡子》是一部典型的民间叙事，故事里并没有正面写勾引"我"父亲罗通的坏女人野骡子，着力叙事的却是另一个被遗弃后精神受到极度伤害的女人——"我"母亲杨玉珍的形象，讲述一个普通农村妇女在如何绝望的境遇中奋发苦斗终于发家的故事，这也是一个乏味的道德故事：贤妇艰苦持家养子，浪子弃家终于回头。但莫言的民间叙事让它再生出极大的趣味性，他消解了故事原含的道德性，承担叙事角色的是一个不具备任何道德感，只停留在生命感官层次上的小孩，他是被父亲遗弃的罗小通，因为忍受不了母亲极度贫苦的生活和极度艰苦的劳动，对着抚养他的母亲怨天尤人，整个故事都在控诉式的语气中进行，由于对母亲艰苦发家的传统生活方式的强烈反感，转而怀念那个不负责任的父亲的浪子生活。这种叙事效果展示出农村道德故事的背景：在农村改革的过程中两种生活观念及其方式的激烈冲突。母亲所代表的是一种传统农民勤俭持家的生活观念与商品经济发展后不道德追逐利润的资本观念的结合（后者表现为全村靠卖黑肉致富及母亲卖破烂中弄虚作假的行为），也可以说这是当前主流的中国特色的追逐现代化的生活形态；而父亲所代表的是一种感性的浪漫的今朝有酒今朝醉的浪子哲学（也是传统中的败家子生活观念）和对财富对技术的过时的道德主义观念（如估牛买卖中的公正行为），正是今天的生活潮流中被日益淘汰的生活形态，但我们从孩子的不无偏激的叙述中，也不能不承认，浪子罗通的生活道路虽然失败，但是他的浪漫私奔、纵欲感官、技术至上和敬业精神，恰恰是体现了农村知识者反正统生活观念的立场，也同样具有被社会习惯所遮蔽和压抑的自由自在的民间精神因素。所以在这个作品中，作家的民间价值立场是复调式的，既从母亲杨玉珍的立场上褒扬了一个忍受精神伤害而艰苦创业的民间女子的故事；又从更深刻的民间立场诠释了一个反传统的浪子故事。由于叙事者本人态度的暧昧和模糊不清，使故事包含了丰富的生活信息量和审美的朦胧复杂性，正统的道德观被恰到好处地消解，中国民间显示了其多层次的丰富性与复杂性。像《野骡子》那样的民间叙事模型，我想称作为复调型的民间叙事，它至少有两条以上的叙事线索在同时起作用，都来自于民间的想象空间，但其间可以起到互相补充又互相解构的艺术效果。在这篇作品里，不顾一切追求致富的贫苦农民—被遗弃的女人—被贫困折磨的孩子—反叛生活传统的浪子，构成了一组相辅相成的叙述主体单位，虽然他们之间也有互相伤害甚至互相仇恨，却共同承担了民间叙事的功能。

知识分子的民间立场并不能超然存在于民间叙事以外，它是在民间叙述中逐渐展现出来，如果同样这个故事是用一般的歌颂劳动光荣或者歌颂妇女自强的叙述方式来表现，也可以成为一个庙堂意识形态的道德教化故事，那就不具备民间立场。有许多论者在讨论文学的民间性时，总是夸大了延安时代特殊环境下的政权意识形态对民间的诠释遗产，把它们作为讨论民间问题的基础，那么无论褒贬均是含混了民间在当下理论领域的建设性意义。莫言作品中民间叙事的最大特点总是在这里，他的小说叙事里不含有知识分子装腔作态的斯文风格，总是把叙述的元点置放在民间最本质的物质层面——生命形态上启动发轫。还是以《野骡子》为例，既然在小说文本里根本就没有出现过野骡子本人的内容，唯一的真实信息就是最后知道她与罗通私奔在外生下一个女儿后死了，那为什么小说要以"野骡子"为题名？我觉得这里包含了莫言对民间理解的独到之处。在小说里有一段被遗弃的母子对话：

> 母：你还没有回答我，既然我比她漂亮，为什么你爹还要去找她？
> 子：野骡子大姑家天天煮肉，我爹闻到肉味儿就去了。

这姑且看做是一个想吃肉而不得的小孩的想象，但"野骡子"是开酒店的女人，风流与性感肯定在劳苦一生而没有女人味的杨玉珍之上，所以才会引起村长老兰与罗通的情斗，同时孩子还给她外加了一条优势，就是"天天吃肉"，对一个在贫困线上挣扎的民间社会而言，食与色也就成了人性中最根本也是最迫切的体现，因此"野骡子"与罗通的关系某种程度上也就是莫言另一篇小说《怀抱鲜花的女人》中那个理想女人与男主人公的关系，成为一种挥之不去的心理情结。野骡子与情人的私奔是罗通一家命运改变、置死地而后生的全部契机，一切都由此引发而来，而野骡子所象征的，又恰恰是民间对人性本质的最根本的解读，是罗通所信奉的浪子哲学的全部动机。因此，最后流浪在外的野骡子之死而罗通回归、杨玉珍发家成功，都成为当前民间社会所面对的现实境遇的象征性寓言。但意味深长的是，作家在现实面前总还怀有民间的理想主义，野骡子终于留下了一个"一模一样的小狐狸精"，暗示了人性的理想主义不会被物质追求所压抑而完全消失。

复调型的民间叙事结构是莫言小说的最基本的叙事形态，从《透明的红萝卜》起，莫言的小说叙事主人公总是选择一个懵里懵懂的农村小孩。他拙于人事而敏感于自然和本性，对世界充满了感性的认知，由于对人事的一知半解，所以他总是歪曲地理解成人世界的复杂纠葛，错误地并充满了谐趣地解释各种事物。这种未成熟的叙述形态与小说根据现实生活内容而表达的真实意向之间形成一种张力，也同样构成了复调的叙述。这种叙述形态在近年莫言小说里愈见成熟。如《牛》、《三十年前的一次长跑比赛》等比较优秀的作品都使用了这样的民间叙述。尤其是

《牛》所表现的复杂内涵，贫苦的农民缺少食物，打算利用阉割一头公牛的事故换来屠宰牛的许可，但在当时屠宰牛要作为破坏生产工具受到惩罚，所以村长麻子在极端隐蔽的情况下导演了这场杀牛悲剧，所有出场的人都无意识地充当了演员的功能，可是结果是功亏一篑，好容易到手的死牛肉被公社干部所霸占，但后来又以集体中毒的闹剧来消解故事的悲剧意味。小说里的复杂场景一幕幕演出下去，均是在一个简单无知又自作聪明的小孩的叙述下展开的，工于心计的村长—贫困而饥饿的村民—懵里懵懂的小孩—苦难深重的牛，构成一组复调的民间叙述主体单位。因为小孩无知不可能尽职地承担叙述者的角色，所以，所有的角色实际上都以各自的语言方式（包括牛的悲惨的无声行为）来表现自己的故事，他们具有某种主体性。也许小说描写的是"文化大革命"时代的故事，与《野骡子》相比，《牛》的叙述更具有知识分子的道义立场，比较多地反映出时代的政权意识形态对民间的侵犯，但总体上说，它依然是一个完整的民间复调型叙事，并不搀杂知识分子的叙事立场。

莫言小说的民间叙述里还有另外一种形态，即以非民间叙事立场与民间叙事立场对照进行的对照型的民间叙事。在这种叙述形态里，叙述者并非是清一色的民间角色，而是由知识分子或其他角色与民间人物交错进行。虽然其间的冲突与消解意义同样存在，但因为加入了非民间的叙事立场，民间叙述单位不仅有主体性，还有被表现性。这样一种叙事形态在莫言以前的创作中也有过尝试（如《天堂蒜薹之歌》），最近的长篇小说《檀香刑》可以说是集大成的体现。这部作家企图以声音为主导叙述体的小说中，尝试引入俗文学的说唱艺术作为叙述语言，尤其在"凤头""豹尾"部分，作家以刽子手赵甲代表了庙堂叙事，县官钱丁代表了知识分子的叙事以及孙丙、孙眉娘和赵小甲所代表的民间叙事，共同地承担起叙述一件义和团时代山东农民反洋人势力的传统故事。这种多声部的含混的叙事体正是来自作家民间立场的复杂状态。与前面描绘的现实题材不一样的是，这个故事本身包含了当下中国在全球化大趋势下有关"现代性"的思考。德国人在山东地区修铁路通火车事件无疑与中国开始纳入现代化进程有关，与它相伴随的是西方殖民主义的强权政治；而民众在反对被纳入现代化进程的斗争中，以愚昧落后的形态掩盖了其民族道义上的正义感。在弱肉强食的现代化竞争机制里是不存在"道义"这个因素的，但是在被殖民国家里它却可能成为人民反对强权的旗帜。这样的故事，过去在政权意识形态话语系统、知识分子的话语系统、民间话语系统里都被单一地表现过，可以演化为各种诠释，而莫言的诠释却充分展示了多元的可能性。《檀香刑》中民间叙事与知识者叙事形成了互为言说的结构：当我们从钱丁的叙述中看到了义和拳演出闹剧的同时，我们从眉娘与孙丙的叙述里也同样看到了知识者的可怜与矛盾。在这样一种殖民主义→本土统治者→本土民众的强食弱肉机制中，清醒的知识者所扮演的极为尴尬的角色被凸显出来。

《檀香刑》一开始就写了知县钱丁与戏子孙丙因为美髯而打赌，写出了知识者与权力的结合，不仅在社会层面上统治了民间，在智力显现的精神层面上也占了绝对优势，老爷小施谋略就骗住了民众取得胜利，而由此造成了孙丙被强迫拔去美髯，放弃猫腔生涯，以致造成一系列悲剧发生。虽然带有偶然性，但一部以情节为主体的文艺作品里，情节的最初契机往往是最说明问题的（小说最后以钱丁向垂死的孙丙辩白拔胡子为结局，即是一证明）。小说的最精彩的情节之一，是孙眉娘与钱丁之间发生的惊心动魄，足以感天地泣鬼神的爱情故事，虽然性与暴力一向是莫言的最爱，但在孙钱的爱情叙述里却难能可贵地不带一点情色成分：

> 高密知县，胡须很长，日夜思念，孙家眉娘，他们两个，一对
> 鸳鸯。

被编入民谣的爱情已经完全超越了阶级与文化的障碍，成为被民间所认可所赞美的风流轶事，知识者钱丁在这场爱情演出中也同样扮演了民间角色，就像西方童话里的王子与贫女的叙事传统。钱丁的元配妻子是曾国藩的后裔，似乎暗示了一种庙堂的价值取向，但终于不敌民间眉娘，但是当这种选择一旦超离了爱情的私人性因素，转向功名等社会因素时，知识者的处境就狼狈起来。莫言正是在这些意义上一层层地剥离了知识者与民间的关系。在"猪肚"部的"夹缝"一节，我读到眉娘对钱丁的一段倾诉时不能不为之动容。[①]这段叙述里，民众—女人—情爱构成了一组叙述单位，充满了民间的主动性与主体化，与以往文学作品里类似知识者辜负民间痴心女的知识分子叙事（如张贤亮的小说），

---

① 这段眉娘叙述见《檀香刑》，302、303 页，北京，作家出版社，2001。因为太长无法引用，我觉得这段文本有极为复杂的含义，包含了谴责、自忏，也包含了宽容和理解，但这一切都统一在民间的爱情观里，真是莫言的血泪之言。

呈现了完全不同的叙述效果。

小说"豹尾"部"孙丙说戏"一节，孙丙慷慨赴杀场，真假孙丙一起高唱猫腔的情节，很容易让人想到鲁迅笔下的阿 Q 被杀头时想唱"手执钢鞭将你打"的窘状。在这样的比较中，鲁迅的启蒙主义的叙事立场非常清楚，阿 Q 的愚昧及麻木不仁的行为里不值得我们肯定任何东西，在知识者的叙事里，民间叙述单位阿 Q 是被言说者，他的愚昧可笑是被动地展现在读者的面前；而莫言的民间叙述里，孙丙的愚昧可笑也好，慷慨赴死也好，都是主动的，包含了更加复杂的内涵。如果要比较这两种叙事形态的话，莫言所运用的多元型的民间叙事，虽然并不排斥知识者的启蒙叙事，但它本身是复杂多元的，就以《檀香刑》为例，它是一种多声部的叙事，通过互为言说的方式，达到了叙事视角的多样性和叙事内涵的丰富性。如果从中我们要区分两者的立场，那只能说，鲁迅所坚持的是单一的知识分子的启蒙叙事立场，而莫言的独创性正是彻头彻尾地站到了民间的立场，尽管他依然用知识者的视角与叙事揭示出民间的藏污纳垢的可笑性。

对照型的民间叙事不但打破了民间自身的单一性，同时也包容了其他各种立场的叙事，显现出民间的丰富性。这正是民间自身的复杂形态造成的。我在以前的研究中曾经表述过这样的想法，其实现现实生活中并不存在一个纯粹的民间社会，由于民间从来就是以弱势的姿态被遮蔽于权力意识形态之下，它的本相的显现总是夹杂在各种强势文化的言说之中。因此，我们在艺术上表现民间时就不能不顺带地表现其他强势文化形态的叙事，使其复杂性以本来的复杂面目表达出来。它的富有特色的叙事与众不同的效果是，民间在多元叙事中不仅仅是主体的叙说者，它同样也是其他叙述单位的言说者，它与其他叙述单位在互相审视和互相言说中共同地完成了作品的叙事。

2001 年 6 月 24 日于黑水斋

原载《钟山》，2001 年第 5 期

"历史—家族"民间叙事模式的创新尝试
——试论《生死疲劳》的民间叙事之一

香港浸会大学第二届"红楼梦奖：世界华文长篇小说奖"入围小说的阵容相当整齐，艺术水平不相上下，可以大胆地说，这些作品集体代表了近几年长篇小说的最高水平线。当然好作品还是会有遗漏，但并没有错上，这七部作品中任何一部当选首奖我以为都是有充分理由的①。来自中国大陆、台湾、香港以及海外的评委各有所好，各抒己见，几轮投票，结果是莫言的《生死疲劳》荣获榜首。与上届首奖获得者《秦腔》的高度一致相反，对《生死疲劳》的评价不是没有争议，我起初也感到诧异。因为这部小说与上届获奖的《秦腔》在创作题材、历史观念、民间叙述立场等方面有高度的相似性，两者相继获大奖的事实，证明了新世纪以来中国当代长篇小说的主流叙事——"历史—家族"的民间叙事模式获得了普遍的认可。但是我在指出这样一个创作现象时，自然联想到了另外一个问题：真正的民间精神只有一个标志，就是追求自由自在的境界。它将如何在作家的艺术实践中获得进一步的自我更新呢？当"历史—家族"民间叙事成为一种普遍被认可的主流叙事的时候，它是否还具有生命活力来突破自己，攀登更加高度的自由自在的精神境界呢？

问题可以从《秦腔》与《生死疲劳》之间的差别说起。这两部作品都是通过家族史的描写展现了半个世纪以来中国农村的兴衰和剧变，表达了作家眷恋土地、自然轮回的民间立场。《秦腔》是一部法自然的现

---

① 第二届"红楼梦奖：世界华文长篇小说奖"的入围作品共有七部：莫言《生死疲劳》、王安忆《启蒙时代》、铁凝《笨花》、张炜《刺猬歌》、曹乃谦《到黑夜想你没办法》、朱天文《巫言》、董启章《时间繁史·哑瓷之光》。但我觉得，同一时期出版的余华《兄弟》和严歌苓《第九个寡妇》都是应该入围的。

实主义文学的代表作①，其绵密踏实的文笔笔法、丰厚饱满的艺术细节，达到了一种极致的程度。如果以写实手段来描绘中国农村历史与现状的要求来看，《秦腔》是一部当代文学中很难超越的扛鼎之作；相比之下，《生死疲劳》在细节的考究与过程的描写上不如《秦腔》那样饱满，但是阅读《生死疲劳》时你的心灵仍然会感受到强大的冲击力和震撼力——如小说一开始，西门闹在地狱里忍受煎熬、大闹阎王殿、鸣冤叫屈的惨象，让人一下子联想到《聊斋》里的席方平，"必讼"的呼声震撼人心，这个开篇不同凡响，一下子就揪住了读者的心，迫使你非要读下去。——这样的描写不能说其不饱满，但是它的饱满显然是体现在怪诞的叙事形态上而不是历史细节的真实之上，这是与《秦腔》的差别，也正是《生死疲劳》的独创之处。《秦腔》的叙事是通过一个傻子的眼睛来看世间百态，为了达到细节的真实和过程的合理，作家采取灵魂超越肉体自由飞翔的怪诞手法，但这种非现实的手法的目的是为了达到更加接近现实的叙事效果；而《生死疲劳》的叙事风格则是汪洋恣肆，纵横捭阖，势不可当，怪诞的手法直接引出怪诞的阅读效果，根本无暇去考究其细节的描写。② 我指出这样的一种差别，当然不仅是为了

---

① 关于"法自然的现实主义"，请参考本书的《试论〈秦腔〉的现实主义艺术》。

② 《生死疲劳》在叙述中由于混乱驳杂，多种叙述交错进行，细节上的错误在所难免。仅以时间描写为例，就有多处出错。例一：金龙与互助、解放与合作的婚礼时间，在第三部里多次提示是1973年农历四月十六日，但是到了第四部的故事叙事里，这场婚礼在人们的回忆中变成了1976年。如1990年时，当事人蓝解放称自己："十四年的结婚生活中，我与她的性交……总共十九次。"又，书中一再提到春苗的年龄问题：解放和合作进棉花厂（婚礼的同年）的第一天遇到春苗，她才六岁。解放与春苗年龄相差二十岁。解放生于1950年元旦，那么，春苗应该生于1970年。显然，叙事者把那场婚礼的时间挪后了三年，以为是1976年。当然我们可以开玩笑说，那是因为猪的记忆与人的记忆不一样，但不管是哪一方记错了，肯定都是作家的错。例二：第30章互助用神奇的头发治疗小猪的时间，叙事人特意强调："此时已是农历的三月光景，距离你们结婚的日子已近两个月。此时你与黄合作已经到庞虎的棉花加工厂上班一个月。棉花刚刚开花坐桃，距离新棉上市还有三个月。"前文已经交代，婚礼时间是1973年农历四月十六日，那么，解放进工厂的时间是1973年五月中旬，互助救小猪的时间应该是同年六月而不是三月，这样才与农村棉花开花坐桃（小暑节气，一般是公历7月）、新棉上市（公历9月以后）配合起来。或许我们可以认为这些错误来自作家的笔误或者编辑的不负责任，但这些时间书写的错误会在阅读上给读者带来对叙事内容的模糊理解。注：本文所有引用书的内容，均出自莫言《生死疲劳》（作家出版社，2006）不再一一说明。

说明这两位作家截然不同的创作个性和语言风格，更不是为了批评莫言个人的叙事风格，我是把他们放在一个被普遍认可的叙事风格的层面上讨论这种差别，为的是要揭示出当代长篇小说民间叙事形式的嬗变及其自我突破与更新的意义。

"历史—家族"民间叙事模式的形成及其局限

我必须先要解释一个概念——"历史—家族"民间叙事模式。前面所说的作家的自我突破与更新，是指作家在这种已经成为主流的"历史—家族"民间叙事的基础上再次突破，自由自在的创作，其境界是没有界限和终止的。20世纪80年代中期，以《红高粱家族》为标志，民间叙事开始进入历史领域，颠覆性地重写中国近现代历史，解构了庙堂叙事的意识形态教化功能，草莽性、传奇性、原始性构成其三大解构策略：草莽英雄成为历史叙事的主角，从而改变了政党英雄为主角的叙事；神话与民间传奇为故事的原型模式，从而改变了党史内容为故事的原型模式；原始性中体现于人性冲动（如性爱和暴力等）作为情节发展的推动力，从而改变了意识形态教育（如政治学习等）为情节发展的推动力。这些叙事要素的改变，在《白鹿原》出版后引起了普遍的争议，同时也获得了普遍的认同，遂成为民间历史叙事的主流模式。这种模式主要是由两大要素——历史和家族建构而起的。"历史"是民间视野下的历史，其时间概念可以自由变化，如刘醒龙的《圣天门口》是以武昌革命为起点，铁凝的《笨花》以北洋军阀崛起为起点，贾平凹的《秦腔》和莫言的《生死疲劳》，都是以1949年以后的农村土改为起点，而下限则打通了历史与现状的联系，直指当下的农村社会变革风云。其次是"家族"的要素，作家通过对旧家族史的梳理，尤其是对农村家族形象的重塑，来表达和叙述民间对历史的记忆，这与一种老人在昏黄灯下怀旧讲古的形态有点相似，却与从学校课堂里被灌输的意识形态化的历史内容划清了界限。"五四"新文学传统中没有家族小说，只有家庭小说，作家是把旧式家庭作为旧文化传统的象征，给予了无情的揭露和攻击；当代作家则将家族作为怀旧的象征，在血缘关系上绵延的几代人的命运中建构起一个与历史变迁相对应的怀旧空间。《白鹿原》的白鹿两家冲突，《圣天门口》的杭雪两家冲突，《笨花》是以向家的历史为主线，《秦腔》则是以夏家两代人的生活为主线，等等，家族的兴衰演绎了历史的演变。可以说，民间叙事对庙堂叙事的解构，正是从具体的描述人物命运和家族命运开始的，这类叙事中，人物塑造往往体现了作家的历史洞察力，体现了民间不以胜负论英雄的温厚的历史观念，从而稀释了阶级斗争理论观照下的报复与暴力构成的历史血腥气。除了这两大要素以外，还有一个要素隐约其中，那就是神话原型与民间传说，这往往成为民间历史叙事的主要标记。《白鹿原》一开始就出现了白鹿的神话意象和白嘉轩与七个女人的传说，可惜这些意象在后来的故事发展中没有得到进一步的发挥；而《圣天门口》开始有共工造反、浪荡子被斩等创世神话，通过汉民族史诗《黑暗传》而贯穿整部小说情节的发展，到了《秦腔》、《生死疲劳》等作品中，神话、传说已经成为叙事构成的一部分不可或缺了。如果说，在"历史—家族"民间叙事模式中，核心是重塑民间历史，那么，家族史是民间历史的主要载体，而神话和民间传说往往成为其标志性的话语特征。通过一系列长篇小说的艺术实践，"历史—家族"二元因素建构的民间叙事已经成为当下主流的叙事模式了。①

　　家族小说是从家庭小说的传统演变而来。回顾中国小说历史的发展过程，古代就有《金瓶梅》、《红楼梦》等家庭小说，其描绘的家庭都是独立封闭的空间，并不特别承担反映历史兴亡的功能。"五四"新文学的长篇家庭小说基本上延续了这样的创作模式，外部社会的信息仅仅作为一种背景，并不直接与家庭故事对应起来。如巴金的《激流三部曲》，三大卷的故事几乎都是在家庭内部冲突中完成的，而社会变故仅仅是外部的环境。但是，新文学的作家已经有了用小说直接塑造现代史的愿望，茅盾、李劼人都是这方面的代表作家。尤其是茅盾，他的长篇小说《霜叶红似二月花》、《虹》、《蚀》、《子夜》等几乎一步一步地照着历史的变动脚步跟踪描写。不过茅盾的小说都是直接描写社会，家庭并不是他的主要描写场景。我们可以这么说，在"五四"新文学传统中，"家庭"与"历史"在文学创作中一直是二元并举的，并没有合二为一。20

① 我把1997年《白鹿原》获得第四届茅盾文学奖作为这类"历史—家族"民间叙事被普遍认同，转变为主流叙事模式的标记。虽然《白鹿原》获奖是有条件的，作家陈忠实对原著作了一定程度的删改，这也可以理解为民间叙事在与主流的庙堂的关系上总还是弱势的一面。

世纪 50 年代以后，随着现代历史题材的长篇小说①出现，作家为了普及革命历史教育，曾经尝试以家庭为叙述单元来宣传现代革命历史。如欧阳山的《三家巷》通过几户家庭的命运演变来揭示中国革命的分化，其内容是主流意识形态的，但其形式首创了以家庭来图解现代历史的先河。20 世纪 90 年代，以《白鹿原》为标志的民间叙事崛起，批判地承传了以家庭图解历史的表现方法，但为了表现一个较长时代的历史演变，家庭小说相继演变为家族小说，即通过一家或者数家几代人的命运，直接表现一个世纪以来的近现代历史。《白鹿原》从辛亥革命推翻满清皇朝的时刻写起，绅士白嘉轩与朱先生联袂提出村规族规，开始了民间社会取代庙堂的历程，"家族"成为民间立场的一种象征，以家族的视角来解释历史，步步照应了大革命、清党、肃反、抗日、土改等等历史事件，半个多世纪的风云通过家族的命运折射出来。②

用家族史来对应、表现近现代史的民间叙事，包含了两种历史轨迹的陈述，大的轨迹是从民国成立开始，一直到 1949 年政权更替，或者写到"文化大革命"；小的轨迹从 1949 年以后写起，经历土改、大饥荒、反右、"文化大革命"，一直写到改革开放以后，下限为新世纪前

———————————

① 现代历史题材创作是 20 世纪五六十年代的一个重要创作现象。它的特征是以近代以来的革命历史为线索，用艺术形式来再现中国共产党领导的新民主主义革命的必然性和正确性，普及与宣传中国共产党的历史知识和基本历史观念。这些基本历史观念逐渐成为当时的"时代共名"，即人们在政治教育中达到的共识。代表作有《红旗谱》、《三家巷》、《青春之歌》等，其中描写了不同形态的家庭意象，来对应当时的历史观念，《三家巷》最为典型。（可参阅陈思和主编：《中国当代文学史教程》，第四章，上海，复旦大学出版社，1999）

② 关于《白鹿原》的民间叙事特征已经有许多研究论著阐述过，这里仅引最近韩毓海教授发表的论文《关于 90 年代中国文学的反思》中关于《白鹿原》的批判："（陈忠实）对于现代以来中华民族的时代精神没有把握，因为作者处在我们民族的核心价值观崩溃的时代，所以作者'价值中立'到了不能批判地肯定'历史主体'，无论国民党还是共产党，无论统治者还是被压迫者，他都不能肯定的地步，于是，他创造人物的办法，就不是塑造不同时代最鲜明的'自我'，而是按照理学的'天理—人欲'观，按照气聚成形，气消形散，不同禀赋造成不同气质——这样原始质朴的理学思想来塑造人物，这样一来，所谓的'民族的历史'自然也变成了他所谓'民族的秘史'了。"（见《粤海风》，2008 年第 4 期）韩毓海教授的观点有自己的理解方式，这里不论。但他的敏锐批评和分析仍然是表达了《白鹿原》的某种特殊性，就是解构了主流意识形态营造的核心价值（而不是民族的核心价值），从传统理学来整合一种新的价值观念，我以为这正是陈忠实的民间叙事观念的表达。

后。写大轨迹的代表作有《白鹿原》、《圣天门口》、《笨花》；写小轨迹的代表作有《秦腔》、《生死疲劳》等。在这些作品中，描述的故事是家族的故事，可是家族故事和人物命运直接演述了现代史的发展过程，贯彻了作家对这段历史的民间读解，仿佛是历史直接走上了纸面为观众表演，而家族的演变只是历史的注脚和符号，传递历史的信息。而且，这类"历史—家族"的民间叙事模式不仅仅是大陆文学的现象，台湾、香港的长篇小说创作中同样存在，如陈玉慧的《海神家族》，董启章的《时间三部曲》之一，等等，都有类似的创作模式。大约古往今来的小说创作中，还没有像当代中国的长篇小说那样沉重地背负着历史的大主题。这可能是当下中国正处于特定的历史阶段——香港回归需要梳理自身的历史，台湾面临着主体身份的认同，大陆学界需要对近现代史的重新清理和历史迷雾的澄清，民族历史的核心价值需要重新界定，一切都需要返回历史的原点——文学创作在这关键的时候又一次自觉担任了先锋功能。

　　但是，这样一种"历史—家族"的民间叙事模式被主流化以后，也不能不看到它对创作所带来的明显束缚。在中国的人文传统中，历史的地位远高于文学，以史传文的作用也远高于以文传史，传统的庙堂意识并不在乎民间文学对主流史学的篡改和解构。所以在古代，历史小说基本上是民间叙事，其对正统的庙堂叙事的解构体现了民间叙事的活力，文学中的想象力和自由自在的精神体现得最为充分。但是在当代中国人文领域里，文学的影响要比历史深远广泛，所以当代文学被纳入意识形态的系统，现代历史题材创作就是为了普及现代革命传统教育而起的，对历史的教化普及功能超过了文学自身的审美要求。理论界对这类历史小说提出了一个审美概念：史诗性①，要求历史小说能够"史诗"般地歌颂和普及现代革命历史。90 年代的民间叙事虽然旨在解构正统的庙堂意识，但其远远没有恢复到古代历史小说的民间立场，"史诗"的阴影仍然笼罩其上，就其解构功能本身而言，与 50 年代的教化普及功能

---

　　① 我这里所说的史诗性，不是指传统意义上的民族英雄史诗，而是指修辞上对于某种历史叙事风格的概括。准确地说，应该是"诗史"。如学界把杜甫的诗歌称为"诗史"的意思。宋祁《新唐书·杜甫传》称："甫又善陈时事，律切精深，至千言不少衰，世号诗史。"（见仇兆鳌：《杜诗详注》，一册，7 页，北京，中华书局，1979）"史诗"与"诗史"是两个不一样的概念。

一样，都是要用人物命运和家族故事来图解和说明历史观念，那么，家族与人物的故事就不能不承担其不堪重负的"历史"使命。原来在家庭小说中的历史背景现在成了表述的对象本身，人们盛赞其思想内容的深刻性，毋宁说是一种新鲜感，均是从其历史场面的描写而来，而非从其人物内在性格的发展而来。再者，即使是民间叙事下的历史场面，也很难达到真正的深刻洞察力，任何时代的历史观都体现了统治阶级的根本利益与政治诉求，盛世修史是为了当下统治的需要，而民间的原始正义只能表达在民间传说以及相关的野史记载中，还必须躲躲藏藏，掩盖在各种形形色色的假语村言之中。这也是民间叙事模式必有神话传说为标记的原因所在。我这么说的意思是，历史小说的作家尽管很努力地去侦破、解释历史真相，但因为它是以小说的形式出现的，其所表达的往往不是真实的历史本身，而是通过象征、隐喻、夸张、变形等虚构手法来表达一种近似于历史某些真相的信息，起到的仍然是小说的审美效果。因此，文学的民间叙事模式承担澄清历史、还原历史真相其实是不可能的，民间叙事对主流的庙堂叙事的解构仅仅是在文学领域里的一种游戏，在文学范围内起到一种"戏说"的作用。所以，这种"历史—家族"民间叙事模式本身处于尴尬之中，人们期望从中读到新的历史信息，而它能够真正起到的作用却仍然在文学审美方面；但是为了满足人们的这一期待，文学就不能不努力重负历史的大主题，结果损害的仍然是文学自身。

这一困境在民间叙事模式中与生俱来，每一位作家都认识到这一点，作家们要努力摆脱这种困境，只有使其尽可能地减轻、放弃历史的重负，回归到文学的审美范畴。所谓"自我更新"，是指民间叙事模式的自我更新，要求作家更加自觉地站在民间的立场上，自觉突破这种叙事模式的现有格局，大胆地放弃和减轻历史主题带来的沉重压力，使民间因素以更加内在化和自由化的形态表达出来。当然，我所指的自我突破与更新都是在"历史—家族"叙事模式系统里进行的，并不是要放弃这一模式另起炉灶，历史的元素不能放弃，通过艺术创造来达到对历史真相的揭示仍然是这一叙事模式的重要使命。但更为重要的是，它必须表达民间叙事中的"历史"，并且通过民间的叙事形式来表达。这就势必要求我们在"历史"和"家族"的二元元素外再加上第三种元素——神话，其实在民间叙事下的"历史—家族"民间叙事模式中可以看到，神话或者传说在叙事中已经起到了越来越重要的作用，而在像《生死疲劳》、《刺猬歌》等作品里，神话的元素不仅仅是一种叙事的点缀，而是融合为叙事的有机部分①，随而建构起"历史·家族·神话"三位一体的新的民间叙事模式。在这种新叙事模式里，小说不仅将继承西方长篇小说的批判现实主义的叙事艺术，还将重新启用中国古代小说中怪力乱神的另类叙事传统，将瑰丽奇幻的神话传说因素融入历史小说叙事架构，让创作艺术的想象力重新迸发，建立中国特色的小说叙事的美学范畴。因此，本文所讨论的问题，是以《生死疲劳》的叙事特点为对象，作家莫言如何在"历史—家族"民间叙事模式的基础上融入神话传说的元素，实现了新的突破。

《生死疲劳》：作为"历史—家族"叙事模式的创新意义

作为一部"历史—家族"二元建构的民间叙事作品，《生死疲劳》并没有离开"历史"和"家族"两大元素，基本特征都没有变化。只是作家以宗教的轮回观念取代了对历史的直接再现，从土地改革到改革开放，大小政治运动和历史事件都是作为一种故事背景而模糊存在于作品，并且给以模糊的表述。其模糊表述的形式，就是关于西门家族史的怪诞叙事。我以为《生死疲劳》的独特之处，就在于其以非常怪诞的叙事形态展示了"家族"的元素，从而再进入了对历史的审美的描绘。

在这个文本里，被灭亡了的西门家族的命运成为主要叙事对象，被枪毙了的地主西门闹成为主要的叙事者。一个不存在的人和一个被毁灭的家族，通过两条生命转换链被连接起来，构成整部作品的叙事。这是相当奇特的构思。其两条生命转换链也很奇特，第一条是西门闹转世投胎为西门驴、西门牛、西门猪以及狗和猴，最后是大头儿蓝千岁，这一代代生命转世的动物隐喻了西门闹的生命实体，或可视为隐喻性的西门家族成员：西门闹虽被枪毙却没有消失，他只是转换了生命的形态继续生活在西门屯，参与这个世界的各种事务；第二条生命转换链是西门闹

---

① 关于什么是"有机部分"我可以举一个例子，最近作家刘醒龙告诉我，《圣天门口》要出版一本的简本。我当时就提醒说，小说中的一些情节可以删除，但民间史诗《黑暗传》部分最好不要改动，可是醒龙告诉我，简本正是删除了大量的民间说唱部分，因为许多读者认为这部分读起来太累赘。我当然无言可说。但我想，如果在《刺猬歌》的文本里删除了刺猬的故事，在《生死疲劳》的文本里删除六道轮回和动物的故事，小说文本还能成立吗？显然是不可能的。这种不可能被删除的神话或民间传说部分，我称之为"有机部分"。

的一双儿女金龙宝凤，他们获得雇农蓝脸的庇佑，延续西门家族的血脉，宝凤的儿子马改革最后成为作家理想的农民形象，金龙的私生女庞凤凰最后生产了这个家族的最后一代蓝千岁，成为西门闹的第六次生命转世者，这个大头怪胎的身上，血缘上的传宗接代与佛教中的轮回隐喻合二为一，达到了高度的统一。其生命的转换和延续关系可以排列如下：

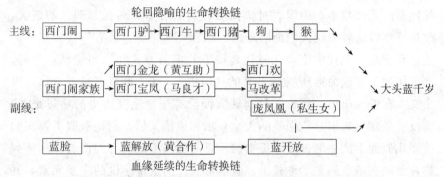

除了西门闹为主角的生命转换链以外，还有一条重要线索来展示西门家族的历史，那就是从家族与社会的整体关系上来把握家族的社会功能。西门大院是其象征。西门闹原有一妻两妾，土改后，除原配白氏顶着地主的帽子受罪外，两个妾都随房产田地一起被再分配，给了长工蓝脸和民兵队长黄瞳做老婆，黄、蓝两家分别居住于西门大院的东西两厢（本来就是西门两个妾的居住所），而西门大院的正房当做了西门屯的村公所，依然象征西门屯的权力所在，洪泰岳主持大权。所以，西门大院的基本功能没有改变，洪、黄、蓝三家继续延续了西门家族的社会功能（统治西门屯）和生命功能（传宗接代），① 直到"文化大革命"后西门金龙重掌西门屯的领导大权，生命功能和社会功能才合二而一。这就是说，整个西门屯的故事，黄瞳一家和蓝脸一家的故事，全都是西门家族的故事。通常的"历史—家族"民间叙事的模式，是通过两个或两个以上的家族史的恩仇演变来描述历史的复杂性，而在《生死疲劳》中，所有相生相克的矛盾冲突和演变，都包容在这一个西门大院内，一个家族

---

① 《生死疲劳》里有一个细节是洪泰岳与白氏之间仍然存有感情上的暧昧，这也能解释西门闹死后他的妻妾和子女在洪泰岳统治下都没有受到过分的迫害。虽然洪、白的关系最后以悲剧告终，但仍可以隐约看到小说的隐形结构中，洪、黄、蓝三家瓜分了西门大院。他们的身份分别是地方政权、民兵队长和基本群众（雇农）。对应的人物关系为：洪泰岳——白氏（虚构）；黄瞳——秋香；蓝脸——迎春。

在通过其自身的矛盾分裂、吐故纳新来发生演变和再生，影射近半个世纪来的农村历史。

一般来说，家族小说总是由鼎盛写到衰败，[①] 而《生死疲劳》相反，是将西门家族由衰败写到盛兴，再从中兴写到重新衰败，然后再写到新生，经过了几个大的波折起伏，包容了复杂、丰富的时代信息：这里有残酷的阶级斗争风暴、农民对土地极其深厚的感情，轮回转世的各种牲畜的悲惨故事，中国农村集体所有制的解体和乌托邦理想的破灭，改革开放以后各阶层人们面临新的困惑和灵魂挣扎，还有一代青年人的迷茫和悲哀、三代中国人在时代裹挟下的生活方式和思想感情，等等，都是体现了家族命运所折射出来的"历史"。但是我们也必须承认，这个文本在解说历史、评价千秋功罪方面没有刻意追究历史的功过是非，也没有呈现出知识分子强烈的人文立场和道德义愤，而是采取了模糊的拉洋片似的手法一笔带过，历史的反思与批判不是莫言的擅长，他将兴趣着重放在叙事的艺术形式上，叙事形式作为这部小说的主要元素，其意义远远大于小说所展示的历史内涵。我们在其中获得了大量的生动活泼的民间信息，神话与历史、轮回与血缘、天道与贪欲，通过西门家族和蓝脸家族交错在一起。所以，这个文本在"历史—家族"二元建构的民间叙事系统里是非常特殊的一部作品。

由于生命轮回转世的叙事建构，已经死亡的地主西门闹的生命复活了，不但生龙活虎地活跃在文本里，而且主宰了整个叙事的基调，形成了叙事的整体风格。西门闹的性格与蓝脸的性格互为对比，西门闹性格里凸显了一个"闹"字。他有钱有势，无法无天，身体里藏有过度的里比多，敢在太岁头上动土；然而突然遭到命运的残酷打击，人被枪毙，家被瓜分，他的狂放无度的个性和死后的愤怒控诉，都体现了"闹"的氛围，决定了小说叙事声音的喧闹、骚乱、混杂，也影射了整个时代的轰然动荡、冲突、崩溃和分裂。小说叙事没有采用传统的写实主义手法

---

① 由家族的衰败写到中兴的小说叙事结构，在 20 世纪 80 年代有过一部相当杰出的作品，就是张炜的《古船》，我把它列为"历史—家族"二元建构的民间叙事系列中的一部先驱式的作品。不过《古船》的时代是知识分子反思历史的开始阶段，作家不能不全力以赴地对现代历史进行拨乱反正的工作，历史元素与家族元素占据了小说的主要画面，而民间叙事的元素尚未提到重要的地位。有兴趣的读者可参阅拙文《关于长篇小说结构模式的通信》，收《笔走龙蛇》，济南，山东友谊出版社，2000。

展示各种生活细节，而是通过转世动物的自己的故事，隐喻时代的狂乱气氛。与此作鲜明对比的，是长工蓝脸的性格恰好突出了一个"静"字，他少年时代被西门闹所救，认西门闹为干爹，应该是一个相当乖巧的孩子，但土改以后他作为赤贫户雇农，分得了东家的浮财住房甚至老婆。但是从这时候起，蓝脸却成为一个孤独寡言的人，他对西门闹怀着深深的感恩之情，抚养了西门闹的一双儿女，对家养的牲畜（其实是西门闹的转世）都视为亲人，倍加爱惜。他坚持单干三十年，当被剥夺了一切，逼得众叛亲离妻离子散以后，仍然坚持在月光下默默劳动，这些劳动的片断，是文本里最抒情最美丽的片断，充满了诗情画意。这一闹一静平衡了小说的叙事基调，让人看到在最悲惨最混乱的时代里仍然有某些坚定的、美丽的力量存在。这就是民间大地的力量。我们几乎很难把蓝脸与土地、月光、劳动等民间概念区分开来。

我注意到一篇《生死疲劳》的批评文章，指出这是一部"放弃难度的写作"①。我起先也有点同意这个看法。什么叫做写作的难度？从作家的角度来说，就是指写作过程中遭遇到的困难程度，从文本出发，"难度"意味着文本向自身的挑战，也就是莫言自己声称的："只要跟《檀香刑》不一样就行，别的咱也不管。"② 这里指的"不一样"当然不是两部小说的内容（这本来就不一样），而是指小说的叙事形式。这就意味着作家要向自己挑战。我们如果孤立地分析叙事形式，一次一次的生命轮回，用动物的眼睛来看五十年来中国农村（包括整个国家的政策、体制、人心等等）所发生的变化，这确实不算很复杂，也没有达到高难度的挑战性。莫言说，他追求的是《生死疲劳》的叙事形式与《檀香刑》的不一样，这一点当然是做到了，但是否做得更好，就需要有更进一步的理解和说明。《檀香刑》的叙事结构犹如三国，魏、吴、蜀三方军事集团从各自的利益出发逐鹿江南，形成一个复杂的叙事结构；《檀香刑》也是如此，人物的叙述分别代表庙堂视角、知识分子视角和民间视角，三种叙事交叉于文本，叙述同一件历史事件，构成了对抗性的多种叙事层面。而《生死疲劳》没有这么复杂，一道道轮回的视角是同一立场同一视角，如果继续用不太确切的比方，《生死疲劳》有点像

---

① 邵燕君：《放弃难度的写作》，载《文学报》，2006-07-06。

② 莫言谈《生死疲劳》聊天实录（2006 年 03 月 15 日），见 http：//tieba. baidu．com/f？kz＝139523502。

《水浒》的叙事结构，叙述对象一会儿是林冲，一会儿是武松，一会儿
又是宋江，他们的故事连串起来，朝着同一个方向推动了整个叙述的进
展。所以说，如果把《生死疲劳》的叙事形式仅仅定义在"通过家族命
运反映历史"的叙事模式，仅仅把它看成是对历史的轮回形态或者多元
解释的表述，那么它确实未能达到应有的高度。——在这个意义上，说
《生死疲劳》缺乏难度和挑战性，我想是有理由的。

　　但是，要认识《生死疲劳》的叙事形式的意义，还不是那么简单。
假如我们把《生死疲劳》的叙事形式不仅仅置放在一般的"历史—家
族"叙事模式中，而是置放在处于蜕变和创新过程中的"历史—家族"
叙事模式中来考察，那么，它的意义就不一样。我们前面已经说过，
"历史—家族"的叙事模式遭遇到的瓶颈口，就是历史意识过于强大，
以至于"家族"的元素完全为了图解历史服务，失去了文学想象力的自
由放纵。曾有许多作家为此殚精竭虑，作过多种尝试，他们的基本手法
是采纳民间神话的想象力来抵御历史的沉重性。如，与《生死疲劳》同
时问世的探索性作品，还有张炜的长篇小说《刺猬歌》。这两位山东籍
作家的作品描写的都是家乡农村的历史变迁，他们对社会历史发展的看
法、对现状的批判以及对民间叙事形式的探索，都有惊人的相似之处。
但《刺猬歌》没有家族的元素，它在企图摆脱史诗模式，转而向更加自
由的民间叙事形式的探索方面走得更远①。更有趣的是，这两部作品之
间出现了非常相似的细节，甚至达到了互现的程度②。《生死疲劳》在
民间叙事的形式探索上没有《刺猬歌》走得那么远，然而人畜混杂，阴
阳并存的民间叙事利用了简单的轮回形式，比较容易被读者所接受。一
般情况下，作品的叙事形式是服从作品叙事的总体要求，为的是让故事
更加有效地说下去，但在《生死疲劳》中，由于叙事形式的意义要大于
历史大叙事，作为民间的、边缘的叙事者身份出现的鬼魂叙事、怪胎叙

---

① 参见收入本书的《读〈刺猬歌〉》。

② 如《刺猬歌》里有大量动物参与人类筵席和狂欢的场景，而在《生死疲
劳》中写到金龙与互助的结婚场面上，也有一段非常相似的描写："月亮往高处跳
了一丈，身体收缩一下，洒下一片水银般的光辉，使月下的画面非常清晰。黄鼠狼
们从草堆里伸出头来，观看着月下奇景，刺猬们大着胆儿在人腿下寻找食物。"这
与《刺猬歌》的写法非常接近。还有，《生死疲劳》把一切罪恶归咎于"贪欲"，同
样在《刺猬歌》里，作家最后把悲剧原因归结为人们误食了一种淫鱼，其谐音为
"淫欲"，暗示人性深层的原始欲望，其实也就是莫言所说的"从贪欲起"的意思。

事和动物叙事,有意遮蔽了历史大叙事的庙堂记录,呈现出特有的民间记忆。我们不妨先看以下排列的一份民间叙事中的西门家族史的时间表(表上的时间凡加注说明的,均是笔者根据小说叙事推算的):

1948 年农历腊月廿三	西门闹被枪毙、金龙宝凤一岁余。
1950 年公历 1 月 1 日	蓝解放和西门驴出生。
1960 年大饥荒	西门驴被杀①。
1964 年	西门牛约一岁。
1969 年春节	西门屯成立革委会、金龙当选主任②。
1969 年春耕	西门牛被烧死。
1972 年农历六月	西门猪出生③。
1973 年农历四月十六日	金龙互助、解放合作举行婚礼。
1976 年公历 9 月 9 日	西门猪追月逃亡,成为野猪之王。
1981 年 4 月	西门猪回乡。洪泰岳发疯强暴白氏,被西门猪咬掉睾丸。
1982 年 4 月	西门猪死。西门欢、凤凰、开放、改革等三岁。

---

① 《生死疲劳》第 11 章,饥民暴乱,冲进蓝脸家抢劫,西门驴叙述:"面对着这群饥民,我浑身颤栗,知道小命休矣,驴的一生即将画上句号。十年前投生此地为驴的情景历历在目。"以 1950 年 1 月投生的时间推算,当时应当是 1960 年。

② 《生死疲劳》第 19 章,金龙当上了西门屯革委会主任,动员蓝脸入社时说:"您望望高密县,望望山东省,望望除了台湾以外的全国二十九个省、市、自治区,全国山河一片红了,只有咱西门屯有一个黑点,这个黑点就是你!""文化大革命"中,"全国一片红",各省市自治区都成立革委会政权的事件是 1968 年 11 月。以此推算西门屯建立革委会应该是 1969 年的春节。烧牛事件应该发生于当年的春耕时节。

③ 《生死疲劳》第 27 章,记载西门屯的一片杏林:"因为这些树太大,根系过于发达,再加上村民们对大树的崇拜心理,所以逃过了 1958 年大炼钢铁、1972 年大养其猪的劫难。"小说第三部一再提到农村大养猪,开现场会等等。查有关资料,记载 1970 年 8 月底,国务院召开北方地区农业会议。会议号召人们努力积肥,主要是养猪,在第四个五年计划期间要实现两人一猪,争取做到一人一猪。见央视国际:《戊年记忆——1970 年》,2006 年 2 月 19 日,http://www.cctv.com/program/witness/20060419/101465.shtml。从小说描写的时间和场景看,西门猪应该生于 1972 年。

1983 年初	大雪。狗出生。
1991 年夏	蓝解放与庞春苗相爱逃亡。
1998 年农历八月十五	蓝解放与春苗结婚。蓝脸与狗当晚自然死亡。
2000 年	西门欢与凤凰流落街头耍猴，西门欢被杀。开放自杀，猴死。
2001 年元旦	世纪婴儿蓝千岁诞生。

这份时间表非常有意思，虽然每一个时间阶段的叙事都涉及多种历史事件，但这些事件明显不是叙事的主要内容，有些连背景材料也算不上。比如，第一阶段（驴折腾）涉及的历史事件有合作化运动、人民公社、大跃进等，本来都是农村"金光大道"的一个个里程碑，但是在莫言的笔下一笔带过，点到为止。驴的生命过程只有两个时间点——生：1950 年土改以后，农民有了土地的欢欣；死：1960 年大饥荒。这是民间记忆。大约所有的中国农民都忘不了这两个时间点。第二阶段（牛犟劲）的两个生命时间点是：1964 年和 1969 年。1962 年农村实行包产到户，经济开始复苏，到 1964 年有了新的气象，农民又有可能买牛了；1969 年"文化大革命"的动乱稍稍平息，"革委会"开始履行农村基层政权的权力。对于单干农民来说，"文化大革命"大混乱没有什么危害，一旦建立基层政权，麻烦就来了。于是西门牛杀身成仁。第三阶段（猪撒欢）的生命时间点是 1972 年和 1982 年。1972 年农村经济由于提倡大养猪而带来起色，而 1982 年则是改革开放政策实行三年，所谓"初见成效"之时，农民从大包干责任制得到了好处。很显然，这些事件都是来自民间的特殊记忆，1962 年的包产到户、1970 年开始第四个五年计划，1978 年第十一届三中全会决定改革开放，都与农民的记忆没有关系，他们的记忆是从尝到了实际利益开始的，与教科书里记载的历史事件没有关联。或者说，在民间记忆的时间表上，人民公社，大跃进，社会主义教育运动，"文化大革命"，改革开放，等等，都是模糊一片，不甚记忆，而清晰活跃在民间记忆里的，就是什么时候日子过得欢畅，什么时候日子过得艰难。前者是 1950 年、1964 年、1972 年、1982 年等等，后者是 1958 年（"大跃进"），1960 年（大饥荒）、1969 年（"文化大革命"中期）等等，这个记忆时间所展示的历史，与庙堂记载的历

史大事纪，与知识分子感到兴奋的历史时间都不一样。因此，莫言笔下的鬼魂、动物或者怪胎的背后，其实就是一股汹涌澎湃的巨大的民间叙事。

《生死疲劳》的民间记忆不但真实显示了底层的农民对于历史的认知，还表达了作家本人对于历史的特有的解释方式。小说运用了大量怪诞奇特的叙事手法，作家对于历史内涵的丰富性都隐藏在叙事的形式当中，超越了"历史—家族"民间叙事中通常出现的二元对立的思维模式，显示了历史内涵的暧昧性和复杂性。我们可以举一个例子，关于土改历史的反思。土地改革运动是中国共产党刚刚夺取政权以后给五亿农民的见面礼，它通过剥夺地主的土地财产来巩固后方，调动农民支持新政权的积极性。中国农民经受了数千年的地主阶级土地所有制的沉重剥削，只能从一次次失败的叛乱和起义中释放他们的仇恨与疯狂的集体无意识，而在现代革命中，农民扮演了主力军的角色，土改是他们最后一次仇恨心理的集体释放，其中的暴乱和残忍是可以想象的，可以看做是封建土地制度下的弱势群体长期积压在无意识里的仇恨的集体发泄。但是这样的过分的仇恨心理和以暴抗暴的行为，在今天以和谐传统为基调的太平盛世中，无论历史观还是现实意义，都是作为不和谐之音而骇人听闻。中国文学中的土改叙事从来就有两种相对立的声音，丁玲、周立波的小说与张爱玲、陈纪滢的小说就是对立的代表作。这且不去说它。值得思考的是在 1949 年新政权建立以后，关于土改的作品明显减少，现代文学史上描写土改小说的代表作，依然是全国建立新政权前的《太阳照在桑干河上》和《暴风骤雨》，而当时新文学的主流却汹涌澎湃地扑向了农业合作社这一新生事物的鼓吹和宣传。很显然合作化运动的集体主义道路才是共产党所追求的社会主义新制度的目标，而土改，则仅仅是"最后"一次农民革命胜利后土地再分配的梦想成真。农民获得土地这一事件的本身并不是社会主义的土地所有制的目标，而且这些土地也即将被一场新的社会主义革命所剥夺，那就是从合作化运动到人民公社的所谓"创业史"和"金光大道"。在历史长河的变故中我们不难看到，中国的土地所有者（地主阶级）就成了历史过渡时期没有价值的牺牲品。由于土改的现实意义已经在农业合作化运动中被消解，50 年代以后很少再有作家对土改感兴趣（尽管有大量的作家亲身到农村参加了土改）。而现在一代主流作家是在 50 年代成长起来的，当年的农村顽童从老一辈的土改记忆中获得的都是血腥信息，"文化大革命"中当地政权残害地主家属后代的罪恶无疑又加深了历史的印象。到"文化大革命"过去后，人们痛定思痛，反思当代历史暴力的根源时，就追究到土改这场已经失去意义的农民运动。莫言这一代作家就是这样成长起来的，他们笔下反思土改往往是凭借了童年的"文化大革命"记忆，再加上现代流行的人道主义、和谐社会等主流思潮影响，而不能用真正的历史的眼光来看待这个暴力事件。莫言特意声明："土改这个问题，实际上只是这个小说的简单背景，这确实算不上什么艺术创造，大概更是个政治问题，代表了作家对历史的反思和政治勇气。早在 20 世纪 80 年代初期，张炜先生的《古船》就涉及了，后来陈忠实先生的《白鹿原》、我本人的《红耳朵》和《丰乳肥臀》，都涉及了这个问题，杨争光先生的《从两个蛋开始》，尤凤伟先生的短篇小说和刘醒龙先生的《圣天门口》都涉及了。"① 我想莫言在土改问题上不争头功，既是承认了一个事实——《生死疲劳》在描写土改这一历史事件中没有特别创意之处，他只是根据童年记忆中被渲染的血腥印象以及"文化大革命"后人们对阶级斗争的普遍憎嫌心理，塑造了这么一个冤案的细节，但同时也不能回避的是，这个细节在《生死疲劳》整个叙事中有关键性的意义：一切是非皆由此冤案而起。它是西门闹投胎转世的起因，也是所有历史纠葛的源头。莫言在具体描述历史事件中极力淡化的细节，恰恰在叙事结构上放在了至关重要的头条位置。

历史小说中如何考察作家的历史洞察力和历史观念，不能仅仅看作家如何有意识地设计小说的情节，倒是要看作家在无意识的创作过程中如何泄露了他对历史的真实感觉。在《生死疲劳》中，这种感觉是从小说的叙事形式中表达出来的。我们可以举一个例子：即地主西门闹这个形象，究竟是不是像他的冤魂倾诉的那么清白无辜？当我们开始阅读时，劈脸读到的就是西门闹血肉横飞、十八层地狱上刀山下油锅，历经酷刑的故事，也许作家在描写这些地狱惨相时有逗乐心理，把一个无辜的地主放在油锅里煎熬似乎很滑稽，但是叙事的隐形结构却泄露了两层意思：一是通过隐喻的方式，影射人间地主在土改中遭受的非人折磨并积累了巨大仇恨；二是暗示了这个鬼魂在阳间并非如他自己所说的，只做善事不做坏事，也许其罪虽然不至于被枪毙，却也并非没有孽债，所

---

① 莫言谈《生死疲劳》聊天实录，2006 年 3 月 15 日，http：//tieba.baidu.com/f? kz=139523502。

以他只有经过下油锅受煎熬，五次畜道轮回的惨痛磨难，才能够真正地返回人间重新做人。还有第三层意思，就是像《聊斋》里的席方平那样，遭遇了阴阳勾结，暗无天日的迫害，关于这一层意思，小说的叙事文本似乎并没有进一步提供相关逻辑，但是我们以后还要讲到它，暂且不论。所以，比较有说服力的可能性还是前两层意思，西门闹作为剥削阶级的一个成员，他在土改中遭受了残酷折磨，但尽管他主观上不承认，实际上他仍然有孽债未清，阎王爷把他放在畜牲道里轮回并非冤假错案，地狱也有地狱的法则。

我们继续读下去，文本的叙事形式还会一步步加深这类印象：好像除了西门闹的鬼魂在鸣冤叫屈外，整个小说文本只提供了一个长工蓝脸在怀念他和维护他，也许是西门闹曾经是蓝脸的救命恩人，而蓝脸又是一个极其忠厚的人。而西门闹的两个妾，或别的人，都没有对西门闹生前所为有过片言只语的好评（如两个妾在批斗会上对西门闹的揭发控诉，也可能是言不由衷的，但当场与后来都没有得到过澄清）。再者，小说的叙事是通过轮回转世和血缘遗传两条生命转换链来完成西门闹的形象刻画的。首先，在血缘遗传链上我们看到，西门闹的儿子西门金龙身上的所有暴戾贪婪、恩将仇报、无情无义、好色腐烂等习性，以及疯狂攫取权力财富的能力，似乎都很难看出其父亲身上任何良好的遗传密码，反倒能够体现出一般的剥削阶级成员的"共性"。其次，在轮回转世的生命链上我们也可以看到，那些动物都充满了彪悍疯狂的暴戾之气：驴能杀狼、牛能疯狂、猪能咬死人。据叙事者的安排，那几个动物之所以如此暴戾，是因为还没有脱离人的复仇之心的阶段，到了狗和猴的阶段就渐渐离开了"西门"姓氏，变得麻木温和富有动物性了。如此推理的话，那暴戾之气正是西门闹的性格转换的写真，从中似乎很难体会其前世为人时的平和仁慈之相。

我之所以要分析这样一个看上去虽然有趣但近似于无聊的现象，主要想说明的是，本来在文学反思历史的过程中变得简单化的二元对立的思维方式，或者以人道主义的同情来解释历史复杂现象的文学描写局限，在莫言的怪诞的文学叙事中轻而易举地都获得了弥补和提升。"西门闹究竟是怎样的一个人？"的问题，在史诗式的或者思想家的文学叙事里，是必须探究得一清二楚的核心问题。因为只有这样才能证明历史的合理性或者荒谬性。从《古船》起，作家们就一直在这个二元对立的思维范畴里翻腾，然而，《生死疲劳》的民间叙事形态显然是超越了这样的思维方式，莫言对一切深刻的理论思考都有所涉及但又忽略不计，读者能够在各种风趣的叙事中有所感悟，但不必去深入探究那些过于沉重的历史，从怪诞有趣的叙事中朦朦胧胧地感受到，西门闹的个人品行似乎并不像他的冤魂所描绘的那样单纯，那样仁爱，现实情况总是要比事后的描绘要复杂得多。西门闹的冤魂的吵吵嚷嚷声与其叙事中无意展示的实际印象之间，会构成一些距离，出现一些差错，促使我们在美学领域领悟、体会和感受。那就是莫言有意要追求的与以前创作不一样的地方，也是小说中最有难度的部分，而所谓的历史"真实"的探究，则在不经意的叙事中被淡化和戏化了。

可以说，淡化历史元素，凸显神话传说元素，把沉重的历史叙事转换为轻松幽默的民间叙事，从而强化了小说的叙事美学，我以为是《生死疲劳》的最可爱之处，也是对于"历史—家族"民间叙事模式的一次有效性创新。以轻松调侃的喜剧功能来书写沉重历史，如果我们仅仅从外部向文本里面去寻求历史，就会觉得其缺乏难度，但是从文本内部的拓展来对比已有的"历史—家族"叙事作品，它的突破与创新的功能仍然是不容忽视的。

2008 年 8 月 24 日于黑水斋

原载《当代作家评论》，2008 年第 6 期

人畜混杂，阴阳并存的叙事结构及其意义

——试论《生死疲劳》的民间叙事之二

一

就文本本身而言，《生死疲劳》的叙事结构有非常独到的意义。它的叙事结构是用两条生命链建构起西门家族的衰兴史，轮回隐喻的生命链连接了畜的世界，阴司地府；血缘延续的生命链连接了人的世界，人世间的社会；两条生命链的结合，构成了人畜混杂，阴阳并存的艺术画面。小说文本以阴司地府的场景开端，写西门闹的冤魂在十八层地狱里遭受油锅煎炸，阎王审判，孟婆送汤，小鬼送投胎等一整套鬼神世界的奇遇，接着阴司又一再轮换出现，它通过将西门闹的冤魂数次投胎牲畜来影响人世，参与人世，这也可以看做轮回的叙事结构不仅是西门闹的冤魂转世参与人间事务，也是地府的力量对人世间的参与，阴阳两界合而共谋，推动着某种社会发展的趋势。因此，阴司地府在小说文本里也有主体性，有建设性的意义，而不仅仅是一种叙事的噱头或者花招。

认识到这一点，可以免却对小说叙事的多种误解与责难。由于小说的叙事形式古怪奇特，它是以动物的眼睛来描述人世，所以叙事特点与文本的缺陷混杂为一体，制造了一个特殊的阅读效果。比如说，我们责备作家对细节刻画得太粗糙，太简单化，但是如果考虑到这些细节的描述本来就是来自动物的眼睛，怎么可能不粗糙，不简单呢？谁能要求一头驴来向我们精致细腻地描绘某个场景呢？我们也责备作家的叙述太混乱，情节太臃肿，与历史事件无关的动物故事穿插太多，有喧宾夺主之嫌，但是，如果想到叙述者本来就是动物，你能让它放弃讲述自己的故事而只讲人类故事吗？小说里动物的故事比人间

的故事更加精彩，更有动人之处，就是因为这些故事本来就由动物来讲述的。所以我们读这个古怪文本之前应该有心理准备，动物的故事是文本叙事的一部分，而且是不可或缺的部分，这才是叙事所体现的人畜混杂，阴阳并存的特色。

　　由于这部小说的叙事是通过动物叙述来表现的，动物在文本里不仅仅是叙事者，而且也是被叙述的对象。动物有动物的生活规律和自然法则，动物的故事与人世的故事交替进行而互为映照，动物对人世间的事情往往模模糊糊不甚了然，而对于动物自己的故事却了如指掌新鲜活泼，我们只有把动物故事与人世故事看做是交替并存的叙事结构，才能感受其中的审美奥秘。文本里的人畜故事混杂而有序，大致可以归为三种类型，第一类型是动物直接参与人世间故事，推动人世间故事的发展与变化。如第 6 章西门驴大闹西门大院，解救了白氏的困境，第 20 章西门牛杀身成仁，第 45 章西门狗帮助女主人追寻第三者，等等。其中最有意思的是第 34 章"洪泰岳使性失男体"，写西门猪逃亡五年当上了野猪之王，因为思乡而悄悄返回西门屯，看到了五年来社会形势大变，地富分子已经摘帽，商品经济开始冒头，农村大包干责任制的推行使单干户蓝脸看到了希望的曙光；而洪泰岳，一个滚刀肉式的泼皮，在土改和合作化运动中成为既得利益者，但现在却尴尬了，昔日荣光荡然无存；而西门金龙正在利用攫取的西门屯党政大权，大张旗鼓地实行他的改朝换代以及攫取财富的梦想。本来，西门猪是带着旁观者的态度看到这一切，并无参与的意思，但是，当它突然看到洪泰岳酒后大醉，使性强暴白氏，一边强暴一边还侮辱其人，惹得西门猪久已淡忘的记忆里又出现了西门闹冤魂的复仇呼唤，冲上去咬掉了洪泰岳的生殖器，使其彻底成为废人，而白氏也悲惨地以清白之身上吊而死。在叙事中，这是一个弄巧成拙的事件。因为，如小说叙事中所暗示的，洪泰岳长期独身，又没有生理缺陷，从他对西门闹的遗孀子女多处照应，甚至把西门金龙培养为接班人等一贯行为来看，这个人对白氏暗暗藏有感情，只是恐惧僵硬的阶级理论而不敢有所表露，白氏是感受到的，金龙也感觉到。小说有一段描写是在白氏摘了地主分子帽子以后：

　　　　"那还不多亏了您……"白氏放下畚箕，撩起衣襟沾了沾眼睛，说，"那些年，要不是您照顾，我早就被他们打死了……"
　　　　"你这是胡说！"洪泰岳气势汹汹地说，"我们共产党人，始终对你实行革命的人道主义！"

"俺明白，洪书记，俺心里明白……"白氏语无伦次地说着，"俺早就想对您说，但那时俺头上有'帽子'，不敢说，现在好了，俺摘了'帽子'。俺也是社员了……"

"你想说什么？"

"金龙托人对俺说过了，让俺照顾你的生活……"白氏羞涩地说，"俺说只要洪书记不嫌弃俺，俺愿意侍候他到老……"

"白杏啊，白杏，你为什么是地主呢？"洪泰岳低声嘟哝着。

"俺已经摘了'帽子'了，俺也是公民，是社员了。现在，没有阶级了……"

"胡说！"洪泰岳又激昂起来，一步步对着白氏逼过去，"摘了'帽子'你也是地主，你的血管子里流着地主的血，你的血有毒！"

白氏倒退着，一直退到蚕架前。洪泰岳嘴里说着咬牙切齿的话，但暧昧的深情，从他的眼睛里流露出来。"你永远是我们的敌人！"他吼叫着，但眼睛里水光闪烁。他伸手抓住了白氏的奶子。

白氏呻吟着，抗拒着：

"洪书记，俺血里有毒，别沾了您啊……"

接下来就是旁观者西门猪发作了。这个文本含义曲折暧昧，本来是两个尖锐对立的阶级成员在历史大变动下即将调整关系，将以人性为力量重建和谐的前奏曲，暴力泄洪势在必然，他们之间必须有一场血淋淋的搏斗、清算和自我更新，才能洗去彼此身上的血腥味，使泼皮不再是泼皮，罪人也不再是罪人。可惜这场具有历史意义的庄严仪式被一头猪搅乱了，猪无法理解人世间微妙曲折的关系和变态的表达方式，它既代表了前世的西门闹，又是今世的一头无知凶暴的猪，它咬下了这一口在集体无意识里凝聚几世的复仇快感，从此，西门闹的生命转世不再暴戾，狗是一条奴性温驯的狗，猴是一只温驯奴性的猴，原先不安宁的心灵已经彻底平静，前世的仇恨很快淡忘，于是可以成正果，脱离畜道转世进入人道了。这一咬，对猪的故事是历史性的转折点，对人的故事呢？也是如此。这一咬就咬掉了本来也许会出现的阶级和谐的良宵美景，白氏带着"罪人"的身份自杀，掉进了万劫难复的轮回道里，洪泰岳彻底堕入疯狂，成为一个恐怖行为者，而西门金龙失去了洪泰岳的制约，贪婪本性肆无忌惮大爆发，走上了恶性发展的不归路，为后来的同归于尽埋下了祸根。这一情节的内涵相当复杂丰富，猪的故事和人的故事交织在一起，互相作用，互为因果，象征了这个世界根本无法走向真正和谐，人性中狂乱邪恶的恶魔性因素会随时地突然出现，搅乱人世间的理性安排和美好愿望，而这头西门猪，隐喻性地象征了制造人世劫难的非理性的恶魔性因素。

西门猪的象征相当复杂，不限于某种单一性隐喻，但它的强悍和暴戾象征了民族无意识的兽性的原始冲动，我们在第二类型的故事中可以继续看到这一隐喻特征。第二类型的人畜故事是相互呼应补充，有机组合，由动物叙事来补充人世叙事所无法完成的描写，这时候的动物往往又成为人的代言者，承担起人世的故事。第六章"柔情缱绻成佳偶，智勇双全斗恶狼"，写西门驴眷爱母驴，勇杀两匹恶狼的故事，描写得绘声绘色，但是如果孤立地读这个驴传奇，只是一个关于动物的故事，但如果把它放在整个叙事框架里阅读，它是紧接着前面一个人世间的故事，那是杨七等民兵打手威逼西门闹的原配白氏，驴子怒起救白氏，大闹西门大院后翻墙逃脱，走落荒野。如果这样连接起来读的话，那么，西门驴眷爱母驴斗杀恶狼的故事，正是前一部分叙事中西门驴在人间无法宣泄愤怒与复仇欲望，转移到动物世界里完成了。西门驴救"美"斗狼的英雄行为，既是它的前世西门闹的冤愤大喷发，也是西门驴旺盛生命力的活跃与爆发；既是人世间的喧闹，也是动物世界的喧闹，两者之间有了十分默契的配合。西门猪逃亡的故事也属于第二类型，1976年9月9日最高权威轰然驾崩，强大的禁锢与压抑终于出现松动，西门猪象征的人类身体里的里比多、人性中的原始冲动和嗜血本性汹涌而决堤，它冲破了禁锢，追随月亮而大逃亡，接下来是牲畜造反，人兽大战，撕咬成血肉模糊一片，向人类实行了的报复。这个细节，既是对一头逃亡猪如何成为野猪的苦难历程的精彩描写，也隐约象征了最高权威死后民族非理性因素泛滥，社会发展与欲望冲动如何混淆为一体，在藏污纳垢中慢慢发生了巨大变化。

第三类型人畜故事比较简单，那就是单纯的动物自己的故事的发展，与人的故事暂无关系，最多只是对人世故事的一种嘲讽。比较集中的是那条狗的故事，他描写狗王国里的豪宴聚会，兄弟情谊，都是用拟人手法描写动物的故事，或者从狗的眼睛里看到人世间的某些可笑的场面，与人世故事并无关系。狗与人的关系已经松弛，不像西门驴、西门牛、西门猪那么紧密相关，暗示了生命转世已经渐渐远离了前世的冤孽，趋于平淡正常了。到了猴的时代基本上已经无故事，动物猴子已经不再具有人的思维语言，纯粹沦落为人所豢养使唤的卖艺道具了，动物轮回的叙事到了狗的时代已经结束，最后换成了作家的客观叙事来交代故事的大结局。这种渐行渐远的叙事极有张力，慢慢地流露出作家本人的一些历史观念和矛盾心理。于是，当我们将人畜混杂的故事阐述完毕以后，再回过来讨论阴阳并存的意义，就更加清楚了。因为所有一切动物轮回的故事都来源于阴司地府的精心安排，当狗的灵魂回到了阴司见到阎王时，他们之间有这样一段对话：

> ……大堂上的阎王，是一个陌生的面孔，没待我开口他就说：
> "西门闹，你的一切情况，我都知道了，你心中，现在还有仇恨吗？"
> 我犹豫了一下，摇了摇头。
> "这个世界上，怀有仇恨的人太多太多了……"阎王悲凉地说，"我们不愿意让怀有仇恨的灵魂，再转生为人，但总有那些怀有仇恨的灵魂漏网。"
> "我已经没有仇恨了，大王！"
> "不，我从你的眼睛里，看得出还有一些仇恨的残渣在闪烁，"阎王说，"我将让你在畜生道里再轮回一次，但这次是灵长类，离人类已经很近了，坦白地说，是一只猴子，时间很短，只有两年。希望你在这两年里，把所有的仇恨发泄干净，然后，便是你重新做人的时辰。"

作家莫言笔下的阎王让我想起了"文化大革命"中的"五七干校"，知识分子的"世界观"还没有改造端正，就安排他继续在"五七干校"里从事艰苦劳动，直到他彻底斗私批修脱胎换骨，才能放他回社会重新分配工作，也就算功德圆满重新做人了。那个阎王在阴司地府就是从事这么个改造灵魂的工作，其宗旨非常明确，就是要彻底消除人间的仇恨，把世界营造成一个浑浑噩噩的太平世界。这项伟大工程从1950年元旦开始启动，经过几代阎王的努力，终于在新世纪到来之前初见成效了。这是莫言创作《生死疲劳》的全部用心所在，也是他从文不对题的六道轮回的宗教概念中获得的叙事灵感。小说中阴阳并存的叙事结构，成为把作家的创作思想表达得恰到好处的叙事形式。但是，我坦白地说，我不喜欢这样的思想结果，也不甘心从小说里得到这样的阅读结果。我想了解的是，这个泯灭仇恨、因果报应的构思是不是作家莫言的全部思想？换句话说，莫言利用了六道轮回的概念来表述他的民间叙事，是否就完全地、不留下一点缝隙地接受了这样的宗教观念？《生死疲劳》是一个完整的文本还是一个自相矛盾、有待发展的文本？

二

我想，这些问题，可以通过比照小说的副文本（扉页的题词）① 与正文本来进一步探讨。

作家莫言在《生死疲劳》前煞有介事的题词是来自佛经上的话：佛说：生死疲劳，从贪欲起。少欲无为，身心自在。可是我乍读小说，所有的生动细节、幽默叙述、纵横捭阖的历史场景和切肤之痛的现状，所有一切，似乎都很难直接与"疲劳"的概念粘结起来，或者说，精力充沛的莫言特有的民间叙事形态掩盖了小说真正的主题——疲劳从何而来？莫言生龙活虎，莫言不知疲劳，他站在民间大地的充沛淋漓的生命元气之上，我们看到的都是生生死死，轮回不息，疲劳何来？再说"贪欲"，这是一切疲劳的总根源，生活悲剧之根本原因。这个理论我们并不陌生，王国维从西方搬来叔本华的理论，就是这样来解读《红楼梦》的主题。但是如果我们简单地将这套理论搬用到《生死疲劳》，解读还是有一定的难度，如果我们以土改为因，五十年中国农村艰难道路为果的话，我们仍然无法找出"贪欲"的隐喻所在：是地主西门闹的贪欲引起了杀身之祸？还是洪泰岳的贪欲导致了农村的土改？如果我们以农民蓝脸坚持单干为因，最终农村人民公社的解体为果的话，好像也难以解释：是蓝脸的单干道路是贪欲？还是洪泰岳的集体化道路是贪欲？好像两面都说不通。直到我读到小说第53章阎王与狗灵魂的对话时，才豁然开窍，再继续往下看时全无困难，作者意图渐渐地清楚了："少欲无

---

① 据法国文论家热奈特的解释："副文本如标题、副标题、互联型标题；前言、跋、告读者、前边的话等；插图；请予刊登类插页、磁带、护封以及其他许多附属标志，包括作者亲笔留下的还是他人留下的标志，它们为文本提供了一种变化的氛围……"（见《热奈特论文集》，史忠义译，71 页，天津，百花文艺出版社，2001）《生死疲劳》中副文本是作家的题词，但作家题词内容来自"佛说"，也就是某种典籍，在我的文本细读的理论中，属于"阅读经典"的范畴。参见拙作《中国现当代文学名篇十五讲》，13～15 页，北京，北京大学出版社，2003。

为，身心自在。"我想，这八个字才是莫言读佛经怦然心动的关键，也是他创作这部小说的最初动力。我们似乎可以用倒轧账的办法，来找一找谁是《生死疲劳》里少欲无为、身心自在的人，也就是莫言的理想中的人物。

真让人想不到，莫言仿佛是极不经意的淡淡一笔，写了一个人物，马改革。他是地主西门闹的亲生女儿西门宝凤与小学校长马良才结合所生的儿子，一个最没有故事的人物。莫言只是在小说临近结尾的时候，仿佛是突然想起来似地带了一笔：宝凤的儿子马改革胸无大志，是一个善良、正直、勤劳的农民，他赞成母亲和常天红的婚事，使这两个人，过上了幸福美满的生活。——我为什么要引这么一段话，因为这是小说里唯一写到马改革的故事，读者读到这句话一定会感到一阵亲切，朴素到极点的话语，就像我们童年时代阅读过的无数民间故事的最后一句结束语，包含了普通人对于幸福生活的期望：不求高官厚禄，不求金银财宝，唯求美满幸福，有情人终成眷属。推究起来，这也是《生死疲劳》所描绘的世界里唯一幸存的好结果，莫言用了"幸福美满"这样平庸而温馨的语词来形容他们，这是他的小说里极少有的境界。如果我们将马改革与他的同代人相比：善良正直的蓝开放饮弹自杀，为的是爱上了表妹庞凤凰，有乱伦之嫌；浪子回头的西门欢和扮酷作妖的庞凤凰都是千金散尽，大彻大悟，抛弃了一切荣华富贵在街头卖艺，最后也在街头遭到厄运，一个惨死，一个产后死亡。但是他们俩实为没有血缘关系的兄妹，一是西门闹的儿子、旅游开发区董事长西门金龙的养子，一是金龙与县委书记庞抗美的私生女，这一对小儿女看透了父母辈的贪欲如何生出邪恶，邪恶又如何生出不义之财富，而不义之财富只能给人生带来无穷无尽的灾难，这就是"疲劳"。所以他们兄妹俩自愿走出贪欲的世界，去街头卖艺中找到自由自在的含义。我们不由想起《红楼梦》的贾宝玉的最后撒手出走，可是由于他们自身的孽并未消除，终于为此付出了生命的代价。而只有马改革，无贪无欲，宽厚孝亲，当一个普普通通光荣的农民，得到了善果。马改革赞同母亲的再婚，也算不上善事，然而他母亲之所以再婚，一来是常天红本来是她的闺中情人；二来是她元配丈夫马良才本来是个安分的农村知识分子，因一念之差辞职下海，受到了通报批评，竟恼羞成疾而死，可见在人生道路上，一丝一毫的贪欲也会带来无穷无尽的烦恼。西门欢、庞凤凰、蓝开放、马改革是 70 年代末生人，他们由奢入俭，返璞归真，证明了莫言对中国的未来并非彻底绝望，不过这个微弱的希望，也是付出了极其沉重的代价而获得的。

由此往上推究，我们才看得清楚，西门欢这一辈只是贪欲的牺牲品，而正是他们父辈一代，才是贪欲的直接体现者。这是中国 20 世纪历史上最贫乏的一代人，在成长过程中由于物质的极度缺乏和精神的极度空白，造成了严重的精神贫血和鲜廉寡耻，无论是面对外部世界的物质财富，还是自己生命内部的欲火中烧，他们都毫无抗衡能力。莫言在小说第 25 章借狗的嘴巴说："五十年代的人是比较单纯的，六十年代的人是十分狂热的，七十年代的人是相当胆怯的，八十年代的人是察言观色的，九十年代的人是极其邪恶的。"这恐怕不是指单个的"人"而言，指的是民族集体无意识的心理在某个历史阶段的特殊表现，不幸的是，在 90 年代的改革开放过程中，久久压抑的无意识毫无遮拦地打开了闸口，在一种人欲横行的时代里，西门金龙这一代贫乏的人首当其冲，他们本来就一无所有，毫无道德感也无所顾忌，对于时代给他们带来的亏欠怀有深深的怨恨和报复心理。所以，由他们一代人来担当"极其邪恶"的贪欲人格正逢其时。以西门金龙为例，他原来是地主的儿子，为了表现进步他不得不背叛养父，分裂家庭，以疯狂、残忍的行为，害死了其实是他亲生父亲的西门牛。从传统伦理的立场上说，这个人十恶不赦，毫无人性，但是在那个非理性的时代里，这一切不仅能得到鼓励，而且让他顺利混上了西门屯的领导位置。不过作家写这个人物时手下还是留了情，写他并没有完全泯灭良知，只是贪欲太强，灵魂与肉体都不得安宁。西门金龙后来当上了革委会主任，养猪场场长，改革开放以后亦官亦商长袖善舞，利用权力在西门村的土地上开发旅游项目，把西门屯重新夺回到他西门家族的手中，终于逼得发疯的洪泰岳身揣炸药与他同归于尽。而另外几个同代人——蓝解放为情所困不惜放弃党籍官印，与比他小二十岁的春苗私奔，过起逃亡者的生活。庞抗美身为县委书记贪污腐化，终于东窗事发，判处死刑自杀于狱中。他们一个个都为贪欲所困扰、所驱使，仿佛是地狱之鬼一样，挣扎在欲火烧烤之中。虽然蓝解放与庞春苗的爱情精神得到了作家赞扬，但在作家的价值判断中仍然属于"从贪欲起"之一种典型，所以最终不得善果，春苗遭遇了飞来横祸而身亡，连同所孕的婴儿。在这一辈人中唯有西门宝凤——地主西门闹的女儿，马改革的母亲，一个最为平淡、郁郁寡欢的女人，成为比较自在的农村赤脚医生。

生死疲劳，本来是指生、死、疲、劳，四种人生现象，皆源于贪，终于苦。现在我们来看西门屯的第一代人：西门闹虽然自以为好善乐施仁慈多多，土改时仍然被当做恶霸地主枪决，冤气冲天，阴阳不宁，轮回在畜道继续遭罪不得超度，这是死之苦；他的原配妻子白氏一生是苦，三十几岁就被丈夫嫌弃，土改后丈夫枪毙，家产被没收，两房小妾都反戈一击另适他人，唯她被定了地主婆的罪，生不如死，这是生之苦；蓝脸一生热爱土地，因为坚持单干而受尽磨难，家庭破散，土地瓜分，连心爱的家畜都不能保护，驴被杀，牛被烧，终日劳苦于一亩六分的土地上，唯有月亮相伴。好容易捱到人民公社垮台，土地保住了，人们很快地又为贪欲所驱使放弃了土地，他亲手抚养长大的下一代一个个走到了他的前头悲惨死去，他那"黄金铸成"的土地最后变成了一片坟场，自己带着老狗躺到自己掘好的坑里，埋葬了自己，此人筋疲力尽到了极点，这是疲之苦；洪泰岳一生宁左毋右，自以为是，一旦时代变化，理想成了镜中月水中花，他也随之发生了"辛辛苦苦三十年，一觉回到解放前"的错乱，所有劳碌最终一场空，可谓是劳之苦。生死疲劳之苦，在老一代的西门屯人中间一并俱全。洪泰岳与金龙同归于尽，在洪泰岳，是乌托邦理想破灭走上极端，在西门金龙，是恶贯满盈咎由自取，两者都有死的理由，但这样的恐怖暴力行为发生的原因，倒是更加令人深思。洪泰岳是西门一家两代人的血仇之人，由西门金龙推溯到西门闹，可以想象作为几千年封建地主阶级的成员西门闹，虽然本人或无血债，但是身为残酷的经济剥削和政治压迫的专制关系中的一员，他是无法避免恐怖暴力冲突的发生，也无法避免个人成为其中的牺牲品。我们从小说开篇地主西门闹成为阶级复仇的牺牲品到小说结尾西门金龙与洪泰岳的暴力冲突中同归于尽，都看到了作家对所面对的财富两极分化、贫富冲突激化怀有极大忧虑与悲天悯人之心。所以，他要把他在西门闹一代人遭遇中看到的"果"来警告西门金龙一代戒贪节欲，不要重蹈当年的历史覆辙，也就是从西门闹一代的生死疲劳追溯到贪欲之因，从金龙一代的贪欲中推导出苦相之"果"，贪即是苦，苦皆因贪，互为因果，互为因缘。生死疲劳从贪欲起，少欲无为身心自在，在西门屯三代人的命运演绎中全部都囊括进去了。我以为，这是《生死疲劳》最隐蔽的主题，也是作家直面当前痛心疾首的感受而后返诸历史寻找教训的创作本意。

或者有读者问：西门闹白氏为地主阶级成员，他们的贪欲为其阶级本性使然，在生死之苦报应前已有孽债，洪泰岳是权势中人也自有报应，这且不去说它，唯有蓝脸忠厚本分热爱土地，蓝解放为爱情而挂官印弃党籍在所不惜，这都是作家所同情所赞扬的自由精神之象征，怎么把他们也归入贪欲呢？我想这正是小说叙事中最为复杂的现象。在小说的显性文本中作家确实是用赞美的笔调描述蓝脸的故事；作家对于蓝解放的婚外恋故事虽然语多讥刺调侃，但仍然是赞美有加。这是作家不加掩饰，读者心领神会，两无隔膜的。但是从小说的叙事结构来看，小说第一部和第二部的主要情节就是围绕了蓝脸坚持走单干道路引起的悲剧惨剧，第四部主要情节是围绕了蓝解放的婚外恋事件。而这些冲突事件的性质本身似无绝对是非可言，它只是体现了时代变化中不同观念的互不相容。因为观念的执著，惹出了无穷无尽的烦恼，一切悲剧皆从中来。从佛教的理念来说，两者都离不开贪欲的执著。蓝脸偏执于一小块土地，蓝解放偏执于自己的情欲，假如对此横加干涉，暴力扼杀，固然有背人道，但一味坚持，偏执无悟，也是注定要劳苦终生，疲惫不堪，也如水中月镜中花，于己于人都是幻相。这在蓝解放和春苗的爱情悲剧上已经表现得很清楚，再以蓝脸为例，他坚持单干道路是因为抱定了一个自古以来的观念：亲兄弟都要分家，一群杂姓人，硬捏合到一块儿，怎么好得了？应该说，这是几千年小农经济生产方式所派生的农民生活经验和伦理观念，农民在自己的土地上劳作是一种理想，但并非是真正自由自在。蓝脸的形象告诉我们，农民是热爱土地的，但他爱的是属于自己的土地，并非广义上的土地；对照贾平凹《秦腔》中的夏天义的形象，他也是一个离不开土地，最后葬身于此的老派农民，但是他并不在意土地是属于集体的还是属于自己的，他只是本能地热爱土地热爱劳动，认定了农民只有靠地吃饭才是最可靠的。所以夏天义与土地的关系比较宽泛，出于一种农民热爱土地的本能，而蓝脸的界限是热爱自己的土地。最后他在自己土地上种出来的粮食吃不完，作为陪葬，都埋到了自己的坟墓里。这个意象似乎也暗示了土地最终成为蓝脸自我束缚的枷锁。因此，蓝脸父子的逆潮流而动都出于个人的欲望所驱，就个人的追求而言自有其动天地泣鬼神之伟力，但从一个大的境界而言，也只能看做是孽障未尽心魔犹在的证据。所以佛说，要少欲无为，才能真正做到身心自在。由于小说叙事复杂，作家自己的复杂心态也难以清晰表述，主题被掩埋在一般的历史事件背后，很难完整呈现。

三

很显然，这部小说的真正主题完全是来自现实的感受，作家借助于佛的说法来警告现实生活中的贪婪者们，警告他们这样下去不配做人，轮回里应该进入"畜道"受苦磨难。由此他追溯历史，推出了一部冤冤相报的阶级斗争的苦难史。对于作家这种宗教的历史观是否能够准确表达历史的真相，我不想作评论，因为任何作家都有权利从他个人的理论认识出发来解释历史，但我想讨论的还是一个文本的"缝隙"，即如前面所说的，少欲无为，身心自在，这种形如枯木，心如死水的理想境界，是从宗教箴言的逻辑推理出来的理想境界，还是莫言的心底里的理想境界？因为我们明明看到，莫言惯有的元气酣畅的文笔，稀奇古怪的艺术想象，以及充满生命肉感的语言艺术，与他在小说里所表彰的"幸福美满"生活的西门宝凤、马改革等人物的生活方式和生命状态显然是不符合的。这种没有欲望，没有痛苦，也没有罪恶感的生活理想，是几千年来中国小农经济生产关系下的道德理想标准，这种标准放在现代社会的技术发展中，显然是苍白无力，或者说是难以为继的。小说第47章有一段对西门宝凤母子俩的正面描写，是从西门闹的生命转世者狗小四的眼睛看出去的：

> 在我所有的记忆中，她都是郁郁寡欢，脸色苍白，很少有笑容，偶尔有一笑，那也如从雪地上反射的光，凄凉而冷冽，令人过目难忘。在她的身后，那小子，马改革，继承了马良才的瘦高身材。他幼年时脸蛋浑圆，又白又胖，现在却长脸干瘪，两扇耳朵向两边招展着。他不过十岁出头，但头上竟有了许多的白发。

这就是西门家族里最安全、生活也最平静的一对母子，他们安贫乐居，少欲无为，但是他们的身心是否就自由自在呢？至少在小说文本里我们是看不出的。如果按照题词里的四句话的逻辑，那么这对母子是可以作为"幸福美满"的理想人物，但是在现实生活中他们恰恰是被压在最底层，生活最困难，在我们这个时代最没有发言权的人。如果阴司地府要把生龙活虎、敢在太岁头上动土的西门闹，蒙了杀身之祸又不甘心，大闹地狱人间的血性人改造成这样了无生趣，形同狗猴，那么，人生还有什么意义呢？当然是有意义的，但只能是对于另外一种人有意义了。我们这个时代，一方面从残酷的阶级斗争到疯狂的经济竞争中，涌现了无数呼风唤雨的西门闹、洪泰岳、西门金龙、庞抗美等等剥削者，贪婪者，流氓泼皮，政治打手，贪官污吏，精心制造各种各样的罪恶；可是另一面，地狱人间共同携手，把无数蒙冤受苦的人打入畜道不许他们鸣冤叫屈，不许他们面对着不公正的世界喊叫和反抗，要他们从阴间转世前就改造得服服帖帖，这样的人如果通过轮回（改造）成批量地制造出来，究竟会创造出一个什么样的世界呢？人之所以为人，就是因为人比牲畜懂得一点是和非，生出一点知耻之心，也会对罪恶的人和事进行抗争。老作家巴金在《随想录》里引过一句西方作家的话：奴在身者，其人可怜；奴在心者，其人可鄙。① 我觉得如果是按照"佛说"的四句话所推导出来的逻辑而言，那些阎王们在阴司地府里要做的工作，似乎就是要把人的心换成畜的心。这就使我又一次想起了《聊斋》里的席方平的故事里那些鬼魅们的勾当了。

但是，我要说的这个文本的"缝隙"，恰恰就在这里发生了意义：当作家莫言利用副文本的"佛说"来构思小说的叙事结构时，他不能不推导出这样一种"少欲无为，身心自在"的理想标准；但是，作家莫言从一贯的大气磅礴的创作风格与他一贯的民间立场出发，他也许是不自觉地跳出了这个宗教箴言的逻辑和戒律，露出了连阎王也管辖不住、佛也控制不了的顽童的自在真相。那就是，西门闹的生命经历了畜道轮回，阎王小鬼煞费苦心后的投胎转世者，据说是已经忘记了仇恨的灵魂托生者——那就是大头儿蓝千岁，依然是一个喧闹不息，炯炯有神的怪胎式人物。小说第33章有一段描写：

　　　　连续几天来大头儿的讲述犹如开闸之水滔滔不绝，他叙述中的事件，似真似幻，使我半梦半醒，跟随着他，时而下地狱，时而入水府，晕头转向，眼花缭乱，偶有一点自己的想法但立即被他的语言缠住，犹如被水草缠住手足，我已经成为他的叙述的俘虏。为了不当俘虏，我终于抓住一个机会，讲说这伍方的来龙去脉，使故事向现实靠拢。大头儿愤怒地跳上桌子，用穿着小皮鞋的脚踩着桌面。住嘴！他从开裆裤里掏出那根好像生来就没有包皮的、与他年

　① 巴金：《随想录》（合订本），377 页，北京，生活·读书·新知三联书店，1987。

龄显然不相称的粗大而丑陋的鸡巴，对着我喷洒。他的尿里有一股
浓烈的维生素 B 的香气，尿液射进我的嘴，呛得我连连咳嗽，我感
到刚刚有些清醒的头脑又蒙了。你闭嘴，听我说，还不到你说话的
时候，有你说话的时候。他的神情既像童稚又像历经沧桑的老人。
他让我想到了《西游记》中的小妖红孩儿——那小子嘴巴一努，便
有烈焰喷出——又让我想起了《封神演义》中大闹龙宫的少年英雄
哪吒——那小子脚踩风火轮，手持点金枪，肩膀一晃，便生出三个
头颅六条胳膊——我还想到了金庸的《天龙八部》中的那个九十多
岁了还面如少年的天山童姥，那小老太太的双脚一踩，就蹦到了参
天大树的顶梢上，像鸟一样地吹口哨。

这段绘声绘色、令人忍俊不禁的叙述，典型地刻画了蓝千岁神态中
的一个"闹"字，他上蹿下跳，动手动脚，神通广大又粗俗不堪，极其
传神地传递出文本叙事的特征。蓝千岁是西门闹经过了六道转世而后脱
胎而出的生命体，但是性格喧闹如故，往事历历在目。其实蓝千岁才是
真正的叙事者，小说第 2 部开始，就由他来说破轮回事，主导了文本叙
事风格。这也就是说，阎王企图通过五次畜道轮回让他忘记历史忘记仇
恨的目的并没有达到，他的身体里依然保留了前五世生命的孽缘精
神。——也就是说，这个人物的出现，对于阎王的轮回策略进行了消
解，不经意中证明了阴阳两界改造灵魂的破产。其次是，蓝千岁是西门
闹身后的两条生命链合二而一的产物，所以其生命遗传不是单一的，而
是有了更大的丰富性。小说第 12 章作家这样描绘："看看他脸上那些若
隐若现的多种动物的表情，——驴的潇洒与放荡、牛的憨直与倔强、猪
的贪婪与暴烈、狗的忠诚与谄媚、猴的机警与调皮——看看上述这些因
素综合而成的那种沧桑而悲凉的表情……"这就是蓝千岁的神态，它是
全盘继承了从西门闹到各类牲畜的遗传因子，勇敢而霸道，"野气刺
人"，这是作家对他的评价，这种精神状态要比默默劳作的马改革要更
健康，更有希望，也更加符合作家莫言一贯的民间审美精神。除了继承
了六世因缘的遗传以外，蓝千岁的父母是蓝开放与庞凤凰，蓝开放是蓝
解放的儿子，庞凤凰是西门金龙在大杏树下与庞抗美野合而生的女儿，
因此他继承了西门家族和蓝脸家族的血缘。但这还不够，作家写道，大
头儿蓝千岁不是一个正常健康的人，而是一个血友病患者（血友病指自
发性或周期性出血，并且出血不止；病人经常要靠紧急输血才能挽救生

命）。他需要黄互助的"神发"不断充血而活着，其构思别出心裁，或许作家莫言正是为了让蓝千岁患有血友病，才设计了黄互助的神发，并且有过一次抢救小狗的成功试验。但这种设计是有刻意的隐喻意图：蓝千岁完整地继承了三家血统：西门闹、蓝脸和黄瞳，如论文之一所分析的，这个人物将是全盘继承西门大院的血缘。我们知道，这三家人在第一代是严峻的阶级对立关系，第二代是互为姻亲的秦晋关系，而到了第三代，共同承受了上代人的贪婪恶果，患难与共的关系，而第四代——只有一个蓝千岁，成为融合为一的象征。西门闹的强悍，蓝脸的厚德，黄瞳的阴鸷，都凝聚在他的身上。虽然有病在身，却是神奇之人。——意味了对"少欲无为，身心自在"的解构。其三，作家毫不掩饰对这个人物的偏爱，这段叙述里用了红孩妖、哪吒、天山童姥等一连串中国小说里的神话人物来形容他，这些神话人物都是半人半神，兴妖作怪，不受三界的束缚，追求自由自在的境界。如果从叙事的角度来理解，这个人物更像歌德的《浮士德》里的"人造人"何蒙古鲁士，由他引导浮士德漫游古希腊，演出了浮士德与海伦的一场爱情悲喜剧，而在莫言的这部叙事里，蓝千岁（携同爷爷蓝解放）引导了读者漫游中国农村历史五十年，看到了惊心动魄也是稀奇古怪的种种现实与幻象，上天入地，贯通三界，起到了重要的作用。其四，从大头儿蓝千岁的古怪形象上也可以与平庸老实、未老先衰的马改革形象作一个对照，但他是个不正常的怪胎，身体萎缩而脑袋奇大，生殖器粗俗而丑陋，前者暗示了其精神智力的丰富发达，后者象征了生命力的旺盛强悍，而偏偏肉身萎缩，不成比例。我觉得作家莫言创造出这么一个怪胎的形象，并不是一个理想的形象，而恰恰表达了莫言自身夹在"佛说"宗教箴言与他自身的民间文化之间矛盾两难中而结成的怪胎。作家希望以佛教的轮回说来警告世人要戒"贪欲"，也就是杜绝肉欲享受，但由于对佛这一"说"理解过于简单肤浅，结果导致了头大身体小，智力超常而肚腹干瘪，这是形象一；又以莫言一贯的民间文化立场，生命如土地生生不息，天造地设，因而有生殖功能肥大威猛，筋骨彪悍，充满活力，这是形象二。两个形象合在一起，就变成了两头肥大而中间干瘪、四肢乱动上蹿下跳的怪胎。生死疲劳，从贪欲起，这句话本身无错；少欲无为，身心自在，这句话也没有错，但是结合在一起并且推向极致，就会推导出马改革的干瘪无力的形象，再以生命力充沛强盛的民间文化来补救之，但如不协调不得法，就会出现大头儿蓝千岁的怪胎形象。本来气（精神）血（生殖）两旺是要靠身体来贯通，身体不壮则会气血两亏。所以我以为，大头儿蓝千岁是作家莫言精心塑造的艺术形象，但只是一个过渡性的形象，——他综合了由阶级斗争到全民和谐，由经济发展到贪欲无度的种种因素，企图有所克制，走出怪圈的过渡——而不是理想与圆满的形象，大头儿应该利用他的硕大的脑袋去思考，并利用孔武有力的生殖器去努力，努力创造出一个新的更加合理的下一代。在这个意义上，《生死疲劳》的叙事如同它的叙事形式一样，并没有最后完成。

2008 年 8 月 27 日于黑水斋

原载《当代作家评论》，2008 年第 6 期

告别橙色的梦

——读王安忆的三部早期小说

一、《69届初中生》：雯雯的今天和明天

雯雯终于又回来了。

这是我读到王安忆的《69届初中生》这部长篇小说时的第一个念头，说不上是遗憾还是高兴。不过一想到王安忆告别了那个生活在橙黄色的理想境界中，执意地寻求着人生真善美的纤弱姑娘以后，曾经如此顽强而吃力地尝试着创造其他新的艺术形象的艰难步履，也就情不自禁地为她松了一口气——作者毕竟没有忘记她的雯雯。然而对照一下《雨，沙沙沙》集里的那个同名人物，两者之间又似乎不那么一样了，呈现在读者面前的那个叫做雯雯的69届初中生的形象里，始终不懈地对其生存价值进行紧张的内心探索与看上去有些懒洋洋地应付生活现状的外表特征互相对立着，同时又交织在一起。这一特征正说明了作者在创作道路上所经历的那些新探索并没有浪费，她成功地使今天的雯雯从昨天的雯雯的情绪天地里向外发展了一步，在这个富有浪漫气质的小姑娘的精神世界中，融化了陈信、何芬等一批被称为"庸常之辈"的精神气质。这也相应地证明了，作家的精神素养只能是扩大、纳新，而不能被一刀切成两段。

与作家所塑造的雯雯这一个系列文学形象具有独特性一样，王安忆在脱离沙沙雨声以后所经历的艺术探索也同样具有独特性，那就是一种属于王安忆所专有的略带悲观色彩的现实主义。在那块世界里，雯雯没有了，执著的、温暖的人生追求也失去了，取而代之的是一种近乎冷酷的现实主义态度：陈信决不因为回到上海以后所面临的一系列新烦恼，而，重返那个充满温情的小城镇里去；欧阳端丽也终于离开了那个使她

恋恋不舍的生产工厂，去享受她在十年浩劫中所失去的一切富贵荣华；
那座墙基还是沉默地存在着，那个失意的音乐天才还是在牢骚而不平，
"舞台小世界"的真正主宰仍然是翻斤斗起家的福奎……这些看上去平
淡同时又具有十分丰富内涵的生活现象可能会被一些人理解得深奥莫
测，而对王安忆来说，一切引申都是外在的，专属于她"这一个"的独
特之处，恰恰是来自于她对生活的一种失之表皮的理解。在她的这一类
作品中，历史感仅仅表现在两个时代的对照：十年浩劫的动荡时代与灾
难结束后的拨乱反正时代。她常常是平面地来处理两者的对照，把后者
看做是前者的反面和回旋，对于前者的残酷性与后者的开拓性都缺乏深
刻的认识与表现。

　　而《69届初中生》中出现了三个时代的对照，为了贯穿雯雯的心
灵发展史，十年浩劫之前的生活也作为一种特定的时代环境进入了作品
的历史对照范围。但这里没有重复《墙基》里所提出过的见解。小说的
尾声里，雯雯在新婚之夜对丈夫任一说的几句话是耐人寻味的：

　　　　"真的，我和你，完全是误会。假如不搞'文化大革命'，我
　　一定能考取上海中学，不会到你们圆明中学来的。"
　　　　"这倒是。"
　　　　"假如没有插队落户，你不去江西，我也不会和你通信的。"
　　　　……
　　　　"反正，假如一切正常进行，我们决不会相遇的。"
　　可是……怎么才是正常进行呢？为什么这样进行就不是正
　　常呢？"
　　　　"'文化大革命'本不该发生。"
　　　　"可它终究发生了。"
　　　　"反正，反正我的丈夫不该是你。"

　　在这里，我不想对小说作任意的引申，把雯雯的爱情解释成对人生
的追求，把结婚的对象视作命运的结果。但这里确实出现了新的东西：
作者不再把历史视作是一种简单的周而复始，"文化大革命"也不是一
个炼狱；它不能使人的灵魂净化后升入天堂，却能够灾难性地改变一个
人的命运——一个本可以考取"上海中学"，前程如花似锦的雯雯，现
在只成了一个在生产组压瓶盖的雯雯。虽然这种现实主义仍带有悲观的

色彩，但较之《墙基》与《流逝》里的现实主义显然要深入了一大步。

　　这种进步不应完全归功于作者的直感（对王安忆来说，尤其在她早期笔下的雯雯形象里，直感确实起着极大的作用），理性的认识也明显产生了影响。重要证据之一是这个多少带有自传成分的形象里，作者有意识地改变了她自己与雯雯在结局上的对应性。雯雯最后没有考上艺术院校，也没有考上一般院校，甚至连电大中文系是否考上也未作出明确的答案。也就是说，雯雯不像作者本人所经历的生活道路那样，通过艰苦的奋斗而终于改变了命运对这一代人（69届初中生）的安排，成为一个例外。雯雯是一个普普通通的女孩子，她对命运挑战的被动态度使她仍然停留在一个"庸常之辈"之中。它来自于作者对她的同代人的一种理性的概括，这就构成了这部小说的第一个特点：在中外文坛上为数众多的教育小说中，作者改变了描写英雄成长史和性格史的常规，展示了一个"庸常之辈"的成长史与性格史。

　　在中外文坛上，作家将一个多少带有自传色彩或者有具体原型为基础的主人公，放入特定的社会背景中，从历史的纵深方面去描写他的成长史，表现主人公怎样在生活中经历各种各样的人生考验，最后完成一种个性的成熟化与丰富化。不管这个主人公在人生的海洋里搏击的最后结局是胜利还是失败，他的性格总是体现出一种英雄的气质，表现了一个非凡的人。如狄更斯笔下的大卫·科波菲尔，罗曼·罗兰笔下的约翰·克利斯朵夫，毛姆笔下的菲利浦，歌德笔下的威廉·迈斯特，凯撒笔下的绿衣亨利，甚至高尔基《自传三部曲》的主人公。这多少是因为作家在这一类作品的主人公身上寄寓了自己的影子，并且一般来说，唯有与社会不断抗争的英雄的经历，才能具备更高的概括性与典型性。而王安忆却独独改变了主人公的奋斗命运，她写了一个父母都是作家编辑，自己又生长在一个知识分子家庭，本该得到很好教育的孩子，结果生不逢时，十年浩劫使她成为一个知识贫乏、思想肤浅、命运坎坷的"庸常之辈"。显然，表现这种命运的阴错阳差，较之描写一个英雄的奋斗史更为深刻地接触到那个特定时代的本质。

　　当然，"庸常之辈"在这里仅仅是相对于文学中的"英雄"而言，决不是说，"庸常之辈"就没有丰富的心灵活动与紧张的内心探索。在反映人物的内心世界一面，那个《雨，沙沙沙》集里的雯雯又活跃地出现了。她稚气而早熟，寂寞而敏感。加上长篇小说作者有用笔的宽余，人物的主观世界的挖掘显然比王安忆早期的短篇小说要深入得多。这部作品里雯雯的精神面貌不是展开其生活片断，而是从童年到成年的整个的成熟经历。这也就构成了这个作品的第二个特点：在我国当代文学领域中，就我所知，似乎还没有一部和这相似的以作家自传为基础来揭示人物精神发展历程的"教育小说"。

从"教育小说"的特征来看，情节的不连贯与不完整是必然的，作家关心的不是现实世界，而是人物的精神世界，难怪斯特林堡要把他的自传体小说冠以"一个灵魂的发展史"的副标题，也难怪歌德声称："一个人最有意义的时期是他的发展时期"。王安忆描写的是一个69届的初中生，时代用它的冷酷的手雕塑了这一代人的不雅观的粗劣形象：这一代人正当精神生活处于急需发展的时刻，偏偏遇上了精神生活极其枯竭的时代，他们的理想处处碰壁，他们的良知处处被蒙蔽，他们的追求处处被引入歧途，没有人给他们指路，因为他们过去被当做导师、家长、榜样的人，也同样陷入盲目与迷茫。在这个时代里，他们的精力被无聊地发泄了，智力被畸形地扭歪了，生活使他们过早地成熟，恰恰又使他们陷入无知和愚昧。他们的年龄增大了，艰难的岁月使他们练就了一身适应生活保护自己的能力，然而这又远非他们的心灵所能满足……就如小说中阿宝阿姨所说的："你的烦恼很多的，走到哪一步，就会有哪一步的烦恼，烦恼起来活像人坐监牢。"这种悲剧性的命运只有通过人的精神活动历程才能细腻、深刻地被反映出来。从这个意义上说，王安忆的这个长篇小说是一个可贵的尝试，尤其是以一个女孩子为主人公，细腻地体察出她在心理、生理两方面走向成熟过程中反映在精神领域里的种种苦恼、骚乱、反抗、成熟，这就丰富了雯雯这一文学形象的原有内涵。使我感兴趣的是，作者注意到了一些富有哲学性的生活现象在一个女孩子心理上作出的反应。比如说，小说里多次写到雯雯接触到"死亡"的意义：垃圾箱里的婴尸引起的恐怖；小狗的死亡引起的对生命脆弱的遗憾；于小蔓的死亡引起的人生悲哀；以至于雯雯在青春期烦恼中自己也嚷过要"死"了——这种种心理活动生动地反映了一个女孩子心灵的成熟历程。这很自然使人想起约翰·克利斯朵夫在初次听到邻居小孩死亡时引起的强烈的心灵震动，我不是说，王安忆在这里借鉴了罗曼·罗兰，只是说王安忆接触了一个人类共有的现象——孩子是怎样从死亡这一主题中获取人生意义的。

但是还不能不指出，作者在这部作品中塑造的雯雯的精神世界，虽然较过去的雯雯丰富多了，但从对整整一代人的概括意义上说，显然还是不够的。许多地方仍然暴露出作者的固有的弱点：肤浅。这包含两个方面的意义，一是对雯雯这一形象的刻画过于平面与美化，或者说，过于纯洁了，不说在雯雯对爱情的追求上毫无强烈的欲望，即使对个人命运的关键——如为了上调而送礼——也纯洁得难以令人相信。要知道雯雯是生活在泥泞的道路上，过于纯洁反而会缺少时代的真实性。二是表现人物与社会生活的关系时，对生活现象的概括还不够。有许多生活现象，在特定生活环境下有意义，作为一个同代人，读上去每个细节都会觉得趣味盎然，但作品毕竟是超越时代的；当一个完全不熟悉那个时代的读者读到这些时，就会感到过于琐碎而觉得无聊。

雯雯的今天，已经以她这个独特的模样出现了，我不禁想起一个问题：雯雯的明天又该是怎样呢？对于雯雯这一形象的发展，似乎不在于篇幅的长短，也不在于再添加多少生活的细节，重要的是发展这一形象的精神内涵。艺术形象的职能是多方面的，它可以是典型地概括出社会生活的本质，也可以是通过人物精神历程的发展来反映人类的某些特征。在后者，人物的外在活动，客观的生活环境，都不是决定性的因素。雯雯即是这样。对她来说，生活不在别处，就在她的心里，只有通过她的内心种种激情的荡漾才得以反映生活、表现生活。对于这一类形象的典型意义的扩大和发展，王安忆还应该再花大力气，除了更本质地理解生活、认识生活外，还需要对人类精神文化发展史的理解与把握，以及对哲学、心理学、美学等社会科学的基本训练。这样，明天的雯雯才能获得更大的精神容量，同时具有更大的艺术典型和艺术概括力。

等着你，明天的雯雯。

二、《小鲍庄》：对古老民族的严肃思考

《小鲍庄》已经得到过许多的赞扬，但新近读一遍，还是能够生出一些新的联想。虽然文字的直朴无华，如同王安忆一贯的小说那样，但在文字背后却隐藏着一个难以用文字描述的世界。它包含了作家对一个古老民族的历史与现状的严肃思考。或许这种思考并非出于理性，但有了它，才使作家的艺术感觉赋有超越个人经验以上的力量。这种凝沉厚重的力量，成为《小鲍庄》与王安忆以前的作品的区别之一。

王安忆在艺术上是一个拘谨的现实主义者，总是注视着既成的事态。在《69 届初中生》中，她第一次试图超越现实的表层，去小心翼翼地揭开命运的神秘之谜。虽然仅仅是一瞥，却也够怵心刿目，如雯雯

第一次对死亡的印象，令人难以忘怀。到了《小鲍庄》，一瞥成为透视，虚实因素相得益彰。不妨将《大刘庄》与此一比：同样是对现实生活的逼真描摹，《大刘庄》给我们看到的是两个现实世界的对比，实依然是实；《小鲍庄》却让我们由现实的世界中看到了非现实的世界，实转化为虚。这种虚与实相印的艺术特征，仿佛是一下子从地底下冒出来似的，突然在今年的文坛上大出风头。莫言的《透明的红萝卜》、韩少功的《爸爸爸》，都有类似的迹象。《小鲍庄》的非现实世界自有独到的意义，它力图揭示人类历史的悲剧命运以及直到现在仍无改变的命运悲剧。

小说开始就颇具匠心。七天七夜的雨引来了洪水，洪水淹没了世界："不晓得过了多久，像是一眨眼那么短，又像是一世纪那么长，一棵树浮出来，划开了天和地。树横漂在水面上，盘着一条长虫。"于是，人类在这洪荒世界中与长虫一起出现了。小鲍庄的来历看上去有点荒诞不经，似乎是作家漫不经心地虚构了一个人为世界的起源：一个官儿因治水无效，带了妻子儿女到鲍家坝最洼处安家落户，以赎前罪，从此这里便开始繁衍人口，成为一个庄子。然而有了这个引子，小鲍庄所遭受的一切灾难都获得一种象征的历史感：生活仿佛凝固了，一部历史即等于一天。这是从那官儿在这里定居起就注定了的，因为他选择的动机是赎罪。

于是，小说在揭示人类所遭受外界的种种灾难的同时，在更抽象的意义上展开了对人类自身的悲剧命运的探索。很难说，作家的创作意图是否受到过《圣经》故事的启发。在中国新文学史中，受宗教影响的作家并非少数，《圣经》的故事也曾一再被人加以利用。但一般来说，在注重实际、注重社会的中国知识分子的笔下，宗教思想都转化为人道的思想，通过人伦关系表现出来。《小鲍庄》完全不属此类，它一开始就关注到形而上的领域。小鲍庄祖先的赎罪无疑是一种象征，就如宗教的原罪说也不过是一种象征一样。它反映了人类面临外界无敌灾难时对自身的深刻反省。这种反省的对象，并不是具体指某一个人，也不是一代人，而是整个的人类。中国古典文献中说："天作孽，犹可违；自作孽，不可逭。"也反映了同样的人类自身反省。

这种反省在今天并非毫无意义。极端的无知可能会使人倒向宗教迷信，但真正的理性也可能使人产生出智者的神秘。虽然两者的结果在表面上偶尔也会相似，内涵却根本不同。宗教的原罪说在今天谁也不会相信，正因为这样，它可以转化为一种任意的象征，指向任何人类无法通过个体努力来消除的缺陷。《小鲍庄》正是在这一点上给人以启示。小鲍庄的居民所面临的各种困境：鲍王爷成为老绝户；鲍秉德娶了疯娘子；建设子找不到对象；文化子有了对象却成不了亲；拾来与二婶成了亲又失去了社会尊重……甚至连鲍仁文，虽然一直在个人奋斗，却也一事无成，被人称为"文疯子"。所有的不幸都无法归咎于承受者个人的品质，也无法归罪于他人——与过去的文学作品不同，小说里不存在一个邪恶的人格化象征，甚至也不存在一个邪恶的物化象征。他们的不幸或是因为贫，或是因为乏，也有的纯粹是出于生老病死的自然规律。但它们之间毕竟不是毫无联系的，既然这种种不幸可能共存于一个空间，那么它们必然受到同一个环境的制约。也就是说，这些不幸只能是小鲍庄文化的产物。人类的文化形成于人类自身的活动历史，要追究造成这种种不幸的成因，也只能在人类自身中去寻找。《小鲍庄》的两段引子虽也写得平淡，却非无端闲笔，作家通过人类的治水活动，展示了造成这种文化的历史原因。

小说提供了这样一个现实的世界：洪水带来了灾难，灾难造就了贫困，贫困形成了愚昧的文化。这实际上已经是一个超越现实的答案。如果有谁要进一步问：是谁造成了洪水，或者为什么小鲍庄要处于洪水的威胁之下？那将无法回答。因果律只能在非常有限的范围内才有准确的意义。《小鲍庄》反映的不是局部，它力图从哲理的高度来把握人类的处境，于是只能从一个非现实的世界来观照现实的世界。小鲍庄居民们面临的种种困境，始于洪水，终于洪水。在引子中，作家虚构了一个小鲍庄祖先赎罪的故事，正文展开以后，这个故事还在延续，它体现在作家所刻画的一个具体可感的形象——涝渣的身上。涝渣无疑是小说中最神奇的人物，他的降生，把小鲍庄居民的一切善良德性都充分体现出来了，用小鲍庄人的话说，这孩子"仁义"。他几乎完全是依循着本性在实践这"仁义"：他尊老、爱兄、善友、克己，如果说，小鲍庄祖先象征着罪孽深重，那么涝渣——"这是最末了的"意思，象征着纯洁无瑕。小鲍庄的祖先因为治不了洪水给子孙带来了还不清的灾难，而涝渣却因为被洪水夺去生命而赎还了小鲍庄的所有灾难。纯洁无瑕的、仁义的涝渣死了，为了救孤老鲍五爷。"送葬的队伍，足有二百多人，二百多个大人，送一个小孩子上路了。"随着涝渣的死和成为"少年英雄"，小鲍庄居民面临的困境也相继消除了。孤苦伶仃，又不甘心食百户饭的鲍五爷终于咽气了："那老的眉眼舒展开了，打社会子死，庄上人没再见过他这么舒眉展眼的样子"；鲍秉德的疯娘子也神秘地失踪了，鲍秉德望着涝渣的坟，不由生出一个奇怪的念头："没准是涝渣把她给拽走了哩，他见我日子过不下去了，拉我一把哩。"鲍仁文也出头了，"他获得了写作的灵感，他完全被激动了起来，浑身充满了一种幸福的战栗。灵感来了。他说，'是灵感来了?'，他终于写出了关于涝渣的报告文学，发表了；涝渣的哥哥也因为弟弟被追认为少年英雄而解脱了困境：建设子不仅起了房，而且"在农机厂上班了，上门提亲的不断，现在轮到他挑人家了"。文化子与小翠自然也因此"有情人终成眷属"；甚至连一向被小鲍庄居民所鄙视的拾来，也因为打捞过涝渣的尸体而时来运转："如今，二婶要敬着拾来三分了，庄上人都要敬着拾来三分了。拾来自己都觉得不同于往日了，走路腰也直溜了一些，步子迈的很大，开始和大伙打拢了。"

之所以要不避冗长地摘引一条条原文，无非是想从作品原文的语气中来印证这一点：涝渣的死，是整部小说的支点，它不仅与引子中的原罪意识相呼应，更重要的是，它成为整部小说中各路原不相关的情节线的中心纽结。"涝渣的坟上长了一些青青的草，在和风里微微摇摆着。一只雪白的小羊羔在啃那嫩草。"这又一次使人想到了《圣经》里神之子的赎罪故事。

然而，当这个带有宗教色彩的非现实世界投射到小说中所描绘的现实世界时，它的主题的严肃性立刻就表现出来了。它揭示出现实生活中的造神现象的意义。一个纯洁得像羔羊般的孩子的死，可以说完全是非功利的，但这事件却实实在在地为他周围的活人们带来了直接的功利。小鲍庄的居民面临的各种困境，仿佛与生俱来，非个人力量所能摆脱，他们也只能期待神的奇迹。这事件本身是荒诞的，可在荒诞背后揭示着无情真实。如果说，引子里关于小鲍庄祖先的故事包含了人类悲剧性的命运，充满历史感，那么涝渣的故事则包含了对至今仍在社会生活中起作用的神化活动的尖锐揭露，它反映了人类命运的悲剧，充满着现实感。

历史、哲理与现状的高度抽象的结合，非现实世界与现实世界的相印相证，构成了小说特有的神秘色彩。《大刘庄》所展示的两个世界是在两个不同的空间相互交替中出现的，《小鲍庄》所展示的这两部世界却是在同一个空间中出现。内容本身具有双重意义：一是虚幻的神的世界；二是真实的人的世界，如同两张照相胶片叠在同一张相纸上曝光显影，给人传达出一种虚虚实实、真真幻幻、人人神神的混合印象。我们从小说所描写的现实世界中读出了类似宗教的故事，从类似宗教的故事中折射出对现实的针砭。这种奇特的表现技巧，为小说带来了新奇的形式感与难以把握的神秘感。

从艺术上看，《小鲍庄》没有像《69 届初中生》那样在内容与形式的结合上达到舒畅自在的境地。《小鲍庄》所显示的许多思考成果，《69届初中生》中已经初露端倪。后者星星点点地散布在四处的火花，在《小鲍庄》里已经逐渐凝聚成一片。哲理、历史、现状三者的融合，在《小鲍庄》中表现得更为成熟。但不足也在于此，形式的刻意追求使内容的表现多少有些局促。

《小鲍庄》不是《69 届初中生》的延续，而是一个新的起点。《69届初中生》使"雯雯系列小说"达到了一个高峰，再要超越似乎要花大气力；《小鲍庄》则是从《麻刀厂春秋》、《大刘庄》那一路发展过来的新的突破口，前面还有广阔的驰骋余地。

三、《小城之恋》：根在哪里？根在自身

生命之谜就是如此的困扰着人吗？——但丁曾描绘过的地狱里的幽灵们，是怎样的在深谷里爬行，在冰雹中忍受，在熊熊烈火的刑罚中呼号，在开膛剖腹的撕裂声中奔跑，在污浊的水中你撞我咬，皮开肉绽，……那不过是一个虚幻的梦境。如果这一切都真实地移植到人世间中，你突然发现，它就发生在你的身上，并没有什么外在的力量强加于你，一切都来自你的心灵，你的肉体，它既平常如一又演化万景；既把你导向灵魂净化，又如恶魔缠身而万劫不复；既让你体尝到什么叫心理上的断乳期，又让你懂得未来途中的痛苦、荆棘和遗憾……总之，它来得那么自然，又那样神秘。如果你已经是一个成年人，如果你再把所经历的这一切体会都细细咀嚼一番，你的心灵还会这样的宁静吗？你的感觉还会这样的迟钝吗？你对自己的认识以及你的未来会不会产生一种沉重的甚至是痛苦的畏惧感？

在"五四"以来的新文学中，除了郁达夫曾经坦率地揭示过人生种种肉身与心灵的煎熬之外，还有谁像如今放在我面前的这部作品那样，直言不讳地、幽幽凄凄地，向你倾诉这种少男少女难以启齿的痛苦？性意识，它的自觉无疑标志着人在自省中的成熟，它是人对自身生命的一种肯定与证明，其实在的意义，远胜过人对爱情的赞美与憧憬。琼瑶的

小说揭示过性意识么？她不过是用廉价的爱情故事来唤起少男少女纯情的玫瑰梦；张贤亮的小说写过性意识么？他不过是利用这个神圣的话题去渲泄他在政治上的热情。矫揉造作，是不配谈性意识的；心怀鬼胎，也是不配谈性意识的，只有把这个题目放在科学的祭坛上，我们才能认真地、严肃地探索它，并由此为入口，进而探讨整个人生的奥秘。

《小城之恋》正是在做这样的实验。我在作者前一阶段的创作中，已经发现了这种创作的趋向。从《我的来历》开始，或者更早一些，在《69届初中生》起，作者就明显地表现出某种寻根意识，但它寻的是人的生命之根，人的来历与遗传。她注视的目光，不在原始大森林，也不在异族蛮荒地，而是把她那双沉思的，偶尔闪烁着机智与纯真光彩的眼睛牢牢地盯住了现实生活中的人与事，她注意到当代人行为中的理性因素与非理性因素，当代人的行为与上代人的遗传，当代人的生命与血缘，尤其是在《好姆妈、谢伯伯、小妹阿姨与妮妮》中。虽然那部小说对市民生活的描绘达到了炉火纯青的境界，但我以为最有光彩的还是她塑造了一个叫妮妮的小女孩。没有这个女孩，小说不过是一部可读性很强的上海市民风俗画，而这个汗毛很重、性格古怪的小女孩的出现，就像一根点燃的蜡烛伸进房间里，把墙脚旮旯堆放着的杂物都照清楚了。妮妮不仅在智力上显然高于谢伯伯这个阶层的一般水平，而且她的天性与行为也是谢伯伯们所难以束缚的。这个孩子天生的不走正路，嗜偷成性，既是对市民阶层的生活理想的一种嘲弄，又体现出作者对人性的严肃探寻。妮妮的嗜偷，不是缺乏教育，也不是社会影响，而是一种先天的，与生俱来的恶习。小说里一再提到这个小孩像是被一个人，或者两个人操纵着，而这些操纵者又是谁呢？作者把探索之笔超越了文学，进入了科学的领域，她也许没有也不可能向人们提供什么具体的答案。但是她却借助这个形象向人们开启了一条通往自身的思考之路——人自身的谜，还需由自身来解决。

如果说，《好姆妈、谢伯伯、小妹阿姨和妮妮》留下空白，让人们去自由地想象，那么，《小城之恋》的探索似乎有了一个答案。这部小说写得比较实，也比较满，直截了当地谈到了性意识在少年成长中酿成的种种苦恼，并且给这种苦恼以极端的形态加以表现，显示出加倍的惊心动魄。作为一种实验性的剖析，作者故意淡化了故事的全部背景、年代，以及各种人事环境，甚至也故意选取了两个未受到文明教育影响的男女主人公，使她的解剖刀下面的典型，呈露出生命的原始态。他和她，两个精力过旺，理性薄弱的舞蹈演员，从小在贫困的文化环境中失却了正常的教育，他们凭着本能的生命需要生活着，但他们毕竟生活在人世社会中，社会心理不管他们是否自觉得到，总会顽强地从他们心灵深处冒出来，对于他们的生命本能实行某种压制。于是，他们的困惑、痛苦、挣扎、甚至搏斗——就在他们怀着一种朦朦胧胧的成人意识过早地觉悟到性的秘密的时候，或者是在他们外出演出，像两条发情的野狗惶惶地找不着一处清静处的时候。

性的觉醒是快乐的，也许每个人在青少年时期都经历过这样的精神欢悦——差异仅在于有人意识到，有人没有意识到。但性的觉醒的同时，必然会伴随着性的压抑、神秘的恐惧、无知的苦恼、偷吃禁果的犯罪感，以及种种不正常手段带来的对性知识的领悟，都将成为意志薄弱的青年人的精神枷锁。文明程度越高，这种枷锁越是隐蔽，对心灵来说也就越沉重。它造成的痛苦，可以导致心灵上的自虐、犯罪、沉沦甚至生命的终止。小说描写出少男少女在这沉重的精神枷锁下的舞蹈，看似单调、重复、周而复始，这正是生命一遍遍忍受着内心与肉身的煎熬，从无知到成熟的真实过程。男女主人公间由爱的欢悦到挣扎的痛苦，每一番轮回，每一次重复，都加重了人生的悲剧色彩，它使我想起本文开始时提到的《神曲》，那些地狱中煎熬的幽灵们。

人生似乎就是从这一刻开始有意义的，它告别了童年的梦，玫瑰的梦。青少年在琼瑶式的言情小说中读出的爱情梦，不过是童年期的延续。而王安忆，一个过去惯以描绘雯雯的梦的女性作家，却向人们赤裸裸地撕开了人类生命走向成熟的真相。性意识是由人的生理条件所决定的，这是生命的成熟，又是生命的裂变，它展示着一个儿童将真正脱离母亲，同时又孕育起新的生命种子。生命由此将获得证明：一个男人，只有在女性面前，才具有男性的意义；相反也是。这种性觉醒时的痛苦与煎熬，在文明时代也将是人生的必经之途，事实上，唯有当你开始感觉到发自生命的痛苦时，你才有资格说，你将成为一个人。

也许有人会说，这部小说虽然写了性，却没有揭示出性背后的社会意义，没有写到社会对性本能的压迫。是的，由于淡化了背景，小说中男女主人公的恋爱过程始终像发生在真空之中，领导、同伴、社会、家庭，并没有对他们直接予以什么干涉，可是，这种痛苦的挣扎，不正是反映了主人公们心灵深处的一种恐惧，一种压抑，一种犯罪感么？社会背景被虚掉了，却转化为心理上的文化积淀，通过无意识尖锐地表现出

来。人在与自我搏斗，也许连搏斗者自己都无法认识到，作者痛苦地，用分行写出：是他们不明白自己是

怎么了？

怎么了？

怎么了？

没有人帮助他们，没有人能够帮助他们，他们只有以自己痛苦的经验拯救自己，他们只能自助！这或许表现出一种教育上的虚无主义，但它反映了人的自信。作者坚信，人应该有力量来对付自身内部的一次裂变，这既是精神上的骚动，也是肉身的苦刑。

正是在这一点上，王安忆表现出一个现实主义作家的成熟与勇气。她第一次把读者的眼光引向他们自身，让他们看到了生命的种种骚动与喧嚣究竟来自何处？郁达夫也曾揭示过这一点，这是他在中国新文学史上最非凡的贡献。可是在郁达夫身上，不可避免地留下了时代的浪漫病。他笔下的主人公是一个文明社会的成员，多方面的价值观念综合地体现于一身，使他在揭示人物的性苦恼时，总要加一两句肤浅的爱国主义与社会改革的口号，把来自自身的痛苦与来自外界的痛苦混淆在一起。结果是冲淡了文学中人的主题的深刻表现。王安忆的进步就在于她摒除了一切外界的可以供作瘝口的原因，将人的生命状态原本地托现出来。这当然是片面的、极端的，因为人具有社会动物的特性，不可能完全摒除社会性的一面，可是作为文学作品，只能以极端的形式，推动人对自身认识的深化。当人文主义者把人描绘成巨人和上帝，使人性与神等同的时候，当初期的马克思主义作家把人描绘成经济地位支配下的人，把人性简单归结为阶级性的时候，不也正是以一种极端的形式来表达"人的主题"的进步，以及认识的深化吗？

王安忆的创作日益接近左拉的严峻和浑厚，然而女性的细腻与雅致又使她避免了左拉的粗俗，而向川端康成的风格接近。在显示人的生命的奥秘方面，随着遗传科学的深入突破，人们正在加速摆脱对自身的传统认识的局限，拓展着的认识天地。不能说，王安忆的探索已经取得了什么成就——这将是科学的任务；文学的使命，则是从审美的角度来把握，揭示人在青少年时期经受的痛苦与蜕变，展现出生命的运动与本然面目。我不认为，生命的运动形式仅仅以性苦闷这一种形式就能够表现尽然，也不认为，性意识的骚动不安能被新的生命意识所克服——关于后者，小说确是表现了这种意向。女主人公的性苦闷曾两度被生命意识

所压抑：一次是死的意识（自杀）；一次是生的意识（新生婴儿）。安忆对生育之谜与生命之谜的关系有着异常的兴趣，这也许导致了她一系列的探索：《69 届初中生》里的雯雯，是在生育以后开始了新的人生阶段；谢家夫妇，是因为无法生育而造成了情欲的淡漠，妮妮正是这种缺憾造成的尤物；这部小说中的“她”，又是在生育以后平息了内心的全部渴望与骚动，情欲被母性所取代。我无法判断这种结论是否正确，性欲在人的青少年时期构成的苦闷对成年人（即使是生育过的人）来说是否会构成新的威胁？强调内心的骚动仅仅是青少年所有而与成人无关？这是安忆在探索生命之谜中的一个时间性局限，她总是把人生的意义置于 30 岁以下。这也许于安忆来说是无法避免的，她，毕竟不是左拉，也不是川端。

人类在原始阶段，是不耻于谈性的（张承志笔下的索米娅与老奶奶，对于黄毛的欺凌淡然置之，足以使略受过一点文明教育的白音宝力格无法忍受），人类真正进入成熟时期，文明的发展与本性的回归达到了新的同一以后，也许也不会耻于谈性。然而在今天，我们正告别了自己的野蛮时期，又在向新的成熟时期迈进的过渡岁月中，性的困惑与苦恼也许是不可避免的。文学作品中讨论、探索这个问题，我以为应该与探索生命本身的意义取同一的态度。离开了后者；孤立地去表现什么“性意识”，要么把它归属到社会政治的范畴中去，作一种哗众取宠的点缀，要么使性成为一种挑逗性的文学趣味，减弱了作品的严肃性。因此，安忆的努力于当代文学创作是没有意义的，她把这个题目置于一个较高的格局里给以表现，为新时期文学中这一禁区的破除，开创了一条新的道路。

以上三篇文字分别原载于：《女作家》，1985 年第 3 期；《文学自由谈》，1986 年第 2 期；《上海青少年研究》，1986 年第 11 期

营造精神之塔

——论王安忆 90 年代初的小说创作

20 世纪 90 年代以来，王安忆总是用一些比较特别的词来解释小说创作：抽象、虚构……心灵世界，似乎急于把她的小说与具体、纪实、现实世界区别开来；同时，她又一再重申，自己正从事着"世界观重建的工作"①，并声称自己的小说为"创造世界方法之一种"②。在这一次谈话里，王安忆宣称说，她的世界观、人生观和艺术观已经很成熟了③。这些自我宣言伴随着她一系列既密集又重大的小说创作，传递出中国当代精神领域一个不容忽视的信息：在 90 年代文学界的知识分子人文精神普遍疲软的状态下，在相当一部分有所作为的作家放弃了 80 年代的精英立场，主动转向民间世界，从大地升腾起的天地元气中吸取与现实抗衡的力量时，在大部分作家在文化边缘的生存环境中用个人性话语来表达自己的感受时，仍然有人高擎起纯粹的精神的旗帜，尝试着知识分子精神上自我救赎的努力。这种努力在现实层面上采取了低调的姿态：它回避与现实世界的直接冲突，却以张扬个人的精神世界来拒绝现实世界的侵犯，重新捡拾起被时代碾碎了的知识分子的精神话语。这项不为人所注意的巨大精神工程，对王安忆来说似乎是自觉的，是她自由选择的结果，为此，她也体尝了力不胜任的代价。

1990 年冬，王安忆发表了搁笔整整一年后创作的小说《叔叔的故事》。这搁笔的一年，后来被她称之为"这十年中思想与感情最活跃、

---

① 《近日创作谈》，见《乘火车旅行》，38、39 页，北京，中国华侨出版社，1995。

② 《纪实与虚构》的副标题。

③ 《王安忆：轻浮时代会有严肃的话题吗?》，见《理解 90 年代》，48 页，北京，人民文学出版社，1996。

最饱满的时期"①。是生活的严峻性粉碎了她原有的肤浅的人生观，逼使她重新思考面对生活的态度，也就是进行一种"世界观的重建工作"。这一尝试性的工作使王安忆获得了成功，她完成了继 1985 年发表《小鲍庄》以来个人创作道路上最重要的一次转机，精神与创作的危机被克服了，新的叙事风格正在形成，由此，短短的几年里她迅速建立起小说创作的新诗学。

几乎所有关于《叔叔的故事》的评论都注意到小说叙事方式的变化，其实元小说或者后设性小说叙事的方法，早在《叔叔的故事》以前就被人运用了。在我看来，以公布虚构技巧以及自我拆解的诚实来结构小说，并不能真正为小说自身的美学价值提供新的因素。叙事形式的研究，应该有助于具体作品的艺术品位和精神内涵的提升，即与小说的诗学原则结合起来，才会真正有价值。那么，王安忆的新诗学是什么？她曾以惊世骇俗的姿态宣布了自己的四条宣言：一、不要特殊环境特殊人物；二、不要材料太多；三、不要语言的风格化；四、不要独特性。王安忆所追求的新的小说诗学，似乎正是建立在一般小说艺术规律的反面，那势必要冒很大的风险：不仅与 80 年代中国小说叙事的整体风格相违，也不同于 90 年代出现在文化边缘区域的个人化叙事话语。她以知识分子群体传统的精神话语营造了一个客体世界，不是回避现实世界，也不是参与现实世界，而是一种重塑，以精神力量去粉碎、改造日见平庸的客体世界，并将它吸收为精神之塔的建筑原材料。换一个通俗的说法，王安忆营造的精神之塔正是借用了现实世界的原材料，这就是她反复说要用纪实的材料来写虚构故事的本来意义。

王安忆不是一个理论家，她试图在理论上说明自己的艺术主张，但总是词不达意。如上述四条"不"的文学主张，只有放在她的新的诗学原则里才能说明清楚。不要"特殊环境特殊人物"是指她放弃了传统艺术反映世界的方法，采取了另外一些人物塑造的方法——类型人物或者纪实性人物来与之对抗。不要"材料太多"，哪来的材料，只能是客体世界的材料，这也将有碍于她的精神之塔的构建，因为在她看来艺术并不是要复制一个客体世界。这一条使她与 80 年代的自

---

① 《近日创作谈》，见《乘火车旅行》，38、39 页，北京，中国华侨出版社，1995。

然主义色彩的个人风格告别了。不要"语言的风格化",很容易被人误解成作家不要语言风格,如结合王安忆的其他文论体散文来看,她这里说的语言风格不是指作家的个人语言风格,而是指作品人物的语言个性化,这是第一条的补充。典型环境中的典型人物的标记之一就是语言风格的个性化,既然不需要人物的典型化,自然也无须人物的个性化,类型人物或纪实性的人物是无须用语言个性化来塑造的。此外还体现了王安忆的叙事需要,这座精神之塔是作家用语言构筑起来的,它首先需要的是语言风格的统一性和整体性,而不要让过于强烈的个性化语言来破坏这种统一。——以上三个"不要",表明了作家自觉与传统叙事风格的分离。而第四"不要独特性",则使她与同时代的叙事风格也划清了界限。90 年代文学的整体叙事风格是从宏大的历史的叙事向"无名化"的个人性叙事转化,个人话语正是以强调个人经验的独特性来保护自己被同化的危险。而王安忆拒绝了这种"取巧的捷径",拒绝独特性也就是拒绝以个人与客体世界对抗的策略,反之,她的精神之塔正有赖于客体世界的材料,所以她又引进了"经验的真实性和逻辑的严密性"①。经验的真实性也就是经验的客观性,这不能由个人来承担,只能是知识分子群体的经验传统;逻辑的严密性在她的理解中,似乎正是客体世界自身的发展逻辑,不以作家个人的主观意志为转移的生活本相。这当然不是说王安忆取消了个人风格的独特性,而是以个人的精神立场吸取了知识分子群体的精神资源和涵盖了客体世界。

王安忆在她的"四不要"中努力地寻找自己的叙事风格,一场转型中的叙事风格。尽管她对自己所要寻找的诗学并不十分清楚,但通过艰苦的创作实践,正在逐步地接近着这个理想的精神之塔。我用精神之塔这个词来取代王安忆自己所归纳的"心灵世界",是因为我注意到王安忆对这精神构建中的时间因素的重视,王安忆的精神之塔是历史的而非现时的,是立体的而非平面的,精神自成一种传统,犹如耸立云间的尖塔,与务实而平面的世俗世界相对立,大到国家民族,小到一个城市,其悲剧性的历史命运都在精神之塔的观照下深刻地展示出来。本文试图通过对王安忆 90 年代初创作的几部小说的分析,

---

① 《我的小说观》,见《王安忆自选集之六——漂泊的语言》,332 页,北京,作家出版社,1996。

一步步去接近她所建立起来的这座精神之塔。

90 年代初，王安忆连续发表了三部风格相近的中篇小说：《叔叔的故事》、《歌星日本来》、《乌托邦诗篇》，① 这三部作品的创作时间前后不过半年，可以说是一气呵成的营造精神之塔三部曲，分别以过去、现在和未来三个时间向度来重新整合 80 年代知识分子的精神传统。

《叔叔的故事》是从反省开始的，用王安忆的话说，是"对一个时代的总结与检讨"②，其反省对象是以作家"叔叔"为类型的知识分子叙事传统。反省不同于忏悔，80 年代以来的知识分子为推动社会进步尽了自己的最大努力，但这种努力带有与生俱来的先天性残疾。王安忆之所以不以典型化的方式来塑造"叔叔"，正是为了对这样一种不确定性作出反省：我们的历史从何而来？它在自身的发展中存在着什么问题？它给 90 年代的我们留下的教训又在哪里？这些探索是不可能寻到确定性答案的。作家匠心独运地利用后设小说的手法，公然拼凑出一部"叔叔"的历史，"叔叔"没有具体的名字和社会关系，甚至也不妨把他看做一个时代的人格化。他唯一拥有的作家身份，只是表明了一种历史叙事的性质，"叔叔"所有的历史内涵，可能都是通过"叔叔"及下一代的"我"的叙事来体现和完成的。所以说，"叔叔"不是一个艺术典型，而是某种类型的符号，涵盖了某个时代的知识分子的精神史。

《叔叔的故事》是在一个历史特定时刻发表的，王安忆在艺术创作中熔铸了自己的思考与感受，她说："它容纳了我许久以来最最饱满的情感与思想，它使我发现，我重新又回到了我的个人的经验世界里，这个经验世界是比以前更深层的，所以，其中有一些疼痛。疼痛源于何处？它和我们最要害的地方有关联。剖到了身心深处的一点不忍卒睹的东西，我所以将它奉献出来，是为了让人们与我共同承担，从而减轻我的孤独与寂寞。"③ 小说正是从疼痛的反省开始的，叙事人"我"不仅完全获知了"叔叔"的全部故事，而且正是在"叔叔"的失败中领悟到

---

① 本文所分析的《叔叔的故事》、《歌星日本来》、《乌托邦诗篇》，均收入《王安忆自选集之三——香港的情与爱》，北京，作家出版社，1996。文中所引均出自这个版本。

② 《近日创作谈》，见《乘火车旅行》，38、39 页，北京，中国华侨出版社，1995。

③ 《神圣祭坛》自序，见《乘火车旅行》，43 页，北京，中国华侨出版社，1995。

叙事的需要。她反复强调了叔叔和叙事人"我"的两个警句：

"叔叔"的警句是：原先我以为自己是幸运者，如今却发现不是。

"我"的警句是：我一直以为自己是快乐的孩子，却忽然明白其实不是。

叙事人"我"不是作家王安忆的个人指称，他似乎也是一个类的代表，即代表 90 年代的一代人对历史的审视。"我"为什么发现自己并不快乐？作家没有说明，借助"叔叔"的故事来表达内心的一点寄托。于是"叔叔"成了傀儡和道具，"叔叔"发现自己并不是"幸运者"的被叙述，与叙事人暗示自己并不快乐的动机构成了某种因果关系。因此，探究"叔叔"为什么不是个幸运者，成了所有问题的关键。

作家一开始就告诉我们，关于"叔叔"的故事，一部分来源于叔叔自己的叙述，一部分来自传闻或者是某个心怀叵测的人的恶毒攻击，叙事人还直言不讳地承认有些地方出于他的加工编造，所以"叔叔"的故事其实是很不可靠的。"叔叔"的身份是作家，作为某个历史时期的叙事者，他的历史叙事也是很靠不住的。小说所提供的"叔叔"的精神特征，正是从揭穿原历史叙事的不可靠性着手，展示其以下几个特征：一是苦难神圣化；二是泛政治化；三是精神上的自我放纵。苦难是"叔叔"一代后来得以发达的光荣资本，也是这一代精神史的出发点。正因为它无比重要，所以在历史叙事中被夸大和扭曲了。当然不能否定和遗忘"叔叔"这一代人所受过的苦难，只是从一开始，"叔叔"们对苦难的叙事就包含了虚伪的成分，人类真正意义上的苦难史总是伴随着人们自身的许多丑陋特征一起出现的，屈辱与耻辱往往只隔着一步之遥。但在有关"叔叔"一代的苦难史的叙事中，灾祸仿佛总是从天而降，受难者被叙述为英雄或者圣徒，从而掩盖了许多真正值得反省的历史本相。当灾难过去以后，英雄和圣徒们并没有从苦难中获得多少教训，反而轻而易举地因苦难而获得天下，名利双收。由于没有深刻的反省，"叔叔"们在人格上总是缺少了一点什么，他们的叙事始终停留在政治和权力的层面上做文章，却很少与这个民族的真正命脉联系在一起。小说引入"文化寻根运动"，尽管对这场初步的"到民间去"的运动作了过于浪漫的褒扬，但文化上的分野已经存在了，"叔叔"对中国民间发生的事情非常隔膜，他"对世界看法总是持一种现实的政治态度，国家与政治概括了整个世界"，他要自我掩饰过去的悲惨屈辱的真实历史，唯有把自己挂靠在宏大的国家政治叙事中才能天衣无缝。"泛政治化"是传统士大夫留给现代中国知识分子的胎记，王安忆没有在权力层次上观照"叔叔"们的身影，这样也许从深层意识中看到这一代的缺陷。"叔叔"的频频出国和对女性的频频征服，也可以看做另一种权力的象征。既疏离权力又疏离民间的知识分子，他的心态和创作力出现危机是自然的现象，正如远离了生命之源缺乏健康的人会在自己身上拼命榨取生命的残汁，"叔叔"把生命力的自我证明放在异性身上也是必然的事情。于是"叔叔"的精神历程进入了第三个阶段：自我放纵。由于苦难的历史作了资本，由于权力话语掌握在他的手中，自我放纵则成了以往人性欠亏的正当弥补。小说中写了古典色彩的大姐、浪漫成性的小米和无数招之即来、挥之则去的现代女孩，其实都只是某种异性的符号，并没有血肉之躯的生命力。这部异性艳史迅速消费"叔叔"日趋枯竭的精神能源，他的末日终于在淫逸过度中来临了。

我们从"叔叔"的故事中仿佛看到某种概括性很强的历史缩影：巨大的灾难和奇迹般的胜利，迅速的膨胀而造成自欺欺人、华而不实的英雄形象，以及同样迅速的自我放纵与腐化，危机终于爆发。这时"叔叔"们才恍然大悟：原来不该忘记的东西一样也没有消失，赫然在目的仍然是本质的丑陋。小说用两个参照系终于让"叔叔"们明白过来：一次是"叔叔"外访时想对一个德国女孩无礼而遭拒绝，他从女孩的眼中看到了"厌恶和鄙夷"，使他感到时光倒流，又回到了"那个小镇上的倒霉的自暴自弃的叔叔"；另一次是至关重要的，即他的儿子出现在他的眼前，一个集他人生中所有的卑贱、下流、委琐、屈辱的场面于其一身的儿子大宝。本来以为人生的某些阴暗场面会随着辉煌的结局而被掩盖、被遗忘，英雄也有"摇尾乞食"的难处，很快就会消失在历史之中，可是大宝的出现却使"叔叔"颓然觉悟：他曾经有过狗一般的生涯，他还能如人那样骄傲地生活吗？自然主义作家王安忆在这儿又一次使用了遗传的武器，你能拒绝以往经验却不能拒绝你血缘上带来的儿子。这使人想起一部日本电影《人证》，讲的是辉煌的母亲为了拒绝以往经历而谋杀自己的儿子，而王安忆却让"叔叔"在一场战胜了儿子的准谋杀中颓然想到：将儿子打败的父亲还有什么希望可言？于是在"一夜间变得白发苍苍"的"叔叔"终于想到：他再不能快乐了。我们注意到了，这里作家悄悄换了一个词：快乐，本来这个词的失落是由叙事人"我"来感慨的，现在与"叔叔"们的不幸运混为一谈了。两个问题原来就是同一个问题，"叔叔"们不再感到自己是幸运者，是他们与生俱来的丑陋与危机所决定的，而认识到这一点，"我"的一代也无从快乐起来。

从《叔叔的故事》开始，王安忆摆脱了个人经验的狭小范围，将自己融入一个广袤的精神领域，自觉担当起时代的精神书记员。出于自信，她在以后几部精神史的写作中，不再使用身份不明的人来担当叙事人，直截了当地由自己充任了这个职责。《歌星日本来》里，她明说叙事人就叫王安忆，她丈夫也充当了其中一个人物；《乌托邦诗篇》里，她如实写进了自己访问美国的经历和创作《小鲍庄》（这是作家早期创作中最成功的一个作品）的体会，她自信个人的经验不再狭隘，不再是雯雯们自作多情的世界了，因为她的精神之塔已经深深铸刻上时代的印记，满溢了客体世界喧哗着的各种声音。

《歌星日本来》是对现时社会分化的纪实。如果说《叔叔的故事》涵盖了 80 年代到 90 年代的尖锐冲突和反省，那么在《歌星日本来》中，则平实地描述了知识分子人文传统所面临的另一个挑战：市场经济对人文精神的皇冠——纯粹艺术的挑战。小说仍然运用叙事人的叙事方式，讲述一个间接听来的关于一个日籍歌星与内地小歌舞团联袂走穴的故事，叙事人与故事之间隔了两个人的转述，一个是单簧管手阿兴，一个是叙事人的丈夫，而这两个人物也带进来自己的故事，这样，故事与间接叙事人、直接叙事人的故事交错在一起，构成一个时代的多声部奏乐。王安忆写这部小说是在 1990 年底，计划经济向市场经济的大转轨高潮还没有真正到来，但某些文化价值观念的转变已经在内地城市里悄悄地产生，首当其冲的是一些旧时代留下的文化陈迹。王安忆的敏锐与准确都是令人佩服的，即使在新的生活现象初露端倪以及被一些耸人听闻的舆论夸大其后果的时候，她的艺术形象几乎像一篇政论文一样，已经在深入地剖析这种文化现象的复杂意蕴了。她强调了内地小歌舞团体的不合理的建制，描绘了一个靠政治权力和群众运动的奇异结合而成的交响乐的普及运动。作家对此作出这样的命名：一个文化绝灭的时代，由于一个权势无边的女人的罗曼蒂克的嗜好，经过野路子的传播，终于合成了一次真正的交响乐运动。内地小歌舞团就成了罗曼蒂克时代的牺牲品，但是在狂热普及交响乐的运动中毕竟唤醒了许多音乐爱好者对艺术的追求热情，小说里的人物阿兴、叙事人的丈夫，以及后来成大器的音乐家瞿小松，都被卷入了其中的行列。他们为了追求艺术奉献出自己最美丽的青春和梦想，当时代发生深刻变化时，这些交响乐的追随者们也发生了分化，自然有瞿小松那样的前程远大者，但更多的是阿兴和叙事人的丈夫那样被碾到了时代巨轮之下的牺牲者。他们不仅将青春与梦想付之东流，更残酷的是，他们将目睹自己输败给一些极其粗鄙的商业"艺术"，正如那个在茫茫人海中悲怆地孤军作战的日籍歌星。王安忆说，这部小说是写"一个浪漫主义时代的结束"①。

　　王安忆没有像一般的不适应社会转型者那样断然拒绝市场经济，没有夸大这种日趋粗鄙化的文化危机，但她也并非像有些自以为是的弄潮儿那样公然放弃知识分子的人间情怀和对人文理想的追寻，这一点我们在接下去要分析的第三篇作品《乌托邦诗篇》里看得更为清楚。但从《歌星日本来》中，作家以个体精神对时代的穿透力仍然非常强有力地体现出来，这主要体现在对两个旧时代的牺牲者阿兴和叙事人的丈夫的青春理想的深切悼亡之上。作品所透露的精神是低调的，但又是极其严肃的，有很多细节不忍卒读，饱含了作家强烈的抒情性。如有这样的一个夜晚，单簧管手阿兴白天吹着过时的萨克斯管，到了晚上，"夜深人静，他悄悄地从床上爬起，也不开灯，摸到放在窗下的单簧管盒子。他打开，一件一件装好，手指揿着键，键钮发出轻快的喳喳声，在月光下烁烁作亮。他感觉到键钮在手指上的凉意，一阵彻心的酸楚涌上心头"。没有一点议论一点暗示，悼亡的感情饱满地体现在具体的人物动作之中。与《叔叔的故事》那种充满透辟、抽象的议论不同，这部作品的大量议论中处处渗透了悼亡理想的细节。我们似乎没有必要在这儿讨论作家所悼亡的理想是否具有时代的价值，因为作家通篇都在揭露造成这种理想的虚伪性，可是文学是通过具体人物的命运来展示一般的，一旦着墨于个人的生命，谁又能说他们的青春、理想、梦就没有悼亡的价值？在时代的变更、社会的转型一系列走马灯似的运转中，许多美丽的东西会失落掉，而文学就如叙事人王安忆所说的，只是个"拾海人"，弄潮儿不需要文学，拾海人才是属于文学的，王安忆的心灵世界里驱除了弄潮儿的位置，它才有可能在普遍轻浮的声浪里高高竖立起精神的灯塔。

　　走完了反省、悼亡的曲折路程以后，作家又写出她的精神三部曲的最后一部，《乌托邦诗篇》，这是一部通向未来的启示录。精神蒙受重重磨难以后，终于从低调转向高亢，火山喷发似的变得势不可当。知识分子对自身精神传统的诘难和面对市场经济的挑战，不过是现代社会转型

　　① 《近日创作谈》，见《乘火车旅行》，38、39 页，北京，中国华侨出版社，1995。

过程中的自我深化。或者可以说是新型的现代知识分子诞生的前兆，并不意味着某些所谓后现代论者断言的，知识分子应该顺着历史大潮而自我"消解"，从而放弃对精神传统的根本性依存。知识分子并不是现代经济生活中的某个阶级，它是人类源远流长的人文精神传统的派生体，它经过反省和悼亡两个阶段以后，必然会走向一个重建理想的新生阶段，这就是王安忆《乌托邦诗篇》的核心。精神是极为抽象的，小说作者必须找到一个美学的载体，才能充分地把它体现出来，于是，诗篇的叙事形式就成了精神所依存的美学载体。尽管没有明白地写出主人公的名字，但谁都知道"他这个人"是台湾作家、被看做社会良知的陈映真，但陈的故事仅仅是小说叙事的一部分，应该注意到，这部小说的另外一部分也很重要，就是作家王安忆的精神自传，即她的访美引起的精神变异、创作中国经验的《小鲍庄》和重返黄土地寻根，这段时间大约也是 80 年代上半叶到 90 年代初①。以自己的精神发展历程与对陈映真为象征的理想主义的相知相印紧紧地结合在一起，谱写了知识分子理想之歌的五大乐章，这就构成了《乌托邦诗篇》的基本旋律。这部小说对《叔叔的故事》也是一次小说叙事的颠覆，人们刚刚适应了王安忆用类型的方法来表达时代精神之塔，而这一篇的叙事人"我"和被叙事的理想主义者陈映真都是具体的纪实性人物，材料也完全是纪实的，可是他们之间建构起来的却是虚到不能再虚的精神指代——乌托邦。什么是乌托邦？这是自古以来的理想家都要用一大堆虚拟的材料来描述的，而这篇小说却通过两个人物之间的精神呼唤缥缥缈缈地把它建立起来。这就是《乌托邦诗篇》的独到的叙事方法。

许多读者会把这篇以怀念为主题的叙事作品看做是真人真事的抒情散文，但一般的个人性散文很难达到这部作品所饱含的精神高度，没有虚拟的精神乌托邦为制高点，就没有这首诗篇的价值。作家一开始就说明，这部作品，是诗而不是一般意义的小说，因为"我将诗划为文学的精神世界而小说则是物质世界"。显然作家是把精神乌托邦也作为作品中的一个形象，而且是凌驾于"我"与陈映真之上的一个总体的艺术形象，

---

① 王安忆是 1984 年夏与母亲茹志鹃一起参加美国的爱荷华国际写作中心活动，回国后创作《小鲍庄》，1985 年发表后引起轰动，1990 年春天去陕西深入生活，并在同年初重见陈映真，所以其叙事的时间范围应是 1984—1990 年的七年间。

就像文学名著中出现的"无形的角色"那样①，小说借助了宗教的形象来达到自己的叙事意图。就在作家讲到她在那个时期创作《小鲍庄》的经验时，她忽略（也许是她根本没有意识到）了一个细节，就是《小鲍庄》一开始就写了洪水的故事，小鲍庄的村民们因为祖先的罪孽而遭受天谴，主人公涝渣却如神之子，用无辜的牺牲来赎还原罪，使村民们改变了命运。② 但是，一个与《圣经》有关的神话故事的起始却成了这首诗篇有意识的结构，作家是从巴比塔的宗教故事引出她对陈映真从事的理想主义事业的独特理解，紧接着她强调了一个警句，这是陈映真的身为牧师的父亲对儿子所说的：

> 首先，你是上帝的孩子，
>
> 其次，你是中国的孩子，
>
> 然后，啊，你是我的孩子。

"上帝的孩子"更为本质地制约了陈映真的艺术形象，这里作家的小说学原则又一次起了作用，她拒绝艺术的典型化的结果是淡化了人物形象的客观效应，从而使人物存在服从了作家主观精神的需要："上帝的孩子"高于纪实人物陈映真，王安忆也占领了一个精神的制高点。

陈映真与"叔叔"是同一时代的人物，"叔叔"是物质的、负面的；而陈映真则是这一代知识分子的精神升华。我们从中外文学史上可以知道，在描述人类精神发展史的文学历程中，批判的阶段一般都能获得成功，而理想的阶段，大多作家都陷入到空洞的议论中，进而就失去了形象的感染力。其病就在乌托邦本身只是一种思想而不是一个形象，更不是艺术过程。而王安忆却将精神性的乌托邦当做一种有血有肉的形象来表达，叙事人王安忆的精神自传与陈映真的理想主义不断撞击出相知的火花，像惊心动魄的交响旋律，带领着人们穿越了五大阶段，这五大阶

---

① "无形的角色"在中外许多文学名著中都是存在的，如现代剧中《等待戈多》中的戈多，始终不曾出场。曹禺也曾说过，《雷雨》中的第九条好汉就是"雷雨"。也有更为抽象的角色，如《琼斯皇》里的鼓声，《复活》后半部指引聂赫留朵夫的《圣经》等。《乌托邦诗篇》中的无形的角色，应该属于后一类。

② 关于《小鲍庄》的主题，笔者曾作过专文讨论，请参阅拙作《告别橙色的梦——读王安忆的三部早期小说》，收入《笔走龙蛇》，济南，山东友谊出版社，1997。

段本身就是一组组具体形象汇集而成的总体叙事形式。由"三角脸和小瘦丫"、"看美国足球"、"做聪敏的孩子"、"耶稣的信仰"、"感动"构成的五个乐章，总起来包含了这样一些意思：一、爱心，这是人类感情沟通的起点；二、理性，这种以拒绝盲目与平庸为特征的理性力量，是与中华民族与生俱来的苦难与忧郁紧密联系在一起的；三、民族，只有站在自己民族的立场上发现经验和实践理想，才能保证理想的不空洞；四、信仰，人都有自己的民族，唯信仰是跨越国界而全人类；五、感动，这是知识分子回到民间去重新寻求力量而生的感动，理想、信仰与民间不能分开。我想这正是王安忆面对 90 年代初种种困境的严肃思考，从形象的立场上展示了当代知识分子应该承当的社会使命和历史使命。这与张承志、张炜们站在民间的立场上发出知识分子的抗议，与 90 年代从文学者寻思人文精神失落的集体行动，完全是殊途同归的一种精神性行为。但王安忆有她的艺术逻辑，在五大乐章中，一个真正的理想主义英雄，高高地举起双手，握成了拳，作成鼓舞的欢乐的手势的形象，终于艺术地完成了，但这并不是真实的作家陈映真，也不是作家王安忆，这个形象恰恰是塑造了海峡两岸知识分子共同建构起来的一个追求理想主义象征，也就是《乌托邦诗篇》的总形象。

王安忆在三部曲中一步步营造起来的精神之塔，决不是封闭的象牙塔（尽管有时候她喜欢用"象牙塔"来形容思想的纯净性），而是及时包容汇集了社会转型过程中各种最主要的或者次要的声音，使这座精神之塔成为个人精神的纯净性与时代精神的丰富性紧密结合在一起的艺术表现对象。这与她从一开始就提出的新的小说诗学原则是相吻合的，这四个"不"的原则，不外乎要求打破传统的封闭型的艺术创作方法，这种传统只能使作家局限在个人对客体世界的狭隘经验里，她要求作家主体精神突破客体一般经验的限制，把个人性的精神世界变成为一种包容了时代、社会、历史以及不同时空范畴的开放性的叙事艺术，使主体精神突兀地插在读者与客体世界的中间。但这样一种艺术表达是相当冒险的，特别是当她自觉拒绝了艺术对"特殊环境和特殊人物"的依存关系后，她的读者不能不经受审美趣味上的考验。习惯了故事生动和人物性格鲜明的读者会抱怨王安忆的小说越来越难读，长篇累牍的议论越来越缺乏吸引力；甚至连一些专业评论家与文体研究者对王安忆的作品也失掉了耐心，专家们宁愿认可这些作品的档次很高，却对它们的艺术趣味保持怀疑。事实上是王安忆拒绝了小说媚俗化走向，也拒绝了 19 世纪以来基本左右了中国政治高层和大众共同审美习惯的现实主义传统，同时她又拒绝了以新潮小说为特征的技巧主义或趣味主义的艺术捷径，浑然地进行着一场很难获得大众的革命性的小说叙事实验。我想，作为一份对王安忆小说的研究报告，如何解释王安忆小说的艺术精神及其追求，将是一个绕不过去的问题。如果要从文学艺术的源流来看，王安忆小说叙事风格变化的主要特征，表现为以崇尚精神的奇特、怪诞与修辞的华丽，来打破一般流行的平庸、世俗和人情味的纪实风格。

90 年代的中国文学处于一个走向"无名"的时代，不再有强大的"共名"来限定文学的趋向，但有一些基本的变化还是能够看得出来，即随着市场经济对文化的影响，80 年代有关现代化进程的激情呼唤渐渐转化为对日常生活琐碎欲望的表达，尽管在物质上还远远达不到狂欢的心情，但在肉欲享乐方面的渴望及其无法达到而生的种种玩世态度，都消解了诗情的力量，在叙事风格上，则体现为平实而琐碎的日常性话语。从新写实小说开始，连续性的文学思潮一直是沿着这样的趋势演化着，所谓个人性的叙事特征，也多半体现在个人生活欲望的表达之上。但 90 年代无名化特征还在于某一类思潮的存在，同时也包容了它的对立面的存在，为了抗衡日见增长的平庸、琐碎、享乐主义的世俗风气，王安忆等作家对精神的崇尚，就显得特别地引人注目。90 年代崇尚精神理想的形式有了很大的改变，许多作家都转移了知识分子的精英立场，他们依托民间的力量来传达自己孤独的声音。但王安忆却仍然是一如既往地坚守在孤立的知识分子精神阵地上，她苦心孤诣营造着的精神之塔，只能是一种非常抽象甚至连作家本人也难以准确表达的精神之塔，这就使她的小说不能不是晦暗而仄逼的精神通道。她有时候崇尚起古典主义，用词华丽以至烦琐，文学意象突兀性地产生惊世骇俗效应，都反映了一个理性失范的时代在人的精神意识上造成的巨大阴影。

与 80 年代中国知识分子多半心怀着明朗而肤浅的理想主义相反，王安忆本人则是从虚幻的理想主义中挣脱出来的年轻一代作家，而且，她在理想主义最盛行的 80 年代就是一个平实而琐碎的写实主义作家，本来她应该是最有资格充当 90 年代新写实主义潮流的旗手，结果却走向了特立独行的反面。环境使她的艺术创作顾虑重重，她所高扬的精神理想不同于张承志那样，在民间哲合忍耶的旗帜下理直气壮地呼唤出来，作家所追求的精神与作家主观所需要的完全可以相吻合；王安忆的精神之塔相当晦暗，这表现在叙事人的主观态度是暧昧的：叙事人并不以为真理已经掌握在自己手里，相反是与作品所建构的精神之塔有意识地保持了一段距离。《叔叔的故事》叙事人是一个持享乐主义态度的年轻作家，他最终是以自己"不再快乐"来否定自己的态度，提醒读者对精神失落的关注《歌星日本来》的叙事人为了把自己与悼亡理想主义的人们区别开来，特地在结尾加了一大段自我评价，表示自己是个十分平凡而且现实的人，为了怕事情失败就宁可不做事情，她只是通过对那些理想主义者刻骨铭心的纪念表明了自己的精神立场。《乌托邦诗篇》中叙事人也不断地进行自我反省，以衬托陈映真的理想主义形象。这样就使王安忆对精神理想的呼喊变得十分含混而且狭窄，叙事人并不提供一个清晰可陈的理想主义图式，只是在叙事人与她的对应人物之间的关系中隐隐约约地表达出来。我把这种表达的意象称为"塔"，正是出于这样的理解。

为了使叙事人与对应的人物之间有个可以存放暧昧含混的理想主义的空间，王安忆放弃典型人物的塑造，使人物不含有明确的社会性内容，但她又必须防止另外一种倾向：本来作家笔下的形象都具有某种浮雕感，装饰着精神之塔的内壁，但如果这些形象与叙事人的主观精神贴得太近的话，很容易使人物变成精神的传声筒。所以她故意选择了一些叙事人不可能完全驾驭的纪实性人物，或者类型化的人物，这些形象都含有类似欧洲巴洛克风格的夸饰性。如"叔叔"对于"我"来说，尽管"我"已经知道有关"叔叔"的故事结局，但是终究无法掌握那些历史时期的故事真相，所以不能不承认他讲"叔叔"的故事力不胜任。至于陈映真和《伤心太平洋》里的李光耀，不仅是真人真事，而且在现实世界里具有强大的政治能量，把他们突然地显现出来，与叙事人平平的智力形成鲜明的对照。叙事人总是自称"孩子"，使这种对照成为叙事的风格特征。《纪实与虚构》里，她干脆为一个浩浩荡荡的民族撰写起历史来，显然更加力不胜任。这样，叙事人与被叙事的形象之间，构成了多种声音的合奏，形成较为复杂的想象张力，这种张力就成了存放精神追求的空间。前面分析《乌托邦诗篇》时已经说到过王安忆这一叙事特点，即作品所张扬的精神既不在叙事人身上，也不在被叙事者那儿，而是在叙事人边叙述边探索的紧张过程中。为了增加其紧张度，作家不惜使其人物形象都极其夸张（如将外国国家元首当做虚构小说的一个人物来写），造成一种奇崛的美学效应。

由于精神形象的含混不清，王安忆的叙事形式打破了一般小说艺术的和谐与完美，她的叙事夹进了大量的抽象性议论，有时重复再三，有时极为拖沓，仿佛在考验读者对她的艺术的忠诚程度。我并不认为王安忆在小说里的议论都是精彩的，她的思想形象和精神形象也没有找到成熟的审美载体来体现，这使她大量的抽象性叙事充当了精神之塔的建筑材料，王安忆深知这样表达的困难，她自己在作品里说："要物化一种精神的存在，没有坦途，困难重重。"因此，她"每写下一个字都非常谨慎，小心翼翼"。在一些具体描写和抽象描写的杂糅中，她非常成功地包藏了精神形象的存在。《歌星日本来》中有两段结构相仿的文字，描写人物的心境：

> 阿兴心里空荡荡的，他不知道这种感觉的名字叫作怆然，他脸贴着窗框，心里想：天要黑了。其实这只是接近黄昏的时候，可阿兴心里却想：天要黑了。

还有一段是：

> 阿兴怔怔地望着窗外，心里充满了一种震动的感觉，他不知道这感觉的名字叫宿命，他只是惊骇地想：雷雨要来了。其实雷雨的季节已经过去，要等明年夏季再来，可阿兴想到：雷雨要来了。

这两段简单的文字里都含有同样复杂的叙事结构，叙事者的议论与客观描写杂糅一体，似不可分。叙事者对人物心理有自己的概括术语（宿命、怆然），而人物浑然不知，只是从天象中获得启示（天黑了、雷雨要来了），然后叙事人再次对人物的感觉进行消解，指出那是错的，而人物依然用自己的方法来表达内心抽象的感受。短短几句，几乎每一句都是前一句的否定，人物的思想没有用引号、冒号，使之与叙事者的语气在外观上保持一气呵成的形式，但内部结构却充满矛盾的诡词，意义层出不穷，新上翻新，如果说人物的前一句启示是具体心境描写，然而经过否定之否定，第二次重复便上升为抽象物的象征。

小说语言的重修辞、夸张、奇崛、怪诞等特点，在王安忆这一时期的小说里也有相应的表现，但完全是王安忆式的语言风格。她以往（80年代）的语言相当简洁的白描，总是用短语来表现人物的心理，在她当时看来，中国人（尤其是中国的农民）的用语是单纯朴素的。但在90年代，她一反本来的风格，化白描为独白，变朴素为夸饰，整篇作品就像一道语言的瀑布，浩浩荡荡，泥沙俱下，一方面是元气淋漓，由语言来支撑作品的感情、人物、逻辑等小说艺术的基本生命体；另一方面是过于繁复的比喻意象和过于抽象的议论，都使她的叙事语言脱离活生生的人间烟火，甚至全然排斥了作品的现实性和可能性，语言成了人物灵魂存放的精神通道。如《乌托邦诗篇》中精神相交接的五个段落逻辑性递进，虽然都有具体的故事作依托，但抽象的议论远远超脱了故事本身的含义，议论大于形象，叙事人的主观情绪倾诉淹没了客观逻辑的推演，以至小说结尾时叙事人顺理成章地用整个生命在呼喊：啊，我怀念他，我很怀念他！写到这儿，作家仿佛把所有现实层面的羁绊全部粉碎了，远远地丢抛在一边，精神力量喷薄而出，人也被烊化了。

如果说，以抽象的精神性因素取代了以人为中心的世俗文化，必然会导致趋向天国的神秘主义倾向，幸好王安忆的艺术道路没有走到这一步，这也是中国的现实环境与文化环境没有允许她继续朝这一方向发展下去。但从《小鲍庄》时期她只是将宗教故事作为隐喻融化在故事背后，而到了《乌托邦诗篇》已经堂而皇之地把陈映真描写成"上帝的孩子"，这样的倾向不是没有可能的。长期脱离了民间大地之根的写作使王安忆心力交瘁，孤独、寂寞、执著的精神追求使她陷入了"高处不胜寒"之境。有一次在书店签名售书时有位读者问她："你写到这个份儿上，还怎么作为普通人去生活。"仿佛是异人点悟，王安忆一下子醒悟到这话说出她"感觉到却还没认识到的事情真相"。她终于承认："我们都是血肉之躯，无术分身，我们只能在时间和空间中占据一个位置，拥有两种现实谈何容易，我们是以消化一种现实为代价来创造另一种现实。有时候，我有一种将自己掏空的感觉，我在一种现实中培养积蓄的情感浇铸了这一种现实，在那一种现实里，我便空空荡荡。"① 从《叔叔的故事》到《乌托邦诗篇》再到《纪实与虚构》和《伤心太平洋》大约是五六年的时间，王安忆却走过了一段非凡而危险的写作探险之路，辉煌是明的，危机却是暗的，从 1995 年起，她开始试图走出这样的精神阴影，向一个新的精神载体走去，王安忆与 90 年代的诸位精神界战士将殊途而同归了。

原载《文学评论》，1998 年第 6 期

---

① 《关于〈纪实与虚构〉的对话》，见《乘火车旅行》，104 页，北京，中国华侨出版社，1995。

试论王琦瑶的意义

　　像上海这样一个城市，有理由要求其自身的历史风貌和文化形象在文学创作上获得艺术的表现。这不是新的要求，中国现代文学史上的海派文学已经拥有较长的历史，拥有像《海上花列传》、《子夜》、《上海的狐步舞》、《亭子间嫂嫂》、张爱玲关于上海风情的小说等遗产，也包括像《上海的早晨》、《火种》等将革命运动背景与上海风情相结合的长篇小说，这些文学传统反映了不同历史年代文学家们对上海大都市文化的美学审视，多侧面地展示出上海近百年来的独特历史风貌。但在 90 年代上海经济腾飞之际，文化上也相应地发生急剧的蜕旧更新之变。从表面上看去，这种变革类似于某些旧的文化信息的复兴，它多少使人们产生一种错觉，觉得上海的辉煌已经在三四十年代的东方魔都时代奠定了模型，现在的复兴不过是修复和重现这一模型。于是，一股怀旧的思潮随着日趋繁华的城市建设而悄悄兴起，它主要出现在民间，也得到了一些文学艺术作品的响应。总的来看，这类以怀旧为主题的旧上海题材的创作并不成功，首先是其立意的肤浅，以为五十年风水轮流转，这座城市的再崛起仿佛是一种"美人复活"；其次，这批创作对于怀什么旧也莫衷一是，凭着歪曲性的想象，无端地给这个城市历史蒙上了一层暧昧的色彩，"旧上海"竟成了一种拆白党加舞女的花花世界符号，所谓的"上海梦寻"，寻的大都是这一类历史的渣滓，既无想象力来填补上海历史的空白，又使人们看不到也无法想象变化中上海文化的现状和未来发展的可能性。

　　王安忆的长篇小说《长恨歌》的诞生，不但再现了上海的民间世界场景，使海派文学又获传人；而且作家站在当代文化新旧更替的立场上，揭穿了所谓"上海梦寻"的虚假性和无意义，警戒人们从虚空的怀旧热情中走出去，去探索真正表现了发展中上海的文化性格和文化形象。这两个方面都是通过王琦瑶的艺术形象来展示的，这个人物具有双重的含义：一个是具体的"上海弄堂的女儿"，她的身世遭遇里隐含了40 年代到 80 年代上海小市民的生活场景的某种侧面；另一个具有某种象征的意义，即代表了时间中的上海，是由历史与现状构成的"上海旧梦"的神话："上海弄堂里，偶尔会有一面墙上，积满了郁郁葱葱的爬山虎，爬山虎是那些垂垂老矣的情味，是情味中的长寿者。它们的长寿也是长痛不息，上面写满的是时间、时间的字样，日积月累的光阴的残骸，压得喘不过气来的。这是长痛不息的王琦瑶。"本来是个极其幼稚肤浅的王琦瑶，因为有了时间的意义，才变得饱经风霜、长痛不息。

《长恨歌》在文体上有点像欧洲文艺复兴时代的拟骑士体文学的反骑士小说，它用拟"寻梦"的手法展示出王琦瑶所代表的浮华表象于历史于现实都不过是一个神话。一般读者都会注意到，这部小说真正的故事是从第一部第二章开始的，而其第一章则用了华丽而抽象的语言来一一描写上海几个市民生活场景：弄堂、流言、闺阁、鸽子和弄堂女儿王琦瑶，几乎没有任何故事线索，这五个意象是孤立的，又似乎隐藏了某种逻辑，合起来成为一个整体的艺术形象，由晦暗逐渐转向明亮。这一过程仿佛是一个寻梦的开始，从深沉、密集、灰暗的弄堂讲起，穿过一系列昏昏欲睡的琐屑意象后直到"鸽子"的出现才开始明朗，同时又暗示了鸽子是高高在上的眼睛，用来窥探弄堂里深藏不露的许多罪恶，影射全书结尾时王琦瑶的被害。然后王琦瑶才正式登场，由鸽子引出王琦瑶，暗示了王琦瑶是预先有了结局才开始自己的人生道路，先有了谜底，再展示谜一样的人生故事。反过来也可以理解，鸽子隐含了一个谜，而王琦瑶的一生才是一个漫长的侦破谜面的过程。如果我们把第一章看做是寻梦的象征，那么王琦瑶的出现是梦的高潮，她本身是极抽象的，作家是把她当做上海市民中的某个类型来介绍的，所以最后说：每间偏厢房或者亭子间里，几乎都坐着一个王琦瑶。王琦瑶是"类"的名称，她是从晦暗的上海弄堂走出来，慢慢走到了 40 年代上海旧梦的高潮里。

作为一种隐含着虚幻的旧上海之梦的象征体，作家故意回避了王琦瑶的家庭关系，也隐去了时代对王琦瑶们的改造和冲击，甚至连"文化大革命"这样专以"破四旧、立四新"为风暴起点的大事件，也以程先生之死而一笔带过，王琦瑶则成了无背景的卡通人物，并不以真实性为标记。小说一开始就写"片厂"一节，象征性地写出了王琦瑶的最后结局：如一部拍摄中的电影片断，一个女人在床上被人谋杀，人生如戏，王琦瑶的一生故事也可以被看做是这部电影的继续拍摄过程，王安忆用了"前身"一词来形容王琦瑶与这个被谋杀的老女人的关系，如从"旧梦"的象征意义上去理解，则可以把老女人看做是一个寓言，也就是说王琦瑶代表的上海旧梦在40年代已经结束，以后的王琦瑶所扮演的人生故事，不过是对旧梦的追寻而已，到头来终究是虚无的。第一部以王琦瑶的发迹与辉煌作衬底，1946年的上海本身就充满了不真实的繁华，竞选"上海小姐"是这场春梦的辉煌顶点，而李主任的金屋藏娇是上海小姐的必然归宿。这里把腐烂中的繁华与繁华背后的腐烂展示得一清二楚。王琦瑶的辉煌与二三十年代上海正处于远东金融中心的"魔都"地位不可同日而语，前者不过是后者的回光返照，是抗战以后人们重拾上海繁华梦的虚幻旗帜。王安忆没有把王琦瑶写成一个天生珠光宝气的交际花，而是写她怎样被权力与金钱腐化而生成小家碧玉，王琦瑶直到生命的最后也还是个小家碧玉，但被时代教唆出来的欲望和野心总是给她蒙上一层不真实的雾气。这种雾气就是旧时代的"象"，它一直若隐若显地刺激着上海市民的好奇心和虚荣梦。王安忆描写王琦瑶并不是炫耀旧上海的声色繁华，恰恰是以讽刺其梦幻实质以及无情揭示其在新的时代来临前的虚假与幻灭，为所谓的"上海寻梦"奏起了一曲挽歌。

小说第二部和第三部里都有一个"寻梦者"，第二部里有一个时代的多余人康明逊，第三部里是梦游者一般的老克腊，这两个男人与王琦瑶的关系，都类似"同是天涯沦落人"的关系，到头来得到的却是"两处茫茫皆不见"。他们都不是真心实意地寻求情色与幸福，只是希望昔日的上海小姐能使他们的梦想成真，所以一旦王琦瑶以真实妇人的欲望来规范他们时，他们就不免尴尬起来。康明逊知道——如作家所写的——王琦瑶再美丽，再迎合他的旧情，再拾回他遗落的心，到头来，终究是个泡影。这不仅是寻梦者的悲哀，也是代表着"梦"的王琦瑶的悲哀，康明逊与王琦瑶的结合而生出了女儿薇薇，只能是一个粗鄙化的时代符号，与薇薇同辈的小林、张永红、长脚都是极粗鄙的时代的产物，不过受了"寻梦"的影响，伪装成寻梦者来与旧时代开玩笑，连真正有点寻梦精神的老克腊，他在王琦瑶真实肉体上感受到的也只能是风月宝鉴式的幻灭痛苦。本来，王琦瑶以老妪之身接受老克腊难免是个丑陋的故事，她已经到了风化的年龄，在一群无知无识的寻梦者的刺激下，不难想象其会像《子夜》中的吴老太爷那样迅速腐烂而死。长脚不过是个执行死刑的刽子手。有人认为小说的第三部写得太凄凉，没有中

兴旧上海文化的力度，却不知王安忆所嘲讽的正是那种以为改革开放中
的上海可以中兴昔日旧梦的寻梦者。王琦瑶在王安忆笔下是一个可望却
不可及的旧梦，她给生活在当今时代的人们只能是带来虚幻的失落。我
们先要从前一段时期文艺作品里泛滥着大量"上海寻梦"的文化背景上
去把握这部小说，就不难理解这部小说正是以对王琦瑶所隐含的旧上海
的"象"的破灭，揭示出寻梦者的虚妄和不真实。

　　读《长恨歌》令人想起契诃夫笔下对旧俄时代没落贵族生活方式的
否定，一个严肃的现实主义作家面对急剧蜕变中的文化，不可能将深刻
的思考熔铸在尚未成型的新的文化模型之中，他唯一能做的就是对已经
失去生命力但仍然温情脉脉的文化模型给以充分的揭示，所以王琦瑶背
后的"象"，是解读这部作品至关重要的钥匙。王安忆是个严肃的作家，
她敏感地感受到都市文化所发生的变化，并且注意到民间怀旧倾向中的
虚幻性，她以王琦瑶神秘的死因告诉人们：你们所津津乐道的王琦瑶是
不真实的，没有任何希望的。这种对一个虚幻时代的告别形式充满着喜
剧色彩，但就其内容而言，又是以悲剧性的方式来展开的，王安忆塑造
她的人物几乎达到了炉火纯青的高度，她真是把王琦瑶写成上海曾经有
过的一段历史，有恩有义，连血带肉，整个地写出了一个人与一个城市
之间的千丝万缕关联。如写王琦瑶在苏州邬桥避战乱一节，王琦瑶是这
样怀念起上海的：

　　　　那龙虎牌万金油的广告画是从上海来的，美人图的月份牌也是
　　上海的产物，百货铺里有上海的双妹牌花露水、老刀牌香烟，上海
　　的申曲，邬桥人也会哼唱。无心还好，一旦有意，这些零碎物件便
　　都成了撩拨。王琦瑶的心，哪里还经得起撩拨啊！她如今走到哪里
　　都听见了上海的呼唤和回应。她这一颗上海的心，其实是有仇有
　　怨，受了伤的。因此，这撩拨也是揭创口，刀绞一般地痛。可那仇
　　是有光有色，痛是甘愿受的。震动和惊吓过去，如今回想，什么都
　　是应该，合情合理，这恩怨苦乐都是洗礼。……栀子花传播的是上
　　海夹竹桃的气味，水鸟飞舞也是上海楼顶鸽群的身姿，邬桥的星是
　　上海的灯，邬桥的水波是上海夜市的流光溢彩。她听着周璇的"四
　　季调"，一季一季地吟叹，分明是要她回家的意思。

把一个城市的器物风光如此贴切地与个人身边种种景象加以联系，

把一个人对一个城市的怀念如此镂心刻骨地融化在生命当中，任何一个
对上海有感情的读者都不能不为之受到感动，你可以从理性上认识到王
琦瑶是一个不真实的旧梦，但你不能不承认，这是一个非常迷人的梦。
王琦瑶之所以能够这样辉煌照人，就在于她超越了一般意义上的人物形
象，她使一个城市曾经有过的辉煌历史通过血肉之躯内在地展现出来。
把一个城市的人格化与一个人含有的城市意义交织在一起，这是需要很
高的艺术力量才能完美地表达好，在我们的文学史上还找不到第二个王
琦瑶那样的艺术形象。海外学者王德威在《海派文学，又见传人》的长
篇论文里，详细探讨了《长恨歌》与张爱玲创作特色的关系，并且敏锐
地指出：王安忆的努力，注定要面向前辈如张爱玲者的挑战。他有一个
观点是认为，张爱玲自 1952 年仓皇离开上海后，创作由盛转衰，再无
力作，而王安忆则把张的故事从民国的舞台搬到了人民共和国的舞台，
"张爱玲不曾也不能写出的，由王安忆作了一种总结。在这一意义上，
《长恨歌》填补了《传奇》、《半生缘》以后数十年海派小说的空白"。但
我觉得，王安忆创作上对张爱玲传统的发扬或者突破，主要不是体现在
时间意义上的延续，因为这是不言而喻的，这两人之间还应该有着更广
义的差别，那就是张爱玲在创作上从没有刻意地去塑造上海的形象，只
是以她的华丽苍凉风格，笼罩了海派文学的一方天地，而王安忆的《长
恨歌》是刻意地为上海这个城市立像，她不但写出了这个城市的人格形
象，也刻意写出了几代上海市民对这个城市曾经有过的繁华梦的追寻。
换句话说，就张爱玲的海派风格而言，上海是属于张爱玲的；而在王安
忆的《长恨歌》里，王安忆则是属于上海的，她笔下的王琦瑶也是属于
上海的。

　　理解了王琦瑶背后抽象的"象"以后，我们将转移一下角度，从具
体的艺术形象上来看这个形象所承担的文化含义，进一步理解王安忆作
为当代"海派传人"继承了什么，又发扬了什么。王安忆写《长恨歌》
前面当然树立着张的偶像，她凭着敏锐的艺术视角，不是学张爱玲的神
韵，也不是摹仿张爱玲的风格，这些显然是缘木求鱼的做法，王安忆从
大处着手，把握住了张爱玲在文学史上的独特贡献，那就是偏离了"五
四"以来知识分子的宏大历史叙事的视角，从个人的立场上开掘出都市
民间的世界。我在其他文章里探讨过有关都市民间文化形态的问题，在
此不再重复，简单地概括，就是现代都市文化随着移民文化而逐渐形
成，所以它本身没有现成的文化传统，只能是综合了各种破碎的民间文

化，它深藏于各种都市居民的记忆当中，形成一种虚拟性的文化记忆。因而都市民间必然是个人性的，破碎不全的，张爱玲头一个捡拾起这种破碎的个人家族文化记忆，写出了《金锁记》这样的民间生活场景。只要把《金锁记》与《子夜》相比，宏大历史的叙事话语与个人性的民间话语的差异不难理解。50 年代以来，民间的叙事传统被中断，描写上海城市生活场景的文学作品并不在少数，但其故事内容多半是应和了时代的宏大历史叙事的需要，或者说，是通过个人生活场景来注释历史的重大事件，且不说像《上海的早晨》、《火种》那样直接写某些政治运动的作品，像近几年出版的《金融家》等作品，也无不应和了具体的历史步伐。而《长恨歌》却不同，一个明显的叙事特点就是有意淡化宏大历史对民间生活的侵犯，直接用民间的凡人小事接上了张爱玲的传统。

以王琦瑶一生的活动舞台而言，有两次大的历史事件直接影响了她的命运走向，一是 1949 年上海的解放；一是"文化大革命"结束以后上海重新走向开放，这里有意避开了 50 年代的政治运动改造与"文化大革命"风暴对一个做过国民党高官情妇的女人的摧残。如果从正史的角度看，王安忆是避重就轻，个人的经历无法反映上海的宏大历史，但我们必须换一种视角，从民间的生活世界来看，政治风暴对民间的侵犯是永恒的现象，像李主任把王琦瑶从民间女子变为私人禁脔，又何尝不是一种粗暴凌辱，但民间的魅力在于它遭受凌辱时，依然能够拥有自己的文化记忆，就如《辛德勒的名单》中最感人的一幕是犹太人遭受毁灭性的屠杀之际，仍然有人在安详地做着犹太人的宗教仪式，这是一个民族不亡的证明。上海人的都市民间也有它自在的历史传统与生活方式，当政治风暴如篦头发一样篦过一遍以后，王安忆历历在目似地写出了上海市民与当时时代主流完全不同的生活方式，"平安里"的一角场景里，王琦瑶们个个都是现实生活里的人物，也面对了现实生存环境的困扰，如工商业改造之于严师母，城市社会青年上山下乡之于康明逊，红色权力中的争斗之于萨沙，以及历次政治运动之于王琦瑶，都不会不影响这些逐梦的人们的生活方式，但在另一个空间里，他们就像是地洞里的老鼠，凭着记忆中的文化方式连接在一起，围炉话旧，声色男女，苟苟营营地维护着一方自由天地。小说第二部是全书的精华所在，王安忆将记忆中的民间文化一样样推向正面舞台，而使宏大历史的叙事转移到后台，"窗外雨雪霏霏，窗内雀战终宵"，这样的对照也许会引起一些读者的误解，但小说的魅力所在，实在不是要显示时代的大悲剧，它只是巧妙地写出了一幕都市民间世界里的悲喜剧。

如果是熟悉上海民间生活的人，仔细读了王琦瑶的故事并不会认为这是出于作家的虚构，在相对稳定的大都市上海，千千万万普通市民即使在灾难丛生的时代里，还是保存了自己的历史和文化。它表达了一种生生不息的都市的民间文化形态，虽然王琦瑶所象征的旧上海的繁华梦已经一去不返，但作为一个从旧时代延续而来的上海市民的王琦瑶却是极其真实的，而且她从历史的缝隙中开辟了一个新的生活空间，足以引起以后书写上海者的兴趣。抽象的王琦瑶和现实的王琦瑶互为映衬，两者不可缺一，如忽略王琦瑶背后的抽象意义而一味夸大她的凡俗性，就难免会对小说作出庸俗化的评价，反之，只强调人物的虚幻性而无视其对都市民间世界的开掘，则人物也会成为思想的演绎而失落其真实的艺术生命力。正因为有抽象与真实的合而为一，才使王琦瑶成为现代文学史上独一无二的艺术形象，因而也是永恒的形象。

1998 年 4 月 2 日于黑水斋

原载《文学报》，1998 年 4 月 23 日

从细节出发

——王安忆近年短篇小说艺术初探

在我被任命为《上海文学》主编的那天会上，王安忆带来了她新创作的两篇小说①，随手就交给了我。那天她在会上说，对《上海文学》最好的支持就是每年都把自己最满意的小说交给它发表。她的话让我对未来的工作感到了信心。现在，《上海文学》新一期终于编完，王安忆的小说安排在本栏目发表。"月月小说"是《上海文学》的主打栏目，按照设计要求，每期将发表作家的一组短篇新作，同时配发相关评论，讨论和介绍作家的短篇小说创作风格。今天是新开张的日子，我愿意放下其他所有的工作来承担这个评论的写作，对王安忆近年来的短篇小说艺术作一个初步的探讨。

王安忆的创作是以长篇小说为其主要成就标志的，片面探讨她的短篇创作的艺术风格并非明智的视角，正如在一群高楼大厦的阴影挤压下，阳光很难照亮高楼边上平房大院的清晰轮廓。如果王安忆的中长篇小说创作已经汇聚起一道汹涌澎湃的江河，那她的短篇也只是这道江河上飞溅起的朵朵浪花。浪花看似有形实无形，它的最终形态将是归复江河，与汹涌澎湃的水流融为一体，不复有自己的形态，然而掬一瓢之水独立来看，却分明是随物而转形，百媚千姿由此而生。所以谈王安忆的短篇小说风格就不能不依傍她的中长篇小说创作的总趋势，看两者之间如何达到气韵贯通、精神一致，更值得注意的是作家如何在这一道江河大流中分割出若干短小空间，使其自身达到神韵饱满而且别呈异象。我的观察似乎也是处于这样一种两介的立场：既不能把王安忆的短篇小说完全从其长篇小说风格中剥离出来给以孤立的关照，同时也要从这种特

---

① 王安忆：《发廊情话》、《姊妹们》，载《上海文学》，2003（7）。

征中寻找作家的美学观念对传统短篇小说形态的冲击。

之所以这样来定位王安忆的短篇小说，是因为她近年来发表的短篇小说越来越呈现出一种传统小说观念所不能规范、难以容忍的美学形态，她几乎拆解了传统短篇小说以精致构思和技巧取胜的美学要素，甚至这种挑战性还涉及到读者的期待。从 1997 年创作《蚌埠》开始，她就采取了那种散漫的叙述地方志的方法，尝试着摒弃完整的故事性和对典型人物性格的塑造，从而使另一种艺术图景——日常生活细节以自在的方式慢慢呈现在文字中间。它是以自在的方式来呈现的，任何技巧性的艺术处理都变得多余。我注意到在王安忆的那一批短篇小说中，叙事者经常性的出现"我"或者"我们"的交替使用，如《蚌埠》的第一句就是"我们从来不会追究我们所生活的地方的历史"①。小说里除了偶然提到"我插队的地方"和"我所来自的上海"等句是用了单数第一人称外，通篇是以复数第一人称的叙述口吻。在以后的许多短篇小说里，用"我们"叙事的口吻越来越多，即使是"我"的叙事也随时可以与"我们"来置换。最说明问题的一篇是《舞伴》里的"我"，作家明显改装了自己的原来身份，使之变成一个虚构性的角色，但同时她把这个"我"并置在四个同类角色之中，所以叙事的口吻仍然是"我们"。这当然不能仅仅理解为王安忆故意采取了与 20 世纪 90 年代流行的女作家强调私密性的叙事策略相反的态度，以公众性的叙事态度来表明她对小说与时代关系的一种不合时尚的态度，我觉得更重要的是，公众性叙事立场排除了主观性对生活细节过于强烈的渗透与改造。

应该说，王安忆的短篇叙事的变化早已存在于她的创作风格中，并非是近年形成的新东西，它与作家创作风格的自觉转变是相一致的。这种转变可以追溯到 90 年代初，王安忆提出著名的新诗学的四条创作原则：一、不要特殊环境特殊人物；二、不要材料太多；三、不要语言的风格化；四、不要独特性。这四条小说创作的原则不仅颠覆了传统的小说审美标准，而且也表明王安忆与她早期以雯雯系列为代表的创作风格作了彻底的告别。关于这一点，我过去在长篇论文《营造精神之塔》里有过详细的分析，在此不再重复。我想补充的是：90 年代初王安忆的风格演变的最初成果主要体现在中长篇小说里（包括《叔叔的故事》、《乌托邦诗篇》、《纪实和虚构》、《伤心太平洋》等杰作），虽然在叙事风

————————

① 王安忆：《蚌埠》，载《上海文学》，1997（10）。

格上发生了巨大的变化,但作为中长篇小说的最基本的要素——情节的地位却没有发生动摇。长篇小说必须依赖丰富的情节才能构架起来,当情节作为小说的主要支撑时,叙事形式总是退居第二位,它给阅读所带来的影响还不能立即清晰地凸显。在《长恨歌》、《富萍》等长篇里,人们主要关注的仍然是故事情节,或者说是王琦瑶们、富萍们的命运。但是,当王安忆把这种实验性叙事应用到短篇小说创作里,情况就不一样了。短篇小说由于自身篇幅的精练,不可能有从容的情节线索来与新叙事风格相抗衡,于是情节在她的短篇小说里就节节败退,以致崩溃。我们读王安忆近年来创作的短篇小说,像《天仙配》那样具备完整故事性的作品越来越少,取而代之的是大量散文化的日常生活细节。细节没有动感,它是散漫的、孤立的、自在的,含有原生状态的新鲜活泼。作家在有限的篇幅内只有靠淡化情节、保留细节来强调叙事的意义,那么,新叙事的特点在王安忆的短篇里就非常清楚地凸显。那些原生状态的日常生活细节的铺张组合,全靠作家的叙述来完成,所以,考察王安忆新的叙事原则在小说创作中的意义,短篇小说是最理想的实验体。

对于王安忆的短篇小说,我们无法像考察《长恨歌》、《富萍》那样从故事情节和人物命运出发进入文本,我们只有一条路可行,就是从小说的叙事出发,考察作家如何展现她在作品里的意图。《现代生活》①是作家最新结集出版的一部小说集,收入的作品大部分是短篇小说。王安忆以前没有为小说集单独命名的习惯,总是取作品中的某一篇来命名,而这一部小说集则是例外,作家用"现代生活"作为小说集的命名显然是有用意的。正如她在自序里所描绘的:"站在一个高处,往下看我们的城市,乡镇,田野,就像处在狂野的风暴中:凌乱,而且破碎,所有的点,线,面,块,都在骤然地进行解体和调整。这大约就是我们的现代生活在空间里呈现的形状。而生活的局部,依然是日常的情景,但因背景变了,就有了戏剧。"显然,王安忆所关注的现代生活不是一个被定义的现代符号的空间——诸如人们所津津乐道的现代版新天地里的种种怀旧象征,相反,她面对的是当下空间变换的现代生活,看到的是乡镇式的传统生活方式如何在变动中慢慢消失,新的生活方式在刚刚

① 《现代生活》收入王安忆创作于 2001 年到 2002 年间的中短篇小说,由云南人民出版社 2002 年出版。

走出传统阴影的普通人中间又如何慢慢铺展开去，成为一种新的生活范式。她反复强调时间在她小说里的意义，但她与那些怀旧式的时间倒置的观念不同，她尝试着解释自己的观念："时间倘若显现，大约就是空间的形状了。"① 也就是说她要表现的不是线性的时间如何推动空间的发展与变化，而是空间的转换中如何暗藏了时间的意义。如果强调时间推动空间的观念，就必然产生以情节为主线的叙事小说，而突出了空间转换来暗示时间的运行，则为王安忆所实验的这类新叙事方式提供了可能性。她不是着眼于表现生活是如何发展到今天的状况，而是不断描绘当下的生活状况是怎样，它暗示了生活发生怎样的变化。这样一来，细节的重要性就展示出来。她笔下出现的保姆、民工、小贩等形象都只有细节没有情节，没有任何需要作家在他们身上添加情节的必要。我理解这细节也就是作家所说的"日常生活的局部"，本来细节不具有时间的意义，只是孤立地存在于日常生活中，只有置放在不同的空间背景下，它的时间意义才会显示出来。我特别喜欢《丧家犬》这个短篇，小说所描绘的远不止一只丧家犬，而是在这条狗的流浪形迹中带出了形形色色的街区小贩和民间摊贩的剪影，这些人物似乎都可以从"丧家的"这一性质上给以界定，但他们流浪于这个街区，自然把这个街区当做他们的新"家"，在日常的微不足道的生活现象中体现了民间生活的道德与尊严，只有把他们放在今天的"现代生活"的演变轨迹中才可读出他们的日常生活于当下于历史的意义。作家没有刻意去描写人与狗之间的关系或者狗自身的命运遭遇，只是由一系列的细节叙述组成这样一幅生活画卷，展现的却是当下生活中最尖锐的命题之一。

在一些本来可以展示时间流程的题材中，作家在处理时仍然采取了淡化情节、凸显细节的方法，如《闺中》、《世家》都涉及时间跨度比较大的过程，或者是一个人的一生的命运，或者是一个大家族的盛衰历史。可是，与通常选取典型故事或者典型人物命运来支撑作品骨架的方法不一样，这两个短篇的情节几乎都碎不成线，相反，支撑小说完成叙事的就是一组组有意味的生活细节或传说，如母女相依为命的日常生活，始终在闺房里发生着，只有到最后，意外地插入一个旅游的故事，才出现了某些情节化的内容。那就是当地民风"抢新娘"的游戏发生在

---

① 王安忆：《时空流传现代》，见《现代生活》，3页，昆明，云南人民出版社，2002。

女主人公身上时，她"忽感到疲倦，陡地收起笑容，眼睛就潮了"。当然是含有反思闭塞、自满、变态的上海小市民生活方式的意思，但仅仅是稍瞬即逝的因素，小说到此戛然而止。情节没有得到延伸和发展，仍然是停留在细节的沃土上原地如花绽开。因此，读王安忆的短篇是欣赏无数有趣味有意义的细节的美的享受，意义与趣味都是从日常生活细节直接提升出来，达到审美的境界。

当然这并非王安忆的短篇小说创作唯一的叙事方式，但其鲜明性也由此而凸显，我宁愿把这种新的叙事方式称作探索性的文本实验，其与以情节为主干的中长篇小说创作的风格还是有了区别。王安忆有些篇幅较短小的中篇作品，也曾经作过以细节为叙事主干的尝试，如《姊妹们》、《文工团》等，都获得意外的成功。而作为短篇小说，似乎更有理由要求情节让位给细节的叙述，以求更大容量的社会信息进入语言的审美领域。读者在本栏发表的两篇小说中可以读出这样的区别。《姊妹行》与《发廊情话》在叙事上表现出两种不同的形态：《姊妹行》篇幅较长，基本上是以情节为主干的小说叙事形态；而《发廊情话》则没有情节，它是由一组组细节所构成的叙事节奏，推动着故事的前进。小说从发廊的细节写起，写到老板的形象，写到外来妹的性格，以及理发的诸种细节，几乎在小说展开到三分之一以后才出现了一个新的叙述者，这个女人的叙事与作家的叙事几乎没有区别，融化一体，以至连标点符号也不引用，一气呵成。但其所叙述的内容仍然是充分细节化的，而不是情节化，这就是叙述人要在讲光头的故事中途突然转换话题，插入对老法师的细节叙述，这样就有效地阻止了情节化的出现。叙述到最后，叙述人与光头的关系仍然语焉不详，老板以过来人的经验揭穿了叙述者的身份是"鸡"，于是才修补起叙述人与两个男人之间的复杂纠葛。这篇小说当然不是写一个发廊女人与两个男人的故事情节，却把改革变化中城市下层市民生活信息的场景通过细节历历在目地显示出来。因此也可以说，这是一部关于细节叙述的小说。

几年来，王安忆为自己的短篇小说叙事开拓了别人无法取代的独特的视角与方法。这样一种以细节叙述为主干的小说叙事，使短篇小说所包含的社会信息量获得了扩张。从小说审美的角度来说，短篇小说是很难有大气的感觉，但由于王安忆放逐了小说的情节和结构，技巧性的因素被压缩到最低限度，使短篇小说拥有特殊的社会信息与精神素质，于看似朴素、琐碎的细节描写中贯通了被强化的叙述气势，一种艺术大气象隐约可见。我不知道用"大气"这两个字来形容王安忆的短篇小说是否确切，她本人也曾对批评家所论述的"大气"的概念感到疑惑，因为这是并非可以量化和把握的艺术审美因素。但是，艺术作品含有恢宏气象是审美活动中确实存在的感受因素，它并非是指宏大题材、宏大场面换取的一种艺术感染力，也不是指那种忽略了细节叙述而刻意追求的所谓磅礴诗意。大气是一种艺术效果，体现为艺术创作上必要的创新能力和粉碎能力。在我看来，创新能力是艺术创造的生命力根本所在，而粉碎能力要比创新能力更为重要，"粉碎"是一种艺术手段，粉碎一切写作技巧和艺术技巧的人为因素，粉碎一切现实生活对文学艺术的制约与束缚，把一切都粉碎了，再重新捏起来，塑造一个新的艺术的感觉世界，而艺术上的大气则隐藏在这样一种过程中悄然运行。在这个意义上，曹雪芹的《红楼梦》是大气的，废名的《莫须有先生》是大气的，乔伊斯的《尤利西斯》和伍尔芙的《海浪》都是大气的。王安忆的个人艺术实践经验所提供的新证明是，在"粉碎"的艺术过程中，细节叙述可能是艺术创作与现实生活唯一保持沟通与起到调节作用的因素，因为只有日常生活细节最贴近民间大地，才能真正地从中吸取艺术生命的元气，小说也只有还原到最原始最混沌的细节层面为出发点，才可能从审美上接近一种大气象。王安忆笔触之处无非是街头巷尾的假语村言，没有宏大的历史题材，也没有宏大的战争场面，但是语言间的力量却所向披靡，几乎所有的传统叙事要素都被解构，所有人为设置的障碍似乎都不存在，只有语言叙述中的日常生活细节，让人感受到艺术的氤氲大气的存在。这种创作现象在日夜沉醉于咖啡洋酒的上海文化版图里，是值得我们去细细探究的话题。

2003 年 5 月 26 日于黑水斋

原载《上海文学》，2003 年第 7 期

读《启蒙时代》

从王安忆的创作历程来看，她时断时续的，总是把追求精神性视为小说创作的最高境界，并一直在为之努力。20 世纪 90 年代初她曾有过一次辉煌的实践，《叔叔的故事》、《纪实与虚构》、《伤心太平洋》、《乌托邦诗篇》等一系列中长篇小说的问世，标志着她"重建精神之塔"的探索和实践①。当时，作家与其在创作上的创新相配合的举措，是在理论上提出了著名的"四个不"的原则②，并由此建立她的小说新诗学。但是，作家的努力在当时的批评界并没有引起应有的重视，相反，围绕着这些作品的具体叙事，批评的声音不断。从《长恨歌》开始，作家逐渐放弃了营造精神之塔的艰难尝试③，转向比较轻松的叙事形态——在世俗所能接受的层面上，讲述民间日常故事。这一转向使她获得了意外成功。④ 但同时，由于《长恨歌》含有复杂的故事意象与多元的阐释可能，作家的创作初衷被严重遮蔽了。为此作家又创作了《富萍》等作品，企图纠正人们对《长恨歌》的误解，似乎成效不大。但在这样一种

---

① 关于这个问题，笔者曾作专门探讨。请参阅陈思和：《重建精神之塔》，载《文学评论》，1998（6）。

② 王安忆在《我的小说观》里提出了"四条宣言"："一、不要特殊环境特殊人物；二、不要材料太多；三、不要语言的风格化；四、不要独特性。"见《王安忆自选集之六——漂泊的语言》，332 页，北京，作家出版社，1996。

③ 当然，似乎也很难说，完全是因为批评界的因素促使了王安忆的创作风格转向。当时艰难的精神探索影响了作家的健康，而作家在康复以后开始发表的小说如《蚌埠》、《文工团》等都是叙事风格非常松弛的作品。真正的转变还是应该从那个时候算起。

④ 王安忆因《长恨歌》先后获得了茅盾文学奖和马来西亚首届花踪世界华文文学大奖。小说被改编为话剧、电影、电视剧等，一直成为媒体的热门话题。但大多数的演绎与阐释都被当时的上海怀旧风气所左右，与作家创作《长恨歌》的初衷不同。

写作实践中逐渐形成她特有的叙事形态——从细节出发，用大量日常生活细节来取代情节或者故事的完整性，细节没有动感，它是散漫的、孤立的、自在的，含有原生状态的新鲜活泼，作家靠淡化情节突出细节来强调叙事的凝固力量。读王安忆的许多小说，虽然第一人称的叙事者并不出现，但你读着读着，分明就感觉到那个叙事人宛如就在你的眼前，通过"他"的叙述来告诉你与他有关的一切生活状况。而这些状况就是由细节构成的。细节与情节有一个重要的区别，情节是与每个人物的生命历程有关，它需要完整的时间流程，而细节不一样，它可以把人物的生命现象分割成各个侧面，更多的是对生命空间的一种展示。所以我们读《启蒙时代》时就会发现，小说叙事的时间大约只有一年光景（从1967年年底到1968年年底），但其间所包含的人物的成长历程却异常漫长，就像一部教育小说的结构，可以跨越好几个阶段。

我曾经在论述王安忆的短篇小说创作时提出过这样一个从细节出发的叙事概念，但我觉得这样的概念比较适合应用于中短篇小说，尤其是短篇小说，由于自身篇幅的限制，不可能有从容的情节铺陈来与细节抗衡，所以是王安忆的小说新叙事的理想的实验体裁。① 至于长篇小说，一般来说总是依赖丰富的情节才能构架起来，当情节作为小说的主要支撑时，叙事形式总是退居第二位，它给阅读所带来的影响还不能清晰地凸显。从《长恨歌》到《遍地枭雄》，人们在阅读中主要关注的仍然是故事情节，或者说是人物的命运。但是，《启蒙时代》却明显不同，读这部长篇小说使我有一种久违了的亲切感，仿佛作家又回到了90年代初的新诗学的探索时期。《启蒙时代》在叙事上回到了《叔叔的故事》和《乌托邦诗篇》的原点，从细节出发向精神层面突进，而故事的层面被明显地忽略了。我不知道王安忆的这部小说能否在市场与读者期待里带来成功，但我想把它看做是作家的一次冒险行动，即重返精神之塔的行动。

但这仅仅是一个动机，作家在构思这部小说时把主题定位在"启蒙"之上，这不能不是一个令人费解的构思：什么是"启蒙"？如康德所言：为人类从自身的不成熟状态摆脱出来、找到一条通向理性的出路。启蒙是以理性为基础的，这是前提；但作品的背景提供了一个最疯

---

① 请参阅陈思和：《从细节出发——王安忆近年短篇小说艺术初探》，载《上海文学》，2003（7）。

狂、最没有理性的时期，"文化大革命"前期，两个疯狂时期——红卫兵运动与上山下乡运动——之间的短暂一年间。从全国的大环境来说，全面夺权已经成功，普遍成立了尊毛泽东为绝对统帅的"革委会"，刘少奇系统的政治势力彻底垮台；从大中学校的小环境来说，运动初期的疯狂开始过渡到相对平静（复课闹革命——工宣队进驻上层建筑——"轮到小将犯错误"），红卫兵预感到自己将被出卖，笼罩在兔死狗烹的阴影之下，他们被迫反思自己在运动头两年所走的道路是否正确，个人与国家、领袖、统治集团之间的关系，以及所信仰的马克思主义的理想、理论与实践的问题。但是所处的时代是一个毫无理性可言的时代，理论水平幼稚可笑、充满妄想、严重脱离实际，仅仅靠一些被狂热激情与权利欲望唤起来的动乱实践，本来就不足以承担"理性"的重任（但也不能否认一些特例存在的可能性。如"文化大革命"中发生在上海的炮打张春桥事件，红卫兵还是有独立的想法）。终究因为时间太短，理论准备不足，真正的"理性"几乎不可能出现在他们的思维之中。更何况，小说里的男女主人公们还不是那些具有一定理论知识的大学生或者真正的高干子弟，他们都是中学生，充其量也是一些虚张声势的"革干"、"革军"子弟，而且连那个"革"字，一旦说出口也很心虚，他们的父母也许正在隔离审查、打翻在地的岌岌可危之中。外表装得气壮如牛，内心则如惊弓之鸟，混过一天算一天，才是这批红卫兵的真实心理。他们仿佛掉进一个漆黑一团的无底深渊，挣扎着企图知道光在哪里？真理在哪里？或者如主人公南昌，连光和真理也毫无自觉意识，只知道牛犊般的盲目骚动、鲁莽做爱、四处乱闯，他在被高医生点拨之前完全处于蒙昧之中，糊里糊涂地做着一场醒不过来的噩梦。在这个意义上来探讨这代人的"启蒙时代"之真相，作家大约是想追问：在最疯狂的时代里，人之所以为人的理性究竟是怎样慢慢地滋生和培养的，而培养理性的教育又是通过何种方式来抵制时代的疯狂主潮的。虽然王安忆小说的一贯作派是把故事严密地封闭起来，力图与时代背景隔绝，自成一个独立的心灵世界。但是，既然诸如南昌、陈卓然、小兔子的故事发生在"文化大革命"的疯狂背景中，他们的精神成长就不能不带有那个时代的风雨血色，他们的思想内容与思考问题，都不能不从切身感受的身边出发，并企图来回答身边的问题。

那么，那个叫南昌的孩子所切身感受的问题是什么？他们是从哪里出发，走上启蒙之路的？小说第一章就开宗明义地说道："这辉煌的一刻转瞬间成了历史，乾坤颠倒，他们的父母成了革命的对象。正合了那句话：搬起石头打自己的脚。他们创造的血统论，正好用来反对他们自己。"① 这是老革命遇到了新问题，自己成了革命的对象了。作家用讥嘲的口吻调侃：其实南昌并不是出身在一个纯血统的革命家庭，他的父亲出身于江西南昌的一个广有田产、工厂、商铺的大户家庭，后来参加了革命，但特意为孩子取了一个"南昌"的名字以示对童年故乡的思念，暗示了剥削阶级的血统依然悄悄在南昌的身体里流淌。从另一重意义上说，中国共产党党史里，"南昌"是一个里程碑，与井冈山、延安等地并列为革命的摇篮。因此对南昌来说，正如名字所意味的多重含义，其血缘里掺杂着一个难堪的双重含义。然而到了"文化大革命"，父亲被打成"反党反社会主义分子"②，其母亲召集家庭所有成员要求他们自己作出抉择：如果他们选择了背离家庭，他们不仅与犯下错误的父亲没了瓜葛，同时也与这个"革命"的家庭没了关系；倘若是选择不背离，他们就依然是"革命"的正传，但也是父亲的孩子。我注意到，这段话虽然是出自南昌等孩子的思考，但作家在这里故意用了"父亲的孩子"这样充满温情的语词，而不是别的更为绝情的语言。作家的同情立场是清楚的。其实当时还存在着另一种选择，而且可能是当时很普遍的一种形式，就是母亲与孩子一起背离犯了错误的父亲，把父亲开除出这个家庭，这样，孩子们既保住了家庭的"革命"性，又与父亲脱离了干系。但作家没有让母亲这样做，所以这个难题，其实是作家出给南昌他们的，虽然后来母亲自杀，家庭涣散，南昌等于没有选择。他依然是带着这样的两难——他从"父亲"一辈身上究竟继承了什么？又应该如何来对待？

这个问题，不仅仅是南昌这样的所谓"革干"子弟要问，在"文化大革命"中所有被称为"长在红旗下"的一代青少年都会提出来问。因为他们所有接受的教育在"文化大革命"时期全部被颠覆了。

① 王安忆：《启蒙时代》，原载《收获》，2007（2）。本文凡引该小说的内容，均出此版本，不再一一说明出处。
② "反党反社会主义分子"是"文化大革命"早期被含糊拟定的一种罪名，但不是确定的专政对象。当时明确的专政对象包括地主、富农、反革命分子、坏分子和资产阶级右派五类，后来在党内斗争中又加上了叛徒、内奸和走资派三种身份，统称为黑八类。

以前受到尊敬的老革命、权威、领导、教师统统被打翻在地，以前所描绘的新社会的一切，现在都变成了资产阶级黑线专政，以前具有的家庭血统的优越感全部消失了，何况这一切都是在他们自己以"革命"的名义折腾下颠覆的。而且，这个问题具体到自己是否与犯了错误的父母划清界限，仍然是个非理性的问题；因为当时要判定一个人的罪行根本无须证据和理性，一切都是在乱哄哄的嗜血欲望和保命欲望下作出来的匆忙抉择。他们根本无法判断他们的前辈究竟有什么错？犯了什么罪？近三十年前，"伤痕文学"的代表作《伤痕》揭露"文化大革命"的反人性本质，就是从"孩子要不要与被判定为有罪的母亲决裂"这一命题开始的。① 我指出这一点，是要强调这个问题其实是反思"文化大革命"的根本道德底线，涉及人性的根本。王安忆笔下的南昌，他被裹挟在革命大潮下充当一名红卫兵，他面对自己有罪的父母，无法明确作出是否决裂的选择，既没有选择决裂，也没有选择维护，因为"革命"的血缘与有罪的父亲，千丝万缕地纠葛在一起。但如果我们再往下追究的话，其真正的原因，还是在于人没有从自身的不成熟状态摆脱出来，还没有认识到理性的出路究竟在哪里。

小说的第一章到第四章，具体地展现了南昌的学习历程，也是他的精神漫游历程。前面已经说到，南昌从自身暧昧的两重含义出发，在自我认同中发生了困惑。困惑来自他们这代人所受的教育的虚伪。小说结尾时，南昌的父亲对儿子说："你们有一个知识系统，是以语言文字来体现的，任何事物，无论多么不可思议，一旦进入这个体系，立即被你们懂得了。"南昌把这个体系叫做教条主义，这正是当时弥漫思想理论领域的一种空洞说教、脱离现实、无所不包的意识形态。这也是作家所预设的蒙昧人的思想牢笼。小说的启蒙意义就是要把南昌等一代人（小兔子、七月等）从这个思想牢笼中引出来，就像魔鬼要把浮士德从书斋里引到春光明媚的大地一样，把他们引向实际的中国社会和民间大地。那么谁来充当魔鬼的角色？事实上，在这块混乱的土地上还产生不出成

---

① 卢新华：《伤痕》，初刊于《文汇报》，1978-08-11。内容为"文化大革命"中一个女中学生误以为其母亲是叛徒，与母亲脱离关系，受尽屈辱后才明白这是一场冤案，但母亲已经死去，无从忏悔。这篇小说引发了控诉"文化大革命"的文学创作思潮，这一思潮后被命名为"伤痕文学"。

熟的靡斐斯特，于是，与南昌同样不成熟的同代人或者前辈人，如陈卓然、小老大，甚至是舒娅、嘉宝，以及嘉宝的爷爷老资本家，都临时充当了南昌的引路角色，南昌在困惑中不断地遭遇这些人，在他们的不自觉的影响下，一步步地从空洞概念中走出来。一切都在不成熟中摸索着成长，一切都依靠群众自己教育自己。这是符合"文化大革命"中的时代精神的。

下面我们来看南昌所经历的精神摸索的五个阶段：它们分别以陈卓然、小老大、舒娅姊妹、嘉宝作代号，而嘉宝的背后是他的爷爷老资本家，从嘉宝，又过渡到最后一个阶段：代号高医生。

第一阶段的代号是"陈卓然"。这是一个与时代非常吻合的思想代表，可以说他就是这个时代的精神产品，"文化大革命"中国的理想主义代表。他的出身比南昌更加等而下之，只是普通的残废军人。但是他的刻苦好学与博闻强记使他进入了一个思想狂热、自以为是的思想层面，这类人自以为博览群书，能够高瞻远瞩，比别人看得远，以为"文化大革命"初期的大混乱给自己提供了用武之地，可以大干一番，实现英雄梦想。陈卓然之所以与南昌投缘，心底里还有暗暗羡慕南昌出身于知识分子的革命家庭的成分，卑贱的革命血统常常使他自惭形秽，这非常典型地勾画出一个"红卫兵＝小资产阶级狂热病患者"的模式。但他与南昌一样，党史理论知识一知半解，不堪一击。作家不动声色地运用许多细节，充满嘲讽地描述这类人的尴尬。比如他们一起讨论南昌父亲的案子，对于"高饶事件"，陈卓然似乎懂得很多，但是最后结论是认为南昌父亲是一个"托派"，一个"叛徒"。谁都知道，托派是 20 世纪 30 年代斯大林第三国际的主要敌人，50 年代初期中共为了表示向苏联一边倒，对国内的托派进行整肃，但是随着斯大林在苏联被清算，中苏关系进一步恶化，托派在"文化大革命"中早就不见踪迹，而且"高饶"与"托派"更是风马牛不相及，但孩子们为了炫耀党史知识，不懂装懂胡乱扣帽，令人啼笑皆非。南昌在"文化大革命"中遭遇这样一个精神的燥热狂暴阶段势在必然，但自然也不能满足他的求知与解惑的需要。于是，在一场莫名其妙的感情纠葛中，陈卓然黯然退出，南昌的精神历程进入了第二个阶段：颓废的阶段。其代号为小老大。

颓废是亢奋的反面，思想是狂热的反面，病态是青春的反面，小老大海鸥是陈卓然的反面。陈卓然把南昌引进了一个上海的"沙龙"。在"文化大革命"背景下居然还有这样一个讨论思想、讲究文化的宁静场所。小老大在上海扮演了一个类似北京地下文学沙龙主人赵一凡的角色。① 但是他们还是有很大的不同,赵一凡被后来的回忆者涂上了浓重的启蒙色彩,而小老大则相反,他不是理性主义者,也不是知识传播者。他以颓废的病态把南昌带进了"身体—生命"的体验模式。这是个古怪的人,他身体里延续的是国民党桂系军官的血缘,在"文化大革命"的特定形势中代表了没落腐朽的意识,但他却偏偏享受着革命新贵家庭的庇护,不仅生命得到了苟延残喘,还能自由公开地散发其颓废的人生体验。他是个老小孩,头脑成熟得像个老人,身体却像没发育的孩子,有点像《浮士德》里的"人造人"何蒙古鲁士,只有灵魂没有肉体②。但是他对南昌的精神成长起过决定性的作用。他说的一些怪话,如:"人有太多的蛋白质,蛋白质使人腐烂,人其实是处在一种慢性腐烂之中。"但,"正是腐烂,才使其长寿,短命是洁净的代价。"——这话仿佛是针对陈卓然、南昌这一代红卫兵的狂热而言的,直接批判了极左思潮的幼稚病。还有,他声称自己如冬虫夏草:"我就是这种虫子,我肚腹里的菌籽,名字叫结核菌。"然而,"我的草就是我的思想。"冬虫夏草是一种菌籽,潜入虫子的肚腹,最后从虫转化为草。——虫子与草是有生命的转换,那么,肺结核菌与思想的互为转换呢?这类似于恶之花的意象,我以为也是针对了"文化大革命"动乱的辩证理解。"文化大革命"就像病菌一样每时每刻腐蚀着当时的中国人,但是,谁能否认,正是在这种病毒的腐蚀中转化出清醒的反抗意识,培养了20世纪80年代思想解放的新一代知识分子呢?小老大是个病入膏肓的人,这些观念都是从身体的感受出发,慢慢引向生命的意识,唤起了南昌实实在在的生命自觉。从表面看,它散发了颓废气息,其实是极有生命力的,对于南昌从抽象、狂热的意识形态牢笼里走出来,无疑是一剂猛药

---

① 赵一凡(1935—1988)生于上海,父母都是高级知识分子。自幼因病致残,两度卧床十五年。自修完大学文科,主要从事儿童文学编辑与文字改革工作。在"文化大革命"中保存了大量地下文学的珍贵资料。以交流图书资料等为名鼓励和培养了大批文学青年进行创作,成为北京潜在写作的重要推动者。(资料来自杨健:《文化大革命中的地下文学》,83页,北京,朝华出版社,1993)《启蒙时代》中的小老大的形象在许多方面都像赵一凡。

② "人造人"是歌德在《浮士德》里塑造的一个形象。由浮士德的学生瓦格纳利用各种化学元素试验出来的生命体,在魔鬼帮助下具有了神奇的能力,用光引导浮士德去漫游古希腊。

良方。他的精神世界转移到了自己身体的感受与生命的体味，看上去是从户外退回到户内，从客体退回到主体，但是他坚实地迈出了一步，其主体与时代的狂热意识形态分离了。

好了，南昌马上要进入精神历程的第三阶段了，这是随着"身体—生命"体验模式带来的必然结果，那就是少年体内蠢蠢欲动的爱恋萌生。这一阶段是作家王安忆最熟悉也是最擅长描写的部分，一种熟悉的气味——雯雯的气味终于出现了。这是一群市民家庭的女孩，舒娅、珠珠、丁宜男、嘉宝等等，她们出身各不相同，有专业的知识分子干部家庭，有普通市民家庭，也有资本家的家庭，这部《启蒙时代》的结构有一点像罗曼·罗兰的《约翰·克里斯朵夫》，那么这第三章就可以对应克里斯朵夫的《女朋友们》一章了。南昌从时代的燥热中摆脱出来，最自然的是跌入到普通的小市民的生活环境，与一群似懂非懂的小女儿们厮混在一起。身体腐烂需要有一个温湿的环境，舒娅们的小市民圈子就是这样的环境。虽然"文化大革命"的"革命"形势还在一次次地拉拢他们，企图把他们从女孩子的温柔乡里拉开，重新投入"革命"的恐怖之中，但在这时候的南昌看来，连"逃亡"也成了一种游戏，没有半点的悲壮可言。这应了马克思在《路易·波拿马的雾月十八日》里根据黑格尔的话所引申的———一切伟大的世界历史事变和人物，可以说都出现两次，第一次是作为悲剧出现；第二次是作为笑剧出现。[①] 这笑剧，其实等同于滑稽戏。这是小老大的腐朽教育的必经之途，也是南昌的精神历程的重要一环。终于，他在生命的骚动中与资产阶级家庭出身的嘉宝发生了性的关系。嘉宝怀孕了。

如果舒娅姊妹是"启蒙"版的雯雯，那么，嘉宝就是"启蒙"版的王琦瑶。舒娅的天地狭小而乏味，而嘉宝的世界则充满了丰富宝藏而秘不可知，原因是出身资产阶级家庭的嘉宝背后还有一个老爷爷，一个工商业主，其血缘与南昌殊途同归，但社会革命使他们的身份完全不一样，扮演了两种角色。嘉宝把南昌和他的伙伴吸引到自己的家里，于是展开了爷爷与孩子的一场场辩驳与对话。这些章节都写得很有意思。南昌们急于从老资本家那里了解历史的真相，也意味着他们已经有了某种自觉，他们要超越自己的意识形态，要返回到他们的父辈之前，了解中国在革命前的真相到底是什么？从这层意义上说，嘉宝的爷爷其实也就

---

① 参阅《马克思恩格斯全集》，第 8 卷，121 页，北京，人民出版社，1961。

是南昌的爷爷、南昌父亲的父亲，这位老资本家老谋深算，稳操胜券，不动声色地给两个小孩子展示了一个资本家的成功道路。作家在描写这个对话场景时，好几次用"天真"来形容老资本家的神态，这当然不是真的"天真"，而是老人与孩子说话的故作姿态，"天真"意味着他们要像孩子做游戏一样，一次次回到历史的最原点。他们的对话并没有结束，但结果似乎已经有了，那就是南昌与嘉宝的结合。从事态上看，这种行为也有点儿强暴的意味，至少潜在地隐藏了某种权力的威胁，但实际上仍然是南昌的生命意识经历了自觉萌芽、爱恋初生以后的必然结果。从精神历程的象征来看，小老大是陈卓然的反面，舒娅们的市民生活是小老大贵族生活的反面，而嘉宝爷爷的社会实践又是舒娅们促狭天地的反面，精神的驿站一点点地在否定中扩大、螺旋形上升。精神生命的上升与肉体生命的堕落在同一支旋律中进行，危机出现了，这时候的生命，需要有一个更加强大的精神力量来整合和统摄，拯救一切错误与迷失的行为，于是，精神中的神性出现了，南昌的精神历程由于错误经历而被过渡到一个新的境界。

　　前面我们已经分析了南昌精神历程的四个阶段，紧接着是第五个阶段，它是以高医生高淑怡为代号的。高医生是个出身大户人家的女儿，却从小在民间贫苦家庭里成长，接受的是教会学校的教育背景，经历过抗战中人道主义的救护工作。"文化大革命"中她又回到了农村大地，成为一名乡村医生。在她身上，混杂着宗教、人道、高贵、健康、服务等复杂的文化因素，综合地形成一种救世的精神力量。高医生不仅解除了嘉宝与南昌的难言之隐，更主要的是教给他们两个词：光和真理。这个境界，要在"文化大革命"的特殊环境下传播是不可能的，何况他们之间的交往还是一种有犯罪嫌疑的半地下状态。但是这两个词是种子，已经播入南昌的精神土壤里，等待着有一天会发芽和开花。真正的启蒙并没有到来，但是精神上的准备已经妥当了。为了呼应这一点，小说最后结尾是，南昌与父亲有一场认真对话，父亲说："在我们做青年的时候，一切都是模糊的，像漫流的水，然后，渐渐有了轮廓，是啊，是啊，我们把轮廓交给了你们，却没有光，没有给你们光。因为我们也没有。"南昌插嘴说："我认识一个人，一个医生，她告诉我他们当年的校训，叫做'光和真理'。"很显然，这就是启蒙的象征。作为教会学校的背景在这里并不重要，光，南昌所寻求的启蒙目标中，应该被理解为理性之光。有了理性之光的普照，才会有真理的认识。这就叫启蒙。

　　但是，我不禁想问：南昌在"文化大革命"中经历了这么一场精神的发展历程，究竟是为了什么？能够解决什么问题呢？我们还是要返回到最初的问题出发点：他从"父亲"一辈身上究竟继承了什么？又应该如何来对待？我感到有些失望的地方就在这里。第六章，是小说的结尾，也应该是结构中的精神历程第一个循环的完成，这其中他经历了从抽象的革命概念（其实是血统论）还原到"身体—生命"，并且经历了一次夭折的初为人父的经验，本来是可以在这个疑难问题上有所领悟和启发，王安忆也显然是意识到这个需要，所以在第六章里她只安排了长长的一节，标题为"父与子"。这是符合小说结构逻辑的。在短短的一年时间里南昌不可能完成全部的启蒙历程，但能够在"我从哪里来"的疑问中获得某些启示，已经算是功德圆满了。接下来是第二场时代大疯狂即将来临，那就是知识青年上山下乡运动，南昌们还将在新的生活实践中获得煎熬与升腾。可是在这一章里，让我失望的是南昌的父亲，显然担当不起这样的重任。本来，这个男人出身大户人家，接受了"五四"新文化运动，又加入了革命行列，始终是走在时代的前沿。在壮年时期因"高饶事件"而失宠，冷眼观看政坛风云，宦海浮沉，无论从理论修养还是从实际经验，都足以成为南昌第六个精神历程阶段的引路人。他应该更有魅力，否则他妻子不会与他生死与共，绝不背离；他应该有清醒的头脑，才让孩子们错认为他是"托派"。他应该比陈卓然更成熟，比小老大更有力，比舒娅、嘉宝们更有人情味，比老资本家更有生命力，比高医生更加阳刚和坚定。可是，作家没有给予他这样的禀赋，甚至也没有让他承担起南昌的精神启蒙的责任。整部小说从"文化大革命"的时代提出问题，最后缺席了这么一个举足轻重的人物，那么，南昌所经历的精神历程就虚悬起来。小说结尾给我的印象是模糊不清的，南昌的父亲只是一个病快快的中年男人，对儿子的精神成长毫无意义。当然我并不是说，父亲一定要有能力应对儿子的精神诉求，他可以是一个无能为力的虚无主义者，但虚无主义为什么会在这样的历史关头产生，为什么会在一个有这样经历的人身上产生，这本身就是一个力量的证明，同样具有光与真理的意识，使高医生的两个词落实在具体的历史经验中。如果真的发挥了这样的力量，父亲仍然可以对南昌产生振聋发聩的作用，在其精神历程的第一轮循环中画出一个高度。

　　也许我的要求是对作家的一种苛求，也许作家在创作《启蒙时代》中并没有企图解决这一问题，她仅仅是想表达一种少年朦胧时期的精神历程，最终也是得不到什么结果的。但从作家在精神层面上攀登的愿望上要求，这一关节是非突破不可的。中外文学史上没有一个攀登精神之塔的优秀作家，可以轻易回避历史本身的严峻性和重大性。这部小说标志着王安忆已经恢复了攀登精神之塔的自信，开始在《叔叔的故事》的原有基础上继续探索小说的精神力量，我在阅读中不断联想到西方小说中《约翰·克里斯朵夫》、《卡拉马佐夫兄弟》、《魔山》的文学传统，这是一个在中国作家视野里难以企及的高度，王安忆的攀登不能说是没有意义的。但是，我想说的是，西方作家在面对人类精神群峰的时候，必然是站在自己脚下的坚实土壤上，也就是说，罗曼·罗兰也好，陀思妥耶夫斯基也好，托马斯·曼也好，他们都面对了自己的当下处境，他们思考人类精神高峰的出发点是为了解决自己面临的问题。这种困惑是严酷的，也是无法回避的。王安忆的精神探索不能说没有这样的特点，《叔叔的故事》之所以有重大价值，就是作家直面了严酷的现实重大问题，在 20 世纪 90 年代初具有震撼人心的力量。《启蒙时代》以"文化大革命"为反思对象，重新唤起启蒙的精神诉求，这本身是值得思想界关注的信息。作家可能达到以及应该达到的思想深度，都应该成为我们关注的聚焦点。

不过，读者可能已经注意到了，我为了清晰地表述我的一些看法，在读解中有意遗漏了《启蒙时代》的一个章节，那就是第五章。这在小说结构里是一个奇特现象：从第一章到第四章是写南昌的精神历程，直接推出第六章"父与子"的对话，自成一个逻辑；但是第五章则完全游离开去，别开一个境界，写了一个出身于上海南市老城区的人：阿明，也是南昌的同龄人，但与南昌、陈卓然、舒娅等人不一样的是，阿明是土生土长的上海居民，祖孙三代都住在南市老区，直接承传着上海历史的文化血脉。作家介绍说："现代文明发展史在这一块地方，是遵循规律，从自身发生的，和四周围不同。四周围的地方是一夜之间，河滩变马路，纤歌改弦，唱成电车的叮当声。所以说，这个奇情异志的城市，只有这里，一小点的区域，称得上草根社会，有'故土'的概念。"他的生活经历与南昌他们这些红色新贵的外来户子弟有很大的区别。作家特别插入了阿明的启蒙经历，用以与南昌们的精神历程相对照。阿明是在上海本土文化中滋生出来的，香烟牌子熏陶了他的画艺，浦东说书传给他的诗《圣经》，老城区的雕梁画栋赋予了他朦胧的历史感。在这本土文化中产生出来的一个"小市民"，他把绘画艺术看成手艺活，情愿称自己是一个画匠，将来凭手艺吃饭。这仿佛是一个生长在中世纪手工业作坊里的青年人。但是"文化大革命"来临仍然给他带来了"启蒙"的机会，作家安排了一个莫名其妙"隔离"的场景，像一场不可靠的梦境，让他与一个同样古怪的王校长见面，这王校长也是假名字，神龙见首不见尾，却在"梦境"中面授机宜，大谈数学的意义。这分明是一种科学启蒙的象征，阿明本来是一个执著于感性的聪明手艺匠，经过了抽象思维（数学）的训练，开始领悟到，世界上还存在着一个他完全感觉不到、却与他共存的"空间"，他进不去，但知道那里有另一番天地。他的精神境界一下子被打开了。其实这并不神秘，就如南昌从高医生那里接受光与真理一样，客体世界本来就有许多的秘密需要人去发现与理解，这是人类穷尽不了的世界。在这里，阿明并不具备南昌、陈卓然等人的"血统"使命感，也没有他们那样的代际困扰，但是理性之光一样会照临他们的精神，催促他们的成熟。这是从两股不同的河床里流淌出来的水，但在下一轮的青年运动——上山下乡运动中，他们将殊途同归了。我想起王安忆几年前所创作的中篇小说《隐居的时代》①，这是作家一以贯之的民间写作立场，她总是在发现，发现民间蕴藏着巨大的生命能力和思想能力。在攀登人类精神高峰的途径上，这是王安忆独辟蹊径的发现，由于第五章的插入，小说中描述的启蒙历程变得繁复而且多元，立体地展示了人类精神成长的丰富性。

原载《当代作家评论》，2007 年第 3 期

---

① 王安忆的《隐居的时代》有点儿像这部《启蒙时代》的续篇（尽管它是作家多年以前的创作），描述的是去安徽插队以后隐居在农村的各种人士的故事。

[附录]　两个 69 届初中生的即兴对话

陈思和　你看过《出道》没有？就是发表在《上海文学》去年第 9 期上的那篇。作者真写出了一个"文化大革命"时代上海市民社会中的少年阿 Q。他的人生开端，适逢一场史无前例的灾难，他的许多朦朦胧胧的感受中，都含有悲壮的味道。

王安忆　我看过的。好像这个人物是 71 届中学生，也有点儿接近 69 届、70 届的那一伙。

陈思和　差不多。他与你笔下的 69 届初中生一样，你的人物都偏重于自我心理分析，属于理智型，而《出道》里这个人物则是懵里懵懂的，在行动上比较受外界环境的支配，他的自尊、自豪抑或愚昧在这里还只是表面现象，更主要的是揭示了无知的价值，它多少证明了 10 年以前的那场上山下乡运动，正是在无知的基础上展开的，它与俄国民粹运动不一样，没有丝毫的神圣性。志强这个人物更具市民社会的特征，可以说是你所写的 69 届形象的一个补充。

王安忆　69 届、70 届、71 届这代人其实都是牺牲品。我们不如老三届。他们在"文化大革命"以前受到的教育已经足以帮助他们树立自己的理想了，不管这种理想的内容是什么，他们毕竟有一种人生目标。后来的破灭是另外一回事。可 69 届没有理想。

陈思和　我记得你有过一篇短文章，对"6"和"9"的颠倒字形作了分析，是很有意思的。69 届初中生，就是颠三倒四的一代人。在刚刚渴望求知的时候，文化知识被践踏了；在刚刚踏上社会需要理想的时代，一切崇高的东西都变得荒谬可笑了。人生的开端正处于人性丑恶大展览的时期——要知识没知识，要理想没理想，要真善美，给你的恰恰是假恶丑。灾星笼罩我们的 10 年，正好是 13 岁到 23 岁，真正的青春年华。

王安忆　即使到了农村，我们这批人也没有老三届那种痛苦的毁灭感，很多都有《出道》中志强那样朦朦胧胧的，甚至带点好奇和兴奋的心态。而在我们这一代人的朦朦胧胧之中，整个社会就改变了。我们这一代是没有信仰的一代，但有许多奇奇怪怪的生活观念，所以也是很不幸的。理想的最大敌人根本不是理想的实现所遇到的挫折、障碍，而是非常平庸、琐碎、卑微的日常事务。在那些日常事务中间，理想往往会变得非常可笑，有理想的人反而变得不正常了，甚至是病态的，而庸常之辈才是正常的。

陈思和　这一代实际上是相当平庸地过来了，作为一个作家能够表现这种平庸本身并加以深入发掘，实在要比虚构出一段光辉的历史更有意义。

王安忆　记得我刚刚写完《69届初中生》时，你说过这样的话：雯雯在前半部分是写我自己，后半部分走到平凡人中去了。这有道理，雯雯当然不是我的全部，我后来当了作家，为什么能当作家？就是因为我比雯雯复杂得多。这也是《69届初中生》简单化的地方。人还是有差别的，我有时候会相信古典主义，喜欢起华丽的词藻，向往崇高。

陈思和　那是浪漫主义。其实69届一代人很难有浪漫气。

王安忆　不过人的精神境界的高低还是有的。境界高的人，有时有点孤独。

陈思和　其实每个人都有同样的体验能力。你能感受的，人家也能感受。只是有的人意识到了，有的人没有意识到，没有领悟。即使是庸常之辈，也有很复杂的心理。我喜欢看你的小说，就是因为你把普通人写得很丰富。雯雯就是一个丰富的庸常之辈。在你写了《墙基》、《流逝》之后，许多评论家都很高兴，赞扬你从雯雯的"小我"走到了"大我"。但我始终认为你更适合于写雯雯这样的人物。问题是一个作品的深刻程度不仅表现在它所展示的场面的大小，还可以表现在人物心理挖掘的深刻程度上。有时很奇怪，一个经历很复杂的人，不一定感受就很深刻，有些人"文化大革命"时期挨过整，受过苦，恢复原职以后反而变得麻木、卑琐，这是为什么？是不是经历过多，更压抑了心灵感受新事物的能力？有些人经历不复杂，可是他对生活体验得深透，心灵的感受能力强，认识事物就深刻。你说歌德的经历有什么惊天动地之举，他的作品也没有托尔斯泰那样的宏伟画面去概括德国整个时代吧，但他就是把人物写得相当深刻，一个维特，一个浮士德，都展现了时代的精神。我觉得也应该从这个标准来要求你。我写了《雯雯的今天和明天》，我不希望雯雯没有明天。你完全可以把这个人物写得更深刻。我喜欢这个作品，是因为你写了一个很平庸的人物，没有英雄气，与外国的教育小说不一样。这是我们这一代人的最大特色，作品毫无做作地刻画了这一代人。

王安忆　我们这一代人被捉弄得太厉害。叶辛曾告诉我这样一件真人真事：他在贵州插队时有一个女孩子，在知青回城时，唯独她还留在那儿。后来，村里有一个又丑又穷的无赖打她的主意。那无赖就对她说，你应该结婚，不然就要灾难临头了。不信你将一只电灯泡放在哪个地方，如果三天内打碎了，那就是真的。那女孩真的这样做了，到第三天，一不小心果然把电灯泡打碎了，她就哭着去找那无赖。无赖说，你再去把一件东西放好，如果三天内又打碎了，你就必须嫁给我，不然你就大难临头了。她便又去把一个灯泡藏在箱子里，心想这下不会再打碎了吧？一天、两天过去了，第三天恰是好天气，她忽然想去晒晒箱子，结果真的又把灯泡打碎了。她真信了，就嫁给了那无赖。后来叶辛去看她时，她一句话也不说，抱着孩子，坐在门槛上，就是哭，一个劲地哭。你看，人到这种时候，什么都会相信，一张扑克牌都能决定一个人的终身命运。

陈思和　可惜的是这些事在知青文学中反映得太少。知青作家始终没有像西方现代青年厌恶战争那样去厌恶这场上山下乡运动，没有对它的反动本质给以充分揭露，实在是使人失望的。中国历史上任何一次人口大迁移都是残酷的，或者战争，或者专制性的迫害，但人口的迁移在客观上也促使了文化的横向交流，在惨重的代价下也多少推动了社会生产力的发展。知青上山下乡运动除了给国家，给一代青年白添了巨大的损失以外，我真不知道促进了多少文化的交流。知青原来在城市多少经过一点现代文明的熏陶，他们刚刚下乡时也确实抱有天真的想法，可是下乡后遇到了什么？中国落后的农村文化像汪洋大海一样包围了他们，吞噬着他们身上萌芽状态的现代文明，经过几年下乡，到底有几个人的素质提高了？恐怕是极个别的吧。但文学作品并没有把这种倒退的历史悲剧写出来，即没有把落后的文化怎样抹煞现代文明萌芽的事实写出来。

王安忆　不过情况不太一样。老三届下乡时，大多是满怀理想的，要他们承认自己的失败是很痛苦的，他们把这种失败也看得很悲壮。

陈思和　归根究底，还是没有正视自己的勇气。

王安忆　还有许多人去过边疆，也许他们所接触的民众，还带有原始的先民风味，感受要好一些。但我就不一样，第一是69届初中生没有理想，第二是我插队的江淮流域，那里的农民已经受到较重的商品经济的污染，所以我在农村的两年中，很少有农民对我真心好过，有时表现得对你好，也是从私利出发的，不能说他们很坏，但也决没有那种无私、博大的气质，他们太穷，贫穷实在是件很坏的事，人穷志不穷是少数人的事，多数人是人穷志短。

陈思和　中国农民的贫穷是值得同情的，它是历史所造成的，这个责任不是由哪一代、哪一些农民能负得了的。但我们在同情他们的人生的同时，不能不认清他们身上的许多弱点。而许多知青文学，包括你的在内，却把农村写得一片纯朴，一片仁义，把城市人原来的各种烦恼、痛苦、厌倦的心情，在农村中予以解脱，一派民粹主义的味道，这显然是片面的。

王安忆　我只插队两年，我总不能用我两年的经历去否定别人的经历。但就我自己来说，我对下乡本来就没抱多大的希望。我那时只觉得上海的生活太无聊了，无聊到病态，就想改变一下环境。但一到农村，马上又后悔了。以后就整天想上调，找出路。我那时跟我妈妈写信说："你当时阻拦我去，只要花一毛钱，让我先到姊姊下乡的地方去住几天，我马上就会改变主意的。"真的，下乡以后，我后悔极了。就是后来进了文工团，我还是感到寂寞无聊，早上起床后不知干什么，这是很不好受的。在阳光明媚的下午，我感到更加惆怅，总感到这么好的天，我干什么才能对得起它呢？

陈思和　所以，你作品中每写到人物的百无聊赖的情态时，特别传神。

王安忆　是么？现在就没有这种情绪了。我发觉我的人生似乎是这样的，一个是写小说，一个是谈恋爱，经过一段时期，我小说写得成功了，也结婚了，这两件人生大事是同时完成的，这样，我好像就找到自己的路了。我现在的心境的确很平静。

陈思和　对了，你在作品中几处写到主人公30岁以后，有了孩子，就感到人生似乎完成了，这是怎么回事？是否是某种心理暗示的幻觉？我觉得人生在30岁以后，会面临更多更深的内心不平衡，这种不平衡不比青春期的幼稚与冲动了，往往是变得更加深刻、更加压抑了。生了孩子以后，在自我价值的辨认上恐怕会更加痛苦。

王安忆 但这对于平凡的人生来说，这一些也就够了。我自己有时也感到这种心态很糟糕，可我也不太愿意打破这种平静，没办法了，生活环境已经把我铸成这个样子了，定型了。

陈思和 中国过去的女作家，如冰心等，在 30 岁之后，都没有写出更好的作品，这是很可惜的事。往往人到了而立之年，社会形象已经确立，作家是作家，学者是学者，一般人都没有勇气打破这种心理平衡了。打破这种平衡，便意味着你以前所营造的一切将全部失去，这当然是很困难的。但在对自身、对人的认识上是应有不断的更新和深化的。托尔斯泰在这一点上不仅是作家的典范，也是所有人的典范。所以，怎样进一步认识自己，是 30 岁以后人生面临的重大问题。对于文学创作来说，社会经历不是最重要的，关键是认识自己。对自我认识得越深，在文学上就越有创造。

王安忆 在这一点上我也感受极深。我现在没有改变自己生活状态的需要，在创作上，过去写作是情绪的宣泄，是一种内心骚动所致，现在感到是在创造，为创造而创造，我可能遇到一种危机了。

陈思和 也不能说是危机。你有危机感，那说明你还是有清醒的自我意识。当你意识到自己需要改变自己时，这种意识就明确了。也用不着硬是去寻找需要。主要取决于心理上的变化，倒不是外在生活境遇的人为变化。而这种心理变化是很不容易的。所以，我对你能写出《小城之恋》，实在是抱着极大的喜悦。

王安忆 可是我也挨了不少骂。现在人们把我列为"性文学"的作家，我当然无置可否。但我知道很多人都不理解我。

陈思和 你在创作这些作品时，最初想表达、探索些什么？这是我希望得到你的证明的。从我的理解来说，看了《69 届初中生》以后，我就感到你应该回到你自己。后来看了"三恋"，以为这是对《小鲍庄》的一个突破，你又回到了雯雯的反身收视状态。

王安忆 这个感觉我也有。我曾告诉李陀说，我写"三恋"又回到了写雯雯，李陀不同意。其实我的小说确实回到了写人自身了。

陈思和 当然不能讳言，你写了人所具有的性的欲望。这在新时期小说中有一个发展过程，认识性是与认识人自身同步深化与成熟起来的，一开始从极左思潮的禁锢中挣脱出来的时候，连爱情都只能写成柏拉图式的，后来写了人有爱的欲望，有性的欲望，但仍然是小心翼翼地躲藏在政治社会的盾牌后面。像张贤亮的"性文学"，还不是真正的写

"性"，他是写人的"食"、"色"，两种人的最大自然欲望，在不正常的政治背景下被可怕地扭曲了。而这一点，恰恰是现在的许多批评家们最欢迎的，他们以为这不是单纯的写"性"，而是通过"性"来反映社会历史文化内容，这比单纯写"性"要有意义得多。我认为，这样来理解"性文学"，说明我们的文学还没有认识到写"性"的意义，进一步说，是对人的认识没有进入一个自觉的阶段。这样一些作品，当然有它们自己的贡献和长处，但这种贡献主要还体现在把人当做作家表达自己社会评判的工具这一层面上，作品最终表达的还是社会问题，如社会历史环境是如何压抑人的正常生理欲望的，这里的"性"本身，只是被借来用于揭露社会的工具。所以，这种小说可以说是社会小说，但不是真正的对"性"——这种人的生理本能进行探索的小说。把"性"作为"工具"来描写，是"性文学"的庸俗化。

王安忆　他们对这种小说容易理解，也容易评论。

陈思和　这类小说有很虚伪的地方，即使在审美趣味上也是这样。一方面写性，赤裸裸的，让你得到潜在的满足；另一方面又要罩上"社会意义"的外衣，你明明是对他写性感兴趣，可进入理性评判的时候，却心安理得地大谈其社会意义，摆出一副道学家的面孔。

王安忆　我认为有两类作家在写爱情。三四流作家在写，是鸳鸯蝴蝶类的言情故事；二流作家不写爱情，因为他们知道自己难以跃出言情小说的陷阱，所以干脆不写；一流作家也在写，因为要真正地写出人性，就无法避开爱情，写爱情就必定涉及性爱。而且我认为，如果写人不写其性，是不能全面表现人的，也不能写到人的核心，如果你真是一个严肃的、有深度的作家，性这个问题是无法逃避的。

陈思和　"三恋"的一个明显特点，就是把作品中所有的社会背景都虚化了。按理说，《小城之恋》中两个演员的恋爱婚姻，如果放在社会环境中加以考察，肯定发现它是受社会环境的多种制约的。但你把背景淡化了，从而突出了这两个人。你有意把读者的眼光集中在人自身之上，似乎打出这样的旗号：我的作品就是写人自身。人果然不能离开社会群体，但人本身又有他的独立性。你的作品就是强调后者，强调人的本体的生命力对人行为的支配，生命存在的意义，生命的延续，等等。这就好比把人放在手术台上细细地解剖一样。

王安忆　我写"三恋"可以追溯到我最早的创作初衷上去。我的经历、个性、素质，决定了写外部社会不可能是我的第一主题，我的第一主题肯定是表现自我，别人的事我搞不清楚，对自己总是最清楚的。一个人刚创作时，虽然不成熟，但他往往很准确地、质朴地表达出一个人为什么而创作。我写《墙基》、《本次列车终点》时，很清醒地意识到自己在追求什么，是在追求改变自己的创作路子，当时也的确感到走出雯雯世界很好，有很多新鲜的感受。但我在写"三恋"时却并未感受到很强的冲击力，也没有执意去追求写性，我觉得很自然。我写的第一个故事是四个人的故事，是有生活原型的一出爱情悲剧，四个人好像在作战。爱情双方既是爱的对手又是作战的对手，应用全部的智力与体力。爱情究竟包含多少对对方的爱呢？我很茫然。往往是对自己理想的一种落实，使自己的某种理想在征服对方的过程中得到实现。《荒山之恋》中的那个男人很软弱，但他也要实现自己逃避的梦想，而那女孩其实是一种进取型的女子，他们其实都是为了实现自己的理想而走到了一起。当然爱情还包括许多很隐秘的东西，如到底什么样的女人才能战胜男人，往往很自卑的女子却能得到男子的爱，这是为什么？第二个故事是写两个人的故事，《小城之恋》中的人物行为如不用性去解释，他们的心理和行为的谜就始终解不开。这个作品你已经评论过了。第三个故事是一个人的，一个婚外恋的故事，女主人公感到自己已在丈夫面前什么都表现尽了，丈夫对她也熟悉无余了，她有角色更新的欲求不能实现的感觉。其实她并不真爱后来的那个男子，她只爱热恋中的自己，她感到在他的面前自己是全新的，连自己也感到陌生。所以，爱情其实也是一种人性发挥的舞台，人性的很多奥秘在这里都可以得到解释。

现在我的处境很尴尬，有人说我写性，这一点我不否认；还有人说我是女权主义者，我在这里要解释我写"三恋"根本不是以女性为中心，也根本不是对男人有什么失望。其实西方女权主义者对男人的期望过高了，中国为什么没有女强人（有也只在知识分子中存在），就是因为中国女人对男人本来没有过高的奢望，这很奇怪。所以，我写"三恋"，根本不是我对男人的失望。

陈思和　真正严肃地涉及性，实际也就是触及到人性本身。在巴尔扎克的时代，人是在社会学的意义上来确认自身的全部价值，把人看做是纯粹的社会动物，应该说这也是一种极端，但这种极端是被传统认可的。19 世纪下半叶遗传学开始发展，它使人意识到人性的构成除了社会文化的因素外，还确实存在着某种命定的力量。于是人们开始研究遗传学，强调遗传等生理视角来补充人物的性格缘由。这就出现了左拉的自然主义。过去我们往往承认左拉对人的社会性一面的描写，否定他对人的遗传性一面的开掘。其实应该反过来认识，左拉在巴尔扎克之后，他对社会性的描写没有超过巴尔扎克（当然也有个别方面是超过巴尔扎克的，譬如他写了工人斗争），但他对遗传方面的开掘则是新贡献。遗传科学的意义在当时还没有被人充分认识，然而到 20 世纪就完全不同了。左拉对遗传的描写是凭才气想象的，没有科学根据，但他为人类认识自身提供了某种想象的基础。我觉得你的近期小说有点左拉味道，当然你的格局要比左拉小，只顾到人的自然主义的一面。

王安忆　我确是感到遗传对人有重要的影响。

陈思和　关于这一点，我发觉你在《好姆妈、谢家伯伯、小妹、阿姨和妮妮》这个中篇里已经接触到了，"三恋"又有了发展。所以我说这几个作品有意义，写性，在你只是为一种更为宏大的研究人的自我确认的目标服务的。《小城之恋》突出地强调了在文学上被长期忽略的一个角度，就是把人看做为一个生命体，揭示它的存在、演变和发展过程。这就必定会涉及人的种种生理与心理欲望。人之所以有性，是人作为生命体所自有的，而不是一种社会现象。人当然有与社会不可分割的一面，他的奋斗、交际、欲望等，但"性"却完全是人所"私有的"，而不是社会的。在社会上人们所追求的是公有的——对公众有意义的东西，而性恰恰是私有的、隐秘的。过去从社会角度探讨人的性欲，总是把性欲看得很肮脏。对于性的描写，西方文学史上除了人文主义时期对之有强烈的赞美之外，一般也把性看做是丑恶的。即便有性描写，也是因为"有利于揭露资产阶级的生活糜烂、精神空虚的丑恶"而存在的。连左拉似乎也没有摆脱这一点。而你的《小城之恋》则完全是从遗传学角度写性，性不再是一种丑恶的现象，而恰从生命的产生到生命的延续的重要过程，是人体不可缺少的、正常的、有时是美好的现象。这样得出的结论与用社会学眼光得出的结论就显出不同，它不是从道德去看"性"，而是从生命本体价值上去肯定"性"。这样，"性"是与整个人类对自身生命体的研究的科学联系在一起的，这才会使"性"在文学中得到公正的评价。从这个角度说，劳伦斯的作品也有其值得肯定的一面。如果在他的人物中寻找社会性，其意义是不会太大的，他是把人作为独立的生命现象，他的性描写丝毫没有丑恶的感觉，完全是一种美好的感受。这是伴随着对人的更深刻的认识而产生的。这种用审美眼光来描写性的方式，在中国文学中几乎是没有的。

　　王安忆　这可能与中国文化传统有关。中国文化中没有一套美好的"性语言"。中国人在饮食烹调上可以有无数好听的名词，光面叫"阳春面"，蛋白叫"春白"，等等。即使是《红楼梦》，它涉及性的语言也是姆妓性的。这可能是因为中国封建文化发展过早，性太早就已经被功利化的缘故，像鲁迅说的，看见一条胳膊就会"三级跳"到私生子，因而在中国出现了灵与肉的分离。这是郁达夫最痛苦的，而真诚地表现这种痛苦又是他小说中最精彩的地方。

　　王安忆　有人批评我的小说完全脱离背景。我想现在批判写性的，最好先研究这么一个问题：为什么中国人谈到性总是摆脱不了一种肮脏感？为什么日本人对性有一种犯罪感？为什么西方人对性则习以为常就像吃饭走路一样？这种心态的差别已明显地带有社会性了。所以，社会性与人性是不可分离的，我以为，性既是极其个人的，又不是个人的，它已带有社会性了。我们以前太强调社会对人性的决定作用而忽略了人性对社会的决定作用。

　　陈思和　中国文化把"性"已弄得非常扭曲、非常阴暗了，现在不能再给"性"添以更多的阴暗了。对人类自身要有一个客观全面的认识，至少就不应该口是心非，不应该过分地虚伪。说"性"不符合民族欣赏的习惯，作为外交辞令是机智的，但要是拿来作为文学创作的规范则无异于赤裸裸地提倡虚伪，这倒不仅仅是对"性"的不同看法问题，而是一个国民性问题。

　　王安忆　你看过话剧《马》吗？那个男孩是在追怀人类的童年。他带着人类初民对性的观念，性对他们来说还不是能完全公开的。我们认为，性行为是爱情的最高形式，但西方人却对之如此随便。那么，他们所面临的问题是，爱情的最高形式是什么呢？《马》是重新提出性的羞耻感，是对西方人对性的过分随便态度的反叛。而这种性的羞耻感已经带有对性的宗教般的神圣感，与中国人对性的肮脏感是两码事，这里还存在着一个否定之否定的差距。总之，人性这东西真是太微妙，太丰富了，每当我接触这种主题时总感到它是无穷无尽的。

原载《上海文学》，1988 年第 3 期

试论《古船》

张炜兄:

去年初在京丰宾馆与兄见过一面，未及深谈。回到上海后，得空再读《古船》，引起了种种浮想，方悔没能在京时当面求教，失去了一次很好的学习机会。

看得出，《古船》乃是你的尽心之作。所谓尽心，不仅综合地调动了你长期积蓄的思考、才学以及气力，而且也露出"精锐倾尽"之意。窃以为其利弊相当：其利则使《古船》当之无愧地成为当代长篇创作的一部杰构，但也恕我直言，当代长篇小说水准平平，不甚可观，因此超越其上非为难事，困难的是要产生真正能够代表中国文化艺术水平，进而攀登人类艺术高峰的大器之作。离这样的目标，《古船》的气不足，或者也可以说是你求成太切，心力尽得太早，蓄养不够，其弊是也。

第一次读《古船》印象是太满、太挤，阻塞了许多空灵之气的回荡。第二次读《古船》这样印象更深。我觉得《古船》中有两个层次：一个是现实的层次，即以老隋家族的衰盛辱荣历史为经，描写了人生、社会和历史，这是入世的世界，抱朴其人为最高境界；另一个是抽象的层次，以书中人物的种种回忆、思考、议论为中心，写了人性、地性和天性，这是象征的世界，《古船》其名为最高意象。后一个层次是前一个层次的根本，它使前一个层次中描绘的种种人事纠葛都上升到中国文化的要义上，赋以新的理解和更为深刻的内涵，使之摆脱了仅仅写一个家族，或写一个镇史的局限，获得无限的时空意识。

《古船》其名很有意思，经得起人们细品慢嚼。船行之于水，水深则船行也远，故水为船之生命力的根本。小说开篇芦清河水渐枯，洼狸镇码头干废，可以说是一个意味深长的象征。它从大的意义上象征了"古船"的搁浅，次之预兆了小镇的败落，再次之即应验了隋家的气数。老隋家的兴旺与水有密切的关系，昔日码头上百舸争流，有半数以上是老隋家跑运输的。水干则隋家败，隋不召念念不忘航海出洋，时时捧读《海道针经》，其怪诞行为都可从中获得合理的解释。水衰则火旺，故隋不召航海失败归来的一年，也是洼狸镇河道干枯的一年，又正是雷击老庙，烧了树、烧了房，使整个镇陷入一片火红之中的一年。从此，红的意象成为老隋家族面临灾难的信号：隋迎之吐血吐在马背上，隋不召把血洒在粉丝房，茴子火烧了隋家大院……于是进入了一个阳盛阴衰的年代。水主柔怀，火主暴烈，水火不调，其意甚然，这又岂止是老隋家一个家族的报应？

于是小说又引出对人性的深刻反省。在残酷的阶级斗争中，人间残杀本不是什么稀罕。但洼狸镇史上留下的斑斑血迹，竟不是来于堂堂正正的战场对阵，而是一种人间兽性的大爆发。栾大胡子以怨报怨，自己也成为兽性的牺牲品，但不失为英雄；而赵多多的多行不义，残杀无辜，则完完全全是兽欲冲破理性堤防后的大腾跃和大泛滥，与还乡团的残杀无辜并无二致；抱朴不但反思了还乡团的罪孽，也反思了以赵多多为代表的农民的罪孽，其意甚明，他反思的是人类本身的罪孽，孽根不除，才会使兽性一再借助火势蔓延，才会有"文化大革命"中的种种残无人道的现象。"他们一有机会就传染苦难。他们的可恨不在于已经做了什么，在于他们会做什么，不看到这个步数，就不会真恨苦难，不会真恨丑恶，惨剧还会再到洼狸镇上。"抱朴数语，深得我心。1986 年年初，我曾作《中国新文学发展中的忏悔意识》一文，呼吁作家写"文化大革命"要关注这人性根本之罪，今读《古船》，方知出此考虑大有人在。而你以具象写之，较我吞吞吐吐的真白，更撼人心。关键"在于他们会做什么"，可谓看到了根里，兽性不在别处，就蛰伏于自己的身上，唯有除去自己身上的兽性因子，方有资格谈入世，谈为民，谈治国平天下。这是抱朴与见素之争，这也是人性力量与兽性邪恶势力的最后一场搏斗——灵魂的搏斗。这是小说中最为激动人心的篇章。

有了"古船"的意象，洼狸镇的人事均有了象征的意义。我把抱朴与见素之争看做是最后的搏斗，因为这一对患难与共的手足兄弟之间，不存在任何历史的和现存的个人利害冲突。见素处心积虑要恢复老隋家的荣誉和事业，他有血性却不能明性，所以老中医郭运说他"性情刚勇激烈，取势易，可惜淡了后味儿"。他急于求成，为一己一族利害而呕心沥血，知其不可为而为之，终于犯下绝病，前功尽弃。抱朴不一样，他身经各种灾难，经历非人性的残酷场面，由此了悟，终日盘坐磨房中忏悔人性，以求从根本上治理人生。这种忏悔是极度痛苦的。它经过三道关：第一道关，目睹人性的黑暗之苦，这不是最表层的刺激；第二道关，心领父亲的赎罪之苦，这使他将忏悔的内容由他人渡向家族，与生命本体更贴近了一步；第三道关，身受失恋之苦，与小葵的私通，李兆璐的猝死，以及对本家族怀有的原罪感，使他无力拯救自己与他人，内心如焚，这是最贴切的也是最直接的忏悔。三道关口贯通一气，为己、为家、为人世，层层受苦，步步忏悔，才导致了他的大彻大悟，大慈大悲，进而大刚大勇。他最后出任总经理，是在多多自毙，见素自伤，好报坏报，一了皆了之时，也是在地下河复出，水德复生，古船又有了启程的希望之时，天理人和条件一概齐全。所以他的出山，已经超越了为家族承其气运的局限，象征着整个历史又重新驶入正常的轨道的势之所然。

抱朴这个人物，使我想起阿城的《棋王》，但阿城想的是苟全性命于乱世的事，因此他的主人公多在远山僻乡，修一己之身，养一身之性。抱朴则想着人世与救苦，他勤奋读书，一本是屈原的《天问》，以追寻人类文化之根，探讨宇宙起源，一切旨从根本上去思考；另一本是《共产党宣言》，集人类历史之根本性结论，指向着未来的世界，且不说以抱朴的才力智力，能否彻底悟解这两本宇宙和人类的根本大书，这种思考求学的方法，多少也表现出你本人的知识结构的宽阔与深度。然而我说你"精锐倾尽"，在此亦可略见一斑。

老中医郭运也是书中一个出色的人物，我喜欢的是这个人物身上没有仙气。他是个普普通通的中医，对中国文化、人情世故，都有精深的了解，他在书中共出现八次，能抓住郭运才能进而抓住抱朴，读解全书。

郭运最后一次出场是对洼狸镇太上皇四爷爷下许诺："三年扶体，十年扶威。"这个评语与小说的总体象征构成了一个有机的暗示。小说的结尾是圆中有缺的意象：地下出水，隋家出人，一切朝圆满处奔去。可是地质队在发现地下河的同时，丢失了一块置镭的铝筒，百寻不遇。老怪史迪新去世前交出了密藏的镇印，却没能说出镭藏于何方，"印"是封建时代矛盾冲突的象征，它已经永远地逝去，而镭却象征了科学时代的矛盾，它于今天还是一个谜。因此圆满中藏伏了新的阴影。郭运的评语则是从人事上作了补充：即使是封建余孽势力也未必完全退出历史舞台，"十年扶威"，遇了七八年谁知又会来一次什么样呢？

《古船》的抽象层次寓意相当完美、深刻，它将中国文化传统的精义与当代生活密切结合为一，小中见大，弦外有音，把一个洼狸镇，一条高顶街写得有声有色，恰是杀鸡用牛刀，从一把刀上也看得出宰牛，甚至屠龙的功夫。但可惜的是，你牛刀使得娴熟，那个"鸡"却没能配合好，我说的是小说的现实层次没能与抽象层次配合好。由于过多的回忆和议论，大量的篇幅都让叙述洼狸镇史占有，此时此刻的现状描写却相当薄弱。赵多多与隋见素为争夺粉丝厂展开的正面较量极少，镇上各种势力在这种较量中的表现更是微乎其微，闹闹、大喜、李知常、栾春记、鲁金殿、李玉明等人物都显得面目模糊。我前面说的过于拥挤之感，正起于此。又由于人物的思想活动多而具体行动少，使许多关键性人物的出场，都处于静止状态——抱朴终日坐在磨房里，四爷爷也是躺在炕上与读者见面的。叙述历史的繁冗和现时描写的不足，使人物难以产生真正的血肉，包括抱朴、四爷爷在内，人们仅能从理性上去把握他们的典型意义，还无法从生动的艺术描写中理解他们，认识他们。这不能不说明你的创作准备还不足，在素材的驾驭上多少有局促之处。

你写郭运论读书一段极有意思，他说："写书人无非是将胸襟之气注入文章，气随意行，有气则有神采。读书务必由慢到快，捕捉文气。顺气而下，气断，必然不是好文章。"写书读书理当相同。读《古船》能读出气象非凡，可惜素材太挤，阻挡了气行运转，也可惜不够绚烂，影响了文气表现。前一个缺点写书时能够感知，后一个缺点则在读书时可以体会。如果《古船》在表现日常生活场景方面能精雕细琢，或许在艺术境界上会获得一个新的质的飞跃，成为大器，也未可所料。

初刊名为《关于长篇小说结构模式的通信·致张炜》，原载《当代作家评论》，1988 年第 3 期

还原民间：谈张炜《九月寓言》

李先锋兄：①

今年沪上特别的热，为了躲开暑气，我先后去了庐山和北京。可是躲了炎热却躲不了你的盛情，就在两次旅行之间收到了你的第二次催稿。说实话，我那时还没有开始读《九月寓言》，只是听了几位爱好文学、眼光又比较挑剔的朋友对它的赞扬。这回是带了那一期《收获》登上北行列车，在穿越齐鲁、华北平原之际我第一次读完了它，窗外茫茫雾气，挟着清香扑鼻而来，似与内心中的茫然连成一片，我感到了茫然。

张炜终也不是写《古船》的张炜了。几年前我曾在一篇通信里谈过《古船》，它无疑是当代长篇小说中的杰作，但若以更高的境界苛评，我认为张炜写《古船》写得太用心思，似恨不得将几年来读书思考的结果都倾注到小说构思中去，大有"精锐倾尽"之感。《古船》对中国历史文化的钻研与总结是相当深刻的，但一部艺术作品立意太深刻太显露，使人在承受了沉重的理性负荷以后，反倒无暇去体会那语词气韵的生动了……我记忆中突然冒出对《古船》的如许评价完全是有感而生，因为在《九月寓言》里，张炜脱胎换骨似的变了个样，他绘出了一幅别开生面的艺术风情：一样的写小村历史，一样的写封建意识对人性的压抑，甚至也一样的写农村的民不聊生，可是《九月寓言》让人有说不出的轻松与畅通感，再也没有了通常读长篇时伴有的心灵上不胜沉重之压力，再也没有了对历史与现状无以摆脱的殚精毕力之纠缠，只觉得遥远处传来一支无词的山歌，悦耳好听，却道不出所以然来。

在北京，我一直断断续续地翻阅着这部作品，努力从团团雾气中分辨出这个小村的轮廓。回到上海后，我再一次细细地读了，并将其与

---

① 李先锋先生，当时为山东《文学评论家》杂志主编。本文应他约稿而写。

《古船》作了对照。这时候我才彻底认清了自己预设的阅读情绪的错误。若以传统经验论，长篇小说总以内容的厚重取胜，评论者旨在开掘小说通过形象说出了些什么。读《古船》即是很典型的一例。但在《九月寓言》里，一切意蕴尽在叙事话语之中，毋须再去寻找微言大义。"九月寓言"，只不过是讲一则则发生在九月田野里的故事，这里所谓的"寓言"恐也不是通常百科全书中所解释的"以简单短小的形式讲一个有教诲意义的故事"，或可以反过来理解，它只是将繁复的世界和玄奥的意义还原为一个简单的形式，使其民间艺术化。再说得白些，是将通常被认为是真理的东西虚拟化了。这就是"寓言"的功效，至于它有没有教诲之意还在其次，至少在这部小说里是很微不足道的。

小村历史本身就是一则寓言。作者将叙述时间的起点置于十几年后的某一天，村姑肥与丈夫挺芳重返小村遗址，面对着一片燃烧的荒草和游荡的鼹鼠，面对着小村遗留下的废弃碾盘（肥曾经在碾盘上第一次接受小村青年龙眼的强暴），肥成了小村故事的唯一见证，其他一切都消逝殆尽。第一章里，作家似采用了肥与挺芳的视角来回忆往事，但自第二章始，作家成为一个独立的叙事者，正式插入故事场景，由回忆带来的真实感逐渐为寓言的虚拟化所取代。小说的结尾处，作家不再回复到叙述的起点，而是结束于小村故事的终点：在一场地下煤矿塌方，也就是肥背叛小村祖训，与工区青年挺芳私奔的时刻，一个神话般的奇景突然出现：

> 无边的绿蔓呼呼燃烧起来，大地成了一片火海，一匹健壮的宝驹甩动鬃毛，声声嘶鸣，炮起长腿在火海里奔驰。它的毛色与大火的颜色一样，与早晨的太阳也一样。"天哩，一个……精灵！"

无法判断这个结尾的真相是什么，因为小村故事至此完全被寓言化了，由传说始，由寓言终，当事人的回忆在缠绵语句中变得又细腻又动听，仿佛是老年人说古，往昔今日未来成混沌一片，时间在其中失去了作用。

既然小村历史被浓缩成一则硕大的寓言，时间就不再起作用，人们不会去追究一则寓言的时间背景。这并不是说，小村故事缺乏时间概念，而是作家故意淡化了这一叙事的重要因素。我在列车上初读这部小说时，曾粗粗画过小村历史的时间表，尽管作家闪烁其词，毕竟从人物的绰号（如"红小兵"），或从个别村社活动（如"忆苦"），以及一些社会职业（如"赤脚医生"），大致可猜测其背景当在"文化大革命"后期，即70年代中叶，小说中有两个时间是比较明确的，一是作家的叙述时间起点，即肥与挺芳重返小村遗址，开始推出"十几年前"的回忆。另一个是肥回忆小村故事的叙事时间起点：那一年九月的一个晚上。"那一年"红小兵是60岁，他女儿赶鹦是19岁，村姑肥为逃避"赤脚医生"的纠缠，开始加入村里少男少女的游荡队伍，开始了每夜在田野里奔跑的游戏。假如我们以作家创作这部小说的时间为小说叙述时间的起点，即80年代末叶，那么，由此推出的"十几年前"的叙事时间起点，当是70年代前半叶，与小说提供的"赤脚医生"、"红小兵"等词语概念相吻，小说中的"那一年"（叙事时间起点）一旦确定，就可以推出一系列的故事时间：小村被发现地下矿，并开始受到工区"工人鸡拣儿"的侵扰，大约也是70年代初或更早一些的时间；而庆余流浪到小村，被金祥接纳，并生下年九，应是50年代末的事情；而庆余烙煎饼，金祥千里买鏊子（一种平底锅儿）的故事，似发生在60年代初；而独眼义士与大脚肥肩这段长达三十年的恩怨，可以追溯到40年代；而露筋和闪婆的野合则要更加早些，大约是30年代初的时候，而小村历史的结束，地下煤矿塌方，龙眼压死，肥出逃的时间，也就是70年代中叶。这个时间表相当有意思，它透露了小村的故事时间大致是30年代到70年代末，正与《古船》的故事时间重合。但是我们把洼狸镇历史与小村历史略作一比，就不难找出张炜在这部小说叙事中的新的尝试。

《古船》与《九月寓言》的根本差别是在历史与寓言的差异上。故事是由时间构成的，而时间又具体体现在历史事件的排列中，所以一部"史诗"性的长篇作品，不能不将故事发展印证历史事件，在印证中获得自身的存在。在这一点上，《古船》是典范之作。《古船》的人物命运、家族命运，以至洼狸镇的命运，无不一一与重大历史事件相合，曲折地反映了四十多年的中国政治的发展轨迹。张炜在小说中显示了非凡的把握中国社会历史的能力，并能融会贯通，但就小说而言，人物与情节毕竟成了历史的注脚。也许正因为小说被笼上了这个巨大的辔勒，才使他写得那么的沉重。而在《九月寓言》，其妙处奇处就在历史被隐没在云里雾里，似有似无，人物与故事摆脱了历史事件的束缚而呈现出空前的自由。由于叙事中抽去了作为时间参照的历史事件背景，所以前面

列出的故事时间表变得毫无意义。用小说中一句现成的话来说明，那就
是"那时候的事情就像在眼前一样。"几十年前的事，十几年前的事，
与叙事时间的现在时态，完全可以在同一叙事空间中展现。召之即来，
挥之则去。这种自由的叙事时间甚至也不同于以往小说中所谓的意识流
和时间倒错，譬如《布礼》和《蝴蝶》叙事时间自然也是颠三倒四的，
但故事年代的先后依然很清楚，不过是交错着写而已，《九月寓言》则
表明了作家不但在创作中不存在一个清晰的时间意识（即现在、过去、
未来之间的明确关系），而且在叙事过程中，有意地抹煞时间的差异。
随手可以举一个现成的例子，第二章写庆余在草垛里遭金友强暴，让少
白头龙眼无意中撞见。按书中提供的时间来看，大约为 1950 年代末的
事情，而少白头龙眼直到 1970 年代还追求肥，并在碾盘上对她施暴的
时候，才"十七八岁"。时间上显然为不可能。因而只能说这部小说在
叙事上采用了寓言的某些特征；不是时间倒错，而是走向无时性。

　　我以为无时性不仅仅是指一些在叙事上能够完全不依从其故事顺序
的孤立事件，它还应包括一些故意摆脱了历史参照系的事件，诸如"寓
言"中经常引用的"很久以前"、"从前……"、"古时候……"等等不确
定的时间概念，或者尽管有"在春秋时代……"，但其故事本身内容与
这个时代特征游离开去，互不相关。这一特征在《九月寓言》里表现得
相当明显。如果我们根据前面所列的时间表去细细分析，不难看出，时
代对故事依然投入了某种阴影，或者说，作家在写故事时也或多或少摄
下了时代的痕迹。小说第六章"首领之家"，集中写村长赖牙一家的故
事，本可以像《古船》中的四爷爷，成为某种统治者淫威的象征，再加
之第五章写刘干挣觊觎赖牙的地位而发动"政变"，若放在 70 年代初的
中国政治社会背景下去理解，可以找出许多微言大义。但作家显然是有
意回避了这类影射，他在赖牙与大脚肥肩的家庭生活中，插入了两个故
事，一个是大脚肥肩虐待儿媳的惨剧，另一个是独眼义士三十年寻妻的
缠绵佳话，这两个故事自然也着眼描写大脚肥肩的狠毒、刁辣、薄情以
及可怕的心理变态，但更主要的作用是把一个本来含有政治历史内蕴的
家庭故事消解在民间传奇之中。甚至连刘干挣"起事"失败，屠宰手方
起自裁的描写，也含有了几分民间戏谑的成分。我读到这些章节时，自
然联想起前不久刚读过的刘震云的《故乡天下黄花》，书中也多次写到
了村政权的争斗，若对照两者不同的叙事方式，也许对《九月寓言》会
有更清晰的理解。再者，小说第二章写庆余烙煎饼的故事，也暗示了

60 年代初"自然灾害"在农村造成的可怕后果（不知你是否注意到，小说在"忆苦"一个场面里也隐约提到此事），但这个故事的现实主义悲剧很快又被金祥千里买鳖子的传奇所冲淡，后一个传奇可说是无时性的，插入其中的作用，只是淡化了故事本身的历史背景。从这里我们都能体会到，不是小说没有故事时间，而是作家采用了寓言的写法，一次又一次地在故事时间中插入无时间性的叙事，把故事从历史背景的阴影下扯拉开去，扯拉得远远的，于是小村历史游离开人们通常认为的中国历史轨迹，展示出无拘无束的自身魅力。

依传统的现实主义眼光，长篇小说的魅力在于深刻地展示了社会历史的某种本质，这已为以往文学史上大多数作品所证明。但人们很少注意与这一定论相关的另一问题，即对社会历史本质的共识，或者说，衡量艺术反映社会历史真实性与深刻性的某种尺度，都不能不受到国家意识形态的影响。前几年流行的寻根文学，正是为了摆脱这种巨大影响，而不得不借助神话和荒诞，企图以非现实形态来矫正、淡化以至摆脱这意识形态化了的现实主义。《九月寓言》的成功在于它以寓言的虚拟形态来取代非现实形态，从叙事意义上说它依然是现实主义的。由于摆脱了时间对故事的约束，也就是摆脱了作为时间物化的历史事件对故事的辔勒，因此它的魅力只能来自故事本身。我们不妨分析一下，构成《九月寓言》的故事系列，大致有三个部分：一是传说中的小村故事；一是现实中的小村故事；一是民间口头创作。第一部分带有浓厚的民间传奇色彩，如露筋与闪婆野合的故事，金祥千里买鳖的故事等等，第三部分主要是通过人物之口转述出来的历史故事，明显经过了叙述者主观的夸张与变形，成为口头创作文本，诸如金祥忆苦、独眼义士三十年寻妻传奇，等等。这两部分故事大都流传在小村人的口头传播之中，不可考实。若孤立地看，一个个故事是民间文学的典型材料，它们中有些故事与国家意识形态毫无关系，也有一些故事虽出于意识形态的需要（如忆苦），但已经经过了叙述者的艺术加工，使之民间化了。只有在第二部分即描写现实中的小村故事里，我们才能看到中国 70 年代农村的许多真相，但由于它是以寓言的形态出现，小村故事终于淡化了国家权威的痕迹，成为一个自在、完整的民间社会。

我觉得小说关于小村来历的传说很有意思：相传小村人的祖先是一种鱼，叫艇鲅，这是海里的一种毒鱼，谁都不敢去碰它。其实，"艇鲅"只是"停吧"之音的误传，小村的历史起源于流浪人，他们从四面八方逃难到平原上，感到了疲惫不堪，于是一迭声地喊：停吧、停吧，就这么安下小村来。所以小村社会形成于某种无政府状态，尽管经过了几代人的传宗接代，繁衍香火，小村人的文化心理上依然向往着无拘无束的田野流浪生活。且不说所有来自民间的传说都与流浪有关，即便在小村人的生活中，一种没有目的的奔跑意象，总是漾溢着青春蓬勃的生命力。然而一旦"奔跑"意象转化为"停吧"（艇鲅）的意象，便是善良渐退，邪恶滋生，兽欲开始取代人性力量，于是有了男人摧残婆娘，恶婆虐杀媳妇，也有了男人间的自相残害。小村的历史就是一个寓言，有人性与兽性的搏斗，有善良与邪恶的冲突，也有保守与愚昧对人的生存进程的阻碍，一切冲突都可归结为"奔跑"与"停吧"的意象。小村最终在工业开发的炮声中崩溃、瓦解、消失，正如一个人物叹息：世事变了，小村又一次面临绝境，又该像老一辈人那样开始一场迁徙了。"艇鲅"时代行将结束，小村人将在灾难中重归大地母亲，在流动中重新激起蓬勃的生命力。结尾时的宝驹腾飞，或可以说是小村寓言的最高意象。

在《九月寓言》里，小村的社会并不是一个正常的国家权威统治下的社会形态，尽管它也留下一些时代的痕迹。假如我们用分析正常国家制度下的社会形态的方法去分析小村，就会觉得这样做太无趣了，小村故事反映了一个典型的民间社会形态，它的文化始终处于主流文化之外，这就是当地人把"工人阶级"称作"工人拣鸡儿"的文化心理。小村并不是一个通常所说的"封闭"社会，但它是一个自在自为的社会，它的文化形态是由主流文化之外的民间文化、传统，以及口头创作所构成的。除了60年代自然灾害给它带来过一些影响外，国家几十年来的政策与它的存在并没有多少直接干系。对这样一种处于国家权威之外的社会生活范畴，我想借用一个现成概念，或者叫做中国式的民间社会。

我所谓的民间社会，仅仅是指在国家权威之外的一种社会形态，它具有一种一般国家权威控制之外的自由的生活形态。这种自由意味着它在文化上不受主流文化，尤其不受国家意识形态的控制。在中国广袤的大地上，成群的少男少女在星光下奔跑，他们欢腾、喧闹、寻欢作乐，无拘无束，这也是一种文化，是属于年轻人的文化，任何道德伦理都束缚不了他们。我想，小村拥有的民间社会的自由感，正是来源于这样一种文化。面对这样一种自由自在、不受任何权威束缚的文化形态，作家的心态会不自由无碍吗？作家的情绪会不热情奔放吗？请问一下张炜吧，我想他创作小村故事时心情一定要比写洼狸镇故事轻松得多，欢欣得多。小说的叙事语言漾溢着强烈的抒情性，许多片断细细念了，就好像是在念一首首悦耳的诗歌。我甚至想说，《九月寓言》同样称得上是史诗，不过与传统的"史诗"不同，它唱出了一首瑰丽无比的土地的歌、民间的歌。

　　我前些天为《文汇报》写了一篇论述新历史小说的短文，我发现这一类历史小说成功的秘密，也在于作家们开拓了民间社会的新领域。由于作家所写的是国家意识形态所不及的社会领域，无论是来自民间的文化，还是作家们进入这一领域的创作心态，都有一股强烈的自由感扑面而来，读莫言的《红高粱演义》，读苏童的《米》，甚至读王朔关于黑道社会的小说，我们不正是从这里获得了一种前所未有的满足感吗？张炜的《九月寓言》又一次为我们提供了关于民间社会的经典性作品。我想，这个题目将会越来越引起创作界与理论界的注意。

　　关于《九月寓言》的感受还有不少，一时也写不完，你催稿时间又急，容不了我仔细消化，只能先写出一些主要的想法，以后再作进一步探讨吧。

　　即颂
　　夏安

陈思和

1992 年 8 月 20 日于上海新亚公寓

原载《文学评论家》，1992 年第 6 期

良知催逼下的声音
——关于张炜的两部长篇小说

《柏慧》及其引起的争论

与许多当代作家不一样，张炜是个擅长用长篇小说来表达其思想观念和美学情感的作家，他创作的最主要的长篇作品如《古船》、《九月寓言》、《柏慧》等，几乎是每发表一部都引起了文坛上的震动，尽管其"震动"的方位并不一样：就在《九月寓言》以其特有的磅礴大气获得批评界高度赞扬之后，《柏慧》则以对社会邪恶的激烈批评而为人所惊讶，《九月寓言》中那个遮蔽于茫茫大地用悲悯的眼神超越人间苦难的隐身哲学家不见了，取而代之的是从恬静美丽的葡萄园里挺身而出与邪恶宣战的精神界战士。也许有人会为之替张炜感到惋惜，因为这个世界上能像张炜那样脚踏民间大地元气充沛地超越现实功利的作家毕竟不多，但在我想来，这种对自我形象的重塑可能更符合张炜性格的本相，张炜此举可能正是为了纠正批评界从《九月寓言》中产生的关于他的形象的误导：他们或多或少把张炜描绘成一个阴柔纯美型的作家。当然，在当代文学领域充满媚俗功利的市侩气中，能达到这样的境界已经相当高远，但在作为知识分子的张炜看来，人的高贵气质并不表现在梅妻鹤子式的隐逸之中，高贵与高雅并非同一个词，真正高贵的人，是脚踏在苦难大地上，对贫贱的人怀有深切同情，并能够真诚帮助他们与邪恶作斗争的人。作家张炜就是这样的人。尽管这种高贵行径在举世滔滔中很不合时宜，很可能被某些聪明人讥讽为向风车开战的堂·吉诃德，但张炜愿意做这样的人。

《柏慧》是一部急就篇，是在张炜完成了《九月寓言》以后，接着创作一部更大规模的长篇史诗《家族》的过程中临时插入的一项写作，也可以说是他下一部《家族》创作的副产品。这也足见这部作品对张炜的重要性：如果不是内心深处有一种更大的渴望对他的催逼，他是不可能为此中止那部准备更充分的小说计划来写它的。张炜曾坦率地说过：《柏慧》是"人在良知的催逼下，应该给时代留下的声音"。这种声音，在我看来是当代知识分子最为宝贵的东西，正如 20 世纪 30 年代有人批评鲁迅为什么不多写几部《阿 Q 正传》，反而将生命耗费在一些无谓的纠纷中时，鲁迅曾坦然地说：他那些触及时弊的杂文的确令人讨厌，但因此也更见其要紧，因为"中国的大众的灵魂"，现在正反映在他的杂文里。为此，他把自己的笔称为"金不换"。现在来说这些掌故可能会使许多年轻人或并不年轻却想学得年轻一些的人感到讨厌，已经有不少文章在暗示现在张炜、张承志式的直面社会正是 20 世纪 30 年代鲁迅风的"谬种流传"，正要把这笔难解的账算到鲁迅的头上，但我还是想套用鲁迅的话说，现在有人见鲁迅风的讨厌，"也更见其要紧"。我们不能捕风捉影地把文学作品里攻击丑恶事物与现实生活中的人事纠葛混作一谈，因为文学史上的伟大优秀作品，从但丁《神曲》到托尔斯泰《复活》，从罗曼·罗兰《约翰·克利斯朵夫》到陀斯妥耶夫斯基《地下室手记》，从曹雪芹《红楼梦》到吴敬梓《儒林外史》，都不可能完全避免从现实环境中攫取某种生活原料以及对现世邪恶的抨击，如果为了强调艺术上的纯美境界而指责小说不该参与现实的批评，那样的纯美艺术恕我直言，不过是为了掩盖不敢直面社会邪恶的内心怯懦而找的借口。我认为，在判断小说该不该抨击邪恶时，唯一的依据应该是看其抨击的内容有没有普遍意义，"砭锢弊常取类型"与个人意气用事及揭人隐私，毕竟是有明显区别的。《柏慧》中所揭露的柏老、瓷眼之流的邪恶，正是 20 世纪以来中国知识分子史上可耻的一页，像口吃老教授的悲惨故事和叙事者的两位导师的不幸遭遇，是任何一个有良知的知识分子都有责任牢牢铭记的历史，如果今天我们对这样的历史已经不堪心理上的承受，那么若干年后，就像现在在欧洲、日本有人会天真地以为奥斯维辛集中营和南京大屠杀都是犹太人和中国人编造出来的神话一样，青少年一代会淹没在所谓的后工业的流行文化里变成心灵的白痴。

　　所以我不认为张炜从《九月寓言》到《柏慧》是一种人格境界上的退步，张炜正是为了表现他的现实战斗精神的完整人格才有了《柏慧》这一本书。同样是表达对苦难和人类罪孽的看法，《九月寓言》表现的是藏污纳垢的民间世界的大气心态；而《柏慧》则回到了《古船》式的现实战斗的知识分子广场世界。但知识分子的广场意识与民间立场之间并不呈现高低主从的关系，因为苦难和罪孽在现实世界中都不是抽象的，《九月寓言》面对的是自然形态的人类所面对的苦难，指极端贫困的生活和相应的愚昧野蛮的文化心理，这似乎是大自然在赋予人类自然的生命形态时与生俱存的，作家用从容超然的审美态度去表现正是其深得自然生命真谛的无穷奥妙（这种审美态度也使我想起当年张承志的《黑骏马》），而《柏慧》所面对的则是人世间的苦难与罪孽，是人类邪恶力量对善良美好向上的戕害。《柏慧》的作者明明白白地告诉人们，人类有分类而居的，分"向上的"和"向下的"的两类，这就有点接近罗曼·罗兰在第一次世界大战期间的著名论断。这当然是作家用艺术的分类方式对世界的描绘，不能简单地移用到现实世界分析上去，作家用"血缘"与"家族"两个概念本来都是艺术上的象征语言，与过去文学作品简单化地宣传阶级斗争来为现实政治斗争服务并不是一回事。作家不过是据此表达了一种与邪恶不相妥协的战斗态度。自然的苦难与人为的苦难不能等同视之，在《九月寓言》与《柏慧》之间，只是应了中国传统文化经典里的一句名言：天作孽，犹可违；自作孽，不可逭。我想，这"不可逭"，也就是指不可回避。

《柏慧》不是如《九月寓言》那样纯粹的长篇小说，其形态更接近于长篇思想随笔，其三篇长信的容量和内涵都不是很匀称，在我读来，其实仅仅第一篇致柏慧的信也就够了，这一篇写得最饱满，不但关于葡萄园生活的描写和徐蒂东渡的民间歌谣的开掘都再现了作家以前有关作品中的高远意境，而且关于柏老和口吃老教授的故事、关于叙事者的家族及其父亲的故事，都已经达到了让人灵魂感到震动的思想艺术魅力。而后两篇信在艺术结构上未免有些蛇足之嫌，第二篇致老胡师的信主要是重复并延伸前篇中柏老与口吃老教授故事的主题，引进了某研究所及"瓷眼"的邪恶故事，使历史的悲剧延伸到现实，第三篇致柏慧信展开了关于在商品经济冲击下如何维系人格、良知、理想等话题的讨论，同时又展开了对现代城市经济生活方式的批评，这两部分内容相对来说薄弱一些，尤其我感到第三篇信的叙事很别扭，因为这篇信的内容是围绕了叙事者与其妻子一家的矛盾而展开，本来它的叙述对象应该是梅子，向妻子解释感情纠葛的叙述方式会更自然些（就像第一篇致柏慧信），可现在却是向一个旧时恋人叙述自己与妻子的矛盾冲突，叙事者的许多真实感情就很难出得来，这就使他对都市生活方式和杂志社经营方式的批评显得比较粗疏。这些艺术表现上的不足使这部作品不能达到像《九月寓言》似的完美是事实，但像《九月寓言》这样的 20 世纪中国文学殿后之作，本来也是不可取代的，即使是作家本人也未必能轻而易举地超越它，若以这个标准来衡量《柏慧》的失败，也多少是一种苛求。

《家族》

在谈这部小说之前，我首先想到的是法国作家罗曼·罗兰 1925 年为《约翰·克利斯朵夫》的第一个中译本所写的题辞，这篇被称作《约翰·克利斯朵夫致中国兄弟们的宣言》的短文当时刊登在中国文坛最有影响的刊物《小说月报》上，译者是个罗曼蒂克的留法学生，译文的准确性很可能不及后来的大翻译家傅雷，但他所译出的大致意思是不会错的：

> 我不认识欧洲和亚洲。我只知世间有两民族——一个上升，一个下降。
> 一方面是忍耐、热烈、恒久、勇毅地趋向光明的人们，——一切光明：学问、美、人类的爱、公共的进化。
> 一方面是压迫的势力：黑暗、蒙昧、懒惰、迷信和野蛮。
> 我是顺附第一派的。无论他们生长在什么地方，都是我的盟友、兄弟。我的家乡是自由的人类。伟大的民族是他的部属。众人的宝库乃是太阳之神。

我没有学过法语，但我一直觉得这译文中的"民族"一词译得有些别扭，至少是不够确切，我怀疑这"民族"一词应该含有"人类"的意思，也就是说，世界上存在了两类"人"，一类是向上的；一类是向下的。这当然纯粹是指人的精神领域而言。但再往深里想想也觉得不妥，因为"人"毕竟是个高贵的词，把它简单地分作两类或者几类，并宣布人类中有一类或几类是"向下"的，难免会生出些法西斯的误会，这是我所不愿取的。所以，直到这些天读了张炜的两个长篇《柏慧》和《家族》后，这个困惑才得到了解决：作家张炜使用了一个比较准确的词——家族。虽然作为艺术叙事的手法，作家也使用了"血缘"的概念来解释人类的各种"家族"的区别，但我想，读者会明白，这里所描写的"家族"显然不是过去的"阶级"的含义，而是用血缘的遗传说，来暗示人类的另一种遗传——精神气质和伦理道德上的遗传现象，通俗地说，是人类精神文化方面的遗传。

"人"是一个完整的概念，任何人或者任何民族都没有权力宣布另一个人或者另一个民族是低劣污秽的。但是，人类历史的进化法则告诉我们，人是由动物进化过来的，人在改造恶劣的生存环境的同时，还始终伴随着与自身血缘里与生俱来的邪恶兽性作斗争。这种斗争是无穷无尽、极其艰难痛苦的，人性常常会在与兽性的斗争中惨遭失败，从精神的意思上说，人在每时每刻都会遭遇这种心灵深处的光明黑暗大搏斗，其惊心动魄的过程最终所能导致的结果，也正是罗曼·罗兰在那篇致中国人的宣言中所说的：人间间应当分作"向上的"和"向下的"两族。也许在今天，我们谁也没有勇气说，希特勒的纳粹党徒是属于"人类"的一部分，可偏偏是犹太人的大艺术家斯皮尔伯格在导演《辛德勒的名单》中强调，德国人包括纳粹党徒也是有人性的，只是在一个邪恶的时代里人性被兽性战胜了。当然，暂时征服了人性的兽性会借助时代的邪恶慢慢地蔓延，使兽性与兽性聚集在一起，形成社会上的邪恶力量，它们与人性向上的力量相对立——这就是"类"，也是张炜所说的"家族"。

如果用庸俗社会学的眼光来解释"家族"，就导致政治上划分革命与反革命的标准。就如《家族》中的一个人物殷弓所说的："革命——它对于一个人来说，或者是一开始就会，或者是一辈子也不会！"为什么，有些人天生是"革命者"，有些人一辈子也不会成为这样的"革命者"？文化很低的权力争夺者殷弓是回答不上来的，他只能推导到"血缘"这一神秘力量。但奇怪的是，小说偏偏写这个天生的革命者殷弓在革命最危急的时期总是不放弃做对敌人阵营的分化瓦解工作，建立最广泛的统一战线来孤立敌人。既然他根本不相信有些人是可以转变为革命的，那又为何不断地把他们团结过来，而且也确有许多人被这种表面的诚意所感动而真诚地把殷弓之流视为引渡光明的灯塔？现代历史的悲剧大约正是起源于此，我们从小说里看到，殷弓在革命中使用的许多统一战线的手段，都是师法《水浒》里宋公明争取英雄好汉入伙的方法，但水泊梁山的英雄们遵守了中国民间所共同遵守的一个伦理法则：义气，这是维系梁山乌托邦社会的民间道德标准。殷弓恰恰没有这种道德标准，他所做的一切不过是为了达到一个革命的具体目的而利用他人的手段，他把别人对他的信任、爱戴、帮助甚至奉献，都视为天经地义的，只是为了证明他的痞子手段的高明，他骨子里不但不相信这些对他投诸好意的人，而且随时都准备把这些人的命也一起革掉。这就有些残忍。我们在小说里看到的革命队伍中的成员：许予明、李大侠等等，他们在参加革命以后仍然或多或少地遵循了民间的原始正义，如情和义，这或许是缺点，但他们对革命的忠诚是不可怀疑的，结果呢，他们都成了殷弓式的革命手段的牺牲品。利用民间的道德观念去争取民间力量，但最终又利用他们的信任粗暴地破坏和践踏民间道德，并且从肉体上消灭他们，虽然可以用革命的名义去做这一切，虽然也可以推诿到时代的残酷性，但依然是反映了人性中背信弃义的黯淡一面。

殷弓的庸俗社会学观点和标准还不足以说明人世间为什么会有各种各样的家族冲突，因为照罗曼·罗兰的理解，这些冲突归结起来只是两类：向上的和向下的。这是指精神领域而言的。即便如此，维系这家族的"血缘"又是从何处而来？我觉得张炜的思考正是沿着罗曼·罗兰又进了一步，他把人类遗产的继承分作两种：一种是物质财富的遗产继承，它的内容是围绕了财产以及与此相关的权力的争夺和再分配（这里所说的物质遗产的再分配，不是指法律意义上的继承法），几千年来，人类社会就是在这样一种以掠夺财富为目的的原始冲动下改朝换代和改天换地，它在创造灿烂的人类物质文明的同时，也为人性大道中所隐含的蠢蠢欲动的兽性遗传提供了周期性的发泄渠道，历史上人们为争夺财富而起的大屠杀就成了"向下"一族的徽标；另一种是精神财富的遗产继承，它包括建立人类理想境界、美学规范、理性精神等等，其核心是维护人格的自由，保持人性的纯洁，捍卫人的权力和尊严，这正是"向上"一族的徽标。在人类历史上权力的统治者和争夺者往往属于前一种遗产的继承者，而知识分子则属于后一种遗产的继承者。知识分子的本意，就是要为他所在的社会提供一种良知的参照，但这种"良知"从何而来？是靠知识传授和教育手段让人一步步去掉心灵的遮蔽，逼近自己的本性。它为人们提供的是关于如何生活才更符合人性的思考，而不是帮助人们如何获得更多的财富，这一点，恰恰是财富追逐者所不能理解的。如殷弓辈，从他的狭隘的功利观念来看，知识分子是一种神秘不可知的动物，他虽然身经百战，但在文化精神的遗产面前却永远无法长驱直入。其实人间财富的统治者都对知识分子怀着莫名的恐惧，因为他们明明白白地知道，世界上有一种财富是他们所不能拥有的，那就是精神财富。他们可以强迫或者利用知识分子来为他们服务，但他们永远不能取代知识分子的自由思想和独立精神。这种恐惧的结果造成了本能的对知识分子的迫害欲望。"向上的"一族与"向下的"一族就是这样开起战来。

《家族》所展示的，就是这样一部"家族"与"家族"的战争，而不是阶级与阶级，或者政党与政党的战争。人类将在这样的战争中重新组合队伍。在物质层面上这样的战争总是以"向下的"一族的胜利而告终，历史上摧残文化迫害知识分子的悲剧一再重复上演，如作家张炜愤怒指出的：上帝在制造迫害事件方面的想象力也是贫乏的。然而在精神的层面上呢？当惨绝人寰的大屠杀或大迫害过去后，那些制造暴行的人总是被历史钉在人类的耻辱柱上，毫无例外。历史上有许多古老民族被征服、被消灭，但这些民族所拥有的优秀思想、文化、宗教，却能够弥散在全世界，反过来征服和改造着那些以野蛮武力取胜的民族。所以，在人类精神界的战争中，"向上的"一族则是不可战胜的。《家族》所展示的，正是这样一部交织着两种战争结果的现代启示录，以及知识分子在这多层次的复杂战争中所经历的选择、失败、毁灭和再生。

这里包含了 20 世纪以来知识分子在社会转型中的价值取向的变化。历史上的宁周义和曲予尽管所选择的政治力量相对立，但他们在价值取向的选择上是一致的，都未曾摆脱传统文人的庙堂意识，都是把个人在世上安身立命与经国济世的政治道路联系在一起。尽管他们都酷爱自由意志，不喜欢被外在的政治力量所驾取，但他们的济世行为最终却仍然是"为王前驱"，自觉地投靠到具体的政治力量中去，并为之献出了生命。小说一开始写了宁家先人骑一匹红马远走他乡，四处漂流而终于不知所终，这是一个很有意味的象征，在这整整一个世纪里，知识分子面对庙堂既毁，大道如隐，那匹红马究竟能走出什么新路呢？在传统社会里，道统高于政统，知识分子有可能通过庙堂有所作为，实现自己的价值理想；而在 20 世纪的现代社会转型中，政治与道术退回到同一个起跑线上探索救国之道，在争夺人类遗产中的物质财富方面，知识分子并不比政治家高明多少，只能充当一盘棋中的卒子，这早有先贤的自知之明。小说里宁、曲两家主人的悲剧，正是由此而来。相比之下，宁周义不过是梦想做现代曾国藩，而曲予倒是放弃了一次重新确定现代知识分子价值取向的机会。作为一个医生，他为生养于斯的小城所作出的贡献，不仅仅是回春医术，更重要的是他以现代科学的引进改造了小城的文化素质，作为一个知识分子，他不是以其政治地位而是以其科学技能获得在小城人民心目中举足轻重的地位，终于成为双方政治力量争取的对象。曲予的医生身份和医生地位，都意味着现代知识分子的价值取向有可能获得转变，但很可惜，当历史沿着传统的惯性继续演绎下去时，曲予最终也不得不放弃他的医生岗位，转入庙堂权力的争夺战，并献出了生命。这样的贡献对历史的改朝换代自有其价值，但从人类精神遗产的继承和延续上说，却是一次值得深思的偏离。小说上部通过宁、曲两家的历史故事所展示的，正是知识分子庙堂意识在现代政治生活中的虚幻因果，所以小说下部一开始写的宁珂冤案，似乎已经没什么新意。像宁珂这样的冤案在现代历史上并不是特例，光说上海，就有潘汉年杨帆一案所株连的许多忠诚的知识分子。如果说宁、曲两家主人的遭遇展示的是知识分子庙堂意识在时空中的误区，那么宁珂冤案则是对庙堂意识的现代悲剧下了一个斩钉截铁的结论。一场历史悲剧的帷幕正式降落下来了。

在小说进入了现实部分后，真正的悲剧主人已经不是宁珂，有关他的冤案不过是承上启下的一环：由宁珂的悲剧引申出宁家新一代，也就是小说的叙事者。这是新一代知识分子的故事，除了在血脉上衔接了宁、曲两家的香火外，其作为知识分子在现代社会所承担的责任和所认同的价值取向，都有着明显的区别。小说中有关现实部分的叙述写得气韵贯通，其中主要人物陶明、朱亚和叙事者之间的联结，作家用了一个新的关键词：导师。这显然是一个新的家族组合：知识分子的几代人互相联系的既非血缘，也非财产，而是一种若即若离的精神联系。从小说所展开的故事来看，这几代知识分子的命运仍然很是悲惨，但不是宁、曲两家命运的重复，在历史上，知识分子工作与政治力量互为利用难分泾渭，而在现实部分，陶明教授和朱亚教授的工作与以"瓷眼"为代表的权力争夺者是泾渭分明的，互不相干。"陶朱"（我不知道这两个姓氏的合体词是否暗示了历史上知识分子逃离权力之争的故事）所从事的是科学研究，具有自身的岗位责任，他们之所以受到"瓷眼"的迫害，并不因为是他们与瓷眼之流争夺权力，而在于他们坚守自己的神圣职责。小说着重描写了朱亚教授为了保护平原不受破坏、坚持科学家的良知所作的努力，直至献出自己的生命；而叙事者"我"自觉追随导师的遗训，奋起反对盲目开发，这都是在自己的工作岗位上履行知识分子的使命。他们不屑与肉食者争夺残羹剩饭，也不必离开自己的岗位去"忧国忧民"，因为他们自身拥有知识财富和价值内涵，他们在自己的工作岗位上同样能够坚持人文精神的战斗传统，所以毋须借庙堂之途来证明自己。在朱亚和"我"的两代知识分子的精神传统之前，还有一个陶明教授，虽然作家在描写陶明教授的悲惨遭遇时过多地渲染他在劳改农场里的苦难，多少淡化了知识分子精神生命的强度，但从朱亚自觉追随陶明教授的行为里，甚至在《柏慧》中写到朱亚一直偷偷地整理导师的遗著、发扬光大导师的学术思想里，都可以看成是知识分子薪尽火传、生生不息的精神接力运动。人类精神遗产的传承没有法律和规章的约束，一切都是心灵与心灵的碰撞和吸引，维系这种关系当然主要是靠知识传授和教育手段，但因果之间仍然充满缘分与机遇，或者说，你首先要成为一个战士，精神导师才会在冥冥中跨越时空出现在你的眼前，指引你去履行使命，以至献身。朱亚的工作既属自然科学领域，又体现了人文精神的战斗性，他上承下启，鞠躬尽瘁，表现出一个"向上的"家族的应有形象。作为他们对立面的"瓷眼"，不如他的精神前辈殷弓那样深刻，这可能是作家过多地描写他个人品质败坏的缘故，使人物有些脸谱化，其实这个人在精神上应该与殷弓为同一家族，他从事迫害知识分子的工作不是出于维护个人利益的需要，根本上仍然是殷弓的理论，即无法理解知识分子承传精神遗产工作的特点，就本能地把知识分子视为"非我族类"，千方百计欲除之而快。这样的战争比之宁、曲两家的屈死鬼以及宁珂冤案，似乎更加惊心动魄。

不用说，作家张炜对于中国知识分子在历史与现实中所遭遇到的一切，都感到愤怒。他所虚拟的两大家族说就像当年罗曼·罗兰把人类划分为"向上的"民族和"向下的"民族一样，都不过是一种文学修辞上的比喻，并不是人类社会学意义上的科学报告，也不是政治学意义上的阶级划分。他不过用文学形象展示出两类人的精神传统：一类人永远是不倦地追求真理、探索真理、追求人性的自由发展，他们不断经历着实验、失败、再实验的精神历程，普罗米修斯式的英雄是他们心中的偶像；另一类人却永远不知道、也不关心真理是在实践中发展的，他们只注重现实功利、追逐财富与支配财富的权力、整日以玩弄权术、勾心斗角、结党营私为荣耀的事业，他们的心中没有偶像（或者故意利用某些偶像来欺骗民众），只是一片黑暗中几只老鼠在蠢蠢欲动。现实生活中的普罗米修斯往往不是被绑在高加索山上让雄鹰撕啄，而是让老鼠啃咬，这样的人间悲剧我想是没有时空范围的约束的，在任何时代高标苍穹、特立独行的人都会有所体会和感受。张炜不过是身处当下这个社会转型时期的种种污秽环境里，他的家族比喻和批判对象才有了具体的所指，但如果我们局限在作品中的具体所指中理解作家，那就无法真正领会当代知识分子思想批判的逻辑高度和现实意义。

《家族》是一部战斗性很强的书，虽然它依然是用优美的文笔来叙述一个历史与现实交叉的家族故事，但我更看重的是故事发展的叙事激情而不是故事本身。在近几年，像这样的家族故事并不少见，如李锐的《旧址》、陈忠实的《白鹿原》等等，但张炜在这部小说中尖锐提出的知识分子立场及其精神传统，是相当独特的。如果说，张承志的《心灵史》是一部宗教"家族"的故事，其悲剧主人公一代代都由"前定"所决定，有教义的精神召唤；那么在张炜的笔下，主人公们所面临的现实战斗精神及其精神导师的代代接力，都被笼罩着失败主义的宿命感。它无法救世，只能守望、撤退和无可奈何的诅咒，这种情绪从故事的叙事缝隙里不断泄露出来，也许正是这种情绪的蔓延才使张炜不得不在创作过程中停下《家族》而去创作《柏慧》。《柏慧》是宣泄愤怒的书，它以《家族》的故事为背景，大段大段地发表对历史与现状的否定性批评，如作家自己所说的：《家族》是历史与现实的岩壁，而《柏慧》则是它的回声。这两部书最好是放在一起读，《柏慧》不但补充了《家族》故事的一些结局性的细节（如宁珂一家后来蒙受的悲惨遭遇等），而且准确表达出作家在叙述《家族》时难以抑止的悲愤情绪。《柏慧》是在良知催逼下的声音，而《家族》则是发出这声音的源泉，是支撑这些声音的基础；也只有在作家将心中的愤怒倾诉尽了以后，《家族》才得以保持艺术上的优雅和完美。

有了《柏慧》的声音和《家族》自身所提出的知识分子精神接力问题，张炜才有可能超越一般家族故事，使这部小说成为当代呼唤人文精神的重要著作。现在关于人文精神的寻思已经被人误解或者曲解，好事者又把当下知识分子对现实的批判概括为"道德理想主义"，隐隐约约地把这场来自知识界对自身的反省运动影射成法国大革命式的危险事件，已经有不少批评者在谈到所谓道德理想主义时用了"血腥味"、"专制性"之类的形容词，在这样的文化背景下，《家族》的问世有可能会澄清一些问题。事实上，"道德理想主义"是一个很含糊的称谓，拒绝宽容也好，批判现实也好，都不能作抽象的理解。在《家族》里，张炜描述了两种"道德理想主义"，有一种是殷弓式的"道德理想"，殷弓种种邪恶的政治行为与他个人品行无关，他所坚持并为之奋斗的也是一种神圣"理想"，他挂在嘴上的是口口声声为了大众的根本利益，他坚信世界正在剥削阶级的罪恶中迅速堕落，唯有他和他所隶属的政党才是清洁的，能够承担起救民于水火之中的责任，所以别的阶级与个人都必须为他让路，并为他作出牺牲。——这就是当代许多人忧心忡忡批评张炜的拒绝宽容说可能导致的"后果"，可是对这种"后果"作出全面揭露与批判的，并正式列为"不宽容"对象的，正是张炜本人。很显然，张炜在小说里即便提倡了所谓的道德理想主义，也是就知识分子的人格精神和批判职能而言，并不是殷弓式的专制立场，这两种道德理想主义中间和知识分子立场。《家族》和《柏慧》的叙事者是个隐居在民间的葡萄园主，尽管他身上含有强大的知识分子背景，但他完全改变了他的前辈们所走的道路，这是值得研究当代文化者所重视的。

　　以上两篇文章分别原载于：《文汇报》，1995 年 7 月 16 日；《当代作家评论》，1995 年第 5 期

试论张炜小说中的恶魔性因素

> 欲望是一种真正的能，它有点像等待开发的铀——那种威力啊……
>
> ——张炜《外省书》

一、为什么要用恶魔性因素来解读张炜的小说

能想到这样一个题目，是来源于我在不久前读到的一篇论述德国伟大作家托马斯·曼的小说《浮士德博士》的论文①，虽然论文所论述的《浮士德博士》我没有机会阅读，但从德国文学以至欧洲文学传统中提炼出来的恶魔性因素，引起我极大的兴趣。世界性的因素②有没有可能在中国当代文学中有所反映，是否体现出中国作家在全球性的格局下与外国作家同步性的思考，以及何以显现世界性因素的本土环境特点，都是我所关注的领域。为此我曾尝试将恶魔性因素移用到中国当代文学研究，首先是讨论"文化大革命"题材书写中的恶魔性因素，③ 进而要讨论的是全球化历史进程中的恶魔性因素的特征及其相关问题。伴随着新世纪到来的，有两个事件都可能直接影响我们对人文精神的思考模式和认知当前世界的方式，那就是中国进入世界贸易组织和"9·11"以后的世界性对峙的新格局。前者是中国从经济到文化的发展都被有效地纳入全球化体制的分水岭；而后者，是当意识形态的对立而形成的世界性冷战消解以后，世界霸权所面对的主要挑战对手变得更加暧昧，更加血腥和疯狂，以致形成非理性化或者恶魔化的对抗。如果从恶魔性因素来

①　我指的是中国社会科学院外文所杨宏芹副研究员的学位论文《试论托马斯·曼的〈浮士德博士〉中的恶魔性的意义》。该论文后有部分章节载《当代作家评论》，2002（2）；《复旦学报》，2003（3）。

②　关于世界性因素的理论，请参考拙文《关于20世纪中外文学关系研究中的世界性因素》，载《中国比较文学》，2000（1）。

③　即收入本书的《试论阎连科的〈坚硬如水〉中的恶魔性因素》。

考察这些现象，有可能会给我们更多的启发。

我在探讨阎连科小说中的"文化大革命"书写时曾经表达过类似的意思：当代人的社会生活都是从历史发展而来，当代人也总是生活在历史之中，正如我们都意识到"文化大革命"这场灾难不是从天而降的一样，中国当代生活也不是从天而降的，它是从历史的阴影里走过来的，所以我们在考察当代知识分子的人文追求的时候，不能不注意到即使是受到全球性经济利益的横向制约，当代中国的现象仍然需要有一个历史的总体把握，历史的阴影总是存在的，恶魔性因素在不同环境下会呈现不同的意象。20 世纪的最后十年，中国社会发生激烈变动，知识分子的精英阶层被迅速地分化瓦解，我曾经把这样的文化状态称之为"无名"的时代，意味着再也没有一种大一统的意识形态能够笼罩一切人的思想行为，一切都处于相对和多元的状态之中。出于对知识分子传统道路及其价值取向的绝望，有一批真正对社会有所期待的作家此时此刻转向了历来被主流文化形态所遮蔽的"民间"，虽然民间只是作家笔下的一个文学性的想象世界，而且用以与现实的浮夸世界对立的形态也各各不同，但在作家们的心里，他们一致地把民间当做理想和人格的寄托地，同时也作为他们向社会现状发出质疑、批判的根据地。张炜是最早寻找到他的"民间"世界的作家之一，他的民间就是元气充沛的大地上的自然万物竞争自由的生命世界，《九月寓言》曾把他的民间理想主义发挥得淋漓尽致。但是张炜没有把民间世界视为逃避现实的世外桃源，他仍然坚持了《古船》时代的知识分子精英的批判立场，创作了一系列引起争议的中长篇小说。近几年他连续创作长篇小说《外省书》和《能不忆蜀葵》，引起的争论更加激烈。我发现这种近于偏执的争论与其所批评的对象中，隐含了批评者对张炜的某些传统风格所不能涵盖的新的因素的陌生感与焦虑感，那包括了作家超越现实的政治层面和自然的民间层面，直接面对中国现代化进程中出现的复杂状况而发出的心声，以及作家个人所特有的思想探索与人格冒险。由于这样一些因素的怪诞显现，其遭到误解以至引起争论都是正常的。但是我仍然以为这两部作品对张炜来说是重要的，它们不是张炜向新的创作高峰过渡的标记，而是文学直接面对当下生活的血肉相连的展示，并在展示中隐含了传统的批评术语所无法涵盖的新因素。生活中无法命名的东西应当先由文学来命名，对此，评论界可以用各种术语来命名它，而对于我来说，为论述的方便，则借用现成的英语 daimonic 的中译：恶魔性。

有关这个命名的定义，那篇关于《浮士德博士》的论文中对恶魔性因素的研究给了我很有力的鼓励。与《浮士德博士》的主人公一样，《能不忆蜀葵》的主人公也是一位被誉为天才的艺术家，他同样有一个象征性地把自己灵魂抵押给魔鬼的奇遇，由此使我联想到西方文学中浮士德式的追求模式，再由此上溯到《外省书》两位主人公的怪癖性格，用恶魔性因素来给这种怪诞性格以命名是可以成立的。这个概念还可以从《蘑菇七种》的"文化大革命"书写中延伸过来，构成一个完整的"'文革'时期的夺权斗争——改革开放时期的自我释放——全球化时期的欲望追求"的中国式恶魔性因素的发展轨迹。这些行为心理或多或少都碰触到一些概念，诸如疯狂、原欲（里比多）、破坏欲、原罪感等，美国心理医生、《爱与意志》的作者罗洛·梅曾说到心理治疗中命名的重要性："我们依靠命名，直接地面对了病魔的世界。医生和我站在一起，在这个炼狱中，他知识比我丰富，他知道更多的魔鬼的名字；正因为如此，他就能在技术上充当我的向导，给我指引下地狱之路。在某种意义上，诊断可以被看做是现代人大声叫出暗中作祟的魔鬼的名字的一种方式。"① 命名是为了更好地面对，所以我把张炜、阎连科等作家创作中的某些性格命名为"恶魔性因素"，也正是鼓励了这种面对恶魔性的必要勇气。

关于恶魔性这个词，在希腊语里是 daimon，在英语里既可以是 demonic，也可以是 daimonic，这两个词的意义可以互相替代使用。但是细微的差别仍然是存在的，demonic 的含义有两种：第一种是指恶魔性的、魔鬼似的、邪恶的、残忍的；第二种是指力量和智慧超人的，像一种内在的力量、精神或本性那样激烈的、有强大和不可抗拒的效果和作用的，非凡的天才等。当用作第二种含义时，为了区别，一般拼写成 daemonic，而 daimon 又与 daemon 等同。② 所以，daimonic 可以用来指 demonic 的第二个含义。结合本文使用"恶魔性因素"的意义，我比较

① ［美］罗洛·梅：《爱与意志》，冯川译，185 页，北京，国际文化出版公司，1987。

② 以上内容参见：Ph. D. Philip Babcock Goveed., Webster's Third New International Dictionary, U. S. A.: W. &C. Merriam Company; The Oxford English Dictionary, Vol. Ⅲ, Oxford University Press, 1978; C. T. Onionsed., The Oxford Dictionary of English Etymology, Oxford University Press, 1966.

倾向于 daimonic，这意味着恶魔性因素其实是深深隐藏在人自身的内在性里，面对恶魔性也具有了真正面对自己的勇气，看到了人性中所含有的恶魔性的因素。那篇关于《浮士德博士》的论文作者把恶魔性定义为："它是指一种宣泄人类原始生命蛮力的现象，以创造性的因素与毁灭性的因素同时俱在的狂暴形态出现，为正常理性所不能控制。随着人类文明的进步与理性的增长，它往往被压抑，转化为无意识形态。在人的理性比较薄弱的领域，如天才的艺术创作过程，某种体育竞技比赛活动，各种犯罪欲望或者性欲冲动时等等，它都可能出现。它也会外化为客观的社会运动，在各种战争或者反社会体制、反社会秩序以及革命中，有时也会表现出来。还要补充说明的是，在其创造性与毁灭性俱在的运动过程中，毁灭性的因素是主导的因素，是破坏中隐含着新生命的可能，而不是创造中的必要破坏。但如果只有破坏而没有创造，单纯的否定因素，也不属于 Das Dämonische。"① 虽然论述的是德语的"恶魔性"，但其解释则更加符合本文所要表达的思想。

既然恶魔性因素是"以一种宣泄人类原始生命蛮力的现象，以创造性的因素与毁灭性的因素同时俱在的狂暴形态出现，为正常理性所不能控制"，那么，它必然是以某种非理性的形态展现其本来面目，为我们日常生活中的道德因素和社会规范所不能容忍，同时它又是深深扎根于人类原始生命的本能之中，总是以与人性相沟通的形态发出它的存在信息，唤起人们对快乐和欲望的记忆。这是一种在文学长廊里新型的、充满内在辩证性的性格形象，认识这种性格形象就要求我们打破传统的二元对立的思维模式，将艺术视界由外部世界转向内心深处，使一切明朗化的对立和冲突都变得暧昧而且暗淡。以张炜的创作为例，这几年他的小说创作发生了很大的变化，原来他在创作中所依据的二元对立的绝对叙事模式——这在《古船》里表现为隋、赵两家水火不容的家族复仇②，《柏慧》、《家族》里更加鲜明地表现为两个家族、两种血统的对立③——均被轰然摧毁，《外省书》的人物结构里，

---

① 引自学位论文《试论托马斯·曼的〈浮士德博士〉中的恶魔性的意义》。

② 关于《古船》的分析，可以参见拙文《关于长篇小说结构模式的通信·致张炜谈〈古船〉》，收《笔走龙蛇》，395～400页，济南，山东友谊出版社，1997。

③ 关于《柏慧》、《家族》的分析，可参见拙文《良知催逼下的声音》，收《犬耕集》，161～178页，上海，上海远东出版社，1996。

虽然还保留着二元对立模式的残余,但人物性格的复杂含义已经模糊了森严壁垒。如果我们以习惯上的正反两组人物来排列,师麟(鲈鱼)、史珂(鲷鱼)、师香(狒狒)、师辉为一组,史东宾、史铭、马莎为一组,两组之间的差异只在道德范畴的高低而不在形而上的人格优劣,无所谓"好人"与"坏人"之分。小说里企业家史东宾最后如痴如醉地爱上师辉,流浪女狒狒脱离保护人师麟而投向史东宾的保镖电鳗怀里,都消解了张炜原来小说世界留下的泾渭分明的人物图像。鲈鱼与电鳗最后的身体器官比试也很有意思,它意味着人物在意识形态或人格立场上的对立已经过渡到一种纯粹的生命形态的比试;里比多的强弱成为对人的命运的根本性嘲弄。再进而到了《能不忆蜀葵》中的两个主要人物橙明与淳于阳立,构成了一种互补的关系而不再对立。张炜小说创作的另一个变化是,作为一位对社会发展形态持有清醒反思的作家,在保护自然生态与破坏性的经济开发之间,张炜毫不犹豫地站在保护自然生态的一边,反对人们以任何理由对自然生态进行掠夺和破坏。这种不无极端的态度使张炜对近十多年来的经济开发始终怀有戒心。早在 80 年代中期,《古船》的结尾部分就有个意味深长的细节:在一场旷日持久、极其残酷的阶级斗争终于结束的时候,在洼狸镇的芦青河水又重新高涨了的时候,人们听到一个不祥的消息,地质队为寻找地下水失落了一个置镭的铝筒。在这里,镭元素无疑象征了科学时代的新的矛盾和困境,也暗示了新经济时代知识分子人文关怀的新的指向。在 90 年代,随着张炜对民间世界的重新发现,他对于现实生活中的经济开发总是采取拒绝和逃避的态度,在日甚一日的经济大潮的催逼下,《柏慧》里的主人公一退再退,传说中的徐福东渡的史诗歌谣不绝于耳,虚构的民间世界总是他的理想乐土。《九月寓言》的结尾更是地下矿井塌方使小村陷落,但小村的精魂则如宝驹腾空而起,象征着民间所升腾的勃勃生机,民间理想主义完成了"卒章显志"的艺境。而《外省书》虽然也弥漫了绝望的氛围,但张炜却以极为复杂的感情描写了海边的开发事业,他对开发商史东宾等人的欲望追求没有给以简单否定。关于这个变化,批评家雷达最早看到了,他指出:"张炜创作上的变化还表现在:更加客观、冷静、平和地看待一切生灵,不是从观念和义愤出发,而是从生活出发。如果说张炜原先对商品化时代道德沦丧现象的激愤有点隔岸观火式的距离,那么现在他进入了某些人事的内部,将之视作整体生活中的必然。史东宾也好，马莎也好，皆有其存在的理由。"① 这种变化不仅仅意味着张炜原来小说中的人物图列有所改变，更重要的是标志了他不再从以往历史或者虚拟的民间世界里去寄托灵魂和理想，而是直接面对鱼龙混杂的当下社会生活，并企图在介入这种生活中探索出知识分子的人文理想来。

但这又绝不意味着张炜对现实生活状况的认同和妥协，他的批判依然悲怆而尖锐，他的绝望依然迷茫而高贵，让人很容易联想到俄罗斯古典作家们面对那个"一切都翻了一个身"的社会变革时的忧伤。主人公对现实的批判和绝望都真诚而严肃，他们面对着社会剧变，仿佛是眼睁睁地看着至爱的人患了绝症，原先健壮的身体在恶性细胞的侵袭下寸寸溃烂，不断地被戕害被蚕食而使他们心如刀割，而他们却只能体验无能为力的沮丧与痛苦。面对了这样的现实生活也就是面对了现实生活的藏污纳垢和生机勃勃同时并存的客观状况，也就是面对了"恶魔性"定义所说的"以创造性的因素与毁灭性的因素同时俱在的狂暴形态"，这不仅仅是原生态的生活状况，同时还包含了介入这样的生活的人格内涵。张炜所关心的当然是后者，他是要问一下在经济大潮的呼啸中人文精神的声音何在？这种探索使他的小说充满了辩论色彩，好像他又一次随着《古船》里的隋抱朴去读屈原的《天问》，他有一系列的疑问尖锐地指向苍天大地和人间。但是生活毕竟发生了巨大变化，今天社会生活的庞杂步伐里混杂着千百万人的巨大欲望和追逐热情，一方面是盲目的群众被这时代赋予的千载难逢的时机激发起无穷无尽的欲望和想象力，他们要求改变贫困命运而不惜铤而走险；另一方面则是权力者、钻营者、冒险家、投机分子、腐化乱纪者、暴发户、外国资本势力等等精心编织起来的一张笼罩全部社会的上下网络，毁灭性地制造着一个个所谓的"奇迹"。这种时候最为本质地构成人们的行为动机的，或者最大力度地刺激起人们追逐热情的，只能是人自身所激发起来的欲望而不是外在的所谓理想或客观生活的目标，我把这种内在欲望称之为"原欲"。如果从西方文学传统来说，原欲也包含在恶魔性的表现之中，因为恶魔性是可以通过多种形态表现出来的。

当我使用"原欲"这个词的时候我曾经犹豫过，因为我不太了解，在西方是否也有相应的概念，虽然这个汉语单词被社会广泛接受正是来

① 雷达：《激愤过后的沉思——张炜外省书》，载《光明日报》，2001-02-15。

自西方术语的译介。大约比较早地用这个词来翻译弗洛伊德著作的概念的是台湾学者，如林克明译的《性学三论》里，Libido 译作原欲①，在中国大陆的学者中也有把这个词译作原欲的，但现在通用为音译"里比多"，在弗洛伊德早期著作里把与性有关的各种欲望本能及其能量称作里比多，后期著作里扩大了这个概念的含义，把包罗一切的生命本能包括自爱、他爱、自我保存、性、繁衍种族的愿望、生长及实现自己潜能的倾向等等。而荣格也认为凡是与本能有关的均可以称作为里比多。而本能 instinct 的概念在精神分析学的解释中是指构成人格的下层基础，指人在进化过程中残留的生物心理，即无法排除干净的原始欲望。② 我想对原欲（里比多）、本能这些概念理解中还应该引进一个概念是"生命"，本能离不开生命的原始构成和冲动，也就是弗洛伊德所归纳的"生本能"和"死本能"。在原欲——本能——生命三位一体的结构里，原欲是最基本的、与性冲动有关的因素，生命又是最终的范畴。在西方文化传统中，宗教的传统是不可忽视的，《圣经》所说的伊甸园里的两棵树，一棵是知识之树，一棵是生命之树，人类的祖先因为破了知识树上的密才有了原罪，所以，以知识为基础的文明造成对人的生命本能的压抑，而抵制这种压抑的力量只能是来自人类还没有解码的那棵生命之树，只有对生命之树的孜孜不倦的探索和追求，才构成人类真正地摆脱原罪意识、肯定自我存在的人文的进步。原欲理论正是生命树上结出来的果实，所以它不可能用理性和文明的标准去作规范，也不可能用人类知识谱系来归纳，原欲/原罪的对立与冲突我们将在张炜的小说里进一步认识到。

但是，当原欲（里比多）这一纯粹西方的概念移植到以描写中国社会现实为特征的当代小说世界，仍然是存在着严重错位的。我在批评阎连科的《坚硬如水》时曾经指出过，阎连科以里比多的原欲来解释"文化大革命"的荒诞和暴行具有过多的游戏色彩，会忽视"文化大革命"浩劫的诸多历史的社会的原因。同样的是，在今天的社会发展中，原欲当然起到重要的作用，但在中国古代文化传统里，性压抑并不能构成人

---

① ［奥地利］弗洛伊德：《爱情心理学》，林克明译，北京，作家出版社，1986。

② 本节参考了鲁枢元等主编：《文艺心理学大辞典》，198～200 页，武汉，湖北人民出版社，2001。

的生命原欲的全部内涵，所以当我们借助恶魔性因素来解释"原欲"这个汉语词，我想，这个词不应该解释成"原始的欲望"（仅仅指"里比多"），而应该解释为"原型的欲望"，即人们在长期的社会实践中构成的几种基本的欲望目标和形态。我们将要讨论的是，在中国当代社会的巨大欲望浪涛中，哪些欲望是属于原型的欲望，也就是最为本质的欲望，而这与恶魔性因素又是怎样的关系？这一点正是要通过对张炜近期小说的探讨来解决的。

二、张炜小说里的恶魔性因素——原欲诸种

我在关于《坚硬如水》的恶魔性因素研究中曾经例举了古希腊有关文献中"恶魔性"一词的各种复杂含义，大致可以肯定，在古希腊人的观念里这不是一个反面的词。它仿佛与神明相通，但又有着巨大区别，是介乎人神之间的中间力量。它神通广大，常常在人们理性比较薄弱的时候推波助澜，构成对社会某种文明秩序或正常权威的颠覆，其颠覆对象包括社会意识形态的正统性、社会伦理道德的制约性以及自然界规律的神圣性，在这种强烈的颠覆动机里仍然包含了创造的本能。罗洛·梅把"恶魔性"定义为："能够使个人完全置于其力量控制之下的自然功能。性与爱、愤怒与激昂、对强力的渴望等便是例证。它既可以是创造性也可以是毁灭性的，而在正常状态下它是同时包括两方面的。"[1] 如果以这样的标准来解读张炜小说中的恶魔性因素，我觉得应该以张炜在80 年代创作的中篇小说《蘑菇七种》为开端，90 年代创作的长篇小说《外省书》和《能不忆蜀葵》为主体，综合地探讨张炜小说中的"原型的欲望"以及恶魔性的因素。

"欲望三部曲"是我对张炜的这三部作品的艺术概括，"欲望"在张炜创作中是一个不自觉的隐形结构。在显形层面上，张炜是一个持二元论的作家，政治为中心的现实层面和自然为中心的民间层面始终交织在他的艺术世界里，常常各不相容。在描写前一层面的《古船》、《家族》里，民间层面退出了他的艺术视野；而表现后一层面的《融入野地》、《九月寓言》等，美丽的大地哲学又淡化了现实层面的严酷斗争。正因为读者对张炜的阅读期待有所不同，他的每一部创作都曾引发激烈争

---

① ［美］罗洛·梅：《爱与意志》，冯川译，126、127 页，北京，国际文化出版公司，1987。

论。但我以为，前一层面是社会环境与社会教育造就的张炜人格的自觉投射，表达了知识分子精英批判的立场；而后一层面的民间世界更能体现张炜的阴柔含蓄的艺术风格，他毕竟是一个属于大地的民间歌手，有一种与现实世界格格不入的民间因素制约着他的创作倾向。而恶魔性因素则是在这两个层次以外的第三个层次，代表着人类精神世界的一部分。我研究当代文学中的民间形态时，一直有个很难说清的感受，我觉得民间世界本来不是给作家提供与现实社会尖锐冲突的战场空间，它是一种自在的世界，与现实世界并存而又格格不入的空间，因此它保存了许多现实世界所不容的审美因素，同时也显现了个人性自由发展的理想所在，它的许多怪诞和狰狞现象显示的另一种粗糙的生存方式，只是证明了多种生活方式都有存在的合理性，而不是要取而代之。所谓的"民间理想主义"的乌托邦性质也往往体现在这里，张炜的《九月寓言》在这一特征上表现得非常出色。而恶魔性因素则是另外一个显在的精神审美空间，它不回避现实世界矛盾冲突的尖锐性和残酷性，或者说，它本身就是来自现代文明推进过程中的负面效应，同时又是以毁灭性的姿态表现了生命意义的对立和文明制度的精神反抗。张炜对现代性的质疑态度和对生态环境的关注，以及对民间藏污纳垢审美精神的融会贯通，都引导了他倾向于对恶魔性因素这一精神领域的发掘和表现。但要指出的是，关于恶魔性的审美因素及其精神构成在中国当代文学中还远远没有充分地展开，阎连科与张炜的小说所呈现的恶魔性因素都仅仅在原欲（原型的欲望）的层面上有所涉及，还没有达到西方现代文学具有的令人颤栗的深刻程度，诸如"恶"的人性因素、罪感与忏悔、复仇与恐怖等等。阎连科与张炜所不一样的表现在于，阎连科创作中对恶魔性的表现有所自觉，他的许多好小说都是鬼气缠身，意象惊人；而张炜创作中的恶魔性因素则是无意识的流露，我们读张炜小说时，发现恶魔性因素往往是破碎的、混乱的，复杂的，但又恰恰是从这些不自觉的流露中，我们似乎更加清楚地看到了恶魔性因素的原始状态。

《蘑菇七种》："文化大革命"时期的权欲斗争及原欲的雏形

在张炜的小说系列里，较早地体现恶魔性因素的是一部怪诞的中篇小说《蘑菇七种》，这部小说一直没有引起张炜作品研究者的重视，它不仅比较早地体现了张炜的民间追求，而且处处着墨于恶怪意象的描写。小说开始第一段就这样写道：

　　叫"宝物"的是一条丑陋的雄狗，难以驯化。它的品行实际上
更接近于狼。给他取名字的人是这方世界的君王，叫"老丁"。它
从小就皮毛脏臭，脾气凶悍，咬死了很多同伴和猫。……很多人想
打死它，都没有得手。可是老丁的话它句句听，二者之间心心相
印。老丁说，"宝物，你遭嫉了。"它恶毒的眼睛湿润着，盯着这个
像石头刻成的老人：消瘦矮小，额头鼓鼓，口是方的，张开很大。
智慧的主人哪，英勇无敌，威震四方。

　　这段描写已经凸显了恶犬宝物的魔鬼性，再配上一个诡计多端的主
人，仿佛是浮士德主仆的出巡。恶犬宝物横行森林中了蜘蛛的剧毒，神
智昏迷中却看到了人世间恐怖的恶毒景象，结果被唱进民间歌谣里：
"毒蘑菇演化出的故事万万千，俺宝物也略知一二三。"故事所描写的时
间背景是"文化大革命"，叙述语言、故事细节都带有那个时代的特点。
那个神秘莫测的树林就是一个与外部世界（场部）对立的独立王国。小
六是总林场指定的组长，但在树林里没人理会；老丁是自封的场长，却
受到了包括恶狗"宝物"在内的树林众生的拥戴，由此建构起一个神话
般的民间世界。这也是一个欲望充溢的世界，在森林外的贫穷农民的眼
里，树林是个天堂般的好地方，贫穷的姑娘要假扮作鬼来偷取玉米饼；
而在权力部门的眼里，树林又是个可怕难驯的独立王国。小说里最精彩
的一幕是总场派工作组下林子调查，树林里的枯木朽株一起努力演化出
种种凶象，把他们吓得狼狈鼠窜，赶出了树林。故事发展荒诞不经，叙
事视角忽人忽狗，却把"文化大革命"中司空见惯的基层夺权运动写得
出神入化。

　　"暮色苍茫，树影如山，宝物出巡了。"这既是神话的开始，也是欲
望的发端。真正"出巡"的当然不是一条狗，而是恶犬宝物的主人、森
林里的君王老丁，恶犬只是他内心世界的恶魔性的向外投射。他横行森
林却义薄云天，为了保持森林君王的地位，使用出全部权术来与场部指
定的组长小六作惊心动魄的斗争，最后利用神巫力量把小六置于死地。
小六固然是一个小丑式的角色，但要在争权夺利中置人于死地也忒恶
毒，除了用恶魔性来解释，无法为老丁作出辩护，因为本来就是恶魔的
人格化才无所顾忌。老丁战胜小六的手法也是妖魔化的，介于社会斗争
与民间巫术之间。他最初使用的是意识形态的斗争：通过故事、歌谣和

大字报，来编造历史罗织罪名，造成小六的心理压力；其次对付上级派来调查的工作组，使用的是民间巫术；而最后迫害小六致死的却是间接利用社会上的恶势力，一切都恶毒无比又让人啼笑皆非。这场斗争若发生在正常社会必定是惨烈酷劫冤假错案，而发生在民间的魔幻世界里却变成魔鬼玩弄的一场恶作剧。而且可笑的是，老丁的对手小六其实早已放弃争夺权力之心，是因坠入了情网而丧魂落魄，才被落井下石惨遭横死；可是"英勇无敌，威震四方"的君王加恶魔老丁也因为失恋而形容憔悴无计可施，终于堕落为一个小丑，与小六殊途同归。

作家张炜这样描写老丁："这个人年事虽高，但血气旺盛，欲望像火焰一样熊熊燃烧，新异的想法一串串从鼓鼓的脑壳生出。老家伙爱上的女人也很多，而每一个都伴有激动人心的故事。"作家笔的下老丁几乎是一个欲望的象征，其人爱权力、爱女人，同时也对控制这片森林里的一切资源充满信心。他的另外一个"壮举"就是精通森林里的蘑菇种种，终于将积几十年心得的《蘑菇辨》写出，成就了一项重大科研项目。蘑菇七种，优劣并存，破译其生命密码，当是人类征服自然的最原始的激情和夙愿的象征。浮士德经魔鬼诱惑，骋驰于权力与性的欲望中并无满足，最后在填海造田的愿望中迷失本性，喟叹世界的美丽，灵魂差点为魔鬼所俘，暗示了人类对征服自然、攫取更大财富的巨大欲望。大到填海造田，小到蘑菇七种，都印证了人类欲望的重要原型——对自然的征服进而对财富的攫取，也可以归结为物的欲望。综观老丁的欲望原型：权欲、性欲和物欲，正好应对了古希腊文献中有关恶魔性的三种诠释，包含了原欲的基本雏形。蘑菇既能养人又能毒人，蘑菇七种其实也是象征了种种欲望神魔共生。为了实现这种种欲望他不惜调动一切手段。其中欲中之欲不是性欲的里比多，而是权欲的里比多，这固然与中国历史长期处于君主集权的统治分不开，多妻制的社会里性的欲望容易满足，但集权制的国家里权的欲望很难实现，彼当取而代也，一句话浓缩了多少中国人的原始欲望。这也就是原型的欲望。

《蘑菇七种》写的是"文化大革命"背景下发生的故事，虽然以寓言的形式展现森林里的奇观，但其把权欲作为原欲的主要表现对象还不仅仅是强调了中国文化的传统特色，而且凸显了"文化大革命"的时代特征。在物质极端匮乏、人性极端压抑的时代里，革命的时代共名刺激了弥漫全国的权力欲望。"文化大革命"本身就是统治集团内部的一场权力恶斗，领导这场夺权运动的副统帅曾经直言不讳地把中国历史说成是一部政变史，为了颠覆整个国家机器，被魔鬼点燃的造反火焰是从社会最底层开始燃起的，所以政治斗争和路线斗争压倒一切，权欲成了千百万中国人最巨大也是最原始的欲望。但是随着"文化大革命"的结束和改革开放时代的到来，政治的可怕阴影终于逐渐退出了人们的日常生活，人性首先在思想解放运动中觉醒，人性解放的欲望开始成为新的时代精神，自我里比多的释放比物质欲望更早进入中国人的日常生活，80年代中国社会无数婚姻家庭的解体和重新组合，洋溢着人们对个性解放的浪漫想象，整个社会风气和人性解放运动都具有空前绝后的理想色彩。张炜的欲望三部曲的第二部《外省书》写的正是这样一个社会转型的年代，人性解放的欲望不能不成为其描写的主题，成为原型的欲望，虽然这原欲里仍然包含着极为丰富的内涵。

《外省书》：人性解放时代的生存欲望与生命欲望

《外省书》直接描写了正在进行中的经济开发，但叙述结构非常奇特。张炜通过史珂这一复杂的艺术形象，以透彻的了悟态度构筑起一个社会发展和个人命运的关系：主人公史珂是个百无聊赖的知识分子，身在经济开发大潮中处处感到是局外人，扮演着当下社会的多余人和批判者的角色。但吊诡的是，指挥这场经济开发运动的真正主人不是政府的市长，而是史珂的侄子、当年赫赫有名的资本家的孙子史东宾，今天轰轰烈烈的海边开发事业，正是当年史家老一辈梦寐以求的理想。所以，"史珂望着即将消失的海岸边，终于说：'史家从上一代就打这个主意，到了这一代才得逞。'近百年来史家历史就是一部现代中国史，这里有宏图有血腥，有逃叛有抗争，苦难重重，历史在不断地回旋着，史家终于又返回了社会的中心。然而只有一个真正的人看破了红尘一梦，退身出走海边，像一块出污泥而不染的顽石，写出了一部《外省书》"。① 于是，小说打破了张炜原来小说世界里的家族式的人物分布，构成为一个人与一个世界之间的对立。史珂从京城退居济南，又从济南退居海边，为的是躲避尘世喧嚣，埋头写一本莫名其妙的书。这本书的书名一直没有决定，内容也只是一些零星的思想笔记，史珂最后说，既然自己身处外省的外省的——外省——那么这本书也可以称之为《外省书》了。这

① 许俊雅：《两个乌托邦英雄的时代见证——评张炜的〈外省书〉》，载《中央日报》副刊，2002-01-14。

一连三个"外省"，既可以读作京城/省会/海边的三级差别，也可以理解作全球化/国家化/乡土化的三级差别，然而当平静的海边也被经济开发的浪潮所席卷时候，就如史珂所感到的：真是无路可退了。在这种退却又退却中，我们看到小说里的二元对立模式变形了：与史珂相对立的不再是一群人或者一个阵营，而是整个欲望的世界。当他如顽石跳出红尘一梦时，那"梦"本身则是一个如火如荼开展着的声色世界，在这个世界里，几乎所有的人都为欲所驱而苦逐不休。史珂与欲望世界相对立，可是站在他一边的人数极少，而且面目不清，冰心玉洁的师辉、善良而无能的捡松果老人等等，形势实在是令人沮丧。而那象征着欲望的世界里，却活跃着一大群血脉贲张、精力过人的人们，他们为时代推波助澜，为自己伸张个性，在罪恶与创造的刀锋边上，把生命过程有声有色地留在人生的舞台上。

如果我们从原欲的角度来解释史珂所面对的欲望世界里的人物，如果我们暂时借助西方精神分析学把原欲解释为里比多的话，那么，我们就能解释为什么作家通过师麟之口为每个人物都取了一个动物外号。这些外号在小说里没有实质性的意义，看上去似乎只是为了加强小说的寓言性，但如从原欲的理论来理解，人向动物性的退化或者返回生命祖先的潜在意向，正是被压抑的动物内驱力的无意识流露，小说里主要人物的动物外号几乎都是鱼类（鲈鱼、鲷鱼、鳄鱼、鳗鱼）和灵长类（狒狒），含有一种贴切生命初始状态的意向。这些在原欲支配下的人物可以分作两大类：一类属于生存的欲望者；一类属于生命的欲望者。前类有史铭、史东宾、马莎等；后类有师麟和狒狒。作为两类欲望的基础——原型的欲望，也就是性的欲望。

前类人物都曾经有过一段人性受到极端压抑的生活痛史，以至于他们把争取生存的权利看做是唯一的奋斗目标。以史铭为例，他幼年时有过一次可怕经历，使他一生都处于被阉割的恐惧和焦虑中。他在恐怖年代里利用出访机会毅然叛逃去国，又用狂热的性欲追求来掩盖其幼年时代留下的性恐惧烙印，以至被弟弟史珂骂为："在你嘴里好色倒也成了爱国。"但史铭的强烈的生存欲望是成就他一生事业的最大动力，他精力旺盛、知识渊博、性格趋新、善于接受新的科学信息，与未老先衰、信息闭塞、知识陈旧、语言乏味的弟弟形成了鲜明对照。史铭的恶魔性体现在他的性格冲动里，为了个人生存机缘而冲动，他可以不顾连累家人，用毁灭国族观念、家庭利益和亲友的生命为代价，来创造自己的生存与发展机会，终于完成了破坏与创造的同一性。连与他格格不入的弟弟史珂也忍不住对他发出这样的赞叹："欲望是一种真正的能，它有点像等待开发的铀——那种威力啊……"史铭不是一个简单化的人物，他的性格里所含的超越一切道德的复杂因素，使这个形象闪耀着奇魅的光彩。史铭的儿子史东宾几乎是父亲的翻版，如果寻找张炜小说里的人物谱系，大致上是《古船》里的隋见素一流的落难英雄。他也同样有过恐怖年代被摧残的经历，但遇到了经济开发的有利时机，他血液里流淌着家族的恶魔性遗传因子，像一条扬子鳄不动声色地利用权力的腐败，创造出一个家族王国（这个秘密发家的故事被作家隐蔽在史东宾与市长的关系里）。这样的形象在张炜以前的笔下本来是恶俗之极的人物，可是在史东宾的性格里却处处埋伏着可能出现的转机，他爱上师辉就是生命中出现的一道超越生存意识的光亮，这一点与《能不忆蜀葵》中的淳于阳立一样，出于对美的感动和出自生命需要的爱，人物的原欲从生存的欲望向生命的欲望提升，他的性格里就会出现某些亮点（即爱的欲望）。生命的本能集中体现在爱欲上面，一个还能产生真正动情的爱的生命，还是有希望的生命。

小说里真正洋溢着充沛的生命欲望和博大的爱的精灵，就是被称作鲈鱼的师麟。这是生命本能的自然体现，他和另一个人物狒狒都仿佛从远古的生命场里走来，极不合时宜地走到了现代文明制度里。师麟参加革命是天经地义的，只有在社会秩序极度松弛、文明的枷锁被革命打成碎末的时候，他的恶魔性格才有可能长驱直入畅通无阻；这就是充满诗意的"老房东时代"。他无数次爱抚女人，流连忘返于美色之中，成为革命的情种；但是一旦社会秩序重新建立，哪怕他是这个新制度的创建者和功臣，也不得不受到文明制度的压抑与惩罚。马尔库塞引用弗洛伊德理论来解说原欲与文明的冲突："弗洛伊德说：'幸福决不是文化的价值标准。'幸福必须服从作为全日制职业的工作纪律，服从一夫一妻制生育的约束，服从现存的法律和现存的秩序制度。所谓文化，就是有条不紊地牺牲原欲，并把它强行转移到对社会有用的活动和表现上去。"①这时候再也没有水乳交融的大地般的爱情，老房东时期的浪漫精神不得不让位给社会秩序和文明规范，鲈鱼只能在干涸的环境里奄奄一息，悲

————————

① ［美］马尔库塞：《爱欲与文明》，黄勇、薛民译，18页，上海，上海译文出版社，1987。引文中个别词略有改动。

惨地死去；在革命年代里，师麟一生爱抚女性无数却未曾留下一儿半女，似不能说是他完全在精神恋爱，只能理解成他与女性之间的爱是纯粹的生命投入，也就是弗洛伊德所说的，性爱本来是由快乐本能所驱使，只能是两个人之间的事情：一对情人就是一切，也无须他们共同生育子女来使自己幸福。① 而到了现代文明制度下面，原欲只能向现实妥协，师麟与胡春旖的结婚建立家庭则象征了生命的快乐本能向社会现实的转化，基督教家庭背景的胡春旖代表了文明、理性和责任，他们生育了美好的女儿师辉，建立了为社会称道的家庭。但是，师麟的故事仍然沿着原欲的冲动不可遏制地滑向悲剧，这场原欲向文明的妥协终于被证明是失败的，原欲毕竟无法约束，师麟的泛爱精神至死也没有获得文明制度的宽容，当然也无法获得他的妻子的最终谅解。

　　如果说师麟象征着"欲"，那么，狒狒则象征了"罪"——这也是恶魔性因素的一个重要概念。狒狒近于巫，她用草药为师麟沐浴，甚至以女体来慰藉性无能的老人，从民俗的角度看都扮演了古代民间巫的角色，所以最后她能够决定师麟的死亡仪式。由于作家所特有的玲珑剔透的民间叙事能力，这个人物成为张炜笔下最生动可爱的女子形象之一，她的个性就仿佛是一只大自然里活蹦乱跳的猿猴，任何束缚对她都无可奈何。在民间的原始观念里，生存是第一需求，也是人生的第一伦理标准，罪的概念是不存在的，只有进入文明时代，国家机器才创造了"有罪"的概念，以便对人们进行统治。狒狒起先被定位在生存本能的原欲上，她的幼年时代极为不幸，堕落的现代都市与被摧毁的家庭背景使她的生长经历充满凶险，但她天生就超越了有罪的概念，每次都能勇敢地面对罪恶环境，甚至以罪恶抗罪恶，保护自己的生存权利。进而论之，生存本能的原欲里不能不包含以罪抗罪的内涵，如史铭的叛国，史东宾的腐败，都含有这类以罪抗罪的意思，不过狒狒所表现出来的是最原始的一层，因而也更加单纯更加接近生命本原的意义。当狒狒来到海边接受了师麟的保护以后，生存的威胁与焦虑消失了，弥漫在她与师麟之间的是生命的欢娱和生命的开花，这时候她身上的原欲发生了质的转化，由先前的生存本能向更高阶段和更高质量的生命本能转换。小说里有个细节很有意思，师麟身边本来有女儿师辉在照顾，师辉代表着现代文明

_____

① ［奥地利］弗洛伊德：《文明及其不满》，转引自［美］马尔库塞：《爱欲与文明》，黄勇、薛民译，26 页，上海，上海译文出版社，1987。

的最纯洁的理想，可是当狒狒来到以后，师辉感到了失落而有意离开了父亲，她不能容忍这种粗粝的生命状态。师辉和她的母亲一度还猜疑狒狒是否会是师麟乱伦而来的女儿，这种观念正是来自师麟与狒狒之间所存在的某种原始的"血缘"的继承性，那就是共同的原型的生命欲望。狒狒的强烈的生命欲望还表现在对保护人师麟的临终关怀，为了不让老人最后受痛苦折磨，她用砒霜结束了他的生命。从文明社会的法律上说这也是一种谋杀，但在原始的民间观念里她这样做才符合生命中的死亡本能的原欲。狒狒身上最让人费解的细节是她最后向史东宾的保镖电鳗投怀送抱，背叛了保护人师麟，我以为这除了表明她对人性中的爱欲有了清晰、自觉的意识，由对师麟的博爱的无意识的欲望转向了对电鳗的具体的性意识的欲望。一旦意识到这个转变，她就结束了为师麟所扮演的巫女的角色，学习做一个"正常人"了。正如师麟不得不向文明制度妥协而与胡春媶结婚学做正常人一样，野性的、原始的、充满了生命原欲的狒狒在现代生活制度下终于也不得不妥协而成为"人妻"。唯一可喜的是她与电鳗的结合仍然建立在强烈的性的基础之上，保持了某种原欲的因素。

史珂所面对的这个欲望的世界里充满了恶魔性的破坏和创造并存的因素，纵然是分成生存的欲望和生命的欲望，仍然可以看到其中有一致的破坏性因素。史铭破坏的是正统的国族观念，史东宾破坏的是传统的社会观念；师麟破坏的是压抑人性的道德观念，狒狒破坏的是主流的罪恶观念。从现代文明制度的角度来看他们都是罪孽深重的人，但是，生存的原欲在大破坏中创造出一个生机勃勃的社会大变动和人格新精神，生命的原欲在大破坏中不仅创造了新的人格观念和生命观念，同时还逼迫人们透过现代文明制度的种种遮蔽去窥探人性更加合理、更加丰富的另一面。恶魔性因素通常是建立在破坏的基础上，创造的一面往往是立足于乌托邦的理想之上，我们从师麟和狒狒的意义中可以意识到这一点，而这些创造性因素一旦转为现实，就必然与现代文明制度相对立而冲突，至于更坏的结果，那就是生存原欲中的破坏性因素极大释放，造成人类无法遏制的灾难。

由于性的欲望及爱的欲望是人类生命本能中的基本欲望，所以在追求人性解放的社会大潮里，性欲成为原欲的最主要的特征。《外省书》把欲望九九归一地纳入性欲大潮来着力表现这个时代的特征，基本上是抓住了时代的精神特征。但是中国在 20 世纪 80 年代的社会思潮里，人性的解放始终是以发展社会经济以及对政治制度的改革愿望联系在一起的，所以当小说里的人们受到的困扰都归结为性的困扰时，当时另一个同样推动社会发展和人性解放的欲望原型——物的欲望，并且由物欲与性欲相结合而形成的恶魔性因素，却没有给以深刻的揭露。史东宾的身上仍然保持了张炜一贯的书生气，一旦真正爱上了师辉，他的百万家产与史家家族的事业都变得微不足道了，他还不能发自本心地作出一个现代资本家的理性判断。马克思主义的经典作家一向认为，在资本的积累与发展过程中人们对利润与财富的掠夺才是最根本的欲望："随着资本主义生产方式、积累和财富的发展，资本家不再仅仅是资本的化身，他对自己的亚当具有'人的同情感'，而且他所受的教养，使他把禁欲主义的热望嘲笑为旧式货币贮藏者的偏见。"① 马克思所谓的"自己的亚当"正是指资本时代的被膨胀起来的性的欲望消费，而这样一种与"现代化"相吻合的原欲是随着资本与财富的不断扩大而膨胀起来的，正如史东宾与马莎的性爱关系建立在他的如日中天的事业基础上，他对师辉近于迫害的追逐也是建筑于巨大的财富的自信上面。但史东宾在爱上了师辉以后如何在物欲与爱欲中作出痛苦的、而又并不浪漫的选择，张炜无法为我们提供进一步的答案。只是这一探索在作家的创作中依然进行着，于是就有了《能不忆蜀葵》里的艺术家淳于阳立的故事，由此展开了恶魔性因素穿行在物欲时代的新的艺术镜头。

《能不忆蜀葵》：恶魔性在物欲时代的穿行

把资本与财富的欲望置于第一位的欲望，从而遮蔽了人性最基本的欲望，这本身就是资本时代人性异化的标志。《能不忆蜀葵》如果仅仅停留在这样的意义上来讨论艺术家与市场经济社会的关系，那也不过是重复了以往许多批判现实主义作家已经做过的工作。我觉得这部小说所可贵的，是张炜没有重复前人以及他自己关于这个问题的思维惯性，他所面对的是一个新的课题。小说在叙事上略显得有些匆忙、零乱和不够和谐，正是作家面对纷乱现实所作的紧张思考所致。淳于阳立面对的困境也就是史东宾的困惑的延续，但是淳于是个土生土长的中国知识分子，他不仅把主要欲望从性的原欲转移到艺术的升华，而且他勇于面对困境

---

① 马克思：《资本论》，第1卷，见《马克思恩格斯全集》，第23卷，651页，北京，人民出版社，1972。

作出认真的实践。我在前面指出过，恶魔性因素既不属于传统的知识分子精英的人文范畴，也不属于虚拟的民间世界的理想范畴，它是来自西方文化的一种精神性的指向，尤其是西方现代主义在整个文化大转型的时刻提出来的一种带有堕落、颓废倾向的精神对策。这种对策及其实践的后果，西方文学中有过深刻的艺术揭示，而在中国文学中至今仍然是空白。不管张炜是否自觉到这一点，他的探索实际上是给当代文学带来了新的话题：恶魔性的因素在物欲时代里表现出怎样一些新的特征。

什么叫做"物欲时代"？《能不忆蜀葵》所描写的时代背景是 20 世纪 90 年代的中国社会，是人们在"一部分人先富起来"的鼓励下以及"奔小康"的目标刺激下，狂热追求金钱财富、追求消费享受的年代，市场经济的社会体制保障了人们的追求欲望的合法性和可行性，人性的解放从理性走到了"自己的亚当"的原欲大释放，以致 80 年代在人性问题上所表现出来的理想主义被席卷一空，以财富为基础的欲望吞噬了一切温情脉脉的人性因素，浮士德所想象的人通过征服自然以证明自身的价值，变形为对物质世界的赤裸裸的占有欲，物的欲望成为一切欲望的基础，原欲中的原欲。文学是时代最好的感应与反射，综观 90 年代的小说，几乎没有作家描写坚贞动人的爱情故事，取而代之的是妓女和准妓女的故事，或者形形色色出卖肉体以满足物质享受欲望的新人类宝贝的故事。物的欲望在社会上成为支配一切的怪物，而知识分子身处这样一种环境心身所历的煎熬我们的文学却从未认真表现过，所以当人文精神寻思和呼唤的声音终于嘶哑淡去的时候，恶魔性的因素宿命般地到来了。

淳于阳立的故事让我联想到托马斯·曼的《浮士德博士》的故事，那也是讲述了一个艺术家在创造中遭遇了创造的困境，于是他受到魔鬼的诱惑，与之签订合同，由魔鬼来帮助他创造出真正的天才音乐，以便与贝多芬时代的古典音乐划清界限，但付出的代价将是他一生不能再拥有幸福。相传这个音乐家的原型是综合了马勒、勋伯格等现代音乐家的故事①。现代主义艺术就是反传统的、与社会现实格格不入的恶魔性的艺术，以最大的标新立异来拯救大地上弥漫的平庸之气和浮躁之气，企图重新来激活西方文化的生命力。那位音乐家把自己严密地封闭在书斋里，完全与社会隔绝，他的恶魔性因素主要是表现于他所创作的两首交

---

① 杨宏芹：《试论"恶魔性"与莱维屈恩的音乐创作——关于托马斯·曼的〈浮士德博士〉研究》，载《当代作家评论》，2002（2）。

响乐——《启示录》和《浮士德博士悲叹之歌》，而这些作品的灵感正是在他与魔鬼订交以后被激发出来的，魔鬼本身并无作为，在小说里只是起了一个中介的作用。但接下来我们马上就可以看到，张炜笔下的淳于阳立是如何被激发出魔鬼性，而这些魔鬼性因素又是如何对现代艺术反其道而行之的，这也就是中国式的恶魔性的恶作剧。类似的故事发生在《能不忆蜀葵》第 2 卷第 2 章第 2 段里，淳于阳立正处于艺术创作上走投无路的时候，他遭遇了一个奇迹：在列车上他遇到一个魔鬼般的人——老广建，他是淳于初中的同学，"这人比淳于大一岁，也是中年人了，头发中夹杂了许多银丝，戴了眼镜。……皮鞋锃亮，手上有颗大戒指"。一副俗不可耐的形象。他在当年是有名的大笨蛋，如今竟成了一个大富翁。淳于出于想了解"这个无所不能的世界又变出了怎样的魔术"好奇，便随老广建去了一次度假村，这完全是一次游仙窟式的奇遇，淳于在欲望世界里梦游归来就彻底丧失了艺术灵魂，他毅然放弃了自己的艺术生涯（用淳于的话说是暂时"告别艺术"或者"搁置艺术"），投身到现实世界的欲望旋涡中去，开始了他的恶魔性的冒险生涯：下海经商以及他的大败而归。

　　从表面上看，淳于的道路与那个中了魔鬼蛊惑的音乐家的道路是相反的，但从他们对于所生存的环境不能相容的态度中，又可以感受到同类的艺术家的气质。他们都是不受社会欢迎的人，又都是自标为天才，——这是与 19 世纪以来恶魔性因素从宗教神话题材转向世俗文化相一致的。淳于出身于"红色革命家庭"，在"文化大革命"的特殊背景下培养了他无所畏惧的骄傲与贵族气；他又从小在乡村贫苦环境中长大，一次因食鱼中毒被农村养母用蜀葵叶救活，但民间的"毒"已经深入骨髓，加深了他桀骜不驯愤世嫉俗的性格，被人称作"土驴"。他的成长史上第一个导师是他的陶陶姨妈，又是一个张炜最擅长写的亦巫亦母式的人物，给了他完全一种我行我素的教育。纵观淳于阳立的天才生长之路，血缘、环境和教育为他创造了非常有利的条件。他所做的第一件反叛社会流行观念的行为，就是出于纯粹的艺术冲动去寻找另一个天才少年橙明，而后者当时正因为家庭出身不好陷于极度的孤独寂寞之中。淳于的登门造访是橙明人生的转折点，也是淳于作为一个敢于视流行的阶级观念为敝屣的英雄证明。他具备了天才的一切素质：他的智力、胆识、精力都有过人之处，人性的欲望也有强大的魅力。可是当他和橙明后来都成为艺术家的时候，橙明由于中规中矩地顺从社会的要求和市场的规律而为世俗所接受，成为一个名利双收的"成功人士"；而淳于却依然以不屈不挠的好斗性与一切毒害艺术的社会污染作战，结果被一步步赶入了自暴自弃的孤立绝境。这本来应该是一个具有神性的人，却陷于世俗的泥浆里不能自拔。他在"告别艺术"的会上发出宣告："既然橙明这样的人都得了洋奖，连靳三这样的人都与联合国官员照了相，伙计们，这就让我们不得不严肃考虑一个问题了——如今'艺术'这玩艺儿还搞得搞不得？"这里半掺狂热嫉妒半掺严肃真情，也就是说，当艺术已经被市场所操纵，已经被主流的艺术趣味所左右（在全球化时代，艺术的标准往往取决于艺术市场上买方的金额），那么真正的天才艺术家自觉退出市场化的"艺术"圈子不失为一种洁身自好。他宁可通过其他领域的经济活动来满足物质欲望，但不出卖艺术良知。这也可以看做他蔑视世俗潮流的最后一搏，他不但没有拒绝社会潮流，反而迎着潮流投身于商海，希望挣扎出一个艺术家的新世界——这就是他流连忘返的小海岛。我觉得淳于阳立向商海的纵身一跃本身就是恶魔性的，就仿佛德国音乐家的创作勇敢地走向地狱一样。

据我所知，淳于阳立作为当下社会的某一类艺术典型，读者对他的性格诠释是有相当分歧的。不同的意见来自两个方面：一方认为他是个堕落的艺术家，或者说根本不是艺术家，而是当代的文化泼皮；另一种意见认为他是当代英雄，是"王子"或者神人，所以他与现实环境格格不入，他的失败具有"英雄末路"的悲壮感。前面一种意见多半是依据了正统的人物性格标准；而后一种意见是明显感受到作家的艺术暗示，但双方共同的缺陷是看不到这个人物身上非常特殊的恶魔性因素。前者对恶魔性因素缺乏理解所以把艺术形象的性格标准放在纯而又纯的模子里加以规范，后者则看不到恶魔性因素又如何使这个人物从神性降低到藏污纳垢的境地。其实淳于身上的恶魔性因素并不神秘，那是中国特殊的社会环境所造成的悲剧。淳于阳立是 20 世纪 60 年代的"文化大革命"乱世到 90 年代的全球化大趋势这一特殊年间的产物。少年时代的淳于为读到一幅画可以感受灵魂的颤栗，进而不顾世俗偏见去找困厄中的橙明交心，两人一度成为挚友。这个故事放到"文化大革命"的背景下——那整个民族精气都被阉割掉、没有独立意志的年代——来理解，淳于敢于反叛的天才性格就突兀而现，换句话说，这种破坏与创造并存的恶魔性因素正是"文化大革命"时期的反叛特征。但是当中国走进全球化趋势的 90 年代，一切都趋向体制化、规范化、商品化的年代，当人们再一次在社会大趋势下丧失自我的独立精神和生命原欲，亦步亦趋地臣服全球化的强势的时候，当多少平庸之才借助平庸的社会体制而呼风唤雨沐猴而冠的时候，像淳于阳立那样元气淋漓的个性魅力则失去了社会青睐的可能性，创造性的一面失去了生存的条件，无法再创造出新的生命力，那就只能剩下恶魔性的放肆破坏和粗俗反抗了。这是社会造成的悲剧，也是淳于阳立个人的悲剧，是"文化大革命"与"全球化"两个看似截然不同的时代在他身上"共谋"的结果：淳于的缺陷是很明显的——也可以说是中国式的恶魔性的特征之一——他所缺乏的，一是必要的"才"，二是应有的"德"，而这两者正是"文化大革命"时代教育普遍缺失所造成的整整一代人的悲剧：艺术（专业）上无足够的天分与才力来应对时代挑战和全球化的新统治；人格上又缺乏应有的道德能力来约束自身的欲望和调节个人与社会的关系。所谓人在天地之气中，要紧的就是有天高的才华与地厚的道德，天才地德不足，面对社会的大趋势要么就随波逐流丧失个性，要么就妄自尊大被焦虑、烦躁和愚蠢拖着奔向泥淖。有些个人悲剧，看上去是全球化造成的"因"，其实追究到底还是"文化大革命"时代的愚昧和野蛮统治结下的"果"。不幸，淳于阳立正是被迫驱入了后一条道，他与无意识下走前一条道路的橙明，正好形成当代全球化趋势中中国知识分子的两种悲剧性下场的概括。

淳于的另一个中国式的悲剧是社会不良群体的包围。张炜在这部小说里完全摆脱了过去以"家族"分类的二元对立的人物谱系，他在淳于阳立的"城堡"里安置了一群社会小人：蛐蛐、谷仓、教授……，这是中国知识分子在社会上遭遇的"被包围"的典型环境。对照托马斯·曼笔下的那个音乐家，他是把自己的活动严格限定在书斋里，完全与社会孤立起来，卢卡契评论说，这是因为"这位新浮士德所接触的知识界正迈着一种反动透顶的假绅士派荒唐可笑的死人舞蹈的舞步，匆匆迎向法西斯主义的野蛮行径"，所以这位音乐家"怕见世界"，而把恶魔性看做为内心世界的一种原始情感和驱动力。[①] 而在中国，像淳于那样的知识分子失望于知识界与庙堂以后，仍然是有一个文化上的退路，那就是民间的社会。所谓"隐身江湖"历来是知识分子精英的最后退路，所以中国知识分子对恶魔性的想象往往反映在对外部世界的争斗之上（所谓

① ［匈牙利］卢卡契：《现代艺术的悲剧》，见《卢卡契文学论文选》，第1卷，范大灿译，556页，北京，人民文学出版社，1986。

"替天行道"就是这种思想,侠文化也是一种中国式的恶魔性)。但是在现代社会中,民间不能不是庙堂和时代大潮的透影,它自身的道德规范已经在历来的社会大变动中被摧毁无遗,反过来民间的藏污纳垢特征又会滋生出一批社会渣滓——鲁迅谓之"包围者",这些不良群体是民间藏污纳垢中最不具有创造意义的生命体,不会产生出积极的意义,他们是靠寄生于一些权势力量兴风作浪来制造自身生存的空间。他们所依附的权势力量,也即鲁迅所说的"猛人"(包括名人、能人和阔人三种)。鲁迅一针见血地指出:谁一旦成为"猛人","则不问其'猛'之大小,我觉得他的身边便总有几个包围的人们,围得水泄不通。那结果,在内,是使该猛人逐渐变成昏庸,有近乎傀儡的趋势;在外,是使别人所看见的并非该猛人的本相而是经过了包围者的曲折而显现的幻形"。张炜第一次在文学作品中如此真切地创造了这么一种民间社会的猛人与包围者的关系。在对待雪聪及其他人的关系中,淳于被人所包围的结果,是增加了他的恶魔性的丑陋与狰狞。

既然恶魔性穿行在物欲时代是那么的丑陋和狰狞,那么它给人性建设中带来了什么?张炜又是如何来处理这一现象的?在西方文学里,恶魔性被理解为一种与神性相反意义的精神现象,以原型的欲望为基础,从道德上说总是含有堕落的一面。托马斯·曼笔下的音乐家第一次遭遇魔鬼就是在妓院里,魔鬼化作妓女,在音乐家身上播下了梅毒。这是恶魔性因素最物质也是最动物性的本质。尼采曾经把恶魔性看做是人性下坠的标记,他在《查拉斯图拉如是说》第三部《幻象与谜》里,通过查拉斯图拉之口讲了一个故事:他在向上走,魔鬼却化做侏儒压在他身上拼命地把他往下拖,于是出现下面的句子:

> 向上去:——反抗着拖它向下,向深谷的精神,这严重的精神,我的魔鬼和致命的仇敌。
>
> 向上去:——虽然严重的精神半侏儒半鼹鼠似地瘫坐在我身上,使我也四肢无力;同时他把铅滴倾入我的耳里,铅滴的思想倾入我脑里。
>
> "啊,查拉斯图拉,"他一字一咬地讥刺地说,"你智慧之石啊!你把自己向空高掷,——但是一切被抛的石块,必得落下!
>
> 啊,查拉斯图拉,你智慧之石,被抛的石,星球之破坏者啊!你把自己向空抛掷得很高,——但是一切被抛的石块,必得落下!

啊！查拉斯图拉，你被判定被你自己的石块所击毙：你把石块抛掷得很远——但是它会坠落在你自己的头上！"①

有的研究者认为：恶魔变幻的侏儒形象正是潜藏在查拉斯图拉—尼采身上的平庸形象的象征，而平庸是尼采在自己身上看到的最令人心悸最令人厌恶的东西。尼采已经发现了人性的阴影和里层，他已经正确地看到它是每个人身上不可避免地要存在的一面。但是这种事实正是尼采难以接受的，所以他让查拉斯图拉最后战胜了内心的平庸，他说："站住吧，侏儒！我！或是你！但是，我是我俩中的强者：你不知道我最深的思想，你不能藏孕它！"② 他确实想以自己思想的深刻性和精神的高贵性来与内心世界里趋向平庸的恶魔性划清界限。如果我们认真读张炜的欲望三部曲，也会发现，只有第二部《外省书》所描写的性的原欲与中国知识分子追求的人性解放有着自觉的联系，而第一部《蘑菇七种》里的权力欲望和第三部《能不忆蜀葵》里的物质欲望都是与知识分子的良知背道而驰，这里就显示了作家的批判色彩和神性与恶魔性的冲突。张炜在淳于阳立的艺术形象里熔铸了他关于知识分子人文精神面临时代挑战的严肃思考，原先习惯于以"上升"和"下沉"构成两个对立家族的思维模式被转换为同一体中恶魔性的思考，即在淳于阳立身上同时具有上升与下沉的两种因素。上升的因素来自于一个艺术家对美的天才领悟，从一个自然小岛到满是蜀葵的油画，以及他在雪聪与苏棉之间因善良与巨大的爱而忍受内心分裂的痛苦，都是小说中最为动人的抒情篇章，象征了这个人物性格里所具有的亮色和理想性，用以来抗衡恶魔性的下沉与毁灭。仿佛是一部精神性的抒情长诗，主人公淳于的灵魂在巨大的内在分裂中忍受煎熬，作家好几次把他安排在昏迷或者半昏迷的状态，无论是爱还是痛，都是以一种类似梦境的形态呈现出来，也表现出小说本身具有的高度抽象性的艺术特点。

三、张炜小说里恶魔性因素的整体性局限

我在前面论述张炜小说里的恶魔性因素是有意回避了对一个元素的

---

① 尼采：《查拉斯图拉如是说》，尹溟译，186 页，北京，文化艺术出版社，1987。查拉斯图拉，一般译作查拉图斯特拉。

② 同上书，187 页。

分析，即作为原欲的对立者的形象，在《外省书》里是史珂，在《能不忆蜀葵》里就是樗明。这是最引起争议的形象。我读过一篇批评文章，直言不讳地指出这部小说的失败主要就在于樗明的故事和淳于的故事缺乏整体结构的观照，"樗明只是个木偶、傀儡，他被作家拿来作对比和陪衬，对淳于的故事樗明只是起被动的说明作用"。[①] 如果就结构而论，这位批评家所说的并不错，问题是他的批评前提已经假设了樗明的故事与淳于的故事在小说里具有同样的重要性，所以必然要构成某种对称性；但如果小说的原有结构就不是以两人的对称为结构的呢？正如史珂与师麟也不是一种对称结构，这两部小说在结构上都设计了一个特殊的叙述者，即一个人与一个欲望的世界。那个叙述人基本上是一个有点老派的人文主义者，对欲望世界持保守的批判的看法，整个欲望世界是在他们的冷眼观察、思索、反诘中逐渐展开的，当然他们也不仅仅是冷静的观察者，他们同样也是物欲时代中的人，也能参与到种种潮流中，甚至还是得益者，因此他们在小说里所起的支点作用，本不在他们自己的故事，而在他们的思考、辩论与诘难，——这种结构与托马斯·曼的《浮士德博士》的叙述方式也有某种相似性。

如果是这样的话，那么，师麟的故事与史铭父子的故事构成某种并置关系而展开，淳于的故事是与他的包围者以及几个女性的关系独立展开的，他们的故事与他们的叙述者自身的故事没有，也不需要构成对应的，或者对称的结构。但这并不是说，叙述者自身的故事不重要，但比起叙述者承担的叙述任务来，故事显然只是为了进一步说明叙述者的思想观点而已。比如我们在史珂身上看到的是一个性无能者的痛苦和无奈，以此来反衬欲望世界里蓬勃的性欲在一个健全的人性（师麟）中是如何势不可当。但是问题也随之深入地提出：张炜即使把叙述者作为某种观念的代表，那么，他是否把他们的观念表达得很好了呢？在这点上我同意那位批评家的意见，这两部小说的最大问题是没有把他们所面对的欲望世界的恶魔性因素充分地表达出来，描绘出来，并能给以及时到位的批判。

由于这两位叙述者在小说里并不是第一人称的叙述者，所以他们介乎于叙述者与具体角色之间，所以他们对欲望世界的态度、观点和立场，不完全是通过他们的声音来表现的，还通过他们的形象来间接地表

① 吴俊：《另一种浮躁——从〈能不忆蜀葵〉略谈张炜的小说写作》，载《文汇报》，2002-03-22。

现。他们的许多行为本来就是为了说明他们的某种思想和观念，所以，他们的形象是否饱满在这个意义上变得至关重要。应该说，张炜在这两个叙述者的形象塑造上充满了前所未有的矛盾，这种自相矛盾来源于张炜本人的主观世界对生活激变的认识还停留在传统人文主义的态度，但是出于一个作家对生活的敏感，他已经感受到生活激变中出现的新的人性因素——恶魔性因素的威慑性，接连几部作品他不断关注到这些恶魔性的因素，并切实塑造出在当代文学创作中几乎是全新的人物形象，但对于如何阐述这些他新发现的人物形象，他的叙述话语却不得不哑然失效了。所以我们不能不看到，《外省书》里的叙述者史珂整个形象是干瘪无力的，他曾经引用一位西方诗人的诗："为那无望的热爱宽恕我吧，我虽已过四十九岁，却无儿无女，两手空空，仅有书一本。"可是他恰恰缺少的是那无望而真挚的热爱，他也不了解那"仅有的书一本"正是诗人用全部生命的能量吟唱出来的书，离开了对全部生活的热爱，对变动中的生活处处感到陌生也不去了解，那么，盲目的逃避、拒绝和否定决不是致对方于死命的有效斗争，也不是富有战斗力的批判。所以我们读到史珂的那些笔记里的议论、那些与他哥哥的辩论，都不能不感受到一种陈腐的味道。而橙明呢？他虽然顺应社会潮流而成为一个成功人士，但是他在应对生活中的阴暗力量挑衅时完全丧失了积极的斗争性，甚至于对生命中的至爱也变得冷漠无奈，失去了任何可能的生命勃动。只要对照淳于对雪聪的狂热痛苦的爱与橙明对小天使的虚假鬼祟的爱，两人品格之高下已经有了分野，橙明的恋爱故事虽然也有催人泪下的细节，但终究是一个社会名流的风流史，离开原欲的爱已经很遥远了。

应该说，把史珂和橙明塑造成干瘪无力的形象本不是张炜的本意，塑造这类人物原来是张炜所擅长的，如《古船》里的隋抱朴。为什么会在这两部小说里给人产生相反的印象呢？我想这不是张炜的无力，而是他所依据的对世界批判的武器的无力。既然他所面对的恶魔性是来自人性深处的根本之欲，那就不能简单地否定它，而是要把它融入人性中去，发挥它的积极的创造性的一面。就在我刚才所例举的尼采关于恶魔下坠性的议论以后，就有研究者指出：如果尼采对恶魔性不是如此清晰地划清界限，不是"我！或是你！"这样泾渭分明地相对立，而是强调"你和我本是同一个自我"，那就会显得更加明智和更加有勇气。事实上，人是无法将自己内心世界里的恶魔性完全剔除掉的，正确的态度应该像歌德笔下的浮士德那样充满面对的勇气，把魔鬼作为自己的仆人和部属：恶魔"如果同我们自己结合起来，就可能成为一种富有成果的积极力量一样……歌德完全知道传统的恶魔象征内蕴着的模棱两可的力量。尼采的非道德主义，虽然表述得激烈得多，却不过是在精心阐发歌德的论点：人必须把他的恶魔与自己融为一体，或者如他所说，人必须变得更善些和更恶些；树要长得更高，它的根就必须向下扎得更深。"①事实上，史珂与橙明都不具备这样的浮士德精神，所以他们不能一往无前地向积极、完善的人性推进。

从"文化大革命"到全球化大趋势，中国社会经历了翻天覆地的变化，在一场场的大变动中，人性深处的恶魔性因素一次次从所罗门的瓶子里冒出来，可以说恶魔性的存在直接颠覆了以前古老中国文化中温情脉脉的人性理论，同时也颠覆了几十年来支配了中国社会的信仰、伦理、人文以及种种意识形态，这种来自西方的人性观念在它的故乡甚至也颠覆了传统的宗教观念，促使人们对上帝都需要有新的认识。面对这种深刻的观念变革，文学仍然总是最敏感的，我们在阎连科和张炜的近期创作中不约而同地读到了类似的艺术形象，他们以极为复杂的人性内涵以及突出的欲望内涵，给当代文学创作注入了新的时代诠释，给艺术形象理论提供了可供解读的文本。但是我觉得对这些艺术形象的解读，包括作家本人的诠释都是不成功的，理论上的滞后性已经束缚了人们对这些创新作品的艺术内涵的进一步理解。艺术创造需要时时面对新的生活现象，理论也同样需要研究新的人性因素和文学因素，以此来解释生活中出现的新现象。面对恶魔性其实就是面对人性自身在当今社会的种种考验与应对，因此研究恶魔性因素不仅对艺术创作而言，也是对社会发展中某种人格重铸都会带来积极的意义。至于这一来自西方的理论概念对于中国社会和文化的发展会产生什么样的独特的因素，将是世界性因素的另一个课题，我们将会在继续研究中作进一步的阐明。

2002 年 7 月 30 日于黑水斋

原载《文学评论》，2002 年第 6 期

---

① ［美］巴雷特：《非理性的人——存在主义哲学研究》，段德智译，201、204、205 页，上海译文出版社，1992。

读《刺猬歌》

　　前几天在复旦大学当代文学创作研究中心举办的《刺猬歌》的研讨会上，我一直想问作家张炜，这部小说的书名是什么意思？是指刺猬感受人间而发出的歌咏，还是关于刺猬在人间遭遇的咏叹？张炜小说的叙事总是带有鲜明的民间叙事立场，含有民歌、传说、讲古、童谣杂糅的特点，然而又不是简单的民间素材，它是一种知识分子强烈的当下性、批判性与民间叙事的复杂综合，构成了特殊的内在张力，也是内在矛盾的自我冲突。记得那天会上郜元宝讲了一个意思，很有启发，他的原话已经记不清了，用我的话来复述，就是在时代共名瓦解以后，无名状况下的文化必然会出现分裂、多元、混乱，然后作家的叙事只能回到个体的立场，紧紧抓住自己感受得到的实实在在的生命因素，作为认识世界的出发点，但这样的认识必然是破碎的、不完整的。或者在当代文化中还是有比较稳定的价值体系，那主要是来自民间的文化价值，还有就是来自世界性的因素。这是我的理解和一贯的思考，与元宝的原意肯定有距离，但我觉得，我们的观察至少是相近的。我平时对当下文学的关注，多少是关注这两个因素：民间与世界性因素，而世界性因素，主要是指来自"五四"新文学传统中的与世界同步的先锋意识，当前，我更愿意把它理解为在经济全球化趋势下的民族文化的应对和抗衡。

　　张炜的近期小说同时含有这两种因素，两者的交错必然会造成内在撕裂的紧张感。民间文化价值在张炜小说里有着固定的一套思维形态与语汇——从《蘑菇七种》、《九月寓言》等作品以来一以贯之的叙事风格，这是一种舒缓自如、万物花开的大地哲学与诗化写作；而世界性因素，则表现为知识分子面对现实的紧张思索与批判，又总是带有激愤、偏执和无可奈何的绝望，《古船》里的隋抱朴、隋见素兄弟的形象合在一起，便是后来这类知识分子的精神源头。这两种因素很不容易自然交融，至少从美学上来理解，张炜从20世纪90年代开始的创作几乎都纠缠在这种撕裂状态中难以自拔，而我以为这正是张炜小说的丰富性和魅力所在，这是时代精神的强烈辐射在诗人心灵上的灼热反应。现在回到这部《刺猬歌》的问题——到底是刺猬感叹人间社会发生的事情，还是关于刺猬归去来兮的咏叹？我们必须在这两者之间的关系中寻找答案。

这部小说的结构里明显包含两个世界的奇妙结合：一个是人间的世界，讲述了棘窝镇上半个世纪后半叶发生的故事；另一个是民间的世界，有更加深远的时间意义。刺猬所感受的人间社会就是棘窝镇的故事，有着明显的时间标记。小说里唯一比较确定的时间标记是廖麦22岁那年考上大学（1978年），28岁那一年与美蒂野合生下女儿，依次往上推溯，廖麦应生于1956年，美蒂应生于1965年。小说叙事的时间起点是廖麦48岁，美蒂39岁，推算起来是2004年。这已经是现代经济秩序固若金汤、市场经济发展势不可当的新世纪了，小说的当下性意义是不可忽视的。但从另外一个角度（即民间传说）来看，刺猬的人间遭遇隐藏了一个相当普遍的神话母题，即仙女（或女精怪）羡慕人间生活而下凡，与平民男子缔结良缘，但终究无法与人间社会共处，最终遭遇背叛而离散的悲欢咏叹。从动物化身人形来到人间社会的视角来看，小说展示的历史时间要遥远得多。传说中的霍公时代影射了动物、人类浑然难分的阶段，也可以看做人类逐渐从自然中分化出来的过程，霍公死后的宴席上首次出现了金蓑衣女人，与后来的美蒂遥遥相应；第二个响马时代影射了人类进入文明史后自相残杀的漫长阶段，在这个阶段，自然界是以伟大庇护者的旁观立场存在的；而最后的唐童时代，则是人类联合起来开发自然，大规模掠夺、破坏自然资源的阶段，也是人类与自然界爆发"战争"的阶段。在这个民间传说的世界里，时间是模糊不清的，唯一可考的是，霍耳耳自称是霍公的陪葬丫环，但只是一个无法确认的传说。霍耳耳是个特殊人物，海难的幸存者，其所言的历史与徐福漂海的传说一样，本来就是烟云渺茫信难求，其名字也暗示了口耳相传的不可靠性（霍耳耳珍藏的神秘匣子，里面只有两张纸，暗示了传说的虚无），其时间的模糊性与大地的亘古性甚相符合，所以在民间叙事里，刺猬与人类都不是叙事者，真正的叙事是大地的叙事，刺猬、狐狸、海猪、土狼、人类等等，都是其中的角色。这部分叙事舒畅而绚丽。"红蛹"一节奇诡多变，"听刺猬唱歌"一节赞美讴歌，堪称现代汉语文学中极好的童话诗篇。如果我们综合这两方面的因素来看，紧张、偏执、绝望，与奇幻、赞美、绚烂所构成的截然对立的美学意象，形成了《刺猬歌》特殊的叙事风格，作家把两方面的美学意象都推向了极致。

于是，撕裂感与紧张感就成了小说叙事的主基调。小说叙事的时间起点是 2004 年，廖麦夫妇经营的现代农场面临迁移，而事实上，他们已经成为这一片工业开发区的"钉子户"了。小说围绕廖麦是否搬迁的疑问织起重重迷雾，一道道地揭开了历史的帷幕，但同时，他痛心地发现，自己遭遇的欺骗与背叛并非从拆迁始，而是从他的人生转折点（即重返农场过正常生活）起就开始了。故事一开始就是"你泪水横流"，到故事结尾才真相大白，使廖麦悔恨交加的殴打美蒂也不是没有原因的，但是美蒂不愿意承认，廖麦也不愿意相信，他还需要找到确凿证据，这是贯穿小说的一条主线。更加可怕的是，廖麦终于意识到，在现代经济体制下面，背叛他的不仅仅是他的最爱——与他同甘共苦的坚贞之妻与心爱女儿，还有他自己所努力经营的一切。以唐童为主宰的天童集团托拉斯，一扫其父辈的专制暴力，采取了温情脉脉的人性化手段来推行经济发展政策，廖麦自以为凭劳动创造的农场乌托邦，其实不过是现代经济体制下的一个盆景，他不自觉地扮演了这一体制下的农场主，美蒂也成了"美老板"。小说的后半部分着重展示了唐氏企业的发迹历程，作家所描述的天童集团，其实是一个无所不备的托拉斯王国，它包括了更高的权力背景（金堂）、经济基础（金矿）、外资企业（紫烟大垒）、知识权威（尖鼠）、宗教迷信（道观）、镇压机器（土狼的子孙）、旅游开发（三叉岛）、福利社会（凤凰大道）等等，坚不可摧。廖麦是在唐童的羽翼势力下过着"晴耕雨读"的理想生活，他的安居乐业，可以成为天童集团的一种装饰；他的不妥协，也可以成为天童集团的民主的象征。这样一来，廖麦的愤怒与喧嚣，就像首阳山上的伯夷，"不食周粟"反倒成了对自己的讽刺。

廖麦的愤怒和绝望，也是张炜所感受的愤怒与绝望，廖麦写下《丛林秘史》，就像张炜写下《刺猬歌》，这本来就是无可奈何的举措，但是我想起了彼得·比格尔在讨论先锋文学时说的一句话：当先锋艺术被陈列在华丽的美术馆里成为展品的时候，先锋文学的反抗也成了现代艺术体制的一个部件，先锋文学失败了，但失败了的东西并没有完全消失，而恰好就在这种失败中，先锋文学继续产生着影响。张炜高蹈的理想主义价值观，仍然是与世界性的先锋性因素相通。作家并没有怨天尤人，而是在更深刻的层次上，对人性弱点作了认真的反省，那就是，为什么纯洁善良、坚贞不屈的刺猬精美蒂还是会屈服在唐童的势力之下？这显然是反神话母题的艺术构思，小说中，民间"鱼戏"红鲷鱼故事从正面影射了神话，但是它无法说明美蒂屈服现实势力的内在动机。我注意到小说在开始时就花了两节的篇幅描述两种鱼：一种是黄鳞大鳊，象征人的生命的元气；另一种是淫鱼，却象征了人性深层的原始欲望。前者可以复原人的生命力量，后者却转化成人性中的恶魔性因素，在毁灭中有所追求有所创造。美蒂正是食用了这种淫鱼以后，人性中的异化力量慢慢出现，终于铸成大错。现代化进程中的淫鱼（或者是"淫欲"的谐音），对于人文理想的建设而言，不能不是一种值得警钟长鸣的隐喻。

2007 年 4 月 18 日

原载《文化读书周报》，2007 年 5 月 11 日

林 白 论

　　林白是 20 世纪 90 年代大陆文坛最具争议性的女作家之一。她来自西南边陲的北流县——这个地方因设隘道"鬼门关"而著名，至今仍有两石对峙，间阔 30 步，古代流放犯人对此留下两句歌谣："过了鬼门关，十步九不还。"从北流到北京，几乎等于是从边地草间到达世俗权力的禁中，从巫风犹存的自然生态形式到达百病丛生的现代转型社会，其文化差异之大，精神冲击之猛，可以想象。那片瘴气缠绕、毒雾弥漫的土地不仅为这个南方女人的文学创作带来了清凄而浓厚的异域风情，而且自然地推动她走向世俗文明的对立面。林白是带了自己独特的童年记忆进入文坛的，她来到北京以后，无论是出于一个边城女子对现代文明的向往，还是作为女性亘古而来的软弱，她都自觉地愿意向主流的文明社会臣服，并且消除那些来自蛮荒之地的记忆，这表现在她的创作里总是弥散了难以言说的委屈和自怨自艾。可是她自身所带来的那股诡秘气息却顽强地表现出与世俗道德文化格格不入的精神，那些古怪而诡秘的文学经验始终没有被高大华美的京城主流文化所接纳。林白现在虽然身体和户口都留在了北京，但其精神世界依然被放逐在"鬼门关"之外，这使林白的声音变得独特而异样，仿佛是异类发出的受伤的悲鸣。

　　孤独的、被异化的生存处境玉成了放逐者林白的文学想象。从 80 年代末起她的小说里就出现了一系列与世隔绝、行为怪诞的女人，她们几乎全是想象的产物，神秘莫测，或与一条小狗相伴，或者飘忽不定人鬼不分；她们没有异性相伴或者苦恋不得，欲火中烧乃至越轨：自恋、同性恋，或者更变态的方式，没有妥协只有在痛苦和自虐的烈火中苦苦煎熬。受苦中的女人美丽而有光彩，如果是出现在男性作家的笔下，很可能会被视为猎奇，但女性作家林白却明白无误地以此泄露了被拒绝的绝望。中篇小说《同心爱者不能分手》中那个带着永恒的伤痛拒绝社会的神秘女人以自淫与人畜恋了却残生、《子弹穿过苹果》里巫女蓼苦恋不得终以暴力自尽、《回廊之椅》中主仆俩在充满欺诈与残杀的男人世界里忘我地投入了同性相爱的游戏……这些怪异的场景即使在一些世界级的作家的笔底出现，有时也难以避免猥亵暧昧的趣味，这倒不仅仅出于道德上的禁忌，还有美感方面的传统习惯。林白却轻易地跨过了这个障碍，她轻而易举地表达了一般作家难以下笔的题材，以唯美态度的写作把文明社会中人们难以启齿的经验写得如此美好和不忍。尽管林白的小说后来受到许多指责，但这一组美轮美奂的中篇却很少被道德的子弹所攻击。我起先把这些局部成功归结为作家的唯美主义倾向和小说的技巧性构思（如后者，作家经常在作品里穿插了对现代青年性爱心理与爱情观念的嘲讽，以致使人们误以为这些令人难堪却优美怪异的性爱经验仅仅是作为嘲讽不良风气而设置的伤感情绪，是虚幻而美丽的性幻想，于是看轻了它的现实力度）；但慢慢地发现，它的成功还应该与作家所持的女性写作立场有关，它涉及了女性身体、情欲及女性自觉等一系列美学疆域的重新界定。

　　其实作为一个男性的批评家，我不是讨论这些问题的合适人选。曾经有人批评说，为什么男性批评家热衷于女性作家写自我隐秘经验？我对此类问题无以言答，只是将问题反过来想，女性的隐秘经验如果不是女作家来写，专由男性作家来代言，是否就正常呢？当然，如扯开去讨论女性的隐秘经验能否允许文学表达，或哪一类经验才被允许表现，那就更复杂了，我们姑且把这些疑问悬置起来，专来讨论女性隐秘经验该由男性作家（如曹雪芹、D. H. 劳伦斯等）来代言，还是应该由女性作家自己来发现并且描写？我想这个答案应该是不言而喻的。与此相关的男性与女性之间谁可能更加准确地描写出女性经验？我想这个答案也是不言而喻的。在文学史上司空见惯的由男性作家作为女性代言人来表现女性经验的时代里，女性作家能否夺回这个领域的发言权，我以为至少是女性文学成熟的标志之一。这个问题在世界文学史上以及台湾文学史上也许早就不是一个"问题"，但长期被禁锢在道德禁欲主义下的中国大陆文学，女性意识的觉醒要迟缓得多。当然，女性意识以至女权主义批评话语在中国也是传播了好几年的事情，套用那些概念来表现女性意识的文学作品已有过不少，但林白的创造性的贡献是真正以女性的坦然和独特的文字魅力表达了这些理论概念，我惊异林白对这些概念几乎是无师自通。她全然依赖于自己隐秘而散乱的个人经验创造出文学的生命之美，一开始就在美学上接近和把握了那些隐秘的经验。常人感到猥亵困惑的经验在那些美丽的文字段落下让人受到一次感情的净化，坦然而不耻地表达人类的淫荡本能，本身就证明了人类的健全，但这种坦然而不耻的语言不是医学的，更不是伦理的，只是美学和艺术的，才能充分显示人类文明的真正航标。林白小说里大量的对女性身体的描述都不是孤立的和鉴赏性的，而是饱含了女性对自身身体美的发现、情欲的开掘和自我意识的觉醒。在《子弹穿过苹果》里作家写到巫女蓼的裸体：

> 我还是愿意想象丛林中的蓼，一个在阁楼里湿漉漉凉滋滋皮肤像蛇一样的女人呆在丛林里该是多么合适，她就跟树的颜色一样，她要是在丛林里脱掉上衣赶路，裸露着她那橄榄色的发亮的乳房，这该是老木在学院时创作的一幅画，那时候我已经跟他讲过蓼。事实上，虽然我从未跟着蓼到丛林里去过，但是在我们家乡漫长而炎热的下午，在密不透风的丛林里，蓼要走上十华里的林中小路回到她住的地方，她很可能把上衣脱掉，林中的瘴气流泻到她裸露的皮肤上就像月光流泻到河面上，使她遍体生辉。

很难想象，没有热带丛林生活经验的作家能写出这段美文，一个裸女不带半点羞色地坦然立在读者的面前，她应该是一幅画，一幅高更笔下的女土著画像。如果说有什么不同，那么高更笔下的人物以硕大的乳房和黝黑的肤色多少渗透了男性白人的猎奇趣味，而林白笔下的巫女则健康地显现出女性作家对同性的身体魅力的骄傲和赞叹。南方女人的特有风情、魅力及其性格在这幅素描中突兀而现。在《回廊之椅》中，作家进一步描写了朱凉太太让使女为她洗澡的场景，似乎更能说明这种文字特色：

> 朱凉洗澡总是要花费比别的太太多两倍的时间，她让七叶在她全身所有的地方拍打一遍，她那美丽的裸体在太阳落山光线变化最丰富的时刻呈现在七叶的面前，落日的暗红颜色停留在她湿淋淋而闪亮的裸体上，像上了一层绝妙的油彩，四周暗淡无色，只有她的肩膀和乳房浮在蒸汽中，令人想到这暗红色的落日余晖经过漫长的夏日就是为了等待这一时刻，它顺应了某种魔力，将它全部的光辉照亮了这个人，它用尽了沉落之前的最后力量，将它最最丰富最最微妙的光统统洒落在她的身上。她身上的水滴由暗红变成淡红，变

成灰红，浅灰，深灰，七叶的双手不停地拍打她的全身，在她的肩头不停地浇些热水，她舒服地吟叫，声音极轻，像某种虫子。

这段略有一点颓废的文字包含了"美丽的毒药"的美学内涵。落日、裸体女人和未成年的小女孩，三者之间构成一幅意味深长的图画。落日照在裸女的身上，似乎显示了阳性威力对女性的最后笼罩，可惜是夕阳西下，它在裸女身上的光泽一寸寸地退出，越来越暗淡，而两个女性愈是逼近黑暗也就愈是欢快，因为黑暗才是她们的真正家园，她们在黑暗中用自己的方式寻求肌肤相亲之悦，实现女性之间性和生命的自娱。这部小说以一幢老房子为界，画出了外部/内部两个相对峙的世界，前者是阳性的、政治的，充满了散发性的冲突与残杀；后者是女性的、感性的，包孕了孤独与美的本质，而这幅主仆沐浴图正是这孤独与美的极致。也许那两个女人在自娱中隐含了某种暧昧的意味，但美丽的文学描写已经洗净了世俗道德赋予它的罪恶含义，任何人读了这段文字也不会引起淫秽的念头。——这两个段落都让我们注意到：表面上产生作用的是作家的唯美主义创作方法，但真正的美感，显然是来自某些女性意识的观念。

这些段落都直接描写到女性的躯体之美，这种描写不是静止的欣赏性的文字（如通常男性视角下的女性躯体描写），它饱和了女性表达情欲的方式。前一例有关蓼的描写，是在表现蓼得不到所爱之人回报的心情（丛林里裸身奔跑的形象）；后一例更是直接表达了微妙的同性之爱，她们都在一种与现实世界相隔绝的状态下展示自身的美，如果有一双高高在上的窥探的眼睛，那也是女性自己的眼睛，"用女性的目光对着另一个优秀而完美的女性，去尽了男性的欲望，从而散发出来自女性的真正的美"，林白在一部小说里如是说，这也可以看做是林白女性小说的真正的美学特征。其女性意识并不在于表现了人类某些隐秘的感情方式和变态的性爱形态，这些因素在男性作家笔下同样是可以表现的，林白在表现"去尽了男性欲望"的女性美方面才显示了真正的特色，她的人物并非毫无欲望，只是在男性一头的绝望使其欲望变成无对象的展示，情色成为一种真正的自娱，在纯粹的意义上完成了女性的自觉。林白本质上是个诗人，她不具备构建小说所必要的严密逻辑思维，这些小说在结构上相当散漫，有不少剪裁失当的段落让人感到冗长和沉闷；同时也缺乏严密的叙事逻辑，她的小说创作冲动几乎没有一次是来自完整的故事情节，多半是一些记忆深处的闪烁着女性美的片断。这正是任何男性作家都无法达到的艺术胜境，也是任何观念性的因素所无法企及的。

　　林白小说所展现的这种女性文学的美学特征，是与林白身处边陲和浸淫着民间文化因素的来历有关，种种边缘文化的心理积淀和童年记忆几乎与生俱来地把她隔绝在京城主流文化以外，差使她在小说里自然地流露出文明死角的一些惊心动魄的精神现象。但这并不表明林白不希望京城的主流文化对她的接纳，从女性主义的立场说，林白也仅仅在唯美的意义上展示了女性的魅力，并非表明她不在乎阳性权力中心对她的拒绝。那一组唯美倾向的中篇写于 80 年代末到 90 年代初，这正是她从边地小城到省城又一步步向北京接近的时期，小说中展示的两个世界的对峙只是具有结构功能的含义，挑战不是直接的，更不是自觉的。可是到 1994 年她身居北京发表长篇小说《一个人的战争》，冲突就变得现实而且尖锐起来。

　　"一个人的战争"作为一个被拒绝女性的经典形象，早在她的《同心爱者不能分手》里就出现过："一个人的战争意味着一个巴掌自己拍自己，一面墙自己挡住自己，一朵花自己毁灭自己。一个人的战争意味着一个女人自己嫁给自己。"因为在《同心爱者不能分手》里那个被拒绝的女人形象幻想性很强，所以人物特征并没有引起社会的愤怒，而在以"一个人的战争"为书名的长篇小说里，为了加强女性的现实遭际的效果，林白采用了教育小说的形式，使人物带有某种心理传记的暗示。从主人公多米自幼在蚊帐里对性的发现一直到少女时代被强暴、诱奸和同居的经历，处处揭示了社会对女性的损害和拒绝。多米并不是一个自觉的女权主义的精神标本，相反，她对于男性为主体的社会采取了卑贱的迎合态度，以求获得他者的认同，可是这个社会轻易地打破了她的期望和幻想，把她逼进了一个返回到自我内心深处的封闭性绝境。多米女性意识的成熟，也正是她走出男性世界的制约与观照之际。这部小说里多处涉及异性间的性爱描写，都是女性失败的记录，最后她的性事只能通过富有象征性的自戕自淫来完成。下面一段关于性的描写段落曾使林白备受指责：

　　　　冰凉的绸缎触摸着她灼热的皮肤，就像一个不可名状的硕大器官在她的全身往返。她觉得自己在水里游动，她的手在波浪形的身体上起伏，她体内深处的泉水源源不断地奔流，透明的液体渗透了她，她拼命挣扎，嘴唇半开着，发出致命的呻吟声。她的手寻找着，犹豫着固执地推进，终于到达那湿漉漉蓬乱的地方，她的中指触着了这杂乱中心的潮湿柔软的进口，她触电般地惊叫了一声，她自己把自己吞没了。她觉得自己变成了水，她的手变成了鱼。

像这样大胆、直率的性的描写，在大陆的严肃创作里是不多见的。它受到批评和误解（有一家出版社曾把这本书包装成春宫书）可以想象。但我在这儿整段引用它是想为讨论文学中情色描写提供一个样本，即严肃文学中对情色所持的宽容限度在哪里？艺术的鉴定无法用科学定量的方法，只能通过美学的和逻辑的方式来把握。大陆女作家中描写性的场面最成功的当推王安忆，"三恋"和《岗上的世纪》中大段的两性的描写，都是用华美的象征语言来暗示的，而林白却直接描写了性的器官、性的行为和性的状态。由于描写心理的坦荡，由于她描写的是一件既没有主体（"她自己把自己吞没了"）也没有对象（"一个女人自己嫁给自己"）的性行为，它插在文本里没有因果，没有故事，只是一个孤立的诗性片断，就像一段流动的音乐或一幅抽象画一样，读者并不因此联想到暧昧、淫秽的暗示，这段文字相当饱满，读上去仿佛满溢了生命的汁液，从性的自戕行为中揭示出人物身体/心理、欲望/自制的深层关系，让人读后生出一种震撼来。不能不承认它是属于文学性的情色描写。再之，这个片断是孤立地插入小说文本，所以它在小说文本中的不同位置也会相应地产生意义上的变化。小说初版时它作为"一个人的战争"的象征置于题记，后来收入文集时，作家作了改动，将它置于末尾的最后一个段落。我认为这样的移动是合理的，当主人公多米遭到一而再再而三的损害和拒绝以后，她只能封闭了自己，在性的自娱中完成女性的自我实现。它在小说最后的出现不但合乎逻辑，也更加强了女人遭遇"一个人的战争"的沉重感。

《一个人的战争》直接写到了女性在阳性权力中心社会里的失败，使本来潜伏在她小说里的两个对立世界的冲突骤然尖锐起来，女性意识不再躲藏在唯美主义的幻想里展示自身，而是准备进入现实社会而含垢忍辱、身败名裂以致置死地后生。林白的尖锐与绝望似乎与一个来自亚热带的水性柔弱女子面对严寒、干燥的北方政治文化背景的种种不适有关，尖锐和绝望使她易于产生血腥暴力的奇想，于是有了中篇小说《致命的飞翔》。这是一个从《一个人的战争》中派生出来的故事，北诺是

《一个人的战争》中的一个人物，由另一个女子（叙事人）李芮断断续续地讲述北诺向损害她的权力象征（秃头男人）复仇的故事：由于李芮对北诺不熟悉，所以叙事中屡屡插入关于自己的情色故事，其意义与北诺的故事复合重叠起来，反复讲述男人利用权力诱惑女人的丑陋事件。为了突出这类事件的全社会性，作家在描述中不断使用"我们"的复数，使所有受到损害的女性的仇恨都聚集在主人公北诺的复仇行为里。终于，狂欢的场面出现了：鲜血立即以一种力量喷射出来，它们呼啸着冲向天花板，它们像红色的雨点打在天花板上，又像焰火般落下来，落得满屋都是……两性间的故事依然是这部小说的主干，但与《一个人的战争》中的纯粹男女不一样了，两性纠缠着权力和利益的分配，充满着政治（如李芮的情人不停地钻研共产党高层的权力斗争）与权欲（秃头男人的所作所为）的阳性世界终于驱逐了独立女性的最后居住地。小说结尾时写到越来越冷的气候形势下李芮准备与情人结婚，而杀人犯北诺却永远活在虚幻的木棉花的艳红背景下"奋力一跃"。这是林白最好的作品，热烈而血性，女性意识从虚幻的想象世界走向丑陋的现实以后，再生出健康的创造能力。

在这个意义上我们似乎可以讨论林白的新著《说吧，房间》了。这个故事又是从《致命的飞翔》脱胎而来，两个女性主人公换成了被解聘者老黑和被遗弃者南红，于是职业与性构成了当代社会女性的两大困境。《致命的飞翔》也涉及这两大困境，但"复仇"过于壮丽淹没了现实的内容，《说吧，房间》则成了一部完全贴近现实的小说，唯美主义者林白从唯美的幻想中走出，切切实实地感受着现实环境中的困惑。小说也是从失业者老黑要写一部关于被遗弃者南红的小说开始的，叙事者在断断续续的写作中插了有关自己的故事片断，女性求职困难与性的困扰几乎是同时出现的。老黑一开始就写道：南红在深圳的几年生活中，每一点转折都隐藏了一个男人的影子，一个住处、一份职业、一点机会，几乎全都与一名男朋友有关。南红被男人遗弃的结果是同时也丢掉了职业。进而老黑推人及己地发现，自己被解聘的真正原因也正是与丈夫的离婚造成的，因为她失去了"背景"。在一个阳性权力中心的社会里，权力的背景只能是来自男人，不管这种背景是暧昧的还是合法的。随着小说叙事的发展，林白渐渐地将当代女性引进了一个令人困惑的怪圈：女人因为离婚而失去了工作，那么又是什么原因导致女人的离婚呢？恰恰是职业妇女过于沉重的日常工作和生活造成了精神的极度疲乏和性的厌倦冷漠，无法满足男人的欲望。女性并不因为有了职业就有了性的欢乐，也不因为有了性的苟且就能保证职业的安全，实际结果往往是朝着相反的方向在运动：女人总是因为性关系的失败而丢失了职业，或者是因为职业带来的压力失去了性的欢乐。女性在社会上的性别歧视和情色上的社会压迫，两者水乳难分地混淆为一体。

大陆研究女性文学的学者刘思谦教授指出，中国大陆的女性文学经历了"人—女人—个人"三个层面的发展，即从"五四"一代女作家发出"女人也是人"的呼喊，到"文化大革命"后张辛欣、张洁们表现"做女人难"的主题，再到陈染、林白们发出个人立场的话语，走过了一个完整的发展阶段。这是很有见地的解释。关于个人写作，又常常与私人话语相混淆，其实两者有不一样的含义，关于私人生活经验的文学表现，只是文学从宏大的社会历史叙事中摆脱出来后的一种极端的表现，它远不能涵盖写作者的个人性立场。依我的理解，个人性的立场并不回避它对社会种种困境的描述，不过是必须游离了时代共名所规定的语境去表现。林白的创作到《一个人的战争》为止还是采取了回避现实生活的唯美主义态度，着力于个人内心发展和想象的效应。《致命的飞翔》是过渡，其中还掺杂了想象的复仇，而《说吧，房间》则从个人的立场上发出了对社会现象的抗议和回应。其实真正的女性主义文学都是产生在现实社会的批判和反抗之上的，只有战斗的女性主义，没有逃避和遐想的女性主义，小说虽然从消极的立场上表达了女性的真实困境，但它仍然充满了批判的激情和令人心酸的叙述。这部作品也许在中国女性文学史上会产生一种走出狭弄的效应。

不能忽视这部小说仍然是极其女性化的叙事。在象征上一再出现"房间"的意象，笼罩着两个女性的命运。自从弗吉尼亚·伍尔芙为女性争取了一个"自己的房间"后，它一直是文学中女性指称的缩影，林白在小说里把这扇神秘的门打开了，让它痛痛快快地倾诉自己的命运：小说里出现过三个房间的场景，一个是老黑婚后的卧室——合法夫妻的房间，《室内》一节写尽了婚姻的虚幻性，却句句落实在对房间、月光、色彩的描写上，写出了"平板无味的房间里本来一览无余，但是层层阴影和神奇的变化就隐藏在同样的空气中，在月光照临的夜晚瞬间呈现"美好的印象；一个是单身男人许森的房间，那是情人的房间，那里处处是女人的痕迹，却不见女人的真身，她们仿佛是"面容不清"，虽然"眼睛和嘴唇形状完美地悬浮出来，但它们缺乏质感和立体感，只是一些优美的线条与晦暗的色彩";只有第三个房间——才是现实中属于女人自己的房间,那是在一个叫"赤尾村"的破房间,"听地名就有一种穷途末路之感",也就在这个远离喧嚣的边缘之地,演出了两个落魄女人的一场悲喜剧。小说在叙事上也充满了女性特征:几乎粉碎了男性审视视角建构起来的小说美学框架,中心主义和叙事理性被消解了,女人的命运故事化作零星的碎片,漫无边际地飘散在空气里,随手抓住一片都是一节诗性的片断,一篇短小的美文。碎片缀连起叙事的结构,只有开头没有结尾,内在旋律周而复始,叙事角色的转换随意自由——我、我们、她的交替使用,在阅读上也带来全新的感受。

小说的语言奇特而富有反叛意味,处处体现出女作家对身体感官的独特感受。我们从本文前面所引用的小说段落中就不难发现,作家对身体接受抚摸的感受非常强烈,但据作家自称,她在现实生活中感官"几乎是麻木的",而写作却使她重新找回感官的刺激。这种遐想而来的肌肤感受在《说吧,房间》成为一种强烈的语言特色,作家写乳房的感觉,堕胎的感觉,怀孕的感觉,肌肤相亲的感觉,几乎独创了一个男性作家无法染指的女性语言王国,使女性文学纳入了由身体出发的想象港湾。身体型的独特感受强化了文学语言的感官性,产生出与以平庸枯涩为主调的 90 年代文风绝不相容的反叛性语言,我们在 80 年代的莫言小说里曾经遭遇过粗鄙男性的丰富的感官性语言,而林白却以女性的凄厉惊艳,让我们重温了遭遇这种语言的快感。

在林白发表《致命的飞翔》时,有评论家认为这是林白的"最后冲刺",或者说是一场"致命的写作",意思是说彻底返回到内心经验里去写作的林白将有被自己的极端态度所埋葬的危险,为此评论家发出了"生活的尽头,林白将向何处去"的疑问。我想林白是勇敢的,她扛着宣言"以血代墨"的旗帜,固执地走出了自我设置的困境,走向了个人主义的社会批判。《说吧,房间》也许正是一个良好的开端。

原载《作家》,1998 年第 5 期

愿微光照耀她心中的黑夜
——读林白的两篇小说①

　　林白在新完成的长篇小说《万物花开》后记里，深情地告白自己的写作风格正在发生变化："原先我小说中的某种女人消失了，她们曾经古怪、神秘、歇斯底里、自怨自艾，也性感，也优雅，也魅惑，但现在她们不见了。阴雨天的窃窃私语，窗帘掩映的故事，尖叫、呻吟、呼喊，失神的目光，留到最后又剪掉的长发，她们生活在我的纸上，到现在，有十多年了吧？但她们说不见就不见了，就像出了一场太阳，水汽立马就干了。"② 我们知道，这个古怪而有魅力的女人，曾经是林白小说风格的识别标志，是与林白小说里的生命意象、语言魅力和艺术想象紧紧联系在一起的文学形象，而现在：这个女人以及伴随这个女人而出现的种种怪异的声音、色彩、气氛、感觉、神态都一股脑儿地消失了，林白走出了自己为自己设置的魅影，走到了明亮的大地上，观察人间万物的开花，感受那民间蓬勃的生命。

　　于是就有了《万物花开》。这部风格新颖的长篇小说，以火辣辣的真实性与独特的想象力，描述了中原大地当下正在发生的故事——随着农村经济政策的改变和农业生产形态的转型，农民们在日常生活观念和方式上发生了令人惊骇不已的变化。像林白这样一位在北京生活着的作家，偶然从一个来帮佣的农村妇女的口述里发现了新鲜活泼的创作题材，从而切实把握住当下生活所搏动的命脉，艺术想象力结合了日常生活细节，非但没有沉没，反而带动起精神的欢悦与飞翔。这不是什么创

---

　　① 　林白：《去往银角》和《红艳见闻录》，载《上海文学》，2004（6）。
　　② 　林白：《〈万物花开〉后记：野生的万物》，见《万物花开》，283页，北京，人民文学出版社，2003。

作的奇迹，而是作家林白努力突破已有创作成就、走向现实生活时所发生的变化。林白与许多新生代作家都聚集在大城市里生活与写作，但与他们在咖啡馆酒吧、网络碟片、情色床第等寻求创作灵感相反，她于今年五月正式走出北京，到武汉去落户，去寻找和发现新的生活和创作的空间，如果把这一举动与她最近的创作——从《枕黄记》到《万物花开》的艺术追求结合起来看，是一个完整的转型过程，预示了她在创作上将会有更大的追求和变化。与这种变化的预兆相吻合的，是发表在"月月小说"栏目里的两个连续性的作品：《去往银角》和《红艳见闻录》。

林白的创作犹如一道神秘的河，狭窄的河床里暗流湍急，处处是旋涡处处是暗礁，逼仄的环境里不断激起飞溅的浪朵，笼罩于迷漫的水雾之中。这种"河流"的气势与架构都适合于比较散漫、断续有节的叙事形式，所以，她笔下的人物总是隐隐约约地出现在各个并不关联的作品里面，形成一种断断续续的长河式的小说结构。从单篇作品而言，中篇小说和篇幅不大的长篇是表现她的特色的最佳结构。而短篇小说，往往取自那一瓢波澜，一勺云雾，在林白的创作里经常表现为长篇作品里的一个片段，但是，我们读到的这两篇小说，在林白的创作里却具有难得的完整性。当初我向林白约稿，她很快就寄来了两篇稿子，一篇是《去往银角》，另一篇是《十二月》，后者似乎是从她原先的长篇构思里剪裁下来的一个片段。过了几个月，她由武汉来上海，与我做了一个对话，她的状态非常好，回去后没有几天就寄来一个新写的短篇，那就是《红艳见闻录》，是《去往银角》的续篇，替下了《十二月》。这样，读者在《上海文学》的"月月小说"栏里读到的，仍然是两个有连续性的作品，或者说，接上了她的长河式的写作思维特点，因此，我们也可以把这两篇小说当做一个诗意盎然的中篇结构来阅读。

由于作家的变化是在她有了真正关注民间的立场才发生的，所以她能够接受到来自民间的最为感性和丰富的信息，而不是一种先验的、固定的模式。《万物花开》是一种来自民间的信息，它夸张地表达了民间的自在生活形态以及现代化过程中农民的心理反射，戏谑的、欢乐的成分居多；而《去往银角》及其续篇，是以夸张的手法写出了底层女性面对人欲横流的社会所遭遇的命运，通篇文字都笼罩在沉痛与悲愤之中。我们从作家对民间生活场景以及民间心理的描写中都可以意识到，虽然这里隐藏了作家一贯的人生理解，但是她笔下的民间世界显然不同于当下传媒中流行的肤浅的观点，夸张的艺术想象与表达是林白最近创作的一个主要特色，透过故意的夸张和变形，她巧妙地拉开了艺术世界的创造与被人们作为正常世界的阐释之间的距离。这在林白过去的小说中并不常见。夸张手法来自一种心理的放肆，近似于儿童想象的单纯与自信，是想象力的突然解放而不是故作玄虚的装神弄鬼。这些特点在《万物花开》表现得相当充分；而在《去往银角》及其续篇里，夸张手法使小说几近于梦游与寓言，它通过梦境、寓言等变形的形式，构成了对当下社会的某些本质方面的抽象揭示。

《去往银角》分上下篇，上篇以写实的笔调描绘了下岗女工被生活所逼从事卖淫之前的心理，在今天的创作中已经不怎么新鲜，但是对于女性在商品社会里以性的方式来换取自己的某些追求，作家有她一贯的态度，即认为每个人（女性）都有权利按自己的方式来处理自己的性爱行为，这是毋须社会舆论来鉴定其是否道德的，但这并不说明作家无视性行为的道德价值，因为在作家看来，真正的也是唯一的评价标准，在于性行为是张扬了人性还是侮辱以致丧失了人性。人性的完美才是作家所关注的目标。所以在小说的上篇，作家还是用温馨的笔致描写了崔红下海前的心理，她把窗下的垃圾池比作即将投身的卖淫业：

> 若垃圾池里有一满池垃圾，对于一个往下跳的人来说它就是一张又厚又软的垫子，……我跳下去肯定伤不着。但想到自己以一个狗啃屎的姿势扑到垃圾上，额头撞着月经垫，鼻子顶着大肉蛆，身上沾满了发霉的东西，也许还有狗屎，我就觉得池子里不如没有垃圾的好。但撞得头破血流也不是我之所愿。这就是我的两难处境。

然而到下篇，崔红梦游银角的一个叫作"灰尘"的建筑，那是个象征意义的垃圾箱，里面经历了吸毒、淫冶等场所，最后到了一个"人兽表演"的大厅，她开始发现自己逐渐变成了"兽"："……身上越来越热，我用手抹了一把，却发现身上长出了毛发。我猛地扯掉了盖在脸上的纱巾，用力地抬起身子，身体特别重，好像不是自己的，我费了很大劲才把头抬起来一点。我发现自己的脚趾已经变成了狗猿的蹄子，沿着小腿正在长出那种棕色的毛发。……我心烦意乱，我才不愿意变成什么狗猿呢！这么一想，身上一时觉得凉爽了一点，刚刚长出来的毛发也消退了一些。类似的情况反复了几次，当我强烈地意识到自己坚决不要变成狗猿时，身体就还原回我自己，稍一放松，棕色的毛发就会迅速长出来。"显然作家真正关心的并不是主人公是否卖淫，而是在卖淫之前她先是丧失了人之所以为人的特点，朝着"兽"的方向演变，而从人到"兽"的演变及其还原，完全是人的"意志"所致。下篇的梦游可以读作主人公下海心理的进一步挣扎，然而她虽然凭着做人的意志从"人兽"状态中挣脱出来，却没有挣脱整个噩梦的梦境，到结束时她仍然在噩梦里游荡着。

　　人的意志与存在的关系，本来还有许多话可以说，但限于篇幅暂且就绕过了，《去往银角》的结尾使主人公徘徊在梦境中，终究是一种未完成的形态，表明了作家心理上的犹疑不决，——她还不能确定如何给她的主人公安排下一步的命运。然而续篇《红艳见闻录》的诞生，似乎表明了作家的决心已经下定了：主人公崔红继续在一场没有尽头的噩梦里挣扎。这个短篇里，林白的叙事风格变得暧昧复杂：她似乎在试图回到以前的风格上去，巫风十足的老女人、月光下的河流等意象都寄植了她以前的艺术标记。

　　但作家真正所关心的，却是另外一次奇遇和历险，那就是对前一篇小说的主题的延伸：对于进一步的非人化趋向的抗争。这一次取代"人兽"的是"科学"，一种高科技的芯片，把它植入脑中可以干扰记忆，使人变成另外一个"人造人"。然而还有另外一个意象——读解这篇小说的关键词：番薯——值得注意，它提供了更为复杂的内涵。小说一开始宣称银角的女人是番薯变成的，结尾时的老女人揭开了番薯变"人"的秘密，而据张燕玲的解释，"番薯"来自广西地区的少年时代的生活历史记忆，"那是一代人的记忆"①，这就应了小说一开始所引的当地的民谣"北流鱼，陆川猪，石镇番薯"的记忆。由此想到，当林白运用了这个记忆中的生活意象时，她有没有一种自觉，是将当年滋养了生命的

---

① 参见张燕玲：《文学桂军的一种释读》，载《上海文学》，2004（6）。

番薯（又名地瓜、红薯、甘薯、苕）看做是人的生命赖以生存的象征，它与商品加高科技的现代社会的象征物"干扰记忆芯片"搅和在一起，充满张力、难以分解地构成了现代人的意志与生存之间的彼此分离与自我拯救。如果是这样来解读这篇小说的话，那么，古怪幽暗的林白的风格传统中真是出现了新的意义，而且这与她笔下的藏污纳垢的民间大地又是一脉而来的。

我觉得，这才是照耀她心中黑夜的真正微光。

2004 年 5 月 9 日于黑水斋

原载《上海文学》，2004 年第 6 期

后 "革命" 时期的精神漫游

——读《致一九七五》

　　前几天，我接待一个日本学者的代表团，他们是为了一个关于 "文化大革命" 的科研项目来中国做调查的。在谈话时有一位日本朋友提出一个问题：经常听你们说起 "文化大革命" 前期、"文化大革命" 后期，究竟什么时候是前后期的分界？我一时语塞。史学界好像没有关于 "文化大革命" 的分期的明确结论，也可能有，但我不知道。不过每一个亲历 "文化大革命" 的人，大约也是有自己的理解。推想起来，1966 年 "文化大革命" 爆发，全国各级权力机构逐渐失去控制，从学校到社会陷入混乱、武斗、造反的恐怖之中，大约是属于前期。许多知识分子回忆录里记载的灾难性的命运，大约都发生在前期；所谓红卫兵们的 "革命激情" 和 "理想主义"，也都是发生在前期，巴金在《随想录》里描述 "日子真难过" 与柯灵含泪控诉的 "回看血泪相和流"，胡廷楣笔下的 "生逢 1966" 和王安忆笔下的 "启蒙时代"，都是指 "文化大革命" 前期中发生的各种各样的故事。所以，"文化大革命" 前期，大约是指 20 世纪 60 年代末特别混乱的时期，它代表了人们观念中对 "文化大革命" 的基本印象。至于 "后期" 起于何时，理解则很不相同。"文化大革命" 的发起者和领导者自有他们的政治目的，当他们在混乱中达到自己的目的后，也曾想宣布混乱结束，由 "大乱" 进入 "大治"。但是社会发展的规律并不是以人的意志为转移的，该混乱的时候，再大的权威也控制不了局面，所以 "后期" 就一直延宕下来，变得遥遥无期。比如说，1967 年 1 月开始了造反派的夺权运动，建立三结合的革命委员会，到了下半年实现 "全国山河一片红"，似乎权力归了 "无产阶级司令部"，但动乱却照样没有结束。1969 年，中共 "九大" 召开，刘少奇被清除出党，林彪作为接班人写入党章，当时许多人以为 "九大" 以后就可以太平了，还有些红卫兵提出 "一切为了九大" 的口号，结果不知怎么一来，连这个口号都成了反动口号，被批判整肃了。这样拖拖拉拉，大约是到了 1971 年 9 月 13 日 "林彪事件" 以后，全国动乱的势头才衰弱了下来，但也没有人宣布说 "文化大革命" 可以告一段落。那时官方的兴趣转向了理论批判，而在民间，对现代迷信的迷信多少打破了一些。社会进入相对平稳阶段，学校开始设置一些文化课，工厂也开始讲 "抓革命促生产"，而对老干部和知识分子的迫害相对减弱了。如果一定要把 "文化大革命" 划出前期、后期，我觉得，标志性的转变应该是以 "9 · 13" 为转折。另一个可以作为标志的时间是 1975 年。那一年年初，中共十届二中全会和全国四届人大相继举行，前一个会议决定邓小平正式复出，主持工作；后一个会议由周恩来总理的政府报告提出了建设四个现代化的目标。风气一时转向经济建设。同时还公布了毛泽东在前一年 8 月份的 "最高指示"："无产阶级文化大革命，已经八年，现在，以安定为好。全党全军要团结。" 其语气充满了疲惫感，而这 "已经八年" 的口气，分明是要将 "文化大革命" 告一段落的意思。尽管一年以后又掀起了什么 "反击右倾翻案风"，但是 1975 年仍然是充满了想象和希望的年头。也许 "文化大革命" 也无法分出什么前期、后期，但如果说，严寒里有个小阳春，那么，1975 年就是这个 "小阳春"。

我之所以要回顾这段历史，是因为林白的新长篇小说名为《致一九七五》。这个题目让我联想起不久前王安忆的新作《启蒙时代》，故事发生的时间是 1967 年到 1968 年，那是 "文化大革命" 前期的动乱年月；而林白却提供了一个完全不同的 "文化大革命" 后期的场景。如果说，也应该有一个类似 "启蒙时代" 的命名的话，那就是一个 "后革命时代"：一切都以 "革命" 的名义，但一切都充满了疲惫、怀疑和自我消解。林白出生于 1958 年，"文化大革命" 爆发的时候才 8 岁，1971 年刚刚上初中，1975 年中学毕业（"文化大革命" 中缩短学制，中学共四年，两年初中两年高中）。她所描写的 1975 年前后，正是 "文化大革命" 的尾声时期，说其 "小阳春" 也好，说其是 "'文化大革命' 后期" 也好，其时，"文化大革命" 初期的所谓 "革命" 高潮已经退去，一切场景都呈现出疲软而可笑。其实包括苏童、余华、韩东、朱文在内的新生代作家，基本上都是这样一代人，他们作品里的童年记忆，都含有 "后革命时代" 的味道，本质上是对前期的 "革命" 理想与激情的反讽。

我在读这部小说之前，曾经读过林白的一部少女日记《白银与瓦》，记载的正是 1973 年到 1975 年的中学日记，可以与这部小说参照阅读。如小说前言的开始部分就说："那段时间我状态不好，很多事情都让人不开心。就是那时候，我的日记被人偷看了。"① 正应和了《白银与瓦》所缺了的 1974 年 4 月 19 日到 6 月 21 日之间的日记内容，据林白说是因为日记被人偷看，"结果是该学期操行被评为'良'，评不上三好生，入不了团"②。而这段惹事的日记内容，仅仅是中学生林白在日记里议论了另外一个班干部而已。这些事件在日记里自然是语焉不详，然而在小说《致一九七五》里，作者也没有进一步展开这个细节，只是在前言部分一笔带过，表明这部作品的叙事的真实性。在小说和日记的对照中也是有许多真实的蛛丝马迹可寻，如日记里的初阳和朝阳与小说里的雷红雷朵、日记里的宁自觉与小说里的吕觉悟似乎都有某种对应性，还有大量记载的文艺小分队的活动，基本上对应了小说前言部分的主要内容。不过，这只是构成部分的真实生活，小说毕竟是虚构的艺术，有许多被作家反复描写的故事细节——如关于"9·22"打靶的描写——日期都是确证无疑的，但是在她的日记里却无半点记载。反之，在她的中学日记里大量枯燥无味的记载，如写大批判文章和开批斗会什么的，在虚构小说里也不见了。——我对这两本书进行对照阅读，只是想说明，作为虚构小说的《致一九七五》虽然是作家对于"文化大革命"经验的一种想象与描述，表现出与《启蒙时代》完全不一样的想象世界，但它仍然是以某种生活经验为基础的，虽然在边陲小城的民间世界与北京、上海等大城市的"文化大革命"经验并不一样，却传达出历史的多层面性与认识的丰富性。

我想所谓的"后革命时代"（或者后期"文化大革命"），在上层的统治阶级中，集团利益和权力之争从来就没有停息过，而且随着斗争形势的复杂变得更加隐蔽和含蓄，更加富有理论色彩与理想形态（如"批林批孔"、批《水浒》、学习无产阶级专政的理论、限制资产阶级法权等，都像是在玩猜谜的游戏），这样的斗争形式对于大城市的知识分子和干部阶层还有某种利益攸关的联系，而对于下层的民间大众来说，他

---

① 本文中凡是引自《致一九七五》的段落，概不特别指出。均依据的是作家在杂志上发表前的清样。

② 林白：《白银与瓦——林白少女时代日记》，108 页，海口，海南出版社，1999。

们对这样的无休止的政治利益斗争已经丧失了新鲜感和想象力，对这样的含沙射影的权力之争感到厌倦与漠然，一切都以嘲弄的眼光来看待，所谓的政治激情大约一直沉默到 1976 年的悼念周恩来的 "天安门广场事件" 才重新爆发出来。所以，要概括这段历史的民众政治情绪，大约可以用 "疲惫" 两个字来解释。林白的《致一九七五》是以自己的中学时代和少女时代的生活经验来表达大时代的情绪与精神面貌，是有一定的难度，但我们很快就看到，作家成功地把这种情绪传达了出来：小说一开始就描写了中学时代一群女生对班主任孙老师的朦胧的感情依恋，写了孙向明老师来自北京名牌大学，神采飞扬，用梅花党的故事深深吸引了女孩子的感情。"梅花党" 是流传在 "文化大革命" 期间的一则民间故事，但它的故事内容则是为 "文化大革命" 前期的权利斗争服务，为陷害国家主席刘少奇而设计的一则曲折离奇的故事，把国民党的 "总统" 夫人郭德洁与共产党的主席夫人王光美编织在同一个子乌虚有的 "特务组织" 中，应合了 "文化大革命" 前期激烈的党内权力之争。但是激情、性感的孙向明老师并没有对学生讲完 "梅花党" 的故事（这个故事永远也讲不完），就悄悄地消失了，而取而代之的，是无精打采的麦大安老师，十分不情愿地担任了这群孙老师 "粉丝" 的班主任。麦大安说：不要以为我想当你们班主任，学校要我当，我没办法。既然我当了，我希望在我代理班主任期间，你们中的任何人，都不要出任何事情。不要擦破一块皮，不要锄伤一根脚指头，也不要踩着瓦片玻璃，割伤脚得破伤风，别的就更不要说了。……于是，孙老师时代的让学生激动人心的体育课不见了，女学生摔伤皮肤由老师陪着上卫生室的幸福时刻也消失了，当然不是说体育课会取消，但是孙老师则代表了一个时代的精神，孙老师走了，一个激情时代就消失了，"文化大革命" 的政治、暴力、疯狂也消失了。小说在描写班主任替换的同时，还描写了一个意外事件：学校的围墙倒塌了，压着了一对准备结婚买糖果的青年男女，女的当场压死了，男的被救醒过来马上就翻女方尸体的衣袋，寻找存放在里面准备买糖果的五块钱。而这个故事在日记里是有记载的，真实情况是压死的两个人，"一个是富农的女儿，另一个也是 '四类分子'"①。"文化大革命" 前期残酷的阶级斗争的时代烙印被后期平庸、自私和卑

---

① 林白：《白银与瓦——林白少女时代日记》，48 页，海口，海南出版社，1999。

琐的日常生活性所替代。

对林白来说，1975 年是分两截的，上半年还是在学校里当中学生，下半年开始下乡当知青。但作为学校里的红卫兵（林白时代已经改为入团了）与上山下乡中的知青，林白所描述的都不是原来概念的红卫兵和知识青年了。"后革命时代"的人们被笼罩在自欺欺人的革命幻觉里，已经与个人的日常生活分离得很遥远。小说里的主人公李飘扬和日记里的林白薇都是学校里文艺小分队队员，中学生活的主要记忆是歌舞表演的场面，但我注意到，作家在叙述中使用了另一种字体，用夹叙夹议的歌词串联起各种场面的描述，形成了场面叙述的特殊文本。这些夹叙文本，都是来自毛泽东的诗词、革命样板戏的唱词、革命歌曲的歌词、中外电影里的插曲，等等，以及各种各样的歌舞场面，但并非是场景的写实，而是在描述叙事者彼时彼刻的心理活动，是虚浮在记忆中的表面化的印象。也就是说，作家记忆中的花团锦簇歌舞升平，只是一种虚浮的记忆外壳，所谓以"革命"的名义也仅仅是名义而已。作家在小说的前言部分描写了这些场景，但叙事者李飘扬是站在三十年后的当下故地重游，三十年间的各种信息记忆纷沓而来，在描述了当时的光鲜亮丽的记忆后，紧接着的往往是当事人以后的坎坷不堪的命运。在描述下乡的正文部分中，作家还描写了一个工农兵大学生韩北方的形象，他满脑子充斥着空洞的理想和报章的豪言壮语，连谈恋爱都不行，靠革命诗词打动不了女孩子的心。后革命时代的生活分裂成两个世界，也造就了两拨人，一拨人活在理想当中却毫不着地，一事无成；还有一拨人则完全放弃了空洞的口号，转而成为只顾经营小日子的自私市侩。而后一拨人则构成了对前一拨人的消解。事实证明了，后一拨人较之前一拨人更加有生命的活力。

但是林白没有沿着现实主义的道路，在撇开了理想主义的泡沫后，就陷入现实层面的市侩生活的描写，而是采取了民间的立场，大步地走向了民间的想象空间。我们从小说的正文部分看到，林白对知青在农村的生活赋予了童话般的意义。这里既没有知识青年到广阔天地大有作为的热情，也没有对知青生活的无休止的抱怨，而是反复念叨着当年因为不堪上山下乡重负而告御状的李庆霖的恩惠，是李庆霖的一封信改变了知青在农村受人凌辱的处境，也使李飘扬她们在农村没有受到很大的苦难。但是沉闷的生活和沉重劳动并没有给青年的生活带来意义，李飘扬不得不以梦当马，靠想象来打发青春期的苦愁。他们也开始学会了如何打发无聊而漫长的日常生活。安凤美是小说里最中心的人物，也是最有活力的人物。作家曾经在别的短篇小说里描述了这个原型的故事，而且写得极有诗意。① 她的青春浪漫、敢作敢为、不落窠臼都让别的循规蹈矩的女生既害怕又神往。但有意思的是，小说最后，作家使用了一个调包法：明明前面都为安凤美的怀孕和堕胎作了铺垫，但最后出现的堕胎人却不是她，而是另外一个女生。这似乎太令人意外了，但再一想也不奇怪，因为安凤美的现象其实是很普遍的知青现象，暗示了大部分知青浪漫而又坎坷的命运。这种叙事的童话色彩还体现在作家对农村的一些动植物的颂扬和拟人化的描写上。如那只叫做二炮的大公鸡，那只叫做刁德一的小猪，以及臭味的五色花等等，充满了向往自由自在的民间精神。在描写中，我觉得这些动植物的篇幅可能比描写人的篇幅更加充分和动人，这似乎在以往的林白小说里是不多见的。

长篇小说《致一九七五》的创作时间很长，差不多过了十年的时间。我想说的是，如果返回历史的过程中，那么这部小说在林白的创作道路上有着很重要的意义。从整体上看，这部小说的文本不很统一，甚至有很大的不协调。前言部分前所未有的冗长，几乎占据了整个小说文本的一半，而且叙述时间也相当漫长，叙述者经常在三十年前（1973—1975）、1998年初次回故乡、2005年再次回故乡三个时间段里徘徊，还穿插了许多记忆的夹叙文字，形成一种复杂的叙事文本；而正文部分却是按时间顺序的写实文字，记载着农村民间的各种有趣的故事。中间还穿插了1976年的时事的变化。故事最后以恢复高考来结束知青生活。其实这本来是可以成为两部作品的。如果我们从作者的创作构思来看，正文部分可能是1997年创作的部分，理由之一是，作家在小说后面有过声明："十一年前的《漫游革命时代》有十多万字，未能终稿。又杂志约，便以短篇发表。这次完成的《漫游革命时代》（应为《致一九七五》），有极少量旧稿片断融在其中。"那几个以旧稿改编的短篇作品，主要就是以安凤美（短篇里的主人公名叫安容）为主人公的几篇作品，还有就是短篇《枪，或以梦为马》关于打靶的故事。② 这些故事基本上

① 可参阅林白的小说集《枪，或以梦为马》中的《木瓜与裸体的关系》、《知青与剑、与马、与恋人、与红薯》、《菠萝地》等，由华文出版社于2002年出版。
② 还有一篇短篇《文学青年米卫东》我没有读到，但从题目看有可能是韩北方的故事。

都源于现在书稿的正文部分。可以推想，十一年前，林白开始创作《漫游革命时代》主要还是关于知青下乡的部分，现在成为《致一九七五》的正文部分。而这段时期的林白，正在创作惹人争议的《一个人的战争》、《守望空心岁月》和《说吧，房间》等体现女性主义观念的小说，是她的女性主义意识最强烈的时刻，也是形成她最具有代表性的个人创作风格的时刻，然而，正是在那个时候的 1997 年，她已经开始了对另外一种接近民间的新风格的尝试。我记起来了。1996 年秋天，我们在飞往斯德哥尔摩的飞机上，林白曾经认真地与我探讨了关于《马桥词典》的看法，也询问了关于民间的理论意义，当年在她以女性主义斗士姿态出现的鼎盛期间，她的审美意识却在悄悄地发生变化。这种变化到了她游走黄河，创作《枕黄记》时初现头角，而在《万物花开》中才获得了整体完成。于是我明白了，为什么林白这部写于 1997 年的长篇小说当时没有完成，而一直要等到 2007 年的今天，才以重量级的面貌呈现于文坛。我没有读到林白十一年前的手稿，不知道在那些短篇中有多大成分是来自旧稿。但那些短篇中的许多凄美凌厉的语言片段，典型地表明了林白早期的语言风格，而奇怪的是这些片段在新稿中竟一概不见了，留下的是铅华洗尽的文字和朴素的民间叙述，这里不难看到作家的变化轨迹，是值得研究者注意的。

最近，林白应《西部华语文学》杂志之邀在大连国际写作中心改稿。我在上海突然接到她的一则短讯："估计再写十年，我有可能变成一个左翼作家。"我不知道这句没头没脑的话的来源是什么，也不知道作家林白的意识里又在酝酿什么变化，但我很兴奋，林白从一个崇尚个人的女性主义作家转向对中国民间大地的热烈关注，居然又有意识地宣布自己向着"左翼"（我不知道林白意识中的"左翼作家"意味着什么？）转换，这实在是一个令人感兴趣的课题。我期待着她，也注视着她。

原载《西部华语文学》，2007 年第 10 期

[附录] "万物花开"① 闲聊录

一　北京与武汉：文化权力以外的写作

陈思和　林白你这次是从北京到武汉，然后从武汉绕到上海来，听说你是准备离开北京，到武汉文学院去当专业作家？我觉得，对你这样一个从边缘地区进入北京定居的作家，走出这一步是非常不容易的。现在整个社会、经济发展趋势，是边缘逐步向中心集中，农村向都市集中，小都市向大都市集中，许许多多来自内地的作家也都开始集中在北京、上海这样一些大城市。你在北京已经有了房子，有了户口，有了丈夫和孩子，而且有相当高的知名度，在这种情况下，要决定离开北京到武汉去当一个专业作家，你觉得，这是你深思熟虑的结果，还是一时冲动？不会是因为爱上了一个武汉的什么人？

林　白　（笑）那，我一定憋口气，争取在武汉爱上一个人，不然心里觉得亏得慌，把你的话给辜负了。我自己在北京十几年，说句老实话，已经有点厌倦了。北京这个城市，对我来说始终是别人的，它是个异乡。我在那里虽然生活了十几年，还是分不清楚东南西北。我在北京生活得越久，异类感就越强烈，虽然有自己的家庭，还时不时地感到流离失所，内心有一种惨痛和伤怀。在北京，我的生活很空旷荒凉，始终没有自己的社交圈子，面对北京这样一个巨大的城市，待得越久越觉得冰冷坚硬。往哪一个方向看都没有暖意，真的有一种叫天不应叫地不灵的感觉。前天在武汉我就是这样跟李修文讲的，是我的原话。肯定有人认为我夸张了，但我心里就是这样想的。我想，如果有一个什么机会，能够到一个什么地方去，让自己的生活有一点新的改变，能寻找到一个

---

①　林白：《万物花开》，载《花城》，2003（1）。单行本由人民文学出版社2003年出版。

新的生活空间，我很愿意的。

陈思和 武汉对你来说也不是个陌生的地方，读大学就在那个地方。

林 白 对，我跟武汉的缘分很奇怪的，也不知道为什么。我高考填志愿的时候，第一志愿就是武汉大学图书馆系，我也没去过武汉，武汉也没有我的亲戚。然后在那里念了四年书，然后分到广西。

陈思和 那你这次回到武汉，感不感到一种亲切感？

林 白 也没有。但是从概念上去想的话，那种楚文化——我也不怎么喜欢"文化"这个词——这种楚地气息，可能还是跟我有气息相通的地方。我自己是岭南人，岭南巫文化有很多鬼神，楚地也有很多鬼神的传说，所以我想，还是应该有一种深处的，从根底上跟我气息相通的东西。

陈思和 那么，北京还是有些细微之处让你感到厌倦了？

林 白 我没有具体厌倦什么。北京对我来说，它不是一个血肉的北京，它是个抽象的北京，是个符号化的北京，所谓的政治中心、国际大都市。我觉得是有被排斥感的。北京有很强烈的艺术气氛，它有摇滚，有实验戏剧，有很多流浪艺术家去寻找机会，北京能够刺激他们，它还是一个有活力的城市，有它的文化吸引力。我也不是特别喜欢武汉，我就是在北京感到厌倦，也就是对现在的生活状态，一天到晚在家里写东西的生活状态感到厌倦。作家还是应该有新的生活空间。然后武汉有这样一个机缘，邓一光他们要改变武汉文学院的生态。很多朋友觉得我放弃北京户口是一件大事。在这个事情前后，我写了一篇小说，叫《狐狸十三段》，第一主题就是异类感，故乡已经不存在了，除了前往他乡无处可去。而且调动是一件难度很大的事，邓一光做了很多努力，池莉也出面了。所以啊，武汉就是火坑，我也要把它当成爱人的怀抱。

二 从《一个人的战争》到《万物花开》：生命能量的释放

陈思和 我过去写过一篇《林白论》，讨论你的创作。我觉得你有一个非常有意思的地方，你一直被大家称作女权主义、女性主义的作家。但你的女性主义跟国内其他的女性主义有很不一样的地方。很多女性主义可能是先接受了西方的女性主义的理论，然后用这个理论来调动自己的生活经验，来迎合或者图解理论。这是中国女性小说的一个基本特点。但是你林白相反。林白的女性主义，某种意义上说，是你自己的经历和遭遇。比如《一个人的战争》里，女性主义意识都是在与男性权力为中心的社会的关系中体现出来的。林白从来就不是一个自觉的女性主义者。你是凭感性出发，本来是非常希望能够被这个以男性为中心的权力社会所接受。从地域上说，边缘被中心接受，从个人来说，是女性被男权社会所接受。所以，你看《一个人的战争》，主人公就是不断从边区北流，到武汉，又到北京，整个的一个进入中心的天路历程，她不断地朝中心走。而这个过程当中，我就注意到一个情况，每次写多米性爱的遭遇，她遭遇男性，没有一次多米是非常真心地去拒绝男性，不管是被甜言蜜语迷惑，是被骗的，还是真心恋爱，甚至是被强暴，自觉不自觉，她都有一种希望被接纳的愿望。可是不管她的愿望多么好，很快地，她总是被拒绝。这实际上是有象征意义的，就是一个女性，在男性社会里面，她企图成为男性社会的被接纳者，可是男性社会并不接纳她，所以，她经历的是一个被一再拒绝的过程。然而在拒绝当中，女性主义产生出来了。这是在男性社会的遭遇中产生出来的，而不是自觉的。《一个人的战争》刚发表的时候，批评家都觉得很难完全把它归类于女性主义、女权主义。到了后来，《说吧，房间》大家比较认同了，因为《说吧，房间》是一个比较完整的女性主义的文本，两个女性的遭遇，包括很多场景的描写，都带有某种概念的演绎。而在《一个人的战争》里，始终写的是一个孤立无援的，一再被拒绝的，哪怕去讨好也被拒绝的状态。这种状态产生出绝望和反抗，甚至是故意的报复。所以，我宁可把《一个人的战争》作为你的代表作。另外你的几个中篇也非常好。

作为一个艺术家，我觉得林白的女性主义的心路历程带有某种复杂性和个案性，它不是一个共性的东西。这种个案性通过艺术家的特殊的手段表达，就是林白创作风格中比较显著的，暴力主义和唯美主义两者之间的结合。刚才周立民也说过，在中国，女作家一般可能更多是对生活常态的描述，这种常态的生活，把握不好就成为对平庸生活的复述。而林白的创作始终是在非常态里，不是说她表现天崩地裂的事件，而是体现在心理上，在平静的生活中却有着人物心理的极度夸张。

就像《致命的飞翔》那种暴力性。用审美的方式去写，可以把血溅得像天女散花。这种东西，如果一个男性作家来写，很可能就是渲染残酷和血腥，而林白不是，用唯美的方法去处理它。你写暴力不完全是让人震惊，还有让人感觉到内心积郁的东西都喷发出来的一种快感。这是生命力的爆发。小说写到结尾，所有的东西都找到一个突破口，喷出来了。这样一个结尾，实际上就是前面那个女性不断被伤害，积蓄下来的一种生命的能量。

林　白　"生命的能量"这个说法很适合我。

陈思和　但我觉得《万物花开》恰恰相反，正好是在你就要作出选择，从北京到武汉去之前夕，从京城里离开，到边缘去。实际上，你走的是你的生命历程，如果北京是终点，到了北京，在北京住下来，目的达到了，但你终于看破了这个被所有的人向往的权力文化中心，这个中心究竟是什么？你看到了这跟自己生命追求的价值，到底是一个什么样的关系。所以，你在朝北京进的时候，《一个人的战争》就是你个人生命痕迹的延伸。而现在你要往回走了，往回走，我觉得是有原因的。其实，你即使到了北京，重要作品的场景都是写以前的生活。这就是说作品里反映的，还是以前的生活场景，而不是北京的生活场景。这很重要。这个问题决定了你林白不可能把多米的故事搬到京城再继续写下去。

林　白　这是很怪的。我在北京很封闭。我写过一篇文章，《内心的故乡》，也提到北京，引用了王粲的一句诗："虽信美而非吾土"，这是《登楼赋》里的。不能说北京不好，但再好也跟我没有太大关系。所以我现在有一个机缘，其实也是有点天遂人愿，简直是奇迹了。现在全国作家协会都不要专业作家了，到处都说消化不了专业作家，武汉文学院也已经满了，然后就出来这么一个机缘。

陈思和　这对你来说可能就是一种转折。这种转折，它包容的东西在《万物花开》里面体现出来了。我是很欣赏《万物花开》后记里面谈的，一个古怪的、神秘的、歇斯底里的、自怨自艾的，然后也性感、优雅、魅惑的女人不见了，然后就出现了另外一种东西。一些先锋作家，本来都描写过一些古怪的人物，可是到了 20 世纪 90 年代以后，大多数作家都转变了，回到世俗，或者讲得好听一点，平实了，不那么偏激了；可是林白你却相反。你在偏激的、异端的东西里，那种"生命的能量"仍然保留着，可是场景不一样了。这个场景，我觉得，是找到了一个力量来表达，也就是说，一个从边缘来的人，在北京找了很久没有找到的东西，回过头来，在民间找到了。当然，民间是不是已经真的找到，这是不是真的民间，是不是代表所有的民间世界，这些问题都是可以深入讨论的。但是，你是迈出了很好的一步，看到了中国的真正的力量在哪儿，所谓的一种生机。我是很喜欢"万物花开"这个名字。它原来的名字叫……

林　白　最早就叫《万物花开》，没动笔就有这个名字了。写完后觉得"万物花开"太张扬，又打算叫《散花记》或《散花》，在《花城》发表时还想叫《散花记》，田瑛坚持，就算了。现在觉得"万物花开"也对。

陈思和　"万物花开"好。它既能容纳很多东西，同时又能打开，能将内在的力量释放出来，但这种释放不是将所有的东西杂陈在那里，它需要消耗心力的，这种力量从哪里来呢？

林　白　这点我最说不清楚，《万物花开》的素材是采访来的，基本故事是我虚构的，但并不是有了素材和虚构了一个故事就能写出这样一部长篇的，它正好触发了我内在的生命能量，这种触发是外界的，确实有天意的成分。当然生命能量是我自己的。

三　生命与自由：《万物花开》所表达的主题

陈思和　谈一谈创作过程。

林　白　前提是我走了黄河，写了《枕黄记》，在《枕黄记》之前是《玻璃虫》嘛，还是自我的东西。写的是一个人在她的时代里如何梦想。写完《玻璃虫》之后就觉得人很空虚。我每写完一部长篇都空虚！在写作过程当中，我就觉得踏实，对自我、对世界，能够有一个恰当的位置，待在这个位置的时候会很舒服。一旦长篇写完了，整个人都悬空了，内心真的感到极度的空虚。正好我听李敬泽说，他要去走黄河。我一听，哎哟，走黄河啊，怎么回事？他就告诉我，中国青年出版社要弄一帮人去走黄河，给两万块钱，还要给一个笔记本电脑，就每个人写一本书。我一听，好事啊！而且它能够提供生活资源，就是白走，不给钱，我想去玩玩也挺好的。然后我就决定去走黄河。其实话一说出来，马上就后悔了，因为我一天到晚在家里写东西，你要我去走黄河，应付那么多人，我怕得要命，我一点都不会跟人家喝酒，讲话，我是高度怕人的。我马上就很紧张，很焦虑，不知道该怎么办好。但我答应下来了，两万块钱给我了，笔记本电脑也给我了，不行了，就逼着你去。幸好有很多朋友，杨志广陪我走了陕西那一段，青海的肖黛陪我走了青海那一段，河南的陈鱼，一个写诗的女孩，就陪我走了那一段。然后所到之地，你必须采访黄河边上的农村和农民，我也想不到什么话题，就问他，家里几口人，有多少亩地，家具是多少钱，生一个孩子要多少钱，坐月子吃什么。然后就记下来。我就养成一个听人家讲点什么东西，自己记录这么一个习惯。第二年，刚刚写完《枕黄记》，我、李敬泽还有邱华栋几个，到云南香格里拉去，结果只有我和李敬泽，所到之处就拿出本子来记。本来没这个毛病的，李敬泽自己说的，我们走黄河落下的毛病。

我们家来了湖北亲戚，浠水的，闻一多的故乡，是我先生老马的侄女，叫小云，到我们家帮着干家务。她是三十多岁的农村妇女，小学文化。她来了，我就问她，你在家几点钟起床啊。哎呀，她说，我们在家通宵打麻将。她根本不是我想象的勤劳、善良、贤惠的农村妇女。她说，家里也没多少地可种。他们村子很怪，基本上是个"二流子村"，特别喜欢打架，每年过年都要打架，打架像狂欢，一说到打架，全村男的、女的，都拿起扁担，冲出去了，打架了，打架了，大家都很兴奋。她讲得眉飞色舞的。讲他们家里的事情，怎么跟公家人作对，她丈夫是杀猪的，她也没有多少文化，但她的叙述能力很强，讲得非常生动，非常精彩。我说，这个东西我要记下来，像走黄河似的。结果她越讲越多，我就整整记了三个本子。后来我想，这够我写个长篇的了。走黄河的时候，如果有人给我讲这个东西，我肯定写在《枕黄记》里头了，我还发什么愁，有什么焦虑呀。当时我也不知道写成一个什么东西，这挺难写的，可能也写不成。我在北京双裕买了一个房子，那地方叫火神营，我就在那里开始试着写。结果，一坐在电脑前面就写出来了。我写东西，很难有一个完整的构思，我从第二部《游荡》开始写的。第一部是后来结构上需要再加的。我觉得行，这个东西能写。然后就这么写下来的。基本的创作是这样的。

陈思和 写有瘤子的大头那部分是后来加出来的？

林　白 小云讲了一个大头的人，但大头所有的故事都是我加给他的，包括监狱，包括他去跟人家看跳开放。跳开放不是小云讲的，是有一个记录片导演，叫吴文光，他做了一个杂志叫《现场》，《现场》里面有一个"跳开放"的介绍，我就受到启发。监狱呢，我有一个朋友叫徐晓，她坐过牢，在北京一个刊物《记忆》上，她说过她在监狱里的生活。还有一年跟王朔、阿城、陈村、方方等拍电影，叫《诗意的年代》，王朔也讲了几句监狱里头有同性恋等。这些故事统统是我虚构出来的，材料就是这么来的。大头呢，有一个原型，但所有的故事跟他是无关的。这个小孩现在死了，但他不是在监狱里头，他是病死的。我这里写他在武汉同济医院拍的片，五个肿瘤像花似的，灰色的花朵。其实他长了八个肿瘤，一天要喝一盆水。八个肿瘤我觉得太不像真的了，太像假的了，我就写五个得了。有这么一个小孩的，我就拿他来做叙述人。平淡的叙述没什么劲，我就把他脑子里的瘤拿来叙述。

　　陈思和　这部小说最好看的是第二部。第一部等于是个框架，把故事撑起来了，最后第三部是一些细节交代一下。南帆也谈到这个问题。南帆的看法是，它写了两种性的欲望，一种是民间的自然的欲望，这在改革开放以后，跟商品经济结合起来，就变成了另外一种"跳开放"了，就是那个小梅。我记得方方写的那个《奔跑的火光》里也有这类故事，这个问题是现实生活中一个重要现象，是大量存在着的。

　　林　白　我在别的地方也看到，就是大量的农民跳脱衣舞。

四　民间文化与知识分子叙述：当代文学的活力及困境

　　陈思和　我读了《万物花开》以后，一直是有点兴奋。我在很长时间里一直在探讨一个问题，民间的力量到底在哪里？因为当代民间的生活状态并不是完全游离于我们的经验。我记得 1996 年我们一起去瑞典开会，在飞机上你与我谈起韩少功的《马桥词典》，很激动。我有一个明显感觉，不知对不对，《万物花开》里面有很多结构上的、叙事上的特征，就有《马桥词典》的影子。小说里也出现了对一个词，一个概念，也就是对语言的特殊的关注，追求它们背后的意义。我看到里面好几个片段，都有这种感觉。

　　一个作家对民间的关系，首先就是从语言上来认可的。他首先就是问，老百姓为什么说这个话？它的本源跟他原来的知识背景有什么不一样？然后他就进入到一个民间的世界。民间的世界，说到底是老百姓阐述出来的。如果没有人阐述，作家未必了解。他自己眼睛看出去，跟老百姓阐述出来，这是两个完全不一样的世界。通常知识分子是不愿意听民间，他是通过书本，通过学理，通过他的理解，然后想象出一个民间的姿态。而你是怎样把民间的经验与你的生命沟通起来的？

　　林　白　现在我想起来，这部小说的主题之一应该是生命与自由，这应该是一部关于生命与自由的小说。就是"万物花开"这四个字所表达的。但在这之前我并没有意识到，我以为它是自己长出来的一个东西。

　　可能自己对自己还是有一种期待，不愿重复自己，希望有所突破，能够有改变。但是，不是说，我要追求一种突破，从"一个人的战争"到"万物花开"，还是有一种自然生长。我觉得"万物花开"真的是有一种生命能量的爆发，有一种活气在里头。这种状态可能就是你说的，确实是从民间来的，找到了一种资源，就接通了。

　　以前我们家保姆全是小姑娘，十六七岁，干两年，找对象结婚，就回去了。小姑娘没有生活经历，她是一种没完成的女性，中年女性就有大量大量的东西。小云是一个农村妇女，也去跟着经商，大家跟着一块儿，两千块钱本钱买一些东西回来就卖，卖首饰、玉手镯啊，金耳环啊，她统统都知道该怎么运啊，住在哪里，然后怎么卖。她经常说，很好玩的！她干活干得很高兴，你看我穿的毛衣，这都是她打的。她本身是生机勃勃的，对生活非常有热情，而且，她对苦难有自己的看法，我们觉得很焦虑的事情，她都不焦虑。很怪的。她儿子从大坝上摔下来了，她就问她女儿，你哥死了没有？没死。哦，没死，行了。知识分子——像老马也不是知识分子，他跟一般的知识分子有很大距离的，从根子上来说，他是一个乡村知识分子——但他就是非常强烈的焦虑，而我们家小云，就是书里那个木珍，她一点也不焦虑的，所以我要老马，要我女儿统统都向她学习，学习她的生活态度，对生命的态度。她的生活态度对我影响也很大，她的勃勃生机对我有很大的触动。我们家来了这么一个人，家庭气氛很不错……

　　陈思和　其实，她的快乐与你的态度有关。你看鲁迅，鲁迅写闰土的写法是，他对闰土是充满了欢乐的回忆，可是，当闰土看到他时，反而无话可说了，倒退一步，就是叫了一声"老爷"，其他一句话都没有了。从知识分子眼睛里看，农民是木讷的，不会说话的。恐怕很多下乡知青都有这个感觉。农民本来是有很多语言的，但在陌生的城里人面前他就变得木讷。为什么？因为语言不一样。就好像我们不懂外语的人到外国去，跟外国人说话，几句话就讲完了。他不是没有话要说，问题是无法充分细腻地表达，他跟你表述的时候，只能这样简单几句来表述。知识分子在这样的立场上看农民，农民肯定是没话说的，农民不会跟他敞开心扉，唠唠叨叨说。比如，你林白愿意听这个农村妇女的话，所以就有收获，但一般城里人是不喜欢农村保姆多说话的，觉得你多嘴多舌，啰唆什么？

　　林　白　可能十年前，我也不愿意听她说，家里来个亲戚，我烦得要命。现在我就能听了。她一来我们家时，就很拘谨，反应很慢，东西放在哪里，生刀不能切熟菜，等等，都不知道。但是，她一跟我讲家乡里的事情，讲得很好，我很喜欢听，她就越来越有劲，讲得眉飞色舞，越讲越好。

陈思和 一个作家叙述出来的民间，只是知识分子理解的民间。所以，闰土跟鲁迅之间无法说话，是因为两个人之间没有沟通。闰土没有想到，我家那些事情也可以跟大先生讲。他讲来讲去就是孩子多啊，经济困难啊，除了这个，他不知道讲什么。所以知识分子就感觉农民是沉默的，农民是苦难的。

林 白 比如说，打架，我说打架特别好，你给我讲打架，所有打架都讲给我听，所以我写打架的部分段落写得很好。

陈思和 鲁迅其实是这方面最下工夫的，他应该是最清醒的作家，他能够写出阿Q，能够注意到农民爱说话的另一面。阿Q是多嘴多舌的，而且阿Q爱打架，爱欺负人。但问题是，他站在启蒙立场上要解释这样的现象，他就用国民性，用劣根性来解释，你就是精神胜利法嘛。从知识分子理解，你是那么苦了，而你不知道苦，那就是，你是麻木的。

林 白 他不是麻木，这是他的生活态度。小周刚才说得很好，中国的民间，一代代人的生活方式和生活态度的变化都不是很大的。那么，在这种情况下，反倒能够保存我们面对灾难、面对苦难、面对自然的变化时的一些本能的反应。这在民间能够找到。然而，"本能"是人性最裸露的，跟世界的冲突是最直接的。知识分子被文明、被道德教化、被政治力量层层地阉割，而处于农村的，或者城市最底层的，本能是最粗野、不遮盖的，同时也是活力所在。

像小云她家在村里就是一个中心，所有的人都到她家去聊天。所以，她们家里用电用得最多，她很大方的，人们都到她们家来吃花生米和蚕豆。这本身是不是也是一个公共空间？一种关于语言的交流。他们绝对是有他们自己的观点，自己的方式。

陈思和 这些问题我们很多城里人看不到。我们就看到这些人穷啊，苦啊。中国现代化起步比较慢，所以整个民间的文化状态应该说还是保存了，但是它里面有些问题。什么问题呢？原来中国的民间有上层，当然它跟国家意识形态是有差别的，比如宗法社会、家族社会，它是代表了民间意识形态，同时又代表了国家意识形态，压抑着民间的自

然状态，一个是没有开化的、野蛮的东西，一个是带有文明教化的。它
跟上面的国家意识形态就构成了一个相辅相成、相生相克的复杂的关
系。民间有的，但这个民间又是被压抑的。被压抑当中，它又构成一种
比一般读书人更有生命力的东西。而且古代的时候，官员都是从农村来
的，他是乡村的一个学生，一个知识分子，在农村就是种地，跟农民在
一起，了解民间的疾苦，然后通过考试，慢慢考上来，最后做官了，管
理国家还是在民间。所以，民间不断地提供生力军到庙堂，庙堂经过文
明化，经过儒家的教育，再反馈到民间，它是一个自然的循环。而一旦
这个机制破坏掉，民间就从另外一个角度泛滥，暴力就出来了，然后就
出现农民起义啊，造反啊，最后又慢慢恢复到一个新的平衡。20 世纪
50 年代以后我们把民间上层的这一中介因素摧毁掉，由国家直接统治
民间，当时的乡村基层组织是大队，就建立了党支部，再上去就是人民
公社。它的每一级全是代表国家权力机构，不再是一个民间宗法组织。

　　所以，现在农村搞选举，就有一种试图恢复民间上层权力机构来自
治民间的意味，但不知能否有成效。民间缺了这个中介层面是有问题
的，民间有一种生命能量积蓄着，得不到发泄，就是说，民间本能因素
与国家意识形态的关系，如果一旦没有处理好的话，民间就会以一种更
加粗暴的、更加野性的东西爆发出来。这是我们今天研究民间，一个非
常特殊的问题。这几年实行了改革开放政策，经济发展了，物质能够刺
激中国民间的发财的欲望。就是让一部分人先富起来。以前的传统权力
意识形态实际上崩溃了，生产队长现在要去发号施令，如果没有钱，这
个生产队长也没人尊重。所有的东西都在赚钱为主导的启发、引导下，
整个农村传统伦理意识形态也是崩溃了。

　　这两个崩溃，把人性当中最具有野性的，但也是最积极的能量统统
调动出来。但调动起来以后，它马上就发生问题了，我们中国不可能给
那么多农民提供发财机会，而当本来的一套农村秩序在这样的状态下迅
速瓦解时，很多问题就出来了。而且，农民本来很自在，可是现在为了
赚钱，要进入到一个很不自在的领域，那就是城市，这个地方把他当劳
动力，就是所谓的"民工"。而他是带了自身的农民文化进入到民工阶
层，在现代化的城市里面，他是底层的一个阶层，那这个阶层如何，跟
他自己乡下的东西协调，这里面就发生很多问题。

　　《万物花开》把这两个问题结合到一起。最近写民工题材的创作突
然多了起来，我发现这样的小说都有一个程式，第一，写民工受苦，受

欺负,最后死掉;第二,民工的性欲得不到解决。这是城市调料,是我们都市人给民工想象的一个生活图景。在这个前提下,现在中央领导比较重视"三农"问题了,似乎就可以更加理直气壮地把农民写成受到伤害的、现代制度下的奴隶。一个富有责任感的作家,他从理念上来把握和描述中国的民间,当然是可以这样理解的,但也导致了大量民工小说的概念化。除了性爱,作家不知道农民还需要有什么东西,农民对生活的看法,他的生活欲望与理想,作家并不理解。

《万物花开》我觉得非常好地描写了当下的民间状况。首先它与当代社会生活的关系是那么紧密和融洽,它不是作家想象中的、是在深山老林里面与世隔绝的民间,它写的是在中原地区,当代中国改革开放过程当中的政策发生了重要影响的民间,一个正在发生深刻变化的民间。你看,那个生瘤子的小孩子其实在经济上并不贫穷,那里农民基本上都有收入,不是西北地区非常穷的农村了,商品经济已经侵入了那个地区。

林 白 去年我还没手机的,他们早就都有手机,而且还有两个手机,都是打工的。他一年赚个几千块,万把块钱,他们搞装修,他可以给人家刷油漆,不识字也出来,一帮家乡的人互相带,然后他也能赚到些钱。

陈思和 这就是一种生活态度,中国几千年来传统的农民进入到商品社会的一种生活态度。小说里还有一个细节也很有意思,那个大头,他整天要喝"娃哈哈"。"娃哈哈"就是现代社会的一个标志。商品经济给农民带来了富裕,这一细节写得非常好。在这里,你看到生活的烙印深入到农村,这不是我们通常理解的,一讲到两极分化,好像城市里面都是天堂,农村里农民还在饥寒交迫,至少湖北这样一个中原发达地区的农村,商品经济已经渗透到最底层的农民的日常生活。

林 白 但是,这就带来另外一个问题,由于他们处于最底层的出卖劳力的一种生活,而且农村的生活简单,他们的生活方式和生活的主要形态,还是传统的文化所决定的,所以当他收入上去了,他就有了一种富余,这种富余不是金钱上的,而是精力、时间、体力。原来的农民,他终身要在土地上耕种,种出一点点粮食,交公粮都交掉了,家里还吃不饱,最后还要靠救济粮。可是现在的农民,只要一个男人在外面打工,赚几千块钱——当然民工欠工资是另外一回事——他足够养家了,这样,老婆也不种地了,男人也不耕地了,也不养猪了。平时吃菜都是买来的。

陈思和　都商品化了。然后，他有大量的精力，大量的生命的能量，富余出来了。那么，富余出来以后怎么办？这里就出现一个巨大的文化的空白。这是《万物花开》所要表现的。而且，这个部分正好是被民间的原始状态的文化笼罩。就是说，我们国家没有在为农民提供他们现代化的物质对象的同时，给他们提供现代化的精神层面上的内涵。这个工作过去是有人做的，但是现在是几乎没人关心。你看，小说里为什么大量的农民都打牌啊，打架啊，乱搞啊，说闲话啊。这就是他们的精神生活啊。

林　白　小云说，一年的活，我一个月就能干完了。原来他们生产队的集体劳动，大家都磨啊。小云她家四口人，地是一亩三分地，田是两亩多一点，双抢，两个星期就行了，割麦子最多割一个星期，一年的活最多一个月就干完了，而且一百斤稻谷，只卖30多元钱，农民都不爱种地。不过现在又爱种了，今年，一百斤稻涨到80多元了，还要涨。小云讲的主要是这两个东西，一是打架，再一个就是谁跟谁相好，我手头弄的一个《妇女闲聊录》，有大量性的内容，我们想不到的。她告诉我说有一个光头，村里唱戏，戏还没开始，他就跳上台说，他想找一个婆婆做伴，让大家介绍，后来就找着了，后来他就死在这个老太太身上了。

陈思和　我过去问过高晓声，改革开放了，农民都不种地了，都进城去做生意的现象到底好不好？高晓声说，农民苦啊，你不知道，农民的这几亩地啊，几天就可以种完，可是现在为了挣这点工分，大家天天都在那儿，精力都被浪费掉，现在等于把这个时间给富余出来。如果这些农民安心在农村，他们的生活形态不变的话，他就有富余的时间出来，什么"跳开放"啊，打麻将赌博，一系列的东西都会泛滥。打架就是暴力，性与暴力永远是生命的两个基本形态；没有物质的东西（就是异化的东西），也没有精神的东西来消耗这些富余的时间和精力，它一定是表现为这两个形态。

在这个意义上，我觉得林白这部小说是很贴近现实的、解释中国农村的一种图景。跟这个图景相应的是一种文化状态，是民间的生活态度，民间是怎么看待苦难的？就是说，中国的民间历来苦，但实际上是一种文化在里面。我有次装修房子，三个工人他们跟我说清楚，我们要喝酒，炉子要烧的，我给他们专门租了一间房子烧饭。他们说，我们都是黑户口，到那里万一给警察抓住怎么办？他们有一个人是有证件的，他就负责在那儿烧饭，每天端过来。我有一次过去，他们三个人唱着山歌,一面做,一面唱,收音机开得很响,中午就是吃老酒,吃完睡觉。我们都是想象,民工就是一点欢乐都没有的。可是不是这么一回事。他在底层,他也有自信啊,你看,我的墙漆得多好!他有职业自尊的。我觉得这就是普通人的一种自尊,一种岗位的尊严。

林　白　太有了,特别一个手艺人。

陈思和　也许他一方面也受欺负,被拖欠工资,被人剥削得很厉害,但一方面他也有他的尊严。我觉得作家应该写出这样的东西。

林　白　《万物花开》就有人批评,农民怎么那么潇洒的!知识分子不了解真正的农民,真正的农村生活应该是怎么样的。农村生活也是各种各样的,小云那个村子有点特别,她的娘家村就不是这样的,所以连老马都说,小云那个村很荒唐,哪有不种菜买菜吃的。但小云说就是这样的。

陈思和　民间的欢乐就是过去讲的小青虫。它的生命非常短暂,但短暂的过程当中,它会一瞬间开花,它每一天都在那儿挥霍,生命过去就过去了。所以民间的力量,你不能考虑一个过程,它没有过程的,它就是生存的形态,一个形态就是一个状态。

林　白　这一定要讲清楚,这是非常重要的,否则人家一看,《万物花开》怎么像歌功颂德似的,说,大头就这么潇洒啊!其实他觉得反正要死的,死了就拉倒,而今天活着就要欢乐。这个村,叫李榨,我给它改个名字叫王榨,他们真是这样的,他们有钱就花,女的都打扮得很厉害的。我问小云,村里女的穿什么鞋,她说都穿高跟鞋,就是现在流行的,前面长长尖尖的那种。所以这真的不是城里人想象的那样,包括两性关系,包括那个小云的丈夫,我在小说里写成小王,大家都知道的,小王在家跟另一个女的相好,他还老把钱给那个女人,小云很生气,但也没办法。

陈思和　风俗是这样。

林　白　大家都觉得,很正常的,老婆不在家,他就跟另外一个女人。

陈思和　所以,《万物花开》这部小说,一个是表现出当下中国民间的原生态,还有,它肯定了民间有这种抗拒灾难的力量,这个力量恰恰是我们最宝贵的。隐藏在民间的这个最大的肯定性、积极性,我们往往是把它忽略,把它抽象成一个麻木的状态。

林　白　觉得知识分子有力量去拯救人家。

陈思和　小说里有一个很好玩的细节，就是杀猪。我们不妨把它跟《红旗谱》里的一个细节相比较，《红旗谱》也有一个杀猪细节，故事内容也有些相像，村公所要垄断杀猪，可是《红旗谱》就利用这个细节把它变成共产党怎么领导农民起来斗争，是一个意识形态的觉悟故事，而《万物花开》写的就是自然的民间生活，农民为了捍卫自己的利益，也会自发地起来斗争的。

林　白　这是现代的生活，是逼真的。小说的前面部分是我的叙述。小云提供了素材，但是很多东西得靠我的想象，包括杀猪的时候，猪的感觉，还有，人家要抓二皮叔，我想最好让他长上翅膀，让他去拔鸭子的毛。有创作的个性在里头。我的想象，我的叙述，我的语言，我的能量，跟民间接通了。个性不是我刻意做出来的，个性是我与生俱有的，然后我在写作的时候，自然流露出来。所以前面那部分正文，就是我的一个创作。

后面的《妇女闲聊录》是绝对真实的，不是我想当然，是口述实录。说原生态是完全可以的。小云讲了很多村里的事情，我要把它弄成一个文人的东西也是可以的，可味道没那么足。而且嚼过一遍，就丧失了很多东西。所以《妇女闲聊录》完全是小云的，我觉得，我不能取代她的表述，我模仿她也是不对的。我的叙述如果用她的语言也是不对的，我就没有了自性。一个人一定要找到自性。自性是美感的关键。作为个人写作也是这样，如果我写一个笔记小说，模仿她的口气，这是农民的语言，原汁原味，但我觉得，这已经不是我的自性。每个不同的阶段，有不同的自性，这样才是对的。

小云在后面的《妇女闲聊录》讲得很精彩，我的正文写得也很精彩。但我们是两种话语，所以要放到一起。《花城》发表的时候，把后面的附录去掉了，我觉得是很可惜。这必须是一个统一的、完整的系统，这样来构成一个长篇。而《花城》只发表前面部分，就像一个中篇似的，分量也轻多了。《妇女闲聊录》其实是很精彩的，书出版以后，很多人，像蒋韵、韩少功、魏微、程青啊，都觉得后面的《妇女闲聊录》很有意思，朴素、直接、鲜活，我从报上看到，韩少功说《妇女闲聊录》自由而简捷，是一把切入现实的快刀。所以，我说，我就再继续整理《妇女闲聊录》，整理出一个新的长篇来。（整理者：陈婧祾）

2004 年 2 月 19 日于上海文学编辑部

原载《上海文学》，2004 年第 9 期

人性透视下的东方伦理

——读严歌苓的两部长篇小说

一、《人寰》

歌苓：你好。

过年的几天里，总算有一个把手边紧要事情放一放的借口，虽然不免人来客往的俗务，却也因此有了最让人愉快的事情：读完了发表在《小说界》上的长篇小说《人寰》。一直是断断续续地读着，而你在小说中断断续续的叙述口气正好应和了我的阅读节奏，我似乎也变成了那个缺席者心理医生，一杯清茗，听着病人用英语讲着自己以及上辈人近似天方夜谭的经历。但我终究不是那个对陈述者的国度及其文化背景一无所知的职业医生，我不会冷漠地倾听这一切来自几十年风雨交加的国家的人所经受的心理扭曲与精神折磨的痛史，这时候的倾听也是经受——身经其历而且有所感受。我作为一个在本土文化传统中浸淫长成的听众不能不对这场故事引申出近乎固执的自我理解，而那位英语叙事者——我不知道包括不包括你直接的经验成分，这对小说艺术的成就来说无关紧要，——则是一位操着不纯熟的英语的45岁的中国女子，向心理医生叙述着中国发生的故事，显然她的英语叙事与被叙的故事之间生长着有趣的差异，这差异又因我的介入变得更加夸张，我的阅读几乎是在与叙事者的英语进行一场理智上的较量，它的结果使我意识到我们各自为理解而战的真正启动力，正是一种永恒的文化差异，以及进而形成的理解上的张力。面对这样的文化差异，我惊喜地发现了这部小说的魅力所在。

你的小说里总是弥散着阐释者的魅力。《扶桑》是一个夹在东西方文化困惑中的青年女子对100年前同等处境下的女子传奇的阐释，那是不同时间的阐释；《人寰》则是用西方现代文化的视角来审视东方国土上所发生的关于男人间的友谊道德等一系列伦理原则，是不同空间的阐释。《扶桑》是一个女子对另一个不相干的女子的阐释，叙事者承担了纯粹旁观者的角色；《人寰》则是由叙事者自己来叙述自己的故事，叙事者担当了叙述代言人，叙事者只能按她涉世不深的西方观念，用她不知轻重的英语能力表述她对自己故事的西方式理解，那么，作为被叙述的对象，它是以怎样的方式来展开自己，并揭示出本相与叙事者之间的差异呢？历史不会言说自己，更不能展示本相，唯一的承当者就是作为读者的我，一个与故事处于同一文化环境中的我，对这叙述对象所持的另外一种理解和阐释。当然我揭示的也不是什么本相，不过是利用小说提供的特有的叙事缝隙：叙事者的用词不当或者言过其实，来揭示隐藏在小说文本内部的两种文化背景的冲突可能。所以我觉得读这部小说是一场角力的竞斗，这使我感兴趣。

更有意思的是小说依然用叙事者的母语来表现，似乎又隐藏着一个翻译者，把叙事者的英语陈述翻译成中文。小说出现了双重叙事的形式；故事—英语叙事—母语翻译，你就是那个隐形的翻译者，你与叙事者的角色分别开来，你只是翻译了一份病人自述的病理报告，并且如实地译出了叙述者的语调和用词。你掩盖了自己在小说里的真实身份，而且掩盖得多么巧妙。现在我可以把作为翻译者的你搁在一边，专门来对付那个叙事者，一个精灵般的跨越了两种语言的女人。在小说里，叙事者的叙述里交错着两个故事：一个是关于两个中国男人之间的恩恩怨怨，它透视出几十年来中国式的政治文化对传统伦理的渗透和影响；另一个是关于从 8 岁到 18 岁的女孩对成年男人的暧昧情欲，似乎是一个对应了洛丽塔的故事，挖掘到少女的无意识层次。我首先感兴趣的是第一个故事，对于它的阐释的多义性里包含了我所说的两种文化语言的全部冲突。叙事者用她的半生不熟的英语去描述一个古老中国的传统友谊——援救与报恩的故事，这里既有政治压力下的互相利用和援助，也有偶尔突破了伦理范畴的利己心理和以怨报德，以及随之而来的永远的忏悔。但，如果仅仅是这么一个略带一点陈腐味的君子与侠义的故事，这部小说的精彩魅力远不能展开，叙事者的魅力在于用她的西方式话语不知轻重地把这个故事重新叙述了一遍，终于使它面目全非，人性的深刻袒露也就在这超越了伦理的是非界限中完成了。

不知道我对这两个男人的故事作出这样的理解你是否能表示同意，

也许你早已参与了叙事者的叙述陷阱，早已与叙事者站到了同一立场上准备对这段历史发出控诉。不过我还是被你所写的两个男人间的伟大友谊所打动，一种滴水之恩涌泉相报的友谊传统，一种"度尽劫波兄弟在，相逢一笑泯恩仇"的男人风格和男人气度，以及对那偶尔露出的卑琐人性所持的永久的悔，都相当感人地从你的笔底流露出来，证明着你的骨子里依然荡漾着东方传统文化的回声。但这一切也许正是你的叙事者想回避的，但终于没有能彻底抹掉它们的痕迹。这两个男人，一个是"革命知识分子"、作家贺一骑，另一个没有名字，只是以叙事者的"爸爸"身份出现，这是你的刻意安排，因为这个人不需要名字，尽管他写了一百万字的洋洋巨著，但发表时候用的是贺一骑的名字，他是个隐身人，隐在贺一骑的背后默默地存在，才会有安全活着的机会。小说多次象征性地提到博物馆前面那座缺少"革命知识分子"的工农兵雕塑，而真正的知识分子在那个时代只能是以缺席的方式存在着。你对于贺一骑这样的作家处境比我要熟悉得多，叫做工农作家。它是由一群来自工农和部队、有过一些战争的或者其他实际工作的经历，并且对写作十分爱好的人组成，他们接受教育的程度很低，知识修养不够，但这都不妨碍他们成为一个作家，因为那个时代需要他们这种特殊身份，而不是他们的才华，为了使他们成为作家，并身居文艺工作部门的要职，可以通过组织手段让别的虽有才华却不是工农出身的知识分子来为他们修改稿子，甚至也有捉刀代笔的，如小说里贺一骑让人代他写作那样。这并不排除"工农作家"中也有比较勤奋而终于成才的例子，也不排除其中有的人仍然具有高尚的个人品质，这种心怀叵测的文艺体制和文艺政策，使这些"作家"渐渐地失去了原先在泥土般的生活中生成的朴实禀性以及对文学的诚实态度。他们虽然存在着，但说的并不是他们嘴巴里讲出来的话，写出来的也不是真正他们能写或者想写的作品，他们在被人代劳中渐渐地失去自己，也成了一个在场的"缺席者"。这两个男人间的关系，本来就是在这样令人扫兴的时代里一种令人扫兴的关系，欺骗和虚伪都是时代绘在他们身上的斑纹，没有任何动人的地方，可是在你的叙事者的叙述里，这种公事公办的协作关系渐渐地变成一种精彩的反叛合谋，他们偷偷摸摸地导演了一场关于报恩与背叛的人间喜剧。

叙事中的贺一骑不再是坐享其成的获益者，他在一场政治运动中保护叙事者的"爸爸"免于灭顶之灾，这种灾难意味着知识分子被剥夺了做人的合法权力，家破人亡，他的名字也将像任何不祥之物那样可耻地消失。这位被保护者出于感恩主动为贺一骑写作一部百万字的长篇小说，为此他花了整整四年的时间。书出版了，当然是署贺一骑的名字，而这位有才华的捉刀者整整四年的生命痕迹被轻轻地抹煞了。其实，在文化专制的东方社会里，知识分子匿名写作是不值得大惊小怪的事情，正如万里长城的建造者没有一个留下了自己的姓名，苏联时代的巴赫金就是一个著名的例子；或者是另外一种情况，出于感激、尊敬、责任等伦理上的需要，如学生匿名为自己的老师整理文稿，亲友同志间的无私的脑力合作，等等，在中国文化传统里都能找到相应的例子。写作者会因为自己的劳动通过曲折的方法终于面世感到欣慰，而不在乎个人荣誉的得失。小说中那位叙事者的爸爸写作动机出于报恩，为自己的弥祸消灾而牺牲四年的时间和才华，以报朋友的知遇之恩，这正是在东方文化传统中被传为美谈的一段文坛佳话。但是"文化大革命"使一切都改变了：贺一骑突然被命运抛弃，成了人人批判的目标，而那位原先的感恩者，半是急于摆脱自己与贺一骑的干系，半是多年压抑在心头的委屈，他做了一件不可原谅的蠢事：当众打了贺一骑一记耳光，从而暴露出人格上的缺陷。报恩者变成了背叛者，于是他受到了道德的谴责，落进了永远的忏悔之中，以至在"文化大革命"结束后他为了获得贺一骑的谅解，重新当上了贺一骑的捉刀人……我这样重复叙述这两个男人的故事你一定会感到厌倦，你还会争辩，这不是你在小说中所期待表达的东西，你用你的笔尖锐地挑开了蒙在这个故事上的友谊面纱，从中发现了人性的扭曲和丑陋。你让你的叙事人无情地揭露他们关系中的卑琐动机：贺一骑的侠义行为成了他借助政治权力和手段来控制、利用进而剥夺他人劳动的老谋深算；那位叙事者的爸爸的报恩行为也相应地变成了对政治保护伞不失时机的利用，以及不惜蒙受人格伤害的委曲求全。所以你才会说，他们之间的亲密中，"向来就存在着一点儿轻微的无耻"。

这"无耻"两个字用得很特别，我后来知道你很习惯用这个词，你把一切稍有点不自然不诚实的事情都用无耻这个词来形容。但你用在这里却是很传神，传达出你的心迹和理解。本来是一个在东方文化传统中可以传为美谈的事件，被你轻轻地重写了一遍，并指出了这种人际关系里到底是缺少了什么？政治对伦理的渗透当然是所有一切的前提，但从人性的立场上说，这种关系在本质上缺少了某种对人的自身尊严的自觉。这里我想提一下小说里的第三个故事：关于叙事者到美国后与舒茨教授的婚外恋情。这个故事虽然写得没什么特别之处，但从小说结构上说，它成为前两个故事的必要呼应。叙事者与老年教授相爱的困惑不仅成为她去心理门诊接受治疗的原因，而且被诱导出其少女时代的变相恋父情结。更有象征意义的却是叙事者与美国教授的爱情关系中始终渗透了一种不平等的关系，一个人接受了这样的关系也就变得不再"正常"（这是你用的词汇，也可以置换成"人格的健全"等）。这种不平等的人际关系折射出两个男人之间的关系，于是叙事者痛心地反省：她"无法破除我爸爸、我祖父的给予。那奴性、那廉价的感恩之心、一文不值的永久的忏悔"。你让我注意到这些话是叙事者用不纯熟的英语来表述的，纵然言重也是无辜的，所以在另一处她把自我谴责的范围又扩大到"良知"和"疚愧"。其实这远不是语言造成的差异，真正的差异来自叙事者刚刚接受而充满了新奇感的文化，也可以说是西方传统下的个人主义的文化观念。用一个年轻的朝气蓬勃的个人主义者的眼光来看老大中国充满着黑幕和恩仇的人际关系，必然会让人哑然失笑：你们在搞什么名堂？叙事者是过来人，当她用一种新的人生观来反省自己生命历程中的旧经验时，她发出激愤之言是理所当然的。这种激愤之言也就成为她叙述这个故事的出发点。

年轻的文化，年轻的语言，虽然充满批判性，却又是简单化的批判，它不足以解剖一个盘根错节的古老文化积淀。就以那位叙事者所抨击的几种人性的缺陷来论，除"奴性"的现象可以有多种理解以外，其他词——诸如"感恩"、"忏悔"、"良知"等，都构成了凝聚东方文化心理的主要成分。如忏悔，我从不认为是人性的缺陷，在古老的西方文化里，它是人性显示自身魅力的特征之一。我自小就被《牛虻》里蒙泰里尼主教的忏悔形象所启蒙，对人性的错误产生过深深的迷恋，我相信一个不犯错误的人是长不大的人，犯了错误而不知悔改的人是心底阴暗的人，唯有懂得忏悔的人，尤其是男人，才算得上成熟的坦荡，才会小心翼翼珍爱美好事物，才能散发出人性的力量。但在一个以人性的快乐为宗旨的浅薄的现代文化观念里，沉重的因素往往变得可笑，所以在这位叙事者的叙述里，她爸爸性格里的某种高贵的因素和悲剧性的魅力被漠视了，成了一个口是心非、为了眼前的处境不得不牺牲本性所愿，以至人格分裂的形象。这就是差异，不仅仅是我与你的叙事人之间在理解上的差异，更重要的是小说文本叙事的文化视角和故事自身包容的文化内涵之间的差异，人性在这种差异中得到了透视，立体地展示了它的复杂性和多义性。这毕竟是一部纠缠了几十年政治风雨，包容了难分难解的伦理因素的东方男人的精神史，让一把个人主义的小刀在上面划出了一道道口子，流出的人性汁液竟是如此的鲜活斑斓。

于是我感到了震撼，一种绵绵的无尽头的悲哀徘徊在两种无法沟通的文化语言之间，永远会有差异，会有隔阂，以及纠缠这差异和隔阂而生的人性的丰富与饱满。

一口气写到这里，我心头仿佛有了轻松的感觉，随之而来的是微微的疲惫。本来还可以写下去，谈谈小说的另一个很精彩的故事，即那个小女孩在生命生长过程中时隐时现的性的觉醒，以及对中年男子的若有若无的亲恋。你把这个兴妖作怪的女孩写得极好，让人想起纳波科夫笔下的那个洛丽塔，8岁、10岁、11岁……18岁，每一个阶段都有回味无穷的精彩描写。不过我不以为叙事者在叙事中一再提到弗洛伊德理论是适宜的，一个病人不应该是读了弗氏的书再去接受暗示式的自我分析。从整体结构上说，11岁的小女孩在火车上遭遇的性的感受作为全部心理治疗的病因似乎是叙事人早就安排好的结局，这就违反了被暗示的逻辑，而且这个事件的严重性也不足以成为病因的理由。合理的解释是那位叙事人到最后仍然掩饰了病因的真相，让它从轻发落了。那么，与其会是这样，倒不如你让病人到 TALKOUT 的最后阶段，快接近病因时戛然中止了治疗，就像那位著名的少女杜拉一样，反倒能留下更加耐人寻味的结尾。

就写到这儿，祝你也过了一个愉快的新年。

陈思和

1998 年 2 月 4 日于黑水斋

二、《扶桑》

歌苓：你好！

春节后给你一信，谈的是对《人寰》的印象，因为刚刚读过，比较新鲜，也就抢先说了。当时曾想谈点关于《扶桑》的想法，又怕三两语讲不清楚，所以开了个头就没有说下去。其实对《扶桑》是有所思、有所感，但几次想写一点东西，都是提笔写几句就放了下来，不是没有话说，而是很难说清心中对《扶桑》的感受。我读过几次《扶桑》，一次是在出差到东北的路上，读的是国内华侨出版社的版本，一边读一边叹息不止；另一次是在台湾的南港中央研究院，窗外下着飘泼大雨，我静静地读着联经版的书，又想得很远，但两次都没能把这些想法写下来，其为难可以想象。这次你来信说《扶桑》将搬上银幕，想听听我对改编这个作品的建议，我想这次不能不写了，好在谈《人寰》时已经找到了关于小说叙事的切入口，把叙事者与作家分了开来，依这个思路，有些话比较容易说出来。

这部小说的成分构成相当复杂，它有传奇性的成分，讲的是一百多年前在旧金山淘金热中的中国名妓的故事，本身就够好看的，何况还上了大侠似的英雄角色，英雄美人的陷阱时时刻刻埋伏在创作上，一不小心就会掉进去；但另一种结构又像建筑上的脚手架，是框住了砖石似的情节，使它掉不进去。那脚手架就是小说的叙事框架。我在前次信中说到过，《扶桑》是一个夹在东西方文化诱惑中的青年女子对一百年前同等文化处境下的女子传奇的阐释，那是不同时间的阐释。这种对一百多年来中国移民在美国所遭遇的文化上的差异和隔阂，永远是一个深刻而敏感的话题，你的叙事人以自身的经历（心理和文化构成的内心世界）去感悟一个百年前的妓女，让我体尝到一个文化上几近宿命的悲剧，为之战栗不已。这种以东西文化背景为框架的通俗传奇的结构使小说散发出一样的效应，使它成为一部奇特的小说。

与结构相应的矛盾是叙事人的立场，她是一个被中国大陆的插队潮流裹挟到大洋彼岸，又嫁了一位白人丈夫，在美国定居下而当了作家的"第五代移民"，她以自身的地位处境来理解百年前中国名妓的遭遇，是怀了非常复杂的心态。她以160册有关圣弗罗西斯科唐人街的史料书为依据来描述名妓扶桑的故事，而这些史籍却是在白人史学家们不可思议的眼光下写成的，很难考究其真实的程度。还记得那次在怀柔举行的作品讨论会上你告诉我小说里所记载的那些不可思议的细节都是真实的，因为它们来之于史书，我曾反问你，那么史籍上所说的是否就一定真实呢？你没有回答。我至今仍抱着以上的想法，就是那位叙事人依据了白人史学家的观念来描述扶桑这个东方之"谜"，其"谜"是对白人文化而言，那种既蔑视又好奇的眼光，是小说所具含的传奇色彩的根源，它充斥了西方人满是误解和猎奇的眼光：中国女人的三寸金莲、中国男人的粗辫子，还有黑幕、凶杀、贩卖人口，以及半人半兽似的大侠。但是你的叙事人又是个悟性极高、感觉又异常敏锐的作家，她凭了来自文化血缘上的天性，非常深刻地感受到扶桑作为东方女人的全部美丽，而这种美丽正是与她与生俱来的文化紧紧连接在一起的，这又违反了史学家们的种族优劣论的观点，不知不觉地出现了立场的游移。有一个细节你以后改编剧本时一定要用上，就是在美国白人办的拯救会里，扶桑获得了"新生"，穿上了麻袋片似的白衣服，从小洋人克里斯眼里看来，她正在被拯救，可是作为让人神魂颠倒的女性魅力也全然消失。直到有一天扶桑从垃圾箱里捡回那件被丢弃的污秽的红裙子，克里斯对她的感觉又回来了。这当然不能被解释成女人的魅力必须来自淫荡，也不是说扶桑天生是妓女的料，这里包含了某些民族特有的审美特征：某种东西，在一个民族眼光里是可怕魔鬼，在另一个民族中却是生命本质的体现。在文化的较量中，处于弱势的民族没有阐释权，但它应该有存在的权利，在自己身上得到保护，并且展示它的魅力。

我是把握住这一点才进入了叙事人的视角：这位中国叙事者一方面接受了白人史学家所提供的材料和观点来描述扶桑为代表的"第一代移民"在美国的遭遇，这种遭遇是通过他们全部的"猎奇"文化及其生活方式所构成的。但出于同一民族的文化承担者，虽然时代已经改变了中国文化的精神面貌，但她仍然能从已经消失了的传统中感悟到它的全部魅力，即东方民族文化的真正精魂所在。要把这种文化精魂与传统中嗜痂成癖的保守阴暗心理区分开来并不容易，有时仅仅出于精神层面的高低而言，所以扶桑不可模仿，她是一个浑然天成元气充沛的艺术象征，完全摆脱了作为一个具体的东方妓女身份承担的艺术功能。我读过一篇评论，把扶桑比作是"大地之母，用湿润的眼睛慈悲地注视着她周遭的世界，一个充满了肉欲官能的低能世界"。我觉得后面的解释似过高，但这个"大地之母"的比喻却有点意思。扶桑与你笔下的其他艺术典型如少女小渔一样，其所证明的不是弱者不弱，而是弱者自有它的力量所在。这种力量犹如大地的沉默和藏污纳垢，所谓藏污纳垢者，污泥浊水也泛滥其上，群兽便溺也滋润其中，败枝枯叶也腐烂其下，春花秋草，层层积压，腐后又生，生后再腐，昏昏默默，其生命大而无穷。不必说什么大地之母，其恰如大地本身。大地无言，却生生不息，任人践踏，却能包藏万物，有容乃大。扶桑如作一个具体的妓女来理解或表现，那是缩小其艺术内涵，她是一种文化，以弱势求生存的文化。我非常感动于斯皮尔伯格导演的《辛德勒的名单》，它的感人之处不在同情犹太人或者谴责纳粹，这已经是许多人都表达过的，而在那部不朽的影片里，我感受到的是一种拯救犹太民族于千百年劫难之中的文化精神，那就是我在扶桑中所看到相类似的弱势求生存的文化精魂。犹太民族是全世界最不幸的民族，但它的文化却表达了最高的人类智慧，犹太人一点也不轻薄地嘲弄了自己的宗教和文化传统，尽管它在野蛮的民族优劣论中受尽了难以忍受的侮辱。我想我有理由这样来期望你，将有一天在中国人拍摄的《扶桑》这部影片中，看到一种真正属于东方弱势文化的生存力量。这一点你是最有希望做到的，你的叙事人对扶桑的许多理解和阐释都是充满新意的，如关于海与沙的比喻，虽是明喻男女求欢之两者关系，却暗喻了弱势文化的真实力量，实在是很精彩。

出于这样的想法，小说中那个叙事人的角色是至关重要的。我所说的结构上的矛盾，在你改编电影时一定也会表现出来的。若少了叙事人的眼睛，电影很可能又会落进英雄美人的俗套，色情暴力、展示丑陋的因素也会使影片的格调降低，更何况，扶桑基本是个被言说者，她没有很多的语言来表达自己，需要由一个叙事人去言说她。如果影片将故事置放于一个叙事框架里，使叙事人直接出镜，让人物从她的创作中获得生命，从稿纸里复活起来，与叙事人直接对话，许多精彩的议论与展示，都可以由此产生效果。布莱希特的叙事风格似乎是可以参考的。同时，在这样的叙事结构里，我还有个潜在的想法，即能否在增加叙事人的故事时把叙事人的生存处境放在一起加以表现，使叙事人与被叙述的扶桑之间相互对照，并引起更多联想，使之构成一个阐释空间。那位叙事人在与白人丈夫的婚姻中发现两种文化背景之间真正沟通的困难，现代东方人在文化认同上已经远远超越了祖先的文化保守精神，但他们是否已经克服了自身文化困境，而且，相比之下，他们所承担的文化精神比起祖先们又有多少优势？这些抽象层面上的探讨都是值得深思的；再回到具体层面上说，弱势文化下的新一代中国人在现代文化的交融与撞击中，究竟继承了怎样的遗产？作为妓女的扶桑某种意义上也成了子孙们悲剧的征象，这一点，《扶桑》已经很深刻地触及到了，我曾被书中关于"出卖"的议论所击中，直到今天，在我重读这段议论时还感到心灵的颤痛。那位叙事人既是对扶桑也是对自己说：

人们认为你在出卖，而并不认为我周围这些女人在出卖。我的时代和你的不同，你看，这么多的女人暗暗为自己定了价格：车子、房产、多少万的年收入。好了，成交。这种出卖的概念被成功偷换了，变成婚嫁。这些女人每个晚上出卖给一个男人，她们的肉体像货物一样聋哑，无动于衷。这份出卖为她换来无忧虑的三餐、几柜子衣服和首饰。不止这一种出卖，有人卖自己给权势，有人卖给名望。有人可以卖自己给一个城市户口或美国绿卡。有多少女人不在出卖？——难道我没有出卖？多少次不甘愿中，我在男性的身体下躺得像一堆货？那么，究竟什么是强奸与出卖？

这种辛辣与沉痛曾让我动容久久，我真的仿佛听到了一个灵魂的呼喊。这不仅是对现代人作耶稣似的嘲讽：你们谁有资格用石头去打这个女人？从某种意义上说，扶桑的象征性不仅涵盖过去的时代，也包含了现代。不说了，正是为了这一点，我迟迟地不能提笔写出这篇读后感。

本来还想说说克里斯和大勇，这两个男人是扶桑的对照与视角，尤其是克里斯，他对扶桑充满善意的误解正表明了文化的沟通是多么困难。但写到上面一段议论后，我突然感到兴意阑珊，还是放一放，待有机会再谈吧。我最近看了一部美国电影，名字记不起来，好像是讲密西西比河边上的一个地名，拍得真好，写一个从乌干达漂流到美国的印度家族与当地黑人家族之间的婚恋纠葛，但笼罩影片的是充满漂泊感的弱势民族的悲哀，他们在一种文化优势面前都是无家可归的人，像一首浩浩瀚瀚的长诗，汹涌地起伏在沉默的大地上。不知你看过没有，听说那导演是个印度人。就写到这里，祝《扶桑》的改编能够成功。

即颂

时祺

陈思和

1998 年 3 月 8 日

第一封信原载《文汇读书周报》，1998 年 7 月 11 日；第二封信原载《文艺报》，1998 年 5 月 14 日

最时髦的富有是空空荡荡
——严歌苓短篇小说艺术初探

本期发表的严歌苓的短篇小说①，是作者近期创作的《穗子物语》中的两篇，分别取材于穗子的童年时代和参军时代，这些背景都与作家严歌苓个人的生活经历相关，但每篇的主人公并不相同，穗子也不过是其中一个见证者。我对严歌苓的创作风格很熟悉也很喜欢，这两篇小说虽然叙事风格一如《少女小渔》时期的洒脱与幽默，但原来精致的叙事结构被打破了，原来小说结构中被精心组织的"高潮"、"节奏"等戏剧化因素都荡然无存，在看上去有些冗长的叙事里，似乎有一种陌生费解，然而又很清朗的新鲜因素在悄悄滋生，小说境界为之一阔。再联想到她近年来创作的一批作品如《白蛇》、《青柠檬色的鸟》、《处女阿曼达》、《拉斯维加斯的谜语》等，感到她的短篇小说创作风格有了相当明显的变化。

一

严歌苓的短篇小说创作是在 20 世纪 90 年代初她旅美以后开始的，而这以前她已经发表了几部口碑不错的长篇小说。在创作谈里，她这样解释自己创作短篇小说的原因：因为写作的时间都是"做英文功课裁下的边角，从没有写大块文章的从容"。后来的情况当然有所不同，在《扶桑》、《人寰》等长篇小说获得殊荣的同时，她的短篇小说在亚洲地区也多次获得了相应的荣誉。对于优秀短篇小说的艺术高度及其达到的难度，严歌苓是相当自觉地意识到了，并且恰如其分地表示了敬畏的态度。她承认，短篇小说是"麻雀虽小，五脏俱全，有时不等你发挥到淋

---

① 严歌苓：《拖鞋大队》、《奇才》，载《上海文学》，2003（9）。《穗子物语》，桂林，广西师范大学出版社，2006。

漓尽致，已经该收场了。也是煞费心机构一回思，挖出一个主题，也是要人物情节地编排一番，尤其是语言，那么短小个东西，藏拙的地方都没有"。

唯有对短篇小说的艺术难度有了真切的认识，她才有可能为这一艺术样式的审美创造付出艰辛的实践。严歌苓在创作上有很好的素质，就是她从不回避对一些关键性的、难以描述的场面的正面描述。她的长篇小说的结构，经常是无数细节万川归海似的直奔一个神秘之地，有群山万壑赴荆门之势，那神秘之地就是支撑小说结构的源泉，一切细节的总源所在。如《人寰》里，叙事人躺在美国的一家心理门诊里接受治疗，反复回忆整个家族史甚至"文化大革命"的历史，就是为了找到她在11岁的时候与一个中年男子所发生的一场性伤害事件。因此小说最后描写的贺一骑与女孩在车厢里独处的场面就变得暧昧而且困难。我把它称作一种"场面"是因为小说艺术需要用独特的语言让它逐步展开，如同一幅画面。由于读者对这一场面的展现期待已久，期望愈烈苛求愈严，往往难以表达好。过去有评论家比较屠格涅夫与托尔斯泰的艺术手法时作过这样的对比：屠氏小说的故事常常发生在客厅里，通过对话描写巧妙地回避了最难以描述的场面，而托尔斯泰的力量就在于总是努力去把握和描写艺术家最难把握的场面。严歌苓的艺术本能使她朝着后一种方向去努力，尤其在长篇小说中，那些抒情的、优美的片段，常常帮助她化险为夷，顺利渡过难关。这是严歌苓的长处。比如《扶桑》里关于大规模械斗、刑场上婚礼等场面，《人寰》里女孩在列车上的性奇遇的场面，等等。严歌苓在这些场面的描写上是否达到了应该表达的容量，是可以作进一步探讨的。我觉得她表达得比较好的场面，都是用抒情性的片段来代替具体的细节描写。当然这种表现手法也是有局限的，在短篇作品里，由于篇幅短小和布局精巧，这样一些难以描述的场面很难像长篇结构那样从容铺张抒情，因此就变得非常困难。

严歌苓在美国攻读过写作的最高学位硕士学位，她初期的短篇小说熟练掌握了学院式的写作技巧，可以看做是那个学习阶段的练笔。严歌苓重视小说结构的完美性，她往往在小说结构里知难而上地放弃抒情性而采取戏剧化的场面，把情节迅速推向"高潮"，而那些精致的戏剧性高潮恰恰对叙述构成一种束缚。比如说《女房东》，这是一篇很精致的小说，一个有偷窥欲的独身男人对女房东的种种猜想、恋物、意淫的举止，写得入木三分，但这种二人结构的故事叙述最终会导致某种暗示：

他们之间一定会有奇迹出现。如果这对从未见面的神秘男女突然面对面地在一起，将会发生在怎样的境遇下？将会出现怎样的场面？因此这个场面是整篇小说中最难描述的，也最难产生出人意料的效果。严歌苓终于让女房东与那个房客在难堪的情景下见面了：因为停电，四周是黑暗的，病恹恹的女房东独坐楼梯口自艾自怨，那个以为窃取女人内衣的偷窥癖被发觉的男人自惭形秽，准备一走了之。这时候的两人相遇，最难以传达出人与人之间被层层误会笼罩的感情交流的渴望，而最忌讳的就是这个时候出现戏剧性场面。可是就在这时偏偏女主人昏倒了，于是故事急转直下迎刃而解了。作家当然可以有许多理由来说明，女房东在此时非昏倒不可，以前就有过许多伏笔。但我仍然要说，这些戏剧性的高潮与严歌苓小说所隐含的深沉朴素的美丽相比，毕竟太一般、太简单了。短篇小说有自身的发展逻辑，尤其是结构精致的作品，在那些突然出现的戏剧性场面中，荡漾于作品里的神韵气象都不能不被阻隔，读者想象力的期待不能不受到挫伤，这就影响到小说本来具有的饱满和完整性。

依我的理解，小说中的气韵并不是一种可有可无、不可捉摸的神秘因素，它体现在读者对作品的审美阅读和体验之中，也同样是作家可以通过某些技巧性的结构来显现和成形。如果我们把一部作品中的情节自然发展看做是游走的气脉，那么，那些被称作最难以描述的场面往往就是作品中气脉所结的气穴，只是充分写出了情节发展而刻意回避关键性的场面，等于是畅通了气脉却封闭了气穴，作品往往精巧而缺乏大气；而不仅写了情节的自然发展又独出心裁地展现难以描述的场面，既畅通了气脉又打开了气穴，气韵才能弥漫于作品之中，显现出浑然大气的艺术风格，托氏便是这样的大手笔。这也是严歌苓正在不断逼近的小说艺术的至高境界，这样的努力在她的创作上从未间断过。虽然她在直接描写最难以描述的场面的艺术能力上还需要有大幅度的提升，但这种敢于把握，并描写这种场面的艺术本能就显示了一个优秀作家的不凡素质。

二

严歌苓近年发表的短篇小说，结构上出现了明显的变化。那种最难以描述的场面与小说情节的发展不再是直线的简单的逻辑联系，两者之间的关系丰富复杂了。我注意到严歌苓有意无意地提到了一种新的空间概念，在《处女阿曼达》里她写迪妮斯家里四千英尺的屋几乎什么也没有："墙都空出来挂画，地板冷傲闪光，托着无比精细的一块丝地毯，很遥远的，摆了些沙发椅子。"她把这样一种空间概念归纳为："最时髦的富有是空空荡荡。"在这篇小说的整体叙事结构里插入这句议论非但没有必然的需要，反而显得很累赘，但作家竟然将这无关宏旨的议论放在小说开场不久的显要位置上，唯一能解释的理由就是她无意间泄露了正盘旋在她艺术想象中的新的美学思考。"最时髦的富有"这个比喻是从美学意义上说的，"空空荡荡"属于非技巧，并非是真的"空"，而只是一种叙事与生俱来的难以言说的"有"的因素，"空空荡荡"里包孕了无限的"富有"。而这种"富有"必须依靠读者的想象力与感受力来把捉它和完善它。

我很早就想对严歌苓的《白蛇》作一个文本分析。这部小说中有两个难以描述的场面：一是女扮男装的徐群珊终于要向女演员孙丽坤暗示自己性别的时候；二是两人在多年后徐群珊的婚礼上重新见面的时候。在第一个场面描写中没有出现戏剧性因素，作家又回到了抒情性，并留下了一个空白。而第二个场面则表现得非常饱满。那是两个女人的感情世界都历经沧桑，孙丽坤匆忙结婚，徐群珊也随之嫁人，两人在徐的婚礼上重新相见的场面，这时候孙丽坤送给徐群珊一个充满暗示性的玉雕作为礼物：白蛇和青蛇怒斥许仙——

　　　　珊珊看了她一眼，意思说她何苦弄出这么个暗示来。她也看她一眼，表示她决非存心。

这个场面里包含了丰富的潜台词。其实在小说里，真正与主题联系的，不是小说中拥挤得密密麻麻的细节描写和不断变换的叙事文本，而是一个"空"的存在：一个关于白蛇的神话原型。民间传说中白蛇故事历来被人们理解为追求爱情自由的象征，却被忽略了更为隐秘的文本内涵：即青蛇的存在意义。青蛇由男身变为女性而与白蛇终身相伴，隐含了异端的同性爱的方式，传说中的青蛇屡次要杀许仙，被通常所阐释的"义仆"的形象遮蔽下很可能是出于某种难以言说的感情：青蛇与许仙双方为白蛇展开的争夺。而白蛇在这场争夺战中是否无辜也是值得怀疑的，她的性别倾向抑或还是需要作进一步的探讨。神话原型的阐释使严歌苓的《白蛇》故事超越了现实层面的意义，如果对应性地看这个故事的结构："男性"的徐群珊利用某种权力假象勾引处于困境中的舞蹈演员孙丽坤，起到了保护孙的作用；但最终徐的性别暴露导致孙丽坤的精神失常，徐群珊还原为"女性"，在医院里陪伴着孙丽坤，完成了由"异"性恋转向同性恋的过程。整个过程似脱胎于青蛇为占有白蛇而比武格斗、最终屈服、化作女性陪伴白蛇的过程。那么，相应的问题是孙丽坤的性别倾向呢？作品里关于白蛇的神话原型一直处于隐形状态，"白蛇"仅是孙丽坤担任主角的一个旧剧目，直到故事将近结束时，孙丽坤重返舞台，这个戏仍然没有上演，它只是隐藏在徐群珊对少年时代一次看戏的记忆之中，并没有出现在现实的环境当中，这或许是暗示了这个象征文本只能隐藏在隐秘的记忆之中。

这个玉雕所暗示的，并非是"青蛇白蛇怒斥许仙"，而是青蛇欲杀许仙而白蛇最终保护了他。这是《白蛇传》里著名的断桥相会的折子。孙丽坤的双性恋的倾向已经明白表露了。读者根据故事的情节发展必然会想象这样一个场面——两人必然还要见一次面的，那么将在什么样的环境下见面？她们还能说些什么？那个玉雕已经把最难以描述的孙丽坤的心声和盘托出了：她为自己的结婚（也意味着一种背叛）向徐道歉，这才是徐所要表示的"何苦弄出这么个暗示来"的意思。但接下来我们还要回到故事的现实层面来讨论：既然孙丽坤是个不自觉的双性恋者，后来证明她能够接受徐群珊对她的爱抚，那么，她的精神失常又说明了什么？很显然，在人的欲望被禁锢于"社会常识"的生存环境里，社会舆论与当事人都没有可能意识到同性恋为何物，结果必然使人性中的某种异端失去了存在的权利，舞台上如火如荼的白蛇在现实生活中只能发疯致残。小说没有正面写社会对同性恋者的迫害，反而是同性恋者徐群珊利用社会对同性恋现象的无知而得逞了她对孙丽坤的占有。但是被占有者孙丽坤从感情上却无法承认自己对徐群珊的渴望中也夹杂了一丝同性别者的迷恋，一个女性在欲的渴望中竟一点也没察觉对方有同性别的可能，这是不可想象的。唯一的理由只能是她在潜意识里顽固地回避和拒绝它。因为在她的意识里，同性恋是令人"恶心"的关系，所以当她突然睁眼看到了自己身上的这一秘密时，她精神崩溃了。孙丽坤始终压抑着本该勃发的生命力，她只有在精神不正常的状态下才能接受徐群珊的爱抚。很显然，故事的现实性文本的意义是从空无的神话文本里推理出来的，这两个文本之间留下了大量的想象余地。这也是小说中气韵游走的自由空间。

同样，《青柠檬色的鸟》中类似的"空"表现在那只"青鸟"的寓意上。从表面上看，《青柠檬色的鸟》是《女房东》的翻案，在这里，房东/房客，中产阶级的白种女人/被遗弃的中国男人，怨女/旷夫的二元人物结构变成了多元的房客/房客，华人/墨西哥人，老人/孩子之间的边缘人物结构，本来就同是天涯沦落人，却在多元的文化格局下展示出如此不同的民族文化性格。《女房东》展示了人与人之间感情沟通的可能性，而《青柠檬色的鸟》描写的正相反：感情含蓄、内敛、略有一点变态的老华人与感情奔放、简单、略带有一点粗暴的墨西哥男孩之间感情似乎很难交流，最后老华人头上的血仿佛证明了民族文化间沟通的不可能性。但是我们如果继续追问下去的话，那位墨西哥男孩用大棒打鸟的狂暴又是出于什么原因呢？不就是因为他想在同伴中间得到一点自尊的努力被破灭了，才迁怒于比他更弱的老人与鸟？而"青鸟"在梅特林克的戏剧里是人类大同理想的著名象征，虽然小说里不着一字介绍青鸟，但严歌苓引进这个意象与"白蛇"一样，正是要读者从文本以外来理解这部作品的真正意图。各民族间的冲突不能改变人类的根本处境，而摆脱这种处境的真正途径，只能是青鸟所象征的，人类必然走向真正的理解与沟通。

由于关于青蛇的传说和青鸟的传说都没有出现在小说文本里面，它存在于读者在文本以外获得的知识，所以这两个短篇小说的真正含义必须有赖于读者有相应的知识修养，因此它又成为一个意义开放的文本，小说艺术的气韵也同时游走在读者与文本之间。

三

严歌苓寄予艺术的自由气韵不仅仅来自她对叙事中的"空白"的处理和对小说文本以外的象征物的借用，还来自她的与生俱来的性情，一种与隐伏在她的创作里的机智、洒脱、幽默等品质和谐相处的大度、宽容，以及对人性种种弱点的容忍。这种在当代知识分子中一般很少拥有的品质，在她笔下人物身上非常显眼地凸显，如扶桑、少女小渔等，而且，她还常常善于表达出对一般人看来是"无耻"、"恶心"等人性因素的深切的关心和同情。这是构成严歌苓小说气韵浑然的根本原因，也是心灵的博大虚空废除了一切人为道德的束缚，容忍了一切藏污纳垢因素，转而使心灵获得真正的丰富。《少女小渔》是一部经典性的短篇小说。尽管它也有片段的戏剧性因素，但在总体上它保持了艺术的气韵自由流动。小渔为随男友赴美国求生存而不得不与一个濒临死亡的意大利老人假结婚，参与这个阴谋的还有她的未婚男友，他们合伙凑了一万五千元做成了这桩买卖。故事写到这里，似乎暗示了情节上会出现一些戏剧性变化，但是没有，作家显然放弃了一般的戏剧性构思，她让小渔平平淡淡地接受了男人们的背叛与无耻交易，以宁静的态度从别人眼睛里换回了自尊。小渔成为一种性格，她像一块抹布，包藏了各种肮脏污垢以后，自身却发出了一道粼粼的光泽。小说里有这样一段小渔与其无耻男友的对话：

> "你头回上床，是和谁？"
> "一个病人，快死的。他喜欢了我一年多。"
> "他喜欢你你就让了？"
> "他跟渴急了似的，样子真痛苦、真可怜。"

这段对话把少女小渔的精神世界从肮脏的假婚交易中升华出来，所有普通的人性因素如羞耻、道德、欲望、爱情……都轻轻地淡出，个人归化到一个大的道德范畴里去。我愿意把这种道德范畴称作为宗教，一种东方民间气氛颇浓的宗教。这种宗教精神在严歌苓的长篇小说《扶桑》里得到了进一步的发挥。人性的力量在这种宗教般的弥撒里散发开去。这样一种悲天悯人的精神，在严歌苓近年来的短篇创作中表现得更加深沉和含蓄，体现在对人性悲哀的深刻同情之中。

我读本期发表的两部小说，最深的感受是作家对于人性的批判和宽容。在传统的"文化大革命"题材里，人格的高低往往是根据苦难来划分的，而严歌苓曾经以极富有个人色彩的人物性格描写，创造了《人寰》中两个中国男人之间的友谊与背叛的伟大故事。《穗子物语》里的知识分子的丑陋与背叛基本上是《人寰》的延伸，但在这些丑陋与背叛的故事里，严歌苓对于她笔下的人物依然是怀着深刻的悲悯与同情，使读者读着那些令人震撼、痛苦的阴暗灵魂的故事的同时，却很难作出道德上的简单的判断。尽管作家对"拖鞋大队"（其实是"文化大革命"中狗崽女们为了自我保护而自发聚合起来的一个小团体）成员们的粗野、丑陋和阴暗心理作了竭尽能事的嘲笑，但嘲笑背后满溢着对时代的悲愤与抗争，在一个场景里，当这批狗崽女们去劳动工地探望父亲的时候，戏谑的情调一点也没有了，文字里弥漫着肃然的气氛。《拖鞋大队》

里也有一个最难以描述的场面，那就是这群忘恩负义的女孩们如何用暴力来鉴别耿荻的性别，也是所有女孩的人性堕落的一刹那，这个悬念被一再地延宕，小说的结构就是在一件又一件的意外事件的插入中推动故事的发展，使得耿荻的性别真相成为小说中的人物和读者的共同期待。当《拖鞋大队》的结尾，参军的穗子读到"拖鞋大队"的女孩来信描写如何背叛和伤害她们共同的"恩人"耿荻时，"女孩们狞笑着，围上来，撕开她洁净的学生蓝伪装……穗子读到此处闭上了眼睛。"这是严歌苓在小说中最传神的一笔，我想，在作家写到这里，以及我们读者读到这里的时候，大约也会本能地闭上了眼睛。

2003 年 7 月 26 日修改毕于黑水斋

原载《上海文学》，2003 第 9 期

读《第九个寡妇》

这一回读《第九个寡妇》，我忽然想到了鲁迅先生的两句诗："梦里依稀慈母泪，城头变幻大王旗。"这两句将慈母与大王对仗，似乎有些寓沉重于游戏的感觉。其诗首联分明记实，颔联似在记梦，梦里依稀看见慈母在垂泪，问故，她指向那变幻多端的"城头"上，正插着戏台似的"大王旗"，然后颈联应是梦醒后想到现实的愤怒。是否可以这样理解，应该留给鲁迅研究的专家们去解决，我在这里只是想说出一个感受，就是鲁迅梦中呈现的"城头变幻大王旗"的混乱与轻浮之象，反衬了垂泪慈母的雕塑般的凝固的艺术力量。慈母让人联想到中国民间地母之神，她的大慈大悲的仁爱与包容一切的宽厚，永远是人性的庇护神。地母是弱者，承受着任何外力的侵犯，但她因为慈悲与宽厚，才成为天地间的真正强者，她默默地承受一切，却保护和孕育了鲜活的生命源头，她是以沉重的垂泪姿态指点给你看，身边那些沐猴而冠的"大王"们正在那儿打来打去、乱作一团。庄严与轻浮，同时呈现在历史性的场面里。

我以为鲁迅梦中的"慈母/大王"对应结构的意象，在中国社会变动中具有深刻含义，普及开去，像《古船》、《白鹿原》、《故乡天下黄花》等新历史叙事作品，都未脱这样一个叙事模式。其差异的主要标志，是如何认知"慈母之泪"，真正发生艺术震撼力的重心也都落实在这里，而变幻多端的"大王旗"只是场面而已。张炜是比较能够理解此中三昧的，所以他把艺术叙事的重心确定在隋抱朴的苦读和冥想中，以隋（水）与赵（火）两家的风水轮回为轨迹，揭示出中国现代历史的独特悲剧。在刘震云的"故乡"系列里，"慈母"总是缺席的，作家站在草民立场上歪批三国，看历史乱哄哄你上我下。亦如鲁迅所嘲讽的，狐狸方去穴，桃偶已登场。草民的眼光是散乱的，在人生大戏台上，做戏的与看戏的都成了虚无党。这以后，以家族故事象征民间，铺张宏大历史叙事的历史小说并不少见，但家族的历史往往迎合了历史轨迹而演变，民间与历史构成了一种同谋的关系，前者成了后者的注解。如《白鹿原》，便是其中典型的一例。在这样的创作背景下阅读《第九个寡妇》，自然别有一番体味。作家惯常于记叙个人传奇而非家族故事，她把家族故事凝固在一个点上：守寡的王葡萄如何救护被判为死刑的公爹。从大的方面讲，这个传奇是发生在民间根基已被彻底铲除的那十几年的历史里；从小的方面讲，这个传奇是在毫无隐私的中国农村的寡妇门前发生的。一个死囚犯如何在农民的红薯窖里待上几十年？这段岁月正是中国农村纷乱复杂的历史阶段，几千年的小农经济模式被打碎，进而发生了乌托邦的大混乱。作者通过一个类似电影镜头的细节，葡萄总是紧贴着大地，从门缝下面往上看，看到的则是许多条腿匆忙而过，这种窥视还不止于在门缝里，有时发生在河边的芦苇丛里，看着杀人者的腿与被杀者的腿之间的替换演变。葡萄的窥探是贴着大地看世界的一种观察视角，从下往上看，固然看不清被看世界的真相，也不可能对此变幻取同情的理解，但是这是一种民间的立场和视角，是于山崩地裂而处变不惊的自然人生哲学。旌旗招展空翻影，在民间的视角里不过是一场场拉洋片似的龙套，与活报剧式的城头变幻大王旗有异曲同工之妙。严歌苓为了这部小说曾多次去河南体验生活和深入采访，故事的背景也正是刘震云笔下的河南孟津，她是在刘震云的草民立场上更加进入一步，在民间的虚无缥缈的视线后面，创造出了一个民间的地母之神：王葡萄。

葡萄这个艺术形象在严歌苓的小说里并不是第一次出现，这是作家贡献于当代中国文学的一个独创的艺术形象。从少女小渔到扶桑，再到第九个寡妇王葡萄，这系列女性形象的艺术内涵并没有引起评论界的认真的关注，但是随着严歌苓创作的不断进步，这一形象的独特性却越来越鲜明，其内涵也越来越丰厚和饱满。如果说，少女小渔还仅仅是一个比较单纯的新移民的形象，扶桑作为一个生活在西方世界的中国名妓多少会感染一些东方主义的痕迹的话，那么，王葡萄则完整地体现了一种来自中国民间大地的民族的内在生命能量和艺术美的标准。她的浑然不分的仁爱与包容一切的宽厚，正是这一典型艺术形象的两大特点。"浑然不分"表现为她的爱心超越了人世间一切利害之争，称得上真正的仁爱。"包容一切"隐喻了一种自我完善的力量，能凭着生命的自身能力，吸收各种外来的能量，化腐朽为神奇。我将这种奇异的能力叫做藏污纳

垢，能将天下污垢转化为营养和生命的再生能力，使生命立于不死不败
状态。扶桑以东方妓女之身藏污纳垢的艺术意象，可以说是天作之合，
但在王葡萄的身上，一切都来自生命本能，这就更加完善了藏污纳垢即
生命原始状态的概念。王葡萄所经历的一切：丈夫被冤而杀害，公爹被
错划恶霸地主而判处死刑，她接受了与冬喜和春喜等权力者的暧昧关
系……正如小说里土改队员看着她想：愚昧，需要启蒙哩。但就在知识
分子视为需要启蒙的民间对象身上，却包含了丰富而固执的伦理观念，
根本不是什么外部力量所能够改造的。

小说的女主人公取名"葡萄"，以干燥的环境下生长出甜蜜多汁的
果实，影射了主人公的女性体味，含有丰富的象征寓意。王葡萄是一个
血肉丰满的农村妇女，她身上突出的特点是以女儿性与妻性来丰满其母
性形象。前两种是作为女人的性格特征，而后一种则暗喻其作为地母之
神的神性。小说的情节从葡萄以童养媳身份掩护公爹尽孝与作为寡妇以
强烈情欲与不同男人偷欢之间的落差展开，写出了人性的灿烂。为什么
一个童养媳出身的青年寡妇会冒死掩护死囚公爹？如果以民间传统伦理
为其心理动机来解释未免失之于简单，同样的道德伦理在男女性爱方面
似乎对葡萄毫无束缚。葡萄为掩护公爹而放弃与小叔结婚，公爹为媳妇
的婚事而悄然离家，都有人性的严峻考验，但是当公爹出走，葡萄若有
所失：她可成了没爹的娃了。于是，最终还是女儿性战胜了一切，她把
公爹又找了回来。但作家也没有刻意渲染她身上的恋父情结，而是把恋
父情结升华到对父亲的无微不至的照顾，转化成伟大的母性。所以在葡
萄的身上，作为儿媳爱护公爹与作为女性需要男人的爱，两者是相统一
的，都是出于生命的本原的需要，人类的爱的本能、正义的本能和伟大
母性的自我牺牲的本能高度结合在一起，体现了民间大地的真正的能量
和本质。

作为一个农村妇女形象与民间地母神的形象的合二为一，王葡萄的
形象并不是孤立地出现在小说的艺术世界里，也不是孤立地出现在中原
大地上，小说里的民间世界是一个完整的世界，它的藏污纳垢特性首先
体现在弥漫于民间的邪恶的文化心理，譬如嫉妒、冷漠、仇恨、疯狂、
麻木，等等，但是在政治权力的无尽无止的折腾下，一切杂质都被过滤
和筛去，民间被翻腾的结果是将自身所蕴藏的伟大的因素保留下来和光
大开去。葡萄救公爹义举的前提是，公爹孙二大本来就是个清白的人，
他足智多谋，心胸开阔，对日常生活充满智慧，对自然万物视为同胞，

对历史荣辱漠然置之。在这漫长岁月中，他与媳妇构成同谋来做一场游戏，共同与历史的残酷之神进行较量——究竟是谁的生命更长久。情节发展到最后，这场游戏卷入了整个村子的居民，大家似乎一起来掩护这个老人的存在，以民间的集体力量来参加这场大较量。这当然有严歌苓对于民间世界的充分信任和乐观主义态度，故事在一开始的时候就表明了，这个村子的居民有一种仁爱超越亲情的道德传统，他们当年能用亲人的生命来掩护抗日的"老八"，今天也能担着血海似的干系来掩护一个死囚老人的生命。严歌苓的创作里总有浪漫主义的美好情愫，那些让人难忘的场景总在拓展民间的审美内涵，如老人与幼豹相濡以沫的感情交流，又如那群呼之即来挥之则去的侏儒，仿佛从大地深处钻出来的土行孙，受了天命来保护善良的人们。葡萄把私生的儿子托付给侏儒族和老人最后在矮庙里独居的故事，或可以视为民间传说，它们不仅仅以此来缓解现实的严酷性，更主要的是拓展了艺术想象的空间，这也是当代作家创作中最缺少的艺术想象的能力。

2006 年 2 月 12 日

原载《文汇读书周报》，2006 年 4 月 7 日

我与批评两题

一、文学批评的位置

每当我读到有关论述文学批评如何指导文学创作，推动文学创作，以及繁荣文学创作的文章，每当我听到有人津津有味地谈论别林斯基、车尔尼雪夫斯基、杜勃罗留波夫如何指导、培养俄国古典作家的那些使批评家们引以骄傲的事例，总有一团疑云浮上心间：难道文学批评真的具有指导作家的神奇功能吗？

文学批评的对象是文学、文学家以及文学作品，批评家是借助于文学来发议论，阐述自己的人生观、哲学观与审美观的。批评的特殊之处就在于此。文学作品对于它来说，既是目的又是过程。批评以研究文学的主要表现形式——文学作品为主要任务，但它又无法穷尽它的研究对象，结果它的全部意义与价值则表现在研究过程的运动之中。从这些运动中，批评呈现出自身的美学、魅力以及流派。

说批评无法穷尽它的研究对象，决不意味着对它的蔑视，恰恰相反。批评所面对的是文学作品，作品具有两重意义：一重是它的物质构成——纸张、铅字以及由物质材料所构成的文字符号，这是没有生命的，不属于文学批评的研究范围；另一重是它的内容构成语言、形象、意境、感情……它们是充满生命、充满灵性、随缘而生、随境而化的极不稳定的因素。它在作家与读者之间不断的心灵撞击中呈现出千姿万态，再由于时间与空间的无限因素渗入其间，使文学作品也具备了无限认识的可能性。它使一切企图穷尽它的批评家感到困惑，仿佛是沙漠中旅客所看到的清泉的幻影，你走上前去，它又不见了。

有人认为，文学作品是作家个体所感知的、图解的世界，只有穷尽作家，才能穷尽作品。批评的任务，在于诠释与阐发作家隐藏在作品之中的、文学之外的意义，作家是批评的终极。于是在西方产生了传统阐释学的作家中心主义，在中国则产生了烦琐的考据学。但这种成果是令人怀疑的，因为批评家即使掌握了大量的作家生平记录、日记、书信，甚至更为隐秘的文献，他也不可能复制出作家的精神世界的全部，也不可能穷尽作家与作品的所有关系。原因很简单：其一，作家创作是一项极为复杂的精神劳动，当他面临他以往所有复杂的生活经验或感情经验时，他是否能对此一切都给以清晰、理性的把握？进而论之，即使他能达到这一点，他是否可能运用文字符号把它全部清晰、完整地表达出来？其二，作品是活在读者的心灵中的，时代的更替，读者群体的意识的不断交换，使作品的可认识性也处于不稳定状态。诚如海涅所说："每一个时代，在其获得新的思想时，也获得了新的眼光，这时，他就在旧的文学艺术中看到了许多新精神。"作品的无限认识的可能性决定了作家的不确定性，因此穷尽作家与作品的关系是不可能的。作家不能作为批评的终极。

也有人认为，文学作品是读者个人借助于作品而感知的世界。批评的任务在于唤醒，并描述读者在作家所提供的文学符号中产生的个人经验的联想，是读者的自我阐发和自我表现，读者是批评的终极。这个结论也同样存在着问题，读者是由不同的读者群构成的，而读者群又是由各个读者个人构成的，对于同一部作品，不同的读者会激起不同的经验联想，会得出不同的理解。批评家也是读者之一，当文学作品以一相具千形的时候，批评家却只能以一形解一相，他怎么可能穷尽作品与读者的关系呢？从这个意义上说，读者也不是批评的终极。

作家不能成为批评的终极，这就是说批评家只能接近作家，但无法穷尽作家。所以，批评家对作家的指导无根本性的意义可言。作家对批评家都是以个人面对世界，作家依据个人的经验来从事创作时，另一种个人经验对他来说只有参照的意义，并无指导的意义。事实上，也没有什么作家是接受了批评家的指导而从事写作的。俄国伟大的革命民主主义者的文学批评在俄国文学史上自有其不朽的地位，但就作家而言，又有哪一位古典作家是靠他们指点而成长起来的呢？是果戈理？是屠格涅夫？还是陀思妥耶夫斯基？换句话说，如果这种指导意义实现了，也不过是作家从一种个人的经验局限落到了另一种个人的经验局限而已，批评家的智力没有必须比作家高出一头的理由。同样的原因，也证明了文学批评不具备指导读者的根本性意义，因为批评家只能对他所代表的读者群表示近似的看法，无法超越时间与空间的限制而囊括一切读者。

批评的盲目自大的对立面是批评的自轻自贱，即把批评仅仅看做是创作的寄生物。这两种态度在根本上是一致的，都是力求在"作家→作品→读者"的三联环节中寻求文学批评的位置，把批评依附到文学创作的完成过程中去，要么依附到创作中去，要么依附到鉴赏中去。这也许是文学批评还处于不自觉时期的一种缺乏自信的表现吧。

批评的位置不应该依附于文学创作的完成公式中的任何一环，它是一个独立的体系。研究对象的不确定性与无限认识的可能性把它变成了一种类似西绪佛斯式的工作，目的变成了过程。当批评家放弃了徒劳的目的，他的工作本身却放射出庄严而丰富的光彩。批评家不必忙于指导作家如何创作，但他以自己的美学力量以及表现形式，同样影响着人们的精神世界，繁荣着文学的事业本身。文学事业不是单由创作构成的，它起码包含着两个系统：文学创作与文学批评，仿佛是一条大路旁的两组树木。在文学创作一边，包括着小说、诗歌、散文、戏剧……在文学批评一边，包括理论探索、作家研究、文学比较、艺术欣赏、史的批评……它们并立在同一文学世界中，各成体系，各有规律，并不以一方为另一方服务。它们的关系是对应关系，并存关系，不是依附关系。批评的存在，作为一种创作的对应物，作为一种创作信息的反馈，对创作起着感应的功能。但从宗旨上说，它无求于创作。它只有在独立的自身体系中才能寻到自己的目标，确立起真正的自信来。

二、关于灯的随想

记得几年前，读一篇许地山的散文。文字很美，内容也很美。写的是一个人要在暗夜里走山路，他的朋友给他一盏灯照明，他坚辞不受，说"满山都没有光，若是我提着灯走，也不过照明三两步远，这一点光能把照不到的地方越显得危险，越能使我害怕。不如让我空着手走，初时虽觉得有些妨碍，但一会儿就什么都可以在暗中辨别了"。于是这个人在黑暗里上山了，没有提灯。朋友笑他："天下竟有这样的怪人。"但那个人没有跌倒，也没有遇到危险，安然地到家了。

初读这篇散文的时候，并没有留下什么特别的印象，但近年来，那个在暗夜里走路的人越来越清晰地浮现在眼前，仿佛是一种暗示。如果说，我也算搞过一些文学研究工作，也写过一些批评文章的话，我不正像那个人一样，在暗夜里摸着走山道么？我没有灯，因为任何灯的光都是有限的，使我看不到光圈以外的东西。走过夜路的人都知道，暗夜里处处有灯。天上有星月，地上有萤火，更重要的，用自己的心去体验那暗夜，靠自己的眼睛去辨认那道路。暗夜里走惯了路的人，心中就有灯。自己就是灯。

当然，我远远达不到那样的境界。我会跌倒，弄得满脸是血，但我不后悔，反正是探索着走，我总相信，手上的灯，只能照着几步的距离，只有心中的灯，才能看透那黑黝黝的无限。

虽然灯的光有限，无法照透暗夜中的宇宙之谜，但哪怕是照亮了几步的距离，也终究是暗夜的一角一隅。在 20 世纪 80 年代的现代文明冲击下，你走夜路不想用灯还不行，——因为有路灯，有电线架在那儿。远远的电灯亮着，虽说黑夜依旧重重，足以使那微弱的灯光瑟瑟作抖。但光毕竟是有了，而且是一排。

沿着电线杆子走，大约总不会错。因为它多少为你指明了路。但是暗夜行路的一切优势也就此完了。文明，也带来局限。于是心中的灯就黯淡。

忽而有几个人，大着胆子离开了那一条让人走惯了的道路，也就是说，离开了那几根电线杆子。他们踏上了另一条荒无人烟、荆棘丛生的小道，他们拿着手电筒，碰碰磕磕地乱闯，虽然跌过几跤，但还是依靠着手电的光走过了一段路。于是大家就喜欢，齐声赞美手电的光。

秉烛夜游的事，现在是没有了，但拿手电筒夜游的则大有人在。去年暑假，我的几个学生去华山游览，就是靠着手电半夜里走过鹞子翻身，上了西岳顶峰的。过后我惊叹他们太大胆，他们却笑着告诉我："因为是暗夜，只靠着手电的光摸路走，一点也不知道身边就是悬崖峭壁。到了白天才真不敢走哩。"

原来如此。看来手电的光并不高明。

仍然是关于灯的故事。是从一个朋友那里听来的。

一个人站在一盏路灯下，低头寻找东西。旁人走过来问他："老兄你找什么呀！"那人说："我的钱包丢了。快帮我找吧。"旁人也低头找了一会，说："路灯下面没有钱包呀，你干吗还要找？"那人无可奈何地回答："是哪，我也知道，但没有办法，我只能在光圈里找呀。"

这也许过于刻薄了。它揭示了一个无情的道理：在现代社会里，人与灯光一样不是万能的，他（它）们面对暗夜之谜，同样的无能为力。

心中的灯熄灭了。

人选择什么样的灯是自由的，可是一旦选定了一种灯以后，他就不自由了，因为灯的光圈限定了他。就像那个在路灯下找钱包的人一样，他只能在这里找。如果你想走出光圈，那是漆黑一团，伸手不见五指，只好再求助于另一种灯，接受另一种光圈的限定。

人只能借助于灯光。但人又必须超越灯光。自火把到红烛，再到手电。不超越就无法使照明的工具不断地改革，不断地进步。但只要是灯，是光，就有局限。纵使太阳的光焰无际，它不也是只能照亮圆形的地球的一半么？

如果不傻，人总能发现光圈的局限，总是想突破，总是不断地换用各种各样的灯，借助不同角度、不同强度的光圈，在暗夜中寻找、摸索，或者走着山道。

当自己不能成为灯的时候，只能借助于各种人造的灯，不断地更换，也是一种超越。只要不是死死握住一盏灯就沾沾自喜，以为获得了太阳。

有两种批评方式。一种如牢牢守在一盏灯下面，在限定的范围内出色完成寻找钱包的工作，纵然光圈有限，但凝聚起来的光线照着他，使他通体生辉；另有一种如不断替换手里的灯，用完一种，就扔掉，再换一种。他从不计较自己用了多少个灯。有人问他："你使用什么灯？"他只好回答："不知道。"或说："我从不用灯。"

"你说诳！"有人揭发说："你明明用过灯，而且不止一盏。"

我也许只能在许多灯里面挑选一种，作为一个批评家的装饰。但我终究希望能获得心中的灯，我想说，我就是灯。

以上两篇文章分别原载于：《当代作家评论》，1985 年第 3 期；《青年评论家》，1985 年第 18 期，初刊名为《我与批评》

艺术批评·新方法论·学院批评^①

如前所述，在我们这个有着理论先行传统的文学环境里，当新的思想理念通过文学改革而对生活发出信号的时候，文学批评是最能够接受信号，并将此信号融合到具体的艺术创造里，通过对艺术作品的解释来宣传新的生活理念，使文学创作与文学批评同步地在生活中发生影响的。俄罗斯伟大的文学批评家杜勃罗留波夫正是通过对"奥勃洛摩夫性格"、屠格涅夫的《前夜》的阐释，向俄罗斯的农奴制度发出了新思想的信号。中国在"五四"时期也是这样，鲁迅的《狂人日记》出现以后，号称"只手打孔家店"的吴虞立刻发表《礼教与吃人》的评论，把小说的思想引向了对旧礼教的批判。这是典型的新思想与文学批评之间的互动。"文化大革命"后文学初期，文学批评是整个思想解放运动中走在比较前面的一个方面军，"伤痕文学"崛起以后，文学批评立刻分成两种声音，赞成反对之势均力敌，两种声音的背后却有着不一样的思维支撑：一种是因循守旧的老思维，即按照传统文艺理论的教条来衡量作品，其得出的结论一定是"伤痕文学"在犯上作乱，必须鸣鼓而攻之；还有一种批评的背后是良知在起作用，生活的灾难和惨痛的教训已经不允许批评家把自己感情禁锢在所谓"本质"、"典型"、"艺术真实"、"社会责任"等等理论教条里作茧自缚，他们凭着良知迸着血泪发出了好的赞美，文学批评的动机开始发生了分歧。接下来几年的文学批评就一直处于思想路线上的对峙与较量，慢慢地，政治大批判的、一味逢迎权力的批评就越来越少，也越来越不得人心。直面人生、思想解放的文学批评获得了越来越多的

---

① 本文为上海文艺出版社的《中国新文学大系（1977—1999）·文学理论卷》导言的一部分。

声誉。但是，到那个时候，文学批评背后所支撑的基本理论观念还没有发生根本性的变化。

　　但是，文学批评即使还没有摆脱传统的思维模式，不同的文学批评风格仍然是存在的。从今天的标准来看，比较有价值的是对作家作品进行美学的、历史的分析，而不是从道德的、党派的观点进行批评。1980年初，从事德国古典美学研究的蒋孔阳先生写了一篇文章评论刘心武的小说《立体交叉桥》，蒋先生使用的理论依然是主流的"革命现实主义"的理论，但是一接触到具体的作品艺术，丰厚的美学修养立刻把他带进了审美的境界。他从"立体"、"交叉"两个维度来把握小说叙事结构，赞赏小说"像恩格斯所说的，'让无数的个别愿望和个别行动的冲突'，相互错综起来，形成一个立体的交叉的生活的网。在这一个网里面，每一个人都在按照自己的意志去思考和行动。然而，他们的思考和行动，必然要碰到另外的人的思考和行动，于是有冲突，有争论，有同情，有安慰。就这样，作品的描写多层次地开拓下去，作品所反映的生活也就逐渐由平面变成立体，构思的情节由单面的发展而变成复线的交错。"这是一篇关于小说叙事结构的分析，作者洋洋洒洒地分析下去，给弥散着政治火药味的评论界带来了一阵清香扑面的新鲜气息。用细腻的审美感觉分析作家作品的评论家还有李子云，我至今也不能忘怀1982年在《读书》杂志上读到她评论宗璞的文章时所生的陶醉之感，文章是这样开头的："读宗璞三四年来的作品，不知为什么，我常联想到黄仲则的诗……"然后作者从黄仲则的诗句——"到死未消兰气息，他生宜护玉精神"——引申开来，论述宗璞的作品与黄仲则作品之相像，"也许就在于他们的作品都常常表现了那么一种柔骨侠情，都常常流露了那么一种感情上有所欠缺的怅惘"。这些话现在读来可能不会引起我们那样的激动，但在当时，我真是生出一种被启蒙的感悟：原来，评论还可以这么写！其实，从美学观点来评论作品的风气，1950年就有王朝闻、黄秋耘等老一辈评论家开了先河，"文化大革命"中完全中断，而后在1980年初经蒋孔阳、李子云、钱谷融等评论家的倡导和实践，在作家论和作品论中形成了一个很好的传统。

　　1985年前后，伴随着文学批评"方法热"的出现，文学评论领域的第二轮蜕变出现了。早在之前，有老一辈的理论家王元化鼓励学习德国古典哲学，有哲学家李泽厚以康德的"实践美学"开创了思想解放、人文复兴的新局面，已经极大地鼓励了青年一代的理论工作者和文学批评家越过了陈腐僵化的理论教条，直接面向西方经典哲学，结合新鲜活泼的文学现场，开始了独立的思考和探索。在经受了西方文艺思潮，理论、流派以及作品的洗礼以后，青年一代诗人、作家、评论家都有了"主体"的自觉要求，他们不再满足传统批评那样，在作家面前充当搬弄理论、指手画脚的角色。顺便回顾一下，1950 年以来，文学批评家基本上是由作家协会的领导和官方文学刊物的主编、副主编所担任，或者就是御用的理论打手（如姚文元之流），他们高高在上，将文学批评与领导文学工作、制定和阐释文学政策混同在一起，自以为对作家负有指导的使命，这种评论家的职能在"文化大革命"后的文学中渐渐地失去了权威性，而另外一种在"文化大革命"前受到压抑的身份：高校的教师和科研单位的研究员，却渐渐浮出水面。我们可以看一个有趣的现象，老一辈的资深评论家（如周扬、王元化、何其芳、张光年、邵荃麟、冯牧等）中，绝大多数是文艺界的领导者；中年一辈的评论家（如刘再复、阎纲、何西来、李子云、谢冕等）身份就比较复杂，有的担任了一定的领导职务，更多的则是在学术单位和高校里从事研究的普通学者），而在"文化大革命"后成长起来的一代评论家，当时绝大多数是高校的青年教师和作协、社科院系统的青年评论家，20 世纪 80 年代他们还处于比较边缘的文坛外围，所以无拘无束。他们要发扬"主体性"和独立思考，就必须从多元的外来文化理论中获得思想资源和批评武器，方法论的热潮正迎合了他们的需要。他们一方面可能表现出满不在乎目空一切的姿态；另一方面却如饥似渴地学习各种新的理论、新的知识，希望从外来的或者传统的资源中获得一套独门暗器。他们在学养上未必成熟，也缺乏坚定的信仰和理性，容易随着流行思想而随波逐流，追求时尚，但是他们的热情投入和才华横溢，是任何时代的文学批评队伍都少见的。

　　文学批评正是在他们这代人的行动中开始发出独立的声音的。以前作为作家的指导者或者领导者的角色是他们所不屑的，反过来，仅仅作为作家的附庸去演绎，吹捧作家的角色也是他们所不为的。在他们的理想中，文学创作与文学批评，应该是一条大道两边的参天大树，互相参照，共同建构，但是他们是平行发展的，作家与评论家同样面对当下生活，观察和感受生活的动荡与变迁，作家借助于艺术形象表达自己的感受，而批评家则是借助了艺术形象，表达的仍然是自己对生活的感受。这种双重的表达是文学批评所特有的一种表现方式。当时的理论方法处于无序状态之中，不要说文学理论和文化理论，连科学技术理论——如控制论、信息论、系统论、熵理论、耗散结构等等知识都被一知半解地引进来，应用到文学批评和文学研究上，虽然真正能够适用于作家作品论的没有多少，运用成功的更是凤毛麟角，但是这一潮流泛滥的直接结果，就是传统的政治社会学批评的方法被淹没了。传统的批评主要是强调社会"本质"决定了一切事物的发展，人是一定社会关系（尤其是阶级关系）的产物，所以，成功的人物形象就是刻画出某种阶级的典型，人的主体性是不存在的；同样，作家与批评家本身也都是某种观念的产物，他们都是遵循了"科学"的社会发展规律（毋宁说是某种政治理念）进行文学创作或者批评活动，所以他们的主体性也是不存在的，相反，他们只有彻底克服了自己的小资产阶级的"主体"，才能够比较准确地表现社会发展的"科学"规律。在这样的理论指导下的文学，只能导致千篇一律的概念化、公式化以及教条主义的宣传品，独独没有血肉相连的活生生的生命创造。由此而观，新的方法论在积极方面未必结出了丰硕成果，但是在消极方面，因为新名词、新方法、新观念的狂轰乱炸，致使传统的政治社会学的文学观念和文学方法失去了效力和存在的理由，而从人学的角度说，人性、人格以及活生生的人的主体投入，都因为摆脱了教条束缚而自由地呈现出来。

人性对作品而言，人格对作家而言，主体的投入是对批评家的阅读和批评而言，三者的结合是最理想的批评，既照顾到作品所反映的人性，也关注了作家的人格显现，更重要的是在批评中展示了批评家本身的主体性。所以，在20世纪80年代中期以后，作家作品论获得了丰硕的成果。20世纪50年代以来，文学批评主要是针对作品是不是符合正确的政治标准，作家的主体是被排除的，所以有大量的《青春之歌》、《红旗谱》、《创业史》的评论文章，但几乎没有杨沫论、梁斌论和柳青论。而20世纪80年代开始，当代作家的整体研究和人格研究渐渐多了起来，西方的心理分析研究、传记研究、比较研究等方法都被恰到好处地移植过来，东方的感应的传统方法也被借鉴过来。作家论日渐丰富。最典型的如王晓明的《所罗门的瓶子》，是借用心理分析的方法，通过作品的细细解读，来追究作家张贤亮的人格缺陷，文章写得尖锐泼辣，深入浅出，让人读后有一种惊心动魄的感受。[①] 吴俊的《当代西绪福斯神话——史铁生小说的心理透视》一文也同样用心理分析的方法剖析了作家的残疾心理，有些地方因为分析得太深入，让人生出不忍卒读的感觉。作家论不是把作家当做神圣或者完人来赞美，而是通过作品文本细读，进一步揭示出遮蔽在艺术形象背后的作家人格的真实状况，这种写法是深刻的，精彩的，但也是危险的，因为要揭示一个连作家自己也未必自觉的心理现象，多少是有些冒险的。胡河清的《贾平凹论》算是从另一方面演绎了作家论，研究者运用传统道家文化的象数概念来解读贾平凹的作品和性格特点，文章写得怪异又别出心裁，如果了解贾平凹的话，有可能会觉得十分贴切。这就要求研究者自身需要有足够的知识储备和同情心来理解，而不像以前那样，批评家只要有一把政治尺度就可以打遍天下。

由于作家论的对象是作家，基本上是通过对他的创作进行解读来完成作家人格的探析，当时还不流行媒体八卦的传记，无须在个人隐私方面打探。从作品所描写的人性深度来探讨作家的人格建构，通过对人性人格的探讨来表达批评者的主体人格投射。这种作家论也推动了现代作家的研究，20 世纪 80 年代，高校培养的第一代青年现代文学研究者，几乎都是从作家研究起步，除了鲁迅外，周作人、沈从文、郁达夫、巴金、老舍、曹禺、茅盾、闻一多，以及一大批现代小说家和诗人，都有了传记研究和作家论，作家作品研究深入推动了文学史的整体研究。1988 年《上海文论》开辟"重写文学史"专栏，逐个地对文学史上被高估的作家作了重新评价，被"重评"的作家有赵树理、丁玲、柳青、郭小川、何其芳、茅盾等等，人格追究和时代反思，成为一时之风气，这应该看做是 80 年代中期批评界高扬主体性所带来的成果。

90 年代以后，文学进入了多元的无名状态，文学创作的分化加速了批评家队伍的分化。作家作品论本来就是跟随作家的创作走向进行的，每一代批评家都有与自己的知识结构、审美趣味、文化修养相似

---

① 王晓明的《所罗门的瓶子》发表于《上海文学》1982 年第 6 期，原拟收入本卷，后因为评论对象与其他文章重复，才换成作者的其他论文。特此说明。

的作家队伍，引起艺术情绪的共鸣。80 年代末最后一个引起普通关注的文学思潮是"新写实"，到了 90 年代初，一部分批评家与文学期刊的编辑联合行动，推出"新状态"的写作口号，明显得不到普遍的响应。情况发生了变化，集团军作战的气势已经衰竭，于是，作为群体的批评家开始分散，各人去寻找与自己趣味相近的作家和作品。当时的小说创作分出了后现代、先锋写作、民间写作、女性写作、新市民小说、断裂派、身体写作、主旋律写作……，诗歌领域也出现了难以计数的民间诗刊，以及派系林立的第三代、知识分子写作、民间写作……，散文领域出现了文化散文、学者散文、小女人散文……，报告文学和杂文走向式微，换来了口述实录、回忆录、传记写作以及杂文式的打油诗……，在万花筒镜像的文坛走势面前，当代文学批评也改变了传统的宏观批评模式，把自己的工作目标进行限定，选择某一类创作现象作跟踪式的研究和批评，朝着纵深度推进。从实际的效应看，严肃的批评（包括作家论和作品评论）仍然是当代文学发展中不可或缺的一部分。从我所罗列的文学流变分布看，凡是有相应的批评跟上去的写作潮流，都有比较健康的发展，涌现出来的作家也多有信心，而相反的，往往靠作家自己折腾一阵，发表若干极端的宣言外，就如大浪淘沙，悄悄地退潮，后继乏人。当然，批评家的选择也是一种自觉的自我设计，与批评家对 90 年代的整体文化格局的思考，以及安身立命的选择有密切关系。

90 年代对文学批评有更大杀伤力的，是经济大潮席卷了文化市场，于是，媒体批评应运而生，媒体、书商、出版社、一部分文化人联起手来，他们操纵图书市场，呼风唤雨，把文学创作纳入现代读物市场，批评家也慢慢地合伙参与，其形式就是通过研讨会、通过红包和审稿费、通过媒体的版面、镜头、播送时间，以及排行榜，制造出一个又一个阅读热点，而真知灼见的文学批评、书评、影评却越来越被遮蔽，后来甚至到了连批评也可以成为媒体制造热点的策略，所谓"骂派"批评（譬如出了《废都》，就有骂《废都》的批评；红了余秋雨，就有骂余秋雨的批评；火了于丹，就有骂于丹的批评，等等），也被媒体操纵为赢利的手段之一，在这种恶劣的文化走势下，严肃的作家论作品论都受到了挑战。批评家所面临的问题是，你如何克服这样一种无孔不入的媒体的控制，把你应该说的话说出来呢？

　　结合这个现象，我将讨论的最后一个问题，就是在今天建立学院批评是否可能？媒体的对立面是学院，从 1990 年起，文学批评家的队伍又一次发生新变，高校健全了研究生培养制度，现当代文学成为中文专业一级学科下的二级学科，可以以此专业方向来培养硕士生和博士生，90 年代是中国研究生学位制度大发展也是大泛滥的时代，现当代文学研究生被成批量输送到社会各个领域，这为培养优秀的文学批评家队伍提供了一个源源不断的水源和蓄水池。经过十多年的实践，90 年代涌现出的一代年轻批评家已经在文学领域发挥了主力作用，他们一般都接受过完备的研究生教育，精通外语，视野开阔，他们的导师往往是前几代高校的资深教授和文学批评家，他们并不缺少深厚的人文传统的教育，尤其是现当代文学学科本身具有历史感与未来使命感的特点，顺理成章地由他们接受了"人文复兴"的接力棒。这批年轻的批评家，基本上是顺利成长于 90 年代，成熟发展于新世纪（可惜我们这卷大系编选的时间下限是 2000 年，所以这一代大多数批评家的批评成果没有及时反映出来，但是这对他们并不重要，因为在新世纪文学批评领域，他们已经具有绕不过去的代表性了）。至今为止，他们中的大部分人都在高校工作，已经成为学院批评的基本队伍。但问题仍然是存在的，第一，在今天的媒体强势时代，名利场以及主流意识形态的传播都集中在媒体运作中，作为学院派的批评面对这一不利形势，如何学会拒绝，并利用学院的现成条件（如课堂、学生、资金等资源）来发出自己的声音？第二，学院派的批评并不意味着要脱离社会现实，脱离文坛话语，把自己当做与世隔绝的怪物，文学批评的生命力就在投入文学实践，介入社会进步，所以，即使是学院派的批评也不应该躲在学院里萎缩自己的学术生命，或者自命清高脱离实际，对社会不发生实际的影响。我以为要发展学院派的批评，还需要把握和调整与媒体之间的关系，要充分利用媒体来发出自己的声音。总之，核心的概念就是：学院派的批评如何发出自己独立的声音。

　　当代文学批评的中心，从文化宣传机关的领导者转到高校文科学院的研究人员，这是个很大的变化，意味着文学批评的性质、功能、方法，以至于批评与作家的关系等方面，都在发生根本性的重大转换。20世纪最后 25 年的文学理论、文学论争以及文学批评的发展和演变的轨迹，无不昭示着这样一个方向。世纪之交的文学理论的意义，或许是过渡的、变化中的、不稳定的，也唯有从这样的眼光来看这一段历史的文学和文学批评，我们才可以确认，这个时代的文学是重要而且美好的，与其生成的时代的重要而且美好相符合。

2009 年 5 月 5 月改定于香港屯门黄金海岸

原载《文汇报》，2009 年 7 月 4 日